ROSAN

Das kleine Theater am Meer

ROMAN

Aus dem Englischen von
Barbara Röhl

BASTEI
LÜBBE
TASCHENBUCH

BASTEI LÜBBE TASCHENBUCH
Band 17763

MIX
Papier aus verantwortungsvollen Quellen
FSC® C083411

Dieser Titel ist auch als E-Book erschienen.

Vollständige Taschenbuchausgabe

Deutsche Erstausgabe

Für die Originalausgabe:

Published by arrangement with Jan Henley
Titel der englischen Originalausgabe: »The Little Theatre by the Sea«
Originalverlag: Quercus Editions Ltd
Dieses Werk wurde vermittelt durch die
Literarische Agentur Thomas Schlück GmbH, Hannover

Für die deutschsprachige Ausgabe:

Textredaktion: Birgit Volk, Bonn
Titelillustration: © danielo/Shutterstock; © Dn Br/Shutterstock;
© Mart Manya/Shutterstock; © ColeTrickle/Shutterstock; © EQRoy/Shutterstock
Umschlaggestaltung: Kirstin Osenau
Satz: hanseatenSatz-bremen, Bremen
Gesetzt aus der Adobe Garamond Pro
Druck und Verarbeitung: CPI books GmbH, Leck – Germany
ISBN 978-3-404-17763-9

2 4 5 3 1

Sie finden uns im Internet unter
www.luebbe.de
Bitte beachten Sie auch: www.lesejury.de

Für meine bezaubernde Mutter, Daphne Squires, in Liebe

1

Der Anruf aus Sardinien kam zum perfekten Zeitpunkt. *Was für ein Glücksfall,* dachte Faye. Sie war noch nie dort gewesen, aber alles, was sie gehört hatte, klang so, als ob die Insel ihrer Vorstellung vom Paradies entsprach.

Seit Monaten hatte sie nur studiert, oft bis in die frühen Morgenstunden, bis sich ihr der Kopf drehte und ihre Augen schmerzten. Faye blickte sich in ihrem kleinen Zimmer um. Aus dem winzigen Schrank quoll Kleidung, und hatte man sich einmal in den Raum gequetscht, war der einzige freie Platz das Bett. Also lag sie darauf. Momentan war sie ohnehin nicht zu viel mehr in der Lage. Ältere Studenten hatten angeblich mehr Antrieb, aber vielleicht neigten sie auch stärker zu Erschöpfungszuständen. Mit dreiunddreißig war sie jetzt endlich diplomierte Innenarchitektin, doch ihr ging nur eine einzige Frage im Kopf herum: Was jetzt?

War Charlottes Anruf die Lösung? Faye zog ihre Reisetasche vom Kleiderschrank herunter. Sie wollte nach West Dorset, um ihre Eltern zu besuchen. Und dann … Sie konnte ein Grinsen nicht unterdrücken. Warum sollte sie auch? Sie würde das graue alte London hinter sich lassen, einen feuchten Frühling und ein

Arbeitspensum, das fast nicht zu bewältigen war. Zumindest für eine Weile.

Sie warf eine Jeans in die Tasche und legte noch ihren Kulturbeutel, ein T-Shirt und eine jadegrüne Wolljacke dazu. Sie liebte diese Jacke, obwohl ihr der entscheidende Knopf in der Mitte fehlte. Manchmal fragte sich Faye, ob *ihr* eine solche Mitte fehlte. Sie hatte auf vieles verzichtet, um im reifen Alter von dreißig noch einmal zu studieren.

Dafür hatte sie eine gut bezahlte Stelle als Chefsekretärin in London aufgegeben und es sich außerdem mit ihrer Mutter verscherzt – zumindest vorübergehend. Ganz anders hatte ihr Vater reagiert, der sie umarmt und ihr gesagt hatte, dass er sie verstehen würde. *Wenn du es jetzt nicht tust, Schatz, wirst du es für den Rest deines Lebens bereuen.* Molly Forrester war kein Mensch, der Risiken einging, und sie missbilligte diese Eigenschaft bei ihrer Tochter. Nach Ansicht ihrer Mum sollte Faye eher daran denken, sesshaft zu werden, statt eine berufliche Veränderung in Angriff zu nehmen, die so gravierend war und sehr wohl böse enden konnte. Auf der praktischen Seite hatte Faye eine schöne, wenn auch teure Wohnung in Stoke Newington, die sie mit einer Mitbewohnerin geteilt hatte, gegen dieses alles andere als komfortable Zimmer in Hackney getauscht. Außerdem konnte sie als arme Studentin nicht mehr so oft auswärts essen oder Partys besuchen, wie sie es gern getan hätte. Sie schob sich an der Kommode vorbei und warf einen Blick in den großen Spiegel, der in der Ecke stand. Schnell schaute sie wieder weg, denn seit Tagen sah sie aus, als wäre sie völlig verkatert.

Faye suchte die letzten Sachen zusammen. Ihr Studium war das alles wert gewesen. Sie hatte sich schon immer sehr für Design interessiert und hielt sich für kreativ. Alle Jobs, die sie je gehabt hatte, hatten sie nicht ausgefüllt. Also hatte sie recherchiert und sich dann für dieses Diplomstudium eingeschrieben. Es faszinierte sie, wie die Gestaltung eines Raums die Umgebung beeinflussen konnte, wie sie Bedeutungen schaffen und

Gefühle erzeugen konnte. Auch der Aspekt der Problemlösung reizte sie – bessere Lösungen zu finden, effizientere Abläufe zu gestalten und Räume für die Menschen, die sie nutzten, zu optimieren und sie – ebenso wichtig – auch gut aussehen zu lassen.

Faye warf noch ein paar Kleinigkeiten in die Tasche und zog den Reißverschluss zu. Für all das hatte sie allerdings einen Preis bezahlt. Sie hatte sich nicht nur daran gewöhnen müssen, von einem Stipendium zu leben und in diesem winzigen Raum zu wohnen, sie war nicht nur zu müde, zu pleite und zu erschöpft, um auszugehen, sie hatte zum großen Entsetzen ihrer Mutter auch Justin verloren.

Ihr Blick wanderte zu dem Foto, das sie beide in Lissabon zeigte und immer noch wie ein stiller Vorwurf in seinem Silberrahmen an ihrem Bett stand. Justin. Faye hatte es immer noch nicht richtig verstanden. Er hatte sie schon vor sechs Monaten verlassen, aber es fühlte sich an, als ob sie ihren langjährigen Freund einfach nur verlegt hätte. Doch so war es nicht. Damals hatte Faye den Gedanken an ihre Trennung beiseitegeschoben, weil sie sich auf ihre Arbeit konzentrieren musste. Sie konnte sich keine emotionalen Turbulenzen leisten; dazu bedeutete ihr das alles zu viel. Doch jetzt musste sie sich der Wirklichkeit stellen: Justin würde nicht zurückkommen. Sie war allein.

Und als dann Charlotte aus Sardinien anrief …

»Faye«, hörte sie Charlotte sagen, »ich habe das Bild von deiner Diplomverleihung gesehen. Wow. Herzlichen Glückwunsch, Liebes. Du hat es geschafft!«

»Ja«, sagte Faye. »Danke.« Schwer zu glauben, dass sie nach den hektischen Wochen, in denen sie die Mappe mit ihren Entwürfen und Zeichnungen komplettiert und ihre Ausstellungsstücke fertiggestellt hatte, nun endlich wieder vor Mitternacht zu Bett gehen konnte. Sie war immer noch auf einem Adrenalin-Hoch und fühlte sich der Welt ziemlich entrückt. Es war, als stünde sie am Ende einer Straße und vor ihr tat sich ein unberechenbarer Abgrund auf. Furcht einflößend. Drei Jahre hatte ihr

Studium gedauert, und ein großer Teil der Inhalte hatte sie weit aus ihrer Komfortzone herausgeführt. Sie hatte die verschiedenen Computerprogramme lernen und sich Konzepte und Ideen einfallen lassen müssen, die dann wiederum mit dem Material verbunden werden mussten. Bei der Erinnerung überlief Faye ein Schauer. Aber Charlotte hatte recht: Sie hatte es geschafft – und es fühlte sich an, als hätte sie alles hineingesteckt.

»Gestern habe ich den ganzen Kram weggepackt«, erklärte sie Charlotte. Die Designs und die Plakate, die Ausstellungsstücke, Fliesen und Stoffe. *Nachhaltigkeit in der Architektur* – das war das Thema ihrer Abschlussarbeit gewesen, und sie wünschte sich, dieses Wort nie wieder hören zu müssen; sie hatte den Begriff ausgelotet und zu Tode analysiert. »Ich kann kaum glauben, dass es vorbei ist.«

»Aber es geht doch jetzt erst los«, sagte Charlotte. Sie war immer die Optimistischere von beiden gewesen, schon damals in der sechsten Klasse, als sie sich beide mit Fotografie und Textilien beschäftigt hatten. Sie waren enge Freundinnen geworden, obwohl sie nach dem Schulabschluss getrennte Wege eingeschlagen hatten. Faye war nach London gegangen, um als Sekretärin zu arbeiten, und Charlotte war – ziemlich exotisch – durch Italien gereist. Schließlich hatte sie einen Italiener geheiratet, der auf Sardinien ein Hotel leitete.

»Ich hoffe, du hast recht.« Faye fiel der leicht panische Unterton in ihrer eigenen Stimme auf. Sie ging in die Gemeinschaftsküche, um sich die Flasche Prosecco zu holen, die sie zur Feier des Tages in den Kühlschrank gelegt hatte. Sie hoffte, dass sie noch da war. Sie war es.

»Natürlich habe ich recht. Mit deinem Talent, Liebes, wirst du die Interessenten mit der Keule verjagen müssen.«

Faye musste lachen. Sie nahm ein Glas aus dem Küchenschrank. Zweifellos hatte Charlotte auch alle Hände voll damit zu tun, Avancen abzulehnen – und das nicht nur, weil sie ein atemberaubender Rotschopf mit einer Figur war, nach der sich vermutlich jeder Mann auf der Insel umdrehte. Sie arbeitete freiberuflich und entwarf und produzierte exklusive Strickmode. Sie hatte sich schon immer mehr für Textilien und deren Herstellung interessiert als Faye. Sie und Fabio hatten – noch – keine Kinder. Wenn sie gewollt hätte, hätte sich Charlotte als Frau eines erfolgreichen Geschäftsmannes auch einfach zurücklehnen können. Doch stattdessen hatte sie beschlossen, ihre eigene kreative Identität zu wahren, und das rang Faye einigen Respekt ab. Gleichzeitig verstand Charlotte Fayes Entscheidung deshalb vermutlich besser als die meisten anderen Menschen.

Sie trank einen ersten Schluck von dem kalten, perlenden Wein. Himmlisch. »Du hättest einige der Arbeiten bei der Ausstellung sehen sollen«, sagte Faye. »Es gibt eine Menge talentierter Leute da draußen.« Und wie viele freie Stellen mochte es im Designbereich überhaupt geben?

»Das bezweifle ich nicht«, meinte Charlotte. »Aber du bist die Beste, die Crème de la Crème. Hast du schon Angebote? Oder Vorstellungsgespräche?«

»Noch nicht.« Faye nippte noch einmal an ihrem Prosecco. »Ich muss mich wohl nach einem Aushilfsjob umsehen, um über die Runden zu kommen«, gestand sie. So viel zur Crème de la Crème.

»Aber du musst doch völlig erschöpft sein«, sagte Charlotte. »Du brauchst jetzt erst einmal Urlaub.«

»Schön wär's.« Faye stieß ein hohl klingendes Lachen aus. Sie stellte ihr Glas ab und ließ die hölzerne Jalousie hinunter, um die nächtlichen Lichter von London auszusperren. Auf Sardinien konnte Charlotte wahrscheinlich die Sterne sehen. Faye seufzte leise. Bei der Ausstellung hatten sich schon ein paar Leute für ihre Arbeit interessiert. Insbesondere ein Regisseur war auf sie zugekommen und hatte sie gebeten, ihm ihre Mappe zu schicken. Aber er hatte selbst gesagt, dass sich sein Projekt noch in einem frühen Stadium befände und sie noch nicht wüssten, wie viele Mitarbeiter sie brauchen würden. Es hatte zwar vielversprechend geklungen, aber wahrscheinlich würde es Wochen dauern, bis sie etwas hörte. Und in der Zwischenzeit musste sie von etwas leben.

»Also, warum machst du keinen Urlaub?«

Faye sah sich in der winzigen Küche um. »Das kann ich mir nicht leisten.« Ihre Eltern hatten sie während der letzten drei Jahre unterstützt, aber sie mochte sie nicht um noch mehr Geld bitten. Sie war dreiunddreißig und sollte eigentlich unabhängig sein.

»Kannst du denn wenigstens das Geld für einen Flug nach Sardinien zusammenkratzen?« Charlotte klang jetzt ernster. »Wenn nicht, übernehme ich das.«

»Oh, das könnte ich nicht annehmen …« Doch noch während sie das sagte, blitzte ein viele Jahre altes Bild vor ihrem inneren Auge auf: sanft gekräuseltes blaues Wasser, Buchten mit weißem Sand, grüne Berge. Das war ihr Bild von Italien.

»Rede keinen Unsinn«, sagte Charlotte in bestimmendem Ton. »Außerdem soll es nicht nur ein Urlaub werden. Hör zu, Liebes. Ich habe einen Vorschlag.«

2

Zu Hause in Dorset spürte Faye, wie sie sich zu entspannen begann. Alles war so beruhigend vertraut. In der Küche backte ihre Mutter Scones. Nach einer vormittäglichen Stöberrunde auf dem Antikmarkt in der Stadt wollte sie zum Tee Scones mit Schlagsahne und Marmelade servieren, wie es in Dorset üblich war. Ihr Vater saß im Wintergarten, hatte die Füße hochgelegt und las die Zeitung. Er war blond, groß und schlank, und obwohl er inzwischen Mitte fünfzig war, war er immer noch gut in Form. Draußen, jenseits des Gartens hinter dem Cottage von Fayes Eltern, weideten Schafe auf dem unfassbar grünen Gras von Dorset. Die Weiden waren von Bruchsteinmauern durchzogen, die seit Jahrhunderten dort standen. Waren sich ihre Eltern überhaupt bewusst, in was für einem ländlichen Idyll sie lebten?

Faye lächelte und betrachtete den Ort, der früher ihr Zuhause gewesen war. Ihre Mutter war in West Dorset groß geworden; ihr Vater pendelte schon den größten Teil seines Lebens nach Exeter. Faye war nach London gezogen, aber sie war sich immer noch nicht sicher, ob sie dort hingehörte.

»Hier steht die Zeit still, oder?«, fragte sie.

Ihr Vater erwiderte ihr Lächeln auf seine übliche Art. Doch

es lag etwas in seinen hellblauen Augen, das bei Faye an eine lange zurückliegende Erinnerung rührte. Kurz blitzte sie auf, und Faye versuchte, sie zu fassen zu bekommen, doch da war sie schon wieder verschwunden. »Dad?« Sie legte ihm eine Hand auf den Arm, als wolle sie ihn beruhigen – oder sich selbst.

Er schob einen Gedanken beiseite, das sah sie genau. »Nichts ändert sich«, pflichtete er ihr bei und tätschelte ihre Hand.

»Deswegen ist es wahrscheinlich so friedlich hier.« Doch selbst wenn sie hier einen Job als Innenarchitektin finden könnte, war Faye sich nicht sicher, ob sie zurückkommen wollte. London hatte einen Kulturschock bedeutet, aber sie hatte sich schnell an das Tempo und die Menschen gewöhnt, an das quirlige, ewig summende Großstadtleben. Doch nun dachte sie plötzlich, dass es manchmal vielleicht gut war, alles etwas langsamer anzugehen.

Faye stand auf und ging zu ihrer Mutter in die Küche. »Kann ich dir helfen?«

Ihre Mutter zeigte auf die Schüssel, die auf der Arbeitsplatte stand. »Sehr gerne, Liebes.«

Faye schnappte sich eine Schürze, die an einem Haken hinter der Tür hing, und zog sie an. Sie wusch sich die Hände, trocknete sie ab und begann dann, Butter in das Mehl zu kneten. Sie spürte, wie das Fett zwischen ihren Fingern hindurchglitt und sich wie immer nach und nach wunderbar mit dem Mehl vermischte. Dann schüttelte sie die Schüssel, damit die buttrigen Klumpen an die Oberfläche kamen. Sie backte und kochte gern, obwohl sie es in London nicht oft tat. Nie schien sie genug Zeit zu haben; oft war es einfacher, Fertigsalate oder Mikrowellengerichte zu kaufen.

Sie gab oberflächliche Antworten auf die üblichen Fragen ihrer Mutter. *Ja, mir geht's gut. Sicher, natürlich esse ich richtig. Ja, Justin fehlt mir.* Ihre Mutter hätte wahrscheinlich lieber Einzelheiten darüber gehört, aber Faye hatte nicht vor, ihr die zu erzählen. Doch ihre Mutter fragte gar nicht weiter.

Verblüfft blickte Faye auf. Zum wahrscheinlich allerersten Mal in ihrem Leben hörte ihre Mutter ihr nicht zu. »Mum?« Die braunen Augen ihrer Mutter blickten ausdruckslos in die Ferne, während sie mit den Fingern durch einen Berg Sultaninen rührte, die in einem Sieb trockneten. Sie würden später in den Teig für die Scones wandern.

Ihre Mutter blinzelte, warf eine Strähne ihres dunklen Haars zurück, das immer noch dicht war und glänzte und zu einem akkuraten, praktischen Bob geschnitten war. »Tut mir leid, Liebes. Was hast du gesagt?«

Faye runzelte die Stirn. Sie dachte an ihren Vater, dem vorhin im Wintergarten kein überzeugendes Lächeln gelungen war. »Ist alles in Ordnung?«

»Natürlich. Was meinst du? Warum sollte etwas nicht in Ordnung sein?«

»Weil … ach, nichts.« Faye konnte sich eigentlich nicht beklagen. Schließlich hatte sie selbst überhaupt keine Lust, Fragen über Justin zu beantworten. Justin hatte sie verlassen und gesagt, er habe genug. Er hatte nicht gesagt, wovon er genug hatte, daher konnte Faye nur davon ausgehen, dass es an ihr lag. An dem Leben, das sie zusammen führten. Und sie vermutete, dass das ihre Schuld war. Welcher Mann würde sich freuen, wenn seine Freundin die halbe Nacht aufblieb und lernte? Welcher Mann würde seine Freundin bei der verrückten Entscheidung unterstützen, Innenarchitektur zu studieren, obwohl sie schon einen vernünftigen Job hatte, in dem sie als gut bezahlte Chefsekretärin einen sehr netten Mann bei der Arbeit unterstützte? Welcher Mann würde das tun, weil es bedeutete, dass seine Freundin in einer Branche arbeiten konnte, die sie liebte, und etwas Kreativeres, Erfüllendes tun konnte? Justin jedenfalls war nicht dieser Mann, so viel war klar. Faye war nicht verbittert. Sie mochte Justin sehr gern. Er fehlte ihr immer noch. Sie hatte geglaubt, ihn zu lieben, und als er gegangen war, hatte sie sich gegen die emotionalen Nachbeben gewappnet.

Aber in den letzten paar Wochen war etwas ziemlich Eigenartiges passiert. Indem sie den Schmerz hinausschob und sich in ihre Arbeit stürzte, indem sie etwas Zeit vergehen ließ, war sie schon über das Schlimmste hinweg, und alles, was sie jetzt noch empfand, war ein Gefühl der Enttäuschung. Auf jeden Fall hatte sie eine schöne Zeit mit Justin gehabt. Er war attraktiv, charmant und sogar witzig. Aber das reichte ihr nicht. Das wusste sie jetzt. Sie wünschte sich jene andere, schwer zu findende Sorte von Freund, die Sorte, die einen in absolut allem unterstützte – falls die überhaupt existierte. Angeblich gab es für jeden Menschen jemanden, der zu ihm passte, aber Faye zweifelte langsam daran.

Sie wischte sich die letzten mehligen Krumen von den Händen und stellte die Schüssel beiseite. Sie stellte fest, dass sie ein leises, ungutes Gefühl beschlichen hatte. Alles hier war vertraut, schon. Aber es *war* nicht wie immer. Ihr Vater war nicht ganz er selbst. Und ihre Mutter hatte gerade mit einer unerschütterlichen Gewohnheit gebrochen, indem sie darauf verzichtet hatte, einen detaillierten Bericht über Fayes Trennung von Justin einzufordern. Das passte überhaupt nicht zu ihr. Faye holte tief Luft. *Jetzt komm schon, du bildest dir nur etwas ein.* In letzter Zeit hatte sie zu schwer gearbeitet und nicht genug geschlafen. Wenn etwas nicht in Ordnung war, würden sie ihr schon davon erzählen. So oder so, wenn etwas nicht stimmte, würde sie davon erfahren.

Vor dem Tee unternahmen Faye und ihr Vater einen Spaziergang über die Klippen. Es war Fayes Vorschlag gewesen. Klippenspaziergänge – und zwar bei jedem Wetter – gehörten zu einem Wochenende zu Hause in Dorset einfach dazu. Sie wollte hoch auf die Klippe hinaufsteigen, über die gewaltige Wasserfläche hinausschauen und zusehen, wie die Sonne auf den quer gestreiften goldenen Felsformationen und den Kieselsteinen von Chesil Beach glitzerte, der sich in einem perfekten Bogen bis zur fernen, im Dunst liegenden Landspitze von Portland erstreckte. Sie wollte die raue Meeresbrise auf der Haut fühlen und spüren, wie der Wind kräftig durch ihr Haar fuhr. Nach den letzten paar Monaten, in denen sie wie eine Einsiedlerin gelebt hatte, wollte sie sich den Kopf freipusten lassen.

Sie parkten an der Bucht und stiegen Seite an Seite den steilen, steinigen Klippenpfad hinauf, ohne zu reden; sie brauchten ihren ganzen Atem für die Kletterpartie. Oben blieben sie stehen, um den bunten Flickenteppich der Dächer in der Bucht und den Hafen zu betrachten, dessen Anlegestelle aus grauem Beton ins Meer hinausragte. Das Wasser unter ihnen glänzte olivgrün, und das Gras unter ihren Füßen war nach dem Regen matschig.

»Und? Was gibt's Neues, Dad?«, fragte Faye. Ein schlechtes Gewissen packte sie, als ihr klar wurde, dass sie diese Frage wahrscheinlich nicht oft genug stellte. Nicht, dass sie sich nicht dafür interessierte; der Grund war eher, dass sich im Leben ihrer Eltern nie etwas zu verändern schien. In London dagegen … Sie verdrängte den Gedanken an die letzten Monate voller Arbeit und die Sache mit Justin – jedenfalls für den Moment. Manchmal hatte sie das Gefühl, ihr anderes Leben existiere gar nicht, solange sie hier war. Es war eine Auszeit. Und die konnte sie wirklich gebrauchen.

Ihr Vater steckte die Hände in die Taschen. »Also, es ist tatsächlich etwas passiert«, erklärte er.

Faye blieb stehen. Sie hatte es doch gewusst. »Ja?« Aber nach der Miene ihres Vaters zu urteilen, schien es nichts Schlimmes zu sein.

»Man hat mir angeboten, vorzeitig in den Ruhestand zu gehen.« Er sah auf das Meer hinaus, als wären dort Antworten zu finden, und Fältchen erschienen um seine blauen Augen, als er in die Nachmittagssonne blinzelte.

»Aha.« Das erklärte vieles. Fayes Vater war schon sein ganzes Leben im Bankwesen tätig. Sie wusste, dass er sich rasch hochgearbeitet hatte. Wahrscheinlich arbeitete er gern; jedenfalls schien er sich mit seinen Kollegen gut zu verstehen. Als sie jünger gewesen war, hatte er oft müde gewirkt. Aber so war das Leben der meisten Menschen nun einmal, oder? Man arbeitete schwer, man sparte für den Urlaub. Man war erschöpft, also brauchte man ihn. Faye hatte auch in dieser Tretmühle gesteckt, bis sie eines Tages Bilanz gezogen und den Absprung gewagt hatte.

»Und?«, hakte sie nach, während sie weitergingen. An den Hängen der Klippen blühten schon die Strand-Grasnelken und Butterblumen; es sah aus, als habe jemand eine Decke in Lila und Gelb über das Grün geworfen. Ein vorzeitiger Ruhestand war doch etwas Gutes, oder? Ihre Eltern waren nicht knapp bei Kasse, und ihr Vater würde eine Pension beziehen. Darüber hinaus würde er auch die Chance haben, etwas anderes zu tun. »Du nimmst das Angebot doch an, oder?« Vorausgesetzt, er konnte darüber entscheiden.

»Ja, Liebes.« Er warf ihr einen Blick zu, den sie nicht recht deuten konnte, und ging schneller. In seinen schlammbespritzten grünen Gummistiefeln stapfte er in Richtung Freshwater Beach und Campingplatz.

Faye runzelte die Stirn. Da stimmte etwas nicht. Sie ging schneller, holte ihn ein und hakte sich bei ihm unter. »Und was machst du dann mit deiner ganzen Freizeit, Dad?« Sie lachte. »Dir einen Kleingarten kaufen? Kreuzworträtsel im Bett?«

Sein Lächeln fiel – ähnlich wie das vorhin – nicht überzeugend aus. Wollte er vielleicht gar nicht aufhören zu arbeiten? Sie war einfach davon ausgegangen. Wollte man ihn loswerden? Steckte das dahinter? »Nur ein Scherz«, flüsterte sie. »Es macht dir doch nichts aus, oder? In Pension zu gehen, meine ich.«

»Nein, Schatz.« Er blickte über die Felder, die auf der anderen Seite der Klippen ins Tal abfielen und dann wieder zum Kamm hin anstiegen. Auf der anderen Seite lagen das Naturschutzgebiet und das Dorf Bothenhampton. »Natürlich nicht. Ich freue mich.«

»Wirklich?«

»Wirklich.« Er drückte ihren Arm.

Das sollte sie beruhigen. Aber warum, fragte sie sich, sah er dann so beunruhigt aus?

Später beim Tee, den sie im Garten tranken, beharkte Fayes Mutter wieder vertrautes Terrain. Für Faye war es fast eine Erleichterung.

»Wie sieht es mit Jobs aus, Liebling?«, fragte sie und strich eine dünne Schicht Sahne auf ihren Scone. »Ist da vielleicht schon was in Aussicht?«

Faye zuckte mit den Schultern. Ihre Mutter war der praktischere Teil ihrer Eltern. Sie war es, die sich darum kümmerte, dass die Miete bezahlt wurde und alle zu essen hatten. Faye biss ein Stück von ihrem Scone ab. Er war saftig und zerbröselte in ihrem Mund. Dort mischte er sich mit der Sahne und der selbst gemachten Himbeermarmelade ihrer Mutter. Köstlich. »Ich habe Kontakt zu ein paar Firmen aufgenommen und ihnen meine Mappe geschickt«, sagte sie. »Wir werden sehen.«

Um ehrlich zu sein, schien allein die Idee, in der Welt der Innenarchitektur und des Designs zu arbeiten, eine Million Meilen entfernt zu sein von ihrem Studium, ihrem Abschluss und ihrer jetzigen Lage. Würde sie das schaffen? Konnte sie es in die Praxis umsetzen? War sie gut genug? Faye hatte keine Ahnung. Ihre Universität hatte einen guten Ruf in der Branche, aber wie sie schon zu Charlotte gesagt hatte, gab es da draußen jede Menge talentierter Menschen. Und die meisten davon waren jünger, unverbrauchter und wahrscheinlich engagierter als Faye. Reife, rief sie sich ins Gedächtnis, war vielleicht doch kein so starker Pluspunkt, wie ihr Tutor behauptet hatte.

»Es wird sich schon etwas ergeben, Schatz«, meinte ihr Vater zuversichtlich. Er schaute Fayes Mutter an, und Faye sah den Blick, den die beiden wechselten.

Sie war sich nur nicht sicher, was es für einer war. »Tatsächlich hat sich etwas ergeben«, erklärte sie.

»Ach?« Jetzt hatte sie die volle Aufmerksamkeit der beiden.

»Erinnert ihr euch noch an Charlotte?«

»Ja.«

Faye wischte mit dem Finger ein wenig Sahne von ihrem Teller und leckte ihn ab. »Sie hat mich eingeladen, ihr Haus auf Sardinien zu hüten.« Sardinien: warm, sonnig und mit einer Überzahl an herrlichen Stränden gesegnet. Ganz zu schweigen von der Küche, der Architektur und den Männern.

Ihre Mutter sah sie mit tadelndem Blick an. »Ein Haus hüten?«, wiederholte sie. »Das ist doch wohl kaum ein Job in der Designbranche, oder, Liebling?«

Das hatte Faye zuerst auch gedacht. Ein oder zwei Wochen auf Sardinien konnte sie vor sich selbst rechtfertigen: Sie hatte hart gearbeitet, sie konnte eine Atempause gebrauchen, und sie konnte sich trotzdem bewerben und E-Mails beantworten, während sie unterwegs war. Doch alles, was länger dauerte, wäre schierer Müßiggang.

»Aber nach all der Arbeit könnte Faye wirklich einen anständigen Urlaub gebrauchen«, schaltete sich ihr Vater gutmütig ein. Er sah sie an. »Du hast noch reichlich Zeit, einen Job zu finden, wenn du dich erholt hast, Schatz.«

»Hmm.« Ihre Mutter wischte sich den Mund mit einer Serviette ab und sah noch immer skeptisch aus. Faye wusste, dass ihre Mutter in einem exklusiven Kaufhaus gearbeitet hatte, bevor ihre Eltern sich kennengelernt hatten. Sie hatte ihre Stellung aufgegeben, als sie Faye bekommen hatte, und war sechzehn Jahre lang nicht berufstätig gewesen. Dann hatte sie bei einem Laden im Ort angefangen, der Kunsthandwerk verkaufte. Doch schließlich hatte sie auch diese Stelle aufgegeben und war nun schon seit Jahren wieder nur Hausfrau. Sie hielt das Haus blitzsauber, sie machte das Abendessen, sie kochte und backte für den Bauernmarkt – Marmeladen, Scones, Kuchen, Quiches –

und umsorgte ihren Mann. Ihm schien das recht zu sein. Nein, ihre Mutter war nie eine Karrierefrau gewesen, und Faye hatte es auch nie anders haben wollen. Als Kind war sie geliebt und verhätschelt worden; ihre Mutter hatte ihr das Gefühl gegeben, etwas Besonderes zu sein. Aber jetzt fragte sie sich, ob sich ihre Mutter nie nach etwas anderem gesehnt hatte.

Charlotte hatte erklärt, dass ihr Mann Fabio im Auftrag der Hotelkette, für die er arbeitete, reihum die Hotels seiner Firma in Norditalien besuchen sollte. »Er soll herausfinden, warum sie so wenig Gewinn abwerfen«, hatte sie erklärt, »und sich einen Super-Fabio-Plan einfallen lassen, um sie wieder auf Erfolgskurs zu bringen. Du weißt ja, wie so etwas läuft.«

Faye wusste Bescheid. Sie hatte Fabio kennengelernt, als Charlotte und er in der alten Kirche in Bothenhampton geheiratet hatten. Er sah gut aus und war äußerst selbstbewusst. Super-Fabio, in der Tat. Faye konnte verstehen, warum sich Charlotte während eines zweiwöchigen Urlaubs auf Sardinien so unsterblich verliebt hatte. Charlotte – und die britischen Jungs, die sie kannte – hatten dagegen keine Chance gehabt.

»Und wo passe ich da hinein?«, hatte Faye gefragt. »Sag mir nicht, dass Fabio eine Sekretärin braucht, die sein Leben organisiert, denn das würde ich dir nicht glauben.«

Charlotte lachte. »Du hast recht, er braucht keine. Aber ich begleite ihn.«

»Zur moralischen Unterstützung?«

»Du machst Witze. So etwas braucht er auch nicht. Nein, als Chance für mich, etwas von Italien zu sehen. Wir verreisen nur ganz selten. Dieses Hotel ist Fabios Baby.«

»Oh, verstehe.« Faye begriff langsam. Sie fragte sich, ob Charlotte sich eine andere Art Baby für sich und Fabio wünschte. »Also macht ihr Urlaub?«

»Urlaub? Das ist noch witziger. Fabio ist ein totaler Workaholic, und du kennst mich, solange ich meine Stricknadeln dabeihabe, kann ich überall arbeiten.«

»Natürlich.« Faye lachte leise. »Aber wozu brauchst du mich?«

»Um das Haus zu hüten. Und um Fabios kostbare tropische Fische zu füttern.«

»Ach ja, die Fische.« Charlotte hatte ihr von dem Aquarium erzählt, das inzwischen anscheinend ihr halbes Wohnzimmer einnahm.

»Und um vor Ort zu sein, falls eingebrochen wird«, fügte Charlotte hinzu.

»Oh, wie schön.«

»Du weißt schon, wie ich das meine. Fabio ist in der Hinsicht paranoid.«

Dann ist er also doch nicht vollkommen, dachte Faye.

»Und bevor du fragst, es gibt keinen Grund, weshalb jemand bei uns einbrechen sollte. Bei uns ist noch nie eingebrochen worden, und hier in Deriu gibt es praktisch keine Kriminalität.« Charlotte senkte die Stimme. »Abgesehen von Giorgia Voltis Verschwinden. Aber das war vor Jahren, vor meiner Zeit. Doch wie ich schon sagte …«

»… ist Fabio paranoid.«

»Genau.«

»Habe ich sonst noch Pflichten?«, erkundigte sich Faye.

»Genieß einfach ein paar Wochen auf Sardinien. Du brauchst das, Faye, nachdem du so lange bis in die frühen Morgenstunden gelernt hast«, sagte Charlotte mit Nachdruck.

Aber Faye kannte sie besser. »Und was noch?«, fragte sie …

»Charlotte hat zwei Freunde, die ein Theater besitzen«, erklärte Faye ihren Eltern.

»Ein Theater?« Ihr Vater sah sie fragend an.

»Ein Theater«, bekräftigte sie. Wenn man recht darüber nachdachte, war doch alles Theater – das ganze Leben ein einziges Drama.

Ihre Mutter runzelte die Stirn. »Wie heißen denn diese Freunde?«

»Alessandro und Marisa Rinaldi«, sagte Faye.

»Rinaldi …« Ihre Mutter, die sie gerade noch interessiert angesehen hatte, wandte den Blick ab, ihre Augen schweiften über den Garten, und sie schien sich in Gedanken zu verlieren.

»Wir haben Bruno Rinaldi kennengelernt«, sagte Fayes Vater. »Er hat bei uns gewohnt, als Charlotte und Fabio geheiratet haben.«

»Natürlich, ja.« Faye erinnerte sich an ihn – eine stattliche Erscheinung, kultiviert und sehr charmant.

»Er hat erwähnt, dass sie zwei erwachsene Kinder haben, nicht wahr, Molly?«

Ihre Mutter schien Mühe zu haben, aus ihren Gedanken zurückzukehren. »Ja«, sagte sie. »Er hat davon gesprochen.«

»Er war nicht viel älter als wir«, meinte Fayes Vater. »Was ist aus ihm geworden? Er lebt doch noch, oder?«

Faye fragte sich, ob sie sich die Spannung zwischen den beiden nur einbildete. »Nein«, erklärte sie. »Charlotte hat mir erzählt, dass er vor ein paar Monaten gestorben ist.«

Ihrer Mutter entfuhr ein leises Stöhnen.

»Wir kannten ihn nicht gut«, sagte ihr Vater. »Aber das tut mir leid.«

»Was will Charlotte denn nun von dir?«, fragte Fayes Mutter mit einem seltsamen Ausdruck im Gesicht.

»Ich soll mir das Theater ansehen – zuerst einmal. Dann …«

»Und? Fliegst du?«

»Es muss renoviert werden«, hatte Charlotte ihr erklärt und dabei die Aufregung in ihrer Stimme kaum unterdrücken können. »Es verfällt seit Jahren und muss von Grund auf renoviert werden.«

Faye überlegte, was sie von Theaterausstattung verstand. Nicht allzu viel. »Ich …«

»Du«, unterbrach Charlotte sie, »könntest genau die richtige Frau für den Job sein.«

»Ja, ich fliege auf jeden Fall«, antwortete Faye. Sollte sie sich einen Urlaub auf Sardinien und die Chance, eine ihrer besten Freundinnen wiederzusehen, etwa entgehen lassen? Ganz zu schweigen von der Aussicht auf ein faszinierendes Projekt? Die Wahrheit war, sie konnte es kaum abwarten.

3

Faye war es gelungen, einen preiswerten Last-minute-Flug nach Olbia zu buchen. Beim Landeanflug bot sich ihr ein überwältigender Ausblick. Faye spähte aus dem Bullaugenfenster und betrachtete die kleinen Inseln vor der sardischen Küste und die felsigen Buchten. Sie sah Boote, die in einem fast kreisrunden Hafen festgemacht waren, und türkisfarbenes Wasser, das eher nach Karibik als nach Mittelmeer aussah. In der Ferne, hinter dem geschäftigen Hafen, lagen die mit grünen Bäumen und Buschwerk bewachsenen Berge, um deren Gipfel ein paar Wolkenfetzen schwebten.

Faye spürte, wie Vorfreude in ihr aufstieg. Bei dem Gedanken an das Projekt, zu dem sie sich mit ihrer Anreise schon halb verpflichtet hatte, waren ihr in der letzten Woche manchmal Zweifel gekommen. Charlotte war nicht allzu sehr ins Detail gegangen. »Das können wir besprechen, wenn du da bist«, hatte sie auf die meisten von Fayes Fragen geantwortet. Nach all der Zeit auf Sardinien hatte Charlotte eine gewisse Sorglosigkeit angenommen, die anscheinend typisch für das mediterrane Temperament war. In jedem Fall hatte sie entschlossen gewirkt, Faye um jeden Preis nach Sardinien zu holen.

Faye war sich nicht sicher, warum. Sie verfügte über keinerlei praktische Erfahrung mit der Restaurierung von Gebäuden, und die Neugestaltung eines Theaters – auch wenn es nur ein kleines war – war für jemanden, der gerade erst seinen Abschluss gemacht hatte, ein ziemlich ehrgeiziges Projekt. »Unsinn«, hatte Charlotte gesagt, als Faye ihr ihre Bedenken geschildert hatte. »Du kannst zumindest ein paar Ideen beitragen.«

Schließlich hatte Faye zugestimmt: »Okay, ich tue mein Bestes.« Immerhin sprang für sie ein Gratisurlaub heraus.

Charlotte holte sie vom Flughafen ab. Die beiden umarmten sich, versicherten sich gegenseitig, wie gut sie aussähen, und stiegen dann ins Auto, um nach Deriu zu fahren. Charlotte steuerte den Wagen in Richtung Westen, ins Landesinnere. Sie durchquerten Korkeichen-Wälder. Die knorrigen Bäume waren von lavendelgrauen Flechten überzogen, und von vielen war die raue Borke bis zur halben Höhe abgeschält. Faye gefiel die Stille, die diese Landschaft ausstrahlte; allerdings wurde ein Großteil der Wirkung durch Charlotte zunichtegemacht, die ohne Pause plauderte – über ihre Arbeit, über Fabios Arbeit, über ihre bevorstehende Italienreise. Und als sie diese Themen erschöpfend behandelt hatte, verlegte sie sich auf Fragen: nach Fayes Abschluss – *keine Ahnung, wie du das geschafft hast* –, ihre Trennung von Justin – *eindeutig nicht der Richtige für mein Mädchen* –, bevor sie schließlich in Erinnerungen an die guten alten Zeiten am College schwelgte.

Faye beschwerte sich nicht. Sie genoss es, sich einfach auf dem Beifahrersitz zurückzulehnen, durch die Autofenster die warme Sonne des späten Frühlings zu spüren und die Landschaft auf sich wirken zu lassen. Sie durchquerten Olivenhaine und dichte Wälder mit Unterholzpflanzen, die Charlotte zwischen ihren Ausführungen völlig unvermittelt als Myrte, Schwarzdorn und Erdbeerbäume identifizierte. »Sogar im Winter ist die Insel grün«, warf sie ein. »Es ist wunderschön hier, nicht wahr?«

»Ja, das ist es.« Faye sah ihrer Freundin an, dass sie stolz auf die Insel war, die zu ihrem Zuhause geworden war. Charlotte war hier regelrecht aufgeblüht. Sie betrieb ein erfolgreiches kleines Unternehmen und machte einen glücklichen Eindruck. Und sie sah besser aus denn je. An diesem Nachmittag trug sie ein elegantes, weites taubengraues Seidenhemd und eng anliegende schwarze Hosen, die ihrer zierlichen Gestalt schmeichelten. Ihr kastanienbraunes Haar war momentan kurz geschnitten und makellos gestylt. Der Schnitt betonte die Form ihres Schädels und hob ihre hohen Wangenknochen und ihre schräg stehenden grünen Augen hervor.

»Aber was haben die Menschen auf Sardinien getan, bevor die Touristen gekommen sind?«, fragte Faye.

»Landwirtschaft, Schafzucht, Bergbau, Korkerzeugung«, rasselte Charlotte herunter. »Außerdem gibt es jede Menge Kunsthandwerk, besonders Korbflechten und Teppiche. Und dann sind da noch die Korallen. Warte, bis du die Korallen siehst, Faye!«

Sie hörte erst auf zu reden, als sie eine Brücke über einen breiten Fluss überquerten, an dessen Ufern Bambus und Dattelpalmen wuchsen. Faye war klar, dass diese Pause etwas zu bedeuten hatte. Sie wartete.

»Das ist es«, erklärte Charlotte.

»Deriu?«

Sie nickte.

Ihre Freundin hatte ihr die kleine Stadt beschrieben, aber die Worte waren ihrer Schönheit nicht gerecht geworden. Ein Gewirr von Häusern zog sich jenseits des fernen Flussufers einen Hügel hinauf. Im Hintergrund erhoben sich Berge, die ruhig und majestätisch seit Jahrhunderten unberührt dastanden. Auf der Kuppe des Hügels konnte Faye eine Burg erkennen. Die dicht gedrängten Häuser darunter, die sozusagen in ihrem Schutz standen, waren in unterschiedlichen Pastelltönen gestrichen, und der Fluss, der in den üppigen Gebirgstälern im Osten entsprang, schlängelte sich durch das Tal an der Stadt vorbei in Richtung Meer. An seinem baumbestandenen Ufer lagen Schlauchboote, Ruderboote und kleinere Segelboote vertäut.

»Das ist das *centro storico*, die mittelalterliche Altstadt.« Charlotte zeigte auf den Hügel. Die tiefer gelegeneren Teile der Stadt lagen im Schatten. »Die Phönizier haben Deriu einst gegründet – wegen des fruchtbaren Bodens und des Flusses, vermute ich mal. Das Meer und der Jachthafen liegen dort.« Sie zeigte nach vorn. »Und wir wohnen am Flussufer.« Sie lachte. »Wie die Wasserratte und der Maulwurf aus *Der Wind in den Weiden*.«

»Es ist wunderschön.« Und das sollte für die nächsten ein, zwei Monate Fayes Zuhause sein. Wie fabelhaft war das denn?

Charlotte lächelte, fuhr weiter und hielt neben einem großen Gebäudekomplex am Fluss an.

Faye blickte daran empor. Er war riesig und sah aus wie eine Fabrik, obwohl die ursprünglichen Gebäude offensichtlich in mehrere Häuser aufgeteilt worden waren.

»Im 18. und 19. Jahrhundert waren das alles Gerbereien«, erklärte Charlotte. »Eine Erinnerung an die Zeit, als Deriu feines Leder nach ganz Europa exportiert hat.«

»Ist das heute nicht mehr so?«, fragte Faye. Einige der Gebäude waren in große, elegante Wohnhäuser verwandelt worden, aber andere sahen verlassen aus und wirkten baufällig.

»Leider nein. Das war zu Derius großer Zeit unter spanischer Herrschaft«, sagte Charlotte. »Die alte Gerberei nebenan ist heute ein Museum, falls du dich für Geschichte interessierst.«

»Aber ja.« Faye lächelte sie an. »Ich kann es kaum abwarten, mir alles anzusehen. Vor allem das Theater natürlich«, fügte sie hinzu.

Charlotte blinzelte. Einen Moment lang schien es, als würde sie ein wenig von ihrer ansonsten so unerschütterlichen Ruhe verlieren. »Danke, dass du gekommen bist, Faye.« Sie sah Faye an, und irgendetwas an ihrem Ausdruck machte sie argwöhnisch.

»Was ist?«, fragte Faye leise, obwohl sie noch immer im Auto saßen und niemand in der Nähe war, der sie hätte hören können. Sie begriff plötzlich, dass Charlotte so viel geredet hatte, um nicht von etwas anderem sprechen zu müssen, etwas, über das sie vielleicht nicht nachdenken mochte. »Geht es dir gut? Ist etwas mit Fabio?«

Charlotte schüttelte den Kopf. »Nein, es ist nichts mit Fabio. Uns geht es gut – und mir auch.«

Gott sei Dank. »Was hast du dann?« Faye seufzte. »Hat es mit dem Theater zu tun?«

Charlotte biss sich auf die Lippen. »Es gibt ein paar Dinge, die ich dir über das Theater nicht erzählt habe, Liebes«, gestand sie.

Faye hätte es wissen müssen. Die Sache hatte viel zu gut geklungen, um wahr zu sein. Ein Traumjob an einem traumhaften Ort – warum sollte sie auch so viel Glück haben? »Dann mal los.«

»Es sind die Leute in der Stadt.« Durch das Autofenster warf Charlotte einem Paar, das nichts anderes tat, als einfach am Ufer entlangzuschlendern, einen wütenden Blick zu. »Sie mögen keine Veränderungen.«

»Wer mag die schon?« Faye zuckte mit den Schultern.

»Ja, das stimmt. Aber einige von ihnen sind ziemlich streitlustig.«

»Streitlustig?« Faye beschlich ein ungutes Gefühl.

»Nun, sie haben diesen Protestfeldzug gestartet.«

»Was für einen Protest?« Vor ihrem inneren Auge sah Faye eine Demonstration am Flussufer unter den Palmen. Plakate, Spruchbänder, sogar Hassmails. Ihr unheilvolles Gefühl wurde noch stärker.

»Ach, nur eine Petition«, erklärte Charlotte. »Nichts eigentlich. Nur Kleinstadtpolitik.«

Aber offensichtlich genug, um Charlotte aus der Fassung zu bringen. »Was genau steht in dieser Petition?«, hakte sie weiter nach.

»Das kleine Theater soll so restauriert werden, dass es wieder in seinem alten Glanz erstrahlt«, sagte Charlotte. »Alles soll wieder genauso werden wie damals. Die Menschen in dieser Stadt sind sehr …« Sie zog eine Augenbraue hoch. »… *traditionell* in ihren Auffassungen. Du wirst schon sehen.«

Faye war sich nicht sicher, ob sie das wollte. Hätte Charlotte ihr gegenüber die Wörter »Streit«, »Protest« und »Petition« eher erwähnt, wäre sie wahrscheinlich nicht hergekommen. Sie war hier, um sich zu erholen, und nicht, um in einen Krieg mit den Bewohnern von Deriu verwickelt zu werden. Sie hatte vor ihrer Reise schon einiges über Theaterarchitektur gelesen, denn sie wollte nicht wie eine komplette Anfängerin dastehen, und sie hatte zumindest so viel verstanden, dass die Architektur eines Theaters wesentlichen Einfluss darauf hatte, wie es von der Bevölkerung angenommen wurde. Allerdings hatte sie warten wollen, bis sie das Gebäude tatsächlich gesehen hatte, bevor sie sich eingehender damit beschäftigte. »Aber das Theater gehört schon deinen Freunden, oder?«, fragte sie. »Dann ist es doch ihre Entscheidung, in welcher Form sie es wiederaufbauen wollen, oder?«

»Ja.« Charlotte nickte. »Aber …« Sie zögerte. »Sagen wir, es hat einige Meinungsverschiedenheiten gegeben.«

»Meinungsverschiedenheiten?« Innerlich setzte Faye das Wort auf die Liste der Dinge, die sie davon abgehalten hätten, hierherzukommen. »Worüber?«

»Über die Eigentumsrechte.«

Faye starrte sie an. »Dann gehört es deinen Freunden vielleicht gar nicht?«

»Das ist kompliziert, Faye.« Charlotte legte die Hand auf Fayes Arm. »Wir sind hier nicht in England. Manche Dinge – zum Beispiel Besitzurkunden – sind auf Sardinien nicht einfach nur schwarz oder weiß. Manches ist mehr so ein undurchschaubares Grau.« Sie öffnete die Autotür. »Komm, gehen wir hinein. Ich kann es nicht abwarten, dir das Haus zu zeigen. Wir haben es vor fünf Jahren ausbauen lassen.« Über die Schulter lächelte sie ihr zu. »Hättest du nur ein bisschen schneller studiert, dann hättest du den Umbau für uns übernehmen können.«

»Aber …« Ein undurchschaubares Grau? Es musste doch eine Besitzurkunde geben, oder? Und wenn das Theater Charlottes Freunden gar nicht gehörte, wie konnten sie sie dann einstellen, um bei der Restaurierung mitzuarbeiten? »Das mit dem Theater hättest du mir erzählen sollen«, sagte sie verärgert und stieg ebenfalls aus dem Wagen. Charlotte hatte sie unter Vorspiegelung falscher Tatsachen hergelockt, ihr Sonne und Strand und dazu noch ein aufregendes Projekt versprochen, und nun hatte sie das Gefühl, mitten in einen Krieg geraten zu sein.

Charlotte stellte den Koffer ab, den sie aus dem Kofferraum geholt hatte, und umarmte sie. Sie hielt Faye an den Schultern fest und sah ihr direkt in die Augen. »Es tut mir leid, Liebes«, sagte sie. »Wenn ich dir alles erzählt hätte, wärest du vielleicht nicht gekommen.«

»Genau«, knurrte Faye, obwohl es schwierig war, wütend auf Charlotte zu sein, wenn sie so zerknirscht dreinschaute.

»Aber du bist hier, im schönsten Teil der Insel«, sagte Charlotte, »und ich bitte dich nur darum, dir das Theater anzusehen und mit den Rinaldis zu reden. Wenn du nichts mit dem Projekt zu tun haben willst, dann ist es auch gut. Du kannst so lange in unserem Haus wohnen, wie du willst, und Fabios Fische füttern, und wenn du genug davon hast, fliegst du nach Hause. Den Urlaub, den ich dir versprochen habe, bekommst du auf jeden Fall. Okay?«

Wenn Charlotte es so ausdrückte, konnte Faye kaum etwas dagegen einwenden. »Einverstanden«, sagte sie.

»Großartig!« Charlotte nahm den Koffer und schoss davon. »Wenn du früher abreisen willst, finden wir auf jeden Fall jemand anderen, der die Fische füttert. Aber ich hoffe natürlich, dass du das nicht tust«, sagte sie. »Und was das Theater angeht …« Sie ging die Stufen zur Haustür hoch. »Marisa und Alessandro werden dir alles erklären.«

Faye war immer noch nicht ganz wohl dabei. Welche anderen wichtigen Informationen mochte Charlotte ihr noch vorenthalten haben? Sie dachte an die Reaktion ihrer Mutter auf den Namen Rinaldi – sie war, vorsichtig ausgedrückt, merkwürdig gewesen. Eigentlich hatten sich ihre Eltern beide komisch verhalten. Faye wollte wissen, was da los war. »Warum ist eigentlich Bruno Rinaldis Frau nicht zu eurer Hochzeit gekommen?«, fragte sie Charlotte.

»Sie ist gestorben, bevor wir geheiratet haben«, erklärte Charlotte. »Sie war Schauspielerin. Ich habe sie nicht kennengelernt, aber ihr Tod war eine große Tragödie für die Stadt. Marisa erzählt, jeder hier in Deriu hätte sie geliebt.«

»Verstehe.«

»Und dann ist Bruno vor zwei Monaten gestorben«, sagte Charlotte. »Das hat die beiden tief getroffen, besonders Marisa.«

Was das Ganze noch komplizierter machte, rein wegen des emotionalen Aufruhrs. Faye konnte sich dieses Gedankens nicht erwehren. »Wann treffen wir uns denn mit den Rinaldis?«, fragte sie. Hoffentlich würde sie zuerst Gelegenheit haben, sich zu entspannen und ihre Umgebung ein bisschen zu erkunden. Sie wollte den Hafen von Deriu und das Gerbereimuseum sehen und natürlich das faszinierende *centro storico*.

»Sehr bald«, verkündete Charlotte, steckte den Schlüssel ins Schloss und öffnete die Tür. »Genauer gesagt habe ich sie für heute Abend zum Essen eingeladen.«

4

WENIGER ALS ZWEI STUNDEN später saß Faye mit einem Glas kaltem Prosecco in der Hand auf dem schicken cremefarbenen Ledersofa in Charlottes und Fabios offen angelegtem Wohnzimmer. Die Türen, die auf die Terrasse mit der Aussicht über den Fluss führten, standen weit offen. Sie warteten auf das Eintreffen der Rinaldis.

»Sie sind beide ganz reizend«, hatte Charlotte ihr versichert. »Besonders Marisa ist mir eine liebe Freundin geworden. Ich bin mir sicher, dass ihr beiden euch gut verstehen werdet.«

Faye hoffte es. Obwohl, je besser sie miteinander auskamen, umso schwerer würde es ihr fallen, Nein zu dem Theaterprojekt zu sagen.

Charlotte hatte sie stolz durch ihr Haus geführt, das die beiden vor ein paar Jahren gekauft und restauriert hatten. Mit dem Blick einer frischgebackenen Innenarchitektin musterte Faye es ganz genau. Wie die alte Gerberei, die es in seinem früheren Leben gewesen war, erstreckte sich das Haus über zwei Ebenen. Auf der unteren befanden sich eine offene Küche und der Ess- und Wohnbereich. In der Küche hatte Charlotte Minimalismus mit Behaglichkeit kombiniert. Eine polierte schwarze

Arbeitsplatte aus Granit flankierte einen in Schwarz und Weiß gehaltenen Profi-Herd, und ein riesiger, edler Kühlschrank spendete tatsächlich auf Knopfdruck Sprudelwasser und Eis. Eine Geschirrspülmaschine gab es nicht. Sie war zusammen mit der Waschmaschine in einem hinter der Küche liegenden Hauswirtschaftsraum untergebracht. Die Küchengeräte – und das waren nicht wenige – waren alle in sanft gleitende, ausziehbare Schubladen geräumt. Der Küchenboden bestand aus einem natürlich porösen Kalkstein, der sich unter den Füßen erstaunlich warm und angenehm anfühlte, und die Wand hinter dem Herd war mit mattem schwarzen Schiefer verkleidet. Die Küche war perfekt – und perfekt sauber. Faye lächelte in sich hinein. Die Küche eines erfolgreichen, berufstätigen Paares ohne Kinder.

»Gefällt es dir?« Charlotte fuhr herum. »Meinst du, du könntest dich hier wohlfühlen?«

War das ihr Ernst? »Oh, das könnte ich vielleicht.« Faye fuhr mit den Fingerspitzen über den glänzenden Granit. Allerdings würde sie es wahrscheinlich nicht wagen, hier etwas zu kochen. Diese Küche wirkte viel zu makellos für so etwas Profanes.

Im Wohnbereich gruppierten sich elegante Ledermöbel – eine Anspielung auf die Ursprünge des Gebäudes – um einen modernen, frei stehenden Holzofen aus schwarzem Metall und Edelstahl.

Ein raffinierter Kunstgriff, dachte Faye. Der süßliche Geruch des Leders mischte sich mit dem Duft von Blumen, die kunstvoll arrangiert in einer Vase auf der Glasplatte des Couchtischs standen. Der Parkettboden schimmerte in ungewöhnlichen Rot- und Grüntönen – Oliven- und Kirschholz, erklärte ihr Charlotte. Eine der Wände war mit Holz verkleidet, die anderen waren in klarem Weiß gestrichen. Dicke Teppiche mit einem Rankenmuster in Burgunderrot und Moosgrün verliehen dem Raum Dynamik und Struktur. Von der Decke hing ein klassischer Jugendstil-Kronleuchter, und an der größten Wand stand das Glanzstück des Raumes: Fabios Aquarium mit tropischen Fischen.

Faye trat näher heran. Der Boden des Beckens war mit grauen Kieselsteinen und weißem Kies bedeckt; Wasserpflanzen und dunkelrote Korallen boten Verstecke für die gelben, orangefarbenen und blau schillernden Fische, die in ihrem gläsernen Heim träge ihre Kreise zogen. Faye gefiel es, den Fischen im Wasser zuzusehen. Ihr elegantes Gleiten und Schweben wirkte irgendwie beruhigend. Sie konnte verstehen, warum Fabio so stolz darauf war.

»Was denkst du?« Charlotte nahm Fayes Hände und sah sie an. »Ist unser Zuhause nach deinem Geschmack?«

»Es hat wirklich Stil. Das hast du wunderschön gemacht.« Das meinte Faye ernst. Inneneinrichtung war etwas Subjektives, aber Charlotte besaß einen guten Blick und hatte ihr ganzes Talent in das Projekt eingebracht. Mit den hohen Decken und der offenen Gestaltung hatte sie die räumlichen Dimensionen der alten Gerberei erhalten, aber den Wohnbereich auch behaglich genug gestaltet, um ihn zu einem Heim zu machen. Faye sah sich noch einmal um. »Wart ihr euch immer über alles einig, du und Fabio, oder hat er dir freie Hand gelassen?«

»Wir haben diskutiert. Wir haben gestritten. Und dann habe ich sie natürlich machen lassen, was sie wollte.« Fabio war hereingekommen, ohne dass sie ihn gehört hatten. Er streckte ihr die Arme entgegen. »Faye, es ist wunderbar, dich zu sehen.«

»Ich freue mich auch, Fabio.« Faye fiel sofort auf, wie gut der Mann ihrer Freundin inzwischen Englisch sprach. »Wie geht es dir?«

»Sehr gut.« Mit großen Schritten kam Fabio herüber und küsste sie enthusiastisch auf beide Wangen. *»Bella«*, murmelte er und trat einen Schritt zurück, um sie zu betrachten. »Du siehst wunderschön aus.«

»Danke.« Das übertriebene Kompliment brachte Faye zum Lachen. Italiener waren solche Charmeure – wer hätte ihnen nicht gern geglaubt? Und sie hätte Fabio ohne Probleme das Gleiche sagen können. Denn er trug einen modisch geschnittenen marineblauen Anzug, dazu ein hellviolettes Hemd und italienische Lederschuhe und sah wirklich sehr elegant aus. Sein Haar war kurz geschoren, seine Wangen glatt rasiert, und seine dunklen Augen blitzten.

»*Ciao*, mein Schatz.« Fabio begrüßte seine Frau mit einer zärtlichen Umarmung.

Charlotte lächelte ihn an. »Ich zeige Faye nur noch ihr Zimmer, und dann komme ich wieder herunter«, versprach sie. Sie wandte sich an Faye. »Das Essen ist heute Abend ein Gemeinschaftswerk«, erklärte sie. »Ich bin für den Fisch zuständig, Fabio für die Nudeln. Seine Pasta ist einfach unwiderstehlich.«

Faye konnte es kaum abwarten. Sie war seit sechs Uhr morgens auf den Beinen und hatte außer den Sandwiches mit trockenem Käse und sauren Gurken im Flugzeug heute noch nichts gegessen. Sie stieg hinter Charlotte die Holztreppe hinauf, die zu den zwei Schlafzimmern oben führte. Jedes davon besaß ein eigenes luxuriöses Bad. Ihres war ganz in Weiß gestrichen und hatte einen Parkettboden aus Kirschholz, hölzerne Balken und eine gewölbte Decke. Das Bett war riesig, und die Decke und die dicken Kissen waren mit edler weißer Leinenbettwäsche bezogen. Auf dem Nachttisch lag ein Hochglanzmagazin. Es hieß *Ciao!* und war wahrscheinlich das italienische Gegenstück zu der englischen Zeitschrift *Hello*. Faye sah aus dem Fenster. Es bot eine herrliche Aussicht auf den Fluss unter ihnen, die Altstadt von Deriu und die Berge, deren Buschwerk im Licht des frühen Abends goldgelb schimmerte.

Ein Paradies, dachte Faye. Selbst wenn sie nur eine Woche hierblieb, würde sie jede Minute genießen.

Die Haustür stand weit offen. Auf ein kurzes Klopfen folgten Schritte. Die Rinaldis waren da. Dem aufgeregten Geplapper in schnellem Italienisch bei der Begrüßung konnte Faye nur schwer folgen. Doch dann wurde sie einer kleinen dunkelhaarigen Frau vorgestellt, die ungefähr so alt war wie sie selbst. Sie hatte riesige samtbraune Augen und ein strahlendes Lächeln. »Das ist Marisa«, erklärte Charlotte. »Und das ist Faye Forrester.«

Marisa ergriff Fayes Hand. »Ich freue mich so, Sie kennenzulernen«, sagte sie in perfektem Englisch. »Danke, dass Sie gekommen sind. Sie sind ein Geschenk des Himmels.«

»Ihr Englisch ist ausgezeichnet.« Faye war verblüfft. Sie war davon ausgegangen, dass sie für diesen Job ihr Italienisch wieder ein wenig aufpolieren musste. Sardisch war zwar eine eigene Sprache, doch viele Wörter ähnelten dem Italienischen. Allerdings war auch der spanische Einfluss sehr stark, wie Charlotte ihr bereits erklärt hatte.

»Danke.« Marisa lächelte wehmütig. »Unsere Mutter hat es uns gelehrt. Ihr war das sehr wichtig.«

»Ich habe Ihren Vater einmal kennengelernt«, sagte Faye leise. »Bei Charlottes und Fabios Hochzeit.«

Marisas Miene hellte sich wieder auf. »Natürlich«, sagte sie. »Dachte ich mir doch, dass mir Ihr Name bekannt vorkommt. Er hat bei Ihren Eltern gewohnt, stimmt's?«

»Ja.«

»Sie waren sehr freundlich zu ihm. Er hat uns davon erzählt. Geht es den beiden gut?«

»Ja, danke. Es tut mir sehr leid, dass Sie Ihren Vater verloren haben.«

Marisa traten Tränen in die Augen, und sie senkte den Kopf. »Ich wünschte, ich wäre auch zu Charlottes und Fabios Hochzeit nach England geflogen.« Sie drückte Charlottes Hand. »Aber damals kannte ich dich noch nicht, und wir waren noch nicht so eng mit Fabio befreundet.« Verschwörerisch beugte sie sich vor. »Ich glaube, mein Bruder war ein wenig eifersüchtig, weil unser Vater so angetan von Fabio war.«

»Verstehe.« Nach dem, was Charlotte ihr heute Nachmittag erzählt hatte, war sich Faye nicht mehr sicher, ob sie die beiden wirklich treffen wollte. Aber sie fühlte sich sofort zu dieser attraktiven jungen Frau mit dem herzförmigen Gesicht und dem strahlenden Lächeln hingezogen. Was die Besitzrechte am Theater und mögliche Streitpunkte anging, war Faye vielleicht nicht das Gottesgeschenk, das Marisa sich erhoffte, aber sie würde den beiden erst einmal vertrauen, solange es keinen Grund für das Gegenteil gab.

»Marisa unterrichtet hier in Deriu an der Grundschule«, sagte Charlotte.

»Ich glaube, wir brauchen mehr Wein«, erklärte Fabio und ging in die Küche.

Charlotte ergriff den Arm des Mannes, der sich zuvor mit Fabio unterhalten und ihnen den Rücken zugewandt hatte. »Und das«, sagte sie, »ist Alessandro.«

Er drehte sich zu Faye um. *»Buona sera, Signorina.«* Seine Stimme war tief, klang aber nicht unfreundlich. Faye war verblüfft über die blauen Augen, die sie ansahen. Er musterte sie gründlich.

Sie blinzelte. *»Buona sera«*, sagte sie zu ihm.

»Sie sind also die Innenarchitektin.« Auch er sprach Englisch.

Seine Direktheit ließ Faye ein wenig stutzen. Sie reckte die Schultern. Er strahlte nichts von der ungezwungenen Herzlichkeit seiner Schwester aus, aber auf jeden Fall sah er interessant genug aus, um der Besitzer eines Theaters zu sein. Sein lockiges schwarzes Haar reichte ihm bis zum Hemdkragen, und seine Augen waren regelrecht hinreißend. Er hatte schmale Hüften und war, vermutete sie, groß für einen Sarden, ungefähr fünf Zentimeter größer als sie. Abgesehen von den blauen Augen erinnerte er sie an ihren Vater. »Ich habe gerade erst meinen Abschluss gemacht.« Sie erwiderte seinen Blick ebenso direkt. Wenn er gleich auf den Punkt kommen wollte, konnte sie das auch. »Bisher weiß ich noch nicht einmal, ob ich Ihnen und Ihrer Schwester helfen kann.«

Er nickte, als habe er das auch schon gedacht. Ein attraktiver Mann, das musste Faye zugeben, aber im Unterschied zu seiner

Schwester und seinem Vater mangelte es ihm eindeutig an Sozialkompetenz.

Fabio tauchte mit einer Flasche Wein wieder auf, und Charlotte schob alle auf die Terrasse, wo sie den Tisch gedeckt hatte. »Später haben wir noch reichlich Zeit, um über all diese Dinge zu reden«, sagte sie. »Jetzt lasst uns erst mal essen.«

Faye trug ein ärmelloses Maxikleid. Draußen war es noch hell, und es war noch warm genug, aber für alle Fälle hatte sie sich ein Schaltuch mit nach unten genommen. Hinter dem Haus, im Westen, ging langsam die Sonne unter. Am Fluss flammten die Laternen auf und warfen einen gelben Schein über das leicht gekräuselte Wasser. Auf dem Tisch lag ein gestärktes weißes Tischtuch, und das Besteck und die Kristallgläser darauf glitzerten. Sie setzten sich. Faye nahm zwischen Marisa und Fabio Platz, Alessandro saß ihr gegenüber.

Charlotte servierte den ersten Gang – eine köstliche Suppe aus Kichererbsen und wildem Fenchel –, und das Gespräch plätscherte so dahin. Sie sprachen über Dinge, die gerade Thema in der Stadt waren. Von irgendwelchen Streitigkeiten war dabei Gott sei Dank nicht die Rede. Die Suppe war leicht und hinterließ einen Nachgeschmack von Anis auf der Zunge. Als die Teller leer waren, half Faye Charlotte, sie abzuräumen.

»Also, was meinst du?«, flüsterte Charlotte, während sie das Geschirr in die Spülmaschine räumten. »Sind die beiden nicht entzückend?«

»Marisa finde ich sehr nett«, pflichtete Faye ihr vorsichtig bei.

Charlotte lachte. »An Alessandro wirst du dich schon gewöhnen«, sagte sie. »Er wirkt manchmal sehr abweisend, aber er ist ein guter Mann. Du wirst sehen.«

Als zweiten Gang servierte Fabio sein berühmt-berüchtigtes Pastagericht. Die Nudeln hießen *fregola* und sahen aus wie kleine braune Kügelchen. Sie erinnerten Faye ein wenig an Couscous. Es handele sich um typisch sardische Nudeln, erklärte ihr Fabio. Die Pasta würde nach dem Formen im Ofen geröstet und schmelze praktisch im Mund. Fabio servierte sie mit verschiedenen Muscheln, Garnelen und Tintenfisch in einer kräftig mit Knoblauch gewürzten Tomatensauce. Dazu gab es *pane carasau*, ein knuspriges, hauchdünnes sardisches Fladenbrot. Während sie aßen, unterhielten sie sich über Charlottes und Fabios bevorstehende Italienreise.

»Was hofft ihr denn herauszufinden?«, fragte Alessandro Fabio. Er lud Pasta und kleine saftige Venusmuscheln – *vongole* – auf seine Gabel.

Fabio zuckte mit den Schultern. »Wer weiß das schon? Ich muss mir ansehen, wie die einzelnen Hotels arbeiten. Wie sie sich vermarkten, wie sie ihr Personal führen, wie ihre Buchhaltung aussieht. Alles.«

»Und dann?«, fragte Faye. Sie schälte gerade eine ihrer Garnelen und blickte auf. Das war die Art von Essen, die sie liebte – umständlich, aber köstlich.

Fabio griff nach seinem Glas und trank einen Schluck Wein. »Dann setze ich mich damit auseinander«, erklärte er. »Meine Firma will …« Er zögerte. »Wie drückt man das aus? Alles gleicher machen?«

»Standardisieren?«

Es ist ein Jammer, dachte Faye. Sie schob die Garnele in den Mund. Unabhängigkeit war ein Konzept, das global rapide an Bedeutung verlor. Die Hotels gehörten zu einer Kette, und natürlich wusste sie, dass es bei einer Kette vor allem darum ging, Profit zu machen. Aber es gefiel ihr nicht. Sie zog es vor, in unabhängigen Hotels abzusteigen, in unabhängigen Restaurants zu essen und statt in Kaufhäusern in Boutiquen einzukaufen, deren Angebot aus zusammengewürfelten Unikaten bestand. Das dauerte vielleicht länger, und die Qualität war nicht immer gleich gut, aber es machte das Leben auf jeden Fall interessanter. Sie aß noch ein paar *fregule* mit Tomatensauce und beschloss, ihre Ansichten erst mal noch nicht kundzutun. Schließlich war sie gerade erst angekommen.

Sie war einigermaßen überrascht, als Alessandro eine ähnliche Position bezog. »Damit jedes Hotel genauso aussieht wie das andere?«, knurrte er. »Ich hoffe, du wirst nicht auch noch eine Fast Food-Filiale integrieren?«

Fabio lachte. »Ich bin deiner Meinung, mein Freund«, erklärte er. »Aber keine Angst. Kein Fast Food. Die Buchhaltung in unseren Hotels mag zwar überall die gleiche sein, aber sie haben den Ruf, exklusiv zu sein.« Über den Rand seines Glases hinweg sah er Faye an. »Und jedes ist anders.«

Sie lächelte. »Ich bin euch dankbar, dass ihr meinetwegen alle Englisch sprecht«, sagte sie.

»Es ist eine gute Übung«, gab Fabio zurück. »Charlotte und ich sprechen es manchmal untereinander. Und natürlich brauche ich es im Beruf.«

»Genau«, warf Alessandro ein. »Wir können nicht von den Touristen erwarten, dass sie Italienisch sprechen, und Sardisch schon gar nicht.« Obwohl er lächelte, konnte sich Faye des Eindrucks nicht erwehren, dass das ein Seitenhieb war.

»Sie haben recht«, sagte sie. »Die Briten sind sehr träge, was das Erlernen von Fremdsprachen angeht.«

»Nicht nur die Briten.« Fabio begann, die Teller abzuräumen. Charlotte stand ebenfalls auf, und Faye wurde klar, dass es noch einen weiteren Gang geben würde. Sie hoffte, dass ihr Magen das mitmachen würde.

Alessandro zog eine Augenbraue hoch. »Für die Italiener gilt das vielleicht auch«, meinte er. »Wie viele von euch sprechen unsere Sprache, wenn ihr hierherzieht?«

»Praktisch niemand«, pflichtete Fabio ihm fröhlich bei. Er machte sich offensichtlich keine Gedanken darüber, dass dies für die ursprünglichen sardischen Inselbewohner wie die Rinaldis anscheinend ein Stein des Anstoßes war. Er wandte sich an Faye. »Abgesehen vom engsten Familienkreis sprechen die meisten Sarden ebenso oft Italienisch wie ihren traditionellen Dialekt«, sagte er. »So ist es einfacher.«

»Besonders für dich, mein Freund«, schaltete sich Alessandro ein.

»Dialekte können von Ort zu Ort unterschiedlich sein«, wandte Marisa ein. Faye sah ihr an, dass sie die geborene Friedensstifterin war.

Fabio verdrehte die Augen. »Und deshalb sind die umgangssprachlichen Ausdrücke einem oft vollkommen rätselhaft.«

Faye lachte. »Wann bist du zum ersten Mal hergekommen, Fabio?«, fragte sie.

»Mit Anfang zwanzig, als ich in der Hotelbranche angefangen habe.« Er klopfte Alessandro auf den Rücken. »Damals habe ich Marisa, Alessandro und ihren Vater Bruno kennengelernt. Ihm gehörte das Hotel, in dem ich immer noch arbeite.« Betrübt schüttelte Fabio den Kopf. »Er hat mich unter seine Fittiche genommen.«

Faye erinnerte sich daran, was Marisa gesagt hatte: dass Alessandro eifersüchtig auf Fabio gewesen sei. Offensichtlich war er darüber hinweg. Denn trotz des kleinen Wortgeplänkels waren die beiden Männer sichtbar sehr gute Freunde.

Fabio trug die Teller in die Küche und kehrte eine Minute später mit einer neuen Flasche Wein zurück. Sie tranken einen *Gallura*, einen strohgelben sardischen Wein, der beinahe zu süffig war, wie Faye betreten überlegte.

»Deine Insel ist sehr schön, aber auch sehr klein, mein Freund«, meinte Fabio lachend, während er allen nachschenkte. »Während Italien … Was soll ich sagen? Seine Sprache ist die älteste und angesehenste auf der ganzen Welt.« Er warf sich in die Brust, und alle lachten.

»Aber um den Touristen nicht unrecht zu tun: Du sprichst doch Italienisch, Faye.« Charlotte kam mit einem Tablett zurück, auf dem dampfende silberne Folienpäckchen lagen. Sie öffnete eins, und Zitronenduft stieg auf. »Jedenfalls früher.« Sie sah sich am Tisch um. »Frische Dorade«, erklärte sie. *»Orata.«* Sie begann, den Fisch zu zerlegen.

»Mit gebackenen Auberginen, *melanzane.*« Fabio stellte eine weitere Schüssel auf den Tisch.

Wie soll ich das noch essen?, dachte Faye.

»Wir haben beide auf dem College Italienisch gelernt, und wir haben zusammen einen Sommer in Italien verbracht«, erklärte Charlotte den anderen.

»Tatsächlich?« Alessandro sah sie erstaunt an, und Faye war froh, eins seiner Vorurteile widerlegt zu haben. Er war, fand sie, ziemlich kompliziert.

Nun sahen die anderen sie an, als erwarteten sie von ihr, dass sie plötzlich in fließendem Italienisch parlieren würde. Sie spürte, wie sie rot wurde. »Es waren doch nur ein paar Wochen«, protestierte sie. »Ich spreche es nicht fließend. Jedenfalls nicht mehr.« Aber was war das für ein Sommer gewesen! Sie wechselte einen Blick mit Charlotte. Sie waren in Neapel gewesen. Zwar waren sie bei verschiedenen Familien untergebracht, aber sie hatten viel Zeit miteinander verbringen können.

»Ach ja, Neapel.« Charlotte seufzte träumerisch und ignorierte den ziemlich anzüglichen Satz, den ihr Mann auf Italienisch eingeworfen hatte. Charlotte setzte sich wieder an den Tisch, und ein kurzes Schweigen trat ein, während alle den Fisch kosteten. Er war gut. Faye war froh darüber, dass Deriu am Meer lag, denn sie liebte Fisch und Meeresfrüchte. Allerdings konnte sie sich nicht erinnern, jemals in ihrem Leben so viel gegessen zu haben.

Faye hatte Neapel geliebt. Sie wusste jedoch auch, dass Fabio, der aus Mailand stammte, die Ansicht vieler Norditaliener teilte, dass südlich von Rom nur Bauern lebten und man auf eigene Gefahr dorthin reiste. In jenem Sommer waren Charlotte und sie siebzehn gewesen, und in Neapel war es unglaublich heiß und trubelig gewesen. Das Leben fand auf der Straße statt, in den engen Gassen. Aus offenen Fenstern erklangen Opernarien, und der süße, kräftige Geruch von gerösteten Paprikaschoten, Tomaten und Knoblauch wehte aus jeder Tür. Neapel war einfach authentisch. Faye hatte den Lärm und das geschäftige Treiben geliebt, die Pizza und das Eis und den herrlichen Blick auf die Bucht von Neapel, den sie von ihrem Zimmer in dem Haus auf dem Hügel hatte.

Beide hatten kurze, unkomplizierte Liebeleien mit Neapolitanern erlebt: Faye mit dem Sohn ihrer Gastfamilie und Charlotte mit dessen bestem Freund. Diese jungen Männer hatten sich um Faye und Charlotte gekümmert, ihnen geschmeichelt und ihnen den Hof gemacht. Sie hatten ihnen Pompeji und Herculaneum gezeigt, die Katakomben, den Königspalast und das Castel Nuovo. Sie fuhren sogar mit dem kleinen Boot eines Freundes mit ihnen nach Capri.

Anfang September hatten Faye und Charlotte die Amalfiküste verlassen und geschworen, dass sie zurückkommen würden, und genau das hatte Charlotte bei der ersten Gelegenheit getan. Sie war mit dem Zug nach Genua gefahren und hatte die Fähre nach Sardinien genommen. Sie hatte Fabio kennengelernt und war dortgeblieben. Faye dagegen war, abgesehen von ein paar Tagen in Rom vor acht Jahren und einem Wochenende in Venedig mit Justin, nie wieder länger in Italien gewesen.

Aber das würde sie jetzt nachholen. »Warum war es Ihren Eltern so wichtig, dass Sie Englisch lernen?« Faye richtete ihre Frage sowohl an Marisa als auch an Alessandro. »Charlotte hat mir erzählt, dass Ihre Mutter Schauspielerin war?« Sie war beeindruckt, wie gut die Rinaldis die englische Sprache beherrschten, und deshalb umso mehr entschlossen, auf dieser Reise bei jeder Gelegenheit, die sich bot, ihr Italienisch aufzubessern. Sie hatte nicht vor, zu jener Sorte von Touristen zu gehören, über die Alessandro so gespottet hatte.

»Ja, sie war Schauspielerin«, antwortete Marisa leise. »Und sie ist oft in englischsprachigen Stücken aufgetreten.«

»Ich verstehe.« Also hatte sie selbst erlebt, welche Vorteile es hatte, zwei Sprachen zu beherrschen, und hatte sich das auch für ihre Kinder gewünscht.

»Aber sie hielt nicht nur die englische Sprache für wichtig.« Marisa sprach schnell, und Faye glaubte, einen Hauch von Groll in ihren Worten zu hören.

»Ach?«

»Ihr lag unsere Bildung insgesamt am Herzen«, schaltete sich Alessandro besänftigend ein. Er hob sein Glas, als wolle er einen Toast ausbringen. »Und natürlich sind wir ihr dankbar dafür. Zumindest Marisa hat etwas daraus gemacht, indem sie selbst Lehrerin geworden ist.«

Faye warf Marisa einen Blick zu, doch diese hatte den Kopf gesenkt und konzentrierte sich auf das Stück Fisch auf ihrer Gabel. *Und was ist mit Alessandro?*, dachte sie. Hatte er auch etwas aus sich gemacht? Wovon lebte er? »War Ihre Mutter gebürtige Sardin?«, fragte Faye.

»Ah, nein«, beantwortete Alessandro ihre Frage. »Sie war Italienerin und stammte aus dem Norden, so wie unser Fabio hier.«

Dann waren diese beiden also halb Italiener und halb Sarden. Faye vermutete, dass viele Inselbewohner auf das italienische Festland gezogen waren, wo sich ihnen mehr Möglichkeiten boten. Aber Sardinien war so schön, dass sicher viele zurückgekehrt waren. Wie es sich wohl anfühlte, hier aufgewachsen zu sein und schon immer hier gelebt zu haben?

»Unsere Mutter hat auch einige Jahre in Ihrem Land gelebt«, sagte Alessandro zu Faye. Er war mit seiner Dorade und den *melanzane* fertig, legte Messer und Gabel nebeneinander auf dem Teller ab und tupfte sich mit der gestärkten weißen Serviette, die neben seinem Teller lag, die Lippen ab.

»Wirklich?« Faye war überrascht.

»Sie war Mitglied einer Theatertruppe und ist durch ganz Großbritannien gereist.«

»Auf Tournee«, fügte Charlotte hinzu.

»Ja. Und dann kam sie nach Sardinien, in das kleine Theater in Deriu, das frisch restauriert und bereit für ihren Auftritt war.«

Ah ja, das Theater, dachte Faye. Sie durfte das Theater nicht vergessen, der eigentliche Grund, aus dem sie hier war.

Schließlich waren alle fertig. Charlotte stand auf, um die Teller abzuräumen, und Faye half ihr dabei. »Hat sie dort Ihren Vater kennengelernt?«, fragte sie Marisa und Alessandro, als sie zurückkam. »In dem Theater hier in Deriu?«

»Ja.« Marisas Miene wurde lebhafter. »*Il Piccolo Teatro* gehörte seinen Eltern. Es war Liebe auf den ersten Blick, wissen Sie. Die beiden waren ein Traumpaar. Sofia und Bruno Rinaldi.«

Faye entging der kurze Blick nicht, den Charlotte in Marisas Richtung warf, als sie das Dessert brachte. »*Seadas*«, verkündete sie.

»Traditionelle sardische Teigtaschen, frittiert und mit Pecorino-Käse gefüllt. Man isst sie mit Honig«, erklärte ihr Fabio.

»Wow.« Faye beäugte die gebackenen Teigtaschen argwöhnisch.

»Es war unserer Mutter vom Schicksal bestimmt, hier in diese Theatertruppe einzutreten«, sagte Marisa. »Und natürlich, sich zu verlieben.«

Noch einmal legte sich ein Schweigen über die Tischrunde, als alle stumm das köstlich aussehende Dessert bewunderten. Charlotte hatte sich wirklich selbst übertroffen. Faye fragte sich, wann sie ihr von der Petition erzählen würden, von dem Streit über die Besitzrechte oder von der Ablehnung der Stadtbewohner. Bis jetzt erzählten sie einfach eine bezaubernde Liebesgeschichte.

»Die beiden müssen Ihnen sehr fehlen«, sagte sie. Besonders Marisa musste noch recht jung gewesen sein, als ihre Mutter starb. Faye fragte sich, was passiert war. Sie würde später Charlotte danach fragen, denn ein so sensibles Thema wollte sie nicht hier am Esstisch anschneiden.

Wieder sah Alessandro sie an. Er drückte die Hand seiner Schwester. »Ja, sie fehlen uns sehr«, sagte er.

Faye kostete ihr Dessert. Die Teigtasche hatte einen intensiven Geschmack. Wegen des darübergeträufelten Honigs war sie einerseits süß, anderseits wegen des Pecorino auch salzig. Außerdem schmeckte Faye einen Hauch von Zitrone.

»Das ist *Corbezzolo*-Honig, Honig vom Erdbeerbaum«, erklärte ihr Fabio.

»Sie sind bittersüß«, fügte Alessandro hinzu und sah sich, wie es ihr vorkam, vielsagend am Tisch um.

Bittersüß, allerdings, dachte Faye. »Dann hat das Theater sicher eine interessante Geschichte«, sagte sie, entschlossen, beim Thema zu bleiben.

»Oh ja.« Marisa nickte. »Es ist ein Teil unserer Stadt.« Sie warf Alessandro einen Blick zu, sagte aber nichts weiter.

Fabio lehnte sich zurück und ließ den Blick über den Tisch schweifen. »Möchte jemand Kaffee?«, fragte er.

Alle meinten, dass ein Kaffee jetzt genau das Richtige wäre, und Charlotte schlug vor, ihn im Wohnzimmer zu trinken. Bevor sie hineingingen, warf Faye noch einen letzten Blick auf den still dahinfließenden Fluss, der im Licht der Mondsichel und der Sterne am samtschwarzen Himmel dunkel schimmerte.

»Ich würde das Theater natürlich gern so bald wie möglich sehen«, sagte Faye. Sie wollte alles über seine Geschichte erfahren. Sie setzte sich neben Marisa auf die Couch. Die Geschwister waren sehr unterschiedlich, aber sie hatte das Gefühl, dass die junge Frau ihr eine Freundin und Verbündete sein könnte. Nicht, dass Faye für eine Woche Urlaub auf Sardinien eine Freundin und Verbündete brauchen würde. Aber trotzdem …

Alessandro, der neben seiner Schwester saß, sah auf die Uhr. »Was du heute kannst besorgen …«

»Oh, ich meinte nicht jetzt.« Sie wollte sich das Theater erst morgen ansehen, wenn sie die Zeit gehabt hätte, das *centro storico* zu erkunden.

»Warum nicht jetzt?«, fragte Alessandro.

»Wie bitte?«

Faye sah ihn blinzelnd an.

»Warum nicht?« Er schlenderte zu der offenen Terrassentür und blickte hinaus in die Nacht. »Ein Theater ist für die Nacht geschaffen, oder? Erst in der Nacht erwacht ein Theater zum Leben.«

»Also …« Faye hätte mehrere Gründe nennen können, die dagegensprachen. Erstens wäre es unhöflich, Fabios und Charlottes Dinnerparty so abrupt zu verlassen. Zweitens war es schon recht spät. Sie war heute Morgen sehr früh aufgestanden, und nach der langen Reise hierher war sie wirklich bettreif. Außerdem hatte sie beim Abendessen so viel gegessen, dass sie deutlich mehr Lust hatte zu schlafen, als durch die Straßen Derius zu laufen. Sie wartete darauf, dass einer der anderen einen Einwand erhob, doch das tat niemand.

»Ich finde, das ist eine gute Idee«, meinte Marisa schließlich.

Faye warf Charlotte einen Blick zu; diese zuckte mit den Schultern. »Es liegt ganz bei dir«, sagte sie. »Wenn du nicht zu müde bist …«

Faye war müde, aber vielleicht würde ihr nach so viel Sitzen, Essen und Trinken ein Spaziergang doch ganz guttun. Sie war so gespannt auf das Theater. Und die milde Nachtluft war unwiderstehlich. »Wie weit ist es denn?«

»Nicht weit.« Alessandro beugte sich vor, griff nach ihrem Tuch, das sie über einen Stuhl gehängt hatte, und reichte es ihr. Faye konnte sich nicht entscheiden, ob sein Blick bittend oder herausfordernd war.

Was immer es war, Faye gab nach und stand auf. »Okay«, sagte sie. Sie wandte sich an Marisa. »Gehen wir.«

5

Ade blickte in den nächtlichen Garten hinaus. Viel konnte er nicht erkennen; dazu war es zu wolkig, und hinter dem Haus gab es kein Licht. Dort gab es nur Felder, Schafe und Hügel. Er sollte nach oben gehen. Er hatte sich entschieden. Also sollte er es ihr jetzt sagen. Das war nur fair. Er drehte sich um und ging die Treppe hinauf.

Es war Sonntag – ein Tag, der normalerweise der Gartenarbeit vorbehalten war, dachte er in einem Anflug von Verbitterung. Was ihm zusetzte, war der ewig gleiche Trott, die Vorhersehbarkeit. Manchmal hätte er am liebsten seine Gartenschaufel in den Graben geworfen und wäre irgendwohin gefahren. Genau das hatte er Molly heute Morgen vorgeschlagen.

»Wohin zum Beispiel?«, hatte sie sanft gefragt.

»Ein Ausflug nach New Forest, in den Naturpark?«, sagte er. »Mittagessen am Strand in Weymouth?«

Molly wirkte traurig. »Ich habe versprochen, bei Mum vorbeizuschauen«, erklärte sie. »Und ich dachte, anschließend könnte ich sie mitbringen, damit sie mit uns zu Abend isst. Wenn ich das vorher gewusst hätte …«

»Es macht ja nichts.« Ade wusste, dass er gereizt klang. Er

rieb sich den Nacken. Er war gereizt. Und er wusste, dass er Molly vorwarnen sollte. Dann würde sie vielleicht sogar mitkommen. Aber ging es bei Spontaneität nicht gerade darum? Man musste, nun ja, eben spontan sein.

Also hatte er allein einen langen Spaziergang unternommen. Vom Haus aus war er durch das Naturschutzgebiet hinunter zur Bucht gewandert. Seit Ade Molly erzählt hatte, dass er in den Vorruhestand gehen würde, war die Stimmung zwischen ihnen angespannt. Vielleicht war diese Spannung auch vorher schon da gewesen, und ihm war es gar nicht aufgefallen.

Ade stapfte durch den Wald und wartete darauf, dass die Bewegung, die frische Frühlingsluft und der erdige Geruch des Waldes ihm wie immer einen klaren Kopf schenken würden. Natürlich war die Stimmung zwischen ihnen nicht immer so gewesen. Er hatte sie einmal geliebt. Als Ade klar wurde, was er da gerade gedacht hatte, und zwar in der Vergangenheitsform, blieb er erschrocken stehen. Dann ging er langsamer weiter. Liebte er sie noch? War es so schlimm, dass er immer nur allein oder mit Faye wandern ging? War es so wichtig, dass sie sich jeden Abend in verschiedene Sessel sinken ließen, um fernzusehen oder die Zeitung oder ein Buch zu lesen? Ab und zu wechselten sie ein Wort, das schon. *Aber ich bin allein*, dachte er. Das war die Wahrheit. Jeder von ihnen führte sein eigenes Leben.

Am Tor zum Naturschutzgebiet legte Ade wie immer eine kleine Pause ein. Der Hügel war steil, und er musste mit seinen Kräften haushalten. Der Juni war sein Lieblingsmonat. Jetzt war es in der Natur am schönsten. Die Bäume, Büsche, Wiesen und Wildblumen um ihn herum grünten und blühten, was das Zeug hielt. Die Tage waren lang, schön und mild, und die Menschen waren froher und hoffnungsvoller gestimmt. Auch Ade ging es so. Er ging weiter. Einsam fühlte er sich allerdings nicht. Er spielte Golf mit Kollegen und Tennis im Club in der Stadt. Freunde – verheiratete Paare – kamen gelegentlich zum Abendessen oder auf einen Drink vorbei; ab und zu gingen sie ins Theater oder ins Kino, das Übliche eben. Ein typisches Mittelschichtleben.

Er verzog das Gesicht. Er konnte niemandem außer sich selbst die Schuld daran geben. Er hatte zugelassen, dass ihm sein Leben entglitt. Er hatte sich einmal geschworen, nie so zu werden, und nun war es doch passiert. Wie konnte das geschehen? Und wichtiger noch: War es zu spät, um etwas daran zu ändern?

Der Pfad führte hinauf auf die Klippe. Ade liebte es, über die Klippe zu laufen, das kurze, dünne Gras, die fernen Hügel und die Weiden mit den Schafen, den Ausblick bis hinunter zur Bucht. Er stieg zu der alten Holzbank hinauf, um sich zu setzen und die Umgebung einen Moment lang auf sich wirken zu lassen. Die Sonne schimmerte durch einen leichten Dunst und tauchte das Meer in ein honigfarbenes Licht. Ade war immer am glücklichsten, wenn er über die Klippen von Dorset wanderte. Die Mischung aus weitem Himmel, endlosem Ozean und erhöhter Lage gab ihm immer ein gutes Gefühl. Vielleicht hatte ihm der Eindruck von Grenzenlosigkeit, den er hier empfand, im Lauf der Jahre den Eindruck vermittelt, dass er nicht in der Falle saß, dass er damals, vor vielen Jahren, nicht die verkehrte Entscheidung getroffen hatte – ob aus den richtigen oder den falschen Gründen. Vielleicht schenkte diese Umgebung ihm einfach ein Gefühl von Freiheit.

Doch das war eine Illusion. Er stand auf und schlug den Weg hinunter zur Bucht ein. Zuerst lief er am Kamm entlang und dann über die Straße. Sie führte zu einer stillgelegten Eisenbahnstrecke, die entlang der Bucht verlief. Im alten Bahnhof hatte ein Café eröffnet. Das gefiel ihm. Viele Menschen klagten darüber, dass es weder hier noch in Bridport noch einen Bahnhof gab, aber Ade gefiel das Gefühl von Abgeschiedenheit, das dadurch in diesem Teil von West Dorset herrschte. Das Bahnhofscafé war eine nostalgische Verbeugung vor der Vergangenheit. Die Vergangenheit … Ade seufzte. An nichts davon konnte er Molly die Schuld geben.

Er dachte zurück an das erste Mal, als er sie im Electric-Palace-Kino gesehen hatte. Die hübsche Molly Thomas mit ihrem adretten, dunkel glänzenden Haar, dem rosa Lippenstift und den dunklen rehbraunen Augen, die ihn so angezogen hatten. Damals lebte Ade in Exeter – nach Bridport war er anlässlich der Hochzeit eines Freundes gekommen. Er arbeitete schon in der Bank und hatte einen Fünfjahresplan. Noch heute hörte er die Stimme seines Vaters: *Verschaff dir eine gute Ausbildung, mach Karriere. Die Welt bereisen kannst du später noch. Sorg zuerst für eine gute Grundlage …*

Lächelnd nickte Ade einem Paar zu, das mit Kaffee und Gebäck vor dem Café saß. Auch drinnen saßen Gäste; der Parkplatz war bereits halb voll. Die Bucht war immer ruhig gewesen, bis hier vor ein paar Jahren eine Fernsehserie gedreht worden war. Seitdem hatte sich alles verändert. Die Menschen kamen, um fasziniert die goldenen Klippen anzustarren, um den Zeitungsladen am Ort zu suchen, der in der Serie eine Rolle gespielt hatte, und das Restaurant, das als Polizeirevier fungiert hatte. Doch Ade liebte diesen Platz immer noch; er mochte diese skurrile Mischung aus Alt und Neu, den strengen Geruch der Fischerboote im Hafen, die frische, salzige Luft und das Kreischen der Möwen im Wind. Selbst die heruntergekommenen Kioske am Hafen hatten ihren Platz im Gesamtbild. Das hier war das echte Leben; man sollte es nicht schönfärben.

An jenem Wochenende hatte er sich in West Dorset und in Molly Thomas verliebt, und sehr bald war Ade an den meisten Wochenenden hergekommen. Doch sein Dad hatte sich geirrt – Ade hatte später keine Gelegenheit mehr gehabt, die Welt zu bereisen. Denn später hatte er immer noch in der Bank gearbeitet. Falls er ausgestiegen wäre – und sei es auch nur für ein Jahr –, hätte er mehrere Stufen auf der Karriereleiter zurückklettern müssen, und seine ganze Arbeit wäre umsonst gewesen. Eigentlich hätte er sich davon nicht abhalten lassen. Aber als Ade Molly traf, veränderte sich alles. Sie verliebte sich in den

Mann, zu dem sein Vater ihn machen wollte, und er verliebte sich in das Bild, das er sich von ihr machte. Damals war ihm das Ganze nicht so kompliziert vorgekommen, aber das hatte an der Chemie zwischen ihnen gelegen.

Er ging am Hafen entlang, vorbei an den vertäuten Booten und den Kindern, die mit vor Eifer glühenden Gesichtern mit ihren Fischernetzen nach Krabben jagten, vorbei an den weißen Fischerhütten und an den Buden, die Fisch und Pommes frites und Zuckerwatte verkauften. Er ging an dem Strand mit seinen rötlichen Kieselsteinen entlang. Er stieg auf der Landseite zu einem hohen Deich an, der die Bucht schützte. Trotzdem wurde der Hafen im Winter manchmal überflutet, und die Klippe im Westen konnte tagelang abgeschnitten sein.

Er schlug den Weg zur West Cliff ein. Hier war der Hang weniger steil. Ade schritt langsam aus und nahm sich Zeit, die Strände unter sich zu bewundern, wo jetzt bei Ebbe der Sand zum Vorschein kam, und die dunkleren Klippen, die sich bis nach Burton und darüber hinaus erstreckten. Das Problem war, dass die Chemie nicht ewig hielt. Schon früh hatte Ade erkannt, dass Molly und er nicht dasselbe vom Leben wollten. Sie hatten diesen Funken, der sie verband, und eine ähnliche Herkunft, was sehr hilfreich war, doch Molly wollte genau das, was ihre Schwester hatte: einen hart arbeitenden Ehemann, der Stabilität garantierte, die Freuden einer jungen Familie und die Gewissheit, dass Unterstützung durch ein Familienmitglied nie weit war. Das konnte er ihr nicht verübeln, schließlich hatte sie schon mit siebzehn ihren Vater verloren. Aber Ade wünschte sich etwas anderes.

Nina hatte er davon erzählt. Nur Nina, niemandem sonst. Er hatte es Nina anvertraut, weil sie ihn verstand. Ihr hatte er es gesagt, weil sie den anderen Ade in ihm erkannte – den, der er immer hatte sein wollen, den, der er hätte werden sollen.

Ade passierte die Einstiege, die zu den Klippenpfaden führten. Er hätte immer gern hier in der Bucht gelebt – jeden Tag, jede Stunde diese Aussicht genossen –, aber die stürmische Bucht war nichts für Molly. Zu viele Motorräder, hatte sie gesagt. Zu viele Touristen im Sommer und zu viel Wind und Regen im Winter. Zu extrem in jeder Hinsicht. Zu dramatisch.

»Was meinst du mit ›etwas anderes‹?«, hatte Nina gefragt.

»Etwas Riskantes«, sagte er, ohne lange nachzudenken. »Etwas ohne Sicherheiten.«

»Du willst deine Grenzen testen?«

»Vielleicht.« Ade dachte darüber nach. »Ich will Dinge sehen«, erklärte er. »Ich wünsche mir andere Erfahrungen.«

»Um deinen Enkelkindern davon zu erzählen?« Jetzt lachte sie ihn aus.

»Ich will wissen, dass ich gelebt habe«, sagte er. »Das ist alles.«

Molly hätte behauptet, er lebe hier in West Dorset. Aber die Welt war groß, und Ade wollte noch viel mehr davon sehen, bevor er starb. Letztendlich aber hatte auch Ade erfahren müssen, dass das Schicksal so eine Art hatte, die Zügel zu übernehmen und einen auf einen ganz anderen Weg zu lenken.

Auf dem Kamm der Klippe blieb Ade noch einmal stehen und schaute sich um. Er wurde es niemals müde, aufs Meer hinauszusehen. Jeden Tag, manchmal jede Stunde, strahlte es eine andere Stimmung aus. Er blinzelte. Was war bloß im Moment mit ihm los? Hatte er Langweile?

Damals … Gerade, als er überlegt hatte, dass er im Hinblick auf seine Beziehung zu Molly wirklich etwas unternehmen musste, nach zwei Jahren, in denen er ständig zwischen Bridport und Exeter gependelt war und die Art von ausgetretenem Pfad geschaffen hatte, der Mollys Ansicht nach nur zu einem Ziel führen konnte. Gerade, als er sicher gewesen war, dass er es keinen Monat mehr in der Bank aushalten konnte, keine Woche mehr und keinen Tag. Gerade, als er gedacht hatte *Jetzt ist es so weit, heute, heute Abend …* und schon den Mund geöffnet hatte, um es ihr zu sagen … Da hatte Molly es ihm mitgeteilt.

Ade ging weiter über die grüne Wiese oben auf der Klippe. Er beschloss, weiter bis nach Eype zu wandern. Er kannte ein Hofcafé in den Downs. Dort würde er rasten und einen Happen essen, bevor er zurückging.

Sie hatte ihn am Revers seines Jacketts gepackt. »Ich bin schwanger«, hatte sie gesagt, und ihre braunen Augen hatten geblitzt. »Sag, dass du dich freust.« Eine ganz kurze Pause, einen Herzschlag lang. »Du freust dich doch, oder, Ade?«

Verwirrt hatte er sie angestarrt. Sie war ihm zuvorgekommen. Seine Gedanken überschlugen sich, und er dachte an all die Unterschiede zwischen ihnen, zwischen dem, was sie beide wollten, und an das, was er ihr an diesem Abend hatte sagen wollen. Es kam nicht auf die Chemie an und auch nicht auf die Herkunft; hier ging es um ihre Zukunft. Ade verspürte Panik. »Wie ist das denn passiert?« Sein Mund war ganz trocken. Er sah sie an, als hoffte er, sie würde plötzlich sagen: *Nur ein Scherz, Ade. Entspann dich, es war nur ein Witz.* Und was dann? Würde er ihr dann sagen, dass er sie verließ? Konnte er das? Er wusste es nicht.

»Dummkopf.« Sie kicherte. »Ich glaube, wir alle wissen, wie das passiert ist.« In welchem aufgewühlten Zustand er sich befand, bemerkte sie gar nicht.

Wir alle? »Wie vielen Leuten hast du schon davon erzählt?« Er befeuchtete sich die trockenen Lippen.

»Nur meiner Mum.« Sie errötete. »Mir ist schlecht geworden. Sie hat mir nur einen Blick zugeworfen und es erraten.« Aber Molly wirkte jetzt verunsichert. »Ade?« Sie griff nach seiner Hand. »Du freust dich doch?«

Er hatte sie in die Arme gezogen. Es war nicht ihre Schuld gewesen, dass er ein Bastard war, der einfach nicht zur Ruhe kam. »Natürlich freue ich mich.« Er hatte ihr über das Haar gestrichen. »Dummes Ding. Ich bin vollkommen aus dem Häuschen.«

Zu den Dingen, die Ade an dieser Gegend mochte, gehörte

der Umstand, dass jeder Strand anders war. In der Bucht gab es den Fischerhafen und hohe Klippen, während sich hier weites grünes Hügelland erstreckte und in der Ferne ein steil abfallender Kieselstrand bis zum breiten Umriss des Golden Cap weit im Westen reichte. Im Rückblick konnte er nicht behaupten, dass irgendetwas davon schwer gewesen wäre. Er hatte Molly geheiratet, war nach West Dorset gezogen, jeden Tag zur Arbeit nach Exeter gependelt und Vater eines kleinen Mädchens geworden, das er bald mehr liebte, als er das je für möglich gehalten hätte. Faye. Heute schämte er sich dafür, wie er damals, zu Anfang, nachts schweißgebadet aufgewacht war und sich Gespräche vorgestellt hatte, in denen er Molly zu einer Abtreibung überredete, dazu, diese zukünftige Verantwortung – ihr gemeinsames Kind – die Toilette hinunterzuspülen. Zum Glück für sie alle hatte er diese Gedanken nie laut ausgesprochen. Dies galt umso mehr angesichts dessen, was später geschehen sollte. Aber er hatte diese Gedanken gehabt, und das war schlimm genug.

Er war jung gewesen. Er hatte das Gefühl gehabt, in der Falle zu sitzen. Er hatte verdammt noch mal in der Falle gesessen. Aber Molly war eine gute Ehefrau, und es war nicht allzu schwierig gewesen, sich wieder in seine Arbeit, in sein Golf- und sein Tennisspiel zu stürzen. Und das Allerbeste war gewesen, dass er miterlebte, wie Faye zu einem entzückenden Kind heranwuchs, einem kleinen blonden Sonnenschein mit seinen Augen, seinem Haar, seiner Statur und Mollys strahlendem Lächeln.

Ade stieg die Treppe hinauf, die vom Strand zum höher gelegenen Hügelland führte, und schlug die Richtung ein, in der das Hofcafé lag. Zu Hause war nichts, zu dem heimzugehen es sich lohnte. Molly und ihre Mutter würden zusammensitzen, Gemüse putzen und sich unterhalten; in all den Jahren war er nie wirklich in ihren kleinen Kreis aufgenommen worden. Seine eigenen Eltern waren lange tot, und er war ein Einzelkind gewesen. Und Faye … Nun, Faye war jetzt auf Sardinien. Wenigstens hatte sie sich ein Abenteuer gesucht. Er lächelte.

Als er dann kam, dieser Blitz aus heiterem Himmel, war Faye sieben gewesen und alles in seiner Welt eigentlich friedlich und ruhig. Doch dann war Nina gekommen und hatte seine Welt auf den Kopf gestellt. *Nina.* Aber … Er konnte das Café schon sehen. Es war ruhig; um diese Jahreszeit waren nicht viele Menschen so weit abseits der ausgetretenen Pfade unterwegs. Dieses »Aber« machte tausend oder mehr Möglichkeiten zunichte.

Heute ist alles anders, rief er sich ins Gedächtnis. Er hatte eine zweite Chance bekommen. Jetzt konnte er seine Freiheit mit Händen greifen. Es gab keine Nina. Kurz spürte er Nostalgie in sich aufsteigen, denn er hatte ihr immer einen kleinen Platz in seinem Herzen bewahrt. Aber es war nicht zu spät für Ade. Und trotz allem nicht zu spät für Molly und für ihn. In guten und in schlechten Tagen …

Als er nach Hause zurückgekehrt war, ging Ade ins Schlafzimmer, wo Molly gerade ihr Nachthemd anzog. Ohne Makeup sah sie verletzlicher aus. Doch er hatte seine Entscheidung getroffen. Er hatte die Folgen bedacht und nicht vor, sich dieses Mal von seinem Weg abbringen zu lassen.

»Molly«, sagte er.

»Mm?« Sie blickte auf. Sie wirkte besorgt, und er hasste das und wünschte, er könnte ihre gerunzelte Stirn mit seinem Finger glätten.

»Ich habe nachgedacht«, erklärte er. »Über diese Sache mit dem vorzeitigen Ruhestand.«

Molly zog eine perfekt gezupfte Augenbraue hoch. »Ach?« Sie wartete. Beobachtete ihn.

»Das ist unsere Chance.« Er nahm ihre Hände. »Unsere Zeit, Molly.«

»Um was zu tun?« Aber sie lächelte, Gott sei Dank lächelte sie.

»Um zu reisen, Molly. Die Welt zu sehen. Um wegzugehen und etwas Neues zu beginnen, etwas anderes zu tun.«

Sie runzelte die Stirn. »Etwas anderes«, wiederholte sie.

»Wir können es uns leisten«, sagte er. »Was kann uns aufhalten?«

Sie zögerte.

Ade seufzte. »Wir müssen etwas tun. Wir beide müssen etwas unternehmen. Bevor …« Bevor es zu spät ist, hatte er sagen wollen. Aus getrennt geführten Leben konnten schnell verschiedene Welten werden. Das Einzige, was Molly und ihn im Moment noch verband, war ihre Tochter. Doch Faye war dabei, sich ihr eigenes Leben aufzubauen.

Er schwieg. Molly sah ihn ernst an. »Molly?«

»Aber Ade, ich will nichts anders tun«, sagte sie. »Da sind Mum und Kath und die Kinder. Ich kann sie nicht alleinlassen. Ich liebe mein Leben hier.«

Ade starrte sie an. Sie liebte ihr Leben hier. »Aber ich …« Er verstummte.

»Es tut mir leid, Ade«, sagte Molly. »Aber die Wahrheit ist, dass ich nirgendwohin gehen möchte.«

6

Faye überquerte die Brücke. Alessandro lief neben ihr her. Wie in aller Welt hatte sie es geschafft, sich in diese Lage zu bringen? Sie hatte nur zugestimmt, weil sie davon ausgegangen war, dass sie zu dritt gehen würden.

Doch Marisa hatte in letzter Minute einen Rückzieher gemacht. »Alessandro begleitet Sie«, erklärte sie. »Ich habe noch etwas mit Charlotte zu besprechen, bevor sie morgen abreist.«

Faye hatte sie bestürzt angestarrt. »Aber …«

»Alessandro wohnt in der Altstadt«, sagte Marisa. »Ich habe ein Apartment hier … nur ein Stück den Fluss hinunter.« Sie zeigte in die Richtung. »Außerdem haben meine Schuhe hohe Absätze.« Sie streckte ihre wohlgeformten Beine aus. Sie trug schwarze Riemchensandalen mit High Heels.

»Keine Sorge«, warf Alessandro ein. »Sie müssen nicht allein zurückgehen.«

Einmal mehr hatte Faye das Gefühl, die Ereignisse nicht unter Kontrolle zu haben. Mit entschlossener Miene fixierte sie Alessandro. »Ich mache mir keine Sorgen«, erklärte sie. »Aber vielleicht ist es das Beste, wenn ich mir das Theater mit Ihnen beiden ansehe. Morgen vielleicht?«

»Natürlich.« Marisa legte ihr eine Hand auf den Arm. »Das machen wir auch. Aber warum gehen Sie nicht jetzt schon einmal mit meinem Bruder? Es ist vollkommen sicher und nicht weit.«

Faye fragte sich, wen oder was sie mit »sicher« meinte. Alessandro vielleicht? Aber sie wusste, wann sie verloren hatte. »In Ordnung«, sagte sie und versuchte, ihr Widerstreben zu verbergen. Sie wollte nicht unhöflich wirken.

»Andiamo«, sagte Alessandro. Seine dunkelblauen Augen leuchteten. »Gehen wir.«

Also überließen sie Fabio das Aufräumen nach der Party und Marisa ihrem Gespräch mit Charlotte. Zweifellos hatte sie inzwischen die hochhackigen Sandalen ausgezogen und es sich auf der Ledercouch gemütlich gemacht, während Faye spät in der Nacht mit einem fremden Mann, der sich zuvor als ziemlich unfreundlich erwiesen hatte, in das *centro storico* einer unbekannten Stadt unterwegs war.

Sie schwiegen immer noch, als sie die Brücke überquert hatten und eine Nebenstraße einschlugen, die hügelaufwärts führte. Hier oben waren die Straßen weniger gut beleuchtet als unten am Fluss, und obwohl in den schmalen, hohen Häusern hinter einigen Fenstern noch Licht brannte, lagen andere dunkel da und wirkten mit ihrer abblätternden Farbe und den hohen, nicht einsehbaren Balkonen recht abweisend. Faye unterdrückte einen Schauder und zog sich das Tuch fester um die Schultern. Alessandro Rinaldi war kein Mann, in dessen Gesellschaft man sich unbekümmert und frei fühlte. Die Anspannung war beinahe mit Händen zu greifen. »Erzählen Sie mir von dem Theater, von seiner Geschichte«, bat sie. Das würde ein guter Anfang sein.

»Es wurde in den Zwanzigerjahren des 19. Jahrhunderts errichtet«, erklärte er. Er spazierte vor ihr den Hügel hinauf, als bereite es ihm nicht die geringste Mühe. Ab und zu erhellte eine schmiedeeiserne Laterne ihren Weg mit einem trüben orangefarbenen Schein. Faye hatte Mühe, auf dem unvertrauten, unregelmäßigen Kopfsteinpflaster nicht den Halt zu verlieren. Er wartete, bis sie ihn eingeholt hatte. »Aber bevor das Theater gebaut wurde, gab es bereits eine Laienspielgruppe. Sie haben in einem Anbau der Schule geprobt und dreißig Jahre lang Stücke für die Stadtbewohner aufgeführt – vor allem an Karneval.«

»Das muss toll gewesen sein.« Dank ihrer Recherchen wusste Faye, dass das Theater seit langer Zeit ein integraler Bestandteil der italienischen Kultur war und dass es auf Sardinien viele alte Amphitheater gab. »Was ist passiert? Haben die Schulkinder sie vor die Tür gesetzt?«

Zu ihrer Erleichterung lachte er leise und bot ihr seinen Arm an. Sie nahm ihn. Lieber ein unerwünschter Körperkontakt als ein verstauchter Knöchel. Aber so schlimm war es gar nicht. Er fühlte sich warm an und gab ihr Halt, und mit einem Mal schienen ihre Schritte besser zusammenzupassen. Auch die Häuser wirkten nicht mehr so abweisend. An den meisten Balkonen hingen Blumenkästen, und die abblätternden Fassaden besaßen ihren eigenen Charme. Ein süßlicher Duft von Jasmin und Basilikum hing in der Luft, und immer wieder fing sie ein paar Takte eines italienischen Popsongs oder einer Opernarie auf, die aus einem hochgelegenen Fenster drangen. Die Altstadt war ein lebendiger Ort.

»Die Schule brauchte den Raum«, sagte er. »Vielleicht war die Zahl der Kinder gestiegen, keine Ahnung. Jedenfalls teilte der König dem Gouverneur von Deriu mit, dass die Laienspielgruppe den Anbau nicht länger nutzen könne.«

»Was für ein Jammer. Welcher König war das?«, erkundigte sich Faye.

»Victor Emanuel I., Herzog von Savoyen«, erklärte Alessandro. »Unsere Insel war immer eine Zielscheibe für Piraten und Plünderer, und wir sind schon von vielen Fremden regiert worden.« Er reckte die Schultern. »Aber wir Sarden sind unabhängige Geister. Die Vorfahren meines Vaters haben vielleicht

Unterdrückung und Mühsal erlitten, aber am Ende haben wir uns immer wieder befreit. Wir sind ein stolzes Volk.«

Faye warf ihm einen Blick zu. Man konnte ihm den Stolz und die Unabhängigkeit ansehen. *Vielleicht hat auch er etwas von einem Piraten*, dachte sie. Wer würde es wagen, ihn zu unterjochen? In der Dunkelheit lachte sie still in sich hinein. »Und was ist aus den Laienspielern geworden?«

»Als Entschädigung dafür, dass sie ihre Räumlichkeiten verloren hatten, sagte der König zu, den Bau eines neuen Theaters für die Bürger zu unterstützen. Wenn es der Gruppe gelang, einen Teil der notwendigen Mittel aufzubringen, so erklärte er, könnten sie das Theater als …« Er zögerte. »Wie sagen Sie?«

»Konsortium?« Faye bekam langsam eine Ahnung, wo die Gründe für den Streit um die Besitzrechte lagen. Inzwischen waren sie am Ende der Straße angelangt. Sie mündete in einen kleinen Platz.

»Genau. Ein Konsortium aus ortsansässigen Familien. Damals war Deriu eine reiche Stadt. Es gab viele Vereine und Gesellschaften, eine öffentliche Bibliothek für die Bürger und große Unternehmen im Bereich Bergbau und der Lederverarbeitung. Deriu war eine der ersten Städte auf Sardinien, die eine Straßenbeleuchtung und ein Aquädukt hatten.«

Faye erinnerte sich daran, was Charlotte ihr über die Gerbereien erzählt hatte. »Und was ist passiert?«

Er warf ihr einen Blick zu. »Der Hafen wurde 1880 durch einen Sturm zerstört. An diesem Tag ist mein Urgroßvater auf See ertrunken.«

»Oh.« Faye spürte seine Trauer hinter seinen Worten. »Das tut mir schrecklich leid.«

»Später kam es in der Stadt zu einer Cholera-Epidemie«, fuhr er leise fort. »Die Bergwerke wurden geschlossen, und wir sind zu dem zurückgekehrt, was man unsere ›ländlichen Wurzeln‹ nennen könnte.«

»Bis die Touristen kamen«, sagte sie.

»Bis die Touristen kamen«, pflichtete er ihr bei.

»Und Sie?«, fragte sie ihn. »Wovon leben Sie, Alessandro? Sind Sie vielleicht auch Schauspieler?« Denkbar erschien ihr das. Er könnte aber auch die Geschäfte seines Vaters übernommen haben.

Er lachte. »*No*. Ich komme da eher nach meinem Großvater. Mich hat es aufs Meer gezogen.«

»Als Fischer?«

»Als Bootsbauer.« Er blieb stehen. »Wir sind da. Das ist die *Piazza del Teatro*, der Theaterplatz.«

Faye ließ seinen Arm los und schaute sich um. Ein paar alte Straßenlampen beleuchteten den kleinen Platz, der von historischen Gebäuden und Dattelpalmen eingerahmt war und vollkommen verlassen dalag, als wäre hier die Zeit stehen geblieben. In der Mitte erhob sich ein kleiner Springbrunnen, aus dem Wasser tröpfelte. Er bestand aus einem steinernen Becken, aus dessen Mitte sich eine schlanke, hohe Steinsäule erhob, auf der oben wiederum eine flache, gesprungene Schale balancierte. Auf der gegenüberliegenden Seite des Platzes stand unter einer Gruppe von Palmen eine Holzbank. Faye musterte die Gebäude um sich herum. Eines sah aus wie eine Kirche, und ein anderes …

»Das ist unser kleines Theater.« Alessandro zeigte auf ein großes Gebäude. Zum ersten Mal nahm sie echte Wärme in seiner Stimme wahr. »Unser *Piccolo Teatro*.«

Faye ging hinüber zu der ausgetretenen Treppe, die hinauf zum Eingang führte. Trotz der Dunkelheit war deutlich zu erkennen, dass die Fassade des Theaters dringend restauriert werden musste. Da es auf einem Hügel stand und erhöht angelegt war, war es all die Jahre Wind und Regen schutzlos ausgesetzt gewesen. Die Farbe blätterte ab, und aus dem Dach wuchsen irgendwelche Pflanzen; das Gebäude wirkte wirklich ziemlich heruntergekommen. Dennoch war es trotz seines Verfalls schön. Die große hölzerne Eingangstür wurde von zerbröckelnden

Wandsäulen aus Stein eingerahmt. Über der Tür befand sich eine große Rosette. Sogar im schwachen Licht der Laterne am Fuß der Treppe konnte Faye in der eleganten Stuckdekoration den Abglanz der einstigen Herrlichkeit erkennen.

»Früher hing draußen immer eine Anschlagtafel, die für die Stücke warb«, erklärte Alessandro betrübt. *»Da non perdere – Verpassen Sie nicht …«* Kopfschüttelnd stieg er als Erster die Treppe hinauf. »Aber das ist vorbei.«

»Wie lange ist das her?«, fragte Faye ihn. Sie stiegen die Stufen hinauf, und sie fuhr mit dem Finger an einem Riss im Mauerwerk entlang; er war so tief, als hätte das kleine Theater einen heftigen Schlag erhalten. Bevor sie nach Deriu gekommen war, hatte Faye vermutet, dass das Theater in den 1930er- oder 1940er-Jahren aufgegeben worden war. Das war damals mit vielen Häusern geschehen. Fast überall auf der Welt hatte man unter der Weltwirtschaftskrise gelitten, und man hatte viele Gebäude verfallen lassen, oder sie waren im Zweiten Weltkrieg von Bomben getroffen und nie wiederaufgebaut worden. Aber das Theater war offensichtlich noch zu Alessandros Lebzeiten in Betrieb gewesen. Er erinnerte sich an die Werbetafeln, und beide Rinaldis hatten davon gesprochen, ihre Mutter auf der Bühne gesehen zu haben. Sie warf ihm einen verstohlenen Blick zu. Alessandro konnte nicht älter sein als Ende dreißig. Dann war das Theater höchstens seit zwanzig Jahren dem Verfall preisgegeben.

»Es wurde vor neunzehn Jahren geschlossen«, erklärte er.

Faye nickte. Aber was war vor neunzehn Jahren passiert? »Als Ihre Mutter starb?«, fragte sie leise.

Alessandro erstarrte, und einen Moment lang dachte sie, dass er nicht antworten würde. »Ja.« Er runzelte die Stirn. »Mein Vater konnte den Gedanken nicht ertragen, dass das Theater ohne sie weiterexistieren würde. Er konnte es nicht einmal mehr sehen, geschweige denn weiterhin betreiben. Es erinnerte ihn zu sehr an die alten Zeiten, die guten Zeiten. Und so hat er es geschlossen. Das ist nur natürlich, *no*?«

»Selbstverständlich.« Sie fragte sich, warum er so abwehrend reagierte.

»*Andiamo*«, sagte er. »Gehen wir hinein.«

Alessandro hob eine Ziervase hoch, die am Eingang stand, tastete darunter herum und förderte einen großen Schlüssel zutage. Faye zog eine Augenbraue hoch. Offenbar hatten sie keine Angst, dass jemand in das Theater eindringen und es plündern könnte. Vielleicht war ja auch nichts mehr übrig, was man stehlen konnte. Sie fuhr mit den Fingerspitzen an dem Wandpfeiler rechts entlang; die Oberfläche fühlte sich pudrig an, der Stein schien sich unter ihrer Hand aufzulösen. Ob das Gebäude denkmalgeschützt war? Gab es auf Sardinien überhaupt so etwas wie Denkmalschutz? Sie schüttelte den Kopf. Ein Projekt wie dieses war eine beängstigende Aufgabe. Sie hatte absolut keine Ahnung, wo man da anfangen sollte.

Alessandro drehte den Schlüssel im Schloss und versetzte der Tür einen festen Stoß. Daraufhin öffnete sie sich knarrend und enthüllte ein dunkles Foyer. Er ging voraus, öffnete eine weitere Tür, legte einen Lichtschalter um und trat dann beiseite. »*Il Piccolo Teatro*«, verkündete er.

Faye atmete tief ein. Das Theater war in der traditionellen Hufeisenform angelegt und besaß drei offene Galerien und rechts und links des Zuschauerraums jeweils eine kleine Privatloge. Der purpurne Samtvorhang hing noch vor der Bühne. Von dort wanderte ihr Blick zu einer wunderschön bemalten Stuckdecke. Die Farben waren verblasst, aber einst mussten sie lebhaft geleuchtet haben, und der Stuck musste strahlend weiß gewesen sein. Der rote Stoff der Sitze im Zuschauerraum war verblichen und staubig und der grauweiße Marmorboden schartig und abgetreten. Die Verheerungen der Zeit und die Feuchtigkeit hatten dazu geführt, dass das Theater vernachlässigt und abgewirtschaftet wirkte. Und trotzdem herrschte in dem Raum eine Atmosphäre, eine Art elektrischer Spannung, die Faye erstarren ließ und sie der Zeit entrückte. Sie hatte das Gefühl, als würden in dem verwaisten Orchestergraben gleich die Musiker zu spielen beginnen, Schauspieler die Bühne betreten und der Vorhang sich heben.

Ihre Reaktion schien Alessandro zu erfreuen. »Wir haben dreihundert Plätze.« Er strich mit der Hand über die Lehne des Sitzes, der ihm am nächsten war, und Faye sah die Staubkörnchen in der Luft tanzen.

»Ziemlich viele für eine Stadt dieser Größe«, merkte sie an. Das *centro storico* von Deriu schien trotz der Burg oben auf dem Hügel nicht allzu groß zu sein.

Alessandro schüttelte den Kopf. »So viele waren das gar nicht für eine Stadt, die das Wohlwollen des Königs genoss«, sagte er. »Die Menschen kamen aus ganz Sardinien und von noch weiter her, um die Aufführungen in diesem Theater zu sehen.«

»Was für Stücke haben Sie hier gegeben?«, fragte Faye.

»Theaterstücke, Opern, Komödien.« Er zuckte mit den Schultern. »Dieses Theater war beim Publikum immer beliebt und erfolgreich. Und das ist auch der Grund dafür, dass …« Er verstummte.

Sie wartete. »Der Grund wofür? Dass noch andere Leute ein Stück vom Kuchen abhaben wollten?«

Wieder zuckte er mit den Schultern. »Ach, nicht wichtig.«

Faye beobachtete die Miene, mit der er zur Bühne sah. Dachte er daran, wie seine Mutter auf diesen Brettern gestanden hatte? »Hierherzukommen ist vermutlich nicht leicht für Sie«, meinte sie vorsichtig.

»Nein, das ist es nicht«, sagte er leise.

Behutsam berührte Faye seinen Arm. »Warum gerade jetzt?«, fragte sie. »Warum wollen Marisa und Sie das Theater jetzt restaurieren?« Sie musste diese Fragen stellen. Sie musste das wissen.

»Mein Vater – er ist vor drei Monaten gestorben.«

»Ich weiß. Das tut mir so leid.« Faye biss sich auf die Lippen. Dieses kleine Theater schien mit so vielen Familientragödien verbunden zu sein, dass sie sich fragte, warum sie es unbedingt restaurieren wollten.

Er schüttelte den Kopf, als wolle er seine traurigen Gedanken vertreiben. »Unsere Familie war einmal reich«, erklärte er. »Wir besaßen Land, Immobilien.«

Und einen Anteil des ursprünglichen Bürgertheaters, vermutete sie.

»Vieles davon ging verloren, aber mein Vater hat das Hotel, das er besaß, an die Firma verkauft, für die Fabio heute arbeitet. Er hat uns viel Geld hinterlassen.« Alessandro sah sich in dem heruntergekommenen Zuschauerraum um. »Meine Schwester und ich möchten einen Teil davon benutzen, um das Theater zum Gedenken an unsere Eltern zu restaurieren«, erklärte er. »Hier haben sie sich kennengelernt. Wenn das Theater weiterlebt, wird auch die Erinnerung an sie weiterleben.«

Faye nickte. »Ich verstehe.« Sie musste zugeben, dass das ein schöner Gedanke war. Bruno Rinaldi hatte nicht an die alten Glanzzeiten seiner Frau in dem Theater erinnert werden wollen, aber andererseits hatte er auch nicht versucht, es zu verkaufen, oder? Er musste ebenfalls an den Erinnerungen gehangen haben. Außerdem erschien es nicht richtig, der Stadt ihr Theater zu nehmen, nur weil ein einziger Mann um seine verstorbene Frau trauerte.

Alessandro richtete seinen Blick auf die Bühne und den Orchestergraben. »Fast zwanzig Jahre … Das ist eine lange Zeit für ein leer stehendes Haus, für eine Bühne, auf der nicht gespielt wird.« Er sprach, als sei Faye nicht anwesend, und ließ seine letzten Worte in der Luft hängen. »Am besten erinnere ich mich an meine Mutter als Lady Macbeth. Sie wissen schon, in dem Stück von Shakespeare. Ihre Stimme war so kräftig und ihre Ausstrahlung so stark …« Er streckte die Hände aus, als wären sie mit Blut bedeckt. Faye erinnerte sich an diese Szene.

Lady Macbeth. Faye sah zum staubigen purpurnen Vorhang hoch. Seine Worte weckten die Erinnerung an ihren ersten richtigen Theaterbesuch: kein Weihnachtsspiel oder Musical, sondern eine Aufführung von *Macbeth*, dem Stück, das sie damals an der Schule durchgenommen hatten. Sie erinnerte sich, wie sie die Treppe zum obersten Rang hochgestiegen war, den besonderen Geruch und das Gefühl roten Brokats auf den Sitzen im Theatre Royal in Brighton, wo sie bei Verwandten ihres Vaters zu Besuch waren. Sie erinnerte sich an das Stimmengewirr, die Stille, die eintrat, als das Licht gedämpft wurde, die Erwartung und dann die Aufregung, als sich der Vorhang hob und eine andere Welt enthüllte. Eine Welt, die – zumindest für die nächsten paar Stunden – real wurde und zur einzigen Welt, auf die es ankam.

»Danke, dass Sie mir Ihr Theater gezeigt haben«, flüsterte Faye. Vielleicht hatte sie sich ja in diesem Mann geirrt. Er war sehr direkt, das schon, aber das war an sich ja nicht verkehrt. Er hatte einen großen Verlust erlitten und ging damit so gut um, wie er konnte. Sie dachte daran, dass ihre eigenen Eltern gesund und munter waren und wie glücklich sie sich schätzen konnte, sie noch beide zu haben. Sie hatten etwas Besonderes, von dem Faye nur hoffen konnte, dass sie es auch einmal erleben würde, und nun, da ihr Vater vorzeitig in den Ruhestand ging, konnten sie ein noch schöneres Leben haben.

Als sie das Theater verließen, lungerte eine dunkle Gestalt auf dem Platz herum. Faye meinte, in der Nachtluft den schwachen Geruch von Orangenblüten wahrzunehmen.

Mit zusammengekniffenen Augen blickte Alessandro in die Dunkelheit hinaus. »Pasquale? Sind Sie das?«, rief er auf Italienisch. Er drehte sich zu Faye um. »Ständig treibt er sich hier herum«, murmelte er. »Er wohnt praktisch hier.«

»*Si.*« Der Mann trat ein paar Schritte auf sie zu, und im Licht der Laterne konnte Faye seine Züge erkennen. Er war vielleicht in den Siebzigern, mittelgroß und von auffallend aufrechter Gestalt. Seine Haare waren schlohweiß, und als er näher kam, sah sie, dass die gebräunte Haut seines Gesichts faltig und wettergegerbt war. Seine Augen leuchteten, und er hatte den scharfen Blick eines Vogels.

»Und wer ist das?« Auch er sprach Italienisch und schenkte ihr zu Begrüßung ein breites, herzliches Lächeln.

»Faye Forrester.« Sie streckte ihm die Hand entgegen.

»Pasquale de Montis, zu Ihren Diensten, *Signorina.*« Er umfasste ihre Hand mit festem Griff und legte den Kopf schief, sodass sie einen Moment lang den Eindruck hatte, er wolle sie küssen.

»Buona sera, Signore«, sagte sie.

»Engländerin, *sì*?«

Sie nickte. *»Sì.«* So viel zu ihrer Theorie, sie könnte hier ihr Italienisch aufpolieren.

»Sie sehen auch so aus«, meinte er. »Groß, blond, schlank.« Er musterte sie von Kopf bis Fuß. »Sie interessieren sich für unser Theater?«

»Es ist ein wunderschönes altes Gebäude.« Faye warf Alessandro einen Blick zu. Sie war sich nicht sicher, ob er wollte, dass der Grund ihrer Anwesenheit hier öffentlich bekannt wurde. Alessandro hatte noch nicht über den Streit wegen der Besitzrechte gesprochen. Das Theater hatte sie gesehen, aber ansonsten tappte sie noch völlig im Dunkeln.

»Das ist es, ja.« Zufrieden rieb sich Pasquale die Hände. »Und für mich birgt es viele Erinnerungen, wie Alessandro Ihnen bestätigen kann.«

»Sie waren Schauspieler?« Faye war fasziniert, allerdings nicht erstaunt. Es lag etwas in seinen Gesten, die ein wenig übertrieben wirkten, und in seiner Haltung, ja, sogar in seiner Art zu sprechen.

»Ja, so ist es.« Bescheiden schlug Pasquale die Augen nieder. »Ich kann es nicht leugnen, *Signorina.*«

Faye lachte. Sie bemerkte, dass jemand leicht an ihrem Arm zupfte. Es war Alessandro, der sie mit hochgezogenen Augenbrauen ansah.

»Wir müssen gehen.« Er warf einen allzu betonten Blick auf seine Armbanduhr, und im selben Moment läutete die Kirchenglocke einmal. »*Ciao*, Pasquale.«

Pasquale hob den Kopf und sah Faye durchdringend an. »Wir werden uns wiedersehen, *Signorina*«, erklärte er.

Faye lächelte. Sie fand ihn sehr interessant. »Das hoffe ich.«

Alessandro nahm ihren Arm und zog sie in seinem üblichen forschen Tempo davon.

»Sie mögen ihn nicht?«, fragte sie, sobald sie außer Hörweite waren.

Wie so oft zuckte er mit den Schultern. »Ich mag ihn weder, noch mag ich ihn nicht.«

Faye war nicht überzeugt. Alessandro gehörte offensichtlich zu den Männern, die immer eine deutliche Meinung hatten – zu jedem Thema.

»Früher ist er zusammen mit meiner Mutter aufgetreten«, fuhr er fort. »Ich schätze, sie waren Freunde. Er war *nervoso*. Er hatte ein nervöses Naturell, verstehen Sie? Sie war immer freundlich zu ihm.«

Sie war freundlich zu ihm. Was für eine eigenartige Art, eine Beziehung zwischen Kollegen zu beschreiben, dachte Faye. Und doch strahlte Pasquale etwas aus, das ihn ihr sympathisch machte. Vielleicht hatte auch er unter der Schließung des Theaters gelitten. Möglich, dass er ein schweres Leben gehabt hatte. Vielleicht war er als Schauspieler aber auch einfach nur gut darin, in Menschen die Gefühle zu erwecken, die er ihnen vermitteln wollte.

»War er gut?«

»Gut?«

»Als Schauspieler.« Ihre Schritte hallten in den nächtlichen Straßen wider. Faye fiel auf, dass in der kurzen Zeit, die sie in dem kleinen Theater verbracht hatten, die Lichter in den meisten Häusern ausgegangen waren. Wie es aussah, waren die Bewohner von Deriu inzwischen alle zu Bett gegangen.

»Er würde das behaupten.« Alessandro lachte bitter auf. »Und, was noch wichtiger ist, er glaubt, dass …« Er verstummte und wirkte verärgert. Von der nachdenklichen Stimmung, in der er im Theater gewesen war, war nichts mehr übrig.

»Dass ihm das Theater gehört?«, riet Faye. Sie spürte, wie er neben ihr zusammenzuckte. »Charlotte hat mir erzählt, dass es Streit gibt.«

Alessandro verlangsamte sein Tempo. Er sah sich in der dunklen, schmalen Straße um, blickte Faye aber nicht an. *»Niente«*, sagte er. »Es ist nichts. Ich bin überrascht, dass Charlotte es überhaupt erwähnt hat.«

»Nichts?« So hatte sie nicht geklungen.

»Nichts, was wir nicht regeln können.«

Faye seufzte. Sie hatten die Brücke erreicht. Sie war sich bewusst, dass sie im Laufe des Abends mehrere Gläser Wein getrunken hatte und es wahrscheinlich besser wäre, dieses Gespräch auf einen Zeitpunkt zu vertagen, an dem sie nüchtern war. Aber sie mochte Marisa – und sogar Alessandro, obwohl Charlotte recht gehabt hatte und er spröde war. Der Besuch des Theaters hatte einen tiefen Eindruck auf sie gemacht; sie hatte das Gefühl gehabt, es rufe nach ihr. Sie wollte helfen.

»Alessandro«, sagte sie. »Sie verstehen doch, dass ich mich auf keine Entwürfe oder Restaurationen einlassen kann, bevor die Frage, wem das Theater gehört, nicht endgültig geklärt ist, oder?« Sie verzichtete auf den Hinweis, dass man sie ihrer Meinung nach unter Vorspiegelung falscher Tatsachen hergeholt hatte. Zwar hatte sie nichts versprochen, aber sie hatte schon das Gefühl, dass ihr Sardinienurlaub einen Haken hatte: Sie sollte Marisa und Alessandro bei der Restaurierung des Theaters unterstützen.

In der Dunkelheit sah sie seine Augen zornig blitzen. »Sie ist geklärt.«

»Soweit es Sie betrifft, vielleicht.«

»Soweit es alle angeht.«

An der Brücke blieben sie stehen. In manchen Häusern am

Fluss brannte noch Licht – auch bei Charlotte und Fabio, deren Haus Faye von der Brücke aus sehen konnte. Das Wasser war glatt und unbewegt.

»Aber …«

»Werden Sie mir in diesem Punkt vertrauen?«

Faye war sich nicht sicher, was sie sagen sollte. Konnte sie ihm vertrauen? Schließlich hatte sie ihn eben erst kennengelernt, und sie kannte nicht alle Fakten. Warum sollte sie?

»Vielleicht sollten Sie *mir* vertrauen«, konterte sie, »und mir die Wahrheit sagen.«

»Die Wahrheit?« Er stieß ein raues Lachen aus, wandte sich von ihr ab und blickte auf den Fluss. »Wir haben Dokumente«, erklärte er. »Das Theater befindet sich seit Anfang des 20. Jahrhunderts einzig und allein im Besitz unserer Familie. Ist es unsere Schuld, wenn einige Bürger dieser Stadt jetzt die Chance sehen, Geld mit dem Theater zu verdienen und auf einmal einbezogen werden wollen?«

»Ist das der Grund?« Faye war nicht überzeugt. Dahinter musste mehr stecken. Menschen behaupteten nicht plötzlich, ihnen gehöre etwas, das gesetzmäßig das Eigentum von jemand anderem war.

»So oder so …« Seine Stimme klang wieder sanfter, und zu ihrer Verblüffung nahm er ihre Hand, die auf dem Geländer gelegen hatte. »Marisa – und auch ich – bitten Sie ja nur, ein paar Ideen beizutragen.« Seine Worte suggerierten, dass es seine Schwester gewesen war, die sie hatte herholen wollen, und nicht der Mann, der neben ihr stand.

»Natürlich.« Trotzdem … Es war einer dieser perfekten Augenblicke: ein Abend Anfang Juni auf Sardinien, an dem die Luft mild war, eine Mondsichel hinter dunstigen Wolken schimmerte, die Sterne den Nachthimmel mit Silber übergossen und ein attraktiver dunkelhaariger Mann mit blauen Augen an ihrer Seite war. Es war ein so perfekter Moment, dass es fast kitschig war.

»Danke, dass Sie mich zurückgebracht haben, Alessandro«, sagte Faye leise. »Von hier aus finde ich den Weg allein.«

Er zog seine Hand zurück. »Die Nacht ist noch so jung«, sagte er.

»Das kann schon sein.« Faye fand, dass die Nacht bis jetzt schon ereignisreich genug gewesen war. »Aber ich bin müde. Sollen wir uns morgen wieder am Theater treffen – mit Marisa?«

Er ließ ihre Hand los. »Wie Sie möchten«, sagte er. »Marisa und ich müssen morgen beide arbeiten, aber wir können uns am Abend dort treffen. Um acht?«

»Gut.« So hätte Faye den ganzen Tag Zeit, sich in Ruhe in Deriu umzusehen. Sie wusste nun, wo der Schlüssel zu dem kleinen Theater lag. Morgen würde sie zurückgehen und es sich noch einmal ansehen – allein, nüchtern und mit ihrem Notizbuch in der Hand. Und sie würde mit Leuten sprechen. Alessandro und Marisa verbargen etwas vor ihr, da war sie sich sicher, und sie war entschlossen herauszufinden, was es war. Wenn sie sich das nächste Mal mit Alessandro Rinaldi traf, würde sie vorbereitet sein.

7

Molly hatte gewusst, dass das passieren würde. Es war nur eine Frage der Zeit gewesen. Das Leben und eine Ehe konnten jahrelang ohne größere Probleme dahinplätschern, doch wenn eine Verwerfungslinie existierte, konnte es jederzeit zum Bruch kommen.

Sie dachte an ihren Kurs in kreativem Schreiben und fragte sich, warum sie eigentlich daran teilnahm. Wollte sie wirklich Zugang zu ihrer inneren Schriftstellerin finden – und hatte sie überhaupt eine? Und es gab noch andere Fragen, zum Beispiel warum sie sich in einem Spanisch-Konversationskurs angemeldet hatte. Für Urlaube wie die, die sie bisher in Spanien gemacht hatten, war das wohl kaum notwendig. Und obwohl Pilates sie unbestreitbar fit und straff gehalten und ihr eine kräftige Rückenmuskulatur eingebracht hatte, hatte sie ehrlich gesagt nie Spaß daran gehabt. Sie hätte sich auch fragen können, warum sie einem Buchclub gestattete, ihr die Lesegewohnheiten zu diktieren, und warum es nötig war, sich einer Strickgruppe anzuschließen, obwohl sie ebenso gut weiter allein zu Hause hätte stricken können, wie sie es immer getan hatte.

Molly wusste, warum. Sie füllte ihr Leben mit anderen Dingen und anderen Menschen, damit sie nicht so viel nachzudenken brauchte und die Leerstellen nicht bemerkte. Es funktionierte allerdings nicht ganz. Wenn man Löcher oberflächlich stopfte, brachte man sie nicht zum Verschwinden. Doch Molly wagte es nicht, über die Alternative nachzudenken, sie aufzudecken und sich damit auseinanderzusetzen.

Der Schreibkurs, an dem sie teilnahm, fand in Mollys alter Schule statt, was sie ein wenig komisch fand. Ständig sah sie vor ihrem inneren Auge Miss Lethercott in ihrem schwarzen Kleid mit den Fledermausärmeln, wie sie langatmige Predigten über Grammatik hielt, während sie sich Kreidestaub von den Händen wischte. Die bunt gemischte Gruppe reichte von Ron, der mehrere Romane im Selbstverlag veröffentlicht hatte und darauf zu brennen schien, bei der kleinsten Gelegenheit Auszüge aus anderer Leute Texten laut in der Gruppe vorzulesen, bis zu Molly, die hauptsächlich hier saß, weil der Töpferkurs voll gewesen war, und die bisher kaum etwas zu Papier gebracht hatte.

Heute Abend sollten sie eine Schreibübung machen. Thema war die Farbe Rot. Jo, ihre Dozentin, erklärte, dass die Übung ihre Kreativität fördern und aufzeigen sollte, wie Farben mit Charakteren, Gefühlen und Landschaften verbunden sein konnten. Sie würden, hatte Jo gemeint, erstaunt darüber sein, was da vielleicht auftauchen würde.

Eine Zeit lang war Molly nicht überrascht darüber, dass bei ihr nichts auftauchte, bis ein Bild vor ihrem inneren Auge aufstieg. Sie stellte fest, dass sie über ein rotes Kleid schrieb und es auf der Seite bis auf den letzten Knopf, Reißverschluss und Abnäher wiedergab. Dieses Kleid hatte Molly getragen, als sie Ade im Electric Palace kennengelernt hatte. Da war Molly neunzehn gewesen und hatte eine undefinierbare Sehnsucht gespürt, nach dem Leben, danach, dass etwas passierte. Selbst jetzt konnte sie sich noch genau an dieses Gefühl erinnern.

Dann war Ade passiert. Er war locker, er war spontan, er schien keine Probleme zu haben. *Rot*, schrieb sie. Mit Ade schien es plötzlich so viele Möglichkeiten zu geben, ihr Leben zu verändern. Rot stand für Leidenschaft, für lodernde Flammen. Rot symbolisierte auch Herbstblätter, November und ihren ersten Kuss. Ade war in ihr Leben getreten und hatte nie geahnt, welche Lücke er ausfüllte. Sie hatte ihm nicht davon erzählt, weil sie ihn nicht verschrecken wollte. Aber wenn man jemandem etwas nicht gleich zu Beginn erzählt, erweist es sich später als erstaunlich schwierig, es ihm zu sagen.

Lodernde Flammen währten natürlich nicht ewig. Das wusste Molly. Sie sah sich in der Gruppe um. Alle schrieben eifrig. Jo erwiderte ihren Blick mit einem aufmunternden Lächeln. Die lodernden Flammen wichen etwas, das weniger leidenschaftlich und heiß war. Molly runzelte die Stirn. Beige vielleicht? Aber Beige war nicht richtig. Ihre Liebe zu Ade war niemals beige gewesen. Eher grün. Sie hatten Zeiten von Leben und Wachstum erlebt – sie dachte an Empfängnis, Schwangerschaft und an ihr neugeborenes Kind – und oft ein Gefühl von Sommer. Aber wie sollte man verhindern, dass jemand ging? Der Sommer dauerte nur bis zum Herbst. Einst hatte sie geglaubt, man könne einem Menschen Fesseln anlegen, aber Fesseln konnten auch verhindern, dass er sich frei fühlte. Und dann …

Rot musste nicht unbedingt Leidenschaft bedeuten. Es konnte auch für den Tod stehen. Molly kniff die Augen zusammen. Dieses Thema war zu schwierig. Sie war dem Tod zweimal begegnet. Aber darüber würde sie nicht schreiben.

Stattdessen begann sie, Strichmännchen zu zeichnen. Vielleicht wäre ein Kunstkurs ja besser? Die Sache war die, dass jede Jahreszeit zu Ende ging. Die langen Tage wurden kürzer; der Wind wurde kühl, und die Blätter an den Bäumen färbten sich braun. Sogar die Sonne ging an einer anderen Stelle unter. Menschen wurden rastlos – besonders Ade, dachte sie –, und alles, was fest und real erschienen war, schien sich vor ihren Augen aufzulösen.

Als es passierte, war Faye erst sieben. An diesem Abend schaute Molly auf, als Ade durch die Tür trat, und stellte fest, dass er ihren Blick nicht erwiderte. In diesem Moment hatte sie ein Gefühl von Unvermeidlichkeit erfüllt. Dieses Gefühl war so stark gewesen, dass sie es noch jetzt heraufbeschwören konnte. Etwas war geschehen. Jemand war passiert. Und plötzlich taten sich all die leeren Stellen in ihrem Leben auf und erinnerten sie daran, dass sie immer noch da waren. Warum sollte er sie auch lieben? Warum sollte er für immer bei ihr bleiben? Warum sollte das jemand tun? Er kannte ihr Geheimnis nicht, er hatte keine Ahnung, welche Gedanken sie mitten in der Nacht quälten, weil Molly ihm nie davon erzählt hatte. Sie hatte das noch nie jemandem verraten.

Am nächsten Tag hatte Ade angerufen, um ihr zu sagen, dass er später von der Arbeit nach Hause kommen würde. Das war das zweite Mal in dieser Woche. Molly hatte gesagt, das sei in Ordnung, und dann hatte sie aufgelegt und war in Tränen ausgebrochen. Ihre Mutter war gerade da gewesen. »Was hast du?«, hatte sie gefragt. »Was ist los?«

»Es ist Ade.« Und Molly hatte ihr erzählt, was sie wusste.

»Bist du dir sicher?«, hakte ihre Mutter nach.

Ja, Molly war sich sicher. Sie brauchte keine Hotelrechnung in seiner Tasche oder Lippenstift an seinem Kragen zu finden. Es gab so viele andere Anzeichen. Sie konnte sie nicht übersehen, obwohl sie sich große Mühe gab.

»So etwas kommt vor.« Ihre Mutter blieb gefasst, obwohl sie die Lippen zusammenpresste, und Molly wurde klar, dass sie ihr nicht davon hätte erzählen sollen, weil sie von jetzt an gegen ihn sein würde. »Rede mit ihm. Sag ihm, dass das aufhören muss. Ihr müsst an Faye denken.«

Ihre Mutter ging nach Hause, und Molly trocknete ihre Tränen, brachte Faye zu Bett wie immer und begann, ein Rinderragout zuzubereiten. Aber sie sprach Ade nie darauf an, sagte ihm nie, dass sie Bescheid wusste. Sie wollte ihn nicht zwingen, sich zu entscheiden; dazu fehlte ihr der Mut. Ein einziges Mal in ihrem Leben hatte sie eine mutige Tat vollbracht, und anscheinend hatte sie damit allen Mut aufgebraucht, der ihr zur Verfügung stand. Sie zwang sich zu schweigen und verschloss alles in ihrem Inneren. Sie hatte schon einmal einen Verlust erlitten, und jetzt drohte der nächste.

Roter Himmel, schrieb sie jetzt. *Rot für Gefahr. Rot für Stopp. Rot für Blut.* Sie hatte auch geweint, als sie ein paar Tage später Gewissheit darüber hatte, dass sie wieder schwanger war. Sie hatte so etwas vermutet, aber dieses Mal niemandem etwas davon gesagt. Sie weinte erneut, als sie das Kind zwei Monate später verlor. In jenem Herbst hatte sie viel geweint. Sie konnte kaum glauben, wie viele Tränen sie vergossen hatte und wie schlimm das Gefühl des Verlusts gewesen war. Und doch hatte Ade sich am Ende für sie entschieden.

Nach dem Kurs fuhr Molly nach Hause. Sie war sich nicht sicher, ob sie wieder hingehen würde. Sie hatte sich spontan angemeldet, aber jetzt hatte sie den Eindruck, dass kreatives Schreiben doch Überraschungen barg – und keine angenehmen. Sie war sich nicht sicher, ob sie all diesen Erinnerungen, Gedanken und Verlusten erlauben sollte, an die Oberfläche zu kommen. Manchmal war es sicherer, nicht zu denken.

Sie fragte sich, wie es Faye auf Sardinien erging. Auch das hatte Erinnerungen wachgerufen, aber natürlich war das inzwischen lange her. Sie war sehr traurig über Brunos Tod. Aber es gab keinen Grund … Sie blinkte und bog in den Hohlweg zum Dorf ab. Es war ein typischer Hohlweg, wie es in Dorset viele gab, in Jahrhunderten ausgehöhlt durch Pferdehufe, Vieh und Dorfbewohner, die in die Stadt wanderten, von Karrenrädern ausgefahren und vom Regen ausgewaschen. Die Autos von heute reihten sich nahtlos in diese unendliche Karawane ein. Auf beiden Seiten wuchsen die Bäume und der Farn in die Höhe und umrahmten die Straße ebenso wie den gepflasterten Weg, der zur Kirche führte.

Als Molly Charlotte und ihrer Familie angeboten hatte, einen oder zwei ihrer Hochzeitsgäste aufzunehmen, wäre sie nie auf die Idee gekommen, dass jemand wie Bruno darunter sein könnte.

Molly fuhr an den Häusern vorbei. Bruno. Es war erstaunlich, dass man jemanden ansehen und erkennen konnte, dass er etwas verloren hatte. Molly hatte sich natürlich nichts anmerken lassen, aber der arme Mann hatte eine große Trauer ausgestrahlt. Anscheinend hatte er aber ebenfalls erkannt, dass sie Verluste erlitten hatte.

Merkwürdig, dachte sie, wie leicht es gewesen war, einem Fremden alles anzuvertrauen.

Die Straße war schmal, und Molly musste ein entgegenkommendes Auto vorbeilassen. Am Ende der Straße nahm sie die Abzweigung zur alten Kapelle und zu ihrem Haus. Ade würde da sein, und er würde noch einmal reden wollen – schon wieder. Aber sie konnte Ade nicht erklären, wie sie empfand, warum sie ihre Mutter nicht alleinlassen konnte, eigentlich nichts von alldem.

Manchmal fragte sich Molly, ob es nicht einfacher wäre, wenn er sie wirklich verlassen würde, wenn er einfach ging. Zumindest wäre dann eine Last von ihr genommen. Sie brauchte sich keine Gedanken mehr darüber zu machen, wann es passieren würde. Aber … Sie bemerkte, dass sie das Steuer so fest umklammerte, dass ihre Knöchel weiß hervortraten. Molly hatte in ihrem Leben schon zwei schwere Verluste erlitten. Würde sie noch einen dritten verkraften?

8

Pasquale de Montis ging auf den staubigen Holzdielen der Bühne im *Piccolo Teatro* auf und ab. Er kam oft hierher. Die Wahrheit war, dass er diesen Ort liebte. Mehr noch, er war ihm so sehr ans Herz gewachsen, dass er ein Teil von ihm geworden war. Angefangen hatte alles, als sein geliebter Papa hier als Hausmeister gearbeitet und sich um das Theater gekümmert hatte, als wäre es sein eigenes Kind. Und schließlich hatte er selbst hier oben auf dieser Bühne gestanden. Er hatte das *Piccolo Teatro* zu seinen Glanzzeiten erlebt und war auf dem Höhepunkt seiner Karriere ein Teil davon gewesen, wie er sich gern schmeichelte. Doch dann hatte er seinen Niedergang miterleben und zusehen müssen, wie das Theater allmählich verfiel. Heute kam niemand mehr hierher, denn es gab nichts mehr zu sehen. Pasquale sah das freilich anders. Er besuchte das Theater immer noch, um auf diesen staubigen Bretter zu stehen. Das Theater war seine Zuflucht und das Zuhause seines Herzens; es war ein Platz, an dem er nachdenken konnte, ein Ort, an dem er sich von allen zurückziehen konnte und in Sicherheit war, allein mit seinen geheimsten Gedanken.

Pasquale blieb stehen und drehte sich zu dem purpurnen

Vorhang um, der ihn vom Zuschauerraum trennte. Er erinnerte sich an diese wunderbaren Momente, kurz bevor die Vorstellung begann, die Augenblicke, in denen das Licht gedämpft wurde und das Publikum verstummte. In diesen Momenten war die Erwartung, die in der Luft lag, mit Händen zu greifen gewesen, und er hatte gewusst, dass sie auf ihn warteten … Natürlich nicht nur auf ihn, so eitel war er nicht, aber … Dieses Gefühl war es seiner Meinung, was diesen Beruf zu etwas Besonderem machte, weshalb ein Schauspieler spielen wollte. Das Geld war sicher nicht der Grund.

Er sah zur Decke hoch und betrachtete den verblassten Stuck. Auf Sardinien würde ein Schauspieler niemals reich werden. Ein festes Ensemble konnte möglicherweise auf regionaler oder sogar nationaler Ebene bezuschusst werden. Ein Mann konnte sich ein jährliches *stipendio*, ein Gehalt, verdienen, aber das war nicht üppig, solange man nicht Glück hatte und es ganz nach oben schaffte. Schlimmer noch, oft wurde man nur für die Vorstellung bezahlt, aber nicht für die Proben. Es war schwer, doch es war es wert. Wenn Pasquale zur Probe auf die Bühne kam und sich umsah, dann blickten ihn die anderen Ensemblemitglieder nur kurz an. Dann wandten die *attori*, die Schauspieler, ihren Blick wieder nach innen und versetzten sich in ihre Rolle. Wenn er sich auf der Bühne befand, pflegte er das Gleiche zu tun.

Pasquale räusperte sich und streckte einen Arm aus, als hätte er wieder ein Publikum. König Lear vielleicht? *»Wer kann mir sagen, wer ich bin?«* Er sprach laut und war recht zufrieden mit der Kraft seiner Stimme und der Verzweiflung, die aus seinen Worten klang. Die Akustik war so gut wie eh und je, und er redete sich gern ein, dass seine Stimme immer noch weit trug und eine gewisse Klarheit und Klangfarbe bewahrt hatte. Außerdem war das eine gute Frage. Alle Menschen waren die Summe ihrer Teile: ihrer Kindheit, ihrer Handlungen im Erwachsenenalter, ihrer Freuden, ihrer Ängste.

Pasquale lächelte zufrieden. Lear war eine seiner Lieblingsgestalten. Er hatte den König Lear in England gespielt, als er dort mit dem Repertoire-Ensemble zwei Jahre lang auf Tournee gewesen war. Das war aus vielen Gründen eine sehr schöne Zeit gewesen, nicht zuletzt deshalb, weil dort so viele Stücke, die sie spielten, auch herkamen. Hier wäre das etwas ganz anderes. *Chi è che mi può dire chi sono?* So weit, so gut, aber die großartige Sprache Shakespeares ließ sich nicht gut ins Italienische oder Sardische übertragen. Auf Sardinien kannte die Hälfte der Truppe kaum die Ursprünge der Stücke, ihre Bedeutung … Bei der Erinnerung bekam er feuchte Augen. Sofia war anders gewesen. Sofia hatte immer verstanden, wie er empfand, und war seiner Meinung gewesen. Genau wie er war sie eine Puristin gewesen, und wie er empfand sie Achtung vor der Form.

Pasquale schob den Vorhang beiseite, sodass Staubkörnchen in die Luft stiegen. *La prova generale*, die Generalprobe, würde wahrscheinlich schlecht laufen, denn die Zuschauer waren kaum der Rede wert. Er sah in den halbdunklen Zuschauerraum hinaus. Natürlich war dort niemand. *»Ich bin ein Mann, an dem man mehr gesündigt, als er sündigte.«* Wieder Lear. Tragödien waren immer seine Stärke gewesen. Komödien waren nichts für ihn, weder im Leben noch auf der Bühne. Er hegte tiefe Empfindungen. Pasquale schlug sich an die Brust. Er fühlte sie *hier*.

Er gab sich nicht der Illusion hin, dass er hier ohne ein Publikum mehr tat, als seine Rolle laut aufzusagen. Er war nicht verrückt. Aber er tat es *per divertimento* – zum Vergnügen. Und manchmal konnte er ganz darin aufgehen. Er konnte so tun, als wäre alles wieder wie früher, als wären die schlimmen Dinge nicht geschehen. Als stünde er wieder als Schauspieler auf der Bühne, als sähen die Menschen ihm noch zu, hörten ihm zu und wollten, was er ihnen gerne gab. Doch Pasquale machte sich keine Illusionen, er wusste, was real war.

Er ging zurück hinter den Vorhang – auf die Seite, die das Publikum nie zu sehen bekam. *»Merda, merda, merda«*, flüsterte er. Das war das glücksbringende Ritual vor jeder Vorstellung, und die Worte würden zu einem Crescendo anwachsen, während alle im Kreis standen, bis sie schließlich daraus ausbrachen und einander auf die Schulter klopften. Er schüttelte den Kopf. Heute brauchte er so etwas natürlich nicht mehr; diese Zeiten waren vorbei. Aber trotzdem …

Pasquales Karriere hatte Höhen und Tiefen erlebt. Eigentlich hatte er nie vorgehabt, so viel zu reisen – auf dem italienischen Festland, durch England und ganz Sardinien –, denn sein Herz hatte immer an Deriu gehangen. Aber unter den Umständen hatte er nicht widerstehen können. Das lag nicht einfach daran, dass es so ganz anders und so viel professioneller war, einem festen Ensemble anzugehören, das auf Tournee ging. Er hob den Kopf und meinte, Stimmen zu hören. Aber nein. Hier erklangen keine Stimmen mehr. Auf Sardinien pausierten Theater oft zwischen Juni und September, weil sich in den heißen Monaten niemand in geschlossenen Räumen aufhalten wollte.

Vor einer Produktion wusste man nie, welche Hindernisse sich auftun würden. Vielleicht würde der Bühnenbildner, der *scenografo*, plötzlich verkünden, er habe nicht genug Geld für die Erfordernisse der Produktion, oder ein Schauspieler erklärte, er könne nicht auftreten. Das Ganze hatte immer etwas Unvorhersehbares. Hier auf Sardinien fand das Vorsprechen für eine Produktion nur vier Wochen vor der ersten Aufführung statt, und zu den Workshops erschien eine Mischung aus Schauspielstudenten, Amateuren und erfahreneren Schauspielern wie Pasquale.

Pasquale erinnerte sich an einen Regisseur in Sassari, der zugunsten von etwas, das er »postapokalyptisches Theater« nannte, von der traditionellen Auslegung des *Sommernachtstraums* abgewichen war. Natürlich hatte das nicht ganz Pasquales Geschmack getroffen. Aber er konnte seine Vision verstehen. Er war kreativ und konnte nachvollziehen, wie ein kreativer Geist dachte.

Pasquale war nur ein paar Jahre im Ausland gereist. Dann war er hierher zurückgekehrt, in seine Heimatstadt, an sein Theater, zu seiner Mutter und den Menschen, die ihn kannten. Als er heimkehrte, konnte er sich in einem gewissen Erfolg sonnen. Er wollte nicht angeben, aber das musste man schon sagen.

Mit der Schuhspitze zog Pasquale eine Linie auf dem staubigen Boden. Der Staub war ein Hohn, ein Symbol des Niedergangs. Bei Gott … Er sank auf die Knie. Kaum war er damals nach Deriu zurückgekehrt, war alles schiefgelaufen. Er vergrub das Gesicht in den Händen, nur kurz, niemand würde es sehen. Es war, das erkannte er im Rückblick, der langsame Anfang vom Ende gewesen.

Doch er musste stark bleiben. Pasquale stand auf und klopfte sich den Staub von der Hose. Dann fuhr er zusammen. Hatte er da irgendwo hinter der Bühne ein Geräusch gehört? Er schüttelte den Kopf. Alte Gespenster. Kein Grund, sich vor ihnen zu fürchten. Über diesen Punkt war er inzwischen hinweg. Er brauchte vor niemandem Angst zu haben.

Stirnrunzelnd drehte er sich um. Das Wichtigste war, die Kontrolle zu behalten. Das Vergangene war vorbei. Jetzt war er alt – obwohl er mit seinen siebenundsiebzig Jahren immer noch rüstig war. Und das war ein Segen, wenn er an seinen armen Papa dachte. Pasquale war alt, aber er war noch nicht am Ende. Kürzlich waren Gerüchte über das *Piccolo Teatro* aufgekommen, bei denen sich bei ihm die Nackenhaare sträubten. Es hieß, die Rinaldis hätten vor, das Theater zu restaurieren, es in seiner alten Herrlichkeit wiedererstehen zu lassen. Als Pasquale diese Worte gehört hatte, hatte er etwas von der alten Aufregung gespürt, gemischt mit Entsetzen, das ihn durchfahren hatte. Hieß das, dass er diese Zuflucht vor der Außenwelt verlieren würde? Glaubten diese Leute etwa, dass sie etwas so Besonderes so einfach neu erschaffen konnten?

Erinnerungen, dachte er. Sie hatten noch immer die Macht,

in einem Mann Gefühle zu wecken. Und sie waren das Einzige, was ihm niemand nehmen konnte.

Dennoch war es gestern Abend eine Überraschung gewesen, als er gesehen hatte, wie Alessandro Rinaldi mit einer unbekannten Person aus dem Theater kam. Mit einer Frau, einer *attraktiven* Frau, das musste er zugeben. Obwohl Pasquale nie geheiratet hatte, schmeichelte er sich gern, das beurteilen zu können. Stand sie vielleicht in einer romantischen Beziehung zu Rinaldi? Er glaubte das nicht – obwohl da so etwas gewesen war. Aber wenn … Wieder schüttelte Pasquale den Kopf. Das ging ihn nichts an. Die Rinaldis gingen ihn nichts an. Nicht mehr.

Doch selbst wenn die beiden eine romantische Beziehung hatten, warum sollte er ihr das ehemalige Theater zeigen? Alessandro Rinaldi bedeutete das kleine Theater nicht viel. Was wusste der schon über die Vergangenheit? In der Glanzzeit des Theaters war er noch ein Kind gewesen. Sein Name hatte nicht auf den Werbetafeln vor dem Gebäude gestanden, sein Name war nicht berühmt gewesen – und der seines Vaters auch nicht, wenn er schon dabei war. Aber wenn Alessandro und die Frau kein Paar waren, warum war er dann mit ihr hergekommen? Angesichts der Gerüchte war das noch besorgniserregender. Auf diesem Gebiet konnte man Alessandro Rinaldi auf keinen Fall trauen. Würde er die Wünsche der Stadtbewohner ignorieren wie sein Vater vor ihm? Schließlich war nichts endgültig geregelt.

Pasquale sah sich hinter der Bühne um, durchsuchte die Kulissen und die Künstlergarderoben und kehrte, als er sich überzeugt hatte, dass alles war, wie es sein sollte, in den vorderen Teil des Hauses zurück. Alles sah aus wie immer. Was sollte er tun?

Noch nichts, beschloss er. Wenn es so weit war, würde eine Entscheidung getroffen werden, und dann konnte er weitersehen. Einstweilen war das Theater sicher. Noch konnte er herkommen, sich erinnern und träumen.

Pasquale schritt langsam durch das Foyer, drehte sich noch

einmal um und warf einen letzten Blick zurück. Dann ging er durch die alte Tür aus Eichenholz hinaus. Sorgfältig schloss er hinter sich ab, hob die Steinvase hoch, die seitlich neben dem Eingang stand, und legte den Schlüssel wieder unter den warmen Stein. Normalerweise suchte er das Theater nicht abends auf, denn das Letzte, was er sich wünschte, war, dass einer der Rinaldis in seine Träumereien hineinplatzte. Doch über Tag war er sicher. Alessandro baute seine Boote, und Marisa unterrichtete in der Schule. Sonst war niemand an dem alten Theater interessiert. Niemand schenkte ihm Beachtung, nicht mehr.

Pasquale seufzte. So war das Leben. *Wer kann mir sagen, wer ich bin?* Er hatte auch gute Zeiten erlebt. Die konnte ihm niemand wegnehmen.

»Buon giorno, Signore.«

Das Erscheinen der Frau überrumpelte ihn. Schuldbewusst fuhr er zusammen und sah sich um.

Sie stand am Fuß der Treppe und schaute zu ihm hoch. »Haben Sie das Theater besucht?« Ihre Stimme klang sanft, und ihr Blick war freundlich. Pasquale hatte das Gefühl, dass sie ihn vielleicht verstehen würde. Er entspannte sich.

»Ich tue nichts Unrechtes, *Signorina*«, erklärte er. Eigentlich hätte er sich gegenüber einer Fremden nicht zu rechtfertigen brauchen. Aber er wollte nicht, dass sie Alessandro Rinaldi davon erzählte. Das Risiko, dass er den Schlüssel dann vielleicht anderswo verstecken würde, wollte Pasquale nicht eingehen.

»Natürlich nicht.« Sie legte den Kopf zur Seite, als wartete sie darauf, dass er weitersprach.

»Ich genieße die Erinnerungen«, sagte er. Er ging die Treppe hinunter.

Sie nickte. »An Ihre Zeit auf der Bühne«, sagte sie. »Das muss eine wunderbare Zeit gewesen sein.«

Er warf ihr einen kurzen Blick zu, aber sie schien sich nicht über ihn lustig zu machen. »Ja.« Er musterte sie genauer. »Und Sie?«

»Ich?«

»Sie sind zur *Piazza del Teatro* zurückgekehrt, *Signorina*«, sagte er, obwohl das offensichtlich war.

Sie breitete die Hände aus. »Der Platz ist wunderschön.«

Nun gut. Pasquale sah sich auf der *piazza* um. Er war hier groß geworden und kannte jeden Stein auf dem von Dattelpalmen gesäumten Platz. Hier gab es nicht viel mehr als abgetretenes Kopfsteinpflaster, einen Myrtenbaum und einen alten Springbrunnen, der nur noch tröpfelte. Nichts so Besonderes – jedenfalls nicht für eine Touristin. Sollte sie doch Spielchen treiben, um den heißen Brei herumreden und ihre wahre Absicht verbergen. Er würde nicht darauf hereinfallen. Er warf sich in die Brust. Er war Pasquale de Montis. Er war der Sohn seines Vaters. »Sind Sie zu Besuch in Deriu?«, erkundigte er sich höflich.

»Ja. Bei Fabio und Charlotte Odino. Kennen Sie sie?«

»In Deriu kennt jeder jeden. Was bedeutet, dass niemand etwas tun kann, ohne dass alle davon hören«, erklärte er ihr ernst. Er wollte nicht unfreundlich wirken, aber er hoffte, dass sie das zum Nachdenken bringen würde.

Sie lachte. Ein nettes Lachen war das, und er war stolz drauf, die Ursache dafür zu sein. Vielleicht war ja doch noch etwas von dem alten Pasquale de Montis übrig.

»Dann gibt es keine Geheimnisse in Deriu?«, fragte sie. »Meinen Sie das?«

Im Gegenteil, dachte Pasquale. Sie hatten alle ihre Geheimnisse. Der alte Enrico Volti mochte ein misstrauischer, mieser Bastard sein, aber wenn er sagte, dass irgendetwas mit dem Theater im Gang war, hatte er wahrscheinlich recht. »Es gehört ihnen nicht richtig«, hatte Volti erklärt. »Und es ist Zeit, dass die Stadt es sich zurückholt.« Das waren mutige Worte. Doch Pasquale wusste besser als die meisten Menschen, was Worte wert waren und welche Überredungskraft sie besaßen. »Wer weiß?«, sagte er. »Ich glaube, jeder hat seine Geheimnisse, *no*?« Er musterte sie eingehend. Ob sie welche hatte? »Und? Was halten Sie von unserem kleinen Theater?« Er war neugierig. Vielleicht war sie nur zufällig vorbeigekommen. Vielleicht aber auch nicht.

Er spürte, dass sie zögerte. »Ein wunderschönes Gebäude.«

»Das war einmal.« Pasquale sah an der Fassade hoch. Es schien, als ob das Mauerwerk jeden Tag weiter zerfiel. Er fühlte mit ihm.

»Vielleicht wird es das ja wieder?«

Pasquale runzelte die Stirn. Versuchte sie, ihm etwas zu sagen? Oder interpretierte er zu viel in ihre Worte hinein? »Kann schon sein.« Er holte tief Luft. »Sind Sie deswegen nach Deriu gekommen, *Signorina*?«, fragte er. »Um unser Theater zu sehen?«

Er sah, dass er sie überrumpelt hatte und sie nicht recht wusste, was sie antworten sollte.

»Nein, nicht deshalb«, erklärte sie schließlich. »Charlotte ist eine alte Schulfreundin von mir.«

»Aha.«

»Aber Sie haben recht. Ich interessiere mich für das Theater. Deswegen war Alessandro gestern Abend mit mir hier.«

Er nickte. »Ich verstehe.« Sie war ein nettes Mädchen, aber sie konnte nicht besonders gut lügen. Trotzdem würde er sich Zeit lassen. Dem, der warten konnte, würde alles offenbart werden. »Dann sind Sie gekommen, um es sich noch einmal anzusehen?«, fragte er. »Allein?« Er zog eine Augenbraue hoch. Das gefiel ihm gar nicht. Er konnte nicht anders, er hatte das Gefühl, das Theater beschützen zu müssen.

Wieder zögerte sie. Sie schob sich das lange blonde Haar mit einer Hand aus dem Gesicht. Sie sah ganz natürlich aus. Eine klassische englische Schönheit. Ein bisschen zu farblos für seinen Geschmack vielleicht – er war immer hinter dunklen, rassigen Frauen hergewesen. Diese hier wirkte kühl und war bestimmt keine Schauspielerin. »Ich habe mich nur umgesehen«, sagte sie und zeigte in Richtung Hügel. »Ich bin zur Burg hinaufgestiegen.«

Er lächelte höflich. »Von dort hat man eine ausgezeichnete Aussicht«, meinte er. »Sie ist ein natürlicher Aussichtspunkt aus einer Zeit, als wir uns Sorgen machen mussten, wenn Fremde sich der Stadt näherten.« Er bemerkte ihre Überraschung. *Besser, sie ist gewarnt*, dachte er. Andere wie Enrico Volti würden dem armen Mädchen vielleicht viel weniger freundlich und weit direkter begegnen.

»Und ich habe eins der Museen besucht.« Mit dem Stadtplan, den sie in der Hand hielt, fächelte sie sich Luft zu. Es war schon ziemlich warm, das war Pasquale auch schon aufgefallen. »Es ist höchste Zeit, um zum Mittagessen nach Hause zu gehen.«

»Ein guter Plan.« Pasquale lächelte. »Ich werde dasselbe tun.«

»Wohnen Sie in der Nähe?« Die junge Frau schien das Gespräch fortsetzen zu wollen. Sie blieb am Fuß der Treppe stehen.

»Ich bin dort drüben aufgewachsen.« Er zeigte auf ein Haus auf der anderen Seite des Platzes, direkt gegenüber dem Theater. Es war nichts Besonderes, aber es war solide gebaut, hatte fließendes Wasser und Strom und war einigermaßen komfortabel.

Sie sah über den Platz. »Ah, ich verstehe. Gegenüber dem Theater. Wie schön.«

Er nickte. Ihm gefiel, dass sie diese Nachbarschaft zu schätzen wusste. »Als ich klein war, war mein Vater Hausmeister im *Piccolo Teatro*«, erklärte er. Eigentlich war er mehr als ein Hausmeister gewesen, denn für ihn war es weniger ein Job als eine Berufung gewesen. »Mein Vater war praktisch begabt und geschickt mit den Händen. Er hat auch immer beim Bau der Kulissen mitgeholfen. Er konnte fast alles bauen.«

Sie sah ihn aufmunternd an.

»Ich bin ihm überall nachgelaufen und wollte mithelfen.« Natürlich war er zu klein gewesen, um sich nützlich zu machen. Aber er hatte es genossen, dort zu sein, seinem Vater immer auf den Fersen. Und er glaubte nicht, dass es seinem Vater etwas ausgemacht hatte. Es war zwar schon lange her, aber Pasquale erinnerte sich an einen Vater, dem es gefiel, dass sein Sohn so an ihm und dem Theater hing, das sein Leben war. *Papa wäre stolz gewesen*, dachte Pasquale, *seinen Sohn auf der Bühne spielen zu sehen – falls er denn die Chance gehabt hätte.*

»Sie haben das Theater schon damals geliebt?«

»Ah, *si.*« Leider hatte diese Zeit nicht lange gedauert. Pasquale hatte so wenige Erinnerungen an seinen Papa. Sie hatten ihn so früh verloren. Und nach seinem Tod … »Sogar der Geruch in einem Theater ist etwas Besonderes«, sagte er. »Es riecht nach Theaterschminke.« Er lächelte. »Und nach Erwartung.«

»Ja, so eine erstaunliche Atmosphäre …« Sie wirkte plötzlich enthusiastisch.

Er warf ihr einen forschenden Blick zu.

»Wahrscheinlich die des schönen Scheins.«

Die des schönen Scheins … Verblüfft blinzelte Pasquale sie an.

Auf der anderen Seite des Platzes wurde ein Fenster aufgerissen. Er hörte die barsche Stimme seiner Mutter fast schon, bevor sie erklang. »Pasquale!«, schrie sie. »Wo steckst du?«

»Hier drüben, Mama.« Er hob die Hand, um ihr zuzuwinken. Er hätte die junge Frau gern noch gefragt, was genau sie mit dem schönen Schein gemeint hatte.

»Was machst du, eh?« Sie starrte ihn – oder besser sie beide – wütend an.

»Nichts, Mama.«

»Dann geh da weg, um der Liebe Gottes willen. Komm zum Essen.«

»Bin schon unterwegs.« Pasquale warf der jungen Frau einen Blick zu. Es gefiel ihm nicht, dass sie mitbekam, wie seine Mutter mit ihm redete, aber wahrscheinlich hatte sie nichts verstanden. Seine Mutter sprach durchaus Italienisch, doch sie tat es nur selten. »Meine eigene Sprache ist gut genug«, pflegte sie zu sagen. »Wenn jemand mit mir reden will, dann kann er es auf Sardisch tun, oder er lässt es bleiben.«

»Meine Mutter«, erklärte er. »Sie hat mir immer noch nicht verziehen, dass ich ihr keine Enkelkinder geschenkt habe.«

Noch einmal lachte die junge Frau. Sie streckte ihm eine schmale weiße Hand entgegen. »Leben Sie wohl, Pasquale. Es war nett, Sie wiederzusehen.«

Er nahm ihre Hand und zog sie an die Lippen, ohne sie damit zu berühren. *»Arrivederci, Signorina«*, sagte er. »Bis zum nächsten Mal.«

In flottem Tempo überquerte er den Platz und betrat das Haus, ohne sich noch einmal umzusehen. Er schloss die Tür und ging in das vordere Zimmer, dessen Fenster auf die *Piazza del Teatro* hinausging. Neugierig darauf, was sie tun würde, beobachtete er sie durch die Fensterläden.

Die junge Frau sah sich um, zögerte und lief dann leichtfüßig die Treppe zum Theater hoch. Er sah zu, wie sie sich bückte, um die Steinvase hochzuheben, den Schlüssel nahm und sich noch einmal umblickte. Dann steckte sie den Schlüssel ins Schloss und huschte ins Theater.

Pasquale ballte die Faust. Am liebsten wäre er gleich wieder zurückgerannt, um das Gebäude zu beschützen wie sein Vater vor ihm, doch das konnte er nicht tun. Denn sie hatte vermutlich ebenso viel Recht, dort zu sein, wie er. Die Wahrheit war, dass er sie sympathisch gefunden hatte. Bestimmt war sie harmlos. Aber wer war sie?

Pasquale ging in die Küche, um zu Mittag zu essen. Er wusste es nicht, noch nicht, aber er würde es herausfinden.

9

Als Faye an diesem Abend um kurz nach acht zum klangvollen Schlag der Kirchenglocke wieder auf die *Piazza del Teatro* trat, waren die Rinaldis schon da. Marisa stand am Fuß der Treppe, während Alessandro oben wartete. Anscheinend musste er immer den Überlegenen spielen. Aber das war nicht ihr Problem. Sie musste daran denken, was Charlotte ihr am Morgen vor ihrer Abreise eingeschärft hatte: *Du kannst das hier jederzeit abbrechen, Faye.*

»*Ciao.*« Faye begrüßte Marisa, indem sie sie auf beide Wangen küsste. Wieder nahm sie den Duft von Orangenblüten wahr, obwohl es hier keinen einzigen Orangenbaum gab, nur den Baum neben dem alten Brunnen, der glänzende grüne Blätter und kleine weiße Blüten hatte, die wie Sterne aussahen.

»Ist Charlotte gut zum Flughafen gekommen?« Marisa wirkte betrübt. »Sie wird mir fehlen.«

»Ja, ist sie.« Faye würde sie auch vermissen. Nachdem Charlotte und Fabio fort waren, fühlte sie sich hier ziemlich gestrandet. Aber anderes machte es wieder wett, dass man sie so ins kalte Wasser geworfen hatte: Das Haus am Fluss war elegant und luxuriös und die kleine Stadt bezaubernd.

Nachdem die beiden abgereist waren, hatte Faye den Rest des Tages damit verbracht, das mittelalterliche *centro storico* von Deriu zu erkunden, das sie bisher nur bei Nacht gesehen hatte. Es bestand aus steilen, schmalen Gassen mit Kopfsteinpflaster, die von hohen, schmalen Häusern gesäumt wurden. Die Häuser waren in allen nur vorstellbaren Farben gestrichen, von leuchtendem Türkis bis zu tiefem Ocker. Auf Balkonen hing bunte Wäsche; Weinranken, Bougainvillea und blaue Clematis rankten über alte Stufen und klammerten sich an bröckelnden Stein. Die Straßen führten zu kleinen *piazze*, die zu hübschen alten Kirchen mit dicken Holztüren und schmückenden Fensterrosetten gehörten. Auf den Plätzen gab es nicht selten Obst- und Gemüsemärkte, Stände mit Schmuck und Produkten aus Kork und originelle Bars und Cafés.

Faye war an den steinernen Festungsmauern der Burg auf dem Hügel entlanggegangen und hatte durch den Hain aus Olivenbäumen und Kaktusfeigen auf den Fluss hinuntergesehen, der sich aus dem Tal im Osten heranschlängelte und zwischen den üppig grünen Bergen zum Meer floss. Unter ihr lagen die Terrassen und das Gewirr der alten und neuen Dächer von Deriu. Dahinter konnte sie die Boote im Hafen erkennen. Sie hatte mit eingezogenem Kopf die winzige Burgkapelle betreten, die sich zwischen die Walnussbäume schmiegte, und hatte die mittelalterlichen Fresken bestaunt, die nach vielen Jahrhunderten immer noch in lebhaften Farben leuchteten.

Schließlich hatte sie diese ziemlich eigenartige Begegnung mit Pasquale de Montis hier auf dem Platz gehabt. Er schien ihr gegenüber ein wenig misstrauisch zu sein, aber sie mochte ihn. Er war ein wenig theatralisch, was bei seinem Beruf aber nicht überraschte. Die Sarden und Italiener waren ohnehin lebhaftere Charaktere und lebten mehr in ihrem Körper als die Briten. Er war ein interessanter Typ und wollte offensichtlich nur das Beste für das kleine Theater, was ja eigentlich gut war.

Schließlich war sie in Charlottes und Fabios Wohnung zurückgekehrt, um etwas zu essen, und danach in die *passeggiata* geraten, an die sie sich aus ihrer Zeit in Neapel erinnerte – den traditionellen Spaziergang, den viele Italiener am frühen Abend unternahmen. Dabei ging es nicht nur darum, sich Bewegung zu verschaffen, sondern auch ums Sehen und Gesehenwerden, darum, zu plaudern und Meinungen und Neuigkeiten auszutauschen – und das zu einer Tageszeit, zu der die Sonne nicht mehr allzu heiß schien, bevor man für den Rest des Abends wieder in die Häuser zurückkehrte.

»*Ciao*, Alessandro.« Faye stieg die Treppe hinauf, um ihn zu begrüßen. Sie küsste ihn leicht auf beide Wangen und war sich dabei der Wärme seiner dunklen, olivfarbenen Haut bewusst. Sie überlegte, wonach er roch. *Holz und Öl mit einem kühlen Unterton von Zitrone*, entschied sie.

»Hatten Sie einen schönen Tag?« Einen Moment lang blickten seine dunkelblauen Augen in ihre.

Faye fragte sich, ob er erraten hatte, dass sie allein hier gewesen war. Vielleicht hatte sie den Schlüssel ja nicht wieder richtig hingelegt? Sie beschloss, sich dumm zu stellen. »Sehr schön, danke.« Sie erzählte den beiden, was sie unternommen und gesehen hatte, wobei sie ihr Zusammentreffen mit Pasquale und ihren zweiten Besuch in dem kleinen Theater ausließ. »Ich mag Ihre Stadt. Sie ist entzückend.«

Alessandro zog amüsiert eine Augenbraue hoch. »Ich bin mir sicher, unsere Stadt ist sehr froh darüber«, sagte er. »Und jetzt – auf ins Theater!« Er riss die hölzerne Tür auf. »Nach Ihnen.«

Faye trat ins Foyer, und die anderen beiden folgten ihr. Schon jetzt kam ihr das *Piccolo Teatro* fast wie ein alter Freund vor. Das trübe Licht, die mit rotem Brokat bezogenen Sitze, der bröckelnde Stuck und der schwere purpurne Vorhang kamen ihr inzwischen sehr vertraut vor. Am Nachmittag war sie beinahe auf Zehenspitzen umhergehuscht. Sie hatte sich die offenen Ränge und die Logen näher angesehen, hatte die Materialien untersucht, aus denen die Einrichtung bestand, und die Malereien an der Decke und den Wänden betrachtet. Sie war nur etwa eine Viertelstunde geblieben, aber das hatte gereicht, um ein Gefühl dafür zu bekommen.

Sie drehte sich zu den beiden um. »Vielleicht sollten Sie damit anfangen, mir zu erzählen, was Sie mit dem Theater vorhaben«, schlug sie vor. »Wollen Sie es so restaurieren, dass es seine historische Gestalt behält? Oder sehen Sie es in einem moderneren Licht? Soll es vielleicht eine neue Funktion für die Bürger erfüllen?«

Alessandros Miene verdüsterte sich. »Seine Bestimmung ist es, ein Theater zu sein«, sagte er. »Wir wollen, dass es in seiner alten Pracht restauriert wird. Wir wollen hier genau wie früher Theaterstücke und Opern aufführen.« Er sah sie an, als hielte er es für völlig verrückt, auch nur an etwas anderes zu denken.

Faye nickte. »Ich verstehe.« Jedenfalls begriff sie, dass er starrköpfig war. Aber sie konnte seinen Standpunkt nachvollziehen. Es war wichtig, dass die historische Identität des Theaters erhalten blieb. Es stand zwar nicht unter Denkmalschutz, aber es wäre ein Verbrechen, seinen Charakter zu zerstören, der seinen besonderen Reiz ausmachte. Allerdings lebten sie nicht mehr im 19. Jahrhundert. Bestand in einer Stadt wie Deriu immer noch ein so großer Bedarf für ein solches Theater? Sie wandte sich an Marisa, die noch kein Wort gesagt hatte. »Sind Sie auch Alessandros Meinung, Marisa?«

Marisa ging an der letzten Sitzreihe vorbei und strich mit der Hand über die Lehnen. »Ja, bis zu einem gewissen Punkt«, sagte sie schließlich.

»Wenn Sie über ausreichend finanzielle Mittel verfügen, sollten Sie für die Restaurierung einen Spezialisten beauftragen«, erklärte Faye den beiden. Leicht würde das nicht werden. Sie breitete die Hände aus. »Ich bin Innenarchitektin und habe gerade erst meinen Abschluss gemacht. Wenn Sie wollen, dass das Theater so restauriert wird, dass es aussieht wie früher und denselben Zweck wie einst erfüllt, dann brauchen Sie niemanden wie mich. Sie brauchen einen ausgebildeten Restaurator und einen Trupp guter Bauarbeiter und sachkundiger Handwerker.« Sie wollte den Job nicht ablehnen – jedenfalls noch nicht –, aber in der ungewöhnlichen Situation, in der sie sich befand, wollte sie alles von Anfang an klarstellen.

»Genau!« Alessandro schlug auf die Lehne des nächstbesten Sitzes, und eine kleine Staubwolke stieg in die Luft. »Habe ich das nicht gesagt, Marisa?«

»Ja, ja.« Seine Schwester tat seine Worte mit einer Handbewegung ab. »Aber ich wollte eine objektive Meinung. Ich wollte neue Ideen. Du hörst mir ja nie zu, Alessandro. Wir müssen uns doch fragen, ob das Theater überleben kann, wenn es einfach nur restauriert wird – ein zweites Mal.«

Alessandro warf sich in die Brust. »Wir werden dafür sorgen, dass es überlebt«, erklärte er.

»Und in Zukunft? Wir werden nicht ewig da sein, um uns darum zu kümmern.«

Er schwieg und sah zur Bühne, als ob sie ihm die Antwort sagen könnte.

»Bestimmt haben unsere Urgroßeltern das Gleiche gesagt, als sie das Theater übernommen und in es investiert haben.« Marisa wandte sich Faye zu. »Das war Anfang des 20. Jahrhunderts. Sie hatten das Geld, und natürlich wollte die Regionalregierung das Theater erhalten. Alle waren für das Überleben des Theaters.«

»Aber niemand sonst war bereit, dafür zu zahlen«, warf Alessandro ein.

»Genau.« Marisa sah ihn an. »Was ich damit sagen will, ist Folgendes: Niemand wollte, dass das *Piccolo Teatro* wieder verfiel, und trotzdem ist es passiert.«

»Niemand außer unserem Vater«, erklärte Alessandro düster.

Marisa zuckte mit den Schultern. »Er hatte seine Gründe.«

»Marisa, was meinen denn *Sie*, wie das Theater überleben

könnte?«, fragte Faye. Sie würde zumindest versuchen, objektiv an die Sache heranzugehen, obwohl Alessandro zweifellos auch sie ignorieren würde. Marisa schien wenigstens eine realistischere Vorstellung von der Zukunft des Theaters zu haben als ihr Bruder, dessen Standpunkt romantischer war. Ihr Blick huschte über seine dunklen Züge, und sie ertappte sich bei dem Gedanken, dass das nicht das einzige Romantische an ihm war. Sie hatte diesen Moment gestern Abend auf der Brücke nicht vergessen, seinen Blick, die Art, wie er ihre Hand genommen und gesagt hatte, dass die Nacht noch jung sei. Faye erschauerte und fragte sich, was hätte sein können, wenn ... Wenn sie recht darüber nachdachte, war sie wahrscheinlich glücklich davongekommen.

»Ich finde, das Theater sollte mehr ...« Marisa zögerte, und in dem Blick, den sie Faye zuwarf, stand eine stumme Bitte.

»... praktischen Nutzen haben?«, regte Faye an. Dabei konnte sie behilflich sein. Sie dachte an den Wiederaufbau des berühmten Londoner Globe Theatre, zu dem der bekannte Schauspieler Sam Wanamaker den Anstoß gegeben hatte. Selbst dort hatte man ein Bildungszentrum und Platz für Ausstellungen integriert.

»Nutzen?«, fragte Alessandro zornig. »Es ist ein Theater. Es muss nicht *nützlich* sein.«

So, wie er das Wort aussprach, klang es, als gäbe es kaum etwas Schlimmeres. Und doch war praktischer Nutzen – zusammen mit Schönheit und Dauerhaftigkeit – ein Kernprinzip der Architektur, zumindest hatte Faye das so gelernt. »Was wünschen *Sie* sich denn von dem Theater?«, fragte sie ihn. »Was soll dort Ihrer Meinung nach stattfinden?«

»Ein Theater ist ein Ort, an dem Kunst, Literatur und Schauspiel zelebriert werden«, erklärte er. »Ich hätte gedacht, das sei allgemein bekannt.«

»Alessandro.« Marisa ging zu ihm und legte ihm sanft die Hand auf den Arm. »Beruhige dich. Faye stellt die Fragen, die sie stellen muss – das ist ihr Job. Ich will doch dasselbe wie du. Ich stehe auf deiner Seite. Wir unterhalten uns nur.«

»Unterhalten. Bah.« Er schüttelte ihre Hand ab und marschierte zur Bühne. »Reden schafft nur noch mehr Probleme.«

Faye sah, dass Marisa Unterstützung brauchte. »Wenn Sie sich für eine Restaurierung entscheiden«, begann sie, »müssten wir uns unterhalten, weil dann, je nachdem, wie Sie den Raum nutzen wollen, viele Alternativen zu bedenken sind.«

»Alternativen?«, knurrte er.

»Selbst wenn das Gebäude weiterhin nur als Theater genutzt würde …« Faye holte tief Luft. Aber sie hatte ihre Hausaufgaben gemacht, und man hatte sie ja auch geholt, damit sie eine Einschätzung gab. »Man könnte zum Beispiel den Innenraum vollkommen umgestalten.«

Die beiden sahen sie verständnislos an.

»Ein Theater muss nicht unbedingt eine Bühne an *dieser* Stelle haben.« Sie zeigte darauf. »Oder einen verborgenen Bereich hinter den Kulissen.«

»Wie bitte?«

»Manche Theater sind kreisförmig angelegt. Und in Japan hat man häufig eine Plattform, die vom hinteren Teil des Publikumsraums bis zur Bühne reicht.« Sie zeigte auf den Mittelgang und versuchte, sich nicht wie eine Stewardess zu fühlen, die auf die Bodenbeleuchtung hinweist.

»Wozu soll das denn gut sein?« Noch im Sprechen drehte Alessandro sich um, als hätte er genug gehört.

»Damit die Schauspieler auf eine andere Art auf die Bühne kommen können.« Sie versuchte, sich genau daran zu erinnern, was sie darüber gelesen hatte. »Sie können unterwegs stehen bleiben, sie können mit dem Publikum reden oder sogar erklären, um was es bei ihrer Rolle oder bei der bevorstehenden Aufführung geht.«

»Wirklich?« Marisa runzelte die Stirn.

Faye musste zugeben, dass es ein wenig eigenartig klang,

besonders, wenn man bis jetzt nur traditionelles Theater kannte. »Wenn Sie so wollen, sind diese Stücke so eine Art Mittelding zwischen Fiktion und Realität und …« Als Alessandro herumfuhr, verstummte sie. Aber es war Marisa, die er ansprach.

»Erinnerst du dich nicht an Mama?«, fragte er vorwurfsvoll. »Siehst du sie nicht immer noch auf dieser Bühne, in diesem langen blauen Samtkleid mit der funkelnden Kette um den Hals?«

Fasziniert beobachtete Faye ihn. Wieder dachte sie, dass er selbst Schauspieler hätte werden können. Er besaß die Ausstrahlung, die Stimme und auch das Aussehen dazu.

Er wandte sich an Faye. »Ein Mittelding zwischen Fiktion und Realität?«, murmelte er und schüttelte den Kopf. »Ersparen Sie mir das.«

»Es ist ja nur ein mögliches Konzept.« Faye hielt ihre Stellung, obwohl ihr klar war, dass sie sich vielleicht schon zu weit vorgewagt hatte. In einem Punkt hatte er recht: Sie hatte ein wenig abgehoben geklungen. »Und es sollte auch bloß ein Beispiel sein.«

Marisa sah aus, als wäre sie den Tränen nahe. »Ja, Alessandro«, sagte sie mit leiser, verzagter Stimme. »Natürlich erinnere ich mich an Mama. Aber das ist die Vergangenheit. Wir müssen in die Zukunft blicken. Und es ist unsere Aufgabe, das Theater für die kommenden Generationen zu erhalten.«

Faye blickte zwischen den beiden hin und her. Äußerlich waren sie sich ähnlich: Beide waren dunkle Typen mit klassisch römischen Zügen. Zwar hatten sie nicht die gleiche Augenfarbe, aber beide hatten hohe Wangenknochen und lockiges schwarzes Haar. Vom Charakter her war Alessandro allerdings aufbrausender. Außerdem war er nostalgisch und sentimental. Er wünschte sich ein Denkmal für seine geliebte Mutter. Während Marisa …

»Ich zeige Ihnen, welche anderen Möglichkeiten es gibt«,

erklärte Faye. Sie hatte die Idee interessant gefunden, aber vielleicht war es falsch gewesen, sie hier zu erwähnen. Wahrscheinlich hatte sie mehr Schaden als Nutzen angerichtet. Sie fühlte sich unwohl. »Ich empfehle sie Ihnen ja nicht«, fügte sie schwach hinzu.

»Zumindest dafür sind wir dankbar«, gab Alessandro zurück.

Faye ignorierte seine Bemerkung. Jeder wusste, dass Sarkasmus die niederste Form von Scharfsinn war. »Bei einem Theater geht es auch um Menschen«, sagte sie behutsam zu Marisa. »Die Architektur arbeitet mit dem Raum und prägt den Stil und die Aussage eines Gebäudes. Dagegen besteht die Aufgabe eines Innenarchitekten darin, dafür zu sorgen, dass die Menschen sich in dem Raum, in dem sie sich befinden, wohlfühlen.«

Alessandro stieß etwas aus, das sich für Faye nach einem sardischen Schimpfwort anhörte. Er wirkte nicht beeindruckt.

Faye seufzte. Offensichtlich vergeudete sie ihre Zeit. »Warum haben Sie mich überhaupt hergebeten?«

»Eine gute Frage.« Alessandro setzte sich auf den Bühnenrand. »Wir haben einen Fehler gemacht und müssen uns entschuldigen.«

Marisa trat einen Schritt auf Faye zu. »Bitte halten Sie uns nicht für undankbar«, sagte sie. »Alessandro hat seine Vorstellungen ...«

Alessandro stieß ein verächtliches Schnauben aus.

»Doch als mir klar wurde, wie weit die Vorstellungen darüber in der Stadt auseinanderklaffen ...« Ihre Stimme bebte.

»Unterschiedliche Vorstellungen?« *Endlich kommen wir weiter*, dachte Faye. Jetzt konnten sie es ihr doch erzählen, oder?

»Ich war auf der Suche nach neuen Ideen«, sagte Marisa. »Nach Ideen, die ganz anders sind.« Trotzig sah sie ihren Bruder an. »Ich wollte ein Konzept, bevor wir Kontakt zu einem Architekten aufnehmen oder endgültige Entscheidungen treffen. Wie ich schon sagte: Ich will nicht in der Vergangenheit leben.

Unsere Eltern sind tot und begraben. Ich will, dass mein Leben weitergeht.«

»Natürlich.« Faye nickte. Aber wie auch immer Marisa sich ihre Zukunft vorstellte, offenbar hatte sie auch das Gefühl, zuerst der Verantwortung für das Theater und das Erbe ihrer Eltern gerecht werden zu müssen. Faye verstand das und würde ihr Bestes tun, um sie zu unterstützen. Sie hatte das Glück, dass ihre Eltern beide gesund und glücklich waren; sie hatte sogar noch ihre Großmutter mütterlicherseits. Marisa hatte Alessandro, aber manchmal fühlte sie sich vermutlich dennoch allein.

Marisa nickte verhalten. »Eines Abends, als ich wieder einmal sehr aufgeregt war wegen des Theaters und der Probleme, die es deswegen in der Stadt gibt, hat mir Charlotte von Ihnen erzählt, und ich dachte, es wäre großartig, wenn jemand, der jung und dynamisch ist, mit den allerneuesten Ideen herkommen würde …«

»Außerdem konnten wir niemanden aus der Gegend fragen«, warf Alessandro trocken ein.

»Warum nicht?« Die Frage hatte Faye sich selbst schon gestellt. Anders als London war das ländliche Sardinien sicher keine Drehscheibe für die neuesten Ideen im Design, aber trotzdem …

Faye hörte, wie die Tür geöffnet wurde, und drehte sich um. Eine kleine Gruppe von Männern und Frauen stand im Eingang, im Foyer und auf der Treppe dahinter. Sie sahen ziemlich erbost aus. Ein kleiner, grobschlächtiger Mann, der anscheinend ihr Anführer war, trat vor und redete in einem Dialekt, den Faye nicht verstand, schnell auf Marisa und Alessandro ein. Er wedelte beim Sprechen heftig mit den Armen, warf sich in die Brust und blähte die Nasenflügel. Seine Körpersprache verriet, dass er wütend war.

Diese Delegation beantwortete vermutlich die Frage, die Faye gerade gestellt hatte: Sie konnten niemanden aus der Gegend fragen, weil hier gleich jeder mitbekam, was los war, und die Besitzrechte der Rinaldis an dem Theater wieder infrage gestellt würden.

»Was ist los?« Faye hatte das Gefühl, dass sie gleich mehr über den Streit um den Besitz des kleinen Theaters von Deriu erfahren würde.

10

Marisa nahm ihren Arm. »Keine Sorge«, sagte sie. »Das sind nur Enrico Volti und ein paar Leute aus der Stadt. Alessandro kümmert sich darum.«

Alessandro schien genauso zornig auf die Eindringlinge zu sein wie diese auf ihn. Mit großen Schritten trat er auf die Gruppe zu. Seine Augen blitzten, und dann begannen alle einander anzuschreien und wild zu gestikulieren. Leider hörte niemand dem anderen zu.

Das kann man wohl einen Streit um die Besitzrechte nennen, dachte Faye. Aber wo hatte sie den Namen Volti vorher schon gehört? Sie versuchte, sich daran zu erinnern. Und dann sah sie im Foyer eine vertraute Gestalt mit einem weißen Haarschopf. Pasquale.

Er zog den Kopf ein, schob sich durch die Menge und blieb zu ihrer Überraschung neben ihr stehen. Sein wettergegerbtes Gesicht wirkte betrübt. »Sie streiten sich«, sagte er.

»Das tun sie wohl.«

»Sie streiten darüber, wem das Theater gehört.«

Faye musterte ihn nachdenklich. Sie hätte wetten mögen, dass er viel mehr über das, was in Deriu vorging, wusste, als er sich anmerken ließ. »Und wer ist nun der Eigentümer?«, fragte sie ihn. »Die Rinaldis scheinen sich ziemlich sicher zu sein, dass es ihnen gehört.«

Noch immer redeten alle aufeinander ein; inzwischen beteiligte sich auch Marisa an dem Disput, und es fiel Faye schwer, den Radau zu übertönen. Sie fragte sich, ob das kleine Theater schon einmal ein solches Spektakel erlebt hatte. Vermutlich schon. Die Sarden schienen sehr aufbrausend zu sein.

Pasquale blinzelte sie aus seinen hellen, scharfen Augen verblüfft an. »Natürlich sind die Bewohner von Deriu der Meinung, dass das Theater ihnen gehört, *Signorina*«, erklärte er ziemlich pikiert. »Es ist schließlich trotz allem ein öffentliches Gebäude. Anfang des 19. Jahrhunderts wurde es bestimmten Familien anvertraut, die damals die Stadtbevölkerung vertraten.« Er nickte. »Das ist, was sie gerade sagen. Darauf beharren sie.«

»Aber das ist alles schrecklich lange her«, meinte Faye. Ihr fiel auf, dass die Frauen der Gruppe genauso lautstark zeterten wie die Männer, und nichts deutete darauf hin, dass der Streit bald abflauen würde. Alessandro hatte ihr erzählt, unter welchen Umständen das Theater damals gebaut worden war. Aber Marisa hatte auch gesagt, ihre Familie habe das Theater hundert Jahre später restauriert, als es baufällig geworden war. »Und was ist damit, dass die Rinaldis das Theater später wiederaufgebaut und betrieben haben?«

»Ach, das wissen Sie also auch?« Pasquale nickte. »Ja, das sagt er gerade.« Er deutete auf Alessandro, der in der Tat gerade ziemlich energisch auf die Eindringlinge einredete. »Er erinnert sie an diese Zeit und daran, dass sich damals niemand sonst in Deriu für das Theater interessierte und dass es als Entschädigung für all das Geld und die Arbeit, die sie hineingesteckt hatten, in den Besitz seiner Familie überging und …«

Der Anführer der gegnerischen Gruppe brüllte etwas zurück

und spuckte auf den Boden. Offensichtlich überzeugte ihn das Argument nicht.

»Er sagt, das seien alte Geschichten«, erklärte Pasquale ihr. »Er behauptet, jetzt gehe es um Korruption.«

»Korruption?«

»Ja, das wirft Enrico Volti den Rinaldis vor.«

Ach, herrje! Faye glaubte nicht, dass das bei Alessandro gut ankommen würde. Sie überlegte, wie anders so eine Diskussion in England geführt werden würde. »Und was sagt Alessandro dazu?«, fragte sie.

Konzentriert kniff Pasquale die Knopfaugen zusammen. »Er sagt, das Theater habe damals nur überleben können, weil es an die Familie Rinaldi ging. Er sagt, die Stadtbewohner seien undankbare …« Er zögerte. »Bastarde«, fügte er düster hinzu. »Er fragt, ob Enrico verrückt geworden sei. Er will wissen, warum die Rinaldis wohl so viel Zeit, Mühe und Geld in das Theater gesteckt hätten, wenn es ihnen nicht einmal gehörte.«

Das war eine einleuchtende Frage, fand Faye. In Marisas dunklen Augen standen Tränen, und Alessandro legte den Arm um sie. Er hatte auf jeden Fall einen Beschützerinstinkt. Das gefiel Faye. »Wie soll man das Problem lösen?«, flüsterte sie. Was hatte sie hier überhaupt zu suchen? Nach allem, was sie bisher gehört hatte, interessierte sich überhaupt nur einer der – möglichen – Besitzer für ihre Ideen. Der andere wollte sie nicht einmal hier haben.

Auf einmal verstummte das Geschrei so plötzlich, wie es begonnen hatte. Alle bewegten sich in Richtung Bühne. »Was passiert jetzt?«, fragte Faye. Sie hatten schon jetzt einen ordentlichen Auftritt hingelegt.

»Sie haben beschlossen, eine Versammlung abzuhalten«, erklärte Pasquale.

»Jetzt?«

»Jetzt«, sagte er. »Kommen Sie, *Signorina*.«

Faye war sich nicht sicher, ob sie das Recht hatte, dabei zu sein, aber das Drama war zu fesselnd. Sie folgte Pasquale zu den anderen auf die Bühne. Doch ihr entging nicht, dass die Stadtbewohner ihr finstere, misstrauische Blicke zuwarfen. Wussten sie, wer sie war und warum sie hergekommen war? Wollten sie, dass sie verschwand? Wahrscheinlich. Das war kein angenehmes Gefühl.

Einige der Männer trugen aus den Kulissen einen Tisch herbei, andere holten von irgendwoher Stühle. Niemand wirkte besonders glücklich, aber einer der Männer klopfte dem Anführer der Delegation auf den Rücken, und ein anderer schob Marisa einen Stuhl hin. Aus einem der Körbe, die die Frauen bei sich hatten, wurden Bierflaschen gezogen, als wäre dies eine freundschaftliche, gesellige Zusammenkunft. Aber innerhalb von Minuten stritten sie wieder alle und reckten die Fäuste gegeneinander.

Faye blickte nach oben und sah, dass Enrico Volti, der Rädelsführer, der die meiste Zeit geredet hatte, auf sie zeigte. Sie zuckte kurz zusammen, drückte dann aber den Rücken durch und setzte sich gerader hin. Sie hatte richtig vermutet: Die Leute wollten sie hier nicht. Aber das hier war nicht ihr Streit, und sie hatte nichts Falsches getan, daher weigerte sie sich, sich einschüchtern zu lassen. Volti warf ihr einen vernichtenden Blick zu und ließ einen Redeschwall in sardischem Dialekt los, sodass ihm Faye nur schwer folgen konnte. Doch das Wesentliche begriff sie: Er warf ihr vor, sich als Fremde, als unerwünschte Außenseiterin, in die Angelegenheiten der Stadt einzumischen.

»Enrico Voltis Familie war einmal eine der reichsten Familien der Stadt, ähnlich wie die Rinaldis, obwohl das schwer zu glauben ist, ich weiß«, spottete Pasquale leise.

»Heute sind sie nicht mehr reich?« Argwöhnisch beobachtete Faye den Mann. Er hatte schwarze Augen und wirkte gefährlich.

»Die Familie hat ihr Geld im Bergbau gemacht«, erklärte Pasquale. »Zu Beginn des 19. Jahrhunderts gab es in diesem

Land Dutzende bedeutender Bergwerke; Blei, Eisen, Kupfer und Silber. Die Unternehmen florierten, und es gab genug Arbeit für jeden, der welche wollte.« Er seufzte. »Aber im Lauf der Jahre gingen die Gewinne zurück. Das habe ich noch selbst miterlebt. Sie hatten alles aus dem Boden herausgeholt, wissen Sie?«

Faye nickte. »Dann wurden die Bergwerke geschlossen?«

Pasquale lehnte sich weiter zu ihr herüber. »*Si*, 1963 wurden die Minen der Voltis geschlossen, und sie verloren den größten Teil ihres Vermögens.«

Faye hatte gelesen, dass überall auf Sardinien noch aufgegebene Geisterstädte aus Bergbauzeiten existierten, mit Tunneln, Eisenbahnschienen und Häusern.

»Was genau hat Enrico Volti über mich gesagt?«, fragte sie. Pasquale schien sich in seiner Dolmetscherrolle ganz wohlzufühlen. Sie fragte sich, ob er sich immer so am Rande hielt. Denn sie vermutete, dass er eigentlich gerne im Mittelpunkt stand.

Pasquale zögerte. »Er hat sich darüber beklagt, dass Rinaldi eine Fremde hergebracht hat, um sie über Dinge entscheiden zu lassen, die eigentlich Angelegenheit dieser Stadt sind. Er sagt, das sei nicht richtig.«

Ganz unrecht hat er nicht, überlegte Faye. »Und was hat Alessandro zu seiner Verteidigung vorgebracht?« Sie schlug einen leichten Ton an, aber sie spürte, dass es ihr wichtig war. Sie hatte hier ohnehin wenig Freunde.

Pasquale sah sie überrascht an. »Er sagte, das Theater gehöre seiner Familie und er und Marisa hätten gemeinsam beschlossen, Sie um Rat zu bitten.« Er hielt inne und lauschte. »Er hat erklärt, Sie seien eine Expertin, und dass Sie hier fremd sind, bedeute, dass Sie sich eine objektive Meinung bilden können.«

»Oh.« Alessandro hatte seine Meinung offensichtlich geändert, aber Faye war dankbar dafür. Sie war beinahe gerührt, weil er sich vor sie gestellt hatte.

»Außerdem hat er gesagt, dass noch nichts entschieden sei.«

Pasquale legte den Kopf zur Seite und betrachtete sie. »Ist das wahr, *Signorina*?«

»Ja.«

Am Tisch stockte das Gespräch, und sie stellte fest, dass sie Alessandro anstarrte, der sich nervös mit der Hand durchs Haar fuhr. Peinlicherweise blickte er in diesem Moment herüber und sah, dass sie ihn beobachtete. Faye zwang sich, sich wieder auf Pasquale zu konzentrieren, der immer noch redete.

»Neben Enrico Volti sitzt dessen Frau Carmela.«

Faye sah sie an. Im Gegensatz zu einigen der anderen Frauen sagte sie nicht viel, doch ihre Blicke huschten zwischen den Sprechern hin und her.

Auf der anderen Seite des Tisches wurden wieder Stimmen laut, Enrico Volti schwang mit gerecktem Kinn eine Rede. An seinem Hals pulsierte eine blaue Ader. Faye sah fasziniert zu. Anscheinend wagte niemand, ihn zu unterbrechen.

»Nach der Tragödie hat Enrico Volti noch mehr verloren«, erklärte Pasquale. »Manche behaupten, seinen Verstand.«

Faye konnte sich des Gedankens nicht erwehren, dass er die Geschichte ausschlachtete, wie es jeder gute Schauspieler tun würde. »Was für eine Tragödie?«, fragte sie trotzdem. Sie sollte mehr über die Geschichte der Stadt in Erfahrung bringen, dann verstand sie vielleicht besser, was hier los war.

Pasquale bekreuzigte sich. »Ihre Tochter Giorgia – sie ist verschwunden.«

»Verschwunden?« Einen Moment lang vergaß Faye die Menschen, die um sie herum saßen, das Stimmengewirr und die Bierflaschen und Fäuste, die auf den Tisch geschlagen wurden. Und dann fiel ihr wieder ein, wo sie den Namen Volti schon einmal gehört hatte: Charlotte hatte ihn erwähnt, als sie behauptet hatte, es gebe in Deriu praktisch keine Kriminalität. *Abgesehen von Giorgia Voltis Verschwinden*, hatte sie gesagt.

»Niemand weiß, warum sie verschwand und wo sie geblieben ist. Die ganze Stadt hat bei der Suche nach ihr geholfen.

Enrico hat noch wochen-, monate-, ja, jahrelang nach ihr gesucht.« Pasquale wirkte betrübt; einen Moment lang hätte Faye schwören können, eine Träne in seinem Auge gesehen zu haben. »Darunter litt sein Geschäft. Er trank. Er spielte.« Pasquale legte eine dramatische Pause ein. »Manche Leute sagen, er hätte den Verstand verloren.«

»Das ist sehr traurig.« Mit einem Mal empfand Faye Mitleid mit dem Mann und der Frau am Ende des Tisches. Sie hatten alles verloren. »Aber was hat das mit dem Theater zu tun?«

»Natürlich nichts«, gab Pasquale schnell zurück. »Aber er ist verbittert. Er macht die Rinaldis für vieles von dem verantwortlich, was ihm passiert ist, für sein Unglück – möglicherweise zu Unrecht. Die beiden Familien waren schon immer Konkurrenten.«

Faye fand, dass »Konkurrenz« ein ziemlich mildes Wort war für das, was sie hier sah. Ihr kam es eher so vor, als wären sie am liebsten mit Messern aufeinander losgegangen. Wahrscheinlich handelte es sich um eine dieser noch aus dem Mittelalter stammenden Fehden, als die rivalisierenden Familien statt um ein Theater noch um Ländereien konkurriert hatten.

»In den alten Zeiten genossen die Rinaldis stets das Wohlwollen der Obrigkeit.« Pasquale redete immer noch. »Deriu war einmal eine bedeutende Königsstadt, verstehen Sie.« Er warf sich in die Brust. »Die Voltis wurden oft übersehen. Vielleicht, weil sie nicht so gut aussehend waren.« Er lachte und blickte zu Marisa und Alessandro, die gerade die Köpfe zusammensteckten und leise miteinander sprachen. »Wer weiß?« Pasquale zuckte mit den Schultern. »Und so hat Volti die Petition gestartet.«

»Was für eine Petition?« Es musste sich um die handeln, die Charlotte erwähnt hatte. Faye fragte sich, warum erst dieser Mann kommen musste, um ihr zu erklären, was genau in Deriu los war. Marisa und Alessandro konnte sie keinen Vorwurf machen, auch wenn die beiden ein wenig sparsam mit der

Wahrheit umgegangen waren. Aber warum hatte Charlotte sie hierher in dieses Wespennest geschleppt? Sie beschloss, ihrer Freundin bei der nächsten Gelegenheit ordentlich den Kopf zu waschen.

»Eine Petition mit dem Ziel, den Bürgern von Deriu das Theater zurückzugeben«, sagte er.

So langsam verstand Faye, um was es hier ging, und in ihr stieg der Keim einer Idee auf. Marisa hatte es selbst gesagt: Sie mussten in die Zukunft blicken. Ja, sie hatten eine Verantwortung gegenüber dem *Piccolo Teatro*, aber vielleicht hatten sie auch noch eine andere: eine Verantwortung gegenüber der Gemeinde, in der sie lebten. Schließlich reichten die Ursprünge des Theaters weit in die Vergangenheit zurück, zu den Riten und Religionen der ersten menschlichen Zivilisationen, in Zeiten, als die Menschen gesungen, getanzt und Opfer gebracht hatten, um ihre Götter milde zu stimmen. Theater und Gesellschaft waren unauflöslich miteinander verknüpft, das war immer schon so gewesen.

Enrico Volti war der Erste, der auf der Bühne aufstand und seinen Stuhl zurückschob. Er sah unglücklich aus und schaute seinen Mitstreitern nicht mehr in die Augen; er wirkte geschlagen.

»Was haben sie entschieden?«, fragte Faye Pasquale.

Er kreuzte die Arme vor der Brust. »Nichts.«

»Nichts?«

Er zuckte mit den Schultern. »Die Rinaldis haben Dokumente, die den Kauf beweisen«, erklärte er. »Alessandro ist ein dickköpfiger Mann; er gibt keinen Zentimeter nach.«

Das konnte Faye sich vorstellen. »Aber …?« Sie hatte fast das Gefühl, dass dieser Ausgang der Sache nicht gerecht wurde.

»Die Leute aus der Stadt haben weder das Geld noch den Einfluss, sich juristischen Rat zu suchen oder die Angelegenheit weiter zu verfolgen, *Signorina*«, sagte Pasquale. »Einstweilen ist die Sache erledigt.«

Einstweilen. Sie schaute auf und sah, dass Enrico Volti ihr einen giftigen Blick zuwarf. »Wird sie das denn nicht noch mehr verärgern?«, fragte sie Pasquale.

Pasquale legte den Kopf auf seine typische Weise zur Seite. »Ich glaube schon, ja.« Er folgte ihrem Blick. »Was werden Sie tun, *Signorina*?«

Darüber hatte Faye noch nicht nachgedacht. Ihre erste, instinktive Reaktion war, aus Deriu zu verschwinden, aber sie war stur genug, um sich nicht vertreiben zu lassen. Es wäre auch nicht fair gegenüber Marisa und Alessandro gewesen. Und was war mit Charlotte? Schließlich hatte Faye ihr versprochen, wenigstens ein paar Ideen beizutragen. Als sie sich unter die Leute mischten, die vom Tisch aufstanden, wandte sie sich an Pasquale. »Es tut mir leid, dass ich heute Mittag nicht ganz ehrlich zu Ihnen war«, sagte sie. Er war nett zu ihr gewesen. Ohne seine Hilfe hätte sie nichts von all dem verstanden, was heute Abend hier passiert war. »Die Wahrheit ist, dass ich das alles nicht gewusst habe. Und ich war mir nicht sicher, ob ich Ihnen erzählen durfte, warum ich hier bin.«

»Bitte machen Sie sich keine Gedanken deswegen, *Signorina* Faye.« Er verbeugte sich leicht.

»Und danke – für Ihre Übersetzung.«

Er lächelte. »Nicht der Rede wert«, erklärte er. »Ich freue mich, dass ich Ihnen behilflich sein konnte.«

Faye musterte ihn neugierig. Sich im Hintergrund zu halten war ja gut und schön, aber … »Auf welcher Seite stehen Sie, Pasquale?«

»Seite?« Er leckte sich nervös die Lippen und schaute sich um.

»Was denken Sie, wem das Theater gehören sollte?« Schließlich liebte er es vielleicht mehr als alle anderen. Und doch schien er sich herauszuhalten; er hatte sich nicht in den Streit eingemischt.

»Das Theater gehört sich selbst«, sagte er. Und mit einem

letzten rätselhaften Blick in Richtung Bühne verschwand er in der Menge.

Faye sah sich nach Marisa und Alessandro um, aber sie redeten – oder stritten – immer noch mit einem der Männer aus der Stadt. *»Ignoranti«*, hörte sie Alessandro murren. *»Basta!«* Ignoranten! Es reicht!

Er mochte sie ja für ignorant halten, dachte sie, und er konnte ihnen auch sagen, dass er genug hatte, aber das würde nur zu noch mehr Spannungen und Feindseligkeit führen. Und auf beides konnte sie verzichten.

Ihr Handy klingelte, und Faye ging hinaus, um den Anruf anzunehmen. Er kam von ihrem Vater. »Hi, Dad. Schön, die Stimme der Vernunft zu hören.«

Er stieß ein kurzes, wenig überzeugendes Lachen aus. »Was ist los?«

»Viel zu viel, um dir alles zu erzählen.« Faye ging die Treppe hinunter und blickte zurück zum *Piccolo Teatro*. Ruhig und friedlich stand es in der Abenddämmerung, als wüsste es nichts von all dem Streit, der um es tobte.

»Nun ja, ich will dir keine zusätzlichen Sorgen aufbürden …«

Sofort war Faye alarmiert. »Was meinst du? Was ist passiert?«

»Solche Gespräche sollte man immer von Angesicht zu Angesicht führen.« Er seufzte. »Das weiß ich schon.«

»Sag es mir, Dad.« Faye wappnete sich innerlich. Worum mochte es nur gehen? Etwas, das mit seinem Vorruhestand zu tun hatte? Ein gesundheitliches Problem? »Geht es um Mum?«

»Es geht um uns beide, Schatz.« Seine Stimme brach.

»Euch beide? Jetzt machst du mir Angst.«

»Uns geht es beiden gut«, erklärte er, obwohl er nicht so klang. »Und nichts wird sich verändern. Gar nichts.«

Faye wünschte, sie könnte ihm glauben. Aber es klang nach einer bevorstehenden Veränderung. Sie umklammerte das Handy fester. »Dad?«

»Du weißt, dass wir dich beide lieb haben.«

»Natürlich. Um Gottes willen, was ist denn nun?«

»Wir trennen uns«, sagte er. »Deine Mutter und ich. Ich kann dir das jetzt nicht erklären. Nicht am Telefon. Nicht jetzt. Aber … wir hatten das Gefühl, es dir sagen zu müssen. Wir hoffen nur, du hast Verständnis dafür.«

11

Ade wusste immer noch nicht, wie es passiert war. Er hätte gedacht, dass es einen großen Unterschied zwischen dem Wunsch, auf Reisen zu gehen, und einer Scheidung gab. Doch anscheinend war dem nicht so. Er hatte geglaubt, alles über Mollys Leben zu wissen und darüber, wie sie tickte. Aber das stimmte nicht. Egal. Es war passiert, und jetzt musste er damit umgehen.

Der Schockzustand hielt immer noch an. Im Moment stand er an der Bar des Black Horse Pub in Exeter und hielt ein ordentliches Glas Cider in der Hand. Er war mit seinen Arbeitskollegen hier. Sie waren ein gutes Team, und er würde sie vermissen. Ihm würden die Kameradschaft fehlen und der Zusammenhalt, wenn es darum ging, Termine einzuhalten und Probleme zu lösen. Er würde sogar die Hin- und Rückfahrt zur Arbeit vermissen. An jedem Arbeitstag hatte er zwei Stunden im Auto verbracht, manchmal mehr, je nach Verkehrslage. Das war ein wichtiges Stück seines Lebens gewesen. Denn es hatte sich herausgestellt, dass diese Stunden hinter dem Steuer kostbar waren. Sie schenkten ihm Zeit zum Nachdenken, dazu, herunterzukommen und die Arbeit hinter sich zu lassen. Die lange Fahrt war außerdem eine Gelegenheit, Musik zu hören – seine Musik, die, bei der Molly immer zusammengezuckt war, und zwar so laut, wie er wollte. Er konnte sogar Radio 4 hören. Der Kulturkanal deckte eine Reihe faszinierender Themen ab, und er fand es viel befriedigender, Radio-Features zu hören, als zu Hause vor einer Soap im Sessel zu versinken. Diesbezüglich fühlte er sich tatsächlich ein wenig überlegen. Ja, es war erstaunlich, wie Pendeln das Leben verbessern konnte.

Einmal, vor vielen Jahren, hatte er darüber nachgedacht, eine Wohnung in Exeter zu kaufen, um unter der Woche dortzubleiben. Eine Zeit lang hatte er auch überlegt, in eine Pension zu gehen. Aber sein Weg zur Arbeit war einfach nicht lang genug, um das zu rechtfertigen, und er war immer gern nach Dorset zurückgefahren. Erst heute fragte er sich, warum er das nie getan hatte. Hätte er sich selbst nicht getraut, wenn er nicht zurück nach Hause gefahren wäre? Das eine Mal allerdings, als er es nicht getan hatte ... Aber der Gedanke war töricht. West Dorset war sein Zuhause. Molly war sein Zuhause. Nun, jetzt nicht mehr.

Ade kehrte mit den Drinks an den Tisch zurück. »Greift zu«, sagte er und stellte sie auf den Tisch.

»Prost, Ade.« Sie bedienten sich.

»Und wohin geht's, Mann?«, fragte Brian und trank von seinem Bier. »Äußere Mongolei, Timbuktu oder was?«

»Höchstwahrscheinlich nach Lyme Regis«, witzelte Ade, obwohl es ihm schwerfiel, fröhlich zu sein. Sein Team hatte den Eindruck, dass Ade und Molly jeden Abend Reisekataloge wälzten. Das wäre schön gewesen. In Wirklichkeit war er diese Woche gar nicht zu Hause gewesen. Er hatte sich eine möblierte Wohnung gemietet. Er hatte keine Ahnung, wie lange er dortbleiben würde. Noch war er sich nicht sicher, wie er sich fühlte. Wie vor den Kopf geschlagen auf jeden Fall. Verängstigt, eindeutig. Aber war da noch etwas anderes? Vielleicht ein Gefühl von Befreiung? Er hoffte es und versuchte, sich darauf zu konzentrieren.

Als Molly ihm gesagt hatte, sie wolle Dorset nicht verlassen, hatte Ade die Taktik gewechselt. »Dann eine kürzere Reise«, hatte er gesagt. In einer Ehe musste man Kompromisse eingehen. Ade wusste das besser als die meisten Menschen. »Sechs Monate? Weniger? Wir könnten eine Trekkingtour durch den Himalaya machen. Oder eine Safari in Afrika?« Aber vielleicht war das alles zu anstrengend und exotisch. »Europa bereisen? Ein paar Monate in Australien verbringen?« Er lachte leise.

»Ich will nicht, Ade.«

»Was davon willst du nicht?«

»Alles.«

Und Ade hatte ihre verschlossene Miene gesehen und gespürt, wie Zorn in ihm aufstieg. »Warum nicht? Was zum Teufel stimmt nicht mit dir?« Ja, das hätte er nicht sagen sollen. Aber jetzt war es zu spät.

Ade hörte sich mit seinem Team lachen und Witze machen, als beobachte er sich selbst von oben. War das so ähnlich wie eine Nahtoderfahrung? Empfand man da nicht auch dieses Losgelöstsein von sich selbst? Er war nicht wirklich hier bei ihnen, so viel war klar, und er konnte sich die Bemerkungen vorstellen, die sie später machen würden. Höchstwahrscheinlich hatten sie Mitleid mit ihm. *Ist gerade noch rechtzeitig ausgestiegen*, würden sie wahrscheinlich sagen.

Wieder dachte er an Molly. Er hatte überreagiert. Aber sie hatte ihm schnell wieder den Wind aus den Segeln genommen.

»Du hängst hinterher, Ade«, sagte einer der Jungs. Sie hatten ihre Gläser fast ausgetrunken, und er hatte seines kaum angerührt.

Ade lachte unsicher. In letzter Zeit war alles ein wenig ungewiss. Er trank nicht so viel wie sonst; er hatte das Bedürfnis, einen klaren Kopf zu behalten. Und ihm wurde klar, wie viel er darüber nachgedacht hatte und wie groß diese Sache in seinem

Kopf geworden war. Diese neue Gelegenheit. Die Freiheit. Die Chance, seiner Frau wieder näherzukommen. Das einzige Problem war, dass er seine Gedanken nicht mit Molly geteilt hatte.

Molly war rot angelaufen. Sie sah aus, als hätte sie eine Menge zu sagen und habe das auch vor. »Nichts. Aber mein Leben ist hier.« Sie hatte ihn stehen gelassen – noch so ein unbeendetes Gespräch –, und er war genauso frustriert wie immer zurückgeblieben.

Als sie von ihrem Schreibkurs zurückkam, hatte er das Thema noch einmal angesprochen. Sie musste doch wissen, dass man eine solche Sache nicht einfach auf sich beruhen lassen konnte.

»Ist es wegen deiner Mutter?«, fragte er sie, kaum dass sie durch die Tür getreten war. Was hätte es sonst sein können? Ade war ratlos. Aber ihre Mutter hatte auch Mollys Schwester Kathryn. Sie arbeitete ganztags, wohnte aber nicht weit entfernt. Mollys Mutter war alt, aber gesund. Sie brauchte niemanden, der sie pflegte.

»Es ist wegen allem Möglichen.«

Weil du nicht abenteuerlustig bist, dachte er. *Weil alles sicher und vertraut sein muss.* »Und was ist mit mir?«, fragte er. Er fühlte sich verletzt, nicht wertgeschätzt. All diese Jahre, in denen er jeden Tag nach Exeter und zurück gefahren war. All diese Jahre, die er in der Bank gearbeitet hatte, obwohl sein Leben so anders hätte verlaufen können.

»Ach, du.« Molly brachte es fertig, eine beträchtliche Menge Geringschätzung in die beiden Wörter zu legen. »Warum muss es immer um dich gehen?«

Ade war sprachlos. Er hatte sein ganzes Leben schwer für seine Familie gearbeitet. Warum zum Teufel sollte er jetzt nicht auch etwas dafür bekommen?

Er legte ihr die Hände auf die Schultern und versuchte, nicht zu bemerken, wie sie zusammenzuckte. »Denk doch einmal nach, Molly«, sagte er. »Möchtest du denn nicht etwas mit deinem Leben anfangen? Bestimmte Orte sehen? Wir können es uns leisten, falls du dir deswegen Sorgen machst.«

Sie schüttelte den Kopf. »Das ist es nicht.«

»Was dann?«

Noch einmal schüttelte sie den Kopf.

Ade ließ die Arme sinken. Es war hoffnungslos. Es hatte einfach keinen Zweck. »Wir müssen doch etwas tun«, sagte er. Er hatte das schon früher gesagt. *Du und ich, wir müssen etwas unternehmen*. Die Worte hingen zwischen ihnen in der Luft. Sie wussten beide, was sie bedeuteten.

»Das kannst du jetzt gut sagen«, flüsterte sie.

»Aber Molly ...« Ade sah ihr ins Gesicht und konnte nicht glauben, in welche Richtung sich dieses Gespräch entwickelte. Mühsam versuchte er, den Faden wiederaufzunehmen. »Ich meine ja nur ...«

Molly wandte sich ab, sodass er ihr Gesicht nicht sehen konnte. Aber er bemerkte, dass sie ihre Hände zu Fäusten geballt hatte. »Warum fährst du nicht allein, Ade?«, fragte sie.

Blinzelnd sah er sie an. Daran hatte er noch gar nicht gedacht. Doch nachdem sie es gesagt hatte, begann es in seinem Kopf zu arbeiten. *Freiheit*, dachte er. Das hatte er sich einmal gewünscht – früher. War das noch möglich? Wünschte er sich überhaupt, dass es eine Möglichkeit wäre?

»Schließlich ...« Sie drehte sich wieder um, und ihr standen Tränen in den Augen. »Schließlich wolltest du nie hier sein, nicht wirklich. All die Jahre.«

Er starrte sie schockiert an. All die Jahre? Was meinte sie? »Molly, wovon redest du?«

Sie nahm seine Hände. »Wolltest du mich eigentlich wirklich heiraten, Ade?«

Er konnte es nicht glauben. »Du Dummchen«, sagte er sanft. »Natürlich wollte ich.«

Sie ließ seine Hände nicht los. »Und wenn ich nicht schwanger mit Faye gewesen wäre?«

»Ach, Molly.« Das war so lange her. »Wie kommst du denn jetzt darauf?« Molly war immer gut darin gewesen, Konfrontationen aus dem Weg zu gehen und den Kopf in den Sand zu stecken. Und auf eine gewisse Weise hatte Ade das zu schätzen gewusst. Er wollte keine Frau, die bei der kleinsten Gelegenheit hysterisch wurde, die sich aufregte, wenn ihr Mann vergaß, ihr Blumen oder eine Karte zum Valentinstag zu schenken, oder die jede eingebildete Kränkung zu Tode analysierte. Aber er wusste, wie sie darauf kam. Mit seinem Wunsch, auf Reisen zu gehen, hatte er das alles in Gang gesetzt. Er hatte sich einen neuen Anfang gewünscht, nicht irgendeine Art von Ende. Nichts weiter. Er versuchte, ruhig zu bleiben. »Molly. Wir haben doch ein gemeinsames Leben?« Es sah ihr so unähnlich, sich so aufzuregen. Sie war immer so vernünftig. Und doch dachte er daran, was er eben gesagt hatte: *Wir müssen etwas tun.*

»Sag es mir trotzdem, Ade. Sei ehrlich.«

»Damals«, seufzte er, »da war ich jung und wusste nicht, was ich wollte. Aber dich habe ich immer gewollt.« Das war nicht ganz die Wahrheit, aber was hatte es für einen Sinn, die Vergangenheit aufzurühren? Nein, natürlich hätte er Molly nicht geheiratet. Er hätte überhaupt nicht geheiratet, nicht zu diesem Zeitpunkt.

»Und wie ist es heute?«, fragte sie. »Willst du wirklich mit mir zusammen sein?«

»Was meinst du?« Um Gottes willen. Er raufte sich die Haare. »Natürlich will ich.« Was redete sie da? Sie waren verheiratet. Sie hatten Faye. Sie waren eine Familie. Sie hatten ein Haus in West Dorset und ein gemeinsames Leben. Ja, er hatte gesagt, etwas müsse sich ändern, aber doch nur, damit es besser wurde.

»Du bist doch derjenige, der unser Leben auf den Kopf stellen will«, sagte sie. »Weil du nicht zufrieden mit dem bist, was wir haben.«

»So ist das nicht.« Doch tief im Inneren wusste Ade, dass

sie recht hatte. Er war unzufrieden. Manchmal fühlte er sich in die Enge getrieben wie damals mit zweiundzwanzig. Dass sein Arbeitsleben bei der Bank zu Ende ging, war nur der Auslöser.

Er musterte die Gruppe, die im Pub um den Tisch saß. Die Witze waren anzüglicher und ihre Gesichter röter geworden. Es stimmte: Der Ruhestand war eine große Sache. Wenn er sein Leben in Phasen aufteilte, dann würde er der Beginn eines neuen Abschnitts sein. Was nun begann, war nicht das Alter, egal, was diese Meute dachte. Um Himmels willen, er war erst sechsundfünfzig! Aber vielleicht war es die letzte Gelegenheit, etwas von dem zu tun, was er hatte tun wollen, als er achtzehn gewesen war. Er wollte sich noch nicht zur Ruhe setzen und ein ruhiges Leben mit Golf und Gartenarbeit führen. Dabei würde er verrückt werden. Er sehnte sich nach einem Abenteuer.

»Nicht?« Molly starrte ihn immer noch durchdringend an.

Er ließ den Kopf hängen. »Es hat nichts mit dir zu tun.«

»Nicht?«, fragte sie noch einmal.

»Molly …« Hätte sie nur früher davon gesprochen, hätten sie diese Diskussion vor Jahren geführt. Dann wäre es zwischen ihnen vielleicht anders gelaufen. Und doch wusste Ade, dass solche Gespräche auch den Bodensatz an die Oberfläche bringen konnten, dass sie das Potenzial hatten, eine ruhige, zufriedenstellende Beziehung zu zerstören. *Ruhig* und *zufriedenstellend.* Zwei Wörter, die er nicht auf seinem Grabstein sehen wollte. »Warum willst du denn nicht mitkommen?« Er zog sie an sich und versuchte es auf eine andere Art. »Was macht dir denn Sorgen?«

»Nichts.« Ihr Gesicht war völlig ausdruckslos. »Warum willst du verreisen, Ade?«

Die Antwort fiel ihm leicht: »Um ein Abenteuer zu erleben. Ein paar Risiken einzugehen. Etwas Aufregung, etwas Leben …« Seine Worte klangen kritischer, als er beabsichtigt hatte. Gleichzeitig klangen sie auch ausweichend. Ade dachte an Nina. Tatsächlich dachte er oft an Nina, meist mit Bedauern. Nina war aus dem Nichts heraus in sein Leben geplatzt, und durch sie hatte er den Mann gefunden, der zu sein er immer gehofft hatte. Und dieser Mann war noch da. Der Entdecker, der Sorglose. Ade hatte nicht die Absicht gehabt, Molly untreu zu werden. Aber er bereute es nicht. Nina war in seinem Leben zu wichtig gewesen, als dass er das Zusammensein mit ihr bereuen konnte.

»Ich wusste, dass diese Zeit kommen würde«, erklärte Molly.

Wieder hatte Ade das Gefühl, dass ihm das Gespräch völlig entglitt. Er war nicht sexistisch, aber er hatte festgestellt, dass Frauen so etwas oft taten. Es war, als führten sie die Unterhaltung auf zwei Ebenen. Doch das erkannte man erst, wenn man das Falsche gesagt hatte – und dann war es zu spät, und sie hatten einen schon verurteilt. Warum mussten Frauen alles immer so kompliziert machen?

»Woher wusstest du, dass diese Zeit kommen würde?«, fragte er. »Was meinst du überhaupt? Du und ich, wir sind doch ein Team, oder? Wir waren immer ein Team.«

»In einem Team unterstützt man einander«, sagte Molly mit schneidender Stimme. »In einem Team ist man ehrlich zueinander. Man löst Probleme gemeinsam.«

»Wann bin ich denn nicht ehrlich gewesen?« Ade hatte gekränkt klingen wollen; verdammt, er war gekränkt. Doch seine Stimme brach. Die Wahrheit war, dass er Molly gegenüber oft nicht aufrichtig gewesen war. Besonders, was Nina anging.

»Das brauche ich dir nicht zu sagen, Ade«, sagte Molly. »Du hast sie nie wirklich vergessen, oder?«

Einen Moment lang verschlug es Ade den Atem. »Wen denn?« Es war reiner Instinkt, es abzustreiten. Nie etwas zugeben, hatte jemand ihm einmal geraten.

»Ihren Namen weiß ich nicht.« Sie schüttelte den Kopf. »Keine Ahnung, wer die Frau war, an die ich dich verloren habe damals, als …«

Als wir unser Baby verloren haben, dachte Ade. »Ich weiß

nicht, wovon …«, begann er aus reiner Gewohnheit. *Wovon du redest,* hatte er sagen wollen. Wie zum Teufel hatte sie das herausbekommen? Das war Jahre her.

»Doch, Ade, das weißt du ganz genau.«

»Molly …« Doch Ade wusste nicht, was er noch sagen sollte. Sie hatten sich schon so weit voneinander entfernt. Sein Vorrat an Allgemeinplätzen, aber auch an Zuneigung oder was immer das zwischen ihnen war – im Moment hatte er keinen blassen Schimmer –, war aufgebraucht. Sie kannte sein Geheimnis. Sie hatte es immer gewusst.

Molly sah ihn betrübt an, und er fühlte sich wie ein Mistkerl, wie ein absoluter Bastard.

»Das ist lange her«, sagte Ade. »Es tut mir leid, Molly.«

Sie sagte nichts.

Ade senkte den Kopf. »Aber ich bin bei dir geblieben«, sagte er. Etwas anderes fiel ihm nicht ein. »Ich habe dich nicht verlassen.«

»Doch, du hast mich verlassen. Genau damals hast du mich verlassen.«

Er starrte sie an. »Was meinst du damit, Molly?« Aber er wollte die Antwort nicht hören. Er hatte ihr unrecht getan. Er hatte sie betrogen – und sich eingebildet, dass sie nichts davon mitbekommen hatte.

»Ich hätte es tun sollen«, erklärte Molly. »Ich hätte es tun sollen, als ich die Möglichkeit dazu hatte.«

Es tun? Ade hatte das Gefühl, als würde ihm der Boden unter den Füßen weggezogen – ein Boden, dessen er sich immer sehr sicher gewesen war. »Was denn?«

»Meine Chance ergreifen.« Sie stand ganz ruhig da. »Mir ein neues Leben aufbauen.«

»Wann war das, Molly?«, fragte er leise. Seine Gedanken überschlugen sich. Hatte es einen anderen Mann gegeben? Konnte das möglich sein? Hätte Ade das nicht bemerkt?

»Ich konnte nicht mit dir reden«, sagte sie. »Noch nie. Ich

konnte dir nie …« Molly zögerte. »… nie etwas anvertrauen, Ade.«

Ade versuchte, ruhig zu bleiben. »Was denn?«

Aber sie zuckte wie immer nur mit der Schulter. »Seltsam«, meinte sie, »wie ich den Kummer eines Fremden erkennen konnte, und er hat meinen gesehen.«

Molly sprach in Rätseln. Wie waren sie bloß vom Reisen auf bekümmerte Fremde gekommen? Ade hatte keine Ahnung. »Was für ein Fremder?«, fragte er lauter, als er eigentlich wollte.

»Es schenkt einem Verbundenheit«, fuhr sie fort, als hätte sie ihn nicht gehört. »Man vertraut sich einander an, man teilt seine Geheimnisse und öffnet dem anderen sein Herz. Es bringt einen näher zusammen.«

Ade hatte genug. »Hast du mit einem anderen Mann geschlafen, Molly?«, fragte er. Er stellte fest, dass er die Hände zu Fäusten geballt hatte. Er hatte kein Recht, ihr Vorwürfe zu machen, aber der bloße Gedanke … »Warst du mir untreu?«

Sie schüttelte den Kopf, als hätte er nicht verstanden, worum es ging. »Ich habe um dich gekämpft und versucht, dich glücklich zu machen, Ade«, erklärte Molly ihm. »Aber es ist zu spät. Es ist zu Ende. Wir sollten das akzeptieren. Unsere Zeit ist vorbei.«

Ade fühlte sich, als hätte man ihm einen schweren Schlag verpasst, ohne zu wissen, wo er hergekommen war. Hatte es einen anderen Mann gegeben? Er hatte keine Ahnung. Und wenn – konnte er ihr das überhaupt übel nehmen, nach allem, was sie seinetwegen durchgemacht hatte? Aber was meinte sie damit, sie habe jemandem ihr Herz geöffnet?

So etwas passiert, dachte Ade, *wenn man zulässt, dass das Leben Routine wird.* Das geschah, wenn man nicht mehr hinsah, nicht mehr zuhörte, wenn man anfing, getrennte Leben zu führen. Wann hatten sie zuletzt miteinander geschlafen? Ade konnte sich nicht erinnern. Wann hatten sie zuletzt bei Kerzenlicht gegessen und geredet, *wirklich* geredet? Wann waren sie zuletzt zusammen am Strand spazieren gegangen? Wann hatten sie sich einander zuletzt umarmt und sich in die Augen gesehen? Wie war das passiert? Wie konnte ein Paar vergessen, all das zu tun? Wie konnte man sich so aus den Augen verlieren? Wieso zum Teufel war es so leicht, sich zu entlieben?

12

Der nächste Flug ging übermorgen. Faye hatte Marisa schon gesagt, dass sie flog. Den Grund dafür hatte sie ihr allerdings nicht verraten. Sie wollte nicht hören, dass sie überreagierte. Sie wollte einfach wissen, was los war. Und sie wollte dort sein – bei den beiden.

»Wovon redest du?«, hatte Faye ihren Vater gefragt. In ihrem Kopf überschlugen sich die Bilder: Urlaub in Cornwall, Picknick am Chesil Beach, Tagesausflüge nach London, immer zu dritt. Das Sportfest in der Schule, für das sich ihr Vater immer den Nachmittag freinahm, um nachher mit Faye und ihrer Mutter im Hafen an der Bucht Fisch und Pommes frites essen zu gehen. Spaziergänge und Gespräche, Spiele und Lachen und … Ihr ganzes Leben. Ihre Familie. Natürlich hatte es auch schlechte Zeiten gegeben: Tiefpunkte und Krankheiten und ab und zu einen ausgewachsenen Streit. Aber so fand man eben heraus, wie stark man als Familie wirklich war. Ihre Eltern waren immer zusammen gewesen. Sie waren immer für sie da gewesen. Sie waren das Einzige, dessen sie sich immer sicher sein konnte, eine unveränderliche Größe, an die sie sich wenden konnte, wenn es schwierig wurde, wenn sie nicht wusste, wo sie sonst hinsollte. Die beiden waren eine Einheit. Sie waren ihre Eltern.

»Faye.« Die Stimme ihres Vaters klang weit entfernt, als sie über das Kopfsteinpflaster der Straßen stapfte, über die Brücke, über den Weg am Fluss und nichts von alldem wahrnahm. Sie würde nicht ins Theater zurückkehren. Wie benommen lief sie zu Charlottes und Fabios Haus zurück. »Faye, Schatz. Geht's dir gut?«

»Natürlich nicht«, brummte sie. »Ich verstehe nicht, wovon du redest. Was ist passiert? Warum macht ihr das?« Ihr kam ein schrecklicher Gedanke. »Gibt es da …?« Sie stellte sich ihren Vater mit einer anderen Frau vor. Unmöglich. Ihre Mutter mit einem anderen Mann. Ebenso undenkbar. Die beiden hielten immer noch Händchen, um Gottes willen! Aber plötzlich konnte sie sich nicht mehr daran erinnern, wann sie das zuletzt gesehen hatte.

»Das ist es nicht«, sagte er, aber es klang nicht überzeugend.

»Was ist dann der Grund?« Sie öffnete die Tür zu Fabios und Charlottes Haus, ging hinein und sperrte erleichtert den Rest der Welt aus.

»Wir haben unterschiedliche Vorstellungen«, erklärte er.

»Wie bitte?« Sie streifte die Schuhe ab und versuchte zu begreifen, was er ihr gerade erzählte. Nach all diesen Jahren? »Was für unterschiedliche Vorstellungen?«

Er seufzte. »Du weißt ja, dass ich immer reisen wollte.«

»Ach, um Himmels willen, Dad.«

»Und deine Mutter will das nicht. Und durch den vorzeitigen Ruhestand …«

»Das ist es also.« Faye war plötzlich sicher, dass sie es verstanden hatte. »Das hat euch durcheinandergebracht, eurer Leben auf den Kopf gestellt. Ihr wisst nicht, was ihr wollt …«

»Aber Faye, Liebes, ich weiß, was ich will«, unterbrach er sie. »Das ist ja gerade das Problem.«

»Lass mich mit Mum reden. Ist sie da?« Faye ließ sich auf die

Ledercouch fallen. Sie hatte das Gefühl, Unterstützung zu brauchen. Ihr war, als wäre ihr die feste Grundlage, auf der sie ihr Leben lang gestanden hatte, unter den Füßen weggezogen worden.

»Nein.«

»Wo ist sie?« Faye hörte, wie er zögerte, und runzelte die Stirn.

»Zu Hause, nehme ich an.«

»Und du nicht?« Faye wurde klar, dass die Sache schon weiter fortgeschritten war, als sie gedacht hatte. »Du hast sie doch noch nicht verlassen, oder?«

»Ich arbeite noch, Faye«, sagte er. »Es ist meine letzte Woche. Ich bin in Exeter.«

»Aber …« Aber er war nach der Arbeit immer nach Hause gekommen.

»Wir haben uns in aller Freundschaft getrennt«, sagte er. »Wir waren uns beide einig …«

Doch Faye wollte nicht hören, worin sich beide einig waren. »Tut mir leid, Dad. Wir müssen später weiterreden.« Sie drückte den roten Knopf und brach das Gespräch ab.

Zwei Minuten später versuchte sie, ihre Mutter anzurufen. Sie nahm nicht ab. Faye wollte gar nicht wissen, warum. Sie ging im Zimmer auf und ab, dachte nach und ging das Gespräch in Gedanken noch einmal durch.

Als Marisa eine halbe Stunde später vor der Tür stand, hatte Faye die Kontrolle schon wieder ein wenig zurückgewonnen. Es handelte sich zweifellos um eine Art Midlife-Crisis aufseiten ihres Vaters. Die beiden taten etwas, wovon Faye schon gelesen hatte: *Silver splitting.* So nannte man es, wenn ältere Paare auseinandergingen. Menschen erkannten, dass ihnen die Zeit davonlief und dass sie sich … etwas anderes wünschten, so hatte er es ausgedrückt. Aber das konnten sie doch nicht tun. Die beiden machten einen großen Fehler. Sie hatten eine zu lange gemeinsame Geschichte, um dieses Leben einfach aufzugeben. Jetzt war es ihre Aufgabe, ihnen das vor Augen zu führen.

»*Ciao*, Marisa.« Faye bat sie nicht herein. Sie wollte mit niemandem reden.

»Sie sind nicht ins Theater zurückgekommen«, sagte Marisa. »Haben wir Sie verschreckt?«

Faye schüttelte den Kopf. »Es tut mir leid«, sagte sie. »Zu Hause gibt es eine Art Familienkrise.« Jedenfalls fühlte es sich so an. Sie wusste nicht genau, was sie tun wollte, aber von Sardinien aus konnte sie jedenfalls nichts unternehmen. Sie musste zurückfliegen und mit ihren Eltern reden. Sie musste diese Sache in Ordnung bringen.

Marisa sah sie erschrocken an. »Sie verlassen Deriu?«

Faye dachte an Charlottes Worte. *Du kannst das hier jederzeit abbrechen, Faye.*

»Ich muss«, erklärte sie. »Es tut mir leid.« Sie musste in die reale Welt zurückkehren, in der Menschen, die seit vierunddreißig Jahren verheiratet waren, unvermittelt beschlossen, sich zu trennen. Außerdem musste sie sich einen Job suchen. Das hier war kein wirklicher Job. Es war interessant gewesen, sich das Theater anzusehen, ein paar Zeichnungen anzufertigen und sich erste Gedanken darüber zu machen, wie man es gestalten könnte. Aber es waren müßige Gedankenspiele gewesen, Fantasien. Zuerst mussten Marisa und Alessandro entscheiden, was sie wollten – falls die Bewohner von Deriu sie ließen.

»Ich verstehe.« Marisa schien wirklich geknickt zu sein. »Ich dachte, ich hätte eine Verbündete gefunden«, meinte sie betreten.

Wider Willen lächelte Faye. »Bieten Sie ihm Paroli«, sagte sie. »Sie haben die richtige Idee. Ich bin mir sicher, dass am Ende alles gut wird.«

Am nächsten Tag packte Faye ihren Koffer. Sie hatte Marisa eine SMS geschrieben und sie gebeten, Fabios Fische zu füttern. Marisa hatte zurückgeschrieben, dass Faye sich keine Sorgen machen solle; sie habe einen Schlüssel und würde sich darum kümmern. Faye versuchte nicht noch einmal, ihre Mutter anzurufen. Wie ihr Vater gesagt hatte, besprach man so etwas besser von Angesicht zu Angesicht. Und wenn er noch in Exeter war, konnte er zurück nach Dorset kommen und mit ihnen reden.

Es war erst elf Uhr morgens, und Faye fragte sich, was sie an ihrem letzten Tag in Deriu anfangen sollte. Sie hatte bisher nur einen flüchtigen Eindruck von der Stadt bekommen, denn sie war davon ausgegangen, dass sie wochenlang hier sein würde, Sonne und Atmosphäre genießen, Sardinien kennenlernen und nach all dem Stress endlich entspannen. Entspannen? Bis jetzt war sie mitten in eine uralte Fehde geraten und hatte bei den Meinungsverschiedenheiten zwischen Alessandro und Marisa Rinaldi vermittelt. Und jetzt das. Sie war so entspannt wie eine Katze auf einem heißen Blechdach.

Es läutete wieder. Vermutlich war es noch einmal Marisa. Doch vor der Tür stand Alessandro und sah in Shorts und einem weiten T-Shirt äußerst gut aus. Er trug eine dunkle Sonnenbrille, sodass sie seinen Gesichtsausdruck nicht erkennen konnte.

»Oh, hallo.« Faye musste zugeben, dass sie den Gedanken, in den nächsten Wochen mehr Zeit mit ihm zu verbringen, ziemlich reizvoll gefunden hatte, obwohl er wahrscheinlich der dickköpfigste Mann war, den sie je im Leben getroffen hatte. Leider war er auch einer der attraktivsten. Aber vielleicht war es so das Beste. In ihrem Leben war schon so viel los, da war es gar nicht nötig, sich auch noch von einem sardischen Don Juan verführen zu lassen. Das hatte er zwar bisher noch nicht ernsthaft versucht, aber sie hatte sich seinen Blick vorgestern auf der Brücke bestimmt nicht eingebildet …

»Faye«, sagte er. Sie bemerkte, dass er sie zum ersten Mal mit ihrem Namen angesprochen hatte. »Was ist los?«

Faye blickte sich um. »Nichts.«

Er zog seine Sonnenbrille ein wenig nach unten, sodass sie

seine Augen sehen konnte. »Marisa sagt, dass Sie schon abreisen? Ist das wahr?«

Fayes Finger umklammerten den Türknauf. Sollte er sich nicht darüber freuen? Er hatte deutlich gemacht, dass er weder sie noch ihre Ideen in seinem kostbaren Theater haben wollte. »Arbeiten Sie heute nicht?«, fragte sie ihn. Seine Augen waren wirklich erstaunlich blau.

»Nein.« Er sah an ihr vorbei. »Wollen Sie mich nicht hereinbitten?«

»Ich wollte gerade …«

»Weglaufen?«

Sie öffnete die Tür ein wenig weiter. »Ich laufe nicht weg«, erklärte sie. »Es gibt Probleme zu Hause, das ist alles. Ich muss zurück, um die Sache in Ordnung zu bringen.«

»Aha.« Er folgte ihr hinein. »Wir sollten einen Kaffee trinken. Wenn Sie mögen, können wir über dieses Familienproblem reden.«

Faye zog eine Augenbraue hoch. »Ja, wir können Kaffee trinken; ich setze welchen auf. Aber wenn es Ihnen nichts ausmacht, möchte ich nicht darüber sprechen. Das ist privat.« Ihr war egal, wie unfreundlich das klang. Selbst wenn sie sich jemandem hätte anvertrauen wollen, er wäre es bestimmt nicht gewesen.

»Vielleicht können wir ja auf dem Weg zum Strand irgendwo Kaffee trinken.«

»Zum Strand?« Faye fragte sich, ob er immer in Rätseln sprach.

»Selbstverständlich zum Strand. Ich weiß einen Ort, der perfekt zum Schwimmen ist.«

Das war ja klar.

»Aber haben wir auch genug Zeit?« Alessandro sah sich im Raum um. »Wann brechen Sie auf?«

»Morgen früh.«

Er schnippte mit den Fingern. »Dann haben wir Zeit. Sie

können nicht abreisen, ohne am Strand gewesen zu sein. Haben Sie überhaupt schon unseren Hafen gesehen?«

Sie schüttelte den Kopf. Seit ihrer Ankunft hatten sich die Ereignisse überstürzt. Alessandro verstand es wirklich, das Ruder an sich zu reißen. Faye war sich nicht sicher, wie sie das fand, aber auf jeden Fall konnte sie sich vorstellen, warum es Marisa schwerfiel, ihren Ansichten Gehör zu verschaffen.

»Was würden Sie heute sonst tun?« Er ging zur Terrassentür und riss sie auf. »Es ist ein schöner Tag.«

Er hatte recht, was würde sie sonst tun? Den ganzen Tag lang dasitzen und über ihre Eltern nachgrübeln? Sie hatte die weite Reise hierher gemacht, sie sollte das wenige an Zeit nutzen, das sie noch hatte.

»Okay. Warum nicht?« Faye registrierte, wie er kurz zufrieden lächelte. Sie vermutete, dass er für gewöhnlich bekam, was er wollte.

Sie ging nach oben, zog sich schnell einen Bikini unter ihr Sommerkleid und schnappte sich ein großes Handtuch aus dem Schrank. Sie warf ein paar Kleinigkeiten in eine Tasche: Flipflops, Sonnencreme und eine dünne Jacke für den Fall, dass es kühl wurde. Die Jacke konnte sie sich am Strand auch unter den Kopf legen. In fünf Minuten war sie wieder unten.

Ihr Anblick entlockte ihm ein Lächeln. »Sie sind fertig, gut.« Er nickte anerkennend. »Ich mag Frauen, die nicht … Wie sagen Sie?«

»Nicht lange fackeln? Nicht herumtrödeln?« Faye nahm ihre Strandsachen und einen Strohhut mit breiter Krempe. »Dann kommen Sie. Worauf warten wir?«

Sie gingen zu seinem Auto, das er neben dem Haus geparkt hatte. Es war ein alter Alfa Romeo, dessen Farbe zu einer Art Moosgrün verblasst war. *Nicht protzig, aber sehr nett*, dachte sie.

»Springen Sie hinein«, sagte er. »Wir fahren zuerst zum Hafen.«

Die Marina von Deriu, das sah sie sofort, war ein Hafen,

in dem gearbeitet wurde. Es lagen zwar auch Ausflugsboote im Hafenbecken vertäut, aber sie sah vor allem Fischerboote, Fischstände und Männer und Jugendliche, die in der Flussmündung und in der Bucht angelten. Hoch über einem Schuppen, den ein Schild als Tauchzentrum bezeichnete, flatterte die sardische Flagge mit den *quattro mori*, den vier Mohren. Auf der Mole lagen Fischernetze zum Trocknen ausgebreitet. Vor einem schadhaften Netz hockte ein Mann und besserte es sorgfältig aus. Neben dem Hafen befand sich eine kleine Schienenstrecke mit einem Café. Faye fühlte sich an die stillgelegte Eisenbahnstrecke und die Teestube in der Bucht in West Dorset erinnert. Hier fuhren allerdings noch Züge, und an der Fassade des Gebäudes rankte weißer und blauer Jasmin empor.

»Die Züge fuhren früher zu den Bergwerken«, erklärte Alessandro ihr. »Und das da drüben ist meine Werft.« Er zeigte in die Richtung und sah sie ernst an. »Vielleicht kann ich sie Ihnen später zeigen?«

»Vielleicht«, sagte sie. Sie konnte sich einfach keinen Reim auf ihn machen. Seine Familie hatte Geld – sein Vater war ein wohlhabender Geschäftsmann gewesen –, und doch war Alessandro Handwerker, ein traditioneller Bootsbauer. Er kleidete sich gut, aber lässig. Und er fuhr einen klassischen italienischen Wagen, wenn auch ein altes Modell aus den 1960ern.

In der Nähe des Hafens gab es auch einen Strand, aber das war nicht der, an den Alessandro gedacht hatte. »Der Strand, an den wir fahren, gehört zu einem alten Bergwerksdorf, nur ein paar Kilometer entfernt«, erklärte er. »Zuerst trinken wir allerdings Kaffee.«

Sie gingen zu einem Café in einer Nebenstraße. »Hier gibt es den besten Kaffee von Deriu.«

Auf jeden Fall war er besser als jeder Kaffee, den Faye je getrunken hatte. Stark und aromatisch, aber nicht bitter.

»Fühlen Sie sich jetzt besser?«, fragte Alessandro, nachdem sie ein paar Schlucke genommen hatte.

Merkwürdigerweise tat sie das, stellte Faye fest. Sie nickte, erstaunt über seine Besorgnis. »Ja, danke.«

Alessandro beobachtete sie so aufmerksam, dass sie ganz nervös wurde. »Darf ich Sie etwas fragen?«, begann er. »Haben Sie in England eine eigene Familie? Kinder? Einen Mann?«

Faye hätte sich fast an ihrem Kaffee verschluckt. »Nein«, erklärte sie. »Keine Kinder. Keinen Mann.«

»Ist das so eine merkwürdige Frage?« Er lehnte sich auf seinem Stuhl zurück. »Auf Sardinien sind die meisten Frauen mit fünfundzwanzig verheiratet und haben ein Baby.«

»Marisa aber nicht«, meinte sie.

»Marisa nicht«, pflichtete er ihr bei. »Marisa war einige Jahre mit ihrem Job verheiratet.«

»Und jetzt?« Seine Worte hatten den Eindruck vermittelt, dass das vielleicht nicht mehr so war.

»Sie fährt oft nach Rom.« Er lächelte. »Sie hat dort einen Freund. Die beiden haben sich kennengelernt, als er Urlaub auf Sardinien gemacht hat.«

»Aha.« Faye fragte sich, was Marisa abgesehen von ihren Schulkindern jetzt noch auf der Insel hielt. Vielleicht war der Grund ja das kleine Theater. Möglich, dass Marisa nicht fortgehen konnte, bevor das Theater zum Gedenken an ihre Eltern restauriert worden war. »Und Sie?«, fragte sie.

»Ich?«

»Haben Sie Kinder? Eine Frau?« Sie trank noch einen Schluck Kaffee. Alessandro war ein ungewöhnlicher Mann. Er war überhaupt nicht freundlich zu ihr gewesen, und trotzdem schien er entschlossen, sie ständig irgendwohin zu entführen – zuerst ins Theater und jetzt an den Strand. Es wäre einfach gewesen, ihn als eine Art Frauenheld abzutun, aber vielleicht steckte mehr dahinter. Leider würde sie keine Zeit haben, es herauszufinden.

»Glauben Sie, wenn ich eine Gattin hätte, würde sie mir erlauben, mit einer schönen Frau Kaffee zu trinken und mit ihr an den Strand zu fahren?«, fragte er.

»Aber sie würde Sie nicht aufhalten können«, sagte Faye. Ihr war bewusst, dass sie auf das schelmische Funkeln in seinen Augen reagierte. Also flirtete sie mit ihm. Na und?

Er lachte. »Vielleicht nicht, aber …« Er beugte sich zu ihr herüber. »Wenn ich verheiratet wäre, würde ich nicht mit einer schönen Fremden an den Strand gehen wollen. Ich würde mit meiner eigenen Frau gehen, meinen Sie nicht?«

»Das hoffe ich«, sagte Faye. Doch sogar dieses scherzhafte Geplänkel erinnerte sie an ihre Eltern und die Bombe, die ihr Vater hatte platzen lassen. Es war doch nicht möglich, dass eine oder einer von ihnen jemand anderen hatte, oder?

Er beobachtete sie immer noch. »Sie denken gerade an das Problem, aufgrund dessen Sie zurückmüssen, *no*?«

»Ja, das tue ich.« Er war wirklich ein guter Beobachter. Aber um Himmels willen, ihre Eltern waren erwachsene Menschen; sie selbst war erwachsen. Viele Menschen ließen sich scheiden. War das wirklich das Ende der Welt?

Ja, dachte sie. Auf gewisse Weise war es das Ende ihrer Welt, zumindest der Welt, die sie kannte und liebte. Wenn es wirklich passierte, wenn sie sich trennten, würde nichts je wieder so sein wie vorher.

»Wenn es nicht Ihr Kind oder Ihr Mann sind …« Er zog die dunklen Brauen zusammen. »… dann sind es Ihre Eltern? Ist einer von ihnen krank? Ist das der Grund?«

Das wäre beinahe besser. Sofort hasste sich Faye, weil sie das gedacht hatte, wenn auch nur für den Bruchteil einer Sekunde. Sie schüttelte den Kopf. »Sie trennen sich.« Sie konnte nicht glauben, dass sie es ihm verraten hatte. Aber dieser Mann hatte etwas an sich, das sie anzog, und da war es ihr einfach herausgerutscht.

»Aha.« Sorgfältig schob er die Salz- und Pfefferstreuer auf dem Tisch beiseite. »Und diese Nachricht war ein Schock?«

»Ja.« Sie seufzte. »Sie waren immer so glücklich miteinander.«

Er nickte.

»Sie hatten nie große Probleme.«

Wieder nickte er.

»Und anscheinend gibt es niemand anderen.«

Er wartete.

»Also verstehe ich nicht, warum.«

Sie nestelte an dem Platzdeckchen herum, das vor ihr auf dem Tisch lag.

»Faye.« Behutsam legte er seine Hand auf ihre. Er umfasste sie nicht, sondern ließ sie einfach darauf liegen. »Also fliegen Sie zurück, um die Gründe herauszufinden«, sagte er.

Sie spürte, wie seine Wärme sich auf ihren Handrücken übertrug und sich ihre Hand löste und entspannte. »Ja.«

»Sie fühlen sich verletzt, bestürzt, verwirrt. Sie müssen herausfinden, warum die beiden diese Entscheidung getroffen haben.«

»Genau.« Faye war erleichtert darüber, dass er nicht versuchte, sie davon abzubringen, und sie nicht auf das Offensichtliche hinwies – dass ihre Eltern vielleicht nie so glücklich miteinander gewesen waren, wie Faye immer geglaubt hatte. »Sie finden nicht, dass es falsch von mir ist, mit ihnen reden zu wollen?«, fragte sie ihn. Sie hatte sich noch nie in das Leben ihrer Mutter oder ihres Vaters eingemischt, aber das war auch noch nie nötig gewesen.

»Natürlich nicht«, sagte er mit einem Kopfschütteln. »Sie sind Ihre Familie. Familie bedeutet alles – besonders hier auf Sardinien.« Er hielt kurz inne. »Aber denken Sie daran, Faye …«

»Ja?«

»Eltern tun manchmal Dinge, die uns überraschen.« Er trank seinen Kaffee aus und schob die Tasse beiseite. »Manchmal vergisst man, dass sie Menschen sind, *no*? Sie sind nicht nur unsere Mutter und unser Vater, sondern Menschen mit einem eigenen Leben.«

Faye musterte ihn genauer. Dieser Mann war voller Überraschungen. Sie begriff, dass sie ihn unterschätzt hatte. »Ist Ihnen das schon passiert?«, fragte sie. »Hat Sie Ihre Mutter oder Ihr Vater überrascht?«

»Ja.« Er zog schließlich die Hand zurück und stand auf. »Mein Vater. Vor seinem Tod hat er mir etwas erzählt, etwas, das …« Er unterbrach sich, als ihm klar wurde, mit wem er sprach und was er sagte, und holte tief Luft. *»Andiamo«*, sagte er. »Davon sollten wir jetzt nicht reden. Es ist nicht von Bedeutung. Wir dürfen nicht vergessen, dass heute Ihr letzter Tag auf Sardinien ist. Also, lassen Sie uns an den Strand fahren.«

Als sie das Café verließen, kam eine junge Frau vorbei. Faye vermutete, dass sie Ende zwanzig war. Sie war schlank und attraktiv, mit rabenschwarzem Haar, einer beeindruckenden Sonnenbräune und auffälligem Goldschmuck. Faye sah, wie sie Alessandro einen Blick zuwarf. Bei Fayes Anblick kniff sie die Augen zusammen und blieb abrupt stehen.

»Alessandro«, fauchte sie und ließ dann einen Redeschwall los. Faye versuchte nicht einmal, ihr zu folgen, doch das Wesentliche war trotz ihres Dialekts leicht zu verstehen. Sie legte ihm eine schmale Hand auf den Arm und zeigte mit der anderen auf Faye. Ihr Gesicht war gerötet und zornig. Sie war vielleicht nicht seine Ehefrau, aber bestimmt seine Freundin.

Faye spürte Enttäuschung. Sie reiste zwar aus Sardinien ab, aber ein Mädchen durfte ja wohl noch träumen.

Alessandro schien das allerdings nicht das Geringste auszumachen, obwohl er einen leisen Seufzer ausstieß. Immer noch lächelnd erwiderte er etwas, pflückte dann energisch ihre Hand von seinem Arm und winkte ihr zum Abschied zu. »*Ciao*, Jana.«

Faye trat unsicher von einem Fuß auf den anderen. Die junge Frau erdolchte sie mit Blicken, und Faye konnte ihr das nicht einmal übel nehmen.

»*Andiamo*, Faye.« Alessandro nahm ihren Arm. »Gehen wir.«

»Wer war das?« Faye machte sich los, während sie zurück zum Auto gingen. Offensichtlich war sie in Deriu schon ziemlich verhasst. Vielleicht war es gut, dass sie abreiste.

»Ihr Name ist Jana.« Sonst sagte er nichts.

»Warum war sie so wütend?«

Er lachte. »Jana ist immer wütend«, erklärte er. »Sie ist ein reizendes Mädchen, aber …« Er zuckte mit den Schultern.

Faye war nicht überzeugt. Es hatte gewirkt, als hätte sie jedes Recht, zornig zu sein. Ihre Hand auf Alessandros Arm war eine ziemlich besitzergreifende Geste. Seine Reaktion dagegen war ein Schlüssel: ein Schlüssel zu der Persönlichkeit dieses Mannes.

13

Sie fuhren in die Berge hinauf und über einen schmalen Pass, vorbei an grünen Schluchten und einem tiefen Abgrund. Ein einsamer Motorradfahrer zog an ihnen vorbei wie ein wütend summender Moskito, ansonsten herrschte wenig Verkehr. Faye versuchte, sich von der steilen Felswand, die neben ihnen abfiel, abzulenken, indem sie die beeindruckenden roten Felsformationen und die dramatische Landschaft bewunderte. Abgesehen davon hatte sie nicht allzu viel Angst, da Alessandro sich als sicherer Fahrer erwies.

Alessandro warf ihr einen Blick zu und lächelte. »Wir müssen hoch hinaus, bevor wir wieder hinunterfahren können«, erklärte er.

Zu ihrer Erleichterung bog Alessandro wenig später auf eine unbefestigte Straße ab, die weg von dem Abgrund und hin zu einer kleinen Stadt führte, die sich in die Gebirgsausläufer schmiegte. Die Berge ringsumher fielen zum Meer hinab und lagen still da, als ruhten sie sich ein wenig aus.

»Die alte Bergwerkssiedlung«, sagte er.

Faye sah sich um. Mehrere Reihen einsamer, unbewohnter und halb verfallener Häuser bildeten eine traurige Erinnerung an die Geschichte einer einst wohlhabenden Bergwerkssiedlung. Doch hinter ihnen spiegelte sich die Sonne auf dem Meer, und am strahlend blauen Himmel standen nur einige kleine weiße Wölkchen.

»Ich wollte Ihnen diese alte Stadt und diesen Strand zeigen.« Er parkte den Wagen auf einem von Tamarisken umgebenen Rasenstück.

Faye kletterte hinaus. Jetzt, am späten Vormittag, schien die Sonne so heiß, dass sie froh über ihren Strohhut war. Neugierig schaute sie sich um. Was war an diesem Ort so besonders? Warum wollte er ihn ihr zeigen?

Alessandro trat als Erster durch ein hölzernes Tor und ging einen sandbedeckten und von Bambus flankierten Bohlenweg entlang, der über Dünen und trockenes Grasland führte, in dem gelegentlich Büschel schmaler, zarter wilder Lilien wuchsen. Sie kamen an den Skeletten weiterer Gebäude vorbei – leeren Hüllen aus der Blütezeit der Bergwerke. Auf einer fernen Landspitze entdeckte sie eine Festung.

»Das war das alte Lagerhaus.« Er zeigte auf ein großes gesichtsloses Gebäude ohne Dach und Fenster, das von Schutt umgeben war. »Und das war der Platz, auf dem das Frachtgut auf den Abtransport wartete.«

Faye spürte die rauen, sandbedeckten Bretter unter ihren Füßen und sah sich rechts und links um. Fragmente von Steinmauern erhoben sich düster und aufrecht aus dem Sand wie Grabsteine. Aber vor ihnen leuchtete das glasklare blaue Meer.

Alles wirkte sehr ruhig. *Nicht nur unbewohnt, sondern auch vergessen*, dachte sie, obwohl sie auf der anderen Seite der Bucht ein paar Menschen erkennen konnte, die in der Sonne lagen, und ein paar kleine Kinder, die im seichten Wasser spielten. Die Landschaft wirkte seltsam monochrom; auf den ersten Blick hatten der Sand, die Erde und die Steinbauten alle exakt den gleichen hellen Terrakottaton. Bis auf das Grün der Pflanzen auf der anderen Seite des Hügels und das jähe, gleißende Blau des

Meeres wirkte alles, als sei es in Tarnfarben gehalten. Doch als sie sich der Klippenformation näherten, wurde Faye klar, dass der Stein tatsächlich von einem gräulichen Braun und an einigen Stellen ziemlich dunkel war. An anderen war er von weißen, roten und silbrigen Adern durchzogen. In der Bucht, die die Form eines Schlüssellochs hatte, ragten die Überreste einer alten Anlegestelle ins Meer hinaus.

»Von dieser Bucht aus wurde Zink zum Hafen Carloforte verschifft«, erklärte Alessandro. »Auf kleinen Booten mit Lateinersegeln.« Er sah aufs Meer hinaus, und seinem Gesichtsausdruck nach zu urteilen, sah er die ganze Szenerie vor sich.

»Wohin wurde es danach transportiert?« Und baute Alessandro immer noch Boote mit Lateinersegeln? Faye brannte darauf, seine Werft zu besuchen, aber wahrscheinlich würden sie dazu nicht mehr genug Zeit haben. *Traditionelle Boote und ein klassischer Wagen*, dachte sie. *Ein Theater aus dem 19. Jahrhundert, das er in seiner ursprünglichen Pracht restaurieren will.* Alessandro war ein Mann, der mit einem Fuß fest in der Vergangenheit verwurzelt war.

»Von dort aus ging es wohl mit dem Dampfschiff nach Norditalien oder Frankreich«, sagte er. »Die Nachfrage nach Zink war damals sehr groß. Die nach anderen Mineralien auch.«

Aber diese Nachfrage hat auch ein Erbe hinterlassen, dachte sie. Es bestand aus Bergen, denen das halbe Herz herausgerissen worden war, aus verlassenen Städten, in denen einst zahllose Menschen gelebt und Handel getrieben hatten, aus alten Gebäuden ohne Dach, die jetzt langsam zerfielen. Heute waren diese Bergwerkssiedlungen zu nichts mehr nutze. Eine Infrastruktur existierte nicht, und ohne eine gehörige Finanzspritze konnte das Dorf nicht zu einem Urlaubsort am Meer für Touristen oder Einheimische umgestaltet werden. Sie ertappte sich bei dem Gedanken, dass das Gleiche für das kleine Theater galt. Wenn es nach ihr ging, sollte man es nicht zu einer anachronistischen Kopie seiner selbst machen. Ganz gleich, wie Alessandro dazu stand: Es musste einen praktischen Nutzen haben und einen Sinn in der Gegenwart finden, damit es überlebte. Aber das war jetzt nicht mehr ihr Problem. Sie hatte ein anderes – und das wartete in West Dorset auf sie. Faye hielt sich an dem Handlauf fest und setzte einen Fuß auf den Strand.

»Wo sollen wir uns hinsetzen?« Sie schickte sich an, ihr Handtuch auf dem Sand auszubreiten, als ihr klar wurde, dass es sich überhaupt nicht um Sand handelte: Der Strand bestand aus winzigen, quarzähnlichen Steinchen und Muscheln, die so fein zerrieben waren, dass sie eher wie Staub wirkten.

»Nein, hier entlang.« Alessandro blickte sich um und führte sie dann unter einen hohen Felsüberhang.

Sie sollten in einer Höhle sitzen? Innerlich zuckte sie mit den Schultern und folgte ihm. Doch sie sah sofort, dass die Höhle nicht tief war. An einer Seite befand sich eine Stufe. Alessandro stieg sie hoch, sodass er nun über ihr stand. Er winkte ihr, dass sie ihm folgen solle. Faye schob sich ihre Tasche über die Schulter und gehorchte. Fragen würde sie später stellen, entschied sie. Offensichtlich wusste er, wohin er wollte; sie würde ihm vertrauen müssen.

Alessandro quetschte sich durch ein Loch in der Klippe – die Überreste eines Tunnels aus den Bergbaujahren? – und streckte ihr eine Hand entgegen, um ihr hindurchzuhelfen. Sie war stark und warm, die an harte Arbeit gewöhnte Hand eines Bootsbauers.

»Wohin gehen wir?« Sie befanden sich jetzt auf einem anderen Weg, der eher wie ein Ziegenpfad wirkte; er war ziemlich steil und voll loser Bruchsteine, die ihn schwer gangbar machten – zumindest in Flipflops –, und durch Bäume vom Strand her nicht einzusehen.

»Sie werden schon sehen.«

Faye war neugierig. »Was sind das für Bäume?«, fragte sie Alessandro. Sie besaßen glänzende dunkelgrüne Blätter und sternförmige Blüten und erinnerten sie an den Baum auf der

Piazza del Teatro. Sie meinte sogar, in der Seeluft den leichten Duft von Orangenblüten wahrzunehmen.

»Myrten«, erklärte er. »Wir benutzen ihre Blätter zum Kochen, als Gewürz.«

»Aha.«

»Und aus den Beeren wird ein typisch sardischer Likör gemacht.« Er blickte zu ihr zurück. »Die Wurzeln und die Rinde werden immer noch benutzt, um Leder zu gerben. Daher finden Sie in Deriu auch zahlreiche Myrtenbäume.«

»Auf der *Piazza del Teatro* steht einer«, murmelte sie.

»So ist es, ja.« Er warf ihr einen anerkennenden Blick zu. Offensichtlich hatte sie ihn überrascht. Sie lächelte in sich hinein. Er rechnete damit, dass Frauen Ewigkeiten brauchten, um sich fertig zu machen; erwartete, dass sie ihre Umgebung nicht wahrnahmen und dass sie taten, was *er* sagte. Er war ein ziemlicher Macho. Trotzdem musste sie zugeben, dass sie seine Gesellschaft genoss. Er hatte ihr einen guten Rat bezüglich ihrer Eltern gegeben, er war ein interessanter Gesprächspartner, und dieser Ausflug hatte sich als echtes Abenteuer entpuppt.

Sie kletterten den Pfad entlang in Richtung Landspitze. Vor ihnen war eine Art Gang in die Kalksteinklippe geschlagen – vermutlich von Menschenhand. Weil die Decke sehr niedrig war und der Eingang in tiefem Schatten lag, sah Faye ihn erst, als sie ihn fast erreicht hatten. Der Gang führte ein ganzes Stück durch den graubraunen Fels.

Alessandro drehte sich zu ihr um. »Hier geht's weiter.«

Sie folgte ihm hindurch. Es ging zwar bergab, aber sie konnte sich nicht ganz aufrichten. Alles, was sie sah, war Alessandro, der ebenfalls halb gebückt ging. Als er das Ende des Tunnels erreicht hatte, trat er beiseite, und Faye stockte der Atem. Wow. Vor ihr lag, eingerahmt von dem steinernen Torbogen, die perfekteste Bucht, die sie je gesehen hatte. Die Sonne strahlte auf das blaugrüne Meer und den glitzernden Sand hinunter und vergoldete die Sandsteinklippen, die dahinter lagen. Sie sah einen schwarzen Kormoran, der ins Wasser herabschoss und ein paar Sekunden später wieder auftauchte und auf den Wellen wippte. Faye trat aus dem steinernen Gang. Die winzige Bucht war menschenleer.

»Vom Meer aus kann man diese Bucht nicht sehen; sie liegt gut versteckt«, erklärte Alessandro. Mit großen Schritten lief er über den Sand, blieb stehen und ließ seine Tasche fallen. Sekunden später hatte er Shorts und T-Shirt ausgezogen. Sein Körper war gebräunt und muskulös, aber sie konnte erkennen, dass er keiner dieser Fitness-Fanatiker war. Seine Arme waren stark und wohl definiert – zweifellos durch seine Arbeit.

»Eine verborgene Bucht«, meinte Faye staunend, während sie sich umsah. Hinter ihr lag ein ausgetrocknetes Flussbett, das zwischen den von grünem Pflanzenwuchs überzogenen Hügeln ins Tal führte. Auf beiden Seiten war sie von den Felsformationen der Klippen umschlossen. Die Bucht war abgeschirmt; ihre Lage perfekt. Von dieser Stelle aus konnten sie nicht aufs offene Meer hinaussehen, und man konnte sie von dort aus ebenfalls nicht sehen. Plötzlich begriff Faye auch, warum das so war: Sie befanden sich in der Mitte der großen, schlüssellochförmigen Bucht, dort, wo sie schmaler wurde und sich dann wieder weitete. Der Bogen, den die Bucht machte, verbarg diesen Strand. »Es ist wunderschön hier«, sagte sie. »Und so friedlich.«

»Nicht immer. Sehen Sie den Sand dort oben auf dem Plateau?« Er zeigte in Richtung der Klippen. Sie schätzte, dass es mehr als hundert Meter über dem Meeresspiegel lag. »So weit kann das Meer den Sand bei einem Sturm im Winter hinaufschleudern, wenn der Mistral weht. Die Form des Strandes verändert sich ständig.«

Das kann also auch im Paradies passieren, dachte Faye.

»Kommen Sie mit ins Wasser?« Er stemmte die Hände in die Hüften. Eine unmissverständliche Herausforderung.

»Versuchen Sie, mich davon abzuhalten!« Faye streifte ihr Kleid von den Schultern und rannte lachend zum Wasser hinunter, wo die Gischt am Strand auslief und dunkle Bögen auf dem weißen Sand zurückließ, wenn sie sich wieder zurückzog. Sie streckte einen Fuß ins Wasser und stellte verblüfft fest, dass es kälter war, als sie erwartet hatte. Doch bevor Alessandro sie einholen würde, machte sie einen beherzten Schritt vorwärts. Sie hüpfte ein paarmal kurz auf und ab, als das Wasser ihre Unterschenkel umfloss, dann machte sie noch ein paar Schritte vorwärts und hechtete hinein.

»Ich bin beeindruckt«, meinte er, als sie wieder an die Oberfläche kam. Er sprang ebenfalls ins Wasser und tauchte neben ihr wieder auf. Das dunkle, lockige Haar klebte ihm am Kopf.

»Wovon?«

Er lachte. »Von Ihrem Tempo.«

Er erwartet, dass Frauen langsam sind, dachte sie. Lächelnd schwamm Faye los, auf die Wogen zu. Sie stieg mit ihnen auf, ließ sich von ihnen an den Strand tragen und schwamm erneut hinaus. Dann drehte sie sich auf den Rücken und sah in den wolkenlosen Himmel auf. Sie ließ sich treiben. Wie friedlich es hier war. Inzwischen hatte sie sich an die Wassertemperatur gewöhnt und fand es erfrischend, wie das kühle Salzwasser auf ihrer Haut prickelte. In der Nähe sah sie eine dunkle Qualle durch das Wasser gleiten, daher schwamm sie ein paar Züge weiter. *Auch im Paradies lauern immer Gefahren*, rief sie sich ins Gedächtnis. Und Veränderungen.

»Es ist perfekt, *no*?« Alessandro war wieder an ihrer Seite aufgetaucht.

»Ja.« Sie lächelte, als er durch eine weitere Welle hindurchtauchte und wieder an die Oberfläche kam. Allerdings, es war vollkommen, und Faye genoss jede Minute. »Kommen viele Leute hierher?«, fragte sie ihn. »Kennen viele diesen Strand?« Wahrscheinlich gab es in England keinen Strand, den keiner kannte. Hier auf Sardinien, wo es jede Menge menschenleerer felsiger Buchten gab, die man entdecken und erkunden konnte, schien das anders zu sein.

Wassertropfen glitzerten auf Alessandros gebräunten Schultern. »Ein paar Einheimische kennen ihn. Manchmal entdecken ihn Wanderer. Dort oben verläuft ein Weg.« Er zeigte zum Klippenrand. »Aber meist kann man hier allein sein.«

Ein Zufluchtsort, dachte Faye. Warum brauchte er einen? Sie dachte an ihre Eltern. Wie konnten zwei Menschen so lange zusammenleben, so sehr ein Teil des Lebens des jeweils anderen sein, eine Tochter und eine gemeinsame Vergangenheit haben und sich dann einfach trennen? Es schien kaum möglich zu sein. Es kam ihr verkehrt vor. Es musste falsch sein. Sie schloss die Augen und wünschte sich mit aller Macht, die Wogen könnten all das davontragen – alles, was ihr Vater ihr erzählt hatte.

»Kommen Sie oft hierher?«, fragte sie Alessandro. Zu Hause war das ein alter Anmachspruch, doch das wusste er vermutlich nicht.

Seine Augen leuchteten. »So oft, wie es nötig ist. Ich habe hier ein Boot liegen, schauen Sie.« Er zeigte zum Ufer, und Faye sah ein kleines Holzboot, das halb unter einem Felsüberhang verborgen lag. Es war in Rot und Grün gestrichen, doch die Farben waren schon ziemlich verblichen.

»Damit komme ich in andere abgelegene Buchten«, erklärte er. »Einige Stellen sind von Land aus gar nicht zu erreichen. Manchmal kann man an dieser Küste auch Mönchsrobben sehen. Dieses Glück hat man allerdings nur selten.«

»Das klingt wundervoll.« Faye hörte den sehnsüchtigen Ton in ihrer Stimme. Wie gern wäre sie länger hiergeblieben, hätte Deriu, diese Küste und die Sarden kennengelernt.

Sie ließ sich von den Wellen wieder an Land tragen; Alessandro folgte dicht hinter ihr. Sie richtete sich im seichten Wasser auf und drehte sich zu ihm um. Plötzlich war sie ganz verlegen. »Danke, dass Sie mir diesen Ort gezeigt haben.«

»Es war mir ein Vergnügen.« Er erreichte die Taschen vor ihr, griff nach ihrem Handtuch und warf es ihr zu. Faye schlang es sich um die Schultern. Sie war froh über die Wärme; nach dem Bad war ihr kalt, und sie fühlte sich verletzlich.

»Aber wenn Sie mit Ihren Eltern gesprochen haben …«

Faye wandte den Blick ab. Sie mochte nicht daran denken, nicht jetzt.

»Dann können Sie doch hierher zurückkommen, oder?« Er trocknete sich ab, aber er sah sie an und wartete auf ihre Antwort.

»Wozu?«, fragte sie. Sie zog das Handtuch fester um die Schultern. »Wenn das Theater wieder genauso werden soll, wie es war, dann brauchen Sie mich nicht, das wissen wir beide.«

Er senkte den Kopf und begann, sich das Haar kräftig abzurubbeln. Als er wieder aufblickte, war es zerzaust und stand in alle Richtungen ab.

Faye lachte. Er sah aus wie ein kleiner Junge.

»Sie sind hergekommen, um Urlaub zu machen«, sagte er, »nicht nur wegen eines Jobs.«

»Ja, schon …« Aber mit dem Job war es nichts geworden …

»Wir haben Sie gebeten herzukommen.« Alessandro zog ein Strandtuch aus seiner Tasche und breitete es auf dem Sand aus. »Bitte sehr.«

Faye setzte sich, und er nahm neben ihr Platz. »Marisa hat mich darum gebeten«, erinnerte sie ihn sanft. »Oder zumindest Charlotte. Ich hatte nicht den Eindruck, dass es Ihre Idee war.«

»Das stimmt.« Alessandro sah aufs Meer hinaus. »Aber die Dinge haben sich geändert, Faye«, erklärte er. »Deswegen bin ich heute Morgen zu Ihnen gekommen.«

»Inwiefern?« Faye schlang die Arme um die Knie. Vielleicht lag es an der Petition und den Worten, die bei der Versammlung gefallen waren. Oder Alessandro hatte es sich anders überlegt.

»Ich möchte Ihre Ideen für das Theater hören.« Bevor sie etwas erwidern konnte, hob er abwehrend beide Hände. »Ich weiß, dass Sie zurück nach Hause müssen. Ich verstehe, dass Sie mit Ihren Eltern reden wollen. Aber danach …« Er ließ die letzten Worte in der Luft hängen.

»Ja?« Faye wartete.

»Ich bitte Sie, anschließend wieder herzukommen«, sagte er.

»Aber warum?« Faye nahm eine Handvoll Sand und ließ ihn durch ihre Finger rinnen. Sie wollte wissen, warum er es sich anders überlegt hatte. Doch sie fragte sich auch, was er von ihr wollte.

»Meine Familie hat damals schwer dafür gearbeitet, das Theater wiederaufzubauen und neu erstehen zu lassen«, sagte er. »Und jetzt fühlt es sich an, als wollten die Leute aus der Stadt uns alles wegnehmen. Unser Theater, aber auch die Erinnerungen.«

Faye konnte nachvollziehen, warum er so empfand; die Rinaldis hatten so viel in das Theater hineingesteckt. So gesehen war es nicht fair, wenn der Rest der Gemeinde versuchte, es ihnen wegzunehmen. Indes …

»Wir brauchen jemanden, der objektiv ist.« Er stützte sich auf einen Arm, drehte sich auf die Seite und sah sie an. »Ich habe das Gefühl, dass Sie uns helfen können. Dass Sie uns verstehen.«

Faye erinnerte sich daran, wie er sie gestern Abend bei dem Treffen mit den Leuten um Enrico Volti in Schutz genommen hatte. »Sie brauchen kein schlechtes Gewissen zu haben«, erklärte sie. »Als ich hergekommen bin, war ich mir nicht einmal sicher, ob ich die Neugestaltung Ihres Theaters überhaupt übernehmen will.«

»Aber ich habe es an diesem Abend in Ihren Augen gesehen«, sagte er.

Faye war verblüfft. »Was haben Sie gesehen?«

»Sie haben sich in das Theater verliebt«, sagte er. »Egal, was Sie uns alles erzählt haben – über runde Theater und Fiktion und Realität.« Er lachte, und sie fiel unwillkürlich ein. »Das ist nicht der springende Punkt. Aber Ihnen hat unser kleines Theater gefallen. Es hat Sie berührt, nicht wahr?«

Sie nickte. »Doch, ja. Es ist bezaubernd. Aber …«

»Kein Aber mehr.« Seine Augen blitzten. »Ich habe wirklich ein schlechtes Gewissen und Marisa auch. Wir haben darüber geredet, und wir möchten, dass Sie wiederkommen und mit uns zusammenarbeiten – zumindest für eine Weile. Wir wollen uns Ihre Ideen für das Theater anhören, und wir möchten, dass Sie uns helfen, es so zu restaurieren, dass alle glücklich damit sind.«

»Alle?« Das war ein großes Wort.

Er zuckte mit den Schultern. »Wenn Sie bereit sind, uns Ihre Zeit zu schenken, würden wir Ihnen gern einen Vorschlag machen. Wir übernehmen Ihren Rückflug und bezahlen Sie für die Zeit und Arbeit, die Sie für uns investieren. Sobald die ersten Pläne stehen, können Sie so lange bleiben, wie Sie wollen – genau, wie Sie das ursprünglich vorhatten.« Alessandro wandte sich wieder ab und blickte aufs Meer. »Was sagen Sie? Deriu ist doch kein schlechter Ort, um dort seine Zeit zu verbringen, *no*?«

»Es ist wunderschön«, sagte sie.

»Molto simpatico, si.« Er nickte zufrieden. »Wir hatten keinen guten Start. Aber ich glaube, wir können es besser.«

Faye lächelte. Sie dachte an ihre Eltern und das, was ihr Vater ihr erzählt hatte. Sie dachte an Charlottes und Fabios Haus und an Deriu, wo es zwar sehr heiß war, das aber auch viele schattige Winkel hatte und das schon begonnen hatte, sich in ihr Herz zu schleichen. Sie dachte an Pasquale und Marisa, und sie dachte an Alessandro, der sie an diesen verborgenen Strand gebracht hatte. Er hatte es getan, um sie in Versuchung zu führen, ja. Aber nicht so, wie sie erwartet hatte. Sie musste zurück nach West Dorset – zumindest für ein oder zwei Tage. Sie musste mit ihren Eltern reden und die Wahrheit herausfinden. Aber warum sollte sie sich davon den Rest ihrer Pläne verderben lassen? »Nun gut, Alessandro«, sagte sie. »Ich komme wieder.«

»Fantastisch.« Seine Augen leuchteten. Er drehte sich ihr zu, legte die Hand unter ihr Kinn und hob es hoch, sodass sie ihm direkt in die Augen sah. Ganz nah war er ihr. Seine Hand war noch kühl vom Wasser, und das Haar klebte ihm feucht am Kopf. »Ich bin froh, das zu hören.«

Geht es wirklich nur um das Theater? Faye forschte in seinem Gesicht nach einer Antwort auf ihre unausgesprochene Frage. Aber sie sah keine. Sie sah nur seine dunkelblauen Augen, seine schrägen Wangenknochen und die Form seines Mundes …

»Danke, Faye.« Seine Lippen waren ihrer Wange so nah, dass sie den warmen Luftstrom spürte, als er sprach. Für einen kurzen Moment legte er die Hand auf ihre Schulter, und sofort spürte sie Begehren in sich aufsteigen, eine Welle von Wärme, die nicht nur von der Sonne stammte, die über ihnen stand. Sie dachte an die Frau, die sie vor dem Café getroffen hatten – Jana. Sie war sichtlich davon überzeugt, einen Anspruch auf diesen Mann zu haben. Aber stimmte das auch?

Den Blick immer noch auf ihren Mund gerichtet, wich er zurück. *»Buon viaggo«*, murmelte er. »Sie werden eine gute Reise haben, und wir sehen uns wieder, wenn Sie zu uns zurückkehren.«

Was willst du von mir?, dachte sie noch einmal. Doch sie würde nach Deriu zurückkommen, und dann würde sie es herausfinden.

14

Pasquale war auf seinem verbeulten alten Fahrrad unterwegs zum Hafen. Er nannte es seine Silver Lady, weil es einmal elegant und chromblitzend gewesen war. Er wollte Fisch kaufen.

»Sieh zu, dass er frisch ist«, hatte seine Mutter gesagt. Sie war nach draußen gehumpelt, um ihn zu verabschieden, wie immer ganz in Schwarz gekleidet und eingepackt, als wäre Winter. Ihr dünnes graues Haar war unter ihrem Umschlagtuch verborgen, und ihre schwarzen Augen lagen tief in den Höhlen. Die Haut ihres Gesichts war faltig und vom Wetter gegerbt. »Pass auf, dass du nicht zu viel bezahlst. Er haut dich übers Ohr, sobald du ihm die geringste Gelegenheit gibst. Er soll ihn auch ausnehmen. Und sag ihm, er soll ihn anständig in Zeitungspapier wickeln, nicht in eine Plastiktüte. Fisch schwitzt, wenn man ihn in Plastik aufbewahrt.«

»Jaja, Mama, ich weiß.« Oft überhörte Pasquale einfach, was sie sagte. *Per l'amor di Dio* … Um Gottes willen. Er liebte sie. Sie konnte nicht anders; sie war alt. Aber manchmal war es nicht einfach, und ein Mann konnte nur ein gewisses Maß ertragen.

Die Leute fragten, warum er nie geheiratet hatte. Die anderen Männer, mit denen er in der Bar Domino spielte, machten oft Witze und spekulierten darüber. Pasquale machte dann natürlich mit. Er kannte sie alle so gut, und sie dachten, dass sie ihn ebenfalls kannten. Vielleicht hatten sie ja ihren Verdacht – schließlich kannten sie ihn seit Jahren –, aber Pasquale ließ sich weder in seine Karten noch in seine Dominosteine schauen. Er lachte leise in sich hinein. Manchmal warf er als Antwort seiner Mutter einen Blick zu, als wolle er sagen: *Das ist ja wohl Erklärung genug, oder?*

Das war gemein von ihm, aber es war nur ein Scherz. Jeder wusste, was für eine strenge Matriarchin sie früher gewesen war und immer noch war, und jeder wusste, wie sehr er sie liebte. Die Leute mochten spekulieren, viele hatten nichts Besseres zu tun. Doch Pasquale de Montis erkannte trotzdem wie jeder Mann eine schöne Frau, wenn er sie sah. Das war schon immer so gewesen.

Er fuhr abwärts, und die Silver Lady nahm Tempo auf. Auf den rutschigen, unebenen Pflastersteinen geriet Pasquale mit seinem Rad ein wenig ins Wanken. Er musste mit dem Lenker nach rechts und links gegensteuern, damit es auf Kurs blieb. Er hatte viele schöne Frauen gekannt und war mit ihnen aufgetreten, aber für Pasquale hatte es immer nur eine einzige gegeben. *»Liebt ich wohl je? Nein, schwör es ab, Gesicht! Du sahst bis jetzt noch wahre Schönheit nicht.« Romeo e Guiletta, Romeo und Julia.* Er würde diese Stelle später auf der Bühne üben, beschloss er. In seinem Kopf klang sie noch nicht richtig. Während er mit dem Rad aus der Altstadt kommend den Hügel hinunterpolterte, konnte er kaum laut deklamieren, sonst würden seine Mitbürger erst recht ins Spekulieren verfallen.

Heiraten … Am Ende der Straße bremste Pasquale und ließ ein Auto vorbei. Auf der anderen Seite schimmerte der Fluss wie Schlangenhaut; er wand sich aus dem Tal zwischen den Bergen hinunter und floss zum Meer. Pasquale bog nach rechts ab, wo es zur Brücke und zum Hafen ging. Eine Ehe war eine große

Verpflichtung für einen Mann. Außerdem musste er sich natürlich um seine Mutter kümmern. Er hatte sich schon immer um sie kümmern müssen. Trotzdem hätte er geheiratet, wenn er gekonnt hätte.

»Pass auf, dass du ihn vorsichtig in den Korb legst«, hatte sie ihm hinterhergerufen, als er schon losgefahren war. »Fisch ist empfindlich. Und fall nicht vom Rad. Ich will nicht, dass unser Mittagessen über die ganze Straße verteilt wird.« Es kam ihm vor, als mache sie sich größere Sorgen um ihren kostbaren Fisch als um ihren einzigen Sohn.

Pasquale erreichte die Brücke und geriet auf der letzten Etappe seiner Fahrt, die nun aufwärts führte, ein wenig ins Schnaufen. Aber was war ihm anderes übrig geblieben? Er war so jung in die Fußstapfen seines Vaters getreten – oder hatte es wenigstens versucht. Natürlich konnte er nicht an ihn heranreichen, wie seine Mutter immer gern betonte. Mit seinem Vater konnte er sich nicht messen, und er würde sich das auch nie anmaßen. Sein Vater war ein Held.

Er erreichte den höchsten Punkt; von jetzt an ging es bergab. Geräuschvoll stieß Pasquale Luft aus, rollte die Brücke hinunter und in den Hafen hinein. Mit einem solch angesehenen Mann konnte er nicht konkurrieren, aber er hatte sein Bestes gegeben. Und er hoffte, dass auch er auf seine Weise geliebt worden war.

Wer hätte gedacht, dass ein Mann wie sein Vater aus so bescheidenen Verhältnissen aufgestiegen war? Der Hausmeister des örtlichen Theaters, der seine Tage damit zubrachte, Maschinenteile zu fetten und zu ölen, damit sie funktionstüchtig blieben, Lampen reparierte, Zuschauerraum und Foyer sauber hielt, sich um die Toiletten kümmerte und Malerarbeiten übernahm. Insbesondere die Außenseiten der Fensterrahmen mussten oft nachgestrichen werden, weil das Theater so nah am Meer lag. Pasquale war ihm nachgelaufen wie ein Hündchen, hatte Nägel, Hämmer oder Farbdosen festgehalten und gelegentlich die verantwortungsvolle Aufgabe erhalten, die Bühne zu fegen oder etwas aus der Eisenwarenhandlung zu besorgen.

Vor ihm lag nun das Meer. Man konnte es fast überall in Deriu sehen: von oben auf der Burg natürlich, aber auch von dem Zimmer im ersten Stock im rückwärtigen Teil ihres Hauses aus, das seine Mutter bewohnte, und von der baufälligen Dachterrasse aus, die sie selten benutzten. Pasquale zog es vor, durch die vorderen Fenster das Theater zu betrachten. Auch das kleine Theater hatte Meerblick: Durch das Fenster im Foyer und aus den Garderoben an der Seite des Gebäudes konnte man es gut sehen. Das kleine Theater stand so erhöht auf der *Piazza del Teatro*, dass es eine ebenso gute Aussicht bot wie die Burg. Und genau wie die Burg war das *Piccolo Teatro* der scharfen Seeluft und im Winter Wind und Sturm ausgesetzt. Es brauchte viel Pflege.

Pasquale erinnerte sich an die leise, sanfte Stimme seines Vaters. »Wir sind hier, um dafür zu sorgen, dass alles glattläuft, mein Junge«, hatte er gesagt, als wäre es eine Ehre, dem Theater zu dienen. Das war das Gefühl, mit dem Pasquale groß geworden war. »Wir beide, wir sind die kleinen Zahnrädchen im Hintergrund.«

Pasquale schmunzelte. *Zahnrädchen im Hintergrund.* Dieser Ausdruck hatte ihm gefallen, obwohl er später im Vordergrund gestanden hatte und jemand geworden war, der die Aufmerksamkeit eines Publikums liebte – oder sich danach verzehrte, wie seine Mutter gern sagte. Er war beim Theater geblieben. Dass das Theater seine Welt war, war ihm schon als kleiner Junge klar gewesen.

»Wenn alles reibungslos läuft, denkt niemand darüber nach, was wir tun«, hatte sein Vater hinzugefügt. »Aber wir wissen es zu unserer eigenen Zufriedenheit. Und sollte etwas nicht funktionieren …« Seine Miene hatte sich verdüstert. »… dann sind wir die Ersten, die man zur Verantwortung zieht.«

Was alles andere als fair war, dachte Pasquale, während er zum Hafen hinunterrollte. Er strampelte mit den dünnen Beinen, die Kette der Silver Lady rasselte im Wind, und sie sausten vorbei an den Fischerbooten und Cafés auf die Stände zu, wo die Fischer ihren Tagesfang feilboten. Vor ihm rannten zwei Kinder auf die Straße, und Pasquale klingelte heftig und schlug einen Bogen, um ihnen auszuweichen. »Passt auf! Schaut doch, wo ihr hinlauft«, brüllte er ihnen noch nach. Die Kinder von heute!

Er hatte nie Kinder gewollt. »Vielleicht, weil du selbst noch ein Kind bist«, hatte seine Mutter einmal zu ihm gesagt. Aber sie hatte gelacht und sein Kinn getätschelt, und ihre kleinen schwarzen Augen hatten geglitzert. Also machte es ihr womöglich doch nicht so viel aus …

Vielleicht war doch etwas dran an dem Satz, dass man sich auch immer etwas anderes vorstellen kann. Als ein Hund auf ihn zusprang, bremste Pasquale abrupt. Die Silver Lady reagierte, und er flog beinahe über den Lenker. Aber das Leben war, wie es war, und nachdem sein Vater so furchtbar jung und unter so tragischen Umständen gestorben war, hatte Pasquale sich gezwungen gesehen, seine Zeit und seine Energie auf die Sorge um seine Mutter zu verwenden. Das hatte er schon getan, als er noch zur Schule gegangen war. Und später, wie hätte er da die Zeit und die Gelegenheit finden sollen, sich eine Frau zu suchen oder Kinder zu bekommen? Das ließ er jedenfalls die Männer in der Bar glauben.

Pasquale musterte die Fischstände. Wie immer wirkten die Fische mit ihren feuchten großen Augen und schimmernden Schuppen, als seien sie verblüfft, gefangen worden zu sein. Wahrscheinlich waren sie vor ein paar Stunden noch fröhlich durchs Meer geschwommen. Er ging zu seinem bevorzugten Stand und betrachtete das Angebot. Da waren ein riesiger Blauflossen-Thunfisch – für gewöhnlich tauchten sie von Ende Mai bis September auf –, einige Red Snapper, eine Wanne mit Tintenfischen und Oktopus, ein Tablett mit fetten Sardinen, Hummer, Muscheln und ein paar mickrige Krabben. Er ließ sich Zeit und wählte sorgfältig aus.

Wenn seine Mutter könnte, würde sie selbst hierherkommen. Jahrelang hatte sie sich nicht eingestehen wollen, dass sie alt wurde, und war genau wie die anderen Frauen über das Kopfsteinpflaster gehumpelt, um Brot, Fleisch und Gemüse einzukaufen. Aber inzwischen war sie weit über neunzig und hatte sich damit abgefunden, weitestgehend ans Haus gefesselt zu sein. Doch sie kochte noch und dirigierte Pasquale – der zugegebenermaßen daran gewöhnt war, herumkommandiert zu werden, wenn er Besorgungen oder Hausarbeiten erledigte. Abends spielte sie genau wie ihr Sohn immer noch gern Domino, obwohl sie sich vorbeugen und blinzeln musste, um die Anzahl der Punkte erkennen zu können. Immerhin machte sie ihm nie Vorwürfe, wenn er in die Bar ging, um sich mit seinen alten Freunden zu treffen und dabei ein, zwei Bier zu trinken. Vielleicht fand sie, dass ihn das männlicher machte.

Nachdem er seine Einkäufe getätigt hatte, packte Pasquale den Fisch vorsichtig in seinen Fahrradkorb und warf einen Blick zum Strandcafé. Da sah er die beiden. *Na, schau mal an …* Er schob die Silver Lady um die Ecke, lehnte sie an eine Mauer und huschte seitwärts an dem Gebäude vorbei, sodass er sie beobachten konnte, ohne selbst gesehen zu werden, aus den Kulissen heraus sozusagen.

Er wirkt so sicher wie immer, so selbstbewusst, stellte Pasquale fest, und es ärgerte ihn. *Dazu braucht er sich nicht einmal anzustrengen, genau wie sein verstorbener Vater.*

Pasquale dachte daran, wie viel Lampenfieber er immer vor einer Vorstellung gehabt hatte; vor Nervosität hatte sich sein Magen umgedreht. Würde er seinen Text vergessen oder ins Stolpern geraten? Würde er immer noch in der Lage sein, sein Gefühl auf die Zuschauer zu übertragen? Die Gewissheit kam immer erst, wenn er auf die Bühne trat und das Adrenalin durch seine Adern rauschte. Sobald er die ersten Zeilen sprach, war er sich sicher – er schaffte es, er hatte seine Zuschauer gebannt. Alles würde gut gehen.

Er beugte sich vor, stützte den Kopf in die Hände, sah ihr in die Augen und erzählte ihr einen Haufen Unsinn. Pasquale schnaubte abfällig. Frauen fielen immer darauf herein. Sie saugten eine solch abgeschmackte Charmeoffensive auf wie ein Schwamm, als hätten sie kein Hirn im Kopf. Man musste dafür sorgen, dass sie sich besonders vorkamen, ihnen vorgaukeln, sie seien die einzige Frau auf der Welt, die einen Blick wert war. Pasquale wusste, wie es funktionierte, obwohl er selbst so etwas nie getan hätte. Er begriff einfach nicht, wieso sich die Frauen davon hinters Licht führen ließen. Vielleicht gab es ihnen einfach ein gutes Gefühl. Aber was wollte er von ihr? Nur das Offensichtliche? Oder steckte mehr dahinter?

Er sagte etwas zu ihr, und sie lachte – kein höfliches Kichern, sondern so ein schallendes Gelächter, bei dem man den Kopf zurückwarf. Es erinnerte Pasquale lebhaft an Sofia. Er zuckte ein wenig zusammen. Ja, genau so hatte sie gelacht, und es war ein wunderbarer Klang gewesen.

Ein Kellner trat auf die beiden zu und brachte die Rechnung. Sie griff nach ihrem Geldbeutel; er lehnte mit einer Handbewegung ab. Er zog die Brieftasche aus seiner hinteren Hosentasche, und sie standen auf. Pasquale vermutete, dass sie am Strand gewesen waren. Sie trug ein leichtes Sommerkleid, und ihre Schultern waren mit Sommersprossen übersät und von der Sonne gerötet. Beide hatten noch feuchte Haare – ein blonder und ein dunkler Schopf. Pasquale runzelte die Stirn. Also, warum hatten die beiden sich getroffen, und was hatte das zu bedeuten?

Er schlich sich davon, denn er wollte nicht, dass sie ihn bemerkten und ihn auslachten oder gar bemitleideten, so wie es manchmal vorkam. Er ging zurück zu seiner Silver Lady und sah erleichtert, dass der Fisch noch im Korb lag. Ansonsten wäre seine Mutter nicht erfreut gewesen, und sie war noch sehr gut in der Lage, ihm eine Kopfnuss zu verpassen, wenn er sich nicht schnell genug in Sicherheit brachte.

Was hatte das zu bedeuten? Es hieß, dass ihre Beziehung –

wie er vermutet hatte – nicht rein beruflicher Art war. Kollegen fuhren nicht zusammen an den Strand, wenn sie nicht sehr gut befreundet waren. Das bereitete Pasquale Sorgen. Er hatte das alles schon miterlebt. Sie war ein nettes Mädchen, und er wollte nicht, dass sie verletzt wurde. Bedeutete das, dass sie in Deriu bleiben würde? Dass Alessandro Rinaldi seine Pläne für das Theater weiter vorantreiben würde?

Als Pasquale auf die Silver Lady stieg, überkam ihn eine unheilvolle Vorahnung. Er fürchtete, ja.

Nach dem Mittagessen saß Pasquale zu Hause am Fenster und betrachtete wie so oft das Theater. Er sah Alessandro Rinaldi auf dem Rückweg zu seiner Wohnung um die Ecke kommen. Pasquale zögerte, aber er war allein.

Pasquale huschte aus der Haustür. Auf der *piazza* lungerten ein paar Jugendliche herum, die er vorher schon gesehen hatte. Ihm gefiel nicht, dass sie sich auf der Treppe zum Theater herumdrückten. »Was macht ihr da?«, fragte er sie.

»Nichts«, gaben sie zurück. Aber sie sahen aus, als ob sie irgendwas im Schilde führten.

»Dann verschwindet«, sagte er und wedelte mit den Händen, um sie zu vertreiben. Rasch überquerte er den Platz und erreichte Alessandro, als dieser seine Wohnung in der *Via del Carmine* fast erreicht hatte. *»Bone die«*, sagte er zur Begrüßung. »*Tutto bene?* Alles in Ordnung, hoffe ich?«

»Ah, Pasquale.« Alessandro sah so zufrieden aus wie die sprichwörtliche Katze, die den Sahnetopf gefunden hat. »Sehr gut. Ein schöner Tag, nicht wahr?«

Pasquale blickte zum Himmel. Er war hellblau, und es ging eine angenehme leichte Brise. Der Juni war sein Lieblingsmonat auf der Insel – alles war frisch und voller Hoffnung, und der Sommer hatte noch nicht alles verbrannt. Aber vielleicht sprach Alessandro auch nicht vom Wetter. »Allerdings«, pflichtete er ihm bei. »Und können Sie mir sagen, wie es jetzt weitergeht?«

»Weitergehen?« Alessandros Miene verdüsterte sich.

»Mit dem Theater.« Pasquale hibbelte von einem Bein aufs andere. Es war wichtig, im Bilde zu sein, besonders, was das Theater anging. Wenn es etwas Neues gab, wollte er es gerne wissen.

»Was meinen Sie, alter Freund?«

Was sollte er schon meinen? »Bleibt es bei der Renovierung?« Er hielt den Atem an. *Sein oder Nichtsein, das ist hier die Frage.*

»Selbstverständlich. Wir wollen doch alle, dass das Theater wiedereröffnet, *no*?«

Pasquale versuchte, gleichgültig auszusehen. »Aber Enrico und die anderen ...«

»Was können die schon machen?« Auf Alessandros Miene zeichnete sich Zorn ab. »Sie können nichts dagegen tun. Dazu haben sie gar nicht die Mittel.«

Pasquale nickte. »Nein, vermutlich nicht«, räumte er ein. »Aber es gibt andere Mittel ...« Es gab immer noch andere Methoden.

»Auf dieser Welt bekommt man nichts umsonst, Pasquale«, erklärte Alessandro ihm. »Das wissen Sie doch.«

Pasquale runzelte die Stirn. Etwas umsonst bekommen? Was meinte er denn damit? »Aha«, sagte er. »Dann wird wohl manches umgebaut werden.« Er hasste den Gedanken, dass sein Theater einem Angriff von Mensch und Maschine ausgesetzt sein würde. Die Bühne würde abgerissen werden, sodass er sich nicht mehr ins Theater schleichen und von der Vergangenheit träumen könnte. Seine ganze Geschichte würde ausgelöscht werden, all die Erinnerungen ...

»Das weiß ich noch nicht«, sagte Alessandro. Er grinste. »Wenn es nach mir ginge, würde so wenig wie möglich verändert. Machen Sie sich Gedanken wegen des Baulärms, Pasquale?«

»Wegen des Baulärms? Nein, nein.« Darüber hatte Pasquale nicht einmal nachgedacht, obwohl er wusste, dass seine Mutter den Krach hassen würde.

»Guter Mann.« Alessandro klopfte ihm so kräftig auf den Rücken, dass Pasquale fast umgefallen wäre. »Wir halten Sie auf dem Laufenden.«

»Grazie.« Pasquale unterstrich seinen Dank mit einer angedeuteten Verbeugung. »Und das Mädchen?«, fragte er.

»Das Mädchen?«

»Sie wissen schon.« Natürlich wusste Alessandro, wen er meinte.

»Sie verlässt Deriu«, erklärte Alessandro. »Aber keine Sorge, alter Freund.« Und er kicherte doch tatsächlich. »Sie kommt wieder.«

15

Freitagmorgens trank Molly grundsätzlich Kaffee bei ihrer Mutter. Ade hatte wenig Erfahrung, wie man mit älteren Menschen umging. Seine eigenen Eltern waren vor einigen Jahren gestorben. Aber Molly war Expertin auf diesem Gebiet. Sie hatte einmal ein Versprechen gegeben.

Für ihre Mutter bedeutete Routine, dass sie sich sicher fühlte. Sie *musste* nicht unbedingt ihren Morgentee um sieben trinken, dienstags und samstags baden und donnerstagvormittags in den Supermarkt fahren. Doch der immer gleichbleibende Ablauf dieser vorhersehbaren Aktivitäten schenkte ihr ein Gefühl von Sicherheit. Als ihr Mann starb, hatte Mollys Mutter jede Gewissheit verloren. Molly hätte alles gegeben, um ihren Vater zurückzuholen, aber das war unmöglich. Das Nächstbeste, was sie für ihre Mutter tun konnte, war, sie dabei zu unterstützen, ohne ihn auszukommen. Und das tat sie seit Jahren.

Sie bereitete den Kaffee in der Stempelkanne zu, die sie ihrer Mutter vor vielen Jahren zu Weihnachten geschenkt hatte, goss das kochende Wasser auf das Pulver und genoss den Duft des Kaffees, der beinahe noch besser war als der Geschmack.

»Wie geht's Faye? Hast du etwas von ihr gehört?«, rief ihre

Mutter aus dem Wohnzimmer, wo sie auf dem hellblauen Sofa mit dem weißen Rosenmuster saß. Das Sofa gehörte zum Haus, solange Molly denken konnte.

»Oh ja, ihr geht's gut.« Molly spürte einen Anflug von schlechtem Gewissen. Energisch drückte sie den Deckel auf die Kanne. Es half immer, wenn man sich beschäftigte. Als sie damals das mit der anderen Frau herausgefunden hatte, da hatte sie Rinderragout für eine ganze Kompanie gekocht – als ob sie ihren Mann über seinen Magen zurückgewinnen könnte. Als sie ihr Baby verloren hatte, war sie bis zur Erschöpfung am Strand entlangmarschiert und hatte ihre Trauer buchstäblich in die Steine hineingestampft.

Molly wartete, bis der Kaffee durchgezogen war. Heute Morgen hatte sie ihre Tochter anrufen wollen, aber … Sie wollte nicht, dass Faye sich aufregte, und sie wollte nicht, dass Faye sie aufregte. Molly seufzte. Sie konnte es sich nicht erlauben, die Kontrolle zu verlieren, loszulassen, zusammenzubrechen, abzustürzen – das war zu gefährlich. Aber manchmal drückte die Verantwortung doch schwer, die Verantwortung dafür, dass alle anderen glücklich waren. *Ich lasse Faye ein oder zwei Tage Zeit, um die Neuigkeit zu verdauen*, dachte sie. Dann würde sie mit ihr reden, dann würde sie sich damit auseinandersetzen. Sobald sie sich stark genug fühlte und sich genau zurechtgelegt hatte, was sie sagen würde.

»Wie gefällt ihr Sardinien?«, ließ sich die Stimme aus dem Nebenzimmer hören.

»Ich bin mir sicher, dass sie sich gut amüsiert.« Mit einem Mal tauchte ein Bild vor Mollys Augen auf: ein Mann mit freundlichen braunen Augen und einem tieftraurigen Lächeln, ein Mann, der sie zu verstehen schien. Sie drückte den Stempel der Kaffeekanne hinunter, sodass der dunkle Kaffee durch das Sieb gepresst wurde.

Sie hatte zu Ade gar nicht so viel sagen wollen, aber nachdem sie es so lange für sich behalten hatte, war es einfach aus ihr herausgesprudelt. Im Schreibkurs hatte sie über Leidenschaft und Tod nachgedacht und darüber geschrieben. Und was hatte er gesagt? Er wünsche sich »etwas Leben«. Das war es gewesen. Das hatte sie aus der Haut fahren lassen. Nicht nur das, was er getan und wie er sich verhalten hatte oder dass er davon ausgegangen war, dass sie nicht einmal etwas von seiner Affäre mitbekommen hatte. Sie wollte ihn wissen lassen, dass sie immer Bescheid gewusst hatte, dass sie nicht dumm war und dass sie damals hätte gehen können, wenn sie gewollt hätte. Ade selbst war der Grund dafür gewesen, dass sie ihre Geschichte einem anderen Mann erzählt hatte, dass sie einander nähergekommen waren und sie ihm erlaubt hatte, in ihr Herz zu blicken.

Molly gab auch dem Kurs in kreativem Schreiben die Schuld. Zu diesem Gespräch mit Ade war es gekommen, weil sie sich durch all die Worte, die aus ihrem Kopf durch ihren Stift geflossen waren, schon halb geöffnet hatte. Rot. Mit dieser Farbe hatte schlicht und einfach alles angefangen. *Dann geh doch, Ade*, hatte sie gedacht. *Warum gehst du dir dann nicht anderswo etwas Leben suchen?*

»Und das Theater? Will Faye den Job annehmen?«

Ihre Mutter stellte einfach zu viele Fragen. Molly seufzte. Sie vermutete, dass ihre Mutter noch manches mehr gefragt hatte, was sie nicht gehört hatte. Aber wenigstens lenkten die Fragen sie ab. Wie in aller Welt sollte sie ihrer Mutter von der Sache mit Ade erzählen? Vom Ende von Gewissheit und Routine.

Natürlich hätte sie Ja sagen können, als ihr Mann gesagt hatte, dass er auf Reisen gehen wolle. Sie wusste, was er sich wünschte. Sie hätte mit ihm wegfahren können. Einen Moment lang hatte sie trotz der Spannungen zwischen ihnen darüber nachgedacht, weil sie geglaubt hatte, die Alternative – ihn zu verlieren – könnte sie nicht ertragen. Doch dann hatte sie ihn angesehen, seine Gedanken gelesen und gedacht: *Genug!* Sie war seine Frau, und sie hatte wirklich genug davon, immer die zweite Geige zu spielen.

Molly stellte Kaffeetassen und Unterteller, das Milchkännchen und die Stempelkanne auf ein Tablett mit einem verspielten Blümchenmuster. Alles, was ihre Mutter besaß, war zart und verspielt. Molly hatte sich einst zwar geschworen, diese Tradition in ihrem eigenen Haus nicht fortzusetzen, doch zu ihrem großen Entsetzen hatte sie irgendwann festgestellt, dass sie ähnliche Dinge kaufte: ein Teeservice aus dünnem Porzellan mit zartem Veilchenmuster, filigrane Weingläser mit schlankem Stiel, antike Möbel mit Einlegearbeiten und französischen Lilien und hübsch genähte Musselin-Gardinen, die sich dekorativ im Wind blähten … Mollys kostbare Besitztümer erfüllten ihr Haus und lachten sie aus. Anscheinend hatte sie das Gen für zart Verspieltes geerbt.

»Wie geht es dir heute, Mum?«, fragte sie, während sie das Tablett hineintrug.

»Sehr gut, danke, Liebes.« Sie sah auch so aus: Ihre kornblumenblauen Augen wirkten immer noch strahlend und neugierig, ihr weißes Haar war dicht, und sie war im Vollbesitz ihrer geistigen Kräfte. Ade hatte recht: Ihre Mutter brauchte niemanden, der sie pflegte.

»So, jetzt haben wir alles.« Molly ließ ihre Stimme munter klingen, stellte das Tablett ab und warf ihrer Mutter ein strahlendes Lächeln zu.

»Was ist los, Molly, Liebes?«, fragte ihre Mutter.

Ihre geistigen Fähigkeiten sind fast zu intakt, dachte Molly. »Nichts. Warum sollte etwas los sein?«, gab sie zurück. Ihre Mutter wusste nichts von ihren dunkelsten Geheimnissen, aber sie kannte sie trotzdem ziemlich gut. Und sie war dabei gewesen, als Molly damals diesen Anruf von Ade bekommen hatte, dass er wieder Überstunden machen müsse. Sie war da gewesen, als Molly vom Strand in Freshwater zurückgekehrt war und zwei Stunden fast ohne Unterlass geweint hatte. Ade hätte derjenige sein sollen, an dessen Schulter sie sich ausweinte, doch so war es nie gewesen.

»Das ist offensichtlich«, erklärte ihre Mutter. »Du hörst mir nicht richtig zu, und du bist mit den Gedanken anderswo. Was ist passiert?«

Offensichtlich … Auch für Molly war es keine Überraschung gewesen, als Ade seine Bombe platzen gelassen und erklärt hatte, dass er fortwollte. Er hatte immer schon fortgewollt. Noch schlimmer aber war, dass er nie über sie hinweggekommen war, über diese namenlose Frau. Sie konnte beinahe sehen, wenn er an sie dachte. Sie erkannte es an seinem Blick. Ihr wurde manchmal beinahe übel davon. Für wie dumm hielt er sie?

Nervös schüttelte Molly ein Kissen auf, das auf dem Sessel lag. Vielleicht war sie ja dumm gewesen, damals, als sie versucht hatte, ihn zu halten. Aber sie hatte an die siebenjährige Faye denken müssen und an das Kind, das unterwegs war und von dem sie ihm noch nicht einmal erzählt hatte. Aber jetzt war alles anders. Wollte sie wirklich mit einem Mann reisen, der immer noch an eine andere dachte? Wollte sie Zeit mit einem Mann verbringen, der ihr nichts zu sagen hatte, der manchmal durch sie hindurchsah, als wäre sie gar nicht da? Wollte sie das Versprechen, das sie ihrem Vater gegeben hatte, wegen eines solchen Mannes brechen? Nein. Sie hatten es versucht, und sie waren gescheitert. Sie hatte genug. So war es ehrlicher. Und war es nicht höchste Zeit für Ehrlichkeit?

»Ist zu Hause etwas nicht in Ordnung?« Ihre Mutter hatte den Kaffee eingeschenkt. Molly gab Milch dazu und nahm ihre Tasse mit an den Tisch.

»Ach, Mum«, sagte sie.

Eine Pause trat ein. Molly wurde von Gefühlen plötzlich fast überwältigt. Sie meinte, es nicht ertragen zu können, und versuchte, sich daran zu erinnern, wie man atmete.

»Molly?« Ihre Mutter beugte sich jetzt mit besorgtem Blick nach vorn.

»Weißt du, in den Langdon Woods blühen noch ein paar Glockenblumen, Mum.« Molly schluckte. Die Blumen hatten ihre erste und zweite Blüte schon hinter sich, aber trotzdem war es so eine schöne Spazierstrecke. Vor sich sah man Seatown mit dem Golden Cap, und unter einem glitzerte sanft das Meer. »Sollen wir sie uns nach dem Kaffee ansehen?«

Ihre Mutter nickte. »Das wäre nett, Liebes«, sagte sie.

Molly war klar, dass ihre Mutter wartete. Sie sah in den Garten ihrer Kindheit hinaus. Ordentliche Beete, die nicht von Unkraut verunziert wurden, in Form getrimmte Büsche, ordentlich geschnittene Bäume und Gras, das so makellos wie ein Bowlingrasen war. Inzwischen beschäftigte ihre Mutter einen Gärtner, und Ade mähte an den meisten Wochenenden den Rasen. Kathryn und sie hatten einen großen Teil ihrer Kindheit in diesem Garten verbracht. Kathryn hatte mit ihren Puppen gespielt und sie in unterschiedliche Outfits gekleidet. Als Erwachsene hatte sie diese Tradition fortgesetzt, indem sie ihre eigene Boutique in Dorchester eröffnet hatte. Molly dagegen hatte ihre Spielzeugtiere. Sie hatte Schweine, Lämmer und Kühe über den Rasen hüpfen, in die Forsythien springen und in der zum Trocknen aufgehängten Wäsche ihrer Mutter Purzelbäume schlagen lassen. Es war nicht ungewöhnlich gewesen, dass ein Schweinchen oder ein Kaninchen aus einem Hemdärmel fiel, wenn ihre Mutter bügelte.

Im hinteren Teil des Gartens standen Himbeersträucher und ein Spalier mit Stangenbohnen. Molly und ihr Vater hatten sie immer gepflückt, und ihre Mutter hatte sie weiterverarbeitet, die Beeren gewaschen, um Marmelade zu kochen, und die Bohnen zum Abendessen mit der Schneidemaschine zerkleinert. Molly dachte an den alten Marmeladentopf ihrer Mutter, den großen, saftfleckigen Holzlöffel und die dicke, sirupartige und von Kernen durchsetzte, klebrige Flüssigkeit, von der der durchdringendste Duft aufstieg, den man sich nur vorstellen konnte. Wenn sie die Augen schloss, konnte sie ihn noch immer riechen.

Ihre Mutter musste irgendetwas gesagt haben, doch Molly hatte keine Ahnung, was.

»Ade und ich haben beschlossen, uns zu trennen«, erklärte sie ruhig. Sie trank von ihrem Kaffee. Da. So schwer war es gar nicht gewesen, es auszusprechen – vor allem vor ihrer Mutter, die ohnehin über alles im Bilde war, zumindest über jene Zeit. Molly wagte trotzdem nicht, sie richtig anzusehen.

»Oh, mein Schatz.« Ihre Mutter stand auf und streckte die Hände nach ihr aus.

Molly erhob sich ebenfalls und ließ sich umarmen. Ihre Mutter fühlte sich so zerbrechlich an, und sie duftete nach Lavendel und Gesichtspuder. Doch Molly hatte nicht vor, die Fassung zu verlieren. Sie würde nicht zulassen, dass ihre Mutter sich Gedanken darüber machte, was jetzt werden würde. »Es ist schon gut«, murmelte sie. »Wirklich, Mum, mir geht es gut.«

Ihre Mutter rückte von ihr ab und musterte sie eindringlich. In ihren kornblumenblauen Augen schimmerte es feucht – eine Träne? »Gibt es …« Sie zögerte. »… jemand anderen?«

Wen hatte sie im Verdacht? Molly oder Ade? *Ja und nein*, dachte sie. Molly versuchte, nicht daran zu denken, wie sich damals, vor vielen Jahren, Ades hellblaue Augen verdunkelt hatten, wenn er an *sie* dachte. Ades andere Frau war schon so lange ein Teil ihres gemeinsamen Lebens. Vielleicht traf er sich nicht mehr mit ihr, aber er hatte sie noch im Kopf und vielleicht sogar im Herzen. Solange ein Teil von ihm immer noch ihr gehörte … »Nein«, erklärte sie. Denn das war nicht das Problem.

»Warum trennt ihr euch dann?«

Molly seufzte. »Menschen verändern sich«, sagte sie. »Heutzutage trennen sich viele Paare. So furchtbar ist das nicht. So viele Leute lassen sich scheiden. Niemand muss bei jemandem bleiben …« *Den er nicht mehr liebt. Komm schon, sprich es aus*, dachte sie. Ade hatte es nicht getan. Er hatte nichts von Liebe gesagt.

Die Miene ihrer Mutter verdüsterte sich. »Die Leute nehmen die Ehe nicht ernst genug«, meinte sie. »Dein Vater …«

Molly schaltete ab. Sie wollte nicht daran denken, was ihr

Vater gesagt hätte. Doch es war zu spät. Sie spürte, wie die Panik in ihrer Brust aufstieg, und atmete tief aus dem Bauch dagegen an, wie sie es gelernt hatte. Sie zählte ihre Herzschläge. Sie wartete.

Er fehlte ihr immer noch so sehr. Von hier aus konnte sie das Schwarz-Weiß-Foto sehen, das in einem silbernen Rahmen auf der Kommode stand. Es zeigte ihren Vater als jungen Mann mit zurückgekämmtem Haar, todschick in eine flotte Weste und weit geschnittene Hosen gekleidet, mit hochgekrempelten Ärmeln und einem Bierglas in der Hand. Das Bild war bei ihrer Taufe aufgenommen worden. Molly mochte den Gedanken, dass sie sich als Baby irgendwo im Hintergrund des Fotos befand. Sie stellte sich vor, wie ihr Vater sich umdrehte und die Arme ausstreckte. *Wo ist denn meine Süße?* Molly erinnerte sich daran, dass er das immer getan hatte. Er war ihre Welt gewesen. Und sie wollte gern denken, dass sie ein großer Teil seiner Welt gewesen war. Als Kind hatte sie ihn angehimmelt. Sie hatte ihn geliebt, und als sie älter wurde, hatte sie ihn zudem respektiert.

Als Kathryn geboren wurde, hatte er sie beiseitegenommen. »Es ist etwas ganz Besonderes, eine kleine Schwester zu haben«, hatte er zu ihr gesagt.

»Ich weiß, Daddy.« Molly freute sich darauf, die Kleine auf dem Arm zu halten, ihr vorzulesen und ihr alles beizubringen, was sie wusste. Später stellte sich allerdings heraus, dass Kathryn nicht zuhören wollte und sie einander nie so nahestanden, wie Molly gehofft hatte. Sie liebte sie, aber Kathryn mit ihrem unbezähmbaren Unabhängigkeitsdrang und ihrem ausgeprägten Stilgefühl hatte nie so ganz in ihre Familie gepasst. Sie war ein Original.

»Aber du wirst immer mein besonderer Schatz sein«, hatte er geflüstert, und Molly hatte sich in seine Arme geschmiegt, seinen einzigartigen Duft nach Gewürznelken und Pfeifentabak eingeatmet und sich überglücklich gefühlt.

Zwölf Jahre später wurde er krank, und sie musste viel zu

früh Abschied von ihrer Welt nehmen. Damals war sie erst siebzehn.

»Lass uns die Glockenblumen anschauen«, sagte Molly. Sie stellte ihre Kaffeetasse ab und stand auf. »Ein wenig frische Luft wird uns guttun.«

»Der Wind wird uns den Kopf freipusten«, fügte ihre Mutter hinzu, und sie tauschten ein Lächeln.

Molly parkte den Wagen am Waldrand, und sie traten durch das Tor, das auf den Spazierweg führte. Auf einer Seite lagen der Hügel und die hohen Bäume, zwischen denen der dunkle Boden immer noch mit Glockenblumen übersät war. Auf der anderen Seite hatte man einen herrlichen Blick über Seatown und weit aufs Meer hinaus.

»Du meine Güte, ich hatte ganz vergessen, wie schön es hier ist«, rief Mollys Mutter aus.

Molly nahm ihren Arm, und sie gingen vorsichtig über den Pfad auf die Klippe zu. Hinaufsteigen würden sie nicht; der Weg war viel zu steil für eine ältere Dame. Aber auch von hier aus konnten sie wundervolle Aussichten genießen. Die Luft war feucht und gesättigt mit den erdigen Gerüchen des Frühsommers und dem schweren, süßlichen Duft der Blumen.

»Du bist sehr tapfer, mein Liebes.« Ihre Mutter umfasste ihren Arm fester.

»Nicht wirklich.« *Sei tapfer, mein Schatz*, hatte ihr Vater an jenem Tag zu ihr gesagt. Sie wusste, dass er sterben würde. Man hatte ihn nach Hause entlassen, aber keiner wusste, wie lange er noch zu leben hatte. *Sei tapfer*. Aber Molly war nicht tapfer. Man brauchte sie nur anzusehen. Sie war in einem katastrophalen Zustand, und ihre Ehe war es auch. *Pass an meiner Stelle auf deine Mutter auf*, hatte ihr Vater gesagt, und etwas hatte sie in diesem Moment ganz stark miteinander verbunden. Ein Gefühl von Liebe. Von Verstehen.

Molly wusste, dass sie auf eine Art ebenso schuld war wie Ade. Sie hatte ihm nie genug vertraut. Und mehr noch, nachdem sie erfahren hatte, dass er ihr untreu gewesen war, war sie auf Distanz gegangen und hatte für den Abstand zwischen ihnen gesorgt, der heute noch herrschte. Sie hatte den Schutzpanzer angelegt, den sie brauchte. Wahrscheinlich würde es wieder passieren, aber dann wäre sie vorbereitet. Sie erinnerte sich daran, wie entschlossen sie gewesen war. *Ich lasse nicht zu, dass er mich noch einmal verletzt.*

»Ich wusste nicht einmal, dass ihr Streit habt«, meinte ihre Mutter matt.

»Haben wir auch nicht.« Komisch, dachte Molly, dass man Streitereien im Allgemeinen für schlecht hielt. Dabei setzte ein guter Streit die unterdrückten Gefühle frei, und man konnte endlich einmal alles herauslassen. Ein guter Streit konnte einem helfen, den Standpunkt des anderen zu verstehen, und damit auch die Beziehung voranbringen.

»Was hast du vor?« Ihre Mutter blieb stehen.

Diese Frage war leicht zu beantworten. »Nichts«, sagte sie. »Ade hat seine Abfindung wegen des Vorruhestands und seine Rente; das Haus überlässt er mir.«

»Das hatte ich eigentlich nicht gemeint.«

Molly tätschelte ihrer Mutter die Hand. »Das wird schon werden.« Sie drehten sich zu dem Wald um. Das verwaschene Indigoblau der Glockenblumen wirkte wie ein Nebel, der sanft über dem Boden lag.

Mollys Handy gab ein »Pling« von sich, und sie zog es aus der Handtasche. »Oh«, rief sie aus, als sie die Textnachricht las.

»Was ist?«

Molly steckte das Telefon wieder in die Tasche. »Faye möchte, dass ich sie vom Flughafen abhole. Sie kommt nach Hause.«

16

Ihre Mutter war gekommen, um sie abzuholen. Sie stand in der Ankunftshalle auf der anderen Seite der Absperrung. Faye entdeckte sie sofort. Sie trug ihre Sommerjacke und einen blauen Rock, der mit gelben Sonnenblumen bedruckt war, und wirkte klein und ein wenig zerbrechlich.

»Mum!« Faye winkte und sah, wie ihre Mutter mit einem Lächeln reagierte – einem verhaltenen vielleicht, aber wenigstens war es da. Als sie vor ihr stand, umarmten sie einander.

»Wie war dein Flug, Schatz?«

»Gut.«

»Du hättest mich vorwarnen können, dass du kommst.«

Faye sah ihrer Mutter aufmerksam ins Gesicht. Keine verräterischen roten Augenränder, keine traurigen Linien um ihren Mund. Das zu einem Bob geschnittene dunkle Haar war so adrett wie immer frisiert, und das Make-up war makellos. Niemand wäre auf die Idee gekommen, dass etwas nicht stimmte. »Ihr hättet *mich* vorwarnen können, Mum«, sagte sie.

Ihre Mutter zuckte zusammen.

»Mum?«

»Es tut mir leid, Liebling.« Sie zog den Kopf ein. »Du hast

recht. Es kam sehr plötzlich. Ich muss mich selbst noch daran gewöhnen.«

Sofort bereute Faye ihre Worte. Ihre Mutter war eine Frau, der es schwerfiel, ihre Gefühle zu zeigen. Das hieß aber nicht, dass sie nicht litt. Faye nahm ihren Arm. »Geht es dir gut?«

»Ja, doch.« Ihre Mutter tätschelte ihr die Hand. Sie klang beinahe überzeugend. »Tut mir leid, Schatz. Gehen wir das Auto suchen.«

»Ich weiß, dass ich dich sofort hätte anrufen sollen«, erklärte sie, als sie den Flughafen auf der gut ausgebauten A38 hinter sich ließen. Sie klang zerstreut, nicht wirklich bei der Sache.

Ja, das hättest du, dachte Faye. Diese Route kannte sie gut. Die Straße war auf beiden Seiten von grünen Feldern gesäumt und verlief ein Stück am Rande der Mendip Hills entlang. Im Westen lagen die heiligen Quellen und die Wookey-Hole-Höhlen, und im Osten lag das vornehme Bath.

»Aber ich war so aufgewühlt.« Ihre Stimme wurde noch leiser.

Faye wartete darauf, dass sie weitersprach.

Ihre Mutter warf ihr einen kurzen Blick zu. »Ich wollte dich nicht mit meinen Gefühlen belasten. Nicht, wo du so weit weg von zu Hause warst.«

»Ach, Mum.« Faye seufzte. »Das kann ich ja verstehen. Aber ich wollte einfach mit dir reden.«

»Ja, natürlich.« Noch ein kurzer Blick. »Na, jetzt bist du ja da, Liebling.« Sie versuchte, munter zu klingen, doch Faye spürte die Traurigkeit hinter ihren Worten.

Sie holte tief Luft. »Also, was ist hier los?«

»Hat dein Vater dir das nicht erzählt?«

Ihre Mutter wich ihr aus. Das war kein gutes Zeichen. »Nicht im Einzelnen.« Sie hatte ihm allerdings auch keine große Chance gegeben. »Was ist passiert?« Was konnte so groß, so bedeutungsvoll sein, dass es ein Paar auseinanderbrachte, das sechsunddreißig Jahre zusammen gewesen war?

»Eigentlich nichts.«

Nichts? Faye blickte zu ihrer Mutter hinüber, die blinkte und sich anschickte, in Richtung Mendips abzubiegen. Sie konnte beinahe zusehen, wie sie sich verschloss. »Es muss doch etwas passiert sein«, sagte sie behutsam. »Ist es Dad? Hat er etwas getan?«

»Niemand gibt irgendjemandem die Schuld. Niemand hat irgendetwas getan. Darum geht es nicht.« Ihre Mutter trat aufs Gas und nahm die Kurve ein wenig zu schnell.

Für Faye klang das wie auswendig gelernt. »Worum geht es dann?« Sie gab es auf, ihre Mutter anzusehen, und sah stattdessen aus dem Fenster. Sie fühlte sich fast wieder wie ein Kind. Normalerweise liebte Faye diese Strecke. Sie führte durch viele kleine Dörfer, Ackerland und die Hügel und Täler der Mendips. Aber heute hatte sie keine Freude daran. »Und erzähl mir nicht, dass ihr unterschiedliche Vorstellungen habt und all das. Das habe ich schon von Dad gehört.«

Ihre Mutter sah sie kurz an, dann schaute sie wieder auf die Straße, die mittlerweile ziemlich schmal und kurvenreich war. »Es geht um unsere Zukunft«, sagte sie, als wäre sie gerade erst zu diesem Schluss gekommen. »Da hat dein Vater recht. Die Frage ist, wie wir unser Leben von jetzt an führen wollen.«

Faye bemerkte, dass sie das Steuer so fest umklammerte, dass ihre Knöchel weiß hervortraten. »Mum?«

»Es tut mir leid, mein Schatz. Ich weiß, dass das schrecklich schwer für dich ist. Dir kommt das Ganze vielleicht wie eine überstürzte Entscheidung vor …« Sie zögerte. »Aber eigentlich hat es sich seit Jahren angekündigt.«

Seit Jahren. Darüber dachte Faye nach, während sie am Gasthof Mendip Inn nach rechts abbogen und hügelabwärts weiter in Richtung Shepton Mallet fuhren. Das hatte sie nicht gewusst, und so wollte sie es auch nicht sehen. Es schien so schrecklich endgültig zu sein. »Ihr seid schon seit Jahren nicht mehr glücklich miteinander?«, fragte sie traurig. »Wirklich?«

»Es ist schwer zu erklären.« Die Stimme ihrer Mutter klang jetzt sanfter. »Besonders dir. Du bist unsere Tochter. Ich kann mit dir nicht über alle Einzelheiten unserer Ehe sprechen; das wäre deinem Vater gegenüber nicht fair.«

Faye versuchte, die Sache zu begreifen. »Aber wieso ausgerechnet jetzt?« Sie hatte Alessandro gesagt, sie müsse herausfinden, warum ihre Eltern beschlossen hatten, sich zu trennen. Aber eigentlich hatte sie geglaubt, dass sie sie dazu bringen könnte, miteinander zu reden und sich wieder zu vertragen. Sie hatte gehofft, das alles wäre nur ein riesiges Missverständnis. Aber so war es nicht, und nun kam sie sich ziemlich hilflos vor.

»Wahrscheinlich war der Auslöser, dass dein Vater in den Ruhestand geht. Er will etwas unternehmen, reisen. Und ich will das nicht.«

»Aber das heißt doch nicht, dass ihr euch deshalb scheiden lassen müsst.« Faye schüttelte den Kopf. Die Sache ergab keinen Sinn. Es reichte nicht. Sie durchquerten das geschäftige kleine Städtchen Shepton und waren kurz darauf wieder von Wiesen und Feldern umgeben. »Könnt ihr nicht irgendwie einen Kompromiss schließen?«

»Nein«, erklärte ihre Mutter. »Ich glaube nicht, dass das möglich ist.«

Faye dachte nach. Ihre Mutter hatte gesagt, das Ganze hätte sich seit Jahren angekündigt, sie seien schon seit Jahren nicht mehr glücklich miteinander. Das war schwer zu verstehen. Faye fühlte sich betrogen. Es war, als wäre alles, woran sie geglaubt hatte, nichts weiter als eine Lüge gewesen, ein Märchen. »Ihr habt euch also eines Abends angesehen und gesagt: *Feierabend.* War es so?« Sie wusste, dass sie bitter klang. Aber es war auch sehr hart für sie.

»Natürlich nicht. Ich habe dir doch gesagt, dass es eine schwierige Entscheidung war, und …« Ihre Mutter wirkte gequält, und Faye sah ihr an, dass es ihr schwerfiel, darüber zu sprechen. »Die Pläne deines Vaters haben noch andere Probleme zutage gefördert.«

»Was für Probleme?« Faye wollte ihre Mutter nicht quälen, aber sie brauchte Antworten.

»Probleme eben. Es ist kompliziert.«

Sie hatten die alte Römerstraße erreicht. Fosse Way war berühmt. *Kompliziert.* Faye wartete darauf, dass ihre Mutter weitersprach.

»Du hättest unseretwegen nicht eher zurückzukommen brauchen.« Ihre Mutter seufzte. »Wir hätten uns gewünscht, dass du einen richtigen Urlaub machst. Wir …«

»Mum. Kompliziert in welcher Hinsicht?«

»Das kann ich dir nicht erzählen, Faye.« Sie schüttelte den Kopf und rieb sich mit der freien Hand den Nasenrücken. Faye wurde klar, dass ihr Geduldsfaden zum Zerreißen gespannt war. »Wir haben uns entschieden, und mehr gibt es dazu nicht zu sagen. Ich fürchte, du wirst es einfach akzeptieren müssen, mein Schatz.«

Faye widerstand dem Drang, ihren Kopf gegen das Armaturenbrett zu schlagen. Sie dachte an Alessandro, an ihr langes, entspanntes Mittagessen in der Strandbar am Hafen von Deriu, daran, wie er sie in der versteckten Bucht angesehen hatte. Es war ihr wie eine Verheißung vorgekommen. Aber wollte sie das überhaupt? Es könnte sich als Problem erweisen, wenn sie für die Rinaldis arbeitete. Jeder wusste schließlich, dass man Geschäft und Vergnügen nicht vermischen sollte. Und da war auch noch Jana. Offensichtlich war da noch etwas zwischen den beiden, und das Letzte, was Faye wollte, war, sich in eine bestehende Beziehung zu drängen. Auf der anderen Seite … Sie betrachtete ihre Mutter, während sie den Wagen durch die grüne Landschaft von Somerset lenkte. Passierte so etwas, weil man sich nicht mehr liebte? Es reichte auf jeden Fall, um sie zu desillusionieren.

»Liebst du ihn denn noch?«, fragte Faye ihre Mutter. Die beiden waren ihre Eltern. Sie musste alles versuchen.

Ihre Mutter gab ihr zunächst keine Antwort, dann runzelte sie die Stirn. »Es gab da einmal einen Song«, sagte sie. *»What's love got to do with it?«*

Was hat Liebe damit zu tun? Faye schüttelte den Kopf. Sie lehnte sich zurück. Jetzt hatten sie Dorset fast erreicht. Kurz vor ihnen lag der Beaminster-Tunnel, in dem vor ein paar Jahren nach schweren Regenfällen ein Paar bei einem Erdrutsch in seinem Wagen gestorben war. Ein Schauer überlief Faye. Es hatte mehr als ein Jahr gedauert, den Tunnel wieder befahrbar zu machen. Aber was war mit den Familien dieser armen Menschen? Konnten sie sich je wieder ein normales Leben aufbauen? »Wo ist Dad?«, fragte sie.

»Er kommt heute Abend vorbei. Er möchte mit dir essen gehen.«

»Kommst du mit?«

»Nein, Schatz.«

Jeder machte die Sache für sich allein aus, wurde Faye klar. Und das jagte ihr noch mehr Angst ein.

Als Faye ihren Vater sah, wäre sie am liebsten in Tränen ausgebrochen. Denn er wirkte verwirrt und sah um Jahre gealtert aus. Irgendwie hatte sie ihn immer leichter erreichen können. Bei ihm lagen die Gefühle dichter unter der Oberfläche. Doch heute umarmte er sie ein wenig zu fest. Faye war böse auf ihn. Warum hatte er zugelassen, dass das passierte?

Sie gingen in einen traditionellen alten Pub in der Bucht, an dessen Wänden dicht an dicht Bilder aus der Vergangenheit hingen: Fischer mit hölzernen Booten und wettergegerbten Gesichtern, Männer, die in den 1930ern im Hafen Polo spielten, die Bucht im überfluteten Zustand, die Bucht im Winter, als Schnee die Klippen überpudert hatte, sodass sie wie Pfefferkuchen mit Guss ausgesehen hatten. Der Abend war warm und angenehm, und es waren viele Menschen unterwegs. In der Saison war hier immer viel los.

Die Bucht selbst ist ein wenig wie ein Theater, dachte Faye unwillkürlich. Die Menschen trafen in ihren Autos, Bussen oder auf ihren Motorrädern ein, das Wasser des Flusses rauschte in den Hafen, und dann gingen die Menschen fort, und das Wasser zog sich wieder zurück. So, als leere sich ein Zuschauersaal … Faye schüttelte den Kopf, um das Bild zu vertreiben. Anscheinend fiel es ihr schwer, das kleine Theater in Deriu aus dem Kopf zu bekommen. Sogar die rot gepolsterten Bänke des Pubs erinnerten sie daran.

Sie setzte sich, während ihr Vater Speisekarten und Getränke holen ging. Hatte sie sich auf den ersten Blick in das Theater verliebt? Alessandro schien davon auszugehen. Aber es war nicht nur das Theater gewesen. Faye lächelte, als sie daran zurückdachte. Eigentlich war es die Erinnerung an ihren Besuch im Theatre Royal in Brighton. Damals war sie noch ein Kind gewesen, und alles schien unschuldig, unkompliziert und vollkommen zu sein. Und es war die Leidenschaft in Alessandros Stimme, als er von seinen Kindheitserinnerungen an seine Mutter auf der Bühne gesprochen hatte. Faye wusste, was Erinnerungen bedeuteten; inzwischen wusste sie es umso besser. Was konnte sie tun, um den Rinaldis zu helfen? Auf dem Flug nach Hause hatte sie ein paar erste Skizzen angefertigt und sich einige Ideen notiert. Allerdings würde sie sich um eine Baugenehmigung kümmern müssen, wenn sie größere bauliche Veränderungen an dem Theater vornehmen wollten. Sie freute sich darauf, ihre Vorstellungen mit Marisa – und natürlich mit Alessandro – zu besprechen, wenn sie nach Deriu zurückkehrte.

Doch zuvor wollte sie ihrem Vater ein paar Erklärungen abringen.

»Es ist alles so furchtbar«, platzte sie heraus, als er zurückkam und ihr gegenüber Platz nahm. »Was ist los, Dad? Aus Mum konnte ich nichts herausbekommen.«

Sie sah, wie er auf seinem Stuhl zusammensank. *Er wirkt müde*, dachte sie. *Als hätte der Ruhestand ihn in eine andere Le-*

bensphase versetzt. »Ich weiß nicht, was ich sagen soll, Liebes«, erklärte er. »Wirklich nicht.« Er reichte ihr eine Speisekarte. »Nichts ›ist los‹, wie du es ausdrückst. Deine Mutter und ich haben einfach beschlossen, getrennte Wege zu gehen.«

Das schon wieder. Faye studierte die Speisekarte und traf ihre Wahl. Die Kellnerin tauchte auf, und sie bestellten ihr Essen.

»Ich weiß auch nicht, was ich sagen soll, Dad«, gab sie zurück. »Ich kann es nicht glauben. Ich begreife es nicht.«

Er schüttelte den Kopf. »Vielleicht ist es so das Beste. Manchmal bleibt man aus den verkehrten Gründen mit jemandem zusammen.«

»Aus welchen Gründen denn?«, fragte sie. Wie konnte es das Beste sein? Keiner von ihnen hatte jemand anderen. Getrennt würden sie beide einsam sein.

»Weil man schon so lange zusammen ist. Aus Gewohnheit.«

Faye fühlte sich getroffen. »Du sprichst hier von Mum.«

»Ja.« Er ließ den Kopf hängen. »Ja, natürlich. Aber so habe ich es nicht gemeint. Wirklich. Momentan weiß ich oft nicht, was ich rede. Tut mir leid, Liebes.«

»Ist in Ordnung, Dad.« Sie wollte ihn nicht aufregen. Faye sah sich in der Bar um. In einer Ecke saß ein alter Mann mit einem Border Collie zu seinen Füßen und trank ein traditionell gebrautes Ale. An einem anderen Tisch war ein junges Paar tief in ein ernstes Gespräch versunken, und an der Theke standen zwei Männer, die hier offensichtlich Stammgäste waren. Faye hatte das eigenartige Gefühl, dass sie die Rollen getauscht hatten. »Wessen Entscheidung war das?«, fragte sie.

Er zuckte mit den Schultern. »Es war unser beider Entscheidung, schätze ich.«

»Hast du dir wirklich überlegt, was du da tust?« Sie suchte nach den richtigen Worten. »Kann ich irgendetwas sagen, damit ihr es euch anders überlegt?«

»Ich glaube nicht, Liebes, nein.« Er nahm ihre Hand. »Ich weiß, dass es furchtbar für dich ist, aber jeder von uns muss für sich selbst entscheiden. Wir müssen unser eigenes Leben führen, deine Mutter und ich.«

Faye dachte an Alessandro und an das, was er gesagt hatte: dass Eltern nicht nur Eltern waren, sondern auch Individuen. »Aber was hast du vor? Wo willst du hin?«

»Ich weiß es noch nicht, Faye.« Er klang betrübt, aber sie nahm noch etwas anderes wahr. Ein Leuchten in seinen Augen.

Am liebsten hätte sie geweint. »Und wo bleibe ich dabei?«, fragte sie.

»Es geht nicht um dich, Faye, mein Schatz«, sagte er behutsam. »Tut mir leid, aber das tut es nicht.«

»Ich weiß.« Sie spürte die Tränen in ihren Augen brennen. »Aber trotzdem betrifft es auch mich.« Das schienen ihre Eltern beide nicht zu verstehen.

»Du hast recht«, sagte er. »Natürlich tut es das.«

Die Kellnerin brachte ihnen das Essen, und Faye schluckte die Tränen hinunter. Sie beugte sich nach vorn. »Du könntest doch noch etwas tun«, erklärte sie. »Du könntest noch einmal mit ihr reden. Du könntest dir ein wenig mehr Mühe geben.«

»Faye …« Ihr Vater schüttelte den Kopf und runzelte die Stirn. Er griff nach seiner Gabel und begann zu essen.

Sie stocherte in dem Salat herum, der sich auf ihrem Teller befand. Das Essen sah köstlich aus, aber sie hatte den Appetit verloren.

»Menschen leben sich auseinander«, erklärte ihr Vater. »Das kommt vor.«

Aber ihr doch nicht, dachte Faye. Sie waren ihre Eltern. *Nicht ihr*. »Liebst du sie noch, Dad?« Sie stellte ihm die gleiche Frage wie zuvor ihrer Mutter. Denn darauf kam es doch letztendlich an, oder? »Liebst du sie?«

»Faye.« Er streckte eine Hand aus und legte sie auf ihre. Wieder fühlte sie sich an Alessandro und an seine warme Haut an jenem Strand auf Sardinien erinnert. »Die Wahrheit ist – ich weiß es nicht.«

17

Der Erste, dem Faye bei ihrer Rückkehr nach Deriu begegnete, war Enrico Volti. Einer der Rinaldis hatte ihr am Flughafen ein Taxi organisiert. Faye hatte eigentlich damit gerechnet, dass Alessandro sie abholen würde, aber er arbeitete bestimmt auf seiner Bootswerft. *Ich sollte nicht zu viel erwarten*, rief sie sich ins Gedächtnis.

Sie war gerade vor Fabios und Charlottes Haus angekommen und blickte nachdenklich auf die sich sanft im Wasser wiegenden Boote, die Dattelpalmen und die hohen bunten Häuser dahinter, als Enrico Volti am Fluss entlanggestapft kam. Er konnte nicht gewusst haben, dass sie in die Stadt zurückgekehrt war, doch bei ihrem Anblick setzte er eine Gewittermiene auf. Faye zuckte zusammen, hielt aber die Stellung.

Er trat direkt auf sie zu und ließ einen Redeschwall auf *Sardu* auf sie los. Faye verstand zumindest, dass er nicht erfreut war, sie zu sehen.

Sie richtete sich auf und nahm die Herausforderung an. »Sie sollten mit den Rinaldis reden«, erklärte sie ihm auf Italienisch, das er wie alle anderen hier ausgezeichnet sprechen musste. »Ich bin nicht Ihre Feindin. Der Streit um die Besitzrechte hat nichts mit mir zu tun; ich weiß nichts davon.« Sie machte mit der flachen Hand eine Geste, die »Basta« bedeuten sollte. Sie fühlte sich nach ihrem vergeblichen Versuch, die Lage zu Hause in Ordnung zu bringen, immer noch frustriert und hatte sich gefragt, ob sie heute Nachmittag zum Theater gehen sollte. Die Trennung ihrer Eltern schien beschlossene Sache zu sein, und sie war nicht in der Stimmung, sich anschreien zu lassen.

Er war sichtlich verblüfft darüber, dass sie Italienisch sprach. Während ihrer Zeit in Neapel hatte sie es fließend sprechen gelernt, und sie war froh, dass sie es offensichtlich immer noch konnte. Sie sah ihn mit gleichgültiger Miene an und wartete seine Reaktion ab. Zweifellos nahm er wie die meisten Menschen, die andere tyrannisierten, eine so aggressive Haltung nur gegenüber jemandem ein, den er als schwächer wahrnahm. »Sie gehören nicht hierher, *Signorina*«, knurrte er, dieses Mal auf Italienisch. »Sie sollten am besten sofort wieder abreisen. Fahren Sie nach Hause.«

»Drohen Sie mir etwa, *Signore*?« Faye blieb gelassen. Während ihres Aufenthalts in Italien hatte sie erlebt, wie schnell das mediterrane Temperament zornig aufflammen konnte, nur um in der nächsten Minute wieder in ein strahlendes Lächeln umzuschlagen. Sie glaubte nicht, dass sie Grund hatte, sich zu fürchten – zumindest jetzt noch nicht.

Er kniff die Augen zusammen. »Ich sage es Ihnen einfach nur, *Signorina*. Wenn Sie wissen, was gut für Sie ist, wenn Sie auf einen alten Mann hören wollen, der mehr als Sie darüber weiß, was hier in Deriu los ist, wenn Sie überhaupt Verstand haben, dann reisen Sie ab.«

»Um es Ihnen einfacher zu machen, *Signore*?« Faye empfand Mitleid mit ihm. Sie erinnerte sich daran, was Pasquale ihr über das Verschwinden von Enricos Tochter erzählt hatte. Und sie konnte sogar seine Ansicht über die Besitzrechte am Theater nachvollziehen. Aber sie hatte nicht vor, sich von einem kleinen

Sarden mit wildem Blick, der sie nicht einmal kannte und keine Ahnung hatte, was sie hier vorhatte, etwas befehlen zu lassen.

Er zuckte mit den Schultern. »Mir ist das vollkommen egal.«

War das nur Fassade? Sie fühlte sich milder gestimmt. »Wenn ich abreise, werden sie jemand anderen engagieren.«

»Und ich werde mich weiter gegen sie wehren«, brummte er.

Er hatte die Fäuste geballt. Faye zog eine Augenbraue hoch. »Sie sollten es mit einer anderen Taktik versuchen, *Signore*«, sagte sie. »Sie würden vielleicht feststellen, dass mehr Menschen auf Ihrer Seite stehen, als Sie glauben.«

Enrico hatte irgendetwas entdeckt, das sich hinter Faye befand, und sie drehte sich um. Es war Carmela, die über den Weg am Ufer auf sie zugehastet kam. »Es tut mir leid, *Signorina*«, sagte sie atemlos zu Faye. »Was hat er zu Ihnen gesagt? Ich hoffe, er hat Sie nicht verärgert.«

»Ausländer«, fauchte Enrico. Der Auftritt seiner Frau reizte ihn zu einem neuen Ausbruch. »Sie wissen nichts. Nichts. Sie kommen her. Sie mischen sich ein. Sie stehlen unser Eigentum …«

»Enrico«, beruhigte ihn Carmela und zupfte an den Ärmeln des schäbigen Jacketts, das ihr Mann trug. »Niemand hat etwas gestohlen.«

»Sie haben keine Ahnung von unseren Bräuchen, unserem Leben, den Gepflogenheiten in unseren Dörfern …«

»Wenn Sie es mir erzählen wollen, höre ich gern zu«, sagte Faye. »Ich würde gern mehr über Deriu und seine Bewohner erfahren.«

»Bah!« Angewidert wandte sich Enrico ab und schüttelte die Faust. »Sagen Sie den Rinaldis, dass ich nicht aufgebe«, erklärte er. »Sagen Sie ihnen, dass ich einen Plan habe; dass ich es ihnen nicht leicht machen werde. Sagen Sie den Rinaldis, dass Deriu, anders als sie glauben, nicht ihr Eigentum ist.«

Seine Heftigkeit verblüffte Faye. Sie wusste, dass er eine entschiedene Meinung zum Theater und zur Gemeinde vertrat, aber die Rinaldis schien er persönlich zu hassen. »Das sollten Sie ihnen selbst sagen, *Signore*«, erklärte sie. »Ich bin nicht Ihr Laufbursche.«

Einen Moment lang stand es zwischen ihnen unentschieden. Faye sah den Mann mit der dunklen Haut an, der wahrscheinlich nicht viel älter war als ihr Vater. Seine dunklen Augen glühten vor Zorn. Sie sah, wie er sie abschätzend anblickte, doch dann schlug seine Miene um, als denke er an etwas – oder jemanden –, als erinnere er sich … Doch bevor sie noch etwas sagen konnte, stieß er ein Schnauben aus – Herablassung oder Frustration oder beides – und stapfte davon.

Faye stieß den angehaltenen Atem aus. Wie hatte Charlotte noch gesagt? *Lass es dir einfach ein paar Wochen gut gehen … Es ist ein Paradies … Ein entspannter Urlaub*. Zum Totlachen.

»Bitte denken Sie nicht schlecht von ihm, *Signorina.*« Carmela folgte ihrem Mann nicht sofort am Flussufer entlang. »Verstehen Sie, er ist nie wieder der Alte geworden, seit unsere Tochter Giorgia …«

»Das tut mir schrecklich leid, *Signora*«, sagte Faye. »Ich habe das mit Ihrer Tochter gehört. Glaubt Ihr Mann, dass …« *Dass sie entführt wurde*, wollte sie sagen, denn das hätte sein unfreundliches Verhalten gegenüber jedem Fremden, der in die Stadt kam, erklärt. Aber wie sagte man so etwas zu der Mutter des Mädchens?

»Dass die Rinaldis irgendwie schuld daran sind?« Carmela schnalzte mit der Zunge und holte tief Luft.

Moment mal. Blinzelnd sah Faye sie an. Das hatte sie ganz und gar nicht sagen wollen. »Nein, ich meinte …«

»Wer weiß schon, was dieser Mann denkt?« Carmela sah der immer kleiner werdenden Gestalt ihres Mannes nach, als wäre er ihr ein vollkommenes Rätsel.

»Aber können Sie mir sagen«, Faye berührte sie am Arm, »warum er so leidenschaftlich ist in der Frage, wem das Theater gehört? Ist er Theaterliebhaber?«

Zu ihrer Verblüffung legte Carmela den Kopf in den Nacken

und lachte – ein herzhaftes, kehliges Lachen. »Er? Nein.« Sie stemmte die Hände in die Hüften, und ihre Miene wurde ernst. »Er kämpft wegen Giorgia für das Theater.«

»Wegen Giorgia? Wie ist das möglich?«

»Sie hat das Theater geliebt.« Ein verträumter Ausdruck lag auf Carmelas Miene. »Sie sehnte sich danach, Schauspielerin zu werden, zu singen, auf der Bühne zu stehen. Wohin sie auch ging, unser Mädchen stand immer im Mittelpunkt der Aufmerksamkeit.« Tränen traten in ihre hellbraunen Augen.

Die Worte der Mutter beschworen das Mädchen so lebhaft herauf, dass Faye es fast vor sich sehen konnte, sprühend vor Leben. Wie traurig, dass Giorgias Eltern nicht einmal wussten, was ihr zugestoßen war. Es war schrecklich, wenn ein Kind verschwand, denn dann konnte man nicht abschließen. Ihr kam ein Gedanke. »Dann ist Enrico dafür, dass das Theater restauriert wird?«

»Oh ja.« Sie nickte. »Allerdings. Er ist geradezu besessen davon.«

»Warum lässt er die Rinaldis dann nicht tun, was sie vorhaben? Wieso lässt er sie nicht für die Renovierung bezahlen?« Faye war verwirrt. Wenn die Gemeinde sich die Anwaltskosten nicht leisten konnte, um ihren Besitzanspruch anzumelden, dann konnte sie wohl kaum das Geld für die Renovierung aufbringen. Natürlich würde sie vielleicht Zuschüsse bekommen, aber das konnte Jahre dauern.

Carmela schüttelte den Kopf. »Er traut den Rinaldis nicht«, erklärte sie. »Er vertraut nicht darauf, dass sie tun, was sie versprechen, und sich um das Theater kümmern. Er vertraut nicht einmal der Gemeinde. Es liegt an seinem Stolz. Er will nicht, dass die Rinaldis etwas damit zu tun haben.«

»Aber warum nicht?« Was hatten sie ihm getan, dass er so empfand?

Doch Carmela war bereits auf dem Rückzug, als hätte sie zu viel gesagt. »Ich weiß nichts, *Signorina*«, sagte sie. »Mehr kann ich Ihnen nicht sagen.«

Sie folgte ihrem Mann und ließ Faye noch nachdenklicher als zuvor zurück. Was genau ging in Deriu vor? Und, was immer es war, wollte sie wirklich dabei mitmischen?

Eine Stunde später versuchte Faye immer noch zu vergessen, was Carmela und Enrico Volti ihr erzählt hatten. Wenn jemand mit dem Trauma, ein Kind verloren zu haben, umgehen musste, konnte ihn das auf merkwürdige Weise verändern. Wahrscheinlich suchten beide nach jemandem, dem sie die Schuld geben konnten. Faye zweifelte nicht an Marisas und Alessandros Engagement für das Theaterprojekt, obwohl es noch nicht einmal bis zur Entwicklung von Ideen fortgeschritten war. Und sie würde wie versprochen mithelfen. Für den nächsten Abend hatte sie sich mit den beiden Rinaldis verabredet. Sie würde ihnen ihre Ideen unterbreiten und sich anhören, was sie davon hielten. Unterdessen würde sie ihre Erinnerung an einige Details auffrischen, indem sie das kleine Theater besuchte.

Sie stieg die verfallene Treppe hinauf und suchte unter der Steinvase nach dem Schlüssel. Doch er war nicht da. Die Tür war offen. Als sie das Foyer betrat, hörte sie Stimmen aus dem Zuschauerraum. Eigentlich war es nur eine Stimme. Zögernd ging Faye hinein. Bis auf einen einzigen, schwachen Scheinwerfer, der auf die Bühne gerichtet war, war es im Theater dunkel. Der purpurne Vorhang war hochgezogen, und im Lichtkegel stand ein einsamer Mann. Sie lächelte. Es war Pasquale de Montis, und er deklamierte Verse in seiner eigenen Sprache – Shakespeare, wenn sie hätte raten müssen. Sardisch wurde schnell gesprochen, aber der Dialekt klang melodisch.

Faye schloss die Augen und lauschte ihm. Der Rhythmus war ein anderer als der von Shakespeares Englisch, doch er besaß eine eigene Schönheit. Und Pasquale war ganz offensichtlich in eine andere Welt versunken.

Am Ende des Monologs klatschte sie leise und trat vor.

Pasquale fuhr zusammen. »Wer ist da?«, schrie er und sah blinzelnd ins Licht.

»Faye Forrester!«, rief sie. »Schön, Sie wiederzusehen, Pasquale.«

»Ah, Sie sind es, *Signorina* Faye.« Das schien ihn zu beruhigen. Er trat an den Rand der Bühne und setzte sich. »*Buona sera.* Guten Abend.«

»Sie haben geprobt«, sagte sie. »Es tut mir leid, Sie unterbrochen zu haben.«

»Nein, leider habe ich nicht geprobt.« Er musterte sie genau, sobald sie in das Licht des Scheinwerfers trat. »Ich habe in Erinnerungen geschwelgt. Die guten alten Zeiten, verstehen Sie?«

»Ich weiß.« Sie lächelte.

»Es ist peinlich«, erklärte er und erwiderte ihr Lächeln. »Deswegen tue ich es nur heimlich.« Er legte einen Finger an die Lippen und zog die Augenbrauen hoch.

»Ich verrate es niemandem«, versprach sie. Er war ein netter Mann. Sie vermutete nur, dass er ebenso von seiner Mutter beherrscht wurde wie von seiner Liebe zum Theater. Er strahlte eine romantische Nostalgie aus, die sie zu ihm hinzog. Was war verkehrt daran, sich in die Welt der Vergangenheit zu versetzen, in die Welt des Theaters, die er geliebt hatte? Sie setzte sich neben ihn auf die Bühne.

»Dann sind Sie also zurück in Deriu.« Er nickte, als hätte er damit gerechnet.

»Ja.«

»Wegen des Theaters?«, fragte er. »Oder wegen Alessandro Rinaldi?«

Sie warf ihm einen Blick zu. Wie scharfsinnig er war. Das hätte sie nicht erwartet. Andererseits verhielt er sich wie jemand, der das Leben aus den Kulissen heraus beobachtete, obwohl er so oft im Mittelpunkt gestanden haben musste.

»Wegen des Theaters«, gab sie zurück. Einstweilen. »Aber verraten Sie mir etwas.« Sie dachte an Enrico Volti.

Er spreizte die Hände. »Alles, was Sie wollen.«

»Was würden Sie sich für die Zukunft des Theaters in Ihrer Stadt wünschen? Wie würden Sie es restaurieren, wenn Sie entscheiden dürften?«

Er ließ die Beine baumeln, legte den Kopf zur Seite und dachte nach. »Da reden Sie mit dem Falschen, Faye«, erklärte er. »Ich darf Sie doch Faye nennen?«

»Ja, selbstverständlich. Aber wieso? Warum sind Sie der Falsche?« Sie hätte gedacht, er sei genau der Richtige – oder zumindest derjenige, der dem Theater am stärksten verbunden war.

»Weil ich zutiefst beschämt zugeben muss, dass ich überhaupt nichts verändern würde.«

Faye sah sich um. Der Scheinwerfer war noch eingeschaltet und erhellte außer den Staubpartikeln, die in seinem Lichtkegel tanzten, ein paar kaputte Bodendielen, die ein klaffendes Loch in der Bühne bildeten, verschlissene Falten im Vorhang, dicke Spinnweben an der Decke und abgebröckeltes Mauerwerk, das einen Schutthaufen an der Seite bildete. »Sie würden es in seinem jetzigen Zustand belassen?«, fragte sie. »Ungenutzt und für die Öffentlichkeit nicht zugänglich?« Sie war erstaunt. »Nur, damit Sie herkommen und auf der Bühne allein mit Ihren Erinnerungen sein können?« Sie sprach in einem behutsamen Ton – sie wollte ihn nicht verletzen –, aber egoistisch war seine Einstellung trotzdem.

»Nicht nur deswegen.« Er seufzte tief. »Ich weiß, Sie müssen schlecht von mir denken. Ich halte selbst nicht viel von mir.« Er warf ihr einen betrübten Blick zu. »Aber ich könnte den Gedanken nicht ertragen, dass andere Füße über diese Bretter schreiten, andere Männer diese Rollen spielen oder andere Stimmen meinen Text sprechen.«

Faye sah den Schmerz in seinen Augen. »Ja, das wäre hart«, sagte sie. »Aber würde es nicht die Erinnerungen an jene Zeiten wachrufen, wenn hier neue Produktionen aufgeführt würden? Wäre es nicht eine Freude für Sie mitzuerleben, wie dieser Ort wieder zum Leben erweckt wird? Damit Sie ihn wieder sehen können, wie er einmal war, oder …« Sie holte tief Luft. »… wenn er vielleicht für Ihre Stadt auch andere Zwecke erfüllen könnte?«

»Sie halten mich für selbstsüchtig.« Pasquale fixierte sie aus Augen, die sogar im Lichtstrahl des Scheinwerfers so schwarz wie Schlehen waren. »Aber manchmal sind die Erinnerungen … zu schwierig, zu bestürzend. Vielleicht, wenn ich tot bin …«

»Und Ihr Vater?«, fuhr Faye fort. »Was würde er denn dazu sagen? Er war hier Hausmeister, nicht wahr? Wie würde er es finden, dass das Theater so aussieht? Würde er es nicht retten wollen?«

»Retten?« Nachdenklich neigte er den Kopf zur Seite. »Wenn Sie es so ausdrücken, doch.« Seine Miene schlug um. »Er war selbst so gut darin, andere zu retten, wissen Sie.«

»Da bin ich mir sicher«, sagte Faye. Der arme Pasquale. Er tat ihr so leid. »Also deswegen stehen Sie auf keiner Seite?«

»Seite?«

»In diesem ganzen Streit darüber, wem das Theater gehört.«

Er lächelte. »Es kommt nicht darauf an, wem es gehört«, erklärte er. »Die Rinaldis werden bekommen, was sie wollen.«

»Wie kommen Sie darauf?« Faye war neugierig.

»Weil das immer so ist«, sagte er.

18

Als Faye an diesem Abend Marisas Wohnung betrat, war Alessandro schon da. Er stand auf der anderen Seite des großen offenen Wohnbereichs, kam jedoch gleich zu ihr herüber. »Wie schön, Sie zu sehen, Faye. Ein Drink? Wein vielleicht? Wir haben einen *Vermentino* aus der Gegend im Kühlschrank.« Seine dunkelblauen Augen leuchteten. »Ich habe gehört, dass der Winzer seinen Wein am Meer anbaut, um die Reflexion des Sonnenlichts auszunutzen.«

»Das ist vielleicht auch der Grund dafür, warum er ziemlich stark ist.« Marisa verdrehte die Augen. »Seien Sie gewarnt.« Sie umarmte Faye herzlich und schien sich zu freuen, sie zu sehen. *So weit, so gut,* dachte Faye.

»Spielverderberin.« Grinsend ging Alessandro den Wein holen.

Damit hatte Faye ein paar Sekunden Zeit, um sich zu fassen. Sie fragte sich, ob Marisa von ihrem Strandausflug wusste. Nicht, dass dabei wirklich etwas passiert wäre – jedenfalls nichts von Bedeutung –, aber zumindest hatten sie eine Verbindung aufgebaut, von der Faye sich sicher war, dass sie nicht nur in ihrer Einbildung existierte.

Alessandro kam zurück, stellte die Gläser auf den Tisch und trat auf sie zu. »Faye.« Er küsste sie enthusiastisch auf beide Wangen, und sie nahm für einen kurzen Moment wieder seinen Geruch wahr: die Süße von Holz und Öl mit diesem bitteren zitronigen Unterton. *Der Duft Sardiniens*, dachte sie.

»Ich freue mich, Sie zu sehen, Sie beide.« Faye lächelte. »Es ist schön, wieder da zu sein.« Hoffentlich würde es auch schön bleiben.

Alessandro schenkte den Wein ein, reichte ihnen die Gläser und brachte einen Trinkspruch aus: »Auf uns drei. Und auf *Il Piccolo Teatro*.«

»Auf uns und das Theater«, wiederholten sie.

Faye trank einen Schluck von ihrem Wein. Er war goldgelb und weich und schmeckte nach Nektarinen.

»Also, Faye, vielleicht könnten Sie uns zuerst einmal erklären, wie das Vorgehen so aussieht?« Marisa ging zu dem Tisch in der Mitte des Raumes, auf dem Alessandro das Tablett mit den Gläsern abgestellt hatte, und setzte sich.

Faye folgte ihr. Sie wusste, dass Marisa allein lebte. Ihr Geschmack spiegelte sich in ihrer Wohnung, die femininer wirkte als Fabios und Charlottes größeres Haus flussaufwärts. An der Wand gegenüber befand sich ein großer ovaler Spiegel mit verschnörkeltem Rahmen im venezianischen Stil, an der Decke hing ein hübscher Lampenschirm aus Glas, und auf dem L-förmigen Sofa lagen bunte Kissen und ein Überwurf. Die Wände waren in einem zarten Grünton gestrichen, und auf dem Holzboden lagen Teppiche im marokkanischen Stil. Dieser Stilmix machte die Wohnung behaglich, aber es war auch das Heim einer Frau, der ihre Karriere wichtiger war als ein schönes Zuhause. Wahrscheinlich, vermutete Faye, hatte sie nicht viel Zeit übrig, um sich mit Inneneinrichtung zu beschäftigen. Die hohen Decken mit den Holzbalken und die originelle Einrichtung verliehen dem Raum gleichwohl eine angenehme Ausstrahlung. Sie hätte sich gern einmal professionell daran versucht.

»Sollen wir zuerst über unsere Ideen diskutieren? Werden Sie Skizzen anfertigen? Wie fangen wir an?« Marisa war mit vollem Eifer bei der Sache.

»Ich muss noch ein wenig mehr darüber wissen, was Sie beide wollen«, erklärte Faye. »Die Frage ist, was für eine Atmosphäre wir erzeugen wollen. Und auch praktische Aspekte spielen eine Rolle, zum Beispiel, mit wie vielen Besuchern Sie rechnen.«

Die beiden nickten. Offensichtlich standen sie ihren Ideen aufgeschlossen gegenüber. *Bis jetzt machen wir gute Fortschritte*, dachte Faye. »Aber zuallererst müssen wir uns über das Konzept einig werden«, fuhr sie fort. »Vielleicht schaffen wir das ja heute Abend? Lassen Sie uns ein paar Ideen in den Raum stellen und sehen, wie wir vorankommen.«

»Selbstverständlich.«

»Während wir reden, fertige ich ein paar Zeichnungen an.« Faye zog ihren Skizzenblock aus der Tasche. Sie hatte bereits mit einem Entwurf begonnen und sich einige Notizen gemacht. »Später, wenn ich eine genauere Vorstellung davon habe, in welche Richtung wir vom Stil her gehen, werde ich einige Moodboards zusammenstellen.«

»Moodboards?« Alessandro zog eine Augenbraue hoch.

Faye ließ sich nicht verunsichern. »Moodboards«, bekräftigte sie. »Das ist ein Standard-Procedere, eine Art Collage aus Fotos, Zeichnungen, Materialen und so weiter, um ein Gefühl zu entwickeln für Atmosphäre, Stil und …« Sie stockte.

»Stimmung?«, warf er ein.

»Genau.« Faye sah auf ihre Notizen. »Wir müssen uns das Gebäude natürlich genau ansehen. Ich werde ausmessen, fotografieren, mich umsehen und überprüfen, womit wir uns beschäftigen müssen. Dann beginnen wir, die ersten Pläne zu zeichnen.«

»Das ist aufregend.« Marisas dunkle Augen leuchteten.

Faye lächelte. »Wir brauchen auch einen Statiker, um eventuelle Veränderungen der Bausubstanz einzuschätzen und sicherzugehen, dass unsere Pläne auch in der Praxis funktionieren.«

Sie warf Alessandro einen Blick zu, um zu sehen, wie er reagierte.

Er zuckte mit den Schultern. »Das klingt alles machbar«, meinte er zurückhaltend.

Faye konsultierte ihre Notizen. *Einen Schritt nach dem anderen*, rief sie sich ins Gedächtnis. »Wie schwierig ist es, hier auf Sardinien Baugenehmigungen zu bekommen?«

»Nicht schwierig«, sagte Alessandro. »Aber auf jeden Fall zeitaufwendig.«

»Das ist die sardische Art«, pflichtete Marisa ihm lächelnd bei.

»Und ist das Theater denkmalgeschützt?« Das hatte Faye Sorgen bereitet.

»Nein, es ist nirgendwo aufgeführt.« Marisa trommelte mit den Fingernägeln auf die Tischplatte. »Laut *Patrimonio Culturale* sollen Gebäude wie das *Piccolo Teatro* als Kulturgüter erhalten und geschützt werden. Aber unser Theater hat so lange leer gestanden. Ich glaube, das haben sie – wie sagen Sie doch gleich – ›nicht auf dem Schirm‹. In diesem Punkt haben wir Glück, *no*?«

»Ja.« Es war immer schwieriger, denkmalgeschützte Gebäude umzubauen. Architekten und Ausstatter hatten weniger Freiheiten. Dafür waren mehr Richtlinien zu befolgen, was sich allerdings auch als hilfreich erweisen konnte.

»Und was passiert danach?«, fragte Marisa.

»Sobald die Pläne des Innenarchitekten von der für eventuelle bauliche Veränderungen zuständigen Behörde genehmigt sind«, fuhr Faye fort, »müssen Sie einen guten Bauunternehmer engagieren, der versteht, was Sie vorhaben, und die Pläne buchstabengetreu befolgt, ohne zu pfuschen. Der Innenarchitekt wird an der neuen Ausstattung arbeiten und alles beschaffen, was Sie für die Inneneinrichtung und die Ausstattung benötigen.« Faye ging nicht davon aus, dass sie diese Innenarchitektin sein würde. Sie holte tief Luft. »Jede Phase wird durch Sie, die Auftraggeber, abgesegnet, um sicherzustellen, dass Sie mit dem Fortschritt der Arbeiten zufrieden sind. Im Großen und Ganzen funktioniert es so.«

»Das ist ein langwieriger Prozess.« Noch einmal wies Alessandro darauf hin. Er beobachtete sie genau.

»Das kann sein.«

»Dann werden Sie also lange hierbleiben.«

Faye sah, wie Marisa ihren Bruder verblüfft anblickte, und errötete. »Nicht unbedingt«, erklärte sie. »Ich könnte zu Beginn hier sein, damit alles in Gang kommt, und mich vergewissern, dass die Pläne Ihre Wünsche spiegeln. Dann könnten Sie einen Bauleiter einstellen, der das Ganze hier vor Ort überwacht.«

»Sie würden einem Bauleiter Ihre Pläne anvertrauen?« Alessandro sah sie fragend an. »Sie würden den sardischen Bauarbeitern vertrauen?« Wieder zog er eine dunkle Augenbraue hoch.

Faye konnte nicht einschätzen, wie ernst er das meinte. »Wir könnten in Verbindung bleiben«, sagte sie. »Und ich könnte die Baustelle ab und zu besuchen. Außerdem sind Sie beide hier, um alles im Auge zu behalten.«

Sie sah, dass er darüber nachdachte. Wäre es ein Projekt in Großbritannien, könnte sie es natürlich viel enger betreuen. Aber die Baustelle war auf Sardinien. Außerdem war es möglich, dass die beiden nach diesem ersten Treffen beschlossen, die Sache nicht weiterzuverfolgen. Sie lächelte. »Aber wir denken zu weit voraus.«

»Das Konzept«, sagte Marisa.

»Das Konzept«, pflichtete Faye ihr bei. Sie trank noch einen Schluck von dem Weißwein.

Während der nächsten halben Stunde sprachen sie es durch. Ab und zu stand Alessandro auf, um ihnen Wein nachzuschenken. Marisa und Alessandro wollten beide das historische Ambiente im Inneren des Gebäudes bewahren, die mit Girlanden geschmückten halbkreisförmigen Lünetten im Eingangsbereich, die drei Ränge, die Privatlogen und besonders die schöne Decke mit ihren vier Schmuckfeldern, die für Komödie, Tragödie, Melodram und Romanze standen. Momentan waren die Malereien so verblasst, dass sie praktisch nicht zu erkennen waren. Die Bilder, aber auch der Stuck und der Putz mussten von Grund auf restauriert werden. Die Ränge und die Logen erinnerten an die Zeit, in der die Zuschauer nicht nur die Bühne, sondern auch die anderen Besucher betrachtet hatten, eine Zeit, in der ein Theater ein Ort war, an dem man gesellschaftlichen Umgang pflegte und sich sehen ließ und nicht nur eine Aufführung anschaute. Daher waren die Logen und Ränge auch nicht direkt nach vorne auf die Bühne ausgerichtet. Diese Bauform war ein wesentlicher Bestandteil der Geschichte des kleinen Theaters und das Prägende seines baulichen Charakters, und Faye war ebenfalls der Meinung, dass sie ihn erhalten mussten.

»Aber wie können wir es in die Gegenwart überführen, wenn wir alles exakt so lassen, wie es war?«, fragte Marisa.

»Ein Faktor, den wir bedenken sollten, ist die Bestuhlung«, erklärte Faye. »Die Bühne, die Stuckdecke und der Eingangsbereich garantieren das nötige Flair. Aber die Bestuhlung muss der Nutzung entsprechen. Was, wenn wir die aktuellen Sitzplätze entfernen?« Sie liebte die verblassten Brokatsitze des Theaters, aber sie waren durchgesessen und unbequem und für heutige Zwecke nur noch bedingt tauglich. Außerdem würden die Kosten für ihre Restaurierung einen großen Teil ihres Budgets verschlingen.

»Also sollen die Leute stehen?« Marisa runzelte die Stirn.

»Nein, nein.« Faye nahm ihren Bleistift und zeichnete eine kleine Skizze. »Heutzutage gibt es Stühle, die leicht entfernt und gelagert werden können. Es gibt unterschiedliche Optionen; es kommt auf den Boden an. Aber alle sind schnell aufzubauen und gut an den Raum anzupassen, ganz zu schweigen davon, dass sie bequem und stilvoll sind. Ich kann Ihnen online ein paar Beispiele zeigen.«

»Aha«, meinte Alessandro. »Manchmal hat man Stühle, und dann wieder nicht.«

»Genau. Eine transportable Bestuhlung macht multifunktionale Locations möglich. Es bedeutet, dass der Raum viel flexibler genutzt werden kann.«

»Multifunktionale Locations?« Ein Schatten huschte über Alessandros Gesicht. »Flexibler Raum?«

Faye bremste sich. Sie erinnerte sich noch an seine Reaktion, als sie das letzte Mal solche Optionen erwähnt hatte. »Damit das Theater auch zu anderen Zwecken genutzt werden kann. Es können normale Aufführungen, aber auch zwanglose Events dort stattfinden. Die Nutzungsmöglichkeiten werden vielschichtiger, weniger eindeutig. Der Raum kann sich anpassen.«

»Durch Multitasking?« Alessandro grinste.

»Genau.« Faye war erleichtert darüber, dass er zumindest bereit war, das in Betracht zu ziehen. Ihrer Meinung nach war das die einzige Möglichkeit, langfristig das Überleben des Theaters zu sichern. »Eine bewegliche Bestuhlung ist auch für Theaterproduktionen von Nutzen«, setzte sie hinzu. »Der Regisseur kann die Bühne innovativer einsetzen. Das Publikum ist nicht so …« Sie zögerte, denn sie erinnerte sich wieder an das letzte Gespräch über dieses Thema. »… fixiert.«

»Von was für Events reden wir?«, fragte Marisa.

Faye wusste, dass sie vorsichtig sein musste. »Sagen Sie es mir. Was könnten die Bürger von Deriu mit den Räumlichkeiten eines Theaters anfangen? Konzerte? Ausstellungen vielleicht?« Dagegen konnte Alessandro doch wohl nichts einwenden, oder? »Ohne Bestuhlung wäre der Zuschauersaal eine großartige Galerie, in der hiesige Künstler ausstellen könnten.«

»Si, si.« Marisa klatschte in die Hände. »Das wäre perfekt. Die Atmosphäre des Theaters könnte einer Ausstellung eine ganz besondere Note verleihen.«

Faye war froh, dass Marisa begriff, was sie wollte, und nickte. »Dadurch würde sich auch das Theater präsentieren«, setzte sie hinzu. »Dieser Raum würde Menschen anziehen. Und das Theater würde Modernität, Vitalität und Optimismus ausstrahlen.«

»Vielleicht könnte man im Zuschauersaal auch große Versammlungen abhalten?«, überlegte Marisa. »Konferenzen? Kommunale Veranstaltungen?«

»Warum nicht?« Sie mussten sich auf eine Vielzahl von Menschen mit unterschiedlichen Ansprüchen und Wünschen einstellen und auch auf Touristen und Besucher aus anderen Kulturen, die unterschiedliche Erwartungen mitbrachten und sich wieder andere Dinge wünschten. Das war die Zukunft, wie Faye sie sah.

Marisa schnippte mit den Fingern. »Bauernmärkte«, sagte sie. »Stände mit hiesigen Spezialitäten.«

»Da bin ich mir nicht so sicher.« Alessandro sah nicht begeistert aus. »Wollen wir wirklich einen Lebensmittelmarkt in unserem Theater? Das könnte ein wenig chaotisch werden, *no*?« Faye wurde klar, dass für ihn das Theater immer noch eine Art Heiligtum war.

»Hochzeitsfeiern!« Marisa war nicht mehr aufzuhalten. »Partys.« Ihre Augen blitzten. »Große Partys.«

»Jetzt aber mal langsam.« Alessandro stützte beide Hände auf den Tisch. »Das ist ein Theater, schon vergessen?« Er suchte Fayes Blick. »In erster Linie soll es ein Theater bleiben, ja?«

»Ja«, erklärte sie. »In erster Linie.« Sie wechselte einen kurzen, verschwörerischen Blick mit Marisa. Manchmal musste man neue Ideen langsamer einführen.

»Unser Theater ist keine Partylocation«, sagte er heftig.

Marisas dunkle Augen blitzten auf. »Aber kannst du dir nicht vorstellen, wie wunderbar das wäre, Alessandro? Wenn die ganze Stadt im Zuschauersaal tanzt?«

Alessandro zuckte zusammen. »Nein, kann ich nicht.«

Eins nach dem anderen, dachte Faye. Alessandros Einwände ließen sich nicht bei einem einzigen Treffen, ja, nicht einmal an einem Tag oder in einem Monat ausräumen. Ihm war wichtig, dass er seine Erinnerungen und Träume bewahren konnte. »Die Sache ist die«, schaltete sie sich ein, »dass es ein wunderschöner, stimmungsvoller und nützlicher Raum ist und dass er von der Gemeinde für alles genutzt werden kann, was Ihnen gefällt – was die Künste fördert, was inspiriert oder es ermöglicht, Neues zu entdecken.« Sie ließ ihnen kurz Zeit, das Gehörte zu verdauen. »Ihnen beiden gehört das Theater …« Und wenn man Pasquale glaubte, würde das auch so bleiben, trotz Enricos gegenläufigen Bemühungen. »Also entscheiden Marisa und Sie darüber, was darin passiert. So viel oder so wenig, wie Sie wollen.«

Alessandro nickte langsam. »Klingt vernünftig«, meinte er. »Das Theater sollte genutzt werden …«

»Dann bleibt es Teil der Gemeinschaft«, schloss Marisa. »Und es überlebt. Es dient unserer Stadt. Und die Leute werden alles tun, um es zu erhalten.«

Faye sah, dass Alessandro darüber nachdachte. Sie merkte ihm an, wie schwer es ihm fiel, sich an die neuen Ideen zu gewöhnen. Sie dachte an Enrico Volti und Pasquale de Montis. Sie alle hatten ihre Erinnerungen und ihre Gründe, das kleine Theater zu lieben. Alle hatten eine Vision für seine Zukunft, auch wenn ihre Visionen nicht vollständig übereinstimmten. Wenn sie nur miteinander statt gegeneinander arbeiten könnten … Alessandro hatte so klare Erinnerungen daran, wie seine Mutter auf dieser Bühne gestanden hatte. Es bedeutete ihm so viel, und ihr gefiel das. Sich an etwas zu gewöhnen, was ihm so fremd vorkommen musste, war viel von ihm verlangt. Marisa liebte das kleine Theater zwar auch, aber sie schien nicht so nostalgisch zu sein. Aber vielleicht hatte Alessandro seiner Mutter nähergestanden, oder Marisa war zu jung gewesen, um sich richtig zu erinnern. *Marisa denkt eher pragmatisch, während Alessandro ein Träumer ist*, überlegte Faye.

»Was könnten wir sonst noch tun?«, fragte Marisa eifrig. »Was für Veränderungen könnten wir noch vornehmen?«

Alessandro warf seiner Schwester einen missbilligenden Blick zu. »Veränderung ist nicht immer die Lösung.«

»Gebäude können sich dem Bedarf entsprechend entwickeln«, erklärte Faye. »Sie können atmen, leben und wachsen; sie können sich durch unterschiedliche Innenausstattungen nach oben und nach außen ausdehnen.« Sie blickte zwischen den beiden hin und her und hoffte, dass sie verstanden, was sie meinte. Dieses Gefühl von Möglichkeiten und Interaktionen hatte sie überhaupt erst zur Innenarchitektur gezogen. »Gebäude reagieren auf den Rhythmus der Menschen, die sie nutzen. Und ihr Äußeres verändert sich natürlich auch.«

»Ja«, sagte Alessandro. »Es verwittert und bekommt Risse.«

»Ja.« Faye bemerkte, dass er skeptisch wirkte, doch sie hatte ja noch eine Idee. »Aber selbst wenn das Theater moderner wird, können Sie die Vergangenheit bewahren.«

»Wie denn das?« Er runzelte die Stirn.

»Nun, zum Beispiel könnten Sie im Foyer so eine Art Museum der Erinnerungen einrichten.« Faye konnte es schon vor ihrem inneren Auge sehen.

»Ein Museum?« Er beugte sich vor. Jetzt wirkte er interessierter.

»Mit Zeugnissen aus der Vergangenheit.« Faye hatte das an verschiedenen Orten in Großbritannien gesehen. Das wäre eine schöne Art, die Geschichte des Theaters zu dokumentieren und die Verbindung zur Vergangenheit lebendig zu erhalten. »Sie wissen schon: Bilder, die das Gebäude zu seinen Glanzzeiten zeigen, Aufnahmen vor der Restaurierung, dann während der Renovierung. Schnappschüsse von alten Aufführungen, den Schauspielern, die hier aufgetreten sind, und von Menschen wie Ihren Eltern und Großeltern, denen das Theater gehörte und die dazu beigetragen haben, es am Leben zu erhalten. Abgerissene Eintrittskarten, alte Programme«, sagte sie. »Alles, was die Besucher des Theaters interessieren könnte.«

»Was für eine großartige Idee«, sagte Marisa begeistert.

»Das könnte richtig gut werden«, pflichtete Alessandro ihr bei.

Faye fühlte sich ermutigt. Sie grinste ihn an und war beinahe überrascht, als er zurückgrinste. »Die Menschen würden ins Theater kommen, weil es so ein wunderschönes Gebäude ist«, fuhr sie fort. »Jedenfalls wird es das sein, wenn wir fertig sind. Dann würden sie die Ausstellung sehen, ein Gefühl für seine Historie bekommen und die ganze Geschichte erfahren.«

»Es würde sie dazu inspirieren, in eine andere Ausstellung zu gehen oder sich ein Stück anzusehen.« Einmal mehr nahm Marisa den Faden auf, wo Faye ihn fallen gelassen hatte. »Oder vielleicht ein Konzert zu besuchen.« Sie stieß ihren Bruder an. »Was meinst du, Alessandro?« Sie wandte sich an Faye. »Die Akustik im Zuschauerraum ist erstaunlich.«

»Das klingt alles gut«, sagte Alessandro, der inzwischen ganz angetan wirkte. »Die Idee mit den alten Fotos gefällt mir. Und das Foyer ist ziemlich groß. Was meinen Sie, sollen die Fotos an den Wänden hängen?«

»Man könnte sie auch in Vitrinen ausstellen.« Faye fragte sich, ob sie vorschlagen sollte, ein kleines Café einzurichten. Das hatte man andernorts schon mit Erfolg ausprobiert. Aber vielleicht würde sie sich diese Idee für später aufsparen.

»Und sagten Sie nicht, ein paar alte Programme?« Wieder warf Marisa ihrem Bruder einen Blick zu. »Alessandro hat in seiner Wohnung einen ganzen Stapel davon. Auch Fotos, massenweise. Er kann sich einfach von nichts trennen.«

Wie sie gedacht hatte: Er stand mit einem Fuß fest in der Vergangenheit. Faye lächelte Alessandro zu, der ein wenig verlegen zurücklächelte. »Das stimmt«, sagte er. »Das sind meine Andenken.«

»Wenn Sie wollen, könnten Sie auch ein paar Broschüren von der Touristeninformation in Deriu an der Kasse auslegen«, meinte Faye. »Warum nicht? Sie könnten das kleine Theater zu einem Mittelpunkt des städtischen Lebens machen.«

»Ein Mittelpunkt des städtischen Lebens«, wiederholte Alessandro. Faye sah ihm an, dass ihm das gefiel.

»Ein Mittelpunkt mit Stil«, sagte sie. Sie wechselten einen Blick, und Faye spürte, wie sie ein leichter Schauer überlief. Dieses Mal hatte sie es genossen, zusammen mit den beiden mit Ideen zu jonglieren. Sie hatte das Gefühl, dass sie wirklich vorankamen.

»Ich kann es kaum abwarten, damit anzufangen.« Marisa wirkte aufgeregt wie ein Kind. »Vielleicht könnte ich einen Kunstwettbewerb für Kinder organisieren. Sie könnten ein neues Schild für das Theater entwerfen? Wir könnten die besten Beiträge am Eröffnungsabend im Foyer zeigen.«

Eröffnungsabend ... Faye lächelte. Marisa blickte wirklich nach vorne. »Die ganze Gemeinde hätte etwas davon«, sagte sie. »Und es würde mehr Besucher nach Deriu locken.« Faye zögerte. »Das heißt, wenn Sie das wollen.« Sie vermutete, dass nicht alle Inselbewohner begeistert vom Tourismus waren. Aber er war wohl eine Notwendigkeit.

Alessandro zuckte mit den Schultern. »Der Tourismus ist unsere Zukunft«, erklärte er. »Die meisten unserer alten Gewerbe haben wir verloren.«

Faye dachte noch einmal an die verlassene Bergwerkssiedlung. So viel war aus dieser Landschaft herausgeholt worden, und trotzdem war sie immer noch überwältigend schön, rau und unverdorben.

»Sie haben recht, der Tourismus wird zunehmen.« Alessandro nahm sein Glas und trank langsam einen Schluck Wein. »Unsere Insel hat viel zu bieten, finden Sie nicht auch?« Er hatte seine Frage an Faye gerichtet. Sie klang zwar beiläufig, doch Faye schien sie mit Bedeutung aufgeladen zu sein.

»Oh ja«, sagte sie. »Eine wunderbare Küche, ein ausgeprägtes Geschichtsbewusstsein, herrliche Strände ...«

Marisa blickte zwischen den beiden hin und her. »Apropos Essen«, sagte sie. »Ich denke, es ist Zeit für einen Imbiss.« Sie stand auf und ging in die Küche.

Alessandro sah ihr nach. Dann wandte er seine Aufmerksamkeit wieder Faye zu und beugte sich so weit zu ihr herüber, dass sie die Wärme seiner Nähe spürte und den Duft seiner Haut wahrnahm. »Und wie sieht es bei Ihnen aus, Faye?«, fragte er. »Haben Sie zu Hause herausgefunden, was Sie wissen mussten?«

»Leider nein.« Faye drehte nervös ihr Weinglas in der Hand. Eigentlich hatte sie überhaupt nichts herausgefunden. Sie hatte immer noch sehr damit zu kämpfen; ihre ganze Welt war erschüttert. Sie zögerte, denn sie kannte diesen Mann kaum, und dennoch spürte sie das Bedürfnis, sich ihm anzuvertrauen. »Ich habe das Gefühl, dass das nicht mehr die Eltern sind, die ich kannte«, erklärte sie. »Als hätten sie sich irgendwie in andere Personen verwandelt. Vielleicht sind sie aber auch immer schon so gewesen.« Würde er sie verstehen?

Alessandro lehnte sich zurück, seufzte und warf einen Blick in Richtung Küche, um sich zu vergewissern, dass Marisa außer Hörweite war. »Und jetzt fragen Sie sich, wie es in all den Jahren war«, meinte er nachdenklich. »Sie fragen sich, ob die beiden Ihnen nur etwas vorgemacht haben.«

»Ja.« Er hatte den Nagel auf den Kopf getroffen. Sie fragte sich, woher er das wusste.

Einen Moment lang schwiegen sie und hingen beide ihren Gedanken nach. Dann tauchte Marisa mit einem Tablett voller Essen wieder auf. »Bitte schön«, sagte sie.

»Wow.« Es war ein Festmahl.

»Wir haben sardischen *pecorino* und Salami; und das ist *bastone di cardinal.*« Sie zeigte darauf.

»Kardinalsstab?« Faye versuchte sich an einer wörtlichen Übersetzung.

»*Si.* Eine süße Salami mit getrockneten und kandierten Früchten und Nüssen.« Sie sprach weiter. »Diese in sich gedrehten Gebäckstücke hier heißen *acciuleddi.*« Sie hielt Faye den Teller hin.

Faye nahm ein Stück und biss ab. »Sie schmecken ein wenig

wie frittierte süße Pasta.« Sie erinnerte sie an die *frappe*, die sie bei einer *festa* in Neapel gegessen hatte. »Köstlich.«

»Wir beträufeln sie mit Honig.« Marisa war zu Recht stolz auf ihre einfachen Snacks. »Und das sind *ficareddi* – eine Art Makronen mit Feige.«

Auch davon hatte Faye noch nie gehört. Sie kostete davon.

»Sie werden mit gemahlenen Mandeln hergestellt und mit *liquore di mirto*, mit Myrtenlikör«, erklärte Marisa ihr.

»Aha.« Von dem berühmt-berüchtigten sardischen *digestivo* aus violetten Myrtenbeeren hatte Faye schon gehört, obwohl sie ihn noch nicht probiert hatte. Nachdem sie den Strauch an dem Strand, an dem sie mit Alessandro gewesen war, identifiziert und ihn in dem kleinen Baum auf der *Piazza del Teatro* wiedererkannt hatte, hatte sie fast überall, wo sie auf der Insel gewesen war, Myrten gesehen. Die weißen Blüten hatten sich inzwischen vollständig geöffnet, und der aromatische Myrtenduft – eine Mischung aus Anis und Orangenblüten – schien ein Teil der Luft selbst zu sein.

Sie aßen, tranken und plauderten über andere Themen. Dann räumte Marisa das Essen weg, und sie kamen wieder auf das Thema Theater zu sprechen.

»Wie würden Sie das Theater denn umbauen, wenn Sie zu entscheiden hätten?«, fragte Alessandro Faye.

»Bevor wir hier irgendetwas entscheiden, sollten wir uns einen guten Bauunternehmer holen, der sich das Gebäude ansieht«, sagte Faye. »Und einen Statiker. Aber ich hatte überlegt, ob es vielleicht möglich ist, hinten noch einen Anbau zu errichten, natürlich nur, falls die Mittel es erlauben.« Hinter dem Gebäude lag ein kleiner Streifen Brachland, von dem sie vermutete, dass er zu dem Grundstück gehörte. Es wäre ein Jammer, ihn nicht zu nutzen. Doch ein solcher Anbau würde nicht billig werden, und alles hing davon ab, wie viel die Rinaldis investieren wollten.

»Welchem Zweck soll er dienen?«, fragte Alessandro.

Faye überlegte. »Man könnte ihn für Workshops nutzen. Für Schreibwerkstätten. Kunstkurse. Ein kleines, intimes Atelier für Menschen, die ein Kunsthandwerk erlernen wollen.«

»Das ist eine großartige Idee«, meinte Marisa. »Hinten im Theater ist alles so eng, besonders die Garderoben. Vielleicht könnten wir die ein wenig vergrößern, wenn wir schon einmal dabei sind. Und hinter den Garderoben gibt es noch einen Raum, in dem früher Kostüme aufbewahrt wurden und der heute völlig nutzlos ist.« Plötzlich versagte ihr die Stimme.

»Marisa?« Faye fragte sich, ob ihr Zweifel gekommen waren.

Doch sie schüttelte den Kopf und gewann langsam ihre Fassung zurück. »Dieser Ort – manchmal überwältigt er mich«, erklärte sie.

»Das Theater?«

»Das Theater, Deriu …« Sie verstummte. »Die Erinnerungen«, flüsterte sie.

Alessandro nahm ihre Hand. »Keine Sorge, Kleine«, sagte er. »Wir schaffen das schon, du und ich. Alles wird sich finden, du wirst schon sehen.«

Marisa nickte.

Aber Fayes Neugierde war geweckt. Hatte Marisa vor, Sardinien zu verlassen? Und wenn ja, was hielt sie hier? Die Renovierung des Theaters oder die Arbeit, die sie liebte? Was war mit ihrem Freund in Rom? Oder steckte noch mehr dahinter? Sie spürte etwas Tieferes, eine dunklere Trauer, die sie auch in Marisas Augen sehen konnte.

Sie konzentrierte sich wieder auf ihre Diskussion und sah auf ihren Skizzenblock. »Ich finde, wir brauchen ein Herzstück, etwas Besonderes, das irgendwie unser Konzept symbolisiert.« Sie hatte darüber nachgedacht; deswegen hatte sie gestern Nachmittag noch einmal ins Theater gehen wollen.

»Denken Sie an etwas Bestimmtes?« Alessandro hatte die Hand seiner Schwester losgelassen, aber es lag noch immer ein ernster Ausdruck auf seinem Gesicht.

»Da ist diese wunderschöne Fensterrose im Foyer«, sagte Faye. »Ich glaube, wir könnten viel mehr daraus machen.«

»Was zum Beispiel?«

»Ist Ihnen schon aufgefallen, wie sie eine Art Rahmen um das Meer bildet?« Sie wandte sich ihm zu. Tatsächlich, seine Augen waren so blau wie das Meer. Nicht wie der Ozean, wenn er ruhig war, sondern wie das Meer, wenn ein Sturm aufzog.

»Ja, das ist es.« Ein leises Lächeln ließ seine Lippen zucken. *Noch eine Verbindung*, dachte sie. Sie konnte sie spüren.

»Im Moment hat es keine große Wirkung«, sagte Faye. »Es hat zu viele Fenstersprossen, und ein Teil des Glases ist trüb geworden. Wir könnten überlegen, es durch eine einzige ovale Scheibe aus klarem Flachglas auszutauschen, um den Meerblick optimal zur Geltung zu bringen.«

»Perfekt«, meinte Alessandro.

»Schließlich ist es Ihr kleines Theater am Meer«, sagte Faye.

»Das gefällt mir.« Alessandros Augen leuchteten. »Unser kleines Theater am Meer.« Er ließ den Blick an ihr vorbei in die Ferne schweifen. »Vielleicht fällt uns noch etwas anderes ein, um die Fensterrose stärker zum Blickpunkt zu machen? Vielleicht Schmuckelemente um den Rahmen herum?«

Faye beobachtete, wie er darüber nachdachte, und lächelte in sich hinein. Das war ein Wendepunkt. Er hatte einen positiven Beitrag geleistet. Das bedeutete, dass er jetzt wirklich mit an Bord war.

Zufrieden lehnte sie sich auf ihrem Stuhl zurück. Sie hatte das Gefühl, dass sie für heute Abend das Optimale erreicht hatten. Jetzt mussten sie ihre Erkenntnisse sichern und alles noch einmal genau überdenken, bevor sie zum nächsten Schritt übergehen konnten. »Also, um es zusammenzufassen: Unser Konzept besteht darin, das Theater ins 21. Jahrhundert zu holen und es zu einem lebendigen Dreh- und Angelpunkt der Gemeinde zu machen – zum Kunstzentrum der Stadt –, indem wir Alt und Neu durch starke Verbindungen zur Geschichte des

Theaters zusammenbringen.« Sie sah von einem zum anderen. »Sind wir uns einig?« Sie nickten zustimmend.

Gemächlich richtete sich Alessandro zu seiner vollen Körpergröße auf und ging den Wein holen.

»Wir hatten recht, als wir Sie gebeten haben zurückzukommen«, erklärte er, als er zurückkehrte. Ganz kurz sah er ihr in die Augen.

Faye stellte fest, dass sie sich fragte, was hinter seinen verborgen lag. Wenn Augen die Fenster zur Seele waren, was konnte sie aus ihnen über Alessandro Rinaldi lernen?

Er füllte die Gläser nach. »Auf unser Konzept für das *Piccolo Teatro*«, sagte er.

19

»Sie ist wieder da. Pfui.«

Pasquale blickte von seinen Dominosteinen auf. Darauf hatte er natürlich gewartet. Es war einer der Gründe, aus denen er heute Abend ins Caffè Rosa gekommen war. Er wollte feststellen, woher der Wind wehte. Sein Gegenüber – Enrico Volti – erwartete offensichtlich keine Antwort auf seine Bemerkung. Und Pasquale brauchte sich nicht zu erkundigen, von wem er sprach. In Deriu gab es reichlich Touristen, aber *Signorina* Faye war keine Touristin, und das wussten sie alle.

»Hast du sie gesehen?« Pasquale wählte einen Stein und setzte ihn. Heute Abend spielten sie zu viert, und der Beutel mit den Steinen war leer.

Tomasso und Jiseppu rutschten nervös auf ihren Stühlen herum. Jiseppu trank einen Schluck Bier. Keiner sagte ein Wort. Sie waren Enricos Handlanger; sie würden wie immer darauf warten, dass er die Führung übernahm.

Enrico fluchte leise. »*Si*. Ich habe sie gesehen.«

Tomasso zog an seiner Zigarette, hustete laut und machte seinen Spielzug. Jiseppu runzelte die Stirn und tat es ihm nach. Die beiden wechselten einen Blick. Pasquale ignorierte sie.

Enrico war derjenige, auf den er hören und den er schlagen musste. Der alte Bastard mochte das Licht seines Lebens verloren haben, er mochte sein Geld verloren haben, aber er wusste immer noch, wie man beim Domino gewann.

»Wo?«, fragte er.

»Oben am Fluss.« Enrico strich über seine Steine, nahm einen und klackte damit leise auf den Tisch. »Sah aus, als würde sie sich ganz zu Hause fühlen. Hat mir doch tatsächlich Widerworte gegeben.«

Das sieht ihr ähnlich, dachte Pasquale. Kein Mann würde diesem Mädchen je befehlen können, was sie ihm kochen sollte. Aber er nahm es ihr nicht übel. Es war nicht ihre Schuld, dass ihre Freundin, die ebenfalls Außenseiterin war, sie hier in Deriu zurückgelassen hatte, ohne die geringste Ahnung davon zu haben, mit wem oder was sie sich anlegte. Wie ein Lamm, das man zur Schlachtbank führt. Er schnalzte mit der Zunge.

»Wer ist sie überhaupt?«, knurrte Jiseppu. »Und wo kommt sie her?« Er hob eine Hand, um Rosa zu bedeuten, sie solle ihm noch ein Bier bringen. Rosa ignorierte ihn. Sie wischte die Theke sauber und begann, Gläser zu spülen. Sie würde ihm das Bier bringen, wenn sie Lust dazu hatte.

Pasquale sah zu, wie Enrico seinen Stein an die Acht anlegte, die schon auf dem Tisch lag. Die andere Seite war ein leeres Feld, verdammt. Die Steine waren gemischt worden und standen aufrecht, daher konnte er sie unmöglich erkennen, aber es war, als wüsste Enrico, welche Steine Pasquale noch hatte. Das andere Ende der Kette nützte ihm nichts; er würde seinen letzten Stein mit einem leeren Feld setzen müssen. »Sie kommt aus England«, erklärte er den anderen. Es freute ihn, die Information weiterzugeben und der Mann zu sein, der Bescheid wusste. »Sie ist ›Innenarchitektin‹.« Das letzte Wort betonte er besonders, legte seinen Stein an den von Enrico an und sah dem anderen nicht in die Augen.

»Innenarchitektin – pah!«, fluchte Enrico.

Tomasso und Jiseppu lachten beide so laut, dass Jiseppu fast von seinem wackligen Holzstuhl gefallen wäre. Tomasso spuckte vor Lachen den Schluck Bier aus, den er gerade im Mund hatte. Pasquale hielt sich zurück. Seine Mutter konnte es nicht leiden, wenn er nach Alkohol stinkend nach Hause kam, und sie tat ihre Meinung immer so laut wie möglich kund. Außerdem behielt er gern die Kontrolle. Er genoss die Kameradschaft dieser Männer in der Bar, er spielte gern Domino, und er liebte den Tratsch über die Dinge, die in der Stadt passiert waren. Doch tief im Herzen war er immer schon ein Einzelgänger gewesen.

Pasquale sah zu, wie die anderen ihre Steine legten. Den meisten Menschen war das nicht klar, weil sie nur sahen, was sich direkt vor ihrer Nase befand. Komplexe Sachverhalte nahmen sie meistens nicht wahr. Nur weil ein Mann gern auf der Bühne stand und in einer Theaterproduktion auftrat, nur weil er es manchmal auskostete, im Mittelpunkt der Aufmerksamkeit zu stehen, hieß das noch lange nicht, dass er nicht manchmal lieber hinter den Kulissen blieb, beobachtete, wartete, zuhörte.

»Und was will sie?«, fragte Tomasso. Er zog eine Grimasse und enthüllte nikotinfleckige Zähne. »Was hat sie mit unserem Theater vor?« Er sprach offen und laut, genau wie sie alle, denn nachdem die letzte Gruppe gegangen war, waren sie die einzigen Gäste in der Bar. Die jungen Leute gingen in die Bar Portici, um Fußball zu schauen. Rosas Lokal war Teil der alten Welt.

Pasquale unterdrückte einen Seufzer. »Die Rinaldis haben sie engagiert.«

Wieder fluchte Enrico. Pasquale fragte sich, wie viel er getrunken hatte. Früher einmal hatte Enrico Volti nicht viel für die Bar, Dominospiel oder Bier übriggehabt. Doch als er seine Tochter verloren hatte, war ihm auch die Lebensfreude abhandengekommen, so viel war sicher. Bei dem Gedanken bekreuzigte sich Pasquale, und Enrico warf ihm einen fragenden Blick zu.

»Hey, Rosa!«, brüllte Jiseppu noch einmal. »Hast du kein

Bier zu verkaufen, eh? Worauf wartest du, Schätzchen? Ich bin hier. Mein Glas ist leer. Ich warte immer noch auf dich, so wie ich es schon mein ganzes Leben lang tue. Was muss ein Mann tun, um hier etwas zu trinken zu bekommen?«

»Er muss geduldig sein«, schrie Rosa zurück. Trotzdem schenkte sie ein Bier ein und brachte es ihm. Auf den alten Bodenplatten machten ihre Pantoletten ein schlappendes Geräusch. Jiseppu streckte eine Hand aus, um ihr ausladendes Hinterteil zu tätscheln, aber sie sah es kommen und schlug sie weg. Er zuckte mit den Schultern.

»Also, was wird passieren?«, fragte er und kam zum Thema zurück. Pasquale stellte erfreut fest, dass er die Frage sowohl an ihn als auch an Enrico gerichtet hatte. So ging das, wenn man wie Pasquale Augen und Ohren offen hielt, um mitzubekommen, was um einen herum vorging: Man erfuhr vieles. Das schenkte einem Mann Macht – die Macht des Wissens und manchmal die Macht, Veränderungen zu bewirken.

Pasquale zuckte ebenfalls mit den Schultern. »Sie werden mit der Restaurierung weitermachen, mein Freund.« Er warf Enrico einen Blick zu, der düster vor sich hin starrte. »Es sei denn, jemand hält sie auf«, fügte er hinzu. Aber warum sollten sie den Wunsch haben, sie aufzuhalten? Die Rinaldis nahmen ordentlich Geld in die Hand. Wollten sie nicht alle, dass das alte Theater restauriert wurde? Schließlich hatten die anderen keine speziellen Interessen wie Pasquale. Kam es wirklich so sehr darauf an, wer der Eigentümer war? Ja, doch, natürlich. Ihr Stolz und ihre Würde standen auf dem Spiel. Es gab die Vergangenheit, und es gab die Zukunft.

Jiseppu und Tomasso sortierten ihre Dominosteine um und tranken von ihrem Bier. Tomasso rauchte, und der Zigarettenqualm hing schwer in der kleinen Bar, obwohl die Türen offen standen und die Abendluft hereinließen.

»Können wir sie denn aufhalten?«, wollte Jiseppu von Enrico wissen.

Enrico legte seinen Stein. Eine doppelte Null. Pasquale seufzte. Er klopfte auf den verkratzten Holztisch, um zu signalisieren, dass er aussetzte.

»Wir könnten es versuchen.« Freudlos grinste Enrico Pasquale an. Seine schwarzen Augen glitzerten. »Wir könnten noch eine Versammlung einberufen und unseren nächsten Schachzug diskutieren. Nicht, Tomasso?«

Tomasso nickte, brummte etwas und legte seinen nächsten Stein.

Pasquale fragte sich, was all diese Versammlungen für einen Sinn hatten. Sie wussten alle, dass sie machtlos waren. Wie sollten sie ohne Geld gegen die Rinaldis kämpfen?

»Die Rinaldis werden kriegen, was sie wollen.« Es war, als hätte Jiseppu Pasquales Gedanken gelesen.

»Die Stadt hat ihnen immer schon gehört«, pflichtete Tomasso ihm mit düsterer Miene bei. Mit dem Stummel der alten zündete er sich eine neue Zigarette an und nahm einen tiefen Zug.

Enrico schlug mit der Faust auf den Tisch. Alle fuhren zusammen, und auch die Dominosteine erbebten. »Sie wird ihnen nicht immer gehören«, murrte er. »Nicht, solange noch ein Funken Leben in mir ist.«

»Aber was können wir tun?«, wollte Tomasso wissen. »Wie sollen wir sie aufhalten?«

Die Partie ging weiter. Pasquale trommelte mit den Fingern auf die Tischplatte. Das Gespräch war wie die Kette von Dominosteinen auf dem Tisch. Es setzte sich fort, es machte kehrt, es wiederholte sich, und die Zahl der Möglichkeiten war grundsätzlich begrenzt. Sie hatten diese Diskussion in den letzten Wochen so oft geführt. Aber wie Enrico schon gesagt hatte: Was konnten sie ohne Geld schon ausrichten? Pasquale hatte mehr Gründe, die Rinaldis zu hassen als alle anderen – Enrico vielleicht ausgenommen –, aber nicht einmal ihm fiel etwas ein, um zu verhindern, dass sie bekamen, was sie wollten.

»Wir könnten das Mädchen vergraulen.« Jiseppu zog seine schmalen Augenbrauen hoch.

Pasquale fuhr zusammen. Die Idee gefiel ihm nicht. »Dann holen sie sich einfach jemand anderen.«

»Können wir denn gar nichts machen?« Jiseppu klopfte auf den Tisch. »Ich setze aus.« Jetzt hatten nur noch Enrico und er eine Chance, das Spiel zu gewinnen. »Wir müssen etwas unternehmen.«

»Frag Pasquale, was wir tun können. Er kennt sich mit dem Theater aus.« Enrico zeigte auf ihn, und Pasquale fühlte einen seltenen Anflug von Stolz. Seine Mutter mochte ihn für einen Narren halten, der es nicht wert war, der Sohn seines Vaters genannt zu werden, aber Enrico Volti wusste, dass das nicht stimmte. Enrico Volti wusste, dass mehr in ihm steckte.

Die beiden anderen sahen ihn an. Pasquale zuckte bescheiden mit den Schultern.

»Er redet mit den Rinaldis.« Aus seinen schwarzen Knopfaugen starrte Enrico ihn böse an. »Du sprichst auch mit dem Mädchen. Ich habe dich gesehen.«

Pasquale tat seine Bemerkung ab, indem er sie mit der Hand wegwedelte. Genau dieselbe Geste hatte er einst eingesetzt, als er den Lear gespielt hatte. »Warum auch nicht?«, sagte er. »So findet man Dinge heraus.«

»Was für Dinge?«, knurrte Enrico.

Pasquale war sich nicht sicher, wie viel er verraten sollte. Er wusste, dass er ein gefährliches Spiel trieb. »Das Theater – vielleicht ist das Projekt am Ende ja zu anspruchsvoll für sie«, meinte er.

»Du denkst, sie werden aufgeben?« Enrico wirkte interessiert.

»Vielleicht.«

Wieder rutschte Jiseppu auf seinem Stuhl herum. »Oder wir sorgen dafür, dass sie aufgeben«, sagte er.

»Und die Besitzrechte am Theater …?« Enricos Augen funkelten diabolisch.

»Da gibt es Möglichkeiten«, sagte Pasquale. Was für Möglichkeiten, wusste er nicht. Er wusste nur, dass er nicht wollte, dass sich im Theater etwas änderte. Aber wenn er dieses Ziel auf andere Art erreichen konnte …

»Wir müssen herausfinden, was für Möglichkeiten das sind.« Enrico beugte sich vor, sodass sein Gesicht dicht vor Pasquales war. »Wir müssen dich bei ihnen einschleusen.«

»Einschleusen?«

»Du hast doch schon mit ihr geredet«, sagte Enrico. »Vielleicht vertraut sie dir – *sí*?«

»Kann schon sein.« Pasquale fand, dass er vertrauenerweckender wirkte als die meisten Menschen. Er war freundlich zu den Leuten, kein aggressiver Lustmolch wie Jiseppu und kein verbitterter alter Teufel wie Enrico. Pasquale war älter an Jahren und weiser. Er hatte kein Bedürfnis, jemandem zu drohen.

»Also, wir schleusen dich ein, und du findest heraus, was da genau los ist, und …«

»Dann finden wir einen Weg, sie zu stoppen«, beendete Jiseppu den Satz an seiner Stelle. Er schlug mit seiner Faust in die Handfläche.

»Sí.« Enrico hob sein Glas.

»Nun ja …« Pasquale sah keine Möglichkeit, sich zu weigern. Er war ein Bewohner von Deriu, und er hasste die Rinaldis. Faye war ein nettes Mädchen, aber Loyalität …

Enrico legte seinen vorletzten Stein. Null und zwölf. Das war ja klar: Pasquale konnte nicht anlegen. Jiseppu und Tomasso konnten es auch nicht. »So.« Enrico legte seinen letzten Dominostein.

»Gutes Spiel, mein Freund.« Pasquale stand auf und klopfte Enrico auf den Rücken. Es war Zeit, nach Hause zu gehen; seine Mutter würde sich schon Sorgen machen.

»Wir treffen uns morgen um sechs hier«, erklärte Enrico. »Dann können wir weiterreden. Ja?«

Pasquale nickte. Was spielte es schon für eine Rolle, wem

das Theater gehörte – den Rinaldis oder dem Rest der Stadt? Es kam darauf an, die Renovierung zu verhindern und das Theater genau so zu erhalten, wie es jetzt war, damit Pasquale weiter auf seinen Brettern stehen, seine Zeilen deklamieren und so tun konnte, als wäre sie noch an seiner Seite und nichts, nichts hätte sich verändert.

20

An diesem Abend verwendete Faye mehr Sorgfalt auf die Auswahl ihrer Garderobe als sonst. Schließlich entschied sie sich für ein einfaches Etuikleid aus apfelgrünem Leinen, braune Ledersandalen und ein Goldarmband, das ihre Eltern ihr zum achtzehnten Geburtstag geschenkt hatten und das immer noch ihr liebstes Schmuckstück war. Ihr blondes Haar trug sie offen, und Make-up hatte sie nur ganz dezent aufgetragen. Sie wollte nicht aussehen, als hätte sie sich zu viel Mühe gegeben, aber … Nun ja, das war ein großes »Aber«.

Sie traf sich mit Alessandro zum Essen in einem Restaurant in der Altstadt.

»Ich möchte Ihnen ein paar Fotos zeigen«, hatte er gesagt.

Faye hatte keine Ahnung, ob das Treffen oder die Fotos mit dem Theaterprojekt zu tun hatten, aber sie war gespannt darauf. *Nicht, weil ich auf eine romantische Beziehung mit ihm aus wäre*, sagte sie sich energisch, obwohl sie nicht abstreiten konnte, dass er anziehend auf sie wirkte. Doch sie hatte immer noch den Verdacht, dass er ein Schürzenjäger war, und sie hatte nicht vergessen, was Enrico Volti zu ihr gesagt hatte. Außerdem war die Beziehung zwischen ihnen, wie sie sich ständig einschärfte, geschäftlicher Art. Doch er und seine Familie faszinierten sie. Sie hätte sowohl Alessandro als auch seine Schwester gern besser kennengelernt.

Alessandro saß bereits an einem Tisch im Freien unter einer Pergola, an deren Gitter grüner Wein emporrankte. Als sie näher kam, lächelte er und sprang auf. Es war ein nettes Lächeln. *Heute Abend wirkt er entspannter*, dachte sie. Er trug braune Chinohosen und ein weites hellblaues Hemd. Sein lockiges Haar reichte gerade bis zum Kragen. »*Buona sera*, Faye.«

»*Buona sera*, Alessandro. Was für ein hübsches Lokal.« Das Restaurant lag in einem alten Haus mit knallrosa Fassade, an der eine weinrote Bougainvillea emporwuchs. Man betrat es durch einen mit grauen Steinen eingefassten Bogengang, und sowohl im Innen- als auch im Außenbereich standen Kerzen und frische Blumen auf Tischen mit bunt karierten Tischtüchern.

»Sie sehen sehr schön aus. *Bellissima* …« Er küsste ihr die Hand und hielt sie einen winzigen Moment länger fest als notwendig. Seine dunkelblauen Augen leuchteten.

Das übertriebene Kompliment und die extravagante Geste entlockten Faye ein Lächeln. Sie hätte nicht gedacht, dass es irgendwo noch Männer gab, die das noch taten – nicht einmal auf Sardinien.

»Kommen Sie, setzen Sie sich.« Er bot ihr einen Stuhl an.

Faye sah, dass er schon Wein bestellt hatte, und als sie sich an den Tisch setzte, kam er zu ihr herüber, um ihr einzuschenken. »Danke.«

»Ich dachte, wir könnten heute Abend einen *Cannonau* probieren. Er stammt von einem hiesigen Weingut«, erklärte er.

»Das klingt wunderbar.«

»Ist es Ihnen hier draußen auch nicht zu kalt?«

»Aber nein. Und es ist hier ja auch viel schöner.« Sie aß grundsätzlich lieber im Freien. Aber wie oft konnte man das in England schon? Er war an diesem Abend wirklich sehr bemüht und versuchte, ihr alles recht zu machen. Faye sah sich um. Am

Ende der schmalen Kopfsteinpflasterstraße stand eine alte Kapelle, vor der zwei hohe Dattelpalmen wachten. Sie hatte einen kleinen Glockenturm, und in einer Nische stand eine Christusfigur. Nebenan erblickte sie das hin- und herschwingende Schild der *panetteria*, auf dem ein paar traditionelle Brotlaibe, wie man sie in dem Laden kaufen konnte, abgebildet waren. Auch heute noch verwendete man dort Durum-Weizen und knetete den Teig von Hand. Vielleicht lag es genau daran, dass alles, was Faye bis jetzt dort gekauft hatte, so gut geschmeckt hatte. Die hohen Häuser der Straße standen dicht an dicht und schienen sich nach vorne zu neigen, als suchten sie mehr Platz oder wollten sich auf der Höhe des Dachs mit dem gegenüberliegenden Gebäude treffen. Faye sah viel abblätternde Farbe, freiliegenden Stein, verwitterte schmiedeeiserne Balkongitter und Holztüren. Ockertöne verschmolzen mit Minzgrün, Türkis und knalligem Pink.

»Danke, dass Sie gekommen sind, Faye«, sagte er mit sanfter Stimme. Er sprach leise, als hätten sie ein Geheimnis.

Faye spürte, wie sie ein erwartungsvoller Schauer überlief. Sie nippte an dem Wein. Er war köstlich. Sie schmeckte Veilchen- und Lakritznuancen. »Ich konnte nicht widerstehen.«

»Ah ja, die Fotos.« Er lächelte.

»Vom kleinen Theater?«, fragte sie.

»*Si*. Lassen Sie uns bestellen«, sagte er. »Dann zeige ich sie Ihnen.« Sie spürte seine Aufregung und war fast gerührt, weil er seine Bilder mit ihr teilen wollte.

Als ersten Gang entschied sich Alessandro für *malloreddus*, Pasta aus Grieß und Safran, wie er ihr erklärte, und als Hauptgericht für Hühnchen mit Fenchel, Oliven und Weißwein. Faye beschloss, die *bottarga* zu kosten, eine Art Kaviar aus dem Rogen der Meeräsche, und anschließend Spaghetti mit Muscheln in einer Basilikum-Tomatensauce.

Während sie auf ihr Essen warteten, zog Alessandro mit der Miene eines Zauberers einen großen braunen Umschlag aus einer Tasche, die über seinem Stuhl hing. Fast zärtlich hielt er den Umschlag in den Händen, schob dann ihre Gläser, das Besteck und die Servietten beiseite und ließ den Inhalt auf den Tisch gleiten. Es waren Fotos in allen Größen und Farben: Bunt, Schwarz-Weiß und Sepia. Einige waren alt und abgegriffen, und andere glänzten wie neu. Mit seinen langen, schmalen Fingern strich er sie glatt.

Faye beugte sich vor. Sie zeigten das kleine Theater von innen und außen sowie Schauspieler, die in unterschiedlichen Stücken auf der Bühne standen. Dieses *Piccolo Teatro* hatte wenig gemein mit dem düsteren, staubigen Gebäude, über das sie in letzter Zeit so oft nachgedacht hatte. Es war fast nicht wiederzuerkennen mit all den Requisiten, Schauspielern und Kulissen. In dem Theater auf den Bildern ging es bunt, laut und lebendig zu.

Behutsam nahm Alessandro ein Foto vom Stapel. »Das ist meine Mutter, Sofia Rinaldi«, erklärte er. »Oder ›Sofia Santi‹. Unter diesem Namen war sie in der Welt des Theaters bekannt.«

Faye hörte die Liebe und den Stolz in seiner Stimme. Sie nahm ihm das Foto ab und betrachtete es. Sie sah eine elegante Frau, die auf der Bühne des Theaters stand, im Hintergrund eine Blütenlaube. Ihr Haar war hochfrisiert, und sie war im Stil der Zeit Elizabeth' I. in ein edles blutrotes Gewand gekleidet. »Sie ist wunderschön.« Alessandro sah ihr ähnlich. Er besaß die gleichen Wangenknochen, das gleiche dunkle Haar und den stolz erhobenen Kopf. »Was war das für ein Stück?«

»Ihr William Shakespeare«, gab Alessandro zurück. »*Viel Lärm um nichts*. Meine Mutter spielte die Beatrice. Das war eine ihrer Lieblingsrollen.«

»Dann erinnern Sie sich an ihre Auftritte?«

»Lebhaft.« Bei der Erinnerung glänzten seine blauen Augen. »Mein Vater hat mir oft erlaubt zuzusehen. Meist saßen wir in einer der Logen.«

»Wie aufregend.« Faye dachte an ihre eigene Kindheitserinnerung an das Theatre Royal in Brighton. Es war so spannend gewesen, im obersten Rang zu sitzen und hinunterzuschauen, zu sehen, wie das Licht verlosch, der Vorhang sich hob und sich eine andere Welt öffnete. Aber was für ein unglaubliches Gefühl musste es sein, seine eigene Mutter auf der Bühne zu sehen?

»Die meisten Fotos hat mein Vater gemacht«, erklärte Alessandro ihr. »Er war natürlich sehr stolz auf sie und hat es geliebt, ihr zuzuschauen.«

»Wie haben die beiden sich kennengelernt?«, fragte Faye. »Im Theater?« Sie gab ihm das Foto zurück und spürte, wie seine Fingerspitzen leicht, fast nicht wahrnehmbar, ihre berührten.

»Ja«, sagte Alessandro. »Meine Mutter war Italienerin und kam auf einer Tournee hierher, als sie noch ziemlich jung war.«

»Und Ihrem Vater gehörte das Theater?«

»Damals nicht.« Alessandro trank einen Schluck von seinem Wein und griff nach einem anderen Foto. Lächelnd schüttelte er den Kopf. »Zu der Zeit arbeitete meine Mutter mit Pasquale de Montis. Die beiden waren Kollegen. Sie haben sogar mit einer Schauspieltruppe gemeinsam Großbritannien bereist.«

»Wirklich?« Faye dachte an den Mann, den sie vor ein paar Tagen auf der Bühne des kleinen Theaters Verse hatte rezitieren hören. Sogar im Alter strahlte Pasquale noch eine gewisse Präsenz aus, obwohl er auch so wirkte, als hätte sich sein Leben nicht ganz so entwickelt, wie er gehofft hatte.

Alessandro nickte. »Ach ja. Pasquale war derjenige, der sie ermuntert hat, hierher nach Deriu zu kommen und mit ihm zu arbeiten. Und als sie herkam ...« Er zuckte mit den Schultern. »Meinem Großvater gehörte das Theater, und seinem Sohn lag die Liebe dazu im Blut. Meine Mutter hat ihn geheiratet, und der Rest ist Geschichte, wie man so sagt.«

»Eine romantische Geschichte.« Faye schaute zu, wie er behutsam die Fotos vom Tisch nahm und sie langsam durchging. Sie sah, wie viel ihm das alles bedeutete, wie stark die Emotionen waren, die mit den Erinnerungen an das Theater verbunden waren. Sie dachte an die Liebesgeschichte seiner Eltern und ihre gemeinsame Liebe zu diesem Ort, und sie verstand, warum er ihn in seiner Pracht wiedererstehen lassen wollte und wie schwer es ihm fiel, das Theaterprojekt als etwas zu betrachten, das auch den Rest der Gemeinde anging. Sie ließ den Blick hinaus auf die Straße schweifen, zum *centro storico* von Deriu, das jetzt vom Abendlicht in rötlich gelbes Licht getaucht wurde. Deriu war eine Gemeinschaft, und vielleicht war es ihre Aufgabe, ihm das begreiflich zu machen.

Alessandro blätterte weiter durch die Fotos. »Was mich betrifft: Ich konnte kaum glauben, dass diese elegante, geschminkte Dame in dem raffinierten Kostüm meine Mutter war.« Er lächelte. »Nicht, dass sie zu Hause nicht elegant gewesen wäre, verstehen Sie. Aber auf der Bühne war sie wie verwandelt. Ein Geschöpf aus einer anderen Welt.« Kurz legte er die Fotos weg, um ihnen Wein nachzuschenken.

Seine Worte schlugen in Faye eine Saite an. Sie dachte darüber nach, wie Schauspieler sich verwandeln konnten – die Magie der Illusion. Und sie dachte über die Veränderungen nach, die sie und die Rinaldis sich für das Theater wünschten. Ihr tat Pasquale leid, der seinerseits hoffte, dass sich nichts verändern würde. Doch alles war im Umbruch, und so musste es auch sein. Das Leben musste weitergehen. Sogar für Menschen wie Enrico und Carmela Volti, die ihre Tochter verloren hatten, aber immer noch bereit waren, für das kleine Theater zu kämpfen. Obwohl Enrico ihr feindselig gegenüberstand, empfand Faye auch für ihn Mitgefühl. Und wer wusste, wie viele andere in der Stadt ihre eigenen Erinnerungen an das *Piccolo Teatro* hatten? Sie betrachtete den Mann, der ihr gegenübersaß und immer noch in die Fotos vertieft war, die vor ihnen auf dem Tisch lagen. Ihre Loyalität musste den Rinaldis gelten, schließlich arbeitete sie für die beiden, aber sie hoffte, dass sie auch den Bedürfnissen der anderen gerecht werden würde.

Ihre Vorspeise kam, und sie schoben die Fotos kurz zur Seite, um Platz zum Essen zu haben. Fayes *bottarga* war gut; sie liebte die vermeintliche Einfachheit sardischer Rezepte und Produkte. Als sie das erwähnte, lachte Alessandro. »Wussten Sie, dass es auf Sardinien mehr Hundertjährige gibt als irgendwo anders?«

Faye zog eine Augenbraue hoch. »Nein.«

»Es liegt entweder an unseren Genen oder an unserer Ernährung.« Er hob sein Weinglas. »Und an unserem Wein, *naturalmente*.«

»Oh, natürlich«, pflichtete sie ihm lächelnd bei. Heute Abend erlebte sie eine andere Seite an diesem Mann. Einen Mann, der nicht nur stolz auf sein Erbe und seine Familie war, sondern auch verstand zu leben, der das Leben genoss und Spaß hatte. Sie dachte an die versteckte Bucht, zu der er mit ihr gefahren war. Vielleicht hatten sie doch noch eine Gelegenheit, dorthin zurückzukehren …

»*Ah, si*. Und da ist natürlich auch noch die reine Luft.« Er atmete tief ein. »Die Wasserqualität. Und die viele Bewegung, weil wir ständig die steilen Gassen und Treppen hochsteigen.« Erneut hob er sein Glas, dieses Mal zu einem Trinkspruch. »*A cent'annos*. Das sagen wir, wenn jemand Geburtstag hat: ›Mögest du hundert Jahre alt werden.‹« Er grinste. »Oder älter.«

Auch Faye lächelte. Sie sah die Fotos noch einmal durch und erspähte einen schmuck aussehenden Mann in einem Kostüm aus der Zeit Elizabeth' I., mit Kappe und allem drum und dran. »Ist das Pasquale de Montis?«

»Ja.« Doch Alessandro schien dieses Foto nicht besonders zu interessieren.

Pasquale und Sofia mussten sehr gute Freunde gewesen sein, wenn sie so lange gemeinsam gereist waren und zusammengearbeitet hatten. Es war schön, Pasquale einmal anders auf der Bühne seines geliebten Theaters zu sehen, im Kostüm und als Teil einer richtigen Aufführung.

»Nach der Heirat meiner Eltern«, fuhr Alessandro fort, »hat er nicht mehr so oft die Hauptrollen gespielt, der gute Pasquale.«

»Warum nicht?«

»Keine Ahnung. Vielleicht hat er nachgelassen.« Alessandro zuckte mit den Schultern. »Oder ein anderer Schauspieler ist gekommen und hat seinen Platz eingenommen, wer weiß?«

»Armer Pasquale.« Wieder spürte Faye Mitgefühl mit ihm. Er lebte so sehr in seinen Erinnerungen an die guten alten Zeiten; dabei war er tatsächlich ersetzt worden, während er – vermutlich – noch auf der Höhe seines Könnens stand, wohingegen seine Freundin und Kollegin Sofia weiterhin geglänzt hatte und zu allem anderen auch noch den Sohn des Theaterbesitzers geheiratet hatte. »Ihr Vater war kein Schauspieler, oder?«

»Mein Vater? Nein.« Er zog eine Augenbraue hoch. »Jedenfalls nicht auf der Bühne.«

Eine interessante Bemerkung. Faye erinnerte sich daran, wie rasch Alessandro verstanden hatte, was sie ihm von ihren Eltern erzählt hatte, und wie er gesagt hatte, dass viele Menschen so taten als ob. Ihre Eltern hatten sich bestimmt einmal geliebt. Aber wenn sie später nur noch vorgegeben hatten, einander zu lieben, warum hatten sie das getan? Um ihretwillen? Machte es das leichter, ihnen zu verzeihen?

Faye betrachtete Alessandros Gesicht, als er die Fotos schließlich zusammenschob und sie mit einem leisen Seufzer wieder in den Umschlag steckte. Sie empfand den eigenartigen Drang, die Hand auszustrecken und ihm das dunkle Haar aus dem Gesicht zu streichen. Was er dann wohl tun würde?

Während sie die Bilder angesehen hatten, war er ihr verändert vorgekommen. Sie hatte einen Blick auf einen jüngeren, glücklicheren Mann erhascht, auf einen Jungen, der seine Mutter angebetet hatte und niedergeschmettert gewesen sein musste, als sie starb. Nicht zum ersten Mal fragte sie sich, warum Alessandro nicht geheiratet hatte. Sie vermutete, dass er nicht viel älter war als sie selbst, und zweifellos hatte er für gewöhnlich eine schöne Frau im Schlepptau wie Jana, die sie am Hafen getroffen hatten. Hatte ihn jemand verletzt? Aus irgendeinem Grund bezweifelte sie das. Unglücklicherweise konnte sie sich allerdings vorstellen, dass er derjenige war, der jemandem wehtat. Wieder dachte sie an Jana. Was war das für eine Beziehung zwischen ihnen? War sie tatsächlich noch so aktuell, wie es ausgesehen hatte?

Der Kellner brachte den Hauptgang, und sie widmeten sich ihrem Essen.

»Ich dachte, die Fotos könnten Ihnen vielleicht helfen, das *Piccolo Teatro* so zu sehen, wie es einmal war«, erklärte Alessandro.

»Oh, das haben sie. Es muss ein magischer Ort gewesen sein.« Faye wusste es zu schätzen, dass er ihr diese Bilder gezeigt hatte. »Und das wird es auch wieder.« Hoffentlich. »Es wäre großartig, wenn wir einige dieser Fotos für das Museum zur Geschichte des Theaters vergrößern könnten.«

Die Idee schien ihm zu gefallen. »Das übernehme ich«, sagte er.

Ein paar Sekunden lang aßen sie schweigend weiter. Faye zögerte, das Thema anzusprechen, aber sie wollte noch so viel mehr wissen, und die Fotos hatten ihre Neugier weiter angestachelt. »Macht es Ihnen etwas aus, wenn ich Sie frage, wie alt Sie waren, als Ihre Mutter starb?«

»Ich war ein Teenager«, sagte er. »Noch keine achtzehn.«

»Es muss sehr schwer für Sie gewesen sein.« Sie streckte die Hand aus und legte sie auf seine, nur einen Moment lang. Dann drückte sie seine Hand und ließ los.

»Das war es.« Er belud seine Gabel mit Hähnchen und Fenchel, führte sie jedoch nicht zum Mund. Faye roch den Anisduft des Fenchels und die Aromen von Tomate und Kräutern, die von seinem Teller aufstiegen.

»Ihr Tod ist neunzehn Jahre her, aber sie fehlt mir immer noch jeden Tag«, sagte er leise.

Sie empfand tiefes Mitleid mit ihm. »Dann hatten Sie ein sehr enges Verhältnis zueinander?«

»Sehr.«

Faye drehte ein paar Spaghetti auf ihre Gabel. Sie überlegte, ob sie die Frage stellen durfte, die ihr auf den Lippen brannte.

»Sie möchten wissen, wie sie gestorben ist?«, fragte er nach kurzem Schweigen.

»Also …« Sie wollte nicht unsensibel sein. Aber … »Ja, schon.« War das jetzt sehr taktlos? Sie sollte sich besser vorsehen: Wer wusste, was ihr sonst noch ins Gesicht geschrieben stand.

Er runzelte die Stirn. Faye spürte beinahe, wie er sich in sich selbst, in seine Trauer, zurückzog. »Nicht weit von hier gibt es eine Straße.« Er nippte an seinem Wein und hielt inne, als erinnere er sich. »Man nennt sie die *via della morte*.«

Entsetzt riss Faye die Augen auf. »Heißt sie so, weil dort so viele Menschen umgekommen sind?« Es klang jedenfalls nach einer Straße, die man vermeiden sollte. »Warum? Ist es dort gefährlich? *Briganti?*« Sie hatte gehört, dass es vor nicht allzu langer Zeit im Landesinneren von Sardinien noch viele Räuberbanden gegeben hatte. Allerdings hatte sie gedacht, dass diese Zeiten vorbei wären.

»Briganti, no.« Er schüttelte den dunklen Kopf. »Die Straße liegt in den Bergen. Sie ist sehr steil, sehr kurvenreich.« Er sah sie eindringlich an. »Sie haben schon einiges von unserer Insel gesehen. Sie kennen die Landschaft hier.«

Sie nickte. Jetzt glaubte sie zu wissen, was kommen würde.

»Nicht überall gibt es Leitplanken. Nachts ist diese Straße nicht beleuchtet. Die Inselbewohner fahren zu schnell und überholen gern, um dort hinzukommen, wo sie hinwollen.«

Faye spießte eine *vongola*, eine Venusmuschel, mit der Gabel auf. »Aber warum nimmt jemand nachts so eine Straße?«

»Die Frage ist typisch für Sie.« Er schüttelte den Kopf. »Aber es ist nicht so, wie Sie vielleicht denken. Die Einheimischen benutzen die Straße jeden Tag. Und in der Nacht, als Mama gestorben ist, waren meine Eltern zusammen unterwegs.«

»Oh, Alessandro …« Sie wusste nicht, was sie sagen sollte.

»Sie meinen, es gab einen Unfall? Ihre Mutter ist bei einem Autounfall gestorben?«

»Si.« Er presste die Lippen zu einer schmalen Linie zusammen. Die Stimmung zwischen ihnen hatte sich verändert, war in einem Moment von fröhlich zu ernst und von hell zu dunkel umgeschlagen.

»Was ist passiert?«, flüsterte Faye.

Er schob den Teller mit dem Rest seines Essens beiseite. »An diesem Tag war die letzte Vorstellung. Sie hatte sehr hart gearbeitet und eine lange Spielzeit hinter sich. Zur Feier des Tages waren die beiden in Sassari essen gewesen. Mein Vater saß am Steuer und sie auf dem Beifahrersitz.«

Angespannt wartete Faye.

Alessandro machte eine kurze Pause und schluckte. »Ein Auto kam ihnen mit überhöhter Geschwindigkeit entgegen. Die Scheinwerfer waren zu grell. Mein Vater ist ausgeschert, um ihm auszuweichen. Er kam von der Straße ab und …« Sichtlich überwältigt verstummte er.

Wieder streckte Faye die Hand aus. Dieses Mal legte sie sie sanft auf seinen Arm. »Es tut mir so leid, Alessandro. Ich hätte nicht fragen sollen. Bitte sagen Sie nichts mehr, wenn es Ihnen zu schwerfällt.« Er hatte verbittert geklungen, und sie überlegte, ob noch mehr hinter der Geschichte steckte. Aber sie beschloss, nicht zu fragen. Was konnte denn da noch sein? Kopfschüttelnd tat sie den Gedanken ab. Sie hatte einfach eine zu rege Fantasie.

Alessandro schluckte heftig und gewann die Fassung zurück. »Sie sind nicht abgestürzt«, fuhr er fort. »Mein Vater kam von der Straße ab, der Wagen geriet ins Schleudern und überschlug sich. Ein anderes Auto fuhr von hinten auf sie auf. Mein Vater wurde schwer verletzt; er hatte sich drei Rippen und den Knöchel gebrochen und eine Gehirnerschütterung davongetragen. Meine Mutter …« Ihm brach die Stimme. »Es heißt, sie sei sofort tot gewesen.«

Er schwieg, und es herrschte eine bedrückende Stille.

»Es tut mir so leid«, erklärte Faye schließlich. Sie legte die Gabel auf ihren Teller und schob ihn beiseite. »Wie tragisch. Was für ein schrecklicher Verlust.« Sie stockte kurz. »Es muss Ihrem Vater das Herz gebrochen haben.« Faye erinnerte sich, dass er nach dem Tod seiner Frau das Theater geschlossen hatte.

»Ja, so war es.« Alessandro hatte Tränen in den Augen. Er nahm Fayes Hand und drückte sie. »Das galt für uns alle.« Er lehnte sich zurück und ließ ihre Hand langsam wieder los.

Fayes Haut prickelte. Wieder dachte sie über Sofia und Bruno nach. Marisa hatte Faye erzählt, ihre Eltern seien ein Traumpaar gewesen, und auch Fayes Eltern hatten eine hohe Meinung von Bruno Rinaldi gehabt. Doch einige Bürger von Deriu schienen ganz anderer Ansicht zu sein. »Und der andere Wagen?«, flüsterte sie.

»Der andere Wagen?« Er schien Schwierigkeiten zu haben, wieder in die Gegenwart zurückzukehren.

»Wer hat das andere Auto gefahren? Nicht das, das ihnen nicht ausweichen konnte, sondern das andere, das ihnen mit grellem Scheinwerferlicht entgegengekommen ist?«

Alessandro schüttelte den dunklen Kopf. »Das weiß keiner. Es hat nicht angehalten.«

Wahrscheinlich ist es auch nicht wichtig, dachte Faye. Es war ein Unfall gewesen, auf einer Straße, auf der häufig etwas passierte.

Sie beendeten ihre Mahlzeit und plauderten bewusst über leichtere Themen, bis der Kellner ihnen schließlich Kaffee brachte. Alessandro erzählte Faye, wieso er das Bootsbauer-Handwerk gelernt hatte. Er habe das Meer schon immer geliebt, sagte er. Er sei sogar als kleiner Junge mit seinem Großvater zum Fischen hinausgefahren.

Faye fiel wieder ein, was er ihr von seinem Urgroßvater erzählt hatte: dass er bei einem Sturm, bei dem auch der Hafen von Deriu verwüstet worden war, auf See ertrunken war.

»Als ich älter wurde, erwartete man von mir, dass ich Deriu

verlasse, um einen Beruf zu erlernen«, erklärte er ihr und rührte seinen Kaffee um.

»Wollte Ihr Vater das?«, fragte Faye. »Wollte er, dass Sie studieren?«

»Er wollte, dass ich ins Hotelfach ging wie Fabio«, sagte Alessandro. »Die beste Ausbildung, fand er, würde ich auf dem Festland bekommen. Anschließend sollte ich zurückkehren und sein Hotel übernehmen.«

»Oh, natürlich.« Faye hatte ganz vergessen, dass Bruno Rinaldi nicht nur der Besitzer des kleinen Theaters gewesen war, sondern auch des größten Hotels in der Stadt, das heute von Fabio geleitet wurde. Sie dachte kurz an Charlotte und Fabio und fragte sich, was Charlotte wohl sagen würde, wenn sie hörte, was hier los gewesen war. Faye hatte sie vor ein paar Tagen angerufen, um ihr mitzuteilen, dass alles in Ordnung sei und dass sie für einige Tage nach Großbritannien zurückkehren, aber wiederkommen würde. Bei dem Telefonat hatte sie keine Gelegenheit gehabt, mehr zu erzählen. Denn Fabio war ins Zimmer gekommen, und Charlotte war zu abgelenkt gewesen für ein längeres Gespräch. Sie hatte lediglich berichtet, dass in Italien zwar alles gut lief, dass es aber ein wenig anstrengend sei, weil jeder einzelne Hoteldirektor offensichtlich die Fähigkeit besaß, Fabio auf die Palme zu bringen. Faye hatte gelacht und beschlossen zu schweigen. Charlotte konnte jetzt nicht auch noch die Aufregung gebrauchen, die ihre Abenteuer in Deriu bedeuteten.

»Aber Sie wollten kein Hotel leiten?«, fragte sie Alessandro. Sie nippte an ihrem Kaffee; er war kräftig und aromatisch, und ein Barista, der wohl überzeugt davon war, dass ihr Essen romantischer Natur wäre, hatte ein Herz in den Cappuccino-Schaum gegossen.

»Sehen Sie mich als Hotelier, der davon lebt, den Leuten nach dem Mund zu reden?« Alessandro lehnte sich zurück und trank einen Schluck Kaffee. Er hatte die Beherrschung zurückgewonnen und seine Trauer und seine Erinnerungen offensichtlich wieder im Griff. Doch er hatte sie mit Faye geteilt, und sie hatte das Gefühl, ihn ein wenig besser kennengelernt zu haben.

»Wenn Sie es so fragen – nein.« Faye lachte.

Er lachte ebenfalls. »Ich war auch nie zum Studieren geschaffen«, sagte er. »Die Alternative war, hier auf Sardinien ein Handwerk zu erlernen.«

»Und ich vermute mal, Sie wollten Deriu nicht verlassen«, sagte Faye. Wer würde das schon wollen? Trotz aller Schatten der Vergangenheit war es wunderschön.

Er nickte. »Sie haben recht. Unten am Hafen gab es einen alten Mann, der Boote baute, auf die traditionelle Art. Diese Boote waren und sind immer noch sehr gefragt. Eines Tages habe ich ihm zugesehen, und er hat angeboten, mich alles zu lehren, was er wusste. Er hatte selbst keinen Sohn und wollte nicht, dass sein Handwerk einfach ausstarb wie so vieles andere auf unserer Insel.«

»Und was hat Ihr Vater dazu gesagt?«, fragte Faye, obwohl sie sich das schon vorstellen konnte. Seit den Tagen, als die Familie als Fischer ihr Geld verdient hatte, hatte sie offensichtlich an Status gewonnen.

»Er hat das zutiefst missbilligt.« Alessandro grinste schief. »Mein Vater hatte zu vielen Themen äußerst festgefahrene Ansichten.«

Wie der Vater, so der Sohn, dachte Faye unwillkürlich.

»Er war ehrgeizig. Er hatte sein ganzes Leben lang hart für das Hotel gearbeitet und fand, dass der Bootsbau keine standesgemäße Beschäftigung für seinen Sohn wäre. Er war zornig, er hat sogar das Hotel verkauft. Aber ich liebe dieses Handwerk.« Er lächelte. »Mir bereitet es große Freude, mit den Händen zu arbeiten.« Er zeigte ihr seine Hände, und Faye betrachtete die langen gebräunten Finger, die kurz geschnittenen Nägel und die schwieligen Handflächen. Es waren die Hände eines Mannes, der mit ihnen arbeitete – gute, zupackende Hände. »Für mich ist es auf jeden Fall erfüllend.«

»Ich würde gern einmal die Boote sehen, die Sie bauen«, sagte Faye einem plötzlichen Impuls folgend und ohne noch einmal darüber nachzudenken. Immerhin hatte er ihr ja schon einmal angeboten, ihr seine Werft zu zeigen. »Vielleicht könnte ich irgendwann vorbeikommen?«

»Natürlich.« Seine dunkelblauen Augen glitzerten. »Sie sind herzlich willkommen.« Er sah Faye weiterhin so eindringlich an, dass sie am liebsten auf ihrem Stuhl herumgerutscht wäre. »Und was ist mit Ihnen, Faye?« Er musterte sie ernst. »Wie sind Sie zu Ihrem Beruf gekommen?«

Faye schilderte ihm, was sie zur Innenarchitektur gezogen hatte und dass sie gern aufs College gegangen war, aber erst mit dreißig ein Studium begonnen hatte. »Ich musste erst erwachsen werden, um zu begreifen, was ich will«, erklärte sie.

»Und sind Sie jetzt erwachsen genug, Faye?« Er beugte sich zu ihr herüber. Seine Hand lag auf dem Tisch sehr dicht neben ihrer, doch er machte keinen Versuch, sie zu nehmen.

»Das will ich doch hoffen.« Sie hatten ihren Kaffee getrunken, und Faye blickte sich um. Das Personal schien darauf zu warten, dass sie gingen. Faye wurde klar, dass es ziemlich spät sein musste. Sie warf einen Blick auf ihre Uhr, und der Zauber – falls denn einer da gewesen war – war gebrochen.

»Zeit zu gehen.« Alessandro stand auf.

»Sie müssen mir erlauben …« Faye griff nach ihrem Geldbeutel, um sich an der Rechnung zu beteiligen.

»Nein, das bezahle ich.« Wirklich, dieser Mann konnte ziemlich grimmig aussehen, wenn er wollte. »Ich bin derjenige, der Sie zurück nach Deriu geholt hat. Und ich habe Sie heute Abend hergebeten.« Er wirkte etwas milder. »Dafür müssen Sie mir wenigstens gestatten, Sie einzuladen.«

Wie oft noch?, fragte sich Faye.

»Wie wäre es mit einem Schlummertrunk?« Er nahm ihren Schal vom Stuhl und legte ihn ihr behutsam um die Schultern. »Hatten Sie schon Gelegenheit, unseren *mirto* zu kosten?«

»Noch nicht. Aber …« Sie stellte fest, dass sie wieder an Jana dachte. Sie befand sich auf gefährlichem Terrain.

»Dann sollten Sie das nachholen.« Er nahm ihren Arm und führte sie auf die Straße. »Wir müssen eine *staffa* trinken, einen für den Weg, wie Sie sagen.«

Faye wusste, dass sie wahrscheinlich ablehnen sollte, aber es gefiel ihr, wie sich ihr Arm in seinem anfühlte. Der Abend war wunderschön, und sie war nicht im Entferntesten müde. Ihr wurde auch bewusst, dass sie zögerte, sich von ihm zu trennen, und dass sie nicht wollte, dass der Abend zu Ende ging. »Nun gut«, sagte sie.

»Ausgezeichnet.« Er lächelte sie an. »Ich wohne nur zwei Straßen weiter.«

»Ich bleibe nicht lange«, versicherte sie ihm – und sich selbst. Sie musste morgen früh arbeiten. Aber sie musste zugeben, dass sie ein wenig neugierig war. Wie sah wohl seine Wohnung aus? Was würde Alessandros Zuhause über ihn aussagen? War seine Wohnung ein Spiegel seiner Persönlichkeit oder sorgfältig neutral, wie er sich manchmal gab? Er hatte so viele Gesichter.

Seite an Seite gingen sie über das Kopfsteinpflaster. Sie schwiegen, aber die Atmosphäre war eine ganz andere als an ihrem ersten gemeinsamen Abend, als er ihr das kleine Theater gezeigt hatte. Inzwischen hatten sie über viel Privates gesprochen, und sie wusste mittlerweile viel mehr über ihn. Sie waren weit gekommen.

Sie näherten sich der *Piazza del Teatro*. »Es ist gleich hier«, erklärte Alessandro. Doch dann blieb er plötzlich stehen. »Was ist denn das?«

Faye folgte seinem Blick zum Theater. Dann sah sie, was seine Aufmerksamkeit erregt hatte: Eine Flamme schien hinter dem Fenster durch das Foyer zu huschen, und rotoranges Licht erhellte die Nacht. Sie sah die halb offen stehende Tür, den Rauch, der herausquoll, und die Silhouette eines Mannes, der hineinstolperte.

Faye rannte auf das Theater zu, doch Alessandro hatte sie schon überholt. Er hielt sein Telefon in der Hand und schrie: »Feuer. *Il Piccolo Teatro. Venite, veloci, veloci*. Kommt her! Schnell!«

»Bleiben Sie hier!«, befahl er Faye. Dann stieß er einen beinahe urzeitlichen Schrei aus und rannte hinein.

21

Pasquale war in seinem Zimmer auf der anderen Seite der *piazza* und schaute zufällig durch das Fenster über den Platz und zum *Piccolo Teatro*. Er ging nie früh zu Bett; und wenn er sich dann hinlegte, schlief er schlecht. In dieser Nacht war alles ruhig, es war still, und der Mond war beinahe voll.

Plötzlich stellten sich seine Nackenhärchen auf. Einen Moment lang glaubte er, Halluzinationen zu haben – ein orangefarbenes Glühen tanzte hinter dem Fenster des Foyers, als spiegele sich der Sonnenuntergang darin – eine optische Täuschung, denn für einen Sonnenuntergang war es viel zu spät.

Er sah genauer hin. Das orangefarbene Licht flackerte, als wäre es lebendig. *Per l'amor di dio*… Nur eine Sekunde lang stand Pasquale wie erstarrt da. Dann rannte er die Treppe hinunter und aus dem Haus wie ein Besessener. »Mama!«, brüllte er mit aller Kraft. »Es brennt! *Il teatro!*«

Er schoss die Steintreppe hinauf, wobei er beinahe stolperte, und zerrte an der Tür, doch sie war verschlossen. Abgeschlossen! Wie war das möglich, wenn das Gebäude brannte? *Um Gottes willen!* Er meinte, Rauch durch den Spalt unter der alten hölzernen Tür hervorquellen zu sehen, und glaubte schon, die Hitze zu spüren.

»Focu! Agguiddu!« Er stieß die Steinvase beiseite, sodass sie umfiel, und tastete im Dunkeln nach dem Schlüssel. Jetzt roch er auch den Rauch und wusste, dass er sich nicht geirrt hatte. »Feuer! Hilfe!«, schrie er noch einmal. Warum war noch niemand gekommen? Warum waren die Straßen heute Nacht so ausgestorben? Zitternd schob Pasquale den Schlüssel ins Schloss und drehte ihn um. Er stemmte die Tür auf. Der Sauerstoff würde die Flammen anfachen, aber es war der einzige Weg ins Innere.

Zuerst überwältigte ihn der Rauch – dick und beißend drang er in seine Augen und seinen Mund. Er hustete, zog sich den Hemdkragen über den Mund und stürmte hinein. Er hatte keine Zeit zu verlieren, keine Zeit zum Denken. Es war schlimm, das sah er sofort, aber nicht so schlimm, wie er befürchtet hatte. Es brannte nur an einer Stelle; das Feuer schien sich noch nicht über das Foyer hinaus ausgebreitet zu haben. Er dankte Gott für die Tür, die das Foyer vom Zuschauerraum trennte. *Gott sei Dank!* Er bahnte sich einen Weg durch die Hitze und den Rauch und spürte, wie das Feuer ihm Haut und Haar versengte und in seinen Augen und seiner Kehle brannte.

Er musste es löschen, bevor es sich weiter ausbreitete. Er wusste, dass an der Wand neben der Kasse ein Feuerlöscher hing, er musste ihn nur erreichen. Er stellte ihn sich vor seinem inneren Auge vor; dort war der Rauch am dichtesten. Das Feuer selbst war im Kassenhäuschen ausgebrochen, wo es jetzt hochzüngelte, als besäße es ein Eigenleben, und gierig über den Stuhl, den Schreibtisch und den Eintrittskartendrucker strich – über alles, was ihm im Weg stand. Hier musste alles trocken wie Zunder sein. Das Prasseln des Feuers war so laut, dass er sich die Ohren zuhielt. *Los, weiter …*

Pasquale tastete sich zu der Stelle vor, wo der Feuerlöscher hing, und riss ihn von der Wand. Er war schwer und heiß. Natürlich, alles war heiß. Aber darüber dachte er nicht nach. Er packte den Hebel, drehte und zog. Nichts. Er versuchte es noch einmal. Schrie ihn an. Es nützte nichts. Das verdammte Ding funktionierte nicht. Vor Wut und Enttäuschung hätte er heulen können. Er warf den Feuerlöscher weg. Wasser. Er brauchte Wasser.

Der Haupthahn war abgedreht, das wusste er, und er befand sich im hinteren Teil des Gebäudes. Das würde zu lange dauern. *Denk nach, Mann* … Die Brandschutzdecke. Er hätte sie fast vergessen. Plötzlich sah er das Gesicht seines Vaters vor seinen Augen. Seine festen Abläufe. *Wir sind die kleinen Zahnrädchen im Hintergrund, mein Junge* … Sie lag im Kassenraum, nicht im Schreibtisch, sondern unter der Kasse. Er stürmte hinein, und die Flammen versengten ihm das Gesicht, die Hände, das Haar. Er hielt sich die Augen zu. Er konnte nicht denken, sondern handelte nur. Er atmete den Qualm, den Staub, die überwältigende Hitze ein. Ein stechender Schmerz durchfuhr seine Brust. Alles schien so lange zu dauern, dabei war er erst Sekunden im Gebäude. Das Feuer begann, um sich zu greifen, doch es hatte sich noch nicht allzu weit ausgebreitet. Trotzdem hatte er sehr wenig Zeit.

Gott sei Dank wusste er, wo alles aufbewahrt wurde, und Gott sei Dank war seit den Zeiten seines Vaters nichts verändert worden. Zumindest äußerlich nicht. Er zerrte die Feuerdecke aus dem Regal. Mit Fingern, die ihm nicht mehr zu gehorchen schienen, nestelte er sie auf und warf sie über den Schreibtisch, wo das Feuer am grellsten zu lodern schien.

Er hörte einen Mann schreien, und dann war mit einem Mal Alessandro Rinaldi da und zerrte ihn aus dem Theater. Pasquale versuchte, ihn abzuschütteln, zu der Decke zurückzulaufen, doch er kam nicht gegen Alessandro an, denn er bekam keine Luft. Das Mädchen, Faye, war auch da. Mama stand neben ihr. Sie hatte einen Eimer dabei, den sie am Brunnen füllten.

Alessandro rannte wieder hinein und versuchte mit seinem

Jackett, die Flammen auszuschlagen. Pasquale nahm den ersten Eimer, brachte ihn Alessandro und sah zu, wie er ihn ins Feuer schüttete. Dann schnappte er sich den Eimer wieder, um mehr Wasser zu holen. Als er zum zweiten Mal aus dem Gebäude kam, waren wie durch Zauberei weitere Stadtbewohner aufgetaucht. Enrico Volti war da, Jiseppu und Tomasso auch und noch viele andere. Sie waren mit Wassereimern und nassen Handtüchern und Laken bewaffnet und bildeten eine Menschenkette, um Eimer und Lappen weiterzureichen. Auch seine Mutter wollte nicht zurückstehen und leistete ihren Beitrag.

»Wir schaffen es«, schrie Alessandro schließlich. »Weiter so!« Sein Gesicht war rußgeschwärzt und sein Hemd zerrissen, aber er rannte immer wieder hinein.

Schließlich traf das Löschfahrzeug ein, und die Feuerwehr übernahm die Kontrolle. Innerhalb von Sekunden richteten die Feuerwehrleute den Schlauch auf die Flammen, und ein Wasserstrahl schoss in das Foyer des kleinen Theaters. Pasquale stöhnte leise auf. Es war ein Albtraum. Ein kompletter Albtraum. Er dachte an das Gespräch in der Bar vor ein paar Tagen. Was spielte es für eine Rolle, wem das Theater gehörte? Sie hatten es beinahe verloren.

Eine halbe Stunde später war alles vorbei. Das Feuer war gelöscht, und die meisten Helfer waren wieder zu Bett gegangen. Pasquale saß unter einer Decke zusammengekauert da. Er mochte die Treppe des Theaters nicht verlassen, noch nicht, obwohl seine Zähne klapperten und der Krankenwagen wieder gefahren war. Er hatte sich geweigert, sich ins Krankenhaus bringen zu lassen. »Das ist nicht nötig«, hatte er den Sanitätern erklärt. »Ich bleibe hier.«

»Geht es Ihnen auch gut, Pasquale?« Faye setzte sich neben ihn auf die Treppe. *Sie scheint immer aufzutauchen, wenn man am wenigsten mit ihr rechnet*, dachte er.

»Mir ist kalt«, sagte er. Sonst ging es ihm ganz gut. Seine Verbrennungen waren nicht schwer. Er wusste, dass er nach Hause gehen sollte. Seine Mutter wartete darauf, sich seine Verletzungen anzusehen. Sie hatte ihm erklärt, dass sie die Brandwunden mit ihrem besonderen Breiumschlag behandeln wolle.

»Wahrscheinlich stehen Sie unter Schock«, sagte Faye. »Sie sollten nach Hause gehen und heißen süßen Tee oder Brandy oder so etwas trinken.« Sie sah aus, als könnte sie selbst einen guten Schluck gebrauchen.

»Das wird schon wieder«, sagte er. »Aber wie sieht es im Theater aus?«

»Anscheinend ist der Schaden nicht so groß.« Sie blickte zu Alessandro hinüber, der immer noch mit einem der Feuerwehrleute redete. »Das haben wir Ihnen zu verdanken, Pasquale.«

Pasquale begriff mit einem Mal, dass er eine Heldentat vollbracht hatte. Dabei hatte er nicht einmal darüber nachgedacht, sondern einfach gehandelt. Hatte sein Vater damals das Gleiche empfunden? Aber das war natürlich etwas anderes gewesen. Und auf eine Art hatte er trotzdem versagt, weil es überhaupt passiert war. »Das Feuer ist im Kassenraum ausgebrochen«, erklärte er.

»Haben Sie eine Ahnung, wieso?«

Er schüttelte den Kopf. Während er gegen die Flammen gekämpft hatte, hatte er sich einen grauenhaften Moment lang vorgestellt, Enrico Volti … Aber nein, das war unmöglich. Der Mann hatte nicht vor, das kleine Theater zu zerstören. Warum sollte er? Er runzelte die Stirn. »Ich habe vorhin ein paar Jugendliche herumlungern gesehen.« Es waren die gewesen, die er schon vor ein paar Tagen verjagt hatte.

»Vielleicht gehen sie rein, um heimlich zu rauchen«, sagte Faye. »Eine Zigarette, die nicht richtig ausgedrückt ist, kann leicht ein Feuer auslösen.«

Betrübt nickte Pasquale. Er hätte den Jugendlichen gegenüber energischer auftreten sollen. Er hätte ahnen müssen, was sie vorhatten.

»Und wahrscheinlich wissen alle, wo der Schlüssel liegt.«

Pasquale schlug die Augen nieder. »Es ist meine Schuld«, erklärte er. »Ich war nicht vorsichtig genug. Ich hätte mich besser um das *Piccolo Teatro* kümmern müssen.«

»Sie sind schließlich nicht der Hausmeister, wissen Sie.« Er wusste, dass sie es gut meinte.

Offiziell war er nie der Hausmeister gewesen, aber er hatte sich selbst dazu ernannt. Für ihn war das Theater so etwas wie sein Erbe. Genau deshalb fühlte er sich schuldig, so schuldig. Er hatte das Theater nicht beschützt, wie er es geschworen hatte. Er hatte es im Stich gelassen und seinen Vater enttäuscht.

»Ein Glück, dass Sie das Feuer entdeckt haben, alter Junge.« Alessandro war zu ihnen herübergekommen. Er wirkte müde. Als er sich mit einer Hand durch das Haar fuhr, sah Pasquale, dass es teilweise durch das Feuer angesengt war. Sein eigenes sah wahrscheinlich nicht besser aus. Sonst sagte Rinaldi nichts, er verlor kein Wort des Dankes.

»Ein Glück, dass Sie vorbeigekommen sind«, brummte Pasquale, dem natürlich auch nicht entgangen war, dass diese beiden schon wieder zusammen unterwegs waren.

»Gut, dass sich das Feuer auf den Kassenraum beschränkt hat«, sagte Alessandro.

»Sonst ist nichts beschädigt?«, fragte Pasquale und versuchte, sein Zittern zu beherrschen. Das war das Wichtigste.

»Dank des Marmorbodens«, sagte Alessandro. »Er hat verhindert, dass sich das Feuer ausbreiten konnte.«

»Si.« Pasquale nickte.

»Faye.« Alessandro wandte sich an sie. »Ich bringe Sie nach Hause, ja? Sie müssen erschöpft sein.«

»Ja, bitte, das war ein ziemlich aufregender Abend.« Faye richtete sich wieder an Pasquale. »Sie sollten nach Hause gehen, Pasquale«, sagte sie. »Hier können Sie nichts mehr tun.«

Als ob er das nicht wüsste.

»Glauben Sie, es war Brandstiftung?«, hörte er Faye fragen, während sie mit Alessandro davonging. Sie hatte sich bei ihm eingehakt und schien sich in seiner Gesellschaft wohlzufühlen. Das machte Pasquale nervös, und ein Schauer überlief ihn. Gerade machte ihn alles nervös. Er dachte daran, wie viel das Theater ihm bedeutete. Ihm standen schlechte Zeiten bevor.

»Ich weiß es nicht.« Die Stimmen der beiden wurden leiser, als sie sich entfernten.

Langsam stand Pasquale auf und ging zurück ins Haus. Seine Mutter wartete in der Küche und schnalzte missbilligend mit der Zunge. »Setz dich, setz dich.« Sie zeigte auf den Stuhl. Auf dem Tisch daneben lag in einer Schüssel schon der vorbereitete Umschlag. »Ich muss mir das ansehen.«

»Danke, Mama.« Als Faye von Brandstiftung gesprochen hatte, hatte sie vermutlich eher an Enrico Volti und gewisse andere Bürger dieser Stadt gedacht als an die Jugendlichen, von denen er ihr erzählt hatte. Aber er war sich sicher, dass sie sich irrte. Als seine Mutter ihm den Umschlag auflegte, zuckte er zusammen. Doch nach dem ersten Schreck fühlte er sich kühl und wohltuend an.

»Mein Kleiner«, sagte sie. Ihre Stimme klang so zärtlich, wie er sie schon sehr lange nicht mehr gehört hatte.

Pasquale war sich ziemlich sicher, dass es nicht Volti gewesen war. Die Zeit würde es zeigen. *Niemand in Deriu will das kleine Theater niederbrennen sehen.* Er schloss die Augen, als der Kräuterbrei seiner Mutter seine volle Wirkung entfaltete. *Oder?*

22

»WENN ER NICHT GEWESEN WÄRE …« Faye beendete den Satz nicht. Sie wusste, dass Alessandro nicht gerade Pasquales größter Fan war. Aber er sollte wenigstens anerkennen, was der Mann getan hatte, und sich richtig bei ihm bedanken.

»Ich weiß.« Er drückte ihre Finger. »Heute Nacht hat er mich überrascht.«

Wir wissen nie, wozu wir in der Lage sind, bis wir auf die Probe gestellt werden, dachte Faye.

In der Stille der Nacht hallten ihre Schritte laut von dem Kopfsteinpflaster wider. Um sie herum war alles so ruhig. Die ganze Stadt schien wieder schlafen gegangen zu sein, als wäre nichts geschehen. Und doch waren, als es darauf ankam, alle da gewesen und hatten bei der Rettung des Theaters mitgeholfen. Faye dachte an die Menschen, die mit Eimern zum Platz geeilt waren, sich in die Menschenkette eingereiht und mitgeholfen hatten, das Feuer zu löschen. Es waren dieselben Menschen – jedenfalls zum Teil –, die ihr feindselige Blicke zuwarfen, wenn sie am Fluss entlangspazierte oder in der Stadt in beruflichen Angelegenheiten unterwegs war, die sie offenbar als ihre eigenen betrachteten. Sie grüßte, sie lächelte und gab sich große Mühe, freundlich zu sein. Einige reagierten darauf. Doch andere wie Enrico Volti und seine Freunde taten immer noch ihr Bestes, damit sie sich in Deriu nicht willkommen fühlte. Sie konnte es ihnen nicht einmal übel nehmen. Und trotzdem, trotz des Streits um die Besitzrechte, hatten alle zur Rettung des kleinen Theaters beitragen wollen.

»Der arme alte Pasquale musste in ziemlich große Fußstapfen treten.« Alessandro klang nachdenklich.

»In welcher Hinsicht?«

»Sein Vater war der Held unserer Stadt. Wussten Sie das nicht?« Er flüsterte jetzt beinahe. »Aber woher sollten Sie das auch wissen? Das war lange vor meiner Zeit, aber die Menschen hier reden heute noch davon.«

»Sein Vater? War er nicht Hausmeister am Theater?« Faye war verblüfft. Nach dem, was Pasquale ihr erzählt hatte, hatte sie ihn sich nicht als Helden vorgestellt.

»Genau der.«

»Was hat er getan?«

Sie gingen im gleichen Takt, und er hielt immer noch ihre Hand, die sie durch seinen Arm geschoben hatte. Sie hätten Freunde sein können, die sich einfach im Dunkeln auf dem Kopfsteinpflaster stützten. Aber sie waren einander auch so nahe, dass sie Liebende hätten sein können. Faye überlief ein Schauer.

Alessandro drückte ihren Arm. »Ist Ihnen kalt?«

Sie schüttelte den Kopf. Nicht kalt, nein. Wahrscheinlich stand sie wie Pasquale noch unter Schock. Doch sie wusste auch, dass diese Nacht noch nicht vorüber war. Sie war immer noch hier, mit diesem Mann, unterwegs in der Altstadt von Deriu. Die hohen Häuser ragten zu beiden Seiten der schmalen Straße auf, der Mond hatte die Farbe von gesprenkeltem Elfenbein, und der klare Himmel war mit silbernen Sternen übersät.

»Als die Faschisten nach Deriu kamen, hat er die Wertgegenstände vieler Stadtbewohner gerettet und sie im Theater aufbewahrt.« Er sprach leise. »Und als die Bertellis Angst hatten, ihre ganze Familie könne verhaftet werden, hat er sie ebenfalls im Theater versteckt.«

»Wirklich?« Faye war gefesselt. »Das muss schrecklich gefährlich gewesen sein.« Sie erinnerte sich daran, wie Pasquale gesagt hatte, sein Vater sei gut darin gewesen, Dinge zu retten. Das musste er damit gemeint haben.

»Sehr gefährlich, allerdings.« Sie erreichten die Hauptstraße und überquerten sie. Auch der neuere Teil der Stadt war wie ausgestorben; die Straßen waren verlassen, und die Boote, die am Fluss festgemacht waren, wippten auf den Wellen auf und ab, als tanzten sie zu einer Melodie, die nur sie hören konnten. »1942 war das«, fuhr Alessandro fort. »*Signore* Bertelli hatte sich dem Widerstand angeschlossen. Wahrscheinlich waren sie deswegen hinter ihm her.«

Faye warf Alessandro einen Blick zu, doch seine Züge waren in tiefe Schatten getaucht. »Dann hat Pasquales Vater auch im Widerstand gekämpft?«

»Ja. Viele Menschen haben das. Sie waren nicht damit einverstanden, was in Nazideutschland geschah. Und vielen Leuten in Deriu und im Rest der Insel gefiel die Richtung nicht, die Mussolini mit seiner Politik einschlug.« Er schüttelte den dunklen Kopf und sah auf den Fluss. »In den 1930er-Jahren haben die Faschisten unsere *cantadores* verboten, weil diese bei ihren öffentlichen Auftritten oft die Kirche und die Regierung kritisierten. Deshalb wurden sie als subversive Kräfte betrachtet. Und während des Zweiten Weltkriegs wurde unsere Insel stark bombardiert, besonders Alghero und Cagliari.«

Faye nickte. Davon hatte sie schon gehört. »Wer waren diese *cantadores*, Alessandro?«

»Geschichtenerzähler, Dichter, in alten Zeiten häufig die Schäfer.« Auf seinem Gesicht lag ein Lächeln, aber er wirkte immer noch erschöpft. Faye dachte daran, wie er in das Theater gerannt war, als er das Feuer gesehen hatte. Falls sie noch irgendeinen Zweifel daran gehegt hatte, dass ihm dieser Ort wirklich wichtig war, dann war der inzwischen verflogen.

»Es heißt, der satirischste und mächtigste von ihnen habe in einem Rededuell den Teufel selbst besiegt.« Er fing ihren Blick auf und zuckte mit den Schultern. »Es ist eine alte und wichtige Tradition auf unserer Insel«, setzte er hinzu. »Doch die Faschisten wandten sich nicht nur gegen unsere Kultur.«

»Auch gegen die Menschen?«

Er nickte. »Einige von Mussolinis Männern waren äußerst brutal. Viele unserer Leute wurden getötet.«

Aber wie viele waren so mutig gewesen, aktiven Widerstand zu leisten? »Pasquales Vater muss ein tapferer Mann gewesen sein.« Faye fragte sich, warum Pasquale ihr nicht von seinem Vater und den Faschisten erzählt hatte. Er musste doch stolz auf das sein, was sein Vater getan hatte.

»Das war er.« Sie erreichten die Brücke, und Alessandro verlangsamte seinen Schritt. »Zumindest erzählt man sich das. Ich habe Luigi de Montis selbst natürlich nie kennengelernt. Mein Großvater kannte ihn und pflegte zu sagen, er sei ein guter Mann gewesen.« Er legte die Hand auf das Brückengeländer, blickte auf den still dahinfließenden Fluss hinunter und schwieg einen Moment. »Aber die wahre Tragödie war, dass er für seine Taten mit dem Leben bezahlt hat.«

In der Dunkelheit starrte Faye ihn an. »Die Faschisten haben herausgefunden, was er getan hatte?«

»Offiziell nicht.« Alessandro drehte sich zu ihr um. Er seufzte. Dann streckte er die Hand aus und strich ihr unendlich sanft das Haar aus dem Gesicht. Sie sah ihn an und versuchte, sich auf das Gespräch zu konzentrieren und nicht auf seine Berührung. »Aber man hat ihn der Zusammenarbeit mit den Antifaschisten verdächtigt. Er wurde verhört, gefoltert und …« Er verstummte, als stelle er sich das Grauen, das er beschrieb, bildlich vor.

»Und?«, fragte sie, obwohl sie sich nicht sicher war, ob sie es hören wollte.

»Schließlich brachte man ihn auf den Marktplatz. Sie haben ihm in den Kopf geschossen.«

Faye keuchte auf. »Obwohl sie keine Beweise hatten?«

Er legte seine Hand an ihre Wange und streichelte sie. »Liebe Faye, die Faschisten brauchten keine Beweise, um jemanden zu töten.«

»Aber …« Er hatte natürlich recht. Sie hatte schon eine Vorstellung davon gehabt, wie es damals gewesen war. Aber er hatte ihr die Situation so drastisch und schonungslos geschildert, dass sie das Gefühl hatte, sie mitzuerleben. Diese Ereignisse hatten hier in Deriu stattgefunden.

»Sie haben ihn zur Abschreckung hingerichtet.« Alessandros Miene war finster.

»Und die Bertellis, die sich im Theater versteckt hielten?«

»Man erzählt sich, dass Luigi de Montis sie vor seiner Verhaftung noch herausgeholt und in die Berge gebracht hat.«

»Dann konnten sie fliehen, und Pasquales Vater wurde dafür erschossen?«

»So sieht es aus.«

»Oh Gott.« Es war eine furchtbare Geschichte. Faye konnte nachvollziehen, dass dies noch ein weiterer Grund dafür war, dass das Theater ein so zentraler Bestandteil der Identität und Geschichte von Deriu war. Es war nicht nur da gewesen, um die Menschen zu unterhalten; es war Teil des Widerstands gewesen, Teil des Protests gegen Grausamkeit und Verbrechen. Es hatte eine Rolle im Freiheitskampf gespielt und wahrscheinlich Leben gerettet. Die Kirche hatte in dem Ruf gestanden, Verfolgte zu verstecken, doch in diesem Fall war es das Theater gewesen. Ihr kam ein Gedanke. »Wie alt war Pasquale, als sein Vater umgebracht wurde?«

»Fünf oder sechs, glaube ich. Jedenfalls noch sehr jung. Das war 1945.«

Sie schluckte. »Hat er den Tod seines Vaters mit angesehen?« Das würde vieles erklären.

»Nein, aber seine Mutter. Sie hat geschrien und geweint, aber es nützte nichts. Ihr Mann ist in ihren Armen gestorben.«

Faye konnte sich nur vorstellen, welche Auswirkungen das auf Pasquale und seine Mutter gehabt haben musste. »Wie Sie schon sagten – danach musste Pasquale in ziemlich große Fußstapfen treten«, murmelte sie.

Sie schwiegen, während sie weitergingen und die Brücke hinter sich ließen. Als sie Fabios und Charlottes Haus erreichten, blieben sie an der Treppe stehen, ohne zu sprechen oder einander zu berühren. Er hatte ihr Haar und ihre Wange gestreichelt, aber was hatte das zu bedeuten? Alles Mögliche? Nichts? Sie wusste es nicht. Doch trotz der späten Stunde und des gerade erlebten Dramas mochte sie sich nicht von ihm trennen und hineingehen.

»Faye ...«

Verblüfft über seinen Tonfall sah sie zu ihm auf. Seine Stimme hatte zärtlich geklungen.

»Ja?«, flüsterte sie.

»Ich kann mich nicht verstellen.« Er sprach so leise, dass sie ihn kaum verstand.

»Alessandro?«

»Sie sind hierher nach Deriu gekommen, und ... Verstehen Sie, ich hatte nicht die Absicht ...«

»Was für eine Absicht?« Doch sie glaubte, es zu wissen.

Er beugte sich vor und küsste sie auf den Mund. Sie standen so nahe beieinander, dass dazu nur eine winzige Bewegung nötig war. Sie hielten inne, einen dunklen, stillen Herzschlag lang. Faye spürte, wie das Begehren in diese Stille hineinströmte. Dann lagen ihre Hände auf seinen Schultern, er schlang die Arme um ihre Taille und küsste sie noch einmal, dieses Mal so leidenschaftlich, dass es ihr den Atem nahm.

Faye schloss die Augen. Er roch nach Holz und Zitronen und nach dem Feuer. Einen Moment lang wünschte sie sich nichts mehr, als in seinen Armen zu liegen – jetzt und die ganze Nacht lang. Es erschreckte sie, wie stark dieses Gefühl war. Als er sich schließlich von ihr lösen wollte, hielt sie ihn fest. Sie mochte ihn nicht ansehen, weil sie sich davor fürchtete, was sie *nicht* in seinen Augen sehen würde. Doch sie hatte das Gefühl, ihn nicht loslassen zu können.

»Alessandro«, sagte sie noch einmal und überhörte die innere Stimme, die ihr zur Vorsicht riet und sie mahnte, dass dieser Mann vielleicht nicht vertrauenswürdig war und möglicherweise nicht einmal frei.

»Es war ein langer Abend«, sagte er. Er zog sich zurück und sah sie an, halb forschend, halb lächelnd. »Ich muss Sie verlassen.«

»Ja.« Er hatte recht. Jetzt war nicht der richtige Zeitpunkt – wie konnte er das auch sein? Sie vermutete allerdings, dass ihre Augen etwas ganz anderes sagten.

»Ciao, bella Faye.« Wieder beugte er sich vor, drückte einen Kuss auf ihren Scheitel und ging dann davon. Mit einer Hand winkte er ihr so beiläufig zu, dass es schmerzte.

Dummes Mädchen, dachte Faye. Wie idiotisch, wie naiv von ihr, sich von einem Kuss so hinreißen zu lassen. Langsam atmete sie aus. Statt ihm nachzusehen, rannte sie die Stufen hinauf, schloss die Tür auf und zog sie dann fest hinter sich zu. Sie stieg die Treppe zu ihrem Zimmer hinauf und sah durch das Fenster in die Nacht hinaus, die inzwischen zum frühen Morgen geworden war. Alessandro stand auf der Brücke und blickte zurück. Sie hatte kein Licht eingeschaltet, sodass er sie nicht sehen konnte. Doch ihr Herz machte einen Sprung, als sie sah, dass er in ihre Richtung schaute.

Schließlich wandte er sich ab und ging in Richtung Altstadt davon, und Faye ging wie benommen ins Bad, um sich das Gesicht zu waschen und die Zähne zu putzen. Sein Duft begleitete sie immer noch. Aber auch Brandgeruch hing in der Luft. Sie öffnete das Fenster. Wenn er hätte mit hineinkommen wollen, hätte sie ihn nicht abgewiesen. Schlimmer noch, sie hatte sich gerade noch davon abhalten können, ihn darum zu bitten. Ihr ganzes Leben lang war nie sie diejenige gewesen, die die Initiative ergriffen hatte. Sie war altmodisch und überzeugt davon, dass es umgekehrt sein sollte. Doch diesmal … Er hatte sie geküsst, aber nicht mehr gewollt. Warum nicht?

Sie knipste das Licht aus und ließ den Vorhang offen, damit sie die kühle Luft spüren und den beruhigenden Vollmond hoch oben am Himmel sehen konnte. Sie war aufgeregt und verspürte Angst. Solch ein Flattern in der Magengrube hatte sie lange nicht mehr gehabt. War das die Wirkung eines gut aussehenden Sarden, von ein paar Gläsern Wein, eines Abenteuers oder eines Kusses? War es ein Anfang? Konnte es einer sein? Sollte sie sich zurückziehen, weitergehen oder genau da verharren, wo sie war?

Faye rief sich zur Ordnung. Sie durfte nicht allzu viel in einen einzigen Kuss hineininterpretieren. Sie und Alessandro waren so verschieden, sie kamen aus ganz unterschiedlichen Welten.

Doch während die Nacht in den Morgen überging und das schwache, rosige Licht der Morgendämmerung in das Zimmer fiel, in dem sie lag, ließ der Gedanke an ihn Faye nicht schlafen. Er hätte ebenso gut mit ihr hereinkommen können, denn er war hier. Also musste es wohl der Anfang von etwas sein, oder?

23

Ade sass am Steuer. Auf der Suche nach wenig störender Hintergrundmusik, bei der er nachdenken konnte, schaltete er Radio 2 ein. Erst seit er nicht mehr täglich zwischen West Dorset und Exeter pendelte, hatte er begriffen, welche Bedeutung Autofahren in seinem Leben hatte. Es war wenig erstaunlich, schließlich war er so lange täglich zur Arbeit und zurück gefahren. Aber ihm war nicht bewusst gewesen, wie wichtig es für ihn war oder wie sehr es ihm fehlen würde. Merkwürdig. Er hatte seine Fahrt so eingerichtet, dass er am Nachmittag ankommen würde. Dadurch würde er die Gelegenheit haben, zuerst einen Spaziergang zu machen und sich zu orientieren. Sich zu erinnern. Und dann … An diesem Punkt endete sein Plan. Ab hier wusste er nicht mehr weiter.

Er musste etwas unternehmen, irgendwohin fahren. War das nicht der Sinn des Ganzen? Er hatte aufgehört zu arbeiten, Molly verlassen und sein Haus aufgegeben. Hatte er das nicht alles hierfür getan? Um zu reisen? Er hatte gezaudert, war in Exeter geblieben und hatte gezögert. Er dachte darüber nach, was Molly ihm erzählt hatte, und begriff es immer noch nicht. Er dachte an das Reisebüro, in dem er Nina damals kennengelernt hatte. Zum ersten Mal seit Jahren ging er wieder daran vorbei, aber er nahm die Reiseangebote gar nicht wahr. Er wollte keinen Urlaub. Er wünschte sich ein anderes Leben.

Dann, eines Abends, hatte er Jane gesehen. Er wusste, dass sie es war. Er kam gerade aus einer Bar – er verbrachte inzwischen viel zu viele Abende in Bars –, und sie trat aus dem Kino gegenüber. In der Menschenmenge, die aus dem Kino strömte, überragte sie die meisten um mehr als einen Kopf. Natürlich war sie älter geworden, es war über zwanzig Jahre her. Aber er erkannte sie an ihrer Größe und an ihrem graziösen Gang, an dem leuchtend roten Schal, den sie um den Hals trug. Jane war schon immer eine auffällige Frau gewesen. Nina auch, wenngleich aus anderen Gründen.

Nina hatte Jane immer bewundert. Ade hatte sich in ihrer Gegenwart immer ein wenig geschämt. Er hatte nie genau gewusst, was sie über ihn dachte. Er hatte überhaupt noch nie gewusst, was Frauen dachten. Aber er vermutete, dass es ungefähr Folgendes war: *Er ist nett, aber er ist verheiratet; ich traue ihm nicht, weil er sehr wahrscheinlich meiner besten Freundin wehtun wird.* Und sie hatte recht gehabt – er hatte es getan. Er hatte Nina verletzt, obwohl sie diejenige gewesen war, die die Beziehung beendet hatte.

Er war überrascht, hier auf Jane zu treffen. Aber warum sollte Jane nicht hier sein? Ninas beste Freundin hatte schon immer in Exeter gelebt.

Sie war mit jemandem zusammen. Die alte Jane war Single gewesen, genau wie Nina. Immer bereit, jemandem zu misstrauen, und das zu Recht. Die neue Jane war weicher, das sah er sofort. Der Mann war älter und größer als sie; er trug Jeans und eine abgewetzte braune Lederjacke. Ade sah zu, wie er schützend – besitzergreifend? – einen Arm um ihre Schultern legte. Daraufhin lächelte sie auf eine Art zu ihm hoch, die Jane gar nicht ähnlichsah.

Ade zog sich in den Eingang der Bar zurück, bevor sie ihn sehen konnte. Was sollte er auch sagen? *Erinnerst du dich? Ich bin der Kerl, der eine Affäre mit deiner besten Freundin hatte und am Ende doch bei seiner Frau geblieben ist?* Gleichzeitig wollte er mit ihr reden. Was sollte er tun? Er konnte die beiden immer noch sehen; sie liefen auf der anderen Straßenseite in die entgegengesetzte Richtung. Er beschloss, ihnen in sicherer Entfernung zu folgen. Wenn sie ein Taxi anhielten oder in einen Bus stiegen, war es vorbei, aber vielleicht gingen sie auch einfach nach Hause. Dann wüsste er wenigstens, wo er sie finden konnte. Wenn er sie fand, konnte er mit ihr sprechen … Aber so weit dachte Ade bewusst nicht voraus.

Er hatte Glück, die beiden gingen zu Fuß weiter. Einmal blieben sie stehen, um sich zu küssen, und Ade hielt ebenfalls an und sah höflich in die andere Richtung. Er kam sich vor wie ein schäbiger Privatdetektiv, der versuchte, sich unauffällig zu verhalten und auszusehen wie ein normaler Mensch auf dem Weg nach Hause statt wie jemand, der sich in dunklen Ecken herumdrückte und andere ausspionierte. Doch er spürte auch einen leichten Adrenalinschub. So etwas hatte er noch nie getan.

Er folgte ihnen rund zwanzig Minuten, dann bogen die beiden in eine kleine Reihenhaussiedlung ein. Hintereinander gingen sie einen schmalen Gartenweg hinauf, und Ade blieb in einiger Entfernung stehen. Er sah zu, wie sie einen Schlüssel hervorzog und die Tür aufschloss. Obwohl ihr Begleiter sich heimisch zu fühlen schien, hatte Ade das Gefühl, dass das Haus Jane gehörte. Er blieb noch ein paar Augenblicke, hielt sich abseits des Lichtkegels der Laterne im Schatten und versuchte, mit einer Hecke in der Nähe zu verschmelzen. Er kam sich ein wenig albern vor. Aber hatte er sich eigentlich je anders gefühlt? Er dachte an Molly. In der Innentasche seines Jacketts fand er einen Kugelschreiber. Er notierte sich die Hausnummer auf seiner Hand. Nicht, dass er sie vergaß. Als die beiden drinnen verschwunden waren und das Licht eingeschaltet wurde, ging er zurück in die Wohnung, die er gemietet hatte. Was jetzt?

Zwei Tage vergingen, bevor er den Mut aufbrachte, das Haus noch einmal aufzusuchen. Er schlenderte ein paarmal die Straße auf und ab und zwang sich, nicht in die Fenster zu sehen. Dann kaufte er im Laden an der Ecke eine Zeitung und setzte sich in einen nahe gelegenen Park, um das Kreuzworträtsel zu lösen. Er wagte nicht, den Gartenweg aus rissigem Beton hinaufzugehen, und hatte nicht vor, an die Tür zu klopfen.

Am Tag darauf war er wieder da. Was wollte er von ihr? Er beschloss, nicht darüber nachzudenken. Schließlich hatte er nicht nach ihr gesucht, sondern war durch Zufall auf sie gestoßen. Und jetzt würde er ihr entweder wieder zufällig begegnen oder nicht. Indem er sich in ihrer Wohngegend herumtrieb, erhöhte er nur die Chancen, nichts weiter. Vor dem Haus neben ihrem blieb er stehen, um seine Schnürsenkel neu zu binden, und in einem Café in der Nähe trank er Kaffee.

Als er zum dritten Mal an dem Haus vorbeiging, öffnete sie die Tür.

»Hallo, Ade.« Sie schien nicht überrascht zu sein, ihn zu sehen.

»Jane!« Er blieb wie angewurzelt stehen und wich zurück, als wäre er völlig verblüfft, aber sie lachte ihn nur aus. Er hatte vergessen, wie direkt sie war.

»Ich dachte, ich erspare dir die Mühe«, erklärte sie.

Blinzelnd sah er sie an. *Erwischt*, dachte er.

»Ich habe gesehen, wie du hier herumgeschlichen bist. Kaffee?«

Beim Kaffee erzählten sie sich von ihrem Leben in den letzten zwanzig Jahren. Jane hatte geheiratet und sich wieder scheiden lassen. *Kommt vor*, sagte sie. Sie hatte zwei Kinder im Alter von sechzehn und achtzehn Jahren, die noch bei ihr zu Hause lebten. Und sie hatte inzwischen einen Mann kennengelernt, von dem sie glaubte, er könne »der Richtige« sein.

Ade erinnerte sich daran, wie sie vor dem Kino zu ihm aufgesehen hatte. »Meinst du, dass es das gibt?«, fragte er sie. »›Den Richtigen‹?« Er hatte ihr berichtet, dass er sich von Molly getrennt hatte, aber nicht gesagt, wie kurz das erst her war. Keiner von ihnen hatte Nina erwähnt.

»Du denkst an Nina«, sagte sie.

Er hielt dem direkten Blick ihrer blauen Augen stand und zuckte mit den Schultern. Es hatte nie einen Abschluss gegeben. Der Umstand, dass ihre Beziehung kein richtiges Ende gefunden hatte, hatte ihn immer gequält. Ein richtiges Ende bedeutete, dass eine Beziehung auch wirklich zu Ende war, und nicht, dass man herausfand, dass die Ehefrau nicht nur schwanger gewesen war, sondern das Baby auch verloren hatte und Unterstützung brauchte und dass man der größte Bastard der Welt wäre, wenn man nicht zu ihr zurückkehrte. Es war kein richtiges Ende, wenn das Begehren für die Frau, die vor einem stand, größer war als das Leben selbst und wenn sie diejenige war, die sagte: »Ich kann das nicht, Ade, und du auch nicht«, und sich von ihm trennte.

»Ich denke oft an Nina«, gestand er.

»Immer noch?«

»Noch immer.« In dem Punkt hatte Molly recht gehabt. Er dachte an Ninas feuerrotes Haar, Ninas wilde grüne Augen und ihre blasse, alabasterfarbene Haut. Im Lauf der Jahre hatte er sich gefragt, wie viel davon Fantasie und auf seine Unzufriedenheit zurückzuführen war. Aber was immer auch der Grund war, er dachte oft an Nina. Das war kein Verbrechen. Und ihm ging es nicht nur um ihr Äußeres. Es war viel, viel mehr als das – es war das Gefühl, das Nina ihm geschenkt hatte, das Gefühl von Freiheit.

Jane lachte. »Ja. Ich dachte auch nicht, dass du mich aus einem anderen Grund gestalkt hast, Ade.« Sie stemmte die Hände in die Hüften. »Warum hast du nicht einfach an die Tür geklopft und mich gefragt?«

Darüber dachte er nach. »Weil ich ein Feigling bin?«

»Wenigstens bist du ein ehrlicher Feigling.« Sie beugte sich vor und tätschelte seinen Arm. »Aber ich kann dir nicht helfen«, erklärte sie. »Wir haben den Kontakt verloren.«

»Wirklich.« Ade ließ seinen Kaffee in der Tasse kreisen. Das überraschte ihn.

Jane schlug die Augen nieder und blickte dann wieder hoch. »Sie hat sich nicht mit meinem Ex-Mann verstanden. Ich hatte weniger Freizeit. Sie ist weggezogen. Du weißt ja, wie das so geht.«

»Ja, ich weiß.« Aber das stimmte nicht, nicht wirklich. Ades Erfahrung nach hatten Männer nicht das gleiche Bedürfnis wie Frauen, einer Gruppe anzugehören und Vertraulichkeiten auszutauschen. Vielleicht fanden sie das nicht männlich genug. Er hatte natürlich seine Kollegen und ein paar Jungs aus dem Golfclub, Männer, die er anrufen konnte, um Tennis mit ihnen zu spielen oder ein Bier zu trinken, aber keine Freunde. Er würde ihnen nie von seinen Problemen erzählen oder sie um Rat bitten, jedenfalls nicht bei etwas Persönlichem. Für ihn war es verblüffend, dass Freundschaften zwischen Frauen, die so fest und intim wirkten, sich so einfach auflösen konnten.

»Hat sie geheiratet?«, fragte er. Er hatte oft darüber nachgedacht. Nina war ein solcher Freigeist gewesen, aber sie hatte auch so viel Liebe zu geben gehabt. Mit einem Mal stand Ade wieder das Bild vor Augen, wie sie sich an einem Freitag um die Mittagszeit in ihrer Wohnung ein Kleidungsstück nach dem anderen auszog. Als sie vollständig nackt war, war sie zu ihm gekommen, hatte ihn fest umarmt und sich dann wieder zurückgezogen. »Jetzt du.« Sie hatte zugesehen, wie er es ihr nachtat. Ihr Selbstbewusstsein hatte ihn schockiert. Sie fühlte sich so sicher in ihrer eigenen Haut und wusste so genau, was sie wollte. Sie schlug Vorsicht und Sicherheit – alles, was er in seinem eigenen Leben hasste – in den Wind, der durch ihr feuerrotes Haar wehte.

»Ja, ich glaube schon. Aber das war später.«

Das muss nicht heißen, dass sie noch zusammen sind, sagte sich Ade. »Wohin ist sie gezogen?«, fragte er beiläufig.

Jane sah aus, als wolle sie es ihm nicht verraten. »Nach Cornwall. Irgendwohin ans Meer.«

Ade nickte. »Ich habe mich nur gefragt, ob sie glücklich geworden ist.« Er stand auf, um zu gehen. »Nichts weiter.«

»Ja.« Jane grinste. »Aber denk daran, Ade, im Leben muss man vorwärtsgehen; ein Zurück gibt es nicht.«

»Richtig.«

Im Gehen fiel sein Blick auf das Tischchen in der Diele. *Mrs. Jane Francis*, las er auf einem Umschlag, den sie oben auf einem Stapel anderer Post liegen gelassen hatte. Er drehte sich um. »Was ist aus deinem Mann geworden?«

»Ich habe noch Kontakt zu Steve«, erklärte sie. »Wir haben uns in Freundschaft getrennt.«

»Das ist gut.« Er nickte. »Besonders für die Kinder.« Auch von ihnen hing ein gerahmtes Foto in der Diele an der Wand bei der Treppe. Das Mädchen sah aus wie ihre Mutter, nur dass ihr Haar rötlicher war. Der Junge hatte dunkles Haar und ein strahlendes Lächeln. »Schön«, sagte er. Er dachte an Faye. *Tut mir leid, Faye.* Er hatte das Leben seiner Tochter auf den Kopf gestellt. Sie war erwachsen, ja, aber es war ihm ziemlich gut gelungen, ihre Erinnerungen zu zerstören.

»Es war schön, dich zu sehen, Ade«, sagte Jane, als er aus ihrer Haustür trat. »Einen schönen Tag noch.«

Ja, es ist ein schöner Tag, dachte er. Er sollte Pläne schmieden. Er sollte recherchieren, beschließen, wohin er reisen wollte, was er als Nächstes mit seinem Leben anfangen sollte, nun, da er frei war, und sich nicht mit der Vergangenheit aufhalten und an eine Frau denken, die er einmal geliebt hatte.

Als er zurück in seiner Wohnung war, suchte er auf Facebook nach Jane Francis und scrollte durch ihre Freundesliste. Heutzutage war das alles so einfach. Er hatte noch nie ernsthaft versucht, Nina zu finden. Welchen Sinn hätte das auch gehabt? Aber natürlich hatte er gelegentlich im Internet nach ihr gesucht. Er hatte ihren Namen bei Google eingegeben und flüchtig bei Facebook und Twitter nachgeforscht, obwohl er auch ein wenig hoffte, dass sie nicht den sozialen Medien zum Opfer gefallen war. Er hatte nichts gefunden. Er wusste, dass sie Exeter verlassen hatte, denn sie hatte damals nicht bleiben wollen. Nach ihrer Trennung hatte sie umgehend im Reisebüro gekündigt, und nach einer Weile hatte Ade aufgehört, an dem Laden vorbeizugehen. Er quälte sich nur damit. Er vermutete, dass sie auf Reisen gegangen war, weil sie während jener allzu kurzen Mittagspausen oder ihrer gestohlenen Zeit nach der Arbeit, bevor er nach West Dorset zurückfuhr, oft darüber gesprochen hatten. Aber er hatte keine Ahnung, wohin.

Auf Janes Freundesliste stand eine Nina, und als er das Bild sah, wusste Ade sofort, dass sie es war. Es zeigte allerdings nicht Nina selbst, sondern einen Ort, den er wiedererkannte, weil sie zusammen dort gewesen waren. »Da steckst du also«, murmelte er. Als Name war Nina Temple angegeben. Er starrte auf die beiden Wörter. Es war wahrscheinlich der Nachname ihres Mannes. Warum hatte Jane sich so große Mühe gegeben, sie zu schützen? Weil sie nicht mehr verheiratet war? Ihr Profil war privat, und nein, er wollte ihr keine Freundschaftsanfrage schicken. Es war ein kleines Dorf; er würde hinfahren und sie suchen. Warum nicht? Was konnte das schon schaden?

Ade erreichte das Dorf, fuhr vorbei an den Läden und parkte am Meer, dort, wo er damals seinen Wagen abgestellt hatte, als er mit Nina hier gewesen war. Er wusste, dass es so einfach nicht war, und hatte keine Ahnung, was er zu ihr sagen sollte, falls er sie fand. Aber versuchen musste er es trotzdem. Er schaltete das Radio aus. Atmete durch. Am Fluss entlang schlängelte sich ein Weg, der zum nächsten Dorf führte, und man konnte auf die Klippe klettern, die einen fantastischen Ausblick auf die rote Küste und die Baumlinie darüber bot. *Hier könnte ich leben*, hatte Nina gesagt. Er erinnerte sich. Aus irgendeinem Grund war er sich ziemlich sicher, dass sie hier wohnte.

24

Am nächsten Morgen packte Faye eine Tasche für den Strand, holte Charlottes Fahrrad aus der Garage, warf die Tasche in den Korb und machte sich auf den Weg. Sie wollte ins nächste Dorf. Der Weg führte über die kurvenreiche Küstenstraße. Der Duft von Wacholder und Rosmarin mischte sich mit der salzigen Luft des Meeres, die beim Fahren einen Film auf ihre Haut und ihr Haar legte. Neben ihr war das tiefblaue Meer und glitzerte im Licht der strahlenden Sonne. Bewusst verdrängte sie jeden Gedanken an ihre Arbeit. Sie musste Deriu und das kleine Theater eine Weile hinter sich lassen.

Sie erreichte den kleinen Hafen des Nachbardorfs. Im Schatten der smaragdgrünen Blätter eines weiß blühenden Myrtenbaums beugte sich ein Fischer über sein Netz. Faye lehnte das Rad hinter einem uralten, rostigen dreirädrigen Ape-Lieferwagen an die Hafenmauer und schloss es ab. Sie drehte sich um. *»Buon giorno, Signore«*, sprach sie den Mann an.

Er reagierte mit einem halbwegs freundlichen Brummen und einem Lächeln, das ein lückenhaftes Gebiss mit nikotinfleckigen Zähnen enthüllte.

»Hatten Sie heute einen guten Fang?«

Er nickte. »Morgens jage ich mit dem Speer.« Er zeigte auf einen Neoprenanzug, der auf einem Felsen in der Nähe trocknete. Daneben lag ein Bleigürtel, in dem Messer steckten, eine Harpune und ein Knäuel Taue und Karabiner. Auch eine ausgewaschene Plastikwanne stand da, in der wohl der Fang gewesen war.

»Was haben Sie gefangen?«

»Einen großen braunen *cernia.*« Ein Zackenbarsch. »Ein paar Brassen und Schnapper.« Faye verstand den größten Teil seines Italienischs und setzte eine angemessen beeindruckte Miene auf.

»Machen Sie hier Urlaub?« Kurz unterbrach er seine Arbeit, richtete sich auf und sah sie an. Sein Gesicht war von der Sonne gegerbt, und seine braunen Augen schienen eine ganze Schatzkammer sardischer Geschichte zu bergen.

»Nein, ich arbeite in Deriu«, erklärte sie ziemlich stolz. »Ich bin für ein paar Monate hier.« *Hoffentlich.*

»Sehr gut.« Er nickte noch einmal und kehrte zu seiner Arbeit zurück.

Faye sah ihm noch ein paar Minuten zu. Er wirkte zufrieden. Was im Leben, überlegte sie, konnte einem diese Zufriedenheit, diesen Frieden schenken? Jeden Tag für sich zu leben, in der Gegenwart? Achtsamkeit? Sich der Welt um sich herum, der Natur, bewusst zu sein? Oder war es so, dass er ein Leben im althergebrachten Stil und Tempo führte, wie es die meisten Menschen in diesen Zeiten von Stress und moderner Technologie nicht mehr kannten? Dieses Gefühl heiterer Gelassenheit schien so schwer erreichbar zu sein.

Faye ging weiter und beobachtete ein paar Ziegen, die über die Berghänge hinter dem Strand zogen; unabhängig und trittsicher kletterten sie die Felsen hoch, um die köstlichsten Triebe der immergrünen Büsche zu erreichen. Kein Felssims schien ihnen zu hoch oder zu schmal zu sein. Das gedämpfte Läuten ihrer Glocken hallte aus der Ferne herüber.

Zwischen Wacholderbäumen ging Faye zu der winzigen

Bucht hinunter, wo die Wellen glatt über helle Felsen liefen, um sich dann schäumend wieder zurückzuziehen. Sie stakste über ein verknotetes Knäuel Angelschnur. Es waren ein paar Menschen da, und doch war es hier viel ruhiger als in Deriu, das ihr im Vergleich fast wie eine Großstadt vorkam. Sie ließ ihre Tasche in den Sand fallen und breitete ihr Handtuch aus. Dann streifte sie ihr Sommerkleid ab, unter dem sie einen Bikini trug, und lief über den Sand zum Wasser. Deriu hatte plötzlich bedrückend auf sie gewirkt. Was wohl der Grund war? Der Brand, das Theater oder Alessandro Rinaldis Kuss?

Im seichten Wasser entdeckte sie einen orangefarbenen Seestern, der sich in einigen Tangfäden verfangen hatte. Sie machte ihn los, bewunderte seine Vollkommenheit und setzte ihn dann behutsam wieder ins Wasser. Sie hatte keine Ahnung, warum sie sich so angespannt fühlte, doch sie spürte, wie die sanften Wellen, die jetzt um ihre Zehen und Knöchel spülten, sie langsam beruhigten. Sie lief durch die Wellen. Der Strand war flach und fiel nur langsam ab, und es dauerte lange, bis das Wasser ihr bis zur Taille reichte. Dann ließ sie sich in die Wellen gleiten und schwamm durch den Kanal zwischen den beigefarbenen Felsen aufs Meer hinaus, auf den Horizont zu, der in dunstiger Ferne lag.

Beim Schwimmen dachte sie über die Ereignisse der letzten Tage nach. Sie dachte an Alessandros Kuss. War dieser Kuss eine Herausforderung gewesen? Und wollte sie jetzt, am helllichten Tag, dass es weiterging? *Ja*, dachte sie und spürte, wie erneut Begehren in ihr erwachte. *Ja, bitte.* Sie dachte an ihre Eltern. Hatte sie alles getan, was sie konnte? Sie war nicht dumm, sie wusste, dass Menschen sich auseinanderleben. Außerdem war ihr klar, dass sie das, was zwischen den beiden geschah, nicht objektiv betrachten konnte, einfach weil sie ihre Tochter war. Dann wanderten ihre Gedanken weiter, zum Theaterprojekt.

Vor dem Brand hatte sie viel gearbeitet. Sie hatte sich noch viel gründlicher über Mehrzweckräume informiert und viele

Ideen skizziert, die sie Marisa und Alessandro bei ihrem nächsten Treffen vorlegen wollte. Sie hatte auch Moodboards vorbereitet und Bilder anderer Theater, alt wie neu, auf Sardinien studiert. Das kleine Theater würde sich von dem Brand erholen, daher mussten sie jetzt über den Etat nachdenken. Über das Konzept waren sie sich einig, doch finanziellen Fragen waren Marisa und Alessandro bisher ausgewichen. Faye musste sie in diesem Punkt langsam festnageln.

Sie merkte erst, wie weit sie gekommen war, als sie sich umdrehte. Der Strand lag winzig in der Ferne, und auch die Felsen konnte sie kaum noch sehen. Die Berge waren ein verschwommener, grüngrauer Dunst, über dem Wolkenfetzen hingen. Sie war viel zu weit hinausgeschwommen. Faye unterdrückte die Panik, die in ihr aufzusteigen begann. Sie hatte nicht vorgehabt, sich so weit hinauszuwagen. Sie musste zurück. In kräftigen, gleichmäßigen Zügen machte sie sich auf den Rückweg zum Ufer. Sie zwang sich, ruhig zu bleiben. Immer einen Zug nach dem anderen. Endlich erreichte sie mit zitternden Armen die Felsen. Dankbar hielt sie sich fest, zog sich aus dem Wasser und ruhte einen Moment aus. Sie war erschöpft und musste ihre Kräfte sammeln, bevor sie das letzte Stück zur Küste bewältigen konnte. *Und dann muss ich zurück nach Deriu*, dachte sie. Sie konnte die Arbeit nicht einfach vergessen. Es ging nicht nur um das Theater, sie hatte auch anderes zu tun.

Sie würde damit anfangen, dass sie ihren Laptop hervorholte und sich online nach Jobs umsah, beschloss sie, als sie endlich zurück auf der Küstenstraße war und heimradelte. Sie war eine halbe Stunde auf den Felsen geblieben, bis sie aufgehört hatte, trotz der heißen Sonne zu zittern. Dann war sie zum Strand zurückgeschwommen und hatte sich angezogen, denn sie wollte plötzlich schnell zurück. Natürlich würde sie noch einige Monate auf der Insel bleiben. Mit den Plänen für das kleine Theater hatte sie reichlich zu tun. Sie wollte Sardinien eigentlich auch nicht verlassen, noch nicht. Aber da war auch noch etwas anderes … Sie brauchte das Gefühl, dass sie gehen konnte, wenn sie wollte.

Später am Tag wanderte Faye im goldenen Licht des Nachmittags durch die Straßen von Deriu, um Pasquale zu besuchen. Sie wollte sich erkundigen, wie es ihm ging. Er war kein junger Mann mehr, und die gestrige Nacht musste schlimm für ihn gewesen sein. Sie ging an dem kleinen Theater vorbei, ohne es zu betreten, doch sie warf über den Platz hinweg einen Blick zu der geschlossenen, vom Feuer rußgeschwärzten Tür.

Auf ihr Klopfen hin öffnete Pasquales Mutter die Tür. Sie war klein und sah Faye grimmig an. Ihre dunklen Augen mussten einst einen scharfen Blick gehabt haben, aber im Alter waren sie milchig geworden, und ihr tiefbraunes, wettergegerbtes Gesicht war so faltig wie eine Dattel. Trotz der Hitze war sie vollständig in Schwarz gekleidet. *»Si?«* Sie taxierte Faye von oben bis unten.

»Ich möchte Pasquale besuchen, *Signora*«, erklärte Faye. »Wie geht es ihm?«

Die alte Frau zögerte kurz, entschied sich dann aber doch, sie hereinzulassen. »Kommen Sie, kommen Sie«, sagte sie auf Italienisch und winkte Faye mit einer knochigen Hand herein.

»Danke.« Faye folgte ihr in eine altmodische Küche mit Bodenplatten aus grauem Stein, einem alten Holztisch und einem antik wirkenden Herd, über dem die vom jahrelangen Gebrauch geschwärzten Kochtöpfe und Utensilien an Haken hingen.

»Kommen Sie, setzen Sie sich.« Pasquales Mutter zeigte auf einen hölzernen Stuhl und ließ sich dann auf der anderen Seite des Tisches auf einem wackligen Stuhl mit hoher Lehne nieder, wo sie offensichtlich gesessen und Gemüse geputzt hatte. Sie nahm das kleine scharfe Messer und eine Möhre zur Hand. »Pasquale!«, brüllte sie mit ihrer heiseren Stimme.

Faye zuckte zusammen.

»Kaffee, *Signorina*?« Neugierig musterte sie Faye. *Als käme ich aus einer anderen Welt*, dachte Faye. Eigentlich stimmte das ja auch. Diese alte Matriarchin stammte aus der alten Welt, die auf Sardinien noch mancherorts existierte, ansonsten aber größtenteils verschwunden war.

»Wenn es nicht zu viel Mühe macht«, sagte Faye.

Die alte Frau zuckte mit den Schultern. *»No.«* Sie stand auf, schlurfte auf die andere Seite des Raums und machte sich am Herd zu schaffen.

»Wie geht es Pasquale?«, fragte Faye sie.

»Männer haben schon Schlimmeres überlebt.« Sie schnalzte mit der Zunge. »Sein Vater zum Beispiel.«

»Alessandro Rinaldi hat mir von ihm erzählt«, sagte Faye. »Er war sehr mutig.«

»Oder sehr dumm«, fauchte die alte Dame. *»Biadu quie ischeddat in palas anzenas.«*

Faye runzelte die Stirn.

»Weise Männer lernen aus den Fehlern anderer, Narren aus den eigenen«, wiederholte sie auf Italienisch. *»Si.«*

Darüber dachte Faye nach. »Aber Sie müssen stolz auf ihn gewesen sein.«

»Was nutzt der Stolz, wenn der Mann nicht mehr da ist?« Pasquales Mutter löffelte Kaffeepulver in eine uralte verbeulte Espressokanne. Sie setzte das Oberteil auf und schraubte es fest.

Da hatte sie nicht unrecht. »Das muss eine harte Zeit für Sie gewesen sein, *Signora*«, sagte Faye.

»Ja.«

Faye wusste nicht recht, was sie darauf sagen sollte. »Aber zumindest haben Sie noch Pasquale«, versuchte sie es.

»Der kann seinem Vater nicht das Wasser reichen«, gab seine Mutter zurück.

Faye war ein wenig schockiert. Liebte sie ihren Sohn denn nicht? Außerdem hatte Pasquale gestern Nacht eine Heldentat vollbracht. Wenn er nicht gewesen wäre, hätte sich das Feuer vielleicht ausgebreitet. Alessandro und sie hätten die Flammen möglicherweise nicht gesehen, und das ganze Theater wäre niedergebrannt. In diesem Gedankengang wurde sie unterbrochen, als Pasquale die Küche betrat.

»Oh.« Sichtlich verblüfft darüber, sie zu sehen, blieb er wie angewurzelt stehen. »Guten Tag, *Signorina* Faye. Meine Mutter Dorotea kennen Sie schon? Wie kann ich Ihnen …«

»Ich wollte vorbeischauen, um zu sehen, wie es Ihnen geht. Nach gestern Nacht, meine ich.«

»Oh, danke. Das ist sehr aufmerksam von Ihnen.« Er wirkte beinahe verlegen. »Aber wie Sie sehen …« Er breitete die Hände aus. »… waren die Verbrennungen nur oberflächlich. Mamas Umschlag hat gewirkt.«

Seine Haut war gerötet, und an einigen Stellen hatte er Blasen, doch Faye konnte keine ernsthafte Verletzung erkennen. Der Umschlag seiner Mutter musste in der Tat ein Wundermittel sein. »Gut. Das freut mich.«

Pasquales Mutter goss den Kaffee in winzige Tässchen, und dann saßen sie zu dritt am Küchentisch und tranken den starken, bitteren Espresso. Faye fragte sich, ob Pasquale gehört hatte, was seine Mutter gesagt hatte. Dass er seinem Vater nicht das Wasser reichen könne. Und sie fragte sich, wie oft seine Mutter das schon wiederholt hatte. Musste Pasquale sich das schon sein ganzes Leben lang anhören? Dann war es kein Wunder, dass er sich unzulänglich vorkam.

»Und Sie, *Signorina* Faye?«, fragte Pasquale höflich. »Wie geht es Ihnen?«

»Oh, mir geht es gut.«

»Und Alessandro?«

»Ich glaube, auch gut, aber ich habe ihn heute noch nicht gesehen.« Sie spürte, wie sie lächerlicherweise rot wurde. »Ich vermute, wir sind alle ein wenig schockiert angesichts des Ganzen.«

Pasquale gab keine Antwort, und Faye hatte das Gefühl, noch etwas sagen zu müssen. »Er ist Ihnen sehr dankbar«, erklärte sie. »Er weiß wirklich zu schätzen, was Sie gestern Nacht getan haben. Aber …« Aber was? Was sollte sie sagen? Dass er zu unhöflich, zu kleinlich oder zu stolz war, um sich bei Pasquale dafür zu bedanken?

Pasquale nickte. »Es ist nett von Ihnen, ihn zu verteidigen.«

Sie spürte, wie sie noch stärker errötete. »Ich verteidige ihn nicht.« Faye war sich bewusst, dass Pasquales Mutter sie mit Adleraugen verfolgte. Ihr Blick huschte beständig zwischen ihnen hin und her. Immer noch putzte sie Gemüse und wirkte auf dem hohen Stuhl, auf dem sie saß, winzig. Es sah aus, als wolle sie Essen für zwanzig Personen zubereiten, nicht nur für sich und ihren Sohn.

»Dann geben Sie eben seine Nachricht weiter.« Pasquale lächelte, als wolle er seinen Worten damit die Schärfe nehmen.

»Ich wollte es Sie nur wissen lassen.« Doch Faye konnte sich plötzlich des Gedankens nicht erwehren, was wohl Pasquale, aber auch alle anderen von ihr hielten – von dem englischen Mädchen, das hergekommen und sofort Alessandro Rinaldis Charme erlegen war. Sie hatte es ihm wirklich nicht schwer gemacht.

»Verstehen Sie …« Pasquale warf seiner Mutter einen Blick zu, aber sie reagierte nicht, sondern fuhr fort, eine dicke, glänzende *melanzana*, eine Aubergine, in Scheiben zu schneiden. »Sie sind als Fremde in diese Stadt gekommen. Sie haben keine Ahnung, was hier passiert ist. Das Ganze hat eine Geschichte.«

»Was für eine Geschichte?« Faye beugte sich nach vorn. Das waren genau die Dinge, die sie wissen wollte.

Er schüttelte den Kopf. »Es steht mir nicht zu, darüber zu sprechen.«

»Wie soll ich es dann herausfinden?«

»Er war verliebt in die Mutter des Jungen«, warf die alte Frau ein. Sie zog sich einen Topf von der Tischmitte heran und salzte die Auberginen, indem sie die groben Salzkörner zwischen ihren ledrigen, faltigen Handflächen zerrieb.

»Wer war verliebt?« Faye war verwirrt. Von welchem Jungen redeten sie gerade?

»Er.« Mit einer Kopfbewegung wies sie auf Pasquale.

Pasquale senkte verlegen den Kopf.

»In die Mutter des Jungen?«

»Sofia Rinaldi.« Sie spie den Namen geradezu aus. Also hatte sie nichts für sie übriggehabt.

»Mama«, sagte Pasquale flehend.

Aber seine Mutter kam gerade erst richtig in Fahrt. »Sie ist der Grund dafür, dass er kein Leben hat.«

»Ich hatte ein Leben.« Er setzte sich auf und drückte die Schultern durch. Seine Augen blitzten trotzig.

»Keine Frau, keine Kinder, kein eigenes Heim«, zählte die alte Frau leiernd auf. »Niemanden, der den Familiennamen weiterträgt.«

»Menzus a sa sola qui non male accumpanzadu«, murrte Pasquale.

Faye übersetzte das für sich als »Besser allein als in schlechter Gesellschaft«. Aber wer war die schlechte Gesellschaft?

»Bah.« Dorotea de Montis nahm eine Paprika und ein Messer und begann, die Schote in Streifen zu schneiden. Sie sah Faye mit ihren schwarzen Augen durchdringend an. »Er hat sein ganzes Leben damit verschwendet, auf diese Frau zu warten.«

Faye hielt dem Blick stand. Das ergab Sinn. Sie dachte daran, was Alessandro ihr erzählt hatte: dass Pasquale und seine Mutter zusammengearbeitet hatten und auf Tournee gegangen waren und dass Pasquale sie überredet hatte, mit ihm nach Deriu zu kommen. Nur dass sie dann den Sohn des Theaterbesitzers geheiratet hatte. »Sie haben Sofia immer geliebt?«, fragte sie ihn vorsichtig.

Betrübt nickte er. »Aber sie ist Bruno Rinaldi begegnet, und das war es.«

»Deswegen hättest du auch wegziehen sollen.« Mit der Handkante schob die alte Frau das Gemüse auf die eine Seite des zerkratzten Holzbretts. »Statt hierzubleiben und es dir unter die Nase reiben zu lassen. Statt die beiden jeden Tag zusammen zu sehen und zu wissen, was du verloren hattest. Unfähig, zu vergessen, weiterzuleben …« Es klang, als sei das ihre gewohnte Litanei.

»Ich konnte dich doch nicht alleinlassen, Mama.«

»Du hattest mich schon einmal alleingelassen – um mit ihr nach England zu gehen.« Sie sah auf, und ihre Blicke trafen sich.

Langsam fühlte Faye sich ziemlich unbehaglich. Also das war die Geschichte. Vielleicht erklärte sie, warum Pasquale keine Hauptrollen in den Produktionen des kleinen Theaters mehr bekommen hatte. Sehr wahrscheinlich hatte Bruno Rinaldi über Pasquales Gefühle Bescheid gewusst und war eifersüchtig gewesen. Schließlich wetteiferten die beiden um Sofias Zuneigung. Es erklärte auch die Aura von Traurigkeit, die ihn umgab, und warum er nie geheiratet hatte. Aber warum konnte Alessandro Pasquale nicht leiden? Wusste er, was Pasquale für seine Mutter empfunden hatte? War zwischen den beiden etwas vorgefallen?

»Wie haben Sie Sofia kennengelernt?«, fragte sie.

»Bei einer Aufführung in Sassari. Dann habe ich sie in Cagliari wiedergesehen. Da war sie erst achtzehn.« Seine Stimme veränderte sich und klang viel kraftvoller. Die Erinnerung ließ seine Augen aufleuchten.

»Pah!«, stieß seine Mutter hervor. »Hören Sie ihn sich an.«

»Aber sie war nicht in Deriu?«, hakte Faye nach.

Er schien zu verstehen, was ihr durch den Kopf ging. »Sofia ist erst nach unserer England-Tournee nach Deriu gekommen«, erklärte er. »Ich hatte gehofft …«

»Dass sie sich mit ihm hier niederlassen würde«, spottete seine Mutter. »Als ob eine solche Frau einem Mann wie ihm einen zweiten Blick schenken oder sich gar für ihn entscheiden würde statt für …«

»Bruno Rinaldi war ein Schürzenjäger und ein Bastard«, erklärte Pasquale so nüchtern, als ob er eine Bemerkung über das Wetter machen würde.

»Ach?«, fragte Faye matt.

»Er hat versucht, alles zu besteigen, was sich bewegte.«

Faye schluckte. Sie sah Pasquales Mutter an, doch ihr Gesichtsausdruck war unergründlich. Faye hatte die Geschichte hören wollen, aber wollte sie das alles wirklich wissen?

»Deswegen rate ich Ihnen ja auch, bei Alessandro Rinaldi vorsichtig zu sein«, sagte Pasquale. Wieder verdüsterte sich sein Blick. Er beugte sich über den Tisch.

»Er ist wie sein Vater«, erklärte Pasquale. »Ich habe es erlebt. Sie sind eine nette junge Frau, Faye. Ich bin nicht Ihr Vater. Natürlich bin ich nicht Ihr Vater. Trotzdem …« Er musterte sie ernst. »Ich möchte nicht, dass man Ihnen wehtut.«

25

DER SPAZIERGANG DURCH DAS DORF weckte Erinnerungen, aber leider keine von der Art, die Ade erwartet hatte. Er kam an der alten Mühle vorbei, in der sie damals Tee getrunken und Scones mit Sahne gegessen hatten, und sah Wildenten auf dem Teich schwimmen. Es war später Nachmittag, und die Sonne schien kräftig, doch irgendwie vermittelte das Licht ihm kein Gefühl von Optimismus. Er versuchte, sich Ninas neckende Stimme ins Gedächtnis zu rufen, stellte aber fest, dass er stattdessen Molly weinen hörte. Woher hatte sie gewusst, dass er eine andere hatte? Ade dachte zurück. Er hatte immer darauf geachtet, dass Nina keine Spur in sein Familienleben zog. Keine unerklärlichen Quittungen, keine Zettel mit Nachrichten, kein Lippenstift an seinem Kragen, keine Fotos. Doch wenn seine Frau von allem gewusst hatte, warum hatte sie ihn dann nicht damit konfrontiert? Noch schlimmer aber war eine Frage, die sich sein Unterbewusstsein vermutlich für einen schlechten Tag aufgespart hatte: ob Mollys Wissen um seine Untreue irgendwie ihre Fehlgeburt ausgelöst hatte. War er schuld am Tod seines ungeborenen Kindes? Ade dachte daran, was sie über das Teilen von Trauer gesagt hatte. Hatte Molly ihm das vielleicht nie verziehen?

Auf der Post erkundigte sich Ade nach Nina, doch die Frau hinter dem Schalter sah ihn nur verständnislos an. Angeblich kannte in kleinen Dörfern doch jeder jeden. Hier war es anscheinend nicht so. Er fragte auch beim Metzger nach, doch der Mann mit dem roten Gesicht schüttelte fröhlich den Kopf und wedelte mit seinem Fleischerbeil. »Tut mir leid, nie gehört«, erklärte er.

Ade dachte nach. Vielleicht war er von einer falschen Voraussetzung ausgegangen. Nur weil es ein Bild dieses Orts in Ninas Profil gab, musste sie noch lange nicht hier leben. Vielleicht sollte er noch einmal mit Jane sprechen. Er fragte sich nicht, warum es ihm so wichtig war, sie zu finden. Aber er wusste, dass er sie finden musste.

Er kehrte in ein Hippie-Lokal namens »The Yellow Brick Café« ein, um Kaffee zu trinken. Auf den großen Holztischen standen Marmeladengläser mit Wildblumen, und neben verschiedenen Salaten mit Fladenbrot, Dhal, Couscous und selbst gebackenen Brownies gab es frisch gemahlenen Kaffee und frischen Apfelsaft von einem nahe gelegenen Obsthof. Vielleicht würde hier jemand Nina kennen. Er konnte sich gut vorstellen, dass sie dieses Café besuchte.

Ade bestellte seinen Cappuccino und trug ihn zu einem Ecktisch. Mit den Fingerspitzen strich er über die dunkelblauen Vergissmeinnicht in dem Glas und dachte darüber nach, wie Beziehungen begannen. Wie willkürlich sich das alles ergab! Eines Tages um die Mittagszeit war er zum ersten Mal in das Reisebüro gegangen, nur um über all die Orte zu reden, nach denen er sich insgeheim sehnte. Er dachte, wenn er eine Weile so täte, als wäre er ein anderer – jemand, der keine Verantwortung trug, der einfach kündigen, alles stehen und liegen lassen und losfahren konnte –, dann könnte er diese Sehnsucht loswerden. Wenn er an diesem Tag das Reisebüro verlassen würde, hätte er seine Dosis weite Welt gehabt und wäre bereit, in die wirkliche Welt zurückzukehren. So hatte er gedacht. Doch so war es nicht gekommen. Stattdessen hatte sie geredet, und er hatte ihr gelauscht. Er war dem Zauber dieser jungen Frau mit dem feuerroten Haar verfallen, die von fernen Orten sprach, von Indien, Thailand, Bali und Vietnam. Er konnte das Licht dieser Länder in ihren Augen tanzen sehen.

»Werden Sie allein reisen?«, hatte sie ihn gefragt.

»Ja«, hatte er, ohne zu zögern, geantwortet.

»Wie aufregend!« Ihre Augen hatten geleuchtet.

In diesem Moment war es um Ade geschehen gewesen. Er wollte aufregend sein. Er hätte aufregend sein können, wäre da nicht sein Leben mit Molly gewesen. Als er das Reisebüro verließ, wusste er, dass er wiederkommen würde.

Ade rührte seinen Kaffee um. Er seufzte und dachte zurück an den Abend, an dem er so lange in dem Reisebüro geblieben war, bis ringsherum schon alle Läden geschlossen hatten. Er hatte Nina auf einen Drink eingeladen, denn er wollte nicht aufhören, ihr zu lauschen, nicht aufhören, seine Fantasie schweifen zu lassen, und wünschte sich verzweifelt, der Mann zu sein, für den sie ihn hielt. Er erinnerte sich daran, wie ein Drink zum nächsten geführt hatte und wie sie, nachdem ihre Hände sich einmal berührt hatten, so leicht intim miteinander geworden waren. Irgendwann hatte er ihr gestanden, dass er verheiratet war, und in ihren Augen gelesen, dass sie das schon wusste.

»Dann wirst du also nicht allein reisen?«, fragte sie ihn.

»Ich werde überhaupt nicht reisen«, sagte er. Aber auf eine Art hatte er es schon getan.

An diesem Abend hatte Ade Molly angerufen und ihr erklärt, er habe Überstunden gemacht und sei müde. Daher habe er beschlossen, bei einem seiner Kollegen in Exeter zu übernachten. Es war so einfach gewesen, zumindest am Anfang. Er hatte Nina die ganze Nacht geliebt. Es war aufregend. Es hatte sich nach Freiheit angefühlt.

»Hi.« Sie glitt auf den Stuhl auf der gegenüberliegenden

Seite des Tisches, als hätte er sie mit seinen Gedanken ins Yellow Brick Café gerufen.

»Nina!« Ade starrte sie an. »Wie …?«

»Es ist eine Weile her.« Sie lächelte, doch er bemerkte ihren argwöhnischen Blick.

Ade schluckte und rutschte verlegen auf seinem Stuhl hin und her. Natürlich hatte sie sich verändert. Sie trug das Haar jetzt kurz, und es stand ihr; es betonte den zarten Knochenbau ihres Gesichts und ihre schräg stehenden grünen Augen. Feine Linien umgaben ihren Mund und zogen sich über ihre Stirn. Außerdem hatte sie ein wenig zugenommen. Aber er hätte sie überall erkannt. »Es ist so schön, dich zu sehen«, stieß er hervor. Sie strahlte wie eh und je und brachte einen Raum noch immer zum Leuchten. Er konnte sogar ihr Parfüm riechen. Er hatte seinen Namen nie gekannt, aber es war das gleiche blumige Bouquet, ein berauschender Duft nach Jasmin mit Untertönen von Moschus.

»Wie geht's dir, Ade?« Sie stützte das Kinn auf die Hände – eine Geste, an die er sich erinnerte – und musterte ihn. Er fragte sich, was sie über ihn dachte und ob sie fand, dass er alt aussah.

»Gut«, erklärte er. »Mir geht's gut. Und dir? Ich kann kaum glauben, dass du hier bist.«

Sie zog eine Augenbraue hoch. »Das bin ich normalerweise immer.«

»Ach?« Er war verwirrt.

Sie lachte – derselbe Klang wie in seiner Erinnerung, mit einem boshaften Unterton. Das war für ihn immer ein Teil ihrer Anziehung gewesen. »Ich dachte, jemand hätte es dir erzählt. Das ist mein Café.« Stolz sah sie sich um. »Das Yellow Brick Café. Ich betreibe es zusammen mit Petra.« Mit einer Kopfbewegung wies sie auf die dunkelhaarige Frau hinter der Theke.

»Oh, mein Gott. Ich hatte ja keine Ahnung.« Und er war direkt hineinspaziert. Plötzlich begriff er, dass es natürlich auch Nina war, die mit ihrer Art diesen Ort geprägt hatte: Geschirr und Stühle, die nicht zusammenpassten, frische Wildblumen, Produkte aus der Region und der entspannte, lockere Stil. »Ich bin nur zufällig auf einen Kaffee hereingekommen.« Er schüttelte den Kopf. »Hat Jane …«

»Mich vorgewarnt? Nein.« Sie lächelte. »Eigentlich dachte sie, sie hätte dich von der Fährte abgebracht.«

»Sie hat immer versucht, dich zu beschützen«, sagte er.

»Jemand musste es schließlich tun.«

Gutes Argument. »Ich bin froh, dass ihr noch befreundet seid«, erklärte er ihr.

»Natürlich sind wir das.«

Er hatte recht gehabt: Freundschaften wie die zwischen den beiden waren beständig.

»Also, wie hast du mich gefunden?«, fragte sie.

Ade tippte sich an die Nase. »Gute Detektivarbeit.«

»Ist das wahr?«

»Nein«, gestand er. »Ich habe dich auf Facebook entdeckt.«

»Aha.« Sie musterte ihn immer noch fragend. »Warum wolltest du mich sehen, Ade? Nach all der Zeit?«

In diesem Moment glaubte er, etwas in ihren Augen zu sehen – den alten Schmerz vielleicht. Sie überspielte es und setzte wieder eine unverbindliche Miene auf. Doch es machte ihn nachdenklich. »Es erschien mir einfach wichtig.« Er konnte die Frage nicht beantworten, denn er war sich selbst nicht sicher.

»Um die Vergangenheit wieder aufleben zu lassen?«

»Nein.« Nicht wirklich. Was immer der Grund sein mochte, er war sich ziemlich sicher, dass es ein vollkommen egoistischer war. Wer war der Mann, der er während seiner Beziehung mit Nina gewesen war? Wusste sie es? Konnte sie es ihm sagen? Er beugte sich zu ihr hinüber. »Was hast du während der letzten zwanzig Jahre gemacht, Nina? Bist du gereist? Hast du geheiratet? Kinder bekommen? Ich habe mich das immer gefragt.«

Sie kniff die Augen zusammen. »Ja, das alles habe ich gemacht«, erklärte sie. »Ich habe sechs Monate in Indien verbracht.

Ich war in Thailand und Australien.« Sie sah ihn herausfordernd an. *Ich habe es getan*, schien ihr Blick zu sagen. *Und du?*

Ade dachte an das Reisebüro, in dem sie gearbeitet hatte. Natürlich hatte sie es getan. Das hatte er immer gewusst – und es hatte ihn am stärksten an ihr angezogen. »Erzähl mir davon«, bat er. Genau wie damals.

»Indien war das Beste.« Sie erzählte ihm von Goas Stränden, ihrem ersten Blick auf das Taj Mahal und davon, wie sie sich in Darjeeling verliebt hatte.

»Das klingt unglaublich.« Aber es war nicht so wie früher. Damals war er ein Träumer gewesen, das erkannte Ade jetzt. Vielleicht war er das immer noch, doch heute war er älter und klüger. Er sah die Frau an, die ihm gegenübersaß, und dachte an das Mädchen, das sie einmal gewesen war. Sie waren so unterschiedlich, Nina und Molly. Nina war die geborene Entdeckerin, genau das, was Ade hatte sein wollen. Und dieses Leben hätte seines sein können.

»Es war unglaublich.« Ninas Blick war voller Erinnerungen. »Dann bin ich hierher zurückgekommen, habe einen Mann kennengelernt, bin sesshaft geworden und habe ein paar Kinder bekommen.« *Wie man das normalerweise eben tut*, schien ihr Blick hinzuzufügen.

»Seid ihr noch zusammen?« Ade wusste nicht einmal, warum er die Frage stellte. Nina war noch immer sie selbst, und doch war sie nicht die Frau, die er all die Jahre in seinem Kopf mit sich herumgetragen hatte. Sie kam ihm wie eine Fremde vor. Wer war dann die Frau in seinem Kopf? Ade schüttelte sich, als könnte sie jeden Moment herausspringen und ihre Maske abnehmen.

»Wir sind noch Freunde«, erklärte sie. »Aber ich lebe jetzt allein.« Sie machte eine kurze Pause. »Wie sieht's bei dir aus?«

Ade fragte sich, was sie sagen würde, wenn er ihr die Wahrheit sagte. Wenn er ihr sagte, dass ein Teil von ihm sich immer gewünscht hatte, sie zu suchen, wiederzuentdecken, was einst zwischen ihnen gewesen war, und sie zu entführen, als wären die letzten vierundzwanzig Jahre nie gewesen. Dieser Teil von ihm, der nie vergessen hatte, was für ein Gefühl sie ihm schenkte. Das war die eine Wahrheit. Die andere war, dass er in dem Moment, in dem er sie gesehen hatte, begriffen hatte, dass das nicht möglich war. Nina war nicht die Frau aus seiner Fantasie. Die Frau aus seiner Fantasie existierte wahrscheinlich gar nicht.

»Molly und ich gehen getrennte Wege.« Er sagte es und spürte den Verlust. Es war immer noch schwer zu akzeptieren und weiterhin schwer, es auszusprechen. Denn er verstand immer noch nicht wirklich, wie das hatte passieren können.

Wieder zog sie eine Augenbraue hoch. »Und da dachtest du, es wäre Zeit, dich auf die Suche nach mir zu machen?« Sie klang verbittert, was er ihr nicht verübeln konnte.

»So ist das nicht«, sagte er ausweichend. »Ich war mir nicht sicher, was ich wollte. Ich habe mir gewünscht, in eine Zeit zurückzukehren, als ich eine Wahl hatte. In die Zeit …«

»Bevor du herausgefunden hast, dass deine Frau eine Fehlgeburt hatte«, sagte sie.

Er zuckte zusammen. »Wahrscheinlich.«

»Aber Ade, du hattest vorher eine Wahl«, sagte Nina. »Du hattest immer eine Wahl. Das gilt für uns alle. Aber du warst nicht ehrlich. Und du hast es verdammt noch mal zu lange laufen lassen.«

Er dachte darüber nach. Es stimmte. Er hatte das Gefühl gehabt, von Molly in die Enge getrieben zu werden, war sich eingesperrt vorgekommen und zornig gewesen. Da war ihm Nina erschienen wie Sonnenschein im Winter. Er hatte Nina mit all den Orten verwechselt, zu denen die Reisen führten, die sie verkaufte. Er hatte geglaubt, bei ihr könne er der Mann sein, der er sein sollte. Doch selbst damals hatte ein großer Teil von ihm Molly nicht verlassen wollen – und nicht nur um Fayes willen. Vielleicht hatte Nina recht: Er hatte eine Entscheidung getroffen, und diese Entscheidung war die richtige gewesen – in der damaligen Situation. *Was für ein verdammtes Durcheinander*, dachte er.

»Frauen wissen, worauf sie sich einlassen, wenn sie eine Beziehung zu einem verheirateten Mann eingehen«, erklärte Nina. »Sie wissen, dass es schmerzhaft wird, ganz gleich, wie es ausgeht.«

Ade runzelte die Stirn. Er musste zugeben, dass er den Mann, der untreu gewesen war, nicht besonders gut leiden konnte, den Mann, der auf Loyalität plötzlich nicht mehr allzu viel gegeben hatte. »Ich dachte, wenn ich dich wiedersehe …«

Sie verstand ihn falsch und schüttelte den Kopf. »Ich bin nicht interessiert, Ade. Du hast immer vorgegeben, jemand zu sein, der du nicht warst. Damals warst du ein egoistischer Mann, und du hast dich nicht verändert.«

Blinzelnd sah Ade sie an. Das hatte er nicht gemeint. Er bat sie nicht, zu ihm zurückzukommen, mit ihm fortzugehen. »Ich wollte nicht …« Er verstummte. Er hatte das Gefühl, dass sie alles missverstehen würde, was er sagen würde.

»Du wolltest keine Beziehung wiederaufnehmen, die vor vierundzwanzig Jahren zu Ende war?« Sie lachte, doch es klang bitter. »Das will ich doch hoffen. Denn ich hätte ja hundertdreißig Kilo wiegen können. Ich hätte verheiratet sein und fünf Kinder haben können.«

»Das war nicht …«

»Aber du wolltest die Lage auskundschaften.« Sie wartete, beobachtete ihn noch immer.

Ade versuchte, in sich zu gehen und ehrlich zu sich zu sein. Das war eine neue Erfahrung. Hatte sie recht? War das der Grund? Nein, nicht wirklich. »Ich hatte das Gefühl, mein Leben nicht weiterführen zu können, bevor ich dich nicht wiedergesehen habe«, erklärte er.

Nina beugte sich zu ihm herüber. »Was glaubst du, wie ich mich damals gefühlt habe?«, fragte sie. »Was meinst du, wie schwer es war, darüber hinwegzukommen?«

»Ich weiß.« Ade spürte, wie er in sich zusammensank. »Und es tut mir leid.«

Sie schüttelte den Kopf. »Manchmal, Ade«, erklärte sie, »müssen wir erwachsen genug sein, um allein damit fertigzuwerden.«

Sie hatte natürlich recht. Und er war nicht erwachsen gewesen. Damals nicht und heute wahrscheinlich auch nicht. »Ich habe dich geliebt, Nina«, sagte er. Weil es die Wahrheit war. Und weil er wollte, dass sie das wusste.

»Und ich dich. Aber es ging nicht nur um uns, oder, Ade?« Sie schüttelte den Kopf. »Es ging um Molly, deine Frau, und um dein Kind.«

»Ja.«

»Du hast sie ebenfalls geliebt.«

»Ja, das habe ich.«

»Und genau das ist es, was du nie begriffen hast, Ade.« Sie lehnte sich auf ihrem Stuhl zurück.

»Was?«

Sie lächelte nicht. »Im Leben dreht sich nicht immer alles um dich.«

Ade dachte darüber nach, was sie gesagt hatte. Er sah ihr ins Gesicht und konnte plötzlich erkennen, wie sehr er sie damals verletzt hatte. Er hatte so viel über das Opfer nachgedacht, das er selbst gebracht hatte, dass er das nicht gesehen hatte. Da war sie gewesen, wunderbar und neu, jemand, der dafür stand, was er verloren zu haben glaubte und für dieses schwer zu fassende Etwas, nach dem er auf der Suche war. Die Wahrheit war, dass er viel zu sehr darüber nachgedacht hatte, was ihm fehlte, und nicht genug darüber, was er hatte. Sie hatte recht. Er hatte viel zu sehr an sich selbst gedacht. Er hatte vorgegeben, jemand zu sein, der er nicht war. Er war ein egoistischer, gefühlloser Bastard gewesen.

»Liebst du sie noch?«

Ade fiel wieder ein, dass Faye ihm die gleiche Frage gestellt hatte. Er dachte daran, was Molly darüber gesagt hatte, dass sie nichts mit ihm teilen konnte. Und daran, was er über das Entlieben gedacht hatte. »Ich weiß es nicht«, sagte er noch einmal.

»Um Gottes willen, Ade.« Verzweifelt schüttelte sie den Kopf. »Was hast du vor?«

Ade sah an ihr vorbei in die Ferne. Er war durch die unangenehmen Wahrheiten verletzt, die Nina ihm vor Augen geführt hatte. Aber er hatte auch das Gefühl, dass eine Last von ihm genommen worden war. Die Frau aus seiner Fantasie war endlich über Bord gesprungen und saß nicht mehr in seinem Kopf. Er hatte eine wichtige Lektion gelernt. »Ich werde gründlich darüber nachdenken«, sagte er. »Ich will das Richtige tun.« Was immer das sein mochte.

Nina beugte sich zu ihm herüber. »Das wurde auch Zeit«, sagte sie.

26

Faye hatte sich für den Sonntagnachmittag mit Marisa und Alessandro im kleinen Theater verabredet, um sie über die neuesten Entwicklungen zu unterrichten. Die Rinaldis hatten ein Ehepaar aus der Stadt engagiert, um zu putzen und das Foyer und den Kartenschalter aufzuräumen, die am stärksten unter dem Feuer gelitten hatten. Die beiden hatten ihr Bestes gegeben. Sie hatten den Schreibtisch, den Stuhl und einige andere Kleinigkeiten, die zu stark beschädigt waren, um repariert zu werden, weggeworfen, und das Theaterfoyer sah fast wieder wie vorher aus, nur ein wenig versengt. *Es steht unter Schock,* dachte Faye, *genau wie wir alle.* Faye spürte außerdem ein Gefühl der Enttäuschung, das sie Alessandro Rinaldi zu verdanken hatte.

Marisa traf kurz nach Faye ein. Äußerlich wirkte sie ruhig, doch Faye wusste, dass sie ebenso schockiert und bestürzt war wie ihr Bruder, als er das Feuer entdeckt hatte. Sie ging zu Faye herüber. »Ich fühle mich ganz schrecklich, weil ich nicht hier war«, gestand sie. »Aber meine Wohnung liegt drüben am Fluss, und ich hatte keine Ahnung.«

»Wie sollten Sie auch? Sie hätten ohnehin nichts tun können«, beruhigte Faye sie. »Es war reines Glück, dass wir zufällig vorbeikamen.«

»Ja, das war wirklich ein Glück.«

Faye entging der scharfe Blick nicht, mit dem Marisa sie ansah. Sie fragte sich vermutlich, was da zwischen Faye und ihrem Bruder lief. Wäre ihre Verabredung zum Abendessen rein beruflicher Natur gewesen, hätte er Marisa dazugebeten. Und wenn nicht … Faye beschloss, nichts davon zu erzählen. Sie hätte auch nicht viel zu sagen gehabt. Seit der Nacht des Brandes hatte sie Alessandro nicht wieder getroffen, und Faye war sich nicht sicher, wie sie reagieren würde, wenn sie ihn wiedersehen würde.

Nach Pasquales Warnung hatte Faye ihr Gewissen erforscht. Sie mochte Alessandro gern, sehr gern. Aber sie wollte mehr über ihn wissen, bevor sich ihr Verhältnis in eine andere Richtung entwickelte. Vor allem wollte sie wissen, ob es jemand anderen in seinem Leben gab. Sie dachte an Jana und daran, wie sie reagiert hatte, als sie Faye am Hafen mit ihm gesehen hatte. Sie erinnerte sich gut an die besitzergreifende Art, in der sie ihm die Hand auf den Arm gelegt hatte. Jana könnte der Grund dafür sein, dass Alessandro Faye gegenüber keine romantischen Absichten hegte, dass er beschlossen hatte, es bei dem einen Kuss zu belassen. Und Jana könnte auch der Grund sein, aus dem Pasquale Faye vor ihm gewarnt hatte. Solange Faye sich nicht sicher war, dass Jana keine Rolle mehr in Alessandros Leben spielte, würde sie Distanz wahren. Schließlich war es nur ein Kuss gewesen.

Trotzdem hatte sie seitdem auf eine Nachricht von ihm gewartet. Er hatte ihre Nummer. Er hatte gesagt, er könne sich nicht verstellen. Er hatte sie geküsst, er hatte an der Brücke gestanden und zu Fabios und Charlottes Wohnung zurückgesehen, zu ihr. Und dann … nichts.

Faye versuchte, sich nichts daraus zu machen. Sie erledigte weiter ihre Arbeit, sie schickte sowohl Alessandro als auch Marisa Textnachrichten über das kleine Theater, sie rief ihre Eltern und Charlotte an. Sie war versucht, ihre Freundin über Alessandro Rinaldis Liebesleben auszuhorchen, entschied sich aber dagegen. Sie wollte nicht, dass Charlotte Marisa gegenüber Anspielungen machte, und sie wollte nicht, dass sie sich fragte, was in Deriu los war. Vor allem aber wollte sie nicht als dumme Gans dastehen. Da war etwas, und doch war es nichts. Alessandro beantwortete ihre kurzen SMS zum Projekt, ohne den geringsten Hinweis darauf zu geben, was zwischen ihnen sonst noch vorgefallen war. Mit keinem Wort deutete er eine Intimität an oder erwähnte gar diesen Kuss. Faye hatte keine Ahnung, was sie davon halten sollte. Konnte sie sich denn so geirrt haben?

Gestern Nachmittag war sie wieder ins Theater gegangen, hatte sich mit dem Bauunternehmer getroffen und weitere Skizzen angefertigt. Auf dem Heimweg hatte sie an diesem Abend einen anderen Weg eingeschlagen. Er führte an einer Bar vorbei, die ihr bisher noch nicht aufgefallen war. Die knallrote Neonreklame wies sie als *Bar Portici* aus. Die Bar war voll, und in ihrem Inneren ging es lautstark zu. Sie sah, dass die Gäste ein Fußballspiel verfolgten. Alle schienen gleichzeitig zu reden oder zu schreien. Fäuste wurden gereckt, Gläser wurden auf die Theke geknallt; es sah aus, als hätte die falsche Seite ein Tor geschossen. Alle konzentrierten sich auf den Fernseher, der in einer Ecke hing. Doch in der anderen Ecke …

Er saß mit einer kleinen Gruppe – zwei Männern und zwei Frauen – an einem Tisch. Schnell zog Faye den Kopf ein. Das Letzte, was sie wollte, war, dass Alessandro sie sah und dachte, sie würde ihm hinterherspionieren. Sie war sich ziemlich sicher, dass nicht Jana an dem Tisch neben ihm gesessen hatte, aber was spielte das noch für eine Rolle? Das hier war sein Leben. Faye war in Deriu eine Fremde, und Alessandro in dieser überfüllten Bar unter all den anderen zu sehen hatte ihr das deutlicher vor Augen geführt als alles andere.

Dieser Kuss … Faye war fast schon bereit zu glauben, dass sie sich ihn nur eingebildet hatte. Aber nein, das konnte nicht sein. Dazu erinnerte sie sich viel zu lebhaft daran.

»Ist der Bauunternehmer gestern gekommen?«, fragte Marisa sie.

Faye versuchte, sich wieder auf die Gegenwart zu konzentrieren. »Ja.«

»Wenigstens etwas Gutes.« Marisa öffnete die Tür zum Zuschauerraum, und sie gingen hinein. Er war so still wie immer und schien völlig gleichgültig gegenüber der Tatsache, dass er gestern um ein Haar zerstört worden wäre. »Hatte er schon eine Vorstellung davon, was ein Anbau kosten könnte?«

»Dazu ist es noch zu früh; ohne Pläne für das Innere des Gebäudes kann er das unmöglich beurteilen.« Faye hatte trotzdem versucht, ihm eine grobe Schätzung zu entlocken. Sie war sich ihrer Unerfahrenheit bewusst, zu der noch der Umstand kam, dass sie es mit einer fremden Kultur, einer anderen Sprache und anderen Gepflogenheiten zu tun hatte. Doch sie wusste, dass Handwerker den Preis ungefähr einschätzen konnten, auch wenn sich in diesem frühen Stadium noch niemand festlegen wollte.

Über den mottenzerfressenen roten Teppich gingen sie den Mittelgang hinunter und setzten sich ganz vorn auf zwei ausgeblichene rote Sessel. Faye zog ihr Skizzenbuch und ihr Projekt-Notizbuch aus der Tasche.

»Und der Statiker?«, erkundigte sich Marisa. Sie warf einen Blick auf ihre Uhr. Offensichtlich irritierte es sie, dass Alessandro noch nicht aufgetaucht war. Faye machte sich größere Sorgen darum, wie sie reagieren würde, wenn er kam.

»Ich warte immer noch darauf, dass er mir einen Termin nennt.« Faye wollte sich nicht weiter vorwagen, ohne zu wissen, wie es um die Bausubstanz stand, daher hatte sie sich mit drei Statikern in Verbindung gesetzt. Der erste hatte ihr mitgeteilt, er könne kommenden Monat vorbeischauen, hatte aber nicht genau sagen können, wann. Nummer zwei war für drei Wochen im Urlaub und hielt sich bezüglich zukünftiger Verpflichtungen bedeckt. Nummer drei hatte überhaupt nichts von sich hören lassen. Wie Marisa ihr erklärt hatte, war das auf Sardinien vollkommen normal. Anscheinend hatte Alessandro keinen Witz gemacht, als er gemeint hatte, dass sogar die Planung für ihr Projekt zeitaufwendig werden würde.

Wo steckte Alessandro überhaupt? Als Freiberuflerin hatte Faye einen Vorschuss erhalten, aber sie konnte noch nicht abschätzen, wie lange sie bleiben würde. Nachdem sie inzwischen eine Reihe Bewerbungen abgeschickt hatte, war es denkbar, dass sie irgendwann zu Vorstellungsgesprächen nach Großbritannien zurückkehren musste. Bis jetzt hatte sich allerdings noch nichts Konkretes ergeben.

»Der Bauunternehmer schien unsere Ideen für den Anbau realistisch zu finden«, fuhr sie fort. Bei ihrem Treffen mit ihm war es im Wesentlichen um die generelle Machbarkeit gegangen. »Er hat sich die Garderoben und die Kostümkammer angesehen.«

Marisa schien ein leichter Schauer zu durchlaufen. »Was ist mit dem Boden?« Sie sahen beide nach unten. »Können wir den Marmor retten?«

»Ich glaube schon, ja.« Die Kosten für einen neuen Marmorboden wären immens, und außerdem liebte Faye den alten Marmor, der hier verlegt war. An einigen Stellen war er fleckig, er bröckelte, und er wies Risse auf, doch das machte einen Teil seines Charmes aus.

»Gut.« Marisa nickte zustimmend.

»Er hat allerdings hier im Zuschauerraum eine Menge feuchter Stellen entdeckt.« Faye zeigte auf einen schwarzen Schimmelfleck an der Decke. »Dagegen muss etwas unternommen werden.« Sie musterte die Stuckdekoration in der Mitte. »Und wie wir bereits wissen, müssen der gesamte Stuck und die Reliefs restauriert werden, aber das ist eine Aufgabe für einen Spezialisten.«

»Haben wir einen Restaurator, der sich das ansehen kann?« Marisa sah zu den vier Deckengemälden hoch. Einst mussten sie in leuchtenden Farben geprangt haben, aber wie vieles andere im Theater waren sie im Lauf der Zeit verblasst und bröckelten.

»Ja, er kommt nächste Woche und erstellt einen Kostenvoranschlag.« Faye war es gelungen, einen Mann zu finden, der ähnliche Arbeiten in einem Theater im Süden der Insel durchgeführt hatte.

Marisa strich sich das dunkle Haar zurück. »Was würden wir nur ohne Sie anfangen, Faye?«

Faye lächelte. »Ich weiß zu schätzen, dass Sie mir eine Chance gegeben haben.« Das Projekt war umfangreich, aber wenn sie es Schritt für Schritt anging, war es nicht so beängstigend, wie sie zuerst gedacht hatte. Das hieß allerdings nicht, dass sie bleiben und alles von Anfang bis Ende beaufsichtigen würde. Dazu war das Projekt viel zu groß.

»Was ist sonst noch zu tun?«

Faye lachte. »Eine Menge.« Marisa musste über den Umfang dessen, was noch vor ihnen lag, Bescheid wissen, und dazu war dieses Treffen auch angesetzt worden. Aber Alessandro musste es ebenfalls wissen.

»Zum Beispiel?«

»Wir brauchen neue Toiletten, die für Behinderte zugänglich sind, eine Rollstuhlrampe für den Eingang und neue Elektroleitungen. Über die baulichen Veränderungen haben wir zum Teil schon diskutiert.« Sie zählte die Punkte an den Fingern ab. »Das Fenster im Foyer restaurieren und die anderen ersetzen, die neue Bestuhlung, die Notbeleuchtung und ein Feuermeldesystem.«

Sie wechselten einen Blick. Faye fragte sich, ob Marisa eine Vorstellung davon gehabt hatte, wie viel zu tun war oder wie lange es dauern würde, ganz zu schweigen von den Kosten. »Ich habe eine Liste von allem erstellt, was wir besprochen haben. Es ist ein Projektbuch mit Spalten für die ungefähren Kosten und so weiter.« Faye zeigte es ihr. »Ich wollte schon eine Tabellenkalkulation anlegen, aber …«

»Ich bin froh, dass Sie es nicht getan haben.« Marisa sah sie ein wenig erschrocken an. »Hier auf der Insel neigen wir zu traditionelleren Methoden.« Sie nahm das Buch und betrachtete die Notizen und Zahlen. »Ach, Faye«, sagte sie leise.

Genau. »Wir müssen über den Etat beraten«, rief Faye ihr ins Gedächtnis. »Sie sagten doch, Sie würden mit Alessandro reden?«

»Das habe ich. Er meint, wir könnten bis zu hunderttausend Euro gehen.«

Faye wusste, dass das nicht reichen würde. »Können wir einen Zuschuss beantragen?«

»Alessandro meint, das ist möglich. Ich glaube, er hat sogar schon mit jemandem gesprochen.« Marisa schlug die Beine übereinander. »Es ist nicht offiziell, aber wir hoffen, das Geld verdoppeln zu können. Andere Bauprojekte haben auch Sponsoren gefunden und Geld aus der Lotterie erhalten. Warum nicht unseres?«

»Dann könnten wir im Prinzip einfach weitermachen.« Faye warf einen Blick auf ihre Uhr. Alessandro war inzwischen fünfundvierzig Minuten überfällig.

»Ich versuche, ihn zu erreichen.« Marisa zog ihr Handy aus der Tasche, ließ es mehrmals läuten und gab dann auf. »Er geht nicht ran.«

»Sollen wir ohne ihn weitermachen?« Es war schon schwierig genug, mit der Unzuverlässigkeit der Sarden umzugehen, aber Alessandro setzte dem Ganzen die Krone auf.

»Geben wir ihm noch zehn Minuten.«

Faye stand auf. »Hat Ihnen dieser Ort schon immer so viel bedeutet, Marisa? Schon als junges Mädchen?« Sie fuhr mit der Hand über die Balustrade, die den Orchestergraben von der Bühne trennte, und dachte daran, was Alessandro ihr an dem Abend erzählt hatte, an dem er ihr die alten Fotos gezeigt hatte und an dem später das Feuer ausgebrochen war.

»Ich habe dieses Theater immer über alles geliebt.« Zu Fayes Verblüffung sprang Marisa auf und lief graziös die Stufen hinauf und auf die Bühne. Der verstaubte purpurne Vorhang hinter ihr wirkte wie ein Leichentuch. »Ich habe mich danach gesehnt, ein Teil davon zu sein und Schauspielerin zu werden wie Mama.«

»Wirklich?«

»Ich habe Tanzstunden genommen.« Sie lief ein paar Schritte über die Bühne und vollführte dann eine perfekte Pirouette, indem sie sich auf einem Bein drehte und mit dem anderen Fuß das Knie des Beins berührte, auf dem sie stand.

»Sehr gut.« Faye klatschte kurz, und Marisa legte die Hände zusammen und knickste. »Warum haben Sie sich anders entschieden?« Sie besaß auf jeden Fall den richtigen Körperbau, um Tänzerin zu sein. Sie war gertenschlank und äußerst leichtfüßig, und wie bei den meisten Italienern waren ihre Hände fast so ausdrucksvoll wie ihre Augen.

»Ich habe es mir nicht anders überlegt.« Marisas Miene verdüsterte sich. »Mama hat mich dazu gezwungen, damals, als ich vierzehn war. Das und …« Ihre Stimme brach.

»Wollte sie nicht, dass Sie Schauspielerin werden?« Wieder war Faye verblüfft.

»Doch, Mama war ja selbst Schauspielerin«, erklärte Marisa langsam. »Aber sie hielt nicht viel von der Welt des Theaters als solcher. Sie sagte, die Schauspielerei sei eine undankbare Kunst. Das wünschte sie sich nicht für mich.« Betrübt verzog sie das Gesicht. »Sie hat gemeint, ich sei zu jung, um darüber nachzudenken. Sie sagte, ich solle studieren, um mehr Möglichkeiten zu haben und meinen eigenen Weg zu finden, und wenn ich mir das mit fünfundzwanzig immer noch wünschen würde …«

»Aber Sie haben es nicht getan?« Faye spürte, dass da noch viel mehr war, was Marisa nicht aussprach.

Langsam kam Marisa die Stufen wieder hinunter. »Als ich fünfundzwanzig wurde, war meine Mutter schon lange tot«, erklärte sie. »Also hätte ich es tun können. Aber es gab auch andere Dinge, an die ich denken musste. Ich …« Ihre Miene verschloss sich. »Es hätte meinen Vater traurig gemacht.«

Faye war sich ziemlich sicher, dass das nicht der einzige Grund gewesen war, aber sie wollte nicht neugierig wirken. »Das Unterrichten ist auch eine Berufung. Es muss sehr erfüllend sein.«

»Ja, das ist es, und ich liebe meinen Beruf.« Marisas Stimme wurde weicher, und sie lächelte. »Ich habe einen anderen Weg eingeschlagen, und es ist ein guter.« Sie seufzte. »Mit fünfundzwanzig war ich ein ganz anderer Mensch als das junge Mädchen, das sich nur danach sehnte, auf der Bühne zu stehen und zu tanzen.«

Faye fragte sich, ob sie deswegen immer noch gekränkt war. Hatte sie ihrer Mutter verziehen? Sehnte sie sich immer noch irgendwo tief in ihrem Inneren danach, auf einer Bühne zu stehen, zu tanzen? Alessandro hatte ihr erzählt, ihre Mutter sei schon sehr jung auf Tournee gegangen, doch offensichtlich hatte sie sich dieses Leben für ihre Tochter nicht gewünscht. Faye sah Marisa an und meinte, so etwas wie Nostalgie in ihren dunkelbraunen Augen zu erkennen. Interessant, dass Bruno Rinaldi versucht hatte, seinem Sohn seinen Willen aufzuzwingen, und Sofia Rinaldi das Gleiche bei ihrer Tochter getan hatte. Gemeinsam mussten sie ein ziemlich beeindruckendes Paar gewesen sein.

»Sie bereuen es heute nicht mehr, oder?«, fragte Faye und blätterte in ihrem Skizzenbuch. Sie hatte bereits einige grobe Zeichnungen der Bühne und des Orchestergrabens angefertigt. Eigentlich hatte sie nur herumgekritzelt, während sie darauf gewartet hatte, dass sich neue Ideen einstellten. »Glauben Sie, dass Sie irgendwann vielleicht doch zur Schauspielerei zurückkehren?«

»Ich bereue es schon ein wenig.« Marisa blickte auf und sah so traurig aus, dass Faye am liebsten die Arme ausgestreckt hätte, um sie zu trösten. »Aber wie gesagt, ich bin nicht mehr dieses Mädchen, und eigentlich möchte ich auch nicht mehr daran denken.« Plötzlich sah sie wieder ganz verschlossen aus, und ihre Miene verriet nichts mehr.

Faye schlug eine neue Seite in ihrem Skizzenbuch auf und überlegte, dass Marisa ihrem Bruder stärker ähnelte, als sie zuerst gedacht hatte. Sie konnte sich des Gedankens nicht erwehren, dass es in der Vergangenheit der Familie Rinaldi viele Geheimnisse gab, von denen Marisa und Alessandro nicht wollten, dass jemand sie erfuhr. Sie dachte daran, was Pasquale und seine Mutter ihr vor ein paar Tagen erzählt hatten. Pasquale schien Faye beschützen zu wollen – es schien fast, als betrachte er sich als eine Art Vaterfigur –, und Faye musste zugeben, dass seine Sorge sie rührte. Also sollte sie vielleicht erleichtert darüber sein, dass Alessandro eine gewisse Distanz zwischen ihnen geschaffen hatte.

»Werden Sie hier auf Sardinien bleiben, Marisa?« Faye fiel ihre Fernbeziehung in Rom ein.

»Ich glaube nicht. Wenn dieses Projekt beendet ist«, Marisas Miene hellte sich auf, »ziehe ich zu Leo. Er findet, dass mich viel zu viel hier hält – zuerst mein Vater und dann die Renovierung des Theaters. Aber eigentlich …«

»Eigentlich?«

»Eigentlich«, erklärte sie, »kann ich es kaum erwarten, von hier fortzugehen.«

Ihr heftiger Ton verblüffte Faye, und sie wollte schon nachhaken. Doch in diesem Moment wurde die Tür zum Zuschauerraum aufgerissen, und Alessandro stürmte herein. Faye schluckte gegen den Kloß an, der sich plötzlich in ihrem Hals gebildet hatte. Sie hatte ihn seit fünf Tagen nicht gesehen, aber es kam ihr vor wie fünf Monate.

»Alessandro!« Marisa tippte auf ihre Uhr. »*Sei in ritardo*. Du kommst zu spät. Wo hast du gesteckt? Hattest du unser Treffen vergessen? Oder die Uhrzeit?«

Alessandro runzelte die dunklen Brauen. »Jetzt bin ich hier«, erklärte er. Faye sah er nicht einmal an.

Sie spürte dennoch seinen Zorn. Es schien in seinem Inneren zu brodeln; man hätte die Spannung, die in der Luft lag, mit Fingern greifen können. Faye blickte zwischen den beiden hin und her. Die Sarden waren so sprunghaft. Vielleicht wäre es besser gewesen, wenn er gar nicht gekommen wäre. Es fiel ihr leichter, mit Marisa zu reden; sie hegte keine Hintergedanken und sprach keine verlockenden Einladungen zum Essen oder zu einem Schlummertrunk aus, die sie von der Arbeit ablenkten. Marisa wusste, wie sie mit ihrem Bruder umgehen musste. Wahrscheinlich war sie an sein überschäumendes Temperament gewöhnt.

»Was ist los?«, fragte Faye. Er wirkte völlig anders als der Mann, der sie vor fünf Tagen geküsst hatte. Vermutlich sollte sie dankbar dafür sein, dass es bei dem Kuss geblieben war.

»Nichts.« Er weigerte sich immer noch, ihr in die Augen zu sehen. »Ich entschuldige mich für meine Verspätung. Aber wir sollten jetzt fortfahren.« Er setzte sich.

Marisa und Faye wechselten einen Blick. *Hilfe!*, dachte sie. Aber was blieb ihr anderes übrig?

Sie besann sich auf ihre Expertenrolle, brachte beide auf den neuesten Stand und präsentierte ihnen die Zahlen aus ihrem Projektbuch. Wenn er es unbedingt so wollte …

»Was meinst du?«, fragte Marisa ihn, als Faye ihre Ausführungen beendet hatte.

»Ich weiß nicht, was ich davon halten soll«, brummte er und fuhr sich mit den Fingern durch sein schwarzes Haar. Er sah furchtbar aus: Unter seinen Augen lagen dunkle Schatten, als hätte er nicht geschlafen, und Spitzen seiner Haare waren vom Feuer versengt.

Faye beschlich ein ungutes Gefühl. Was jetzt?

»Ist es zu viel?«, fragte Marisa ihn. »Sind wir zu ehrgeizig?«

»Kann schon sein.« Er klang kurz angebunden.

Faye holte tief Luft. Sie waren sich über all das schon einig gewesen. »Liegt es am Geld?«, fragte sie. Wahrscheinlich war es noch nicht zu spät, zurückzurudern und neu nachzudenken. Sie konnten auf den Anbau verzichten, und wenn es sein musste, konnten sie auch an anderen Stellen sparen.

»Ja, es liegt am Geld«, sagte er. »*Si.* Und an den Leuten aus der Stadt.«

»Ich dachte, Sie hätten den Streit über die Besitzrechte geklärt«, sagte Faye – in ziemlich scharfem Ton, wie sie selbst feststellte.

Er gab keine Antwort. »Und am Feuer«, sagte er.

»Am Feuer?«, flüsterte Marisa.

Alessandro nahm die Hand seiner Schwester. »Vielleicht war das ein Zeichen«, sagte er mit finsterem Blick.

»Ein Zeichen?« Marisa starrte ihn an.

»Alle reden davon. Auf den Straßen, in den Cafés«, erklärte er.

»Wird denn offiziell ermittelt?«, fragte sie.

»*Si.* Es heißt, dass das Feuer wahrscheinlich durch eine brennende Zigarette ausgelöst worden sei.« Er ließ Marisas Hand los und sah endlich zu Faye herüber.

Sie dachte an Pasquale. »Ich habe gehört, ein paar Jugendliche hätten sich vor dem Theater herumgetrieben.«

»Vielleicht. Aber was, wenn es uns nicht bestimmt ist, das Theater wieder zum Leben zu erwecken? Was ist, wenn …?«

»Alessandro …«

»Ich weiß nicht, was ich tun soll«, erklärte er. Er stützte den Kopf in die Hände.

Wie meinte er das? Faye war ratlos. Wieder einmal wusste sie nicht, was los war. Sie hätte nicht vermutet, dass Alessandro abergläubisch war, doch sie wusste, dass der Aberglaube auf Sardinien immer noch recht verbreitet war. Steckte noch etwas anderes dahinter? Sie spürte ein starkes Bedürfnis, zu ihm zu gehen, den Arm um ihn zu legen und ihn zu beruhigen. Aber angesichts des Verhaltens, das er an den Tag gelegt hatte, seit er ins Theater gekommen war, konnte sie sich nicht dazu überwinden. Sie schaute Marisa an, doch die schien genauso fassungslos zu sein wie Faye.

»Was ist los, Alessandro?«, fragte Faye noch einmal. »Was –?«

Er schlug mit der Faust auf die Lehne seines Sitzes. Eine Staubwolke stieg in die Luft. »Es ist dieser Ort«, erklärte er. »Dieser verdammte Ort und die Leute hier.«

»Das Theater, meinen Sie?« Faye begriff seinen Stimmungsumschwung nicht. Er liebte das Theater doch, er hatte es immer geliebt. Genau deshalb waren sie doch hier.

»Deriu«, sagte Marisa. »Meinst du Deriu?«

»Wenn Sie es sich anders überlegt haben, Alessandro …« Faye beendete ihren Satz nicht. Sie dachte an das Theater, aber er würde die unterschwellige Botschaft verstehen. *Ich kann mich nicht verstellen*, hatte er gesagt. Und der Kuss war ihr auch nicht geheuchelt vorgekommen. Aber wenn er seine Meinung in einem der beiden Punkte geändert hatte, dann würde sie eben nach London zurückkehren und vergessen, dass das kleine Theater in Deriu existierte. Faye schlang nervös die Hände ineinander. Sie merkte, dass sie das nicht wollte. Sie wollte beenden, was sie angefangen hatte – zumindest, was das Theater anging. Sie wollte diese Sache durchziehen.

»Nein.« Endlich hob er den Kopf. Er warf ihr einen betrübten Blick zu. »Ich habe es mir nicht anders überlegt.«

Sie verspürte Erleichterung. »Dann …«

»Aber ich brauche Zeit«, erklärte er.

»Die haben Sie.« Faye sah in ihr Projektbuch. Es würde Monate dauern, das Projekt in Gang zu bringen.

»Wozu, Alessandro?«, fragte Marisa. »Wozu brauchst du Zeit?« Die beiden sahen einander in die Augen. »Willst du das hier denn nicht?«

»Doch.« Sein leidenschaftlicher Tonfall war nicht zu überhören.

»Haben Sie andere Vorstellungen, was die Art des Gebäudes angeht?« Er war ihr Auftraggeber, und Faye brauchte Antworten von ihm.

»Nein.«

Wieder wechselten Marisa und Faye einen Blick. »Was ist dann los?«

»Ich brauche Zeit zum Nachdenken«, sagte er. »Um eine Lösung …«

»Alessandro …«

»Lass es, Marisa.« Seine Stimme klang tiefer. Wieder schien er zornig zu werden. »Lass es einfach auf sich beruhen, ja?« Bevor sie noch ein Wort sagen konnten, war er aufgesprungen und stürmte aus dem Zuschauerraum.

Faye sah ihm nach und zuckte zusammen, als er die Tür zuknallte. »Was sollen wir tun?«, fragte sie Marisa. Sie kannte ihn besser als jeder andere.

»Wir machen weiter.« Marisa setzte sich auf. Ihre dunklen Augen leuchteten entschlossen. »Wir arbeiten ohne ihn weiter. Und unterdessen …«

»Ja?«

Marisas Stimme klang fest. »Das war nicht mein Bruder, der da gesprochen hat.«

»Ach?« Was meinte sie?

»Also finden wir heraus, wer ihm auf die Füße getreten ist oder was sonst passiert ist.«

»So wie Sie es sagen, klingt das sehr einfach«, murmelte Faye.

»Das ist es nicht.« Marisa hob hilflos die Hände. »Aber momentan können wir nichts anderes tun.«

27

Molly ging in die Knie und versuchte, die Temperaturanzeige am Wassertank zu lesen. Sie brauchte ihre Brille. *Verdammt.* Rückwärts schob sie sich wieder aus der Ecke heraus und ging sie holen.

Gestern war das Duschwasser kochend heiß gewesen, heute war es eiskalt, und sie konnte es nicht regulieren. Es war zwar nur eine kleine Störung, aber die erinnerte sie daran, was in einer Ehe geschah, und das machte sie ärgerlich. Dabei hatte sie geglaubt, für heute Abend mit dem Thema »Zorn« abgeschlossen zu haben.

Wann passierte es? An welchem Punkt wurde ein Partner – in diesem Fall Ade – auf einmal derjenige, der immer den Müll hinausbrachte, während der andere – also Molly – grundsätzlich Frühstück machte? Wann hatte sie es übernommen, die Rechnungen für den Haushalt zu überweisen, und beschlossen, sich nicht dafür zu interessieren, wie Wasserleitungen funktionieren? Molly fluchte leise. Es war eine unausgesprochene Abmachung, ein Rollenspiel, Arbeitsteilung. Man konnte es nennen, wie man wollte, doch an irgendeinem Punkt wurde Abhängigkeit daraus. Sie musste sich der Erkenntnis stellen: Sie war diese Art von Ehefrau gewesen, die von ihrem Mann abhängig war. Sie hatte sich nicht nur darauf verlassen, dass er alles Praktische übernahm, sondern auch darauf, dass er das Geld nach Hause brachte. Warum hatte sie das getan? Der Schreibkurs heute Abend hatte sie nachdenklich gemacht.

Sie hatte immer einen ordentlichen Haushalt geführt – ein Satz, bei dem sie hätte schreien können. Seit der Trennung hatte sie eher Lust, allen Nippes vom Sekretär zu fegen und zu zertreten. Was kaum ein Benehmen war, das sich für Ehefrauen ziemte – ordentlich oder nicht. Sie hatte Kuchen gebacken und Essen gekocht – Millionen von Mahlzeiten im Lauf der Jahre. Man hätte sie abends im Bett zählen können wie Schafe: Ein Auflauf sprang über einen Zaun, dicht gefolgt von einem Bœuf Stroganoff … Und sie hatte weiter mit dem Mann geschlafen, der ihr untreu gewesen war. Obwohl sie zugeben musste, dass die Häufigkeit im Lauf der Jahre abgenommen hatte.

Molly fand ihre Brille und kroch zurück in den Schrank, in dem der Heißwassertank untergebracht war. Wie viel von diesem typischen Ehefrauenverhalten hatte sie an den Tag gelegt, weil sie eine Rolle spielte, und wie viel aus Liebe? Die Wahrheit war, dass sie die Rolle einer bestimmten Art von Ehefrau perfekt gespielt hatte. Es war die Rolle einer entgegenkommenden Frau, einer passiven Frau, einer Frau, die nicht ahnt, dass ihr Mann eine Affäre hat. Was hatte sie geglaubt, in welchem Jahrhundert sie lebten?

Molly drehte an dem Regler herum. Sie – also sie allein – würde sich wahrscheinlich einen neuen Boiler besorgen müssen. Damit würde sie zumindest einen Anschein von Kontrolle über ihr Leben zurückgewinnen – auf jeden Fall aber die Kontrolle über die Temperatur ihres Duschwassers. Wann war sie zu solch einem Klischee von Ehefrau geworden? Ade hatte sie nie darum gebeten; tatsächlich vermutete sie sogar, dass er es gehasst hatte, obwohl es ihm das Leben bequemer machte.

Sie wusste, warum sie es getan hatte: Weil sie zornig auf Ade war und weil sie beschlossen hatte, ihm ihr Geheimnis nicht zu verraten. Zorn. Jo hatte ja so recht gehabt.

Molly krabbelte wieder aus dem Schrank. Sie würde es morgen noch einmal mit der Dusche versuchen und sich dann Hilfe holen. Sie hatte bereits den äußerst netten Handwerker angerufen, der alle Heizungs- und Wasserleitungsprobleme wegzuzaubern versprach, aber nur seinen Anrufbeantworter erreicht. Bis jetzt hatte er sich allerdings nicht bei ihr gemeldet. Offensichtlich zauberte er gerade anderswo. Sie konnte es bei jemand anderem probieren. Sie konnte sogar bei ihrem Nachbarn anklopfen, denn Doug war sowohl mitfühlend als auch hilfsbereit. Molly hatte entschieden, dass das von jetzt an ihre bevorzugten Eigenschaften bei einem Mann waren. Sie war zuversichtlich, dass er sich die Sache ansehen würde; sie brauchte ihn nur darum zu bitten. Ade würde sie auf jeden Fall nicht anrufen. Molly atmete tief ein und aus. Was immer sie sonst sein mochte, diese Art Ehefrau war sie nicht: die Art, die von ihrem Mann getrennt lebt und trotzdem erwartet, dass ihr Ex alles Praktische im Haus erledigt. Außerdem gönnte sie Ade die Befriedigung nicht, gebraucht zu werden.

Molly wandte ihre Aufmerksamkeit dem Boiler zu, der zu funktionieren schien. Hmm. Was hatte in dem System Priorität – der Boiler oder der Heißwassertank? Machte das eine Gerät die Vorgaben, oder arbeiteten sie in einer Art Einklang Seite an Seite? Welches Element kontrollierte die Wassertemperatur? Versuchsweise drehte sie an einem Regler und studierte die Liste möglicher Fehlerquellen auf der Innenseite der Tür, die sie noch nie betrachtet hatte. Das sah alles sehr schick aus. Aber es hätte eigentlich alles sein können, denn die Diagramme schienen nicht im Entferntesten etwas mit Wasserrohren zu tun zu haben und halfen ihr absolut nicht weiter. Sie rief sich ins Gedächtnis, dass sie nicht praktisch begabt war. Doch sie könnte solche Dinge lernen; sie musste nur daran arbeiten. Sie ging in die Küche, um zu sehen, ob dort warmes Wasser aus den Hähnen kam.

Ade fehlte ihr. Molly hielt sich am Rand des Spülbeckens fest und wartete darauf, dass das schmerzliche Gefühl nachließ. Das hieß nicht, dass sie ihn sich zurückwünschte. Das war nicht der Fall. Molly atmete ein, hielt die Luft an, atmete langsam wieder aus und ließ die Spüle wieder los. Sie konnte diese Farce nicht länger mitspielen. Als er ihr erzählt hatte, er wolle reisen, als sie gesehen hatte, wie sehr er sich das wünschte, da war etwas in ihr zerbrochen. Alles – all diese Jahre – erschien ihr mit einem Mal so vergeblich. Was hatte es für einen Sinn? Was hatte es für einen Zweck gehabt, damals, als sie erfahren hatte, dass er sich mit einer anderen traf, zu kämpfen, um ihn zu halten? Was hatte sie mit ihrem Kampf, ihrem Schweigen erreicht? Es hatte dafür gesorgt, dass er bei ihr blieb und dass Faye nicht in einer »zerbrochenen Familie« aufwuchs, wie man das damals genannt hatte. Doch es hatte das Unvermeidliche nur aufgeschoben. Eines Tages würde Ade gehen. Sie hatte es gewusst. Und bis dahin würde seine Treulosigkeit uneingestanden zwischen ihnen stehen wie eine schwärende Wunde, die sich nie zu einer Narbe schließen würde, weil sie nicht einmal ansatzweise geheilt war.

Molly kehrte ins Wohnzimmer zurück. Wenn Jo hier wäre, würde sie sie auffordern, das aufzuschreiben. Und es stimmte, seit sie mit diesem Kurs in kreativem Schreiben begonnen hatte, dachte sie stärker in Metaphern und betrachtete die Dinge anders. Aber es schien sie nur zornig zu machen.

Kathryn war nach der Arbeit auf eine Tasse Tee vorbeigekommen, und Molly hatte, was untypisch für sie war, die Spuren ihres Besuchs noch nicht beseitigt: das eingedrückte Sofakissen, die leichten Schlammspuren unter dem Couchtisch, das Tablett und die leeren Tassen, den Plätzchenteller. Kathryn hatte über die Arbeit und die Familie geplaudert, sie hatten über die Gesundheit ihrer Mutter gesprochen – »Es scheint ihr gut zu gehen; die letzte Erkältung hat sie wirklich schnell überwunden« –, und dann schließlich, kurz bevor sie ging, hatte sie die

Frage gestellt, wegen der sie hergekommen war. Molly hatte darauf gewartet. »Wie kommst du zurecht, Moll? Geht's dir gut? Ich meine, wirklich gut?«

»Ja.« Molly war so gewöhnt daran, ein Lächeln auf ihr Gesicht zu zaubern, dass sie es kaum noch bewusst zu tun brauchte. Es sprang beinahe von selbst hervor. »Eigentlich ist es sogar eine Erleichterung.«

»Eine Erleichterung?« Kathryn runzelte die Stirn.

»Ich brauche mir keine Sorgen mehr zu machen.« Es war tatsächlich die Wahrheit, wie Molly erkannte.

»Worüber?«

»Darüber, wann er mich verlassen wird.«

Molly schüttelte das Sofakissen auf. Was sie nicht gesagt hatte, war, dass die Leere zurückgekehrt war, nachdem Ade gegangen war. Sie holte Kehrschaufel und Handfeger aus dem Schrank unter der Treppe, fegte die Krümel und den Dreck sorgfältig auf und brachte ihn nach draußen. Es war nicht Einsamkeit, die fühlte sich anders an. Molly drehte das Kehrblech um, doch der Schlamm klebte daran fest. Sie klopfte ihn mit dem Finger ab. *Fort, verdammter Dreck*. Sie war dabei, sich in Lady Macbeth zu verwandeln.

Meist spürte sie die Leere bei Nacht im Kopf, manchmal auch im ganzen Körper. Und wenn sie schlief, träumte sie von ihrem Vater. In ihren Träumen war er schon gebrechlich, aus dem Hospiz entlassen und wieder zu Hause. »Ich will verdammt sein, wenn ich in dieser Anstalt sterbe«, hatte er gesagt. Der Krebs hatte seinen ganzen Körper zerfressen und griff jetzt den Sehnerv an. Er litt ständig unter Schmerzen und war dem Tode nah. Die Frage war nur, wann es geschehen würde.

Der Großteil seiner Pflege blieb Molly überlassen. Sie machte gerade Abitur und konnte viel zu Hause arbeiten. Sie hatte diese Aufgabe freiwillig übernommen. Ihre Schwester, die noch keine dreizehn war, war zu klein dazu. Molly und ihre Mutter versuchten, sie abzuschirmen, damit sie nicht zu viel mitbekam. Glücklicherweise schien Kathryn in der Lage zu sein, ihr Leben in Schubladen einzuteilen und die Gedanken an ihren sterbenden Vater in einen entfernten Winkel ihres Gehirns zu verbannen, wo sie keinen Einfluss auf ihre Schule und ihre sozialen Kontakte hatten. Wahrscheinlich war sie egoistisch. Aber mit nicht einmal dreizehn hatte sie auch ein Recht dazu, dachte Molly.

Mollys Mutter gab ihr Bestes. Aber ihre Mutter war ebenfalls eine Bilderbuch-Ehefrau gewesen, sogar mehr noch als Molly. Sie hatte das Stereotyp mit offenen Armen begrüßt und war davon ausgegangen, dass ihr starker, gut aussehender Mann sie für den Rest ihres Lebens beschützen würde, und als er das nicht mehr konnte, als er krank und schwach wurde und sie wusste, dass sie allein zurückbleiben würde … Mollys Mutter wurde nicht damit fertig. Sie kümmerte sich nicht mehr um ihre Kinder, und sie vernachlässigte sich selbst. Jeden Abend weinte sie sich in den Schlaf, und obwohl ihr Mann in einem anderen Raum auf der gegenüberliegenden Seite des Hauses untergebracht war, hörte er es wahrscheinlich. Als Mollys Vater erklärt hatte, er wolle nach Hause, hatte Molly gewusst, wie es laufen würde. *Damals*, dachte sie, *bin ich zum ersten Mal in meinem Leben zornig gewesen.*

Ihr Zorn beschäftigte sie immer noch. Obwohl sie eigentlich beschlossen hatte, den Schreibkurs aufzugeben, hatte sie es nicht getan – noch nicht. Und so suchte sie, nachdem Kathryn gegangen war, ihr Notizbuch, die Mappe mit den ordentlich sortierten Schreibübungen aus dem Kurs und ihre Stifte zusammen und fuhr zum Gemeindezentrum.

Jo erklärte ihnen, diese Woche würden sie über die Emotionen von Charakteren nachdenken. Doch sie würden nicht nur darüber nachdenken, erklärte sie, sondern sie würden sie auch spüren. Es war eine Übung in Empathie – eine der Eigenschaften, die bei einem Autor am dringendsten vonnöten war. Molly fragte sich, ob sie nicht besser zu Hause geblieben wäre.

Jo liebte Kettenübungen, und dies war eine davon. Zu Beginn musste jeder an eine Emotion denken.

Molly mochte sich heute Abend nicht allzu tief darauf einlassen, nicht nach Kathryns Besuch. »Freude«, schrieb sie auf ein Stück Papier. Eigentlich freute sie sich darauf. Jo würde sie bitten, eine Farbe und vielleicht einen Song auszuwählen, die dazu passten, und Molly würde sich Gelb aussuchen und über Donovan oder die Beatles schreiben, über den Frühling und über Schlüsselblumen. Das war mehr »Hoffnung« als »Freude«, aber auf Freude zu hoffen, war wenigstens etwas Positives. Sie malte ein kleines Strichmännchen neben die Buchstaben, die sie geschrieben hatte, und sah sich lächelnd in der Gruppe um.

»Faltet euer Papier zusammen und reicht es drei Plätze weiter«, sagte Jo. »Was ihr bekommt, ist das Thema, über das ihr schreiben werdet.«

Das hätte sie sich eigentlich denken können. Molly riskierte einen Blick, um festzustellen, wer drei Plätze von ihr entfernt saß. Malcolm mit den dunklen Augen und den komplexen Sätzen, der nach dem Prinzip schrieb: »Warum drei Wörter benutzen, wenn man auch dreißig verwenden kann?«

Sie faltete den Zettel auseinander, der ihr gereicht wurde. »Zorn«, las sie. *Herrgott.*

Molly war gar nicht klar gewesen, dass sie auf so viele Menschen zornig war. Sie war wütend auf ihre Mutter, weil sie nicht stärker gewesen war, als ihr Vater krank geworden war. Sie war wütend auf Kathryn, weil sie jung und selbstsüchtig gewesen war. Sie war zornig auf ihren Vater wegen dem, was er von ihr verlangt hatte. Und weil er sie zu früh verlassen hatte. Molly war vielleicht der besondere Schatz ihres Vaters gewesen, aber letztendlich hatte er immer seine Frau geschützt. Und sie war zornig auf Ade, weil er ihr untreu gewesen war, weil er so beschäftigt mit seiner Affäre gewesen war, dass er nicht einmal bemerkte, dass sie Bescheid wusste; weil er sie geschwängert hatte, als er wahrscheinlich schon mit einer anderen schlief, weil er sie an die zweite Stelle gesetzt hatte. Und sie war natürlich wütend auf ihn wegen der Fehlgeburt, bei der sie das Kind verloren hatte. Sie war aus so vielen Gründen wütend auf Ade, dass ihr der Kopf wehtat und sie mit dem Schreiben aufhören musste.

Wut, dachte Molly jetzt. Sie war rot und brodelte. Sie stank nach Schwefel, dampfte und blubberte und musste herausbrechen, sonst würde sie einen Menschen zerstören wie der Fluch einer Hexe. Das war kein Gefühl für eine perfekte Ehefrau, nicht einmal annähernd. Molly hatte sie immer unterdrückt. Aber jetzt hatte sie ihre Stimme gefunden. Es war, als hätte Jo ihr die Erlaubnis dazu erteilt.

»Das, worüber wir schreiben wollen, ist nicht immer das, was wir brauchen«, erläuterte Jo zur Erklärung. »Manchmal tragen wir etwas in uns, dem wir Ausdruck verleihen müssen.«

Wie wahr, dachte Molly.

Sie hatten in der Gruppe die Runde gemacht, und manche hatten vorgelesen, was sie geschrieben hatten, und andere nicht. Als Molly an die Reihe kam, betrachtete sie entsetzt, was sie geschrieben hatte. Woher war das alles gekommen? Ihre Finger und ihr Handgelenk taten ihr weh vom vielen Schreiben. Sie schüttelte den Kopf, riss die Seiten aus ihrem Notizbuch und knüllte sie fest zusammen. *Aus Wut*, dachte sie.

Jo nickte. »Ihr könnt es verbrennen, wenn ihr wollt.« Mit leuchtenden Augen sah sie sich unter ihren Schülern um. »Ihr könnt die Kontrolle über euer Leben und eure Emotionen übernehmen.«

Molly fragte sich, wie es ihr dabei helfen sollte, ihr Leben unter Kontrolle zu bekommen, wenn sie ein Streichholz an das von ihr Geschriebene hielt. *Schön wär's*, dachte sie.

Jo warf ihr einen Blick zu, als wisse sie genau, was auf den Seiten stand, die sie zusammengeknüllt in der Hand hielt. »Andere Menschen können uns kontrollieren, aber auch die Emotionen, die uns bewegen«, erklärte sie. »Aber wir können uns dafür entscheiden, die Kontrolle zu übernehmen, indem wir diese Gefühle loslassen.«

Wieder zu Hause angekommen nahm Molly ihre Tasche vom Tisch und zog mit spitzen Fingern die Seiten, die sie über den Zorn geschrieben hatte, heraus, als könnten sie sie sonst anstecken. Sie legte sie auf den Kaminrost und zog eine Streichholzschachtel aus der Schublade. Sie riss ein Streichholz an, hielt es an das Papier und sah zu, wie ihre Wut brannte.

28

Faye wanderte zur Burg hinauf. Sie war schon einmal dort gewesen, doch der Ort zog sie an. Sie hatte das Gefühl, dass die Aussicht über die Stadt ihr vielleicht dabei helfen würde, Deriu ein wenig besser kennenzulernen. Sicher war sie sich nicht, seit dem Feuer schienen die Bürger der Stadt sie allerdings ein wenig anders zu betrachten. Sie war natürlich immer noch eine Außenseiterin, aber sie hatte sich an der Rettung des kleinen Theaters beteiligt. Es war ihr gelungen, zumindest zu einigen der Stadtbewohner eine oberflächliche Beziehung aufzubauen.

In einem Außenbezirk der Altstadt saß eine Frau auf einem hölzernen Stuhl vor ihrem Haus. Auf dem ungleichmäßigen Kopfsteinpflaster stand der Stuhl ganz schief. In ihrem Schoß lag eine Spitzenstickerei. Doch sie stickte nicht, sondern war tief in Gedanken versunken und starrte vor sich hin. Faye wollte schon lächeln, »Guten Tag« sagen und weitergehen, als sie erkannte, wer die Frau war. Sie blieb stehen. »Carmela, *buon giorno, Signora.*« Während sie sprach, drehte sie unwillkürlich den Kopf nach rechts und links, weil sie halb damit rechnete, dass Enricos finsteres Gesicht hinter den Zweigen des kleinen

Baums auftauchen würde, der in einem Topf neben der Tür wuchs. Er war der Einzige, der ihr immer noch feindselige Blicke zuwarf.

»Buon giorno, Signorina.« Zu Fayes Erleichterung erwiderte Carmela ihr Lächeln. »Geht es Ihnen gut, meine Liebe?«

»Sehr gut, danke.« Abgesehen davon, dass sie sich nicht sicher war, was Alessandro im Kopf herumging, was los war und ob sie überhaupt noch einen Job hatte. »Und Ihnen?«

»Ja, doch, das Leben geht weiter.« Carmela stand auf, das Deckchen rutschte herunter, und sie fing die zarte Spitze mit der Hand auf. Zu Fayes Verblüffung trat sie auf sie zu und fasste sie am Arm. »Kommen Sie mit herein, ja?«, fragte sie. »Nur ein paar Minuten. Auf einen kleinen Schnaps? Einen Aperitif, hmm?«

Faye fühlte sich versucht. Es war ein wenig früh für Alkohol, und sie hatte gestern Abend mehr als die Hälfte der Flasche Wein getrunken, in der Marisa und sie ihr Elend ertränkt hatten. Dabei hatten sie versucht, einen Plan zu erarbeiten. Doch Faye war neugierig darauf, das Haus der Voltis von innen zu sehen. »Ist Enrico da?«, erkundigte sie sich. Sie wollte das Risiko nicht eingehen, ihm über den Weg zu laufen.

Carmela stieß ein freudloses Lachen aus. »Nein. Sie sind vollkommen sicher, meine Liebe.« Ihr Blick wirkte immer noch traurig und nachdenklich. »Wer weiß schon, wohin dieser Mann geht? Ich jedenfalls nicht. Er geht aus, er trinkt, er spielt Karten und Domino, er spielt um Geld. Niemals gibt er Ruhe, nein, nein.« Sie bekreuzigte sich. »Für Enrico gibt es keine Ruhe.«

»Na gut, aber nur kurz.« Faye folgte ihr nach drinnen. Sie spürte, dass Carmela einsam war. Sie hatte gesehen, wie andere Frauen in Deriu vor ihren Häusern oder auf dem Markt plauderten, aber Carmela kam ihr isoliert vor. Sie hielt sich von den anderen Frauen fern. *Vielleicht liegt es an ihrem Verlust*, dachte Faye. Vielleicht war ihre Trauer der Grund, warum sie sich absonderte und stärker nach innen wandte.

Das Haus war klein, aber behaglich. Die dunkle Diele war

mit hölzernen Paneelen ausgekleidet, und an den Wänden hingen Heiligenbilder und andere Devotionalien. Carmela eilte geschäftig in die Küche, und Faye folgte ihr. In der Luft hing noch ein leichter Essensgeruch und das Aroma von frisch gebrühtem Kaffee. Carmela erinnerte Faye ein wenig an Pasquales Mutter, obwohl Carmela keineswegs alt war. Sie war nicht viel älter als Fayes Eltern. Die Küche war zwar recht bescheiden eingerichtet, aber die Möbel waren nicht ganz so alt und schief wie die in dem kleinen Haus an der *Piazza del Teatro*.

»Hat Enrico Arbeit?«, fragte sie Carmela. Sie meinte sich zu erinnern, dass die Familie Volti mit dem Bergbau zu tun gehabt hatte. Das hatte Pasquale ihr erzählt. Und hatte er nicht auch gesagt …?

»Er hat im Bergbau gearbeitet«, bestätigte Carmela. »Früher einmal hatten wir Geld und haben nicht so gelebt.« Sie machte eine weit ausholende Handbewegung, die ihrer Umgebung galt. »Jetzt ist er in Deriu der Mann für alle Fälle. Aber natürlich ist meist keine Arbeit da.«

Faye nickte. Sie wusste nicht recht, was sie sagen sollte. Diese Familie hatte so viele Verluste erlitten. Kein Wunder, dass Carmela so traurig wirkte und dass sie sich hier fehl am Platz fühlte.

Sie sah zu, wie Carmela eine kleine Flasche von einem Brett in der Vorratskammer nahm und eine dicke, ölige Flüssigkeit in zwei winzige verschnörkelte Gläser goss. Eines reichte sie Faye. *»Mirto«*, murmelte sie. *»Salute.«*

Nun würde sie also endlich den traditionellen sardischen Likör kosten, der anscheinend zu jeder Tageszeit angeboten wurde. *»Salute«*, sagte Faye.

Sie nippte an dem dicken, sirupartigen Getränk. Es schmeckte schwer und süß und ein wenig nach Kräutern. *Stark ist er*, dachte sie und blinzelte, als sie die Wirkung des Alkohols spürte. Violette Myrtenbeeren wurden mit Honig und reinem Alkohol vermischt, und das war alles, hatte Marisa ihr erklärt. Angeblich besaß der *mirto* außerdem medizinische Eigenschaften und hatte eine stärkende Wirkung, die Faye an diesem Morgen gut gebrauchen konnte.

Carmela kippte ihren *mirto* mit einem Schluck hinunter. Dann stieß sie hörbar den Atem aus und musterte Faye von oben bis unten. »Ihre Mutter und Ihr Vater leben in England, *sì*?«

»Ja.«

»Haben Sie ein enges Verhältnis zu ihnen?«

»Ja.« Faye hatte nicht vor, sich über die Lebenssituation ihrer Eltern auszulassen, vor allem nicht Carmela gegenüber. Abgesehen von allem anderen war sie offensichtlich gläubig und würde bestimmt nichts davon halten.

Carmela stellte ihr Glas auf den Küchentisch. Sie schien etwas entschieden zu haben. »Sie müssen das Zimmer meiner Tochter sehen«, erklärte sie.

»Oh …« Die verschwundene Tochter. Giorgia Volti. Wie hätte sie das ablehnen können? Faye nippte noch einmal an ihrem *mirto* und folgte Carmela.

»Kommen Sie.« Carmela winkte sie wieder in die Diele und stieg dann die schmale Treppe hinauf. Faye folgte dicht hinter ihr. Das Haus besaß keine Teppiche und roch muffig und feucht. *Vielleicht bittet Carmela ja alle Besucher in Giorgias Zimmer*, dachte Faye. *Vielleicht fühlt sie sich durch diese einfache Art des Gedenkens besser.*

Behutsam öffnete Carmela die erste Tür oben am Treppenabsatz und trat einen Schritt zurück.

Faye blieb auf der Schwelle stehen. Das Zimmer war makellos und roch überhaupt nicht feucht. Auf einer hölzernen Frisierkommode lag eine zarte Spitzendecke, darauf waren sorgfältig eine Haarbürste und ein Kamm ausgelegt. Das schmale Einzelbett aus dunklem Holz war ordentlich gemacht und von einer hellblauen Tagesdecke aus schimmerndem Satin bedeckt. In einer Ecke standen ein kleiner Kleiderschrank und ein Schreibtisch. Auf Letzterem lagen einige Hefte, ein Schulbuch und ein Stift.

»Ihre Schulsachen«, sagte Carmela stolz. »Alles ist genau so, wie sie es zurückgelassen hat.« Sie blinzelte. »Ich komme jeden Tag her, um staubzuwischen. Und ich öffne das Fenster, damit sie frische Luft hat.«

Faye sah die Tränen in ihren Augen. »Es tut mir schrecklich leid, Carmela«, sagte sie noch einmal.

»Wir warten«, erklärte Carmela ihr. »Wir warten und rühren das Zimmer nicht an, verstehen Sie. Weil wir nicht wissen, was aus unserer lieben Giorgia geworden ist. Und so leben wir in der Hoffnung, dass sie eines Tages zurückkehrt.« Sie verschränkte die Arme vor der Brust. »Oder dass wir eines Tages zumindest die Wahrheit herausfinden.«

Faye nickte. Sie hatte einen Kloß im Hals und wusste nicht, was sie sagen sollte. Wahrscheinlich lag es daran, dass sie Giorgias Zimmer mit eigenen Augen sah – und so viel Liebe einer Mutter zu ihrer Tochter spürte, so viel Hoffnung gegen jede Wahrscheinlichkeit. Sie dachte an Enrico Volti, der unterwegs war, trank und Karten spielte und zweifellos auf seine eigene Art zu vergessen versuchte. Sie spürte einen Anflug von tiefem Mitgefühl für ihn. Er war schwierig und unfreundlich und besaß ein aufbrausendes Temperament. Aber seine Tochter zu verlieren …

»Hat die Polizei denn damals Giorgias Verschwinden untersucht?«, fragte Faye, da Carmela darauf zu warten schien, dass sie etwas sagte.

»Viele Monate lang, ja.«

»Und sie hat nichts herausgefunden?«

Betrübt schüttelte Carmela den Kopf. »Deswegen können wir keinen Abschied nehmen, verstehen Sie?«

Faye verspürte tiefes Mitleid mit ihr. »Darf ich fragen …« Sie zögerte und war sich nicht sicher, wie sie es ausdrücken sollte. »Was hat Enrico gegen die Rinaldis?« Es konnte doch nicht daran liegen, dass Giorgia das Theater geliebt hatte, oder?

»Die Leute haben schon immer gesagt, dass man Bruno kein

hübsches Mädchen anvertrauen darf«, sagte Carmela vorsichtig. Sie hielt Fayes Blick stand.

»Aber hat die Polizei nicht …?«

»Auf Sardinien wird das Gesetz von anderen Faktoren bestimmt«, erklärte Carmela scharf.

Faye dachte über ihre Worte nach. Hatte sie richtig verstanden? Warf Carmela jetzt dem verstorbenen Bruno Rinaldi Korruption vor? Bestechung, um ein Verbrechen zu vertuschen? »Aber …« Sie dachte an das Bild, das Alessandro und Marisa von ihren Eltern gezeichnet hatten – so ideal, so verliebt ineinander.

»Auf Sardinien«, fuhr Carmela fort, »ist nicht immer alles so, wie es aussieht. Und Adler fangen keine Fliegen.«

»Ich glaube, ich verstehe«, sagte Faye, obwohl sie es nicht begriff, nicht wirklich. *Adler fangen keine Fliegen?* Sie verstand schon, dass die Voltis sich nach irgendeinem Abschluss sehnten, und sie fand, dass sie ihn verdienten. Sie wollten wissen, was aus Giorgia geworden war, weil es so viel schlimmer war, nichts zu wissen. Sie mussten endlich zur Ruhe kommen. Wie Carmela gesagt hatte: Sie mussten Abschied nehmen können.

Faye folgte Carmela nach unten, trank ihren Likör aus und bedankte sich bei ihr für den *mirto* und dafür, dass sie ihr Giorgias Zimmer gezeigt hatte. Sie fühlte sich geehrt und etwas weniger wie eine Außenseiterin. Als Faye ging, legte sie ihre Hand auf den knochigen Arm der Frau. »Passen Sie auf sich auf, Carmela«, sagte sie.

Vor dem Haus blieb Faye stehen, um den kleinen Baum an der Tür zu bewundern. Er hatte rote Früchte, die noch reiften, und weiße Blüten, die sich gerade öffneten.

»Ein *corbezzolo*-Baum.« Carmela nickte. »Auch daraus stellen wir einen Likör her, und es gibt einen Honig. *Miele amaro.* Er ist bittersüß, das ist nicht jedermanns Sache.«

»Er sieht sehr hübsch aus.« Sie hatte den Erdbeerbaum-Honig bei Marisa gekostet und ihn geliebt. Sardinien selbst war ein bisschen so: bittersüß. Das Wort sagte alles über die Voltis – und über andere Personen, an die sie nicht einmal denken mochte.

»Er ist ein Symbol der Gastfreundschaft, *Signorina*«, setzte Carmela hinzu.

»Ich danke Ihnen für die Ihre, *Signora*.« Faye lächelte.

Als sie durch die schmalen Gassen der Altstadt zur Burg hinaufstieg, umging sie bewusst die Straße, in der die *Bar Portici* lag. Unterwegs rief sie ihre Mutter an. Sie hatte seit ein paar Tagen nichts mehr von ihr gehört, und Carmelas Worte hatten sie nachdenklich gemacht. Was immer zwischen ihren Eltern vor sich ging, was immer die Gründe für ihre Trennung waren, wichtig war, dass Faye sie liebte. Sie waren beide gesund und beide für sie da. Nur darauf kam es an. Und jetzt musste sie für sie da sein.

Sie öffnete die Favoritenliste auf ihrem Handy, fand die Nummer und wartete darauf, dass die Verbindung zustande kam. »Mum?«

»Faye, wie schön! Wie läuft es bei dir, Schatz?«, fragte ihre Mutter. Faye hatte noch keine Gelegenheit gehabt, ihr von den jüngsten Ereignissen in Deriu zu erzählen.

»Ich bin mir nicht sicher. Ob es läuft, meine ich.« Es war Markttag, und die *piazze* waren voller Stände. Faye blieb stehen, um das verführerisch aussehende Gemüse zu betrachten: lila schimmernde Auberginen, dicke rote Paprikaschoten, violettgraue Artischocken und Körbe mit saftig grünem Spinat und fedrigem Fenchelgrün. Es gab auch Obst: reife Feigen mit süßem, weichem Fleisch, leuchtende Zitronen und Orangen, die wie Kugeln aus purem Sonnenschein wirkten. Sie beschloss, auf dem Rückweg Trauben zu kaufen. Die sardischen Trauben waren die dicksten und süßesten, die sie je gekostet hatte.

Während sie an den Fisch- und Fleischständen vorbeiging, erklärte sie ihrer Mutter, was beim letzten Treffen mit Alessandro vorgefallen war. An den Ständen gab es Spanferkel und

Lamm, und neben den üblichen Hummern erblickte sie Meeräschen und andere Fische, die sie nicht kannte. In der Luft lagen die Gerüche des ganzen Marktes …

»Was würdest du machen, Mum?«, fragte sie. »Ich will weiter meine Arbeit tun. Ich habe mich dazu verpflichtet, aber …« Sie vollendete den Satz nicht. Wie sinnvoll war es, Pläne zu entwerfen oder den Statiker überhaupt zu belästigen, wenn Alessandro Rinaldi es sich anders überlegte?

»Du weißt nicht, was los ist?«, fragte ihre Mutter.

»Ich habe keine Ahnung.«

Und ich weiß auch nicht, was er fühlt … Doch diese Worte sprach Faye nicht aus. Sie stieg eine kleine Treppe zur nächsten *piazza* hoch. Hier gab es kunsthandwerkliche Erzeugnisse, darunter Korallenschmuck aller Art: goldgefasste Korallenohrringe, Halsketten aus Korallensplittern, kunstvoll verzierte Korallenbroschen. Auch Korkschalen in allen Formen und Größen gab es, Ledertaschen und -jacken und originelle handgeschnitzte Spazierstöcke. Bunte Wimpelketten hingen von Haus zu Haus quer über der Straße, und die Sonne brannte auf abblätternde Farbe und schmiedeeiserne Balkongitter herunter.

»Ich verstehe das Problem«, sagte ihre Mutter. »Du musst herausfinden, was da los ist.« In ihrer Stimme schien eine neue Entschlossenheit zu liegen, die Faye vorher nicht aufgefallen war.

»Aber wie soll ich das machen?« Faye stellte die Frage ebenso sich selbst wie ihrer Mutter. Marisa hatte gesagt, sie sollten weitermachen, aber war das nicht sinnlos, wenn Alessandro nicht mit an Bord war? Und selbst wenn er es sich noch einmal überlegte – würde darauf Verlass sein? Es schien eine Angewohnheit von ihm zu sein, erst etwas zuzusagen und es dann wieder zurückzunehmen und ständig seine Meinung zu ändern.

Warnzeichen … Darauf sollte sie stärker achten. Faye ging über das Kopfsteinpflaster. Bougainvillea umrankte Abflussrohre und Türen; auf Terrassen und an hoch gelegenen Fenstern flatterte Wäsche. Es ging auf die Mittagszeit zu, und der Duft von gebratenen Paprikaschoten, Tomaten und Knoblauch zog aus den Küchen der Häuser über die Straße. Faye schnupperte genüsslich. Die Sarden nahmen ihr Mittagessen ernst – Charlotte hatte ihr erzählt, dass dieses Ritual oft drei Stunden und an den Wochenenden noch länger dauerte und alle Gänge umfasste: *antipasto, primo, secondo* und dann auf sardische Art, *alla sarda*, mit Schafskäse und einem *digestivo*, einem Verdauungsschnaps, zu Ende ging.

Warnzeichen … Faye hörte das leise Läuten der Kirchenglocke auf der *Piazza del Teatro*, die ein paar Straßen entfernt lag. Heute klang es für sie eher wie ein leises Klagen. Sie musste zugeben, dass sie enttäuscht war. Zuerst hatte sie sich unsicher und auf dieses Projekt nicht ausreichend vorbereitet gefühlt, doch im Lauf ihrer Treffen hatte ihre Begeisterung alle Bedenken zerstreut. Das Beste war gewesen, dass Marisa und Alessandro Vertrauen zu ihr zu haben schienen und gewollt hatten, dass sie das Projekt trotz ihrer Unerfahrenheit übernahm. Sie waren überzeugt davon gewesen, dass sie es stemmen konnte. *Wahrscheinlich habe ich mich zu schnell und zu sehr hineingestürzt*, dachte sie. Sowohl was das Theaterprojekt anging als auch was die Sache mit Alessandro betraf. Und jetzt das.

»Du hast nur eine Möglichkeit, das herauszufinden«, sagte ihre Mutter. »Indem du ihn fragst.« Ihre Stimme klang sanft, aber fest.

»Würdest du das tun?«, fragte Faye ihre Mutter. Sie dachte an die verschlossene Miene ihrer Mutter, als sie sie nach dem Verhältnis zu ihrem Vater gefragt hatte.

»Wahrscheinlich nicht.« Sie lachte leise, und Faye musste ebenfalls lachen. »Aber das heißt nicht, dass es nicht der richtige Rat ist. Wie willst du etwas herausfinden, wenn du nicht mit dem Mann sprichst?«

Das stimmte schon, aber … »Vielleicht erzählt er mir ja nur, was ich seiner Meinung nach hören will.«

»Ja. Oder er sagt dir etwas, das du nicht hören willst. Aber wenigstens wird er mit dir reden.«

»Hmm.« Faye lächelte einem kleinen Mädchen zu, das in einer Tür stand. Es erwiderte ihr Lächeln so strahlend, dass es fast schien, als bestünde sein Gesicht nur aus weißen Zähnen und großen braunen Augen, und lief dann schüchtern wieder hinein. Faye wusste natürlich, dass ihre Mutter recht hatte. Marisa hatte vorgeschlagen, Alessandro noch Zeit zu lassen. Sie glaubte vermutlich, dass sie ihn mit ihren schwesterlichen Überredungskünsten wieder an Bord holen könnte. Doch Faye hatte da ihre Zweifel. Außerdem wollte sie nicht, dass er etwas gegen seinen Willen tat, dass er es tat, nur weil er überredet worden war. Denn was wäre das wert? Nichts. Sie wollte, dass er aus eigenem Antrieb mitarbeitete. Aber ihre Geduld hatte Grenzen.

»Vertraust du ihm, Faye?«

Faye dachte daran, was Pasquale ihr erzählt hatte. Sie dachte an Enrico Voltis Warnung und Janas besitzergreifende Hand unten am Hafen ... »Ich bin mir nicht sicher«, gestand sie. Sie passierte zwei Frauen, die plaudernd vor ihren Häusern saßen, und nickte ihnen lächelnd zu. Sie erwiderten ihren Gruß. Bildete sie sich das ein, oder waren sie ein wenig freundlicher als sonst? Sie dachte daran, wie Alessandros dunkles Haar sich in seinem Nacken lockte. Sie dachte an seine tiefblauen Augen und an die Art, wie er den Mund zum Lächeln verzog.

»Ich möchte ihm vertrauen.«

»Magst du ihn?«

»Ja.« Faye hatte versucht, nicht daran zu denken. Aber es stimmte: Sie hatte ihn gern. Das war das Problem. Warum sollte jemand behaupten, er könne sich nicht verstellen, sie in die Arme nehmen und küssen und dann ... Es ergab keinen Sinn. Ihre kurzen Textnachrichten waren vollkommen geschäftsmäßig und schrecklich höflich gewesen und hatten nach diesem Treffen im Theater ganz aufgehört. Es war, als hätten ihr gemeinsamer Tag am Strand und der Abend des Brandes nie existiert.

Sie spähte in eine weitere schmale Straße; manche davon waren eigentlich eher Gassen. Und in jeder standen noch mehr bunte Häuser in Ocker, Rosa oder Pfefferminzgrün; in jeder spielten Kinder, oder es saßen Frauen vor den Häusern, plauderten und putzten Gemüse für die nächste Mahlzeit, und das alles vor der spektakulären Kulisse der Berge oder des Ozeans.

»Faye …«

Sie hörte, wie ihre Mutter tief Luft holte. »Ja?« Ein durchdringender Duft nach Zitronen lag in der Luft. Sie war inzwischen ziemlich weit oben und blieb an einer Mauer stehen, hinter der sich eine Kaktusfeige vor dem Sommerhimmel erhob. Von hier aus konnte sie ein Wirrwarr aus orangefarbenen Dächern und blumenübersäten Terrassen erkennen, Wein, der über hölzerne Pergolen rankte, und blühender lila Jasmin, der von einem bläulichen Dunst umgeben zu sein schien.

»Hast du ihn *wirklich* gern?«

»Ja.« Was sollte sie sonst sagen? Sie hatte die Warnungen gehört und wusste, dass sie sie wahrscheinlich beherzigen sollte. Doch etwas anderes zog sie zu ihm hin. Es war vertrackt. »Manche Leute hier scheinen ihn allerdings nicht besonders zu mögen.«

»Oh?«

Faye ging weiter auf die Burg zu. Sie wollte heute hoch hinaus – so hoch wie möglich. Die Stufen, die zwischen den Bruchsteinmauern hindurchführten, waren breit, und unterhalb des Weges lag ein Olivenhain. Sie konnte beinahe riechen, wie seine Früchte in der Sonne reiften. »Sie behaupten, sein Vater sei ein schrecklicher Schürzenjäger gewesen und Alessandro sei genauso.« Was Carmela sonst noch erzählt hatte, würde sie ihrer Mutter nicht sagen. Sie wollte es einfach nicht glauben. Aber warum sollten die Einwohner von Deriu sie anlügen?

Faye hörte, wie ihre Mutter nach Luft schnappte.

»Was ist?«

»Ein schrecklicher Schürzenjäger? Bruno Rinaldi?« Sie klang schockiert.

Aber natürlich, er hatte das ganze Wochenende im Haus ihrer Eltern verbracht, als Charlotte und Fabio geheiratet hatten. »Was hast du denn von ihm gehalten, Mum?« Sie fragte sich, ob er so charmant gewesen war wie sein Sohn. Marisa und Alessandro waren überzeugt davon, dass ihre Eltern einander über alles geliebt hatten. Aber Faye musste ja nur an sich selbst denken: Wollte das nicht jeder von seinen Eltern glauben? Danach zu urteilen, was Carmela gesagt hatte, war das alles nur Fassade gewesen. Anscheinend hatte man Bruno Rinaldi nicht mit einer hübschen Frau allein lassen können.

Ein Schweigen trat ein. Ein langes. »Mum?« Fayes Gedanken überschlugen sich. Ein Ereignis aus der Vergangenheit schien plötzlich ins Bild zu passen. Etwas, das nach Fabios und Charlottes Hochzeit passiert war. Es hatte mit ihrer Mutter zu tun. Um sie herum war es ganz still; die knorrigen Olivenbäume waren so alt wie die Zeit und schienen ebenso weise. Sie erinnerte sich an die Reaktion ihrer Mutter, als sie ihr damals erzählt hatte, sie würde an dem kleinen Theater arbeiten. »Hast du Bruno Rinaldi gemocht?«

»Ja.«

»Hast du ihn *wirklich* gerngehabt?«

Ihre Mutter stritt es nicht ab. »Als er herkam, war er einsam«, erklärte sie. »Jeder sah in ihm den erfolgreichen Geschäftsmann, der alles hatte. Aber das hatte er nicht, nicht mehr. Er war in tiefer Trauer; seine Frau fehlte ihm schrecklich.«

»Und?«, fragte Faye. Das war unmöglich. Ihre Mutter hatte doch nicht …? Sie stieg weiter den Hügel hinauf. Sie konnte jetzt nicht anhalten; sie hatte endlich das Gefühl, etwas zu erreichen.

»Und ich erkannte in ihm eine verwandte Seele«, erklärte ihre Mutter. »Jemanden, der ebenfalls trauerte. Einen anderen, der einsam war.«

»Einsam?«, wiederholte Faye. Ihre Mutter hatte doch ihren Vater gehabt, oder?

»Irgendwann war ich allein mit ihm und habe mit ihm geredet …«

»Und wo war Dad?«, fragte Faye mit gepresster Stimme. Sie hatte ihre Mutter gebeten, mit ihr zu sprechen, aber was sie hörte, gefiel ihr nicht besonders. *Ausgerechnet Bruno Rinaldi.* Mit einem Mal kam ihr die Sache mit Alessandro noch viel komplizierter vor.

»Er war nicht da. Er war beim Hochzeitsempfang. Ich war früher gegangen, weil ich Kopfschmerzen hatte. Bruno …«

Faye wartete.

»Nun ja … manchmal fällt es einem leichter, mit einem Fremden zu reden«, sagte ihre Mutter.

Faye holte tief Luft. Am liebsten hätte sie noch mehr Fragen gestellt, aber sie traute sich nicht. Zumindest bestätigte es, dass ihre Eltern schon lange nicht mehr glücklich gewesen waren. Ihre Mutter hatte sich einem vollkommen Fremden anvertrauen müssen. War das alles gewesen? Oder war da noch mehr passiert? *Natürlich nicht*, schalt sie sich energisch. Dazu war ihre Mutter absolut nicht der Typ.

»Ich bin jetzt oben auf dem Hügel«, erklärte sie. Endlich hatte sie die alte Burg erreicht, von der aus man über die Dächer der Stadt blickte. Sie war immer noch imposant, obwohl nur noch die Türme und die Außenmauern standen. Aus ihrem Reiseführer wusste Faye, dass die Burg im 14. Jahrhundert umgebaut worden war und damals den Hauptturm aus hellem, ockerfarbenem Trachyt erhalten hatte. Faye fand dieses Detail recht interessant. Wenn man Restauration als eine Art Umgestaltung betrachtete, stellte sie dann eine Vermischung oder eine Ergänzung dar oder eine Kombination aus beidem?

»Wie schön«, sagte ihre Mutter.

»Das ist es.« An der Befestigungsmauer blieb Faye stehen, um wieder zu Atem zu kommen, und ließ die Aussicht auf sich wirken: die zusammengewürfelten Steinhäuser, die das *centro storico* bildeten, und die *Cattedrale dell'Immacolata Concezione* aus dem 17. Jahrhundert mit dem farbigen Mosaik ihres Kuppeldachs, die unten am Flussufer stand. Die Berge in der Ferne flachten zum Fluss und dann zum Meer hin ab, und ihr Grün wirkte jetzt im Sommer wie von einem goldenen Schimmer überzogen.

»Hast du Dad getroffen?« Faye schickte sich an, die Befestigungsmauer zu umrunden. Von der ursprünglichen Burg war nicht mehr allzu viel übrig, nur die alte Kapelle war noch erhalten. Sie hatte die Kapelle mit den mittelalterlichen Fresken, die das letzte Abendmahl darstellten, schon bei ihrem ersten Besuch besichtigt. Dieses Mal ging sie nicht hinein, sondern hielt sich an die Festungsmauern. Sie würde sie einmal ganz umrunden, entschied sie, bis sie wieder zu den Stufen käme, die hinunter ins *centro storico* führten.

»Nein.«

Faye seufzte. »Was würdest du tun, wenn er zu dir käme? Wenn er versuchen würde, mit dir zu reden? Würdest du ihm verzeihen, was immer er dir angetan hat?« Auch ohne dass sie es ihr sagten, wusste sie, dass es mit so etwas angefangen haben musste.

»Alle Ehen haben Höhen und Tiefen«, erklärte ihre Mutter. Das war eigentlich keine Antwort auf ihre Frage. »Aber wenn man nicht aufrichtig zueinander ist, entsteht ein Muster, das das Zusammenleben prägt.«

Darüber dachte Faye nach. Darauf wäre sie nie gekommen – dass ihre Eltern nicht ehrlich zueinander waren. Sie war selbstverständlich davon ausgegangen, dass sie offen zueinander waren. Sie hatte ihnen vertraut.

»Dein Vater und ich haben jahrelang nach diesem Muster gelebt«, fuhr ihre Mutter fort. »Ich glaube nicht, dass wir die Zeit zurückdrehen und so weiterleben können. Gewisse Dinge sind ausgesprochen worden.«

»Aber könntet ihr nicht ein neues Muster schaffen?«, drängte Faye.

»Ohne das alte aufzulösen?«

Die Worte ihrer Mutter weckten bei Faye die Erinnerung an eine Wolljacke, die sie sich vor vielen Jahren gestrickt hatte. Ihre Mutter hatte ihr das Stricken beigebracht, als sie ein kleines Mädchen war, und nach und nach hatte sie Fortschritte gemacht. Nach löchrigen, verdrehten Schals, Puppenkleidern und Pudelmützen hatte sie schließlich eine leuchtend blaue Wolljacke mit Perlmuster angefertigt. Sie war fast fertig mit dem linken Vorderteil gewesen – dem letzten Teil der Jacke –, als ihr auffiel, dass sie ganz zu Anfang einen Fehler gemacht hatte. Ganz unten gab es eine Reihe, in der sie rechte statt linke und linke statt rechte Maschen gestrickt hatte. Sie hatte sich geirrt und zwei Reihen falsch gestrickt, bevor sie zum richtigen Muster zurückgekehrt war. Und es war deutlich zu sehen. Vor Frustration hätte sie fast geweint; sie hatte so lange gebraucht, um so weit zu kommen.

Ihre Mutter hatte ihr geraten, das Gestrickte wieder aufzuziehen. »Du wirst es immer sehen«, hatte sie gesagt. »Du wirst immer wissen, dass es da ist. Wenn du es jetzt auftrennst und von vorn anfängst, kannst du dafür sorgen, dass es perfekt wird.«

Ihr Vater hatte der Strickdiskussion zwischen seiner Frau und seiner Tochter zugehört und gelacht. »Lass es, wie es ist«, hatte er gesagt. »Das Leben ist zu kurz für so etwas.«

»Aber es ist ein Fehler.« Faye hörte an der Stimme ihrer Mutter, dass ihr das sehr wichtig war. »Man kann es sehen.«

»Das Leben ist voller Unvollkommenheiten«, gab er zurück. »Man kann sie erkennen, aber es spielt keine Rolle. Wir sind nur Menschen.«

Faye schien eher ihrem Vater nachzuschlagen als ihrer Mutter. Entweder das, oder sie war faul, denn sie hatte das linke Vorderteil ihrer Jacke nicht aufgezogen. Sie hatte es fertig gestrickt und musste am Ende zugeben, dass ihre Mutter recht gehabt hatte: Sie war sich des Makels bewusst und wünschte sich, sie hätte alles aufgetrennt und neu angefangen. Nach einer Weile allerdings spielte der Fehler keine Rolle mehr; sie bemerkte ihn kaum, denn er verschmolz mit dem Ganzen und gehörte ebenso zu der Wolljacke wie die schwarzen, glänzenden Knöpfe und das ordentliche Rippenbündchen mit den Knopflöchern. Sie war, wie sie war, und sie liebte die Jacke – mit all ihren Fehlern.

Natürlich war Faye klar, dass sie eine alte Strickjacke nicht mit der Ehe ihrer Eltern vergleichen konnte. Und dennoch … »Vielleicht ist es ja einen Versuch wert«, flüsterte sie und drückte das Handy fest ans Ohr, während sie durch den Olivenhain wieder hinunter in die Stadt ging.

»Ich weiß, das ist schwer für dich, mein Schatz«, sagte ihre Mutter. »Aber nichts währt ewig, weißt du.«

Das hatte auch für Fayes Strickjacke gegolten: Nach ihrem ersten Winter war sie ganz unten in einer Schublade gelandet und nach ihrem zweiten an die Wohlfahrt gespendet worden. Doch es war leichter, eine Jacke hinter sich zu lassen als eine Ehe. »Ihr konntet also nicht zu eurem alten Muster zurückkehren? Hättet ihr zu viel aufzuziehen gehabt, wenn ihr versucht hättet, zu ändern, was falsch gelaufen ist?« Faye versuchte, der Analogie zu folgen. Aber das hier war das Leben. Man konnte einen Fehler nicht rückgängig machen. Er würde immer da sein.

»So ähnlich«, sagte ihre Mutter. Sie klang traurig.

»Hast du Dad nicht mehr geliebt?« Faye hatte ihr schon einmal eine ähnliche Frage gestellt, aber ihre Mutter hatte ihr keine Antwort gegeben. Sie blieb an derselben Mauer stehen wie beim Aufstieg, neben derselben Kaktusfeige, und blickte auf den Fluss hinunter.

»Manchmal ist Liebe nicht genug, Schatz.«

»Aber liebst du ihn noch?«

»Ich habe mich immer gefürchtet«, erklärte ihre Mutter, als hätte sie es gerade erst erkannt. »Mach du es besser, Faye. Sei mutig, und rede mit deinem Alessandro. Sprich mit ihm, und finde heraus, was los ist. Dann kannst du eine Entscheidung treffen.«

Faye fragte sich, um wen es in diesem Gespräch eigentlich ging. Sie spürte die Mittagssonne auf ihren nackten Armen und Beinen und blickte hinunter auf den Fluss, der sich durch die Landschaft schlängelte und die Form eines Fragezeichens beschrieb, bevor er das Meer erreichte. »Wovor hattest du Angst, Mum?«, fragte sie behutsam.

Sie hörte, dass ihre Mutter zögerte, aber in diesem Gespräch war es um Mut und Ehrlichkeit gegangen, und ihre Mum würde wissen, dass sie es nicht einfach dabei belassen konnte. »Ich habe mich immer davor gefürchtet, ihn zu verlieren, Faye«, sagte sie.

29

Auf Charlottes Rad fuhr Faye hinunter zum Hafen. Ihre Mutter hatte recht: Es war sinnlos, darauf zu warten, dass Alessandro Kontakt zu ihr aufnahm. Sie würde zu ihm gehen müssen. Es führte kein Weg daran vorbei. Sie musste ihm einige Antworten abringen.

Sie lehnte das Fahrrad an die Hafenmauer und sammelte sich einen Moment lang. Sie sah über die Boote und Schiffe im Hafen und die Felsen hinüber zu den dunklen, mit Mastixbäumen bewaldeten Bergen und dann hinaus aufs offene Meer. Faye drückte die Schultern durch und wappnete sich. *Auf in den Kampf*, dachte sie unwillkürlich. Sie ging auf die kleine Bootswerft zu, die Alessandro ihr gezeigt hatte, als sie zusammen Kaffee trinken gewesen waren. Es kam ihr vor, als wäre das Jahre her.

Sie entdeckte ihn sofort. Er stand auf dem Hof vor dem Bootshaus und arbeitete am Rumpf eines hölzernen Bootes. Er trug ausgeblichene Shorts und ein blaues, mit Farbe bespritztes T-Shirt. Er hatte sie noch nicht gesehen, sodass sie ihn einen Moment lang ungestört beobachten konnte. Er wirkte so zufrieden, wie sie ihn noch nie erlebt hatte. Seine Stirn war glatt, und er konzentrierte sich ausschließlich auf das Boot, an dem er arbeitete. Sie betrachtete seine gebräunten Hände, während er mit langen, weichen Bewegungen das Holz glatt schmirgelte und dann den Schleifstaub wegwischte. Faye spürte eine plötzliche Wärme in sich aufsteigen. Er war ein komplizierter Mensch, und sie konnte nur raten, was in seinem Kopf vorging. Doch als sie ihm jetzt bei der Arbeit an dem Boot zusah, in die er völlig versunken war, spürte sie erneut eine starke Anziehung.

Während sie ihm noch zuschaute, richtete er sich auf, wischte sich die Hände an der Hose ab und blickte sich um. Da entdeckte er sie.

Faye spürte, wie sie rot wurde. *Verdammt.* Sie verlor schon wieder den Mut. Dennoch ging sie auf ihn zu. »Hallo, Alessandro.«

»Faye.« Er runzelte die Stirn, wirkte aber nicht überrascht, sie zu sehen. Er zog einen Lappen aus der Tasche und wischte damit ohne großen Erfolg über die Bank, die neben ihm stand und voller Farbspritzer war. »Was führt Sie her?« Es klang beiläufig, doch sie konnte die Spannung spüren, die in seiner Frage lag.

»Keine Sorge«, erklärte sie. »Das ist kein privater Besuch.« Sie erkannte die Zeichen: Er war nicht interessiert, und er bedauerte, was zwischen ihnen passiert war.

Er zog eine Augenbraue hoch. Dann rieb er sich die Hände mit dem Lappen ab, doch wegen der Farbe von der Bank waren sie anschließend noch fleckiger als vorher. »Also …?« Mehr sagte er nicht.

»Es tut mir leid, Sie zu stören«, erklärte sie steif. Vielleicht hätte sie nicht kommen sollen, doch hier ging es ums Geschäft. Es war, wie ihre Mutter gesagt hatte: Sie musste Bescheid wissen. »Aber wir müssen reden.«

»Ach ja?« Kurz richtete er seine dunkelblauen Augen auf sie, und einen Moment lang war er wieder derselbe Mann, mit dem sie zu Abend gegessen und gegen das Feuer gekämpft hatte, derselbe Mann, der sie zurück zu Charlottes und Fabios Wohnung begleitet hatte. Doch dann wandte er den Blick ab und sah in die Ferne, und dieser Mann war wieder verschwunden.

»Ja. Über das Theaterprojekt«, stellte sie klar.

Er zuckte mit den Schultern. »Nun gut. Wollen Sie sich setzen?« Er zeigte auf die Bank mit den Farbflecken. »Oder sollen wir ein Stück gehen?«

»Lassen Sie uns gehen.« Faye gefiel der Gedanke nicht, dieses Gespräch nebeneinander auf einer Bank sitzend zu führen. Allzu angenehm würde es nicht werden; seine gleichgültige Art brachte sie jetzt schon auf die Palme.

»*Eh, va bene*. Ist gut. Einen Moment bitte.« Er ging zu einem außen am Schuppen angebrachten Waschbecken, wusch sich die Hände und schüttelte sie dann trocken.

Faye wandte den Blick ab. *Nur Mut*, dachte sie. Sie warf einen Blick durch das Fenster seiner Werkstatt. Darin konnte sie den Rumpf eines weiteren Boots erkennen – aus Holz und in einem frühen Stadium des Baus – und eine Werkbank, die über die gesamte Länge der Werkstatt verlief und auf der etliche Werkzeuge und Geräte lagen. Auf Regalbrettern standen Dosen mit Farbe oder Lack und in der Ecke eine Trittleiter aus Metall und ein Schemel. Sie nahm auch den Geruch der Bootswerft wahr. Es war derselbe Duft, der auch an Alessandros Haut und seiner Kleidung haftete, der Geruch von Harz, Öl und Lack.

Er zog einen Schlüsselbund aus der Tasche seiner verwaschenen Jeansshorts und schloss die schwere Metalltür der Werkstatt ab. *»Andiamo.«* Er zeigte auf den Weg, der hinter dem Hafen am Strand entlangführte. »Gehen wir.«

Faye holte tief Luft und folgte ihm. Er konnte sich so kühl und gleichgültig geben, wie er wollte, dieses Mal würde er ihren Fragen nicht ausweichen können. Sie blickte sich um. Der Sand am Strand war recht dunkel; er hatte die gleiche Farbe wie die schroffen Klippen. Urlauber lagen in der Sonne, spielten Beachball, warfen einander Bälle zu und schwammen im Wasser, das so ruhig war, dass es eher wie eine dunkelblaue Decke aussah. Obwohl es erst elf Uhr morgens war, war es schon ziemlich heiß. Faye zog sich ihren Sonnenhut tiefer in die Stirn. Nur zu gern wäre auch sie ins Wasser gesprungen, aber zuerst musste sie mit diesem Mann ein ernstes Wort reden.

»Was kann ich für Sie tun, Faye?« Er wandte sich ihr zu, sah ihr aber nicht in die Augen. Seine Stimme klang kühl. Hatte er wirklich alles vergessen?

»Sie haben gesagt, Sie bräuchten Zeit, um über das Theaterprojekt nachzudenken«, erinnerte sie ihn. Der Weg war schmal und auf beiden Seiten mit Myrten und Schwarzdornbüschen bewachsen. Sie konnten hier nebeneinander herlaufen, doch das bedeutete auch, dass sie sich sehr nahe kamen. Faye versuchte, ihren Arm einzuziehen, damit er seinen nicht streifte. Sie war sich seiner Nähe, seines Körpers und seines Dufts äußerst bewusst.

»Ja.« Er warf ihr einen Blick zu und zog noch einmal die Augenbrauen hoch. »Finden Sie das unangemessen?«

»Nein. Das heißt … ja. Ich meine …« Sie gab sich Mühe, ruhig zu bleiben. »Ich muss wissen, aus welchem Grund.«

Wieder wandte er sich ihr zu. »Müssen Sie, oder wollen Sie?«, fragte er. Seine Stimme klang nicht unfreundlich, doch er hatte sorgfältig jede Emotion daraus verbannt. Sie fragte sich, ob das anstrengend war, und ahnte, wie schwer es werden würde.

»Beides.« Faye ließ ihre Stimme fest und, wie sie hoffte, geschäftsmäßig klingen. Wenn er sich gleichgültig geben konnte, dann konnte sie das auch, selbst wenn es ihr schwerfiel. »Es ist einfach nicht fair.«

»Fair?«, wiederholte er. Er klang beinahe belustigt.

Faye spürte Ärger in sich aufsteigen. »Sie sind sich dessen vielleicht nicht bewusst, Alessandro, aber ich stecke mitten in den Verhandlungen mit dem Statiker und einigen Baufirmen«, sagte sie in scharfem Ton. »Ich habe begonnen, Pläne zu zeichnen, die ich beiseitelegen musste. Ich habe keine Ahnung, wie lange Sie brauchen werden, um sich zu entscheiden, oder warum Sie überhaupt Ihre Meinung geändert haben und …« Sie brach ab, blickte hinaus aufs Meer, wo die Luft in der Ferne flimmerte, und versuchte, ihre innere Ruhe wiederzufinden.

»Und?« Er schob eine stachlige Ranke aus dem Weg. Jetzt klang er nicht mehr amüsiert. Sein Mund war zu einer schmalen Linie zusammengepresst.

Jetzt bist du wütend, dachte sie. *Na, dann sei doch wütend.* Ihr war das gleichgültig, solange sie Antworten bekam. »Und ich kann mich des Gedankens nicht erwehren, dass Sie, wie auch immer Sie sich entscheiden werden, Ihre Meinung wieder ändern werden«, sagte sie. »Noch einmal.« Sie versuchte, wieder in einem normalen Rhythmus zu atmen, doch das fiel ihr sehr schwer.

»Verstehe«, gab er kurz angebunden zurück.

Begriff er es wirklich? Sie liefen weiter auf dem sandigen Weg, und jetzt spürte Faye seine Anspannung. Sie konnte sie an der Haltung seiner Schultern ablesen, daran, dass seine Arme sehr eng am Körper schwangen, und an seiner verschlossenen Miene. Sie wartete. Sie hatten die halbkreisförmige Bucht zur Hälfte umrundet und gingen jetzt auf den Aussichtsturm zu, der sich auf der Landspitze vor ihnen erhob.

»Mir ist klar, dass die Situation nicht ideal ist. Und auch …« Er zögerte. »… unfair. Aber verstehen Sie, Faye …« Er seufzte, und sie spürte, wie sich ein Teil seiner Anspannung löste. »Es geht nicht darum, ob ich es mir anders überlege.«

»Worum geht es dann?«

Er gab keine Antwort. »Hat Marisa Sie geschickt?«, fragte er stattdessen. Er blieb stehen, wandte sich ihr zu und sah ihr fest in die Augen.

»Nein.« Auch Faye blieb stehen. Sie sah sich kurz um und erblickte eine Libelle mit prächtigen grün schillernden Flügeln, die hinter den Felsen dicht über die Wasseroberfläche huschte. »Es geht um mich«, sagte sie und erwiderte seinen durchdringenden Blick. »Ich muss es für mich selbst wissen. Entweder Sie beauftragen mich oder eben nicht.«

Seine Augen nahmen einen sanfteren Ausdruck an. Behutsam nahm er ihren Arm und führte sie den Pfad hinunter. Es erschien so natürlich, dass er sie berührte, und doch war sich Faye des Kontakts und der Wärme seiner Haut äußerst bewusst. »Selbstverständlich beauftragen wir Sie«, erklärte er. »Brauchen Sie mehr Geld?«

Sie erstarrte und entzog ihm ihren Arm. »Es hat nichts mit Geld zu tun.« Wie konnte er das nur denken?

»Was ist dann der Grund?« Er legte den Kopf zur Seite und sah sie an. »Sie sind nicht in der Lage, das Projekt für ein oder zwei Wochen auf Eis zu legen, damit ich ein paar Angelegenheiten klären kann?«

So ausgedrückt, gab es eigentlich nichts mehr dagegen einzuwenden, es klang beinahe vernünftig. Aber … »Was für Angelegenheiten?«, hakte sie nach. »Was ist das Problem, Alessandro? Warum können Sie mir das nicht sagen? Wenn ich nicht weiß, was los ist …«

»Ich dachte, Sie wollten Urlaub auf Sardinien machen?« Seine Stimme klang sanft, aber für Faye war dieser Satz wie ein Schlag ins Gesicht. Sie sah ihn an. Er versuchte, sie zu besänftigen, war jedoch immer noch entschlossen, ihr nichts zu verraten.

»Ja.« Rings um sie herum war es grüner geworden. Faye erkannte Wacholder und Tamarisken. Ihre Eltern hatten ebenfalls Tamarisken in ihrem Garten in West Dorset; ihr Laub war dunkelrosa, ihre wie Federn aussehenden Zweige wiegten sich im Wind. Dieser Teil des Strandes war ursprünglicher. Weiße Zistrosen und wilde Lilien wuchsen im Sand, und sie roch den zitronigen, pfeffrigen Duft des Thymians, der auf den Hügelhängen stand.

»Aber jetzt nicht mehr?« Bildete sie sich das ein, oder hatte sich sein Ton verändert? Er klang immer noch reserviert, aber etwas sagte ihr, dass sie endlich zu ihm durchdrang.

Faye hob das Gesicht zum Himmel und spürte den warmen Sonnenschein auf ihrer Haut. »Inzwischen arbeite ich auch hier, Alessandro, das ist der Unterschied. Ich habe einen Auftrag angenommen. Sie und Marisa haben ihn mir erteilt. Und ich will weiterkommen. Ich muss wissen, was los ist. Mich so in der Luft hängen zu lassen ist unprofessionell.«

»Müssen oder wollen Sie das wissen?«, fragte er noch einmal. Ein Lächeln funkelte jetzt in seinen Augen, doch seine Miene blieb ernst.

»Beides«, erklärte sie noch einmal. »Und um ehrlich zu sein, bin ich Ihre Spielchen leid.« Spielchen mit dem Projekt und mit ihrem Herzen.

»Ach, Faye …« Er begann, sich einen Weg durch das Gestrüpp zu bahnen, das hier dichter und grüner war und beinahe den Blick aufs Meer versperrte. »Ich treibe keine Spielchen.«

Was sollte sie darauf antworten? Wenn das kein Spiel war …

»Es ist doch nichts Persönliches, oder?« Er blieb stehen, drehte sich um und legte ihr die Hände auf die Schultern. »Oder, Faye?«

Sie zuckte zusammen. »Das müssen Sie mir sagen.« Wie konnte er diese Frage überhaupt stellen? Natürlich war es auch persönlich; sie wollte unbedingt wissen, wie es zwischen ihnen stand. Aber deswegen war sie nicht hier, jedenfalls nicht nur. Sie war vor allem hier, weil sie wissen musste, was aus dem kleinen Theater werden würde. Das, so sagte sie sich, war ihre Hauptsorge.

»Ich hoffe, dass es das ist«, sagte er leise.

»Dass es *was* ist?« Ihre Knie wurden weich. Das musste die heiße Sonne sein.

»Dass es etwas Persönliches ist.«

Sie starrte ihn an. Wie sollte sie das jetzt verstehen? Hieß das, dass er nicht bedauerte, was zwischen ihnen gewesen war? Dass er es nicht vergessen hatte? Dass er doch etwas für sie empfand? Wenn ja, dann hatte er eine komische Art, das zu zeigen.

Er lächelte. »Beziehungen sind kompliziert, Faye, nicht wahr?«

Sie nickte.

»Sehen Sie sich nur Ihre Eltern an. Sie sind zusammengeblieben, obwohl sie getrennt vielleicht glücklicher geworden wären.«

»Vielleicht.« Das mochte sie sich nicht eingestehen.

»Menschen finden es schwer, sich zu lösen«, murmelte er. »In einer Beziehung geht es ebenso um Sicherheit wie um Liebe, glaube ich. Manchmal fällt es zu schwer auseinanderzugehen.«

Faye hatte keine Ahnung, was er ihr zu sagen versuchte.

»Was das kleine Theater angeht, so verstehe ich, dass Sie frustriert sind«, erklärte er. »Aber es ist zu Komplikationen gekommen, mit denen ich mich auseinandersetzen muss.« Er hob die Hände. »Mir bleibt nichts anderes übrig. Ich bitte Sie einfach nur, Geduld zu haben. Mir …«

»Zeit zu lassen, ich weiß.« Sie wandte den Blick ab und sah über seine Schulter. Ein Blatt hing am Ärmel seines T-Shirts, und sie hätte es am liebsten weggewischt.

Langsam nickte er. »Wenn ich Ihnen verraten könnte, was los ist, Faye«, sagte er, »dann würde ich es tun.«

Sie wartete.

»Wenn ich anders handeln könnte … Ihnen hier und jetzt meine Entscheidung mitteilen, dann würde ich das tun.«

Faye war kurz davor, das Gespräch zu beenden. Sie kam nicht weiter. Und sie war sich nicht mehr sicher, ob sie über das kleine Theater sprachen, über ihre Beziehung oder über beides. Über ihnen kreischte eine Möwe und schoss im Sturzflug von der Klippe herunter. Faye atmete die Seeluft ein. Sie war frisch und salzig, und der süße Duft der Blumen und Büsche mischte sich hinein.

»Wenn ich mehr tun oder sagen könnte …« Er machte einen Schritt auf sie zu, zog sich dann aber wieder zurück. Er schüttelte den Kopf und fluchte leise.

Faye spürte, dass seine Abwehr bröckelte. »Geht es um die

Besitzrechte am Theater?«, fragte sie vorsichtig. »Ist mit Enrico Volti etwas vorgefallen, das Sie mir nicht erzählen wollen?« Enrico war versessen darauf, neue Probleme zu schaffen, da war sie sich sicher.

Wieder schüttelte er den Kopf. »Wenn es doch nur so einfach wäre, Faye.«

Faye bemerkte, dass sich Schweißtropfen auf seiner Stirn bildeten. »Werden Sie von jemandem bedroht, Alessandro?« Das klang sehr dramatisch und auch ein wenig albern, aber es war das Einzige, was ihr einfiel, und sie musste zugeben, dass es ihr hier in Deriu denkbar erschien.

»Nein, das ist es nicht.« Er zögerte. »Wenn ich ehrlich bin – könnte es sein, dass es mir nicht länger freisteht, mit dem Projekt weiterzumachen.«

Faye starrte ihn an. »Warum nicht?«

Er schüttelte den Kopf. »Das kann ich Ihnen nicht sagen.«

Sie rieb sich die Schläfen. Die Sonne wurde heißer. »Also geben Sie einfach auf?«

»Aufgeben?« Er wirkte erschrocken.

»Ihren Traum, den Traum Ihrer Schwester, das ehrende Andenken an Ihre Mutter?« Wie konnte sie bloß zu ihm durchdringen? »Sie lassen sich von jemandem oder etwas davon abhalten, zu tun, was Sie wollen, oder zu bekommen, was Sie sich wünschen? Einfach so? Ohne zumindest darum zu kämpfen?«

Er gab keine Antwort, kniff aber die dunkelblauen Augen zusammen.

»Ich hätte Ihnen mehr zugetraut«, sagte Faye. Sie wandte den Blick ab und sah hinaus auf das Meer, das in der Sonne glitzerte. Sie wollte den verletzten Ausdruck in seinem Gesicht nicht sehen, und sie wollte sich nicht mit dem Umstand beschäftigen, dass sein Shirt exakt die gleiche Farbe hatte wie seine Augen und das Meer.

»Sie verstehen nicht.« Seine Stimme klang bedrückt. Es klang, als würde er aufgeben.

»Vielleicht würde ich es verstehen, wenn Sie es mir erklären.«

Sie sah ihn an, aber er schaute aufs Meer, in Gedanken bei jemandem oder etwas ganz anderem. *Und was ist mit uns*, hätte sie am liebsten gefragt, *mit diesem Abend, diesem Kuss?* Natürlich sprach sie es nicht aus.

»Ich weiß, dass ich viel verlange«, erklärte Alessandro nach kurzem Schweigen. »Ich weiß, dass Sie Ihre Arbeit tun wollen und dass Marisa ungeduldig ist. Mir ist klar, dass Sie keinen Grund haben, mir zu vertrauen …«

»Sie haben recht, das habe ich nicht.« Faye war immer noch wütend auf ihn. Wenn es nur um das Theaterprojekt gegangen wäre, hätte sie sich vielleicht professioneller verhalten können. Aber es ging nicht nur darum. Es nützte nichts, sich etwas vorzumachen. Sie hatte sich so viel mehr erhofft.

Er fuhr zurück, als hätte sie ihn geohrfeigt. »Ich versuche, das Richtige zu tun«, sagte er leise.

»Richtig oder falsch«, gab Faye zurück, »Sie müssen sich entscheiden, Alessandro. Geben Sie mir Bescheid, wenn es so weit ist – aber lassen Sie sich nicht allzu viel Zeit.« Sie drehte sich um. Sie hatte genug.

»Faye …«

Sie ignorierte ihn. Es war einfach, von Vertrauen zu sprechen. Aber wie wäre es, wenn er ihr auch tatsächlich vertraute und ihr erklärte, was los war? Die ganze Sache war ein wenig einseitig.

»Faye.« Er folgte ihr, während sie durch die Büsche und das Gestrüpp davonstapfte. Tränen, die sie zurückzuhalten versuchte, füllten ihre Augen, und sie wäre fast über einen Felsbrocken gestolpert, der aus dem Sand ragte. Er packte ihren Arm, damit sie nicht stürzte, und zog sie nicht allzu sanft zu sich herum. »Es ist nicht so, wie Sie denken.«

Sie riss ihren Arm los. »Was ist es dann?«, fragte sie aufgebracht.

Sein Gesicht war ihrem sehr nahe, diese Augen, dieser Mund.

Sie rückte von ihm ab. Wieder beobachtete sie ihn. Wartete ein weiteres Mal.

Mit einer energischen, unvermittelten Bewegung zog er sie an sich, seufzte leise, legte die Hände um ihr Gesicht und küsste sie so heftig, dass ihre Knie beinahe nachgaben. Ebenso plötzlich zog er sich zurück und ließ sie wieder los.

Faye versuchte, zu Atem zu kommen. Sie hatte kaum Zeit gehabt, zu reagieren oder ihn abzuwehren. Wofür zum Teufel hielt er sich?

Er legte eine Fingerspitze an ihren Mund und zog zärtlich ihre Lippen nach. »Ich bringe das in Ordnung, Faye«, erklärte er. »Versprochen. Aber es ist so, wie ich sagte: Du musst mir vertrauen.«

Konnte sie ihm wirklich trauen? Fayes Gefühle überschlugen sich, als sie Charlottes Fahrrad aus dem Hafen von Deriu schob. Er hatte gesagt, er werde die Sache in Ordnung bringen und ihr in einer Woche eine Antwort geben. Sie konnte das Projekt nicht einfach aufgeben, nicht jetzt; das wäre Marisa gegenüber nicht fair. Und sie war sich auch nicht sicher, ob sie Alessandro Rinaldi so einfach aufgeben konnte. Er verstand es wie kaum ein anderer, sie zu erreichen und ihr Hoffnung zu machen. Und ganz gleich, wie sehr sie versuchte, den Gedanken in den Hintergrund zu schieben, sie hoffte immer noch, reagierte immer noch, wenn er sie berührte, wenn er sie küsste.

Faye seufzte. Wahrscheinlich würde sie ihm diese Woche zugestehen müssen.

Als sie zur Brücke kam, hielt sie einen Moment inne und schaute zur Bootswerft zurück. Alessandro war schon wieder an die Arbeit gegangen und schliff mit gesenktem Kopf den Bootsrumpf. Er war so weit entfernt, dass sie seinen Gesichtsausdruck nicht erkennen konnte. Doch plötzlich blickte er auf und schirmte seine Augen gegen die Sonne ab. Jemand musste ihm etwas zugerufen haben. Dieser Jemand betrat jetzt die Werft.

Eine Frau. Jana. Faye erkannte das lange dunkle Haar wieder, die olivfarbene Haut und sah ihren Schmuck in der Sonne blitzen. Alessandro richtete sich auf. Faye konnte seine Körpersprache nicht deuten, doch das war auch nicht nötig. Jana ging zu ihm und warf sich in seine Arme. Und er streichelte ihr dunkles Haar und hielt sie fest.

Was für eine Närrin sie gewesen war! Faye wandte sich ab. Sie konnte nicht mehr zusehen, und das brauchte sie auch nicht. Sie schwang sich aufs Rad, stieß sich ab und rollte über die Brücke, zurück zu Charlottes und Fabios Haus. Ihre Augen tränten – von der Sonne oder vom Wind, der ihr ins Gesicht wehte, denn sie weinte nicht. Jetzt begriff sie, was er ihr hatte sagen wollen, als er von Sicherheit gesprochen hatte und davon, wie schwierig es war, eine Beziehung zu beenden. Weil er eine hatte. Er hatte Jana, und Jana hatte ihn. Möglich, dass Faye für ihn kurzzeitig eine Verlockung dargestellt hatte und er sich selbst als eine Art Casanova gesehen hatte … Verächtlich verzog sie den Mund. Er hatte mit ihr gespielt. Und sie hatte recht gehabt; es war nur ein Spielchen. Sie bedeutete ihm nichts. Das war Faye jetzt klar. Pasquale de Montis und auch Enrico Volti hatten recht gehabt, als sie sie vor Alessandro Rinaldi gewarnt hatten. Sie hätte auf sie hören sollen.

Zum Glück war die Sache nicht weitergegangen. Zum Glück war es bei einem Kuss geblieben, zwei Küssen, einer flüchtigen Berührung ihrer Hände, einer Umarmung … Ein Schauer überlief Faye, als sie die Wohnung am Fluss erreichte. Sie hatte sich wie eine dumme Gans benommen. Aber damit war jetzt Schluss.

30

Ade hatte sich mit Faye zum Skypen verabredet. Er klappte seinen Laptop auf, holte sich ein Bier aus dem Kühlschrank und rief sie an. »Hallo, Schatz.«

»Hi, Dad.« Das Videobild wurde eingeblendet. Sie sah braun gebrannt, aber müde aus.

»Wie geht's dir? Bist du immer noch so begeistert von Sardinien?« Er hoffte, dass sie nicht allzu hart arbeitete. Viel hatte sie nicht erzählt, aber dieser Job, den sie angenommen hatte, musste für ein Mädchen, das frisch von der Uni kam, eine enorme Verantwortung darstellen. Ade hatte ein schlechtes Gewissen. Molly und er hatten Faye noch zusätzliche Probleme aufgebürdet. Ihr Timing war denkbar schlecht gewesen.

»Ach, ja und nein.« Sie grinste wenig überzeugend.

Ade runzelte die Stirn. Etwas musste passiert sein, seit sie zuletzt miteinander gesprochen hatten. »Ist alles in Ordnung, Liebes?«

»Also …« Er registrierte ihr Zögern. »Mir gefällt es hier wirklich. Aber der Job ist auf Eis gelegt. Um ehrlich zu sein, Dad, bin ich mir nicht wirklich sicher, was da los ist.« Ihre Stimme schien leicht zu schwanken.

Ade musterte sie genauer. »Ach?« Sie sah heute auf jeden Fall ein wenig verloren aus. Er wünschte, er wäre bei ihr, um sie in den Arm zu nehmen und ihr väterlichen Trost zu spenden. Es war so schwer, wenn Kinder erwachsen wurden. Ein Teil von Ade hätte Faye am liebsten immer noch alles abgenommen, und er wäre gerne immer noch derjenige gewesen, an den sie sich bei allen Problemen wandte. Es war eine harte Lektion, zu begreifen und zu akzeptieren, dass seine Tochter unabhängig war, und es fiel ihm schwer, sich nicht als der große Problemlöser aufzuspielen, der er als Vater gern gewesen wäre. Dabei saß er hier und konnte nicht einmal seine eigenen Probleme lösen.

»In ungefähr einer Woche weiß ich mehr.« Sie zuckte zwar gleichgültig mit den Schultern, aber sie wirkte entnervt, und Ade meinte den Grund dafür zu kennen, auch wenn er seiner Tochter nicht mehr so nahestand wie früher.

»Und wie sieht's bei dir aus, Dad? Du wirkst ein bisschen müde. Was ist bei dir in der Zwischenzeit passiert?«

»Ja, also …« Das war eine gute Frage. Er wusste, dass er erschöpft aussah. Oder alt. Viele Jahre lang war sein Haar goldblond mit feinen weißen Strähnen gewesen. Jetzt war es plötzlich weiß mit einer leichten goldenen Tönung – das konnte er auf dem Videobild erkennen. Das Bild war ein wenig verschwommen, und genauso fühlte er sich auch.

Ade dachte über seine Begegnung mit Nina nach. In letzter Zeit hatte er oft darüber nachgegrübelt. Es war ihm schwergefallen, ihre Worte anzunehmen, aber natürlich hatte sie in den meisten Punkten recht gehabt. Ade wurde langsam klar, dass er in seinem Leben viele Fehler gemacht hatte. Wie sollte er jetzt weitermachen? Er hatte immer noch keine verdammte Ahnung. »Eigentlich hat sich nichts getan. Ich bin immer noch in Exeter«, sagte er. Selbstverständlich würde er Faye nicht von Nina erzählen.

Sie zog eine Augenbraue hoch. »Aber du arbeitest nicht mehr, oder?«

»Nein.«

»Und …«

Ade wusste, was sie dachte. War Exeter sein neues Zuhause? Warum war er immer noch hier, obwohl er Dorset so liebte? Wie sollte es weitergehen? Stand ihm jetzt nicht angeblich die ganze Welt offen?

»Das ist die Wohnung, in der ich momentan lebe«, sagte er, um sie beide abzulenken. Er drehte den Laptop um, damit sie seine Umgebung sehen konnte. Auf einem leeren Tisch stand eine Kaffeetasse, außerdem waren da ein ungemütlich wirkendes Sofa und ein Fernseher in der Ecke. Der Teppich war beige. Keine Läufer, keine Kissen, nichts Persönliches.

»Hmm«, meinte sie. »Es sieht …«

»Ich weiß.« Trostlos und leer. Nicht wie ein Heim. »Ich habe alles im Haus zurückgelassen«, erklärte er. Was hatte er hier überhaupt zu suchen? Zurück nach West Dorset konnte er nicht. Da hatte Molly sich klar ausgedrückt. Sein Haus war nun ein Ort, der für ihn eindeutig tabu war.

»Wie lange willst du in Exeter bleiben, Dad?« Faye klang nicht missbilligend, sondern eher neugierig.

Ade wusste, warum. Als sie das letzte Mal miteinander gesprochen hatten, hatte er es kaum abwarten können aufzubrechen und war voller Pläne gewesen, einen Wohnwagen zu kaufen und auf Reisen zu gehen. Sie war ärgerlich auf ihn gewesen. »Bist du dazu nicht ein wenig zu alt, Dad?«, hatte sie ihn gefragt, obwohl er erst sechsundfünfzig war und das Durchschnittsalter von Campern wahrscheinlich eher bei fünfundsechzig lag. Natürlich gab es einen Unterschied zwischen Rentnern, die mit ihren Wohnmobilen durch die Gegend gondelten, und Althippies mit ihren typischen ausgebauten VW-Bussen. Ade schmeichelte sich gern mit dem Gedanken, dass er sich irgendwo in der Mitte befand. »Ich habe mein ganzes Leben lang hart gearbeitet«, hatte er erwidert. Warum sollte er jetzt nicht die Chance nutzen, etwas zu tun, das er sich immer gewünscht hatte?

Doch irgendetwas hielt ihn zurück. Nach allem, was passiert war, erschien es ihm egoistisch und unverantwortlich, einfach alles hinter sich zu lassen.

»Ich weiß es nicht«, erklärte er. Er wusste, dass er kleinlaut klang. »Im Moment bin ich mir über nicht allzu viel sicher.« Das war das Ehrlichste, was er seit Langem gesagt hatte.

»Ach, Dad.«

Jetzt belastete er seine Tochter mit noch mehr Problemen und brachte sie dazu, sich Sorgen um ihn zu machen.

»Eigentlich hatte ich mich auf den Vorruhestand gefreut«, gestand er. »Aber nachdem es jetzt so weit ist …« Er lachte, doch es klang sogar für seine eigenen Ohren gezwungen. »Nun, da deine Mum und ich …« Er verstummte. »Ich scheine so viel Zeit zu haben und weiß trotzdem nichts Rechtes damit anzufangen.« Er war wieder in ein Leben als Junggeselle geworfen worden. Ein Single ohne Arbeit und Zuhause. Das war ein Schock gewesen.

»Willst du jetzt vielleicht doch nicht mehr auf Reisen gehen?«, wollte Faye von ihm wissen. »Ist es das?«

»Ja und nein.« Ade stellte fest, dass er gerade dasselbe gesagt hatte wie Faye vorhin. »Ich wünsche mir das schon so lange. Da wirkt es ein bisschen erbärmlich, dass ich jetzt die Chance habe und nicht die geringsten Anstalten mache.«

»Und warum nicht?«, hakte sie nach.

Er lachte. »Gute Frage, Liebes. Warum nicht?« Auf wen glaubte er, Rücksicht nehmen zu müssen? Auf Molly? Auf Faye? Vielleicht auf sich selbst?

Sie fiel in sein Gelächter ein, und er spürte Erleichterung. »Wohin würdest du reisen, Dad? Wenn du dir einen beliebigen Ort auf der Welt aussuchen könntest, meine ich?«

Darüber brauchte er nicht nachzudenken. »Ich wollte immer schon nach Australien.«

Sie erwiderte nichts.

»Faye?«

»Australien ist schrecklich weit weg, Dad«, sagte sie.

»Ja«, sagte Ade und spürte ein Ziehen tief im Bauch, als solle ihm etwas weggenommen werden. Aber er würde doch nichts verlieren, oder? Er konnte immer zurückkommen. »Wie wär's dann mit Sardinien?«, fragte er. Wahrscheinlich war es nur das plötzliche Bedürfnis, sie zu sehen, das ihn das sagen ließ. Etwas stimmte nicht bei Faye, das sah er ihr an. Sie versuchte, zu lachen und fröhlich auszusehen, aber sie verbarg eine innere Traurigkeit, da war er sich sicher. Schließlich war er ihr Vater. Er hatte es schon so oft verbockt. Diesmal wollte er es besser machen.

»Du möchtest mich hier besuchen?« Ihre Miene hellte sich auf.

»Nun ja, wenn dein Job gerade auf Eis liegt …« Er ließ ihr Zeit, darüber nachzudenken. Hoffentlich würde Molly es nicht so deuten, dass Faye sich auf seine Seite schlug. Er war sich ziemlich sicher, dass Molly nichts dagegen haben würde. Faye war schließlich ihr gemeinsames Kind. Außerdem war das, was zwischen ihm und Molly vorging, kein Kampf; es ging überhaupt nicht darum, ob Faye Partei ergriff. »Vielleicht hättest du Zeit, mir die Insel ein wenig zu zeigen.«

»Das wäre großartig.« Er sah ihr an, dass sie das ernst meinte.

»Wirklich?«

»Wirklich. Ich muss mich nur noch bei Charlotte rückversichern, aber ich bin mir sicher, dass sie nichts dagegen hat.«

»Und ich erkundige mich nach Flügen.« Bei dem Gedanken, sie zu sehen, stieg große Vorfreude in Ade auf. Er könnte für eine Weile aufhören, sein Gewissen zu erforschen, und hätte auch die Möglichkeit, noch einmal über alles nachzudenken und zu entscheiden, was er wirklich wollte. Er konnte alles mit seiner Tochter besprechen, Vater-Tochter-Zeit mit ihr verbringen und sehen, ob er sie bei dem, was sie bedrückte, unterstützen konnte.

»Toll.«

»Ich komme so bald wie möglich«, erklärte er. »Ich melde mich wieder, sobald ich mehr weiß, Liebes.« Ade spürte neue Hoffnung. Mehr Hoffnung, als er seit längerer Zeit empfunden hatte.

31

Vorsichtig öffnete Pasquale die Tür zum Zuschauerraum und schlenderte durch den Mittelgang zur Bühne des kleinen Theaters. Er konnte nicht verleugnen, dass er stolz war. Pasquale wandte sich nach rechts und nach links und nickte dem Publikum auf beiden Seiten freundlich zu. Schließlich hatte er verhindert, dass das kleine Theater niedergebrannt war, er hatte es vor seiner vollständigen Vernichtung bewahrt.

Ein Schauer überlief ihn. Bei dem bloßen Gedanken wurde ihm übel. Wenn sein kleines Theater nicht mehr wäre … Doch dank der lieben Mutter Gottes war es nicht so weit gekommen. Natürlich hatte das Feuer einigen Schaden angerichtet, aber das Herz des Theaters war völlig unversehrt und bewahrte weiter seine Geheimnisse und Erinnerungen.

Er setzte sich kurz auf die Bühne und nahm das Gefühl von Ruhe und Frieden in sich auf, das er hier immer fand. Sehr bald würde es ohnehin mit dem Frieden vorbei sein. Er seufzte. Was war los mit dem Projekt, über das vorher die ganze Stadt geredet hatte? Es war sehr still geworden darum. Er hatte *Signorina* Faye nicht einmal mehr im Theater gesehen, wo sie sonst doch ständig hergekommen war und in ihr Buch gekritzelt hatte. Ob sie seine Warnung beherzigt hatte? Wahrscheinlich nicht. Die jungen Leute glaubten immer, es besser zu wissen; sie machten immer, was sie wollten.

Er ließ den Kopf hängen. Wie er sich wohl fühlen würde, wenn die Bauarbeiter kamen, um diesen Ort zu entweihen? Was würde er tun? Pasquale zuckte mit den Schultern und glitt von der Bühne. Er hatte das Gefühl, dass nach allem, was passiert war, jetzt das Schicksal entscheiden sollte. Wenn er im Leben eins gelernt hatte, dann, dass man nie wusste, welchen Stein es einem als Nächstes in den Weg legte.

Pasquale stieg die Treppe zur Bühne wieder hoch und zog den purpurnen Vorhang hoch. Während der ganzen Zeit, in der er mit Sofia und dem Repertoiretheater durch Europa getourt war, hatte er Deriu und dieses Theater in seinem Herzen bewahrt, zusammen mit den kostbarsten Erinnerungen an seinen Vater. Ja, das Theater war untrennbar mit seinem Vater und dessen Heldentaten verbunden, so würde es immer sein. Mit großen Schritten schritt er über die Bühne. Hoffentlich war es nicht zu eitel von ihm, sich vorzustellen, dass er, Pasquale de Montis, jetzt auch seinen Beitrag geleistet hatte.

Auch die Tourneen waren etwas Besonderes gewesen. Sofia war jung und sammelte noch Erfahrungen. Sie leuchtete geradezu. Doch sie verließ sich noch in so vielen Punkten auf Pasquale, und dafür war er dankbar. »Welches Gefühl soll ich hier darstellen?«, pflegte sie ihn etwa zu fragen. »Es ist komplex, *no*? Sie will ihn retten, sie liebt ihn, und doch erinnert sie sich an das, was bei ihrer letzten Begegnung zwischen ihnen geschehen ist …«

Und dann sah sie Pasquale aus ihren schönen mandelförmigen Augen an und klatschte begeistert in die Hände. »Das ist es. Du hast es getroffen. So ist es perfekt.« Weil sie genau den richtigen Gesichtsausdruck gefunden, das exakte Gefühl eingefangen hatte. Das hatte sie zu einer großen Schauspielerin gemacht. Eine bemerkenswerte Frau war sie dagegen gewesen, weil sie sich dessen nicht bewusst war.

»Pasquale, sitzt das Make-up so richtig?«, rief sie, wenn er vor der Vorstellung noch einmal in ihre Garderobe kam, um nach dem Rechten zu sehen. »Und im letzten Monolog, soll ich da die Hände ausstrecken oder sie an mein Herz drücken?«

Pasquale war nicht der Regisseur, aber sie schien großen Wert auf sein Urteil zu legen. Wenn das Publikum unruhig wurde, lief sie zu Pasquale, um Trost zu suchen. Wenn das Publikum ihr stehende Ovationen darbrachte, feierte sie mit ihm. Wie sie leuchtete … Ihre Erfolge waren auch seine und umgekehrt, denn sie traten immer gemeinsam auf. Wenn sie ohnmächtig werden oder sterben musste, sank sie in seine Arme, und in einer Liebesszene streifte ihr Mund seine Lippen. Eine Liebesszene …

»So grenzenlos ist meine Huld, die Liebe, so tief ja wie das Meer.« Er spürte das andächtige Schweigen des imaginären Publikums, spürte seine Emotionen. An Sofias Seite, die die Julia gab, den Romeo zu spielen, war der Höhepunkt seiner Karriere gewesen.

Hätte er nur mit ihr sterben können! »Nun gute Nacht! So süß ist Trennungswehe. Ich rief' wohl gute Nacht, bis ich den Morgen sähe.« Gott wusste, dass er in den Tagen nach ihrem Tod auch hatte sterben wollen. Eine furchtbare Zeit war das gewesen. Hätten sie nur bis zum Ende ihrer Tage unglücklich Liebende bleiben können … Er schlug sich mit der Faust gegen die Brust und sah flehend in den Zuschauerraum. »So lehre mich, das Denken zu vergessen …«

Genug.

Pasquale verließ die Bühne. Einen Moment lang blieb er auf der Seitenbühne stehen, dachte an den Widerstand und die Familie Bertelli, die hastig hier hindurchgehuscht war. Er hörte die Stimme seines Vaters. »*Andiamo*. Schnell, schnell.«

Seine Mutter hatte natürlich recht: Er hatte Sofia immer geliebt. Vom ersten Moment an, als er sie auf der Bühne des Stadttheaters von Sassari gesehen hatte … So stark war diese

Liebe gewesen, dass sie ihn dazu gebracht hatte, seine Mutter, das Theater und Deriu zu verlassen. Er war fortgegangen, weil Sofia nach England wollte, und wohin Sofia ging, würde auch Pasquale gehen. Und doch hatte er sie überredet, mit ihm nach Deriu zu kommen – und das war sein Untergang gewesen.

Durch den schmalen Flur hinter der Bühne ging er zu den Garderoben. Von den Wänden blätterte die Farbe ab. Dicker Staub lag auf den Fußleisten, und jede Schicht stand für eine Zeit, die nicht wiederkehren würde. Zögernd trat er in den ersten *camerino*, in die erste Garderobe, und beinahe hatte er das Gefühl, an die Tür klopfen zu müssen. Seine Sofia war nicht mehr hier, und doch sah er sie vor seinem inneren Auge, wie sie vor diesem gesprungenen Spiegel saß, das dunkle Haar herunterließ und ihm, der hinter ihr stand und ihr Spiegelbild ansah, diesen gewissen Blick zuwarf. »War ich gut heute Abend, Pasquale? Habe ich mich gut geschlagen?«

»Ja, mein Schatz«, pflegte er sie dann zu beruhigen. Er massierte ihr die Schultern, denn er wusste, dass ihr Nacken schmerzte, und kostete die Freude aus, ihre weiche Haut zu berühren und sich von dem berauschenden Duft ihres Parfüms einhüllen zu lassen. »Du warst perfekt.«

Er hatte Sofia überredet, nach Deriu zu kommen, weil er glaubte, hier in seiner Heimatstadt würde sie ihn mit anderen Augen sehen. Hier, da war er sich sicher, würde sie sich eines Tages, wenn sie nicht auf der Bühne standen, sondern einfach nur Sofia und Pasquale waren, in ihn verlieben und ihn anflehen, sie in die Arme zu nehmen. Sie würden nicht mehr nur Freunde sein, sondern Seelengefährten und Liebende.

Doch das war nicht passiert.

Pasquale verließ den Raum. Er wusste, dass es töricht war. Seine Mutter hätte zweifellos eine bissige Bemerkung darüber gemacht, dass er in der Vergangenheit lebte. Doch er streifte gern durch das Theater und überzeugte sich davon, dass alles wie immer war. Das *Piccolo Teatro* war alt und heruntergekommen.

Es hatte sogar gebrannt. Das einzige Publikum waren Pasquales imaginäre Zuschauer. Und trotzdem …

Er war in die Bar gegangen, um Domino zu spielen, und hatte die Ohren gespitzt, um Gerüchte darüber aufzuschnappen, wie das Feuer ausgebrochen sein könnte. Die Feuerwehr hatte ihre Untersuchungen abgeschlossen und war zufrieden; es war gewesen, wie er vermutet hatte – eine nicht ausgetretene Zigarettenkippe. Kinder. Wenn er sie jemals wieder in der Nähe des *Piccolo Teatro* herumlungern sah, konnte er für nichts garantieren. Pasquale sah sich gern als Hüter des Theaters, wie es sein Vater vor ihm gewesen war. Ihm gefiel der Gedanke, dass er auf sein Herz und seine Seele aufpasste.

Als Sofia und er nach Deriu gekommen waren, war etwas geschehen, womit Pasquale nicht gerechnet hatte. Sofia fühlte sich in Deriu sofort heimisch; es war, als ob sie hier geboren wäre. Die Menschen suchten ihre Freundschaft, sahen fast wie zu einer Königin zu ihr auf, und für kurze Zeit stand Pasquale ebenfalls im Mittelpunkt. Sein Vater war trotz seiner einfachen Herkunft und seiner geringen Stellung als Hausmeister der Held der Stadt gewesen. Und jetzt genoss sein Sohn, Pasquale de Montis, ein Schauspieler, ebenfalls einen bescheidenen Ruhm als Gefährte der Frau, die unerklärlicherweise sofort die Herzen der Bewohner von Deriu für sich gewonnen hatte.

Pasquale kam zur Garderobe, die ganz am Ende des Gangs lag. Mehr als jeder andere Raum des Theaters weckte dieser Erinnerungen an die Vergangenheit in ihm – gute und schlechte. An einer Stange, die an der Wand verlief, hingen immer noch Kleider, Anzüge und Umschlagtücher. Lavendelfarbene Seide, schwarzer Samt, gelber, roter und blauer Satin und schimmernder, mit Gold- und Silberfäden durchzogener Brokat hingen Seite an Seite. Die Kostüme waren verstaubt und im Lauf der Zeit verblasst und doch eine sichtbare Erinnerung an die Schauspieler auf der Bühne und an die Glanzzeiten des *Piccolo Teatro*. Hier waren für eine Vorstellung nach der anderen Gewänder abgesteckt, ausgebessert und geändert worden. In der Ecke standen immer noch eine alte Tretnähmaschine und ein Schemel sowie ein mit verschlissenem Brokat bezogener bequemer Sessel für denjenigen, der auf sein Kostüm wartete. Pasquale selbst hatte oftmals hier gesessen.

Er schüttelte den Kopf und spürte wie so oft heutzutage, dass ihn plötzlich die Kraft verließ. Er konnte nicht verhindern, dass er in dem Spiegel mit dem vergoldeten Rahmen einen Blick auf sich selbst erhaschte. Doch wenn er sich Mühe gab, konnte er auch Sofia sehen, die sich mit in den Nacken geworfenem Kopf lachend nach rechts und links drehte und dann eine elegante Pirouette vollführte. Aber er wollte nichts mehr sehen.

Hier konnte er nicht bleiben. Rasch ging Pasquale hinaus und schloss die Tür hinter sich. Alles war so, wie es sein sollte. Nichts hatte sich verändert. Doch die Erinnerungen waren zu schmerzhaft. Sie allein würde er niemals loswerden.

Als es geschah, hatten Pasquale und Sofia die Hälfte der ersten Aufführung in dem kleinen Theater in Deriu absolviert. In der Pause ging er in ihre Garderobe – er kam immer in ihre Garderobe, und dann redeten und lachten sie und gingen ihren Auftritt durch, um herauszufinden, ob sie etwas verbessern konnten, oder um einander zu gratulieren, weil alles gut gelaufen war. Doch als er ihre Garderobe an diesem Abend betrat, saß sie da und schnupperte mit verzücktem Blick an einem großen Strauß Rosen.

»Oh, ein Bewunderer.« Er warf ihr einen amüsierten Blick zu. Natürlich war so etwas schon passiert – noch so etwas, worüber sie immer zusammen gelacht hatten.

Dieses Mal lachte sie nicht. »Sie sind von Bruno Rinaldi«, erklärte sie stattdessen.

»Rinaldi?« Selbstverständlich kannte er Bruno Rinaldi; sein Vater war der Besitzer des Theaters. Seine Familie gehörte zu den ältesten in Deriu – manche Leute behaupteten, sie *wäre* Deriu.

»Ich esse mit ihm zu Abend«, sagte Sofia.

»Natürlich.« Pasquale startete einen Versuch, sich darüber lustig zu machen. »Sein Vater ist unser Arbeitgeber. Du musst nett zu ihm sein, Sofia, klar?«

»Das werde ich.« Aber sie lachte nicht. Ihr Blick wirkte so verträumt, wie er es noch nie gesehen hatte. Sie war mit den Gedanken anderswo. Schon jetzt.

Pasquale ging zurück zu den Garderoben. Es war der Beginn der »schönsten Liebesgeschichte von Deriu« gewesen, wie manche sie genannt hatten. Innerhalb von Tagen waren Bruno und Sofia unzertrennlich gewesen. Sie fragte Pasquale nicht mehr nach seiner Meinung zu ihren Monologen, ihren Auftritten oder ihren Kostümen. Sie traf sich nicht mehr nach den Aufführungen mit ihm. Natürlich sahen sie einander noch; schließlich arbeiteten sie weiter zusammen, aber im nächsten Stück spielte Pasquale nicht mehr an Sofias Seite die Hauptrolle. Und auch beim nächsten und übernächsten nicht.

Und nach und nach geschah noch etwas anderes: Pasquale wurde nicht mehr in demselben Licht betrachtet wie damals, als er mit Sofia nach Deriu zurückgekehrt war. Die Menschen sahen seinen Vater immer noch als Helden, das schon. Daran würde sich nie etwas ändern. Doch der Glanz seines Vaters strahlte nicht länger auf ihn ab. Als er nur noch Nebenrollen bekam, schienen die Bewohner von Deriu den Respekt vor dem Mann zu verlieren, der sich von seiner Mutter terrorisieren ließ, der sich die Frau, die er liebte, so leicht hatte wegnehmen lassen und der auf der Bühne nicht mehr die Hauptrolle spielte.

Mit wachsender Verzweiflung wartete Pasquale darauf, dass die schwärmerische Verliebtheit zwischen Sofia und Bruno Rinaldi abflauen und ihre Beziehung enden würde. Doch keines von beidem geschah. Sofia Santi heiratete Bruno Rinaldi, und als dessen Vater starb, übernahm Bruno Rinaldi die Leitung des Theaters, und Sofia, die Königin von Deriu, stand an seiner Seite. Alle behaupteten, so sei es vom Schicksal bestimmt, und eine Zeit lang wurden die beiden von allen verehrt. Doch Pasquales Herz war gebrochen.

Sie bekamen Kinder. Für den Jungen hatte Pasquale sich nie erwärmen können. Doch Marisa erinnerte ihn an Sofia und alles, was er verloren hatte. Warum war Sofia so strikt dagegen gewesen, dass ihre Tochter auf der Bühne in ihre Fußstapfen trat? Das hatte er nie begriffen. War Sofias und Pasquales gemeinsame Zeit am Theater – jene seligen, fernen Tage – denn so schlimm gewesen? Er hoffte nicht. Wenn es nach ihm gegangen wäre, hätte er jeden einzelnen davon gern noch einmal erlebt.

Langsam stieg er die Treppe hinunter, ging an den Garderoben vorbei und betrat noch einmal die Bühne. Seiner Meinung nach hatte er die älteren Rechte an dem Theater. Nicht das *Piccolo Teatro* hatte ihm Sofia weggenommen, sondern dieser Bastard Bruno Rinaldi.

Tief im Herzen wusste Pasquale, dass er damals aus Deriu hätte fortgehen sollen. In dem Punkt hatte seine Mutter recht. Aber er hatte es einfach nicht gekonnt. Außerdem hatte er nicht weglaufen wollen. Schließlich musste er sich um seine Mutter kümmern. Sie hatte nur noch ihn, und sie wurde alt. Und Deriu war sein Zuhause, daran hatte sich nichts geändert. Doch noch schlimmer: Er konnte nicht aufhören, seine Sofia zu lieben. Natürlich war sie nicht *seine* Sofia; sie war es nie gewesen; sie hatte ihn verraten. Doch Liebe konnte man nicht nach Belieben ein- und ausschalten. Also …

»Und so im Kusse sterb' ich …«

Daher war Pasquale geblieben. Er fühlte sich dem kleinen Theater so stark verbunden wie eh und je. Er würde wohl in Deriu bleiben, bis er starb.

32

Die Textnachricht überraschte Faye. Durch den Besuch ihres Vaters war es ihr beinahe gelungen, Alessandro Rinaldi und das kleine Theater aus ihren Gedanken zu verbannen. Fast, aber nicht ganz. Anscheinend waren beide still und leise tiefer in ihr Herz eingedrungen, als ihr bewusst gewesen war. Sein Kuss hatte noch tagelang auf ihren Lippen gebrannt. Doch der Anblick Janas, die Alessandro die Arme um den Hals geschlungen hatte, als sie an jenem Tag zur Werft gekommen war, hatte ihre romantischen Gefühle gründlich zerstört. Der Besuch ihres Vaters tat ihr gut; er war genau zum richtigen Zeitpunkt hergekommen.

Faye warf einen Blick auf die SMS. Nun würde sie herausfinden, ob Alessandro das Problem wie versprochen gelöst hatte und es mit dem Projekt weitergehen würde. Er hatte gesagt, sie solle ihm vertrauen. Das war nun nicht mehr so leicht. Aber sie hatte versprochen, eine Woche zu warten. Danach würde sie nach England zurückkehren und etwas Neues beginnen. Etwas anderes blieb ihr gar nicht übrig. Sie hatte den Auftrag immerhin angenommen, doch wenn das Projekt nicht zustande kam, müsste sie diese Verpflichtung als hinfällig betrachten. Sie konnte nicht ewig in der Warteschleife leben.

Übermorgen würde ihr Vater abreisen, und der Abschied würde sehr traurig werden. Er hatte am Flughafen ein Auto gemietet, und sie hatten gemeinsam einen großen Teil der Insel erkundet. Die Costa Smeralda an der Ostküste Sardiniens hatte die spektakulärsten Landschaften geboten, doch die Westküste war touristisch weniger erschlossen und rauer und gefiel Faye besser. An einem Tag waren sie zu der alten Festungsstadt Alghero gefahren, die einst katalanisch gewesen war. Dort hatten sie ein köstliches Mittagessen zu sich genommen: *aragosta alla catalana,* Hummer mit Tomaten und Zwiebeln. An einem anderen Tag hatten sie sich zur Landzunge von Capo Caccia im Nordwesten hinausgewagt, wo Schwalben und Wanderfalken in den Spalten der steilen Klippen nisteten und man über 656 steile Treppenstufen zu den überwältigenden Höhlen der *Grotta di Nettuno* hinabsteigen konnte – falls man die Kraft dazu hatte, wie Fayes Vater gemeint hatte. Sie hatten es geschafft. An einem weiteren Tag waren sie nach Süden zu den alten Ruinen von Tharros gefahren, um die nuraghische Siedlung aus der Bronzezeit zu besichtigen, und Faye hatte in dem Sumpfgebiet in der Nähe von Oristano entzückt rosige Flamingos und Purpurreiher gesichtet. Sie aßen in Restaurants und Bars am Strand *fregula*-Pasta und Meeresfrüchte, schlenderten über Kopfsteinpflaster und Strandpromenaden und ließen sich sardisches *gelato*, Eis, schmecken. Zum ersten Mal, seit sie nach Sardinien gekommen war, fühlte Faye sich wie eine Touristin, und sie genoss es.

Ihren Vater faszinierten besonders die *nuraghi*. Vermutlich lag es an jenem Hauch eines Geheimnisses, der diese uralte Kultur, die auf Sardinien zwischen 1800 und 500 vor Christus floriert hatte, immer noch umgab. Angeblich existierten siebentausend Fundstätten, die von einem einzigen Turm bis zu den Überresten eines komplexen Dorfs mit Grabkammern, Türmen, Festungswällen und gewöhnlichen Wohnhäusern reichten. Faye hatte ihn praktisch aus der Siedlung wegzerren müssen. Man hatte nie Spuren einer Schriftsprache entdeckt, aber in verschiedenen archäologischen Museen waren Bronzefigurinen und andere Fundstücke ausgestellt.

Der Ausflug, der Faye am besten gefallen hatte, hatte sie und ihren Vater in die uralte Stadt Nora geführt. Dort hatten sie das vermutlich älteste Amphitheater Sardiniens besichtigt. Es gehörte zur ersten vorrömischen Siedlung auf Sardinien und war erstaunlicherweise noch fast vollständig erhalten. Berge und Pinienwälder umgaben die antike Siedlung an der Südküste, die zu Teilen bereits im Meer versunken war. Außer einer sanften Brise wehte dort ein solcher Hauch von Geschichte, dass man ihn fast mit Händen greifen konnte. Sie lag an einer perfekt rechtwinkligen *crocevia*, einer Kreuzung. Im Osten erhob sich der leicht erkennbare Äskulap-Tempel, und im Süden lagen die *Terme a Mare*, die Thermen am Meer. Die rechteckigen Wasserbecken waren noch erhalten, und man konnte die Überreste von Backsteinsäulen und Öfen erkennen, die einst den darüberliegenden Fußboden beheizt hatten. Sie waren durch die Überreste von Häusern gewandert, hatten die in Schwarz und Ocker gehaltenen *tesserae*-Mosaiken betrachtet und das komplexe Gewölbesystem der Abwasserkanäle bewundert, die zum Meer führten. Gemeinsam hatten Faye und ihr Vater unter den Pinien gestanden und dem Führer gelauscht, der über das Theater sprach, das aus Ziegelsteinen errichtet war und mit seinen Bogengängen und Nischen an das Kolosseum in Rom erinnerte. Faye spürte eine starke Verbindung zu diesem Ort, zur Vergangenheit und zur uralten Theatertradition dieser Insel und wünschte sich, sich mit ihrer Arbeit in diese Tradition einzureihen.

Sie hatten nicht viel über Fayes Mutter oder die Trennung ihrer Eltern gesprochen. Faye hätte das gern getan, doch sie wollte auch, dass ihr Vater erst darüber redete, wenn er bereit dazu war. Nach ein paar Tagen wirkte er bereits ruhiger und erholter, und sie hoffte, dass er einen Weg finden würde, die unbekannten

Dämonen zu besiegen, mit denen er kämpfte. Sie hatte ihm bisher nicht erzählt, was genau mit Alessandro Rinaldi vorgefallen war. Sie hatte ihm nur gestanden, dass sie verunsichert war, weil vielleicht aus ihrem ersten Innenarchitektur-Projekt nichts werden würde. Doch es schien, als ob ihr Vater zumindest teilweise spürte, was hier in Deriu passiert war. Auf jeden Fall hatte er die feindseligen Blicke bemerkt, die Faye gelegentlich immer noch trafen, und sie konnte spüren, wie gereizt er darauf reagierte. Zwischen ihnen herrschte eine neue Nähe; das Band zwischen ihnen war wieder so stark wie früher.

Als Faye Marisas SMS erhielt, war sie mit ihrem Vater gerade in Sassari unterwegs. Sie wollten die Stadt erkunden und sich das dortige Theater und das Gemeindezentrum ansehen. Faye hoffte, sich dort ein paar Ideen abschauen zu können. Nach dem Besuch bei Alessandro in der Werft hatte sie Marisa angerufen, die gerade von einem Wochenende bei ihrem Freund Leo in Rom zurückgekehrt war, und vorgeschlagen, die Arbeiten einstweilen zu unterbrechen. Je nachdem, wie Alessandro entschied, würden sie sonst nur Zeit verschwendet haben. Marisa wollte dennoch, dass sie weitermachten, war jedoch damit einverstanden, dass Faye sich auf ein Minimum beschränkte und nur noch am Grundriss und an den allgemeinen Ansichtszeichnungen arbeitete. Auch bestand sie darauf, dass Faye ihnen einen Stundensatz in Rechnung stellte. Faye gab nach. Sie wusste, dass Marisa das Projekt genauso wenig auf Eis legen wollte wie sie. Außerdem konnte sie der Aussicht, ein weiteres sardisches Theater zu besuchen, nicht widerstehen.

Wie zu vermuten gewesen war, hatte sie nichts von Alessandro gehört, und das wollte sie auch gar nicht. Allerdings hatte sie ihn zweimal gesehen: einmal aus der Entfernung, als er wie ein gehetztes Tier durch die Straßen des *centro storico* von Deriu gelaufen war, und ein zweites Mal in der Bar, in der sie ihn schon einmal entdeckt hatte. Ihr Vater hatte – vermutlich angelockt von dem Fußballspiel auf dem Fernsehschirm – vorgeschlagen, hineinzugehen und ein Bier zu trinken, doch sie hatte den Kopf geschüttelt, ihn am Arm gepackt und ihn weitergezogen. Glücklicherweise hatte ihr Vater nichts weiter dazu gesagt.

Das *Teatro Civico*, das Stadttheater von Sassari, lag im Herzen der Altstadt, am Corso Vittorio Emmanuele II., der Straße, die sie gerade im nachmittäglichen Sonnenschein entlangschlenderten.

»Diese Sache mit dem Theater geht dir wirklich unter die Haut, was, Schatz?«, fragte ihr Vater.

Faye lachte. *Diese Sache mit dem Theater*. Wahrscheinlich hatte er recht. Was als eine Situation begonnen hatte, in die sie völlig unvermittelt hineingeraten war, hatte sich zu einer Leidenschaft entwickelt. »Ich werde mich über Fortbildungen zu dem Thema informieren«, erklärte sie. Schließlich brauchte jeder ein Spezialgebiet, und Designer wahrscheinlich mehr als die meisten anderen.

»Du meinst, wenn du zurück in England bist?«, fragte ihr Vater.

Sie nickte. Das würde wahrscheinlich eher früher als später sein.

Ihr Vater sah aus, als wolle er noch etwas sagen, aber sie hatten das Theater gerade erreicht. »Hier ist es«, erklärte sie. Das Theater in Sassari hatte einst auch als Rathaus gedient, wie Faye erfahren hatte, als sie Anfang der Woche danach gegoogelt hatte, und 1947 war ein großer Teil als extrem baufällig abgerissen worden. Interessanterweise hatte es auch einen Brand erlebt und war 1967 und dann noch einmal gegen Ende des Jahrhunderts aufwendig restauriert worden. Heute bot es Raum für Kunstausstellungen, Musikveranstaltungen, Filmvorführungen und andere kulturelle Events – ganz ähnlich, wie sie es sich für das kleine Theater in Deriu erhoffte.

Sie nahmen sich einen Moment Zeit, um das Theater von außen zu betrachten. Die Fassade war beeindruckend; sie war mit Stuckbildern und anderen Schmuckelementen verziert.

Faye wies ihren Vater darauf hin und nahm sich vor, sich bei Marisa nach dem Bildhauer zu erkundigen.

»Sollen wir hineingehen?«

Faye sprach mit der Frau an der Rezeption, die ihr erklärte, dass sie sich gern umsehen dürften. Sie warf einen Blick auf ihre Armbanduhr. »Um vier findet eine Probe statt«, sagte sie. »Aber jetzt können Sie hineingehen.«

Die Ausstattung gefiel Faye auf den ersten Blick; sie mochte besonders den satten Cremeton, in dem der Eingangsbereich zum Zuschauerraum gehalten war, und das dunkle Rot des Bühnenvorhangs. Durch die schlichten Linien und die auffälligen Stuckgirlanden an den hufeisenförmig übereinander angelegten Rängen hatte der Innenarchitekt eine klassische Atmosphäre und Ausstrahlung geschaffen.

»Was meinst du?«, fragte ihr Vater sie. »Es ist ziemlich prachtvoll.«

Faye nickte. Es war nicht das, was sie sich für das kleine Theater vorstellte, aber beeindruckend war es trotzdem.

Nach ihrem Besuch im Theater waren sie in eine kleine Bar gegangen, um Kaffee zu trinken. »Kommst du heute Abend ohne mich aus?«, fragte Faye ihren Vater. Sie zog ihr Handy aus der Tasche.

»Selbstverständlich.« Er lächelte. »Gibt es Neuigkeiten?«

Faye rührte ihren Kaffee um. »Noch nicht, aber heute Abend weiß ich hoffentlich mehr.« Die Nachricht, die sie bekommen hatte, stammte von Marisa. Sie öffnete sie und zeigte sie ihrem Vater:

Können Sie heute Abend zu mir nach Hause kommen? Alessandro wird auch dort sein.

Er zog eine Augenbraue hoch. »Klingt wie eine Warnung.«

Faye lächelte.

»Hast du schon darauf geantwortet?«

»Das mache ich jetzt.« Ihr Vater hatte recht. Marisas Nachricht klang wie eine Warnung. Doch Faye verstand die unterschwellige Botschaft: Wenn Alessandro da sein würde, hieß das, dass er das Treffen einberufen hatte. Und das wiederum bedeutete, dass er zu einer Entscheidung über die Zukunft des Projekts gekommen war.

Okay, bis später dann, schrieb sie zurück. Ein leichter Schauer überlief sie.

»Keine Sorge, Liebes.« Ihr Vater tätschelte ihr beruhigend die Hand. »Ob gute oder schlechte Nachrichten – es ist immer das Beste, zu wissen, woran man ist.«

»Du hast ja recht.« Sie schaffte das. Sie war in der Lage, Alessandro Rinaldi gegenüberzutreten und weiterzumachen, als wäre zwischen ihnen nie etwas gewesen. Faye drückte die Schultern durch und lächelte ihren Vater an. Sie war so froh, dass er diese Woche bei ihr verbracht hatte. Seine Gesellschaft und der vertraute Umgang zwischen ihnen waren ihr eine größere Hilfe gewesen, als er wahrscheinlich ahnte. War ihm eigentlich schon einmal aufgefallen, dass er genau wie ihre Mutter klang? Dass die beiden einander ähnlicher waren, als sie glaubten? Sie fragte sich außerdem, ob er überhaupt wusste, wie viel Angst ihre Mutter immer davor gehabt hatte, ihn zu verlieren.

33

Als Faye an diesem Abend Marisas Wohnung betrat, sah sie gleich, dass Alessandro noch nicht eingetroffen war, und war erleichtert. So hatte sie eine Chance, sich auf die Begegnung vorzubereiten und Marisa ein wenig darüber auszuhorchen, was los war.

»Danke, dass Sie gekommen sind, Faye.« Marisa reichte ihr einen Drink. »Den können Sie vielleicht gebrauchen.« Sie verdrehte die Augen.

»Hat Alessandro Ihnen schon etwas gesagt?« Faye nippte an dem gekühlten weißen *vernaccia*, der vollmundig und fruchtig schmeckte.

»Nein, nichts.« Marisa ging vor zur Couch, und Faye folgte ihr. Sie nahmen nebeneinander Platz. »Er hat mir eine Nachricht geschrieben, das ist alles. Darin stand nur, dass ich Sie für heute Abend herbitten soll, damit wir uns zu dritt besprechen können.« Sie zuckte mit den Schultern.

»Sie haben also immer noch keine Ahnung, warum er seine Meinung geändert hat?« Die beiden hatten ein enges Verhältnis zueinander; Faye konnte kaum glauben, dass Marisa gar nichts wusste. Andererseits erinnerte sich Faye an Alessandros unergründliche Miene, als sie ihn unten am Hafen ins Kreuzverhör genommen hatte. Na schön, er war ein Mann voller Geheimnisse. Sie war entschlossen gewesen, ihm ein paar Antworten abzuringen, und doch hätte sie, wenn sie sich nicht auf der Brücke umgedreht und zurück zur Bootswerft geschaut hätte, nie erfahren, dass Jana ganz eindeutig noch ein Teil seines Lebens war.

Marisa schüttelte den Kopf. »Er wollte mir nichts sagen. Ich habe es versucht, Faye, aber er hat mich nur unglücklich angeschaut und gesagt: ›Überlass das mir.‹«

Das klang nach Alessandro. Faye beugte sich vor. Für sie war hier zwar nichts mehr zu gewinnen, aber wissen wollte sie es trotzdem. Es war ein wenig so, wie ein Geschwür aufzustechen. »Marisa, können Sie mir sagen, wie lange er Jana schon kennt?«

»Jana … Ach, du liebes bisschen, schon ewig. Die beiden sind zusammen zur Schule gegangen …«

Sie unterbrach ihren Satz, als kräftig an die Tür geklopft wurde. Alessandro stürmte herein wie ein Wirbelwind, und sogleich füllte seine Aura aus Energie und Anspannung den Raum.

Sie kannten sich schon ewig. So, jetzt wusste sie Bescheid. Faye holte tief Luft und zwang sich, sich zurückzulehnen und ihn anzusehen. Heute wirkte er weniger wie ein gehetztes Tier, sondern strahlte eher etwas Zorniges, Triumphierendes aus. Er trug verwaschene Jeans, und an seinem cremeweißen Leinenhemd war ein Knopf abgerissen. Sein Haar war zerzaust, und plötzlich fiel ihr auf, dass er eine Schramme im Gesicht hatte und seine Knöchel gerötet waren. *Oh Gott.* Sie richtete sich auf. Von ihm ging etwas Wildes aus, als hätte er sich geprügelt.

»Alessandro!« Marisa sprang auf. »Geht es dir gut? Was ist passiert?«

»Mach dir keine Sorgen.« Behutsam schob er sie weg. »Bei mir ist alles in Ordnung. Quer durch den Raum warf er Faye einen Blick zu. »*Buona sera*, Faye«, sagte er. Er trat einen Schritt auf sie zu. »Danke, dass Sie gekommen sind.«

Sie nickte. Gerade war sie sich nicht sicher, ob sie einen Ton herausbringen würde. In seinen Augen sah sie etwas, das sie an diesen Nachmittag am Hafen erinnerte. Natürlich wusste er nicht, dass sie ihn mit Jana gesehen hatte. Aber er hatte sich mit keinem Wort bei ihr gemeldet. Ging er wirklich davon aus, dass sie – beruflich oder auch sonst – einfach weitermachen konnten, wo sie aufgehört hatten?

Alessandro starrte sie herausfordernd an. Faye war jedoch nicht bereit, bei diesem Spiel mitzumachen. Sie löste sich von seinen dunkelblauen Augen und schluckte heftig. »Was ist los?«, fragte sie ihn. »Haben Sie eine Entscheidung getroffen? Haben Sie das Problem gelöst, was immer es war?«

Er lächelte finster. »Oh ja, ich habe es in Ordnung gebracht.« Er zog einen braunen, doppelt gefalteten Umschlag aus der Jackentasche, durchquerte den Raum und knallte ihn auf den Sekretär.

Faye zog eine Augenbraue hoch.

Marisa starrte verwirrt auf den Umschlag. Sie drehte sich zu ihrem Bruder um. »Ich verstehe nicht …«

Da war sie nicht die Einzige. Faye unterdrückte den Impuls, aufzustehen und ihn sich anzusehen. Das hätte sich nicht gehört.

»Marisa, Marisa«, sagte Alessandro leise. »Warum?«

Faye sah zu, wie Marisa quer durch das Zimmer ging. Sie nahm den Umschlag in die Hand, öffnete ihn jedoch nicht. Über die Schulter sah sie ihren Bruder an.

»Du hättest mir erzählen sollen, dass du Angst hast«, sagte er.

Angst? Angst wovor? Faye war verwirrter denn je. Es kam ihr vor, als spielten diese beiden eine Szene, mit der sie nichts zu tun hatte. Warum war sie überhaupt hier?

»Nein …« Marisa ließ die Schultern sinken, und Alessandro ging zu ihr und nahm sie in den Arm.

»Jetzt ist alles gut«, murmelte er beruhigend.

Marisa seufzte leise und lehnte ihren dunklen Kopf an seine

Brust. Faye hatte nun noch stärker das Gefühl, nicht hierherzugehören. Aber sie musste trotzdem Klarheit haben.

Über Marisas Kopf hinweg hielt Alessandro ihren Blick noch einmal fest. »Die Show geht weiter«, sagte er leise.

Faye stand auf und trat einen Schritt auf die beiden zu. »Das heißt was?« Sie runzelte die Stirn.

»Es heißt, dass ich das Problem gelöst habe. Wir werden die Restauration des Theaters wie geplant fortsetzen.«

»Oh.« Faye war sich nicht sicher, was sie sagen sollte. Das hatte sie nicht erwartet. Sie hatte schon heimlich damit gerechnet, übermorgen zusammen mit ihrem Vater nach Großbritannien zurückzufliegen. »Einfach so?«, fragte sie ihn.

Alessandro lächelte grimmig. »Nein, nicht einfach«, erklärte er. »Es war alles andere als einfach.«

»Aber sind Sie sich dieses Mal auch sicher?«, fragte Faye. »Und Sie werden Ihre Meinung nicht wieder ändern? Denn sonst …«

»Ich bin mir sicher«, erklärte er.

Marisa löste sich von ihm. »Ach, Alessandro«, sagte sie. »Ich habe nicht nachgedacht …«

Worüber? Doch Marisa beendete ihren Satz nicht.

»Würde mich bitte jemand in das Geheimnis einweihen?« Faye blickte zwischen den beiden hin und her. Doch Marisa und Alessandro sahen sie nur mit undurchdringlicher Miene an. *Geheimnisse*, dachte Faye. Hier schien es so viele zu geben. Alessandro schaute Marisa an. Sie erwiderte seinen Blick und schlug dann die Augen nieder. Niemand beachtete das mysteriöse Päckchen auf dem Sekretär.

»Nun gut.« Faye ging zur Tür. Schließlich war sie hier immer noch eine Fremde, eine Angestellte, nichts weiter. Sie war eine Außenseiterin; sie gehörte nicht nach Deriu.

»Faye …« Alessandro schien noch etwas sagen zu wollen, schaute dann aber wieder seine Schwester an. »Es tut mir leid … Es tut mir leid, dass …«, stotterte er. »Es tut mir leid«, wiederholte er noch einmal. Und er wirkte aufrichtig zerknirscht.

»Schon gut.« Faye gab sich die größte Mühe, so auszusehen, als mache es ihr nicht das Geringste aus. »Ich freue mich, dass Sie Ihr Problem gelöst haben. Ich melde mich bei Ihnen.« Sie konnte nicht glauben, wie gleichgültig sie klang. Dann zog sie die Wohnungstür auf und ging hinaus.

Sie schloss die Tür fest hinter sich und atmete hörbar aus. Hier ging es nicht nur um die Familiengeheimnisse der Rinaldis. Heute Abend hatte sie einen Blick auf etwas anderes, Dunkleres erhascht. Vielleicht war das das Dunkle, auf das einige der Leute in der Stadt angespielt hatten. Pasquale, Enrico, Carmela – sie alle hatten sie vor den Rinaldis gewarnt.

Faye ging weiter, atmete die frische, wohltuende Abendluft ein und fühlte sich erleichtert, der Wohnung und den beiden entronnen zu sein. Sie spürte, wie sie ruhiger wurde. Egal. Sie hatte das Theaterprojekt fortsetzen wollen, und das konnte sie jetzt. Sie würde ihre Arbeit erledigen und Deriu dann verlassen. Selbst wenn Alessandro Rinaldi frei gewesen wäre … Sie seufzte leise. Sie war nicht an einem Mann interessiert, der Geheimisse hatte, einem Mann, der seine Probleme löste, indem er sich schlug, einem Mann, der ihr die Wahrheit nicht anvertraute. Sie hatte keine Ahnung, was heute Abend passiert war, aber eines wusste Fay genau: Sie wollte nichts damit zu tun haben.

34

Am nächsten Abend – dem letzten ihres Vaters auf der Insel – beschlossen sie, zu Hause zu bleiben und einfach ein wenig Vater-Tochter-Zeit zu genießen. Faye bereitete Pasta mit einer mit Fenchel gewürzten Wurst zu, die sie beim Metzger in Deriu gekauft hatte. Wilder Fenchel – *finocchietto* – wurde auf Sardinien in vielen Gerichten von Keksen und Brot bis zu Huhn oder Wurst als Gewürz eingesetzt, und sie liebte ihn. Ihr Vater öffnete zur Feier ihres letzten gemeinsamen Abends eine Flasche Prosecco.

»Es war so schön bei dir, Faye.« Er reichte ihr ein Glas. »Auf den Rest deiner Zeit auf Sardinien, Liebes.« Er brachte den Trinkspruch mit hochgezogener Augenbraue aus, und Faye musste lächeln. Als sie gestern Abend nach Hause gekommen war, hatte sie sich recht lange über die Rinaldis ausgelassen und darüber, wie unmöglich sie waren.

Faye wischte sich die Hände an der Schürze ab und nahm das Glas. »Danke, dass du gekommen bist, Dad«, sagte sie. »Ich weiß das sehr zu schätzen.« Sie hob das Glas. »Auf den nächsten Akt in deinem Leben – wie immer er auch aussehen mag.« *Akt*, dachte sie. Anscheinend konnte sie sich nicht von der Welt des

Theaters lösen, selbst wenn sie es versuchte. Zumindest sah sie jetzt ihren Weg klar vor sich und konnte ihre Pläne weiter vorantreiben. Sie trank einen Schluck Prosecco.

Ihr Vater sah sie betrübt an. »Wie immer er auch aussehen mag«, wiederholte er. »Es ist lächerlich, findest du nicht auch? Ich bin sechsundfünfzig und habe nicht die geringste Vorstellung, was ich als Nächstes anfangen soll.«

Faye beugte sich vor und streichelte seinen Arm. »Es ist nicht lächerlich.« Sie fuhr fort, die Wurst zu schneiden. Sie hätte noch mehr sagen können – zum Beispiel, dass der Ruhestand eine große Veränderung im Leben darstellte, genau wie eine Scheidung. Aber sie wollte es nicht noch schlimmer machen. Sie warf einen Blick zum Herd. Das Olivenöl in der Pfanne war heiß. Sie ließ die Wurststücke hineingleiten und briet sie in dem duftenden Öl an. »Weißt du wirklich nicht, was du tun willst, Dad?« Er hatte immer so viele Pläne gehabt.

Er schüttelte den Kopf.

»Was ist mit Australien?« Das war weit weg, doch es wäre falsch gewesen, wenn sie versucht hätte, Einfluss auf seine Entscheidung zu nehmen oder ihm deswegen ein schlechtes Gewissen einzureden.

Ihr Vater nahm sein Glas und trank einen Schluck von dem perlenden Getränk. »Ich habe mir immer gewünscht, einmal nach Down Under zu reisen«, erklärte er. »Und ich dachte, irgendwann würde ich es tun. Aber nachdem ich jetzt hier bei dir war«, über den Rand seines Glases hinweg sah er sie an, »fühlt sich Australien ein wenig an, als würde ich davonlaufen.«

»Vor Mum?«, fragte sie. »Von zu Hause?« *Jetzt ist der richtige Zeitpunkt,* dachte sie. Sie konnten nicht eine ganze Woche zusammen verbringen und nicht ein Mal darüber reden.

»Ja.« Er setzte sein Glas ab. »Ich bin mir gar nicht mehr sicher, ob ich so ein großer Reisender bin.« Er lachte. »Vielleicht bin ich das nie gewesen, sondern habe mir das nur gewünscht.«

Faye drehte den Herd hoch und gab die frischen Tomaten in die Pfanne. »Was bist du dann, Dad?«

»Ich weiß es nicht.« Darüber schien er nachzudenken. »Aber jemand hat mir kürzlich ein paar unbequeme Wahrheiten gesagt, und das hat mir viel Stoff zum Nachdenken geliefert.«

»Mum?«, riet sie.

»Nicht Mum.« Er schüttelte den Kopf, und Faye meinte, eine Spur von Traurigkeit in seinem Blick zu sehen.

Es klopfte an der Tür. Ihr Vater warf ihr einen fragenden Blick zu. Faye zuckte mit den Schultern. »Wahrscheinlich jemand, der zu Fabio oder Charlotte will«, meinte sie. Sie drehte den Herd herunter und ging zur Tür.

Alessandro stand davor. Heute Abend sah er weit weniger zerrauft aus. Er wirkte wieder ganz beherrscht und hielt eine Weinflasche in der Hand.

»*Buona sera*, Faye.« Er grinste sie verlegen an.

»Hallo, Alessandro.« *Keine Chance*, dachte sie.

»Sie kochen.« Er schnupperte und musterte mit hochgezogener Augenbraue ihre Schürze, die mit dem großen Bild eines Huhns bedruckt war. »Sehr schön«, meinte er, und sie hätte nicht sagen können, ob er das Huhn meinte oder den Duft nach Fenchel und Wurst, der aus der Küche herüberzog.

»Ja.« Sie wartete. Warum sollte sie ihn nicht zappeln lassen? Hatte er das nicht verdient?

»Ich wollte mich entschuldigen.« Er hielt den Wein in die Höhe. »Ein Friedensangebot.«

»Das haben Sie doch schon.« Sie verschränkte die Arme. »Sich entschuldigt, meine ich.«

»Ich weiß, aber …« Er seufzte. »Es war eine schwierige Zeit.«

»Da bin ich mir sicher.«

»Ich musste eine wichtige Entscheidung treffen.«

Faye lehnte sich an den Türrahmen und ließ ihn zappeln. Sie beschloss, ihn nicht hereinzubitten. »Das ist mir klar«, sagte sie, obwohl sie seine Beweggründe nicht kannte.

»Wahrscheinlich bin ich nicht so gut damit umgegangen, wie ich es hätte tun können.« Er wandte sich kurz ab und sah hinunter zum Fluss. »So gut, wie ich es hätte tun *sollen*.«

»Wahrscheinlich«, pflichtete sie ihm bei.

»Die Situation war komplex. Ich musste sie gut durchdenken. Andere Menschen waren darin verwickelt.«

»Andere Menschen?« Sie wusste, dass er über das Theaterprojekt sprach, aber trotzdem stand plötzlich Janas Gesicht vor ihrem inneren Auge.

Er holte tief Luft und sah ihr fast flehentlich in die Augen. »Es war eine Drohung im Spiel.«

Trotz ihrer Entschlossenheit, einfach ihre Arbeit zu tun und sich in nichts hineinziehen zu lassen, war Fayes Neugierde erneut geweckt. »Eine Drohung? Wer hat Ihnen gedroht?«, fragte sie, obwohl sie wusste, dass er es ihr nicht sagen würde.

Und natürlich schüttelte er den dunklen Kopf. »Ich weiß, Sie finden, ich sollte Ihnen alles sagen«, erklärte er betrübt. »Aber Sie müssen verstehen, dass mir das nicht möglich ist. Doch wenn Sie alle Tatsachen kennen würden …«

Stellen Sie mich doch auf die Probe, sagte ihr Gesichtsausdruck. Schließlich ging es hier darum, Vertrauen aufzubauen, auch wenn ihre Beziehung eine rein berufliche war.

Er hob die Hände. »Mehr kann ich Ihnen nicht sagen.«

Faye hätte nicht behaupten können, dass sie das überraschte.

»Und was meine eigenen Gefühle angeht …«

Sie wartete und war sich nicht sicher, ob sie wirklich etwas über seine Gefühle hören wollte.

»Ich habe versucht, alles klar voneinander zu trennen.«

Ja, dachte sie, Männer verstanden sich eben nicht gut auf Multitasking. Doch das behielt sie für sich. »Sie haben ganz recht. Es ist immer das Beste, alles nüchtern anzugehen.«

»Nein. *Si*. Das heißt …« Er vollendete seinen Satz nicht, sondern sah sie wieder lange an. Er war gut, das musste sie ihm lassen. »Ist es das, was Sie fühlen, Faye?«

»Absolut«, erklärte sie. Sie hatte immerhin auch lange nachgedacht. »So empfinde ich es. Soweit es mich angeht, werde ich Ihnen helfen, das Theaterprojekt auf den Weg zu bringen, und dann fliege ich zurück nach Großbritannien.«

Er starrte sie an. »Ja?«

»Ja.« Was dachte er denn? Dass sie vorhatte, den Rest ihres Lebens im schönen, aber hinterwäldlerischen Deriu zu verbringen? Sie musste an ihre berufliche Zukunft denken, neue Projekte in Angriff nehmen. Das kleine Theater in Deriu war nicht alles. Und Alessandro Rinaldi auch nicht.

»Aber …«

Er verstummte, und sein Gesichtsausdruck veränderte sich. Faye wurde klar, dass ihr Vater hinter sie getreten war. Sie machte einen Schritt zur Seite. »Alessandro, das ist mein Vater, Ade. Er hat ein paar Tage bei mir verbracht.« Was Alessandro gewusst hätte, wenn er sich die Mühe gegeben hätte, in Kontakt mit ihr zu bleiben. »Dad, das ist Alessandro Rinaldi, mein … Auftraggeber.« Sie fragte sich, ob die Miene ihres Vaters verraten würde, was sie ihm über Alessandro Rinaldi erzählt hatte, doch er blieb ruhig und freundlich.

»Sehr erfreut«, sagte er höflich. Faye konnte sich vorstellen, dass er innerlich die Stacheln aufgestellt hatte und sie beschützen wollte. Alessandro Rinaldi und sein Handeln waren bei ihrem Vater während dieser Woche nicht auf Begeisterung gestoßen, so viel hatte sie bemerkt.

»Ebenfalls, *Signore*.« Sie schüttelten einander die Hände.

Ein verlegenes Schweigen trat ein. »Ich koche gerade für meinen Vater«, erklärte Faye ihm. »Sonst würde ich Sie auf einen Drink hereinbitten.« *Die Flasche hast du ja schon mitgebracht*, fügte sie lautlos hinzu. Er würde wissen, dass sie nur höflich sein wollte, und begreifen.

»Selbstverständlich«, sagte er. »Es tut mir leid, dass ich Sie gestört habe.«

Faye nahm den Arm ihres Vaters für den Fall, dass er auf die

Idee kam, sich in die Wohnung zurückzuziehen und sie beide allein zu lassen. »Ich melde mich morgen wegen des Projekts bei Ihnen«, sagte sie. »Gute Nacht, Alessandro.«

Er senkte kurz den Kopf, blickte wieder auf und sah ihr direkt in die Augen. »Gute Nacht, Faye«, sagte er. »Gute Nacht, *Signore*.«

Faye fühlte sich an all die anderen Gelegenheiten erinnert, bei denen sie einander eine gute Nacht gewünscht hatten. Schnell schloss sie die Tür und fand sich in einer väterlichen Umarmung wieder. »Wofür war das denn?«, flüsterte sie.

»Du hast ausgesehen, als könntest du es gebrauchen.«

»Danke.« Zögernd löste sie sich von ihm.

Ihr Vater betrachtete sie nachdenklich. »Du und dieser Alessandro, Faye …«

»Hmm?« Er wirkte verunsichert. Faye wurde klar, dass sie mit ihrem Vater nie über Herzensangelegenheiten gesprochen hatte. »Keine Sorge«, versetzte sie rasch. »Es gibt kein ›ich und Alessandro‹.«

»Okay.« Er wirkte allerdings nicht besonders überzeugt.

»Aber wir hatten von dir gesprochen«, erinnerte sie ihn, als sie zurück in der Küche waren. Sie wollte nicht an Alessandro denken. Zur Stärkung trank sie einen Schluck Prosecco und kümmerte sich dann wieder um das Essen. Warum war er wirklich hergekommen? War die Weinflasche nur ein Friedensangebot, oder hatte er romantischere Pläne gehabt? Faye beschloss, diese Gedanken aus ihrem Kopf zu verbannen. Sie drehte die Temperatur hoch. »Also willst du nicht mehr die Welt bereisen, Dad.«

»Nicht allein«, erklärte er. »Und da ich niemanden habe, mit dem ich die Erfahrung teilen könnte, und nicht den ganzen Tag Golf spielen oder gärtnern will, bleibt mir wohl nur eins übrig.«

»Und was?« Faye nahm den Knoblauch und den Fenchel, die sie schon geschnitten hatte, und gab sie zusammen mit Safran und einem Lorbeerblatt in die Pfanne. Dann rührte sie die Sauce um.

»Ich überlege, mir einen neuen Job zu suchen«, sagte er.

Faye unterbrach ihre Tätigkeit und starrte ihn an. »Wirklich?« Damit hatte sie nicht gerechnet.

»Nicht in der Bank«, schob er schnell nach. »Davon habe ich genug.«

»Was dann?« Faye riss ein paar Basilikumblätter von der Pflanze auf dem Fensterbrett und streute sie zusammen mit der Petersilie, die sie schon gehackt hatte, in die Pfanne.

»Ich kann mir eine Beschäftigung im Freien vorstellen.« Sie sah, wie seine Augen aufleuchteten und er auf dem Stuhl nach vorn rutschte. Er war ganz aufgeregt. »In der Natur, beim Amt für Denkmal- und Naturschutz oder in einer ähnlichen Organisation. Oder ehrenamtlich, in der Waldpflege. Vielleicht in Teilzeit. Ach, du weißt schon, etwas in der Art.« Er lächelte.

»Ja.« Faye wischte sich die Hände an der Schürze ab und setzte einen Topf Wasser für die frischen Spaghetti auf, die sie im Feinkostladen auf der anderen Seite des Flusses gekauft hatte. Nachdenklich musterte sie ihren Vater. »Das ist eine gute Idee, Dad. Ich kann mir vorstellen, dass du daran Spaß hast. Wo würdest du denn arbeiten wollen? In Exeter?«

Er zuckte mit den Schultern. »Irgendwie habe ich bei Exeter nicht das richtige Gefühl. Ich weiß, dass es nicht weit weg ist, aber mir fehlt Dorset.«

Faye nickte. Wenn sie sich ihren Vater vorstellte, sah sie ihn immer über die Klippen oberhalb von Chesil Beach wandern. Sie fand, dass er dorthin gehörte. Also vermisste er Dorset. Ob ihm auch Molly fehlte?

»Mir war gar nicht klar, wie sehr ich diese verdammte Gegend liebe«, erklärte er. Er betrachtete die in allen Farben schillernden Fische, die in Fabios Meerwasser-Aquarium auf und ab schwammen.

Faye schüttete die frischen Spaghetti in den Topf und rührte sie mit einer Gabel um, bis sie alle hineinpassten. Ihre Gedanken kehrten zu ihrer Mutter zurück. Spielte sie auch eine Rolle bei dieser neuen Erkenntnis?

»Weißt du, ich konnte es kaum abwarten, in den Ruhestand zu gehen«, fuhr er fort. »Ich dachte, dann wäre ich frei, um all das nachzuholen, was ich vorher verpasst hatte.« Er sah sie an und wandte dann rasch den Blick ab. »Aber ich habe das Gefühl, als wäre das, worauf ich all die Jahre gewartet habe, überhaupt nicht so, wie ich dachte. Schon komisch.« Er griff nach der Weinflasche und schenkte ihnen nach. »Und das, was ich hatte … war vielleicht verdammt viel mehr wert, als mir klar war.«

Faye spürte einen Anflug von Hoffnung. Meinte er das, was sie glaubte zu verstehen?

Er war tief in Gedanken versunken. »Das, was man verändern muss, trägt man in seinem Inneren«, sagte er. »Es ist die Art, wie man etwas betrachtet. Und weißt du was, Liebes, das ist mir gerade eben erst klar geworden.«

Faye begann, den Tisch zu decken. »Ich glaube, ich weiß, was du meinst.« Sie hielt inne und sah, dass er immer noch die Fische in Fabios Aquarium betrachtete. Diese Fische hatten auf jeden Fall eine therapeutische Wirkung. »Und? Hast du dich verändert, Dad?«, fragte sie. »Ich meine, innerlich?«

Er drehte sich zu ihr um. »Ich arbeite daran, Schatz.«

Als er damals vom Vorruhestand und von seinen Reiseplänen erzählt hatte, da hatte sie das für eine Laune gehalten. Aber jetzt … Faye legte das zweite Besteck auf den Tisch. Ihre Meinung hatte sich geändert. Vielleicht sollte er trotzdem fahren und ein paar von den Dingen tun, die er sich immer gewünscht hatte, nachdem ihn nun nichts mehr aufhielt. Vielleicht sollte er es einfach tun – ob nach Australien reisen oder in Dorset in der freien Natur arbeiten. »Ich will nur, dass du glücklich bist, Dad«, sagte sie. Sie wollte, dass ihre Eltern beide glücklich waren. Sie hatte an sich selbst gedacht, aber Alessandro hatte recht gehabt: Ein Teil des Erwachsenwerdens bestand darin, dass man Vater und Mutter als Individuen betrachtete und nicht nur als Eltern und als Einheit. Jeder, ganz gleich, wie alt, hatte seine eigenen Hoffnungen, Ängste und Träume. Und jeder kämpfte damit, die Welt zu verstehen.

»Danke, Liebes.« Er lächelte, doch er sah traurig aus.

Die Spaghetti waren fertig. »Du sagst, Dorset fehlt dir ...« Faye schüttete die Pasta in ein Sieb. »Vermisst du auch Mum?« Aus dem Sieb gab sie die Spaghetti in die Pfanne zu der Fenchelwurst und hob sie unter. Denn das war es, was sie wirklich wissen wollte, und sie musste die Frage stellen. Wenn sie sich nicht mehr liebten, wenn sie einander nicht mehr gernhatten und nicht mehr zusammen sein wollten, dann war es richtig, wenn sie sich trennten. Alles andere wäre Heuchelei. Sie wollte nicht, dass ihre Eltern sich verstellen mussten, weder für sie noch für andere.

Ihr Vater ließ einen tiefen Seufzer hören. »Doch«, sagte er. »Ja.«

Dann war es also möglich ...? Faye versuchte, sich nicht zu früh zu freuen. »Also ...«

»Aber ich schätze, ich hab's verbockt, Liebes.« Er schüttelte den Kopf.

Faye trug die Pfanne zum Tisch. »Da bin ich mir nicht so sicher«, sagte sie. Sie dachte daran, was ihre Mutter über die Strickjacke gesagt hatte. Es mochte eine Metapher gewesen sein, aber drückten Metaphern nicht immer eine Wahrheit aus?

Sie setzten sich beide an den Tisch, um zu essen.

»Ich habe versucht, Kontakt zu deiner Mum aufzunehmen«, erklärte ihr Vater. »Sie sagt, dass es ihr gut geht und dass ich sie einfach in Ruhe lassen soll, damit sie ihr Leben weiterführen kann.«

Faye hätte fast gelacht. Das war so typisch für ihre Mutter. »Vielleicht solltest du es noch einmal versuchen und von Angesicht zu Angesicht mit ihr reden«, sagte sie. Wenn man einander direkt gegenüberstand, konnte man sich weniger gut verstecken.

»Miteinander reden konnten wir noch nie gut«, sagte ihr Vater. »Das war ein Teil des Problems.« Er aß einen Bissen von der Pasta. »Das ist übrigens köstlich, Liebes!«

»Danke.« Faye hielt inne, drehte ein paar Spaghetti mit der Gabel auf und überlegte, wie sie das, was sie sagen wollte, am besten formulieren konnte, um ihm einen Anstoß zu geben. »Und wenn du dir ein wenig mehr Mühe geben würdest …?«, schlug sie vor. Sie war sich nicht ganz sicher, wann dieser Rollentausch stattgefunden hatte, seit wann sie den Wunsch empfand, die Probleme ihrer Eltern zu lösen. Doch sie vermutete, es war, seit sie begonnen hatte, sie als Individuen zu sehen.

In geselligem Schweigen aßen sie weiter. Faye aß die letzten Spaghettis auf. Sie waren mit der köstlichen Sauce überzogen und schmeckten leicht nach Anis, ein Geschmack, der perfekt mit den karamellisierten Tomaten und dem Knoblauch harmonierte. Sie sah ihrem Vater an, dass er immer noch über ihre Worte nachdachte. Sie beschloss, geduldig zu sein.

»Ich will dich nicht anlügen, Faye«, sagte ihr Vater, als er schließlich die Gabel beiseitelegte. »Ich habe deine Mutter nicht immer so behandelt, wie es richtig gewesen wäre. Ich habe ihr unrecht getan, und jetzt zahle ich den Preis dafür.«

Faye war nicht überrascht. Sie hatte gewusst, dass da etwas war. »Vielleicht vergibt sie dir ja, Dad«, sagte sie. »Wenn du ihr sagst, was du empfindest.«

Er schüttelte den Kopf. »Das alles war vor langer Zeit«, gab er zurück. »Und es gibt sehr viel zu verzeihen.«

»Hattest du eine Affäre?« Faye fiel es schwer, das auszusprechen. Ihr fiel es sogar schwer, es nur zu denken. Irgendwo tief in ihrem Inneren wusste sie es jedoch längst.

Er sah sie ernst an. »Ja. Es gibt keine Entschuldigung dafür. Und du hast jedes Recht, wütend auf mich zu sein.«

»Warum hast du es getan?« Es stimmte, sie war zornig. Aber sie war auch traurig. Und er tat ihr leid.

»Ich bin jemandem begegnet, der mir das Gefühl gegeben hat, etwas Besonderes zu sein.«

Faye beobachtete ihn. Er würde ihr nicht mehr verraten. Wahrscheinlich war es schon mutig genug von ihm, ihr überhaupt von seinem Fehltritt zu erzählen. »So etwas kommt vor«, sagte sie. »Jeder macht Fehler.« Falls es das gewesen war – ein Fehler. Faye wusste, dass ihre Eltern noch nicht lange zusammen gewesen waren, als sie zur Welt gekommen war. Ihr Vater war jung gewesen, und er hatte ihr erzählt, dass er immer schon reisen wollte. Vielleicht hatte er das Gefühl gehabt, in der Falle zu sitzen. Oder er war einfach noch nicht bereit gewesen, Vater zu werden und zu heiraten.

»Aber zu der Zeit war deine Mutter schwanger.«

»Mit mir?« Damit hatte Faye nicht gerechnet. Sie war schockiert. Schon so früh hatte er eine Affäre gehabt? Und wann …

»Nein.« Er sah auf den Tisch hinunter. »Das war sieben Jahre später. Ich hatte keine Ahnung davon. Sie hatte eine Fehlgeburt. Sie … Wir … haben das Baby verloren.«

Faye starrte ihn an. Sie hätte also einen Bruder oder eine Schwester bekommen sollen? Das hätte sie nie gedacht. Doch jetzt stieg eine Erinnerung an jene Zeit in ihr auf: ihre Mutter, wie sie mit rot geweinten Augen am Herd stand, ihr Vater, der in Gedanken weit fort zu sein schien, und ihre Großmutter, die sie tröstete und mit ihr zum Spielplatz ging: »Bis sich deine Mutter besser fühlt, mein Liebes.« War das die Zeit gewesen?

»Ach, Dad.« Sie legte die Hand auf seinen Arm. Kein Wunder, dass es so schwierig war. Sie hatte so vieles nicht gewusst.

»Deswegen will deine Mutter mich nicht anhören«, erklärte er. »Sie hat völlig dichtgemacht, und ich kann es ihr nicht einmal übelnehmen. So ist sie immer schon gewesen. Sie ist mir immer noch böse, und jetzt weißt du auch, warum.«

Faye sah ihn an. Er war ihr Vater, und sie liebte ihn. Er hatte ihr einen kurzen Blick darauf erlaubt, warum es zwischen ihm und ihrer Mutter so furchtbar schiefgegangen war, und nun wusste sie nicht, wie sie damit umgehen sollte. »Dann musst du versuchen, die Mauer einzureißen, Dad.« Sie holte tief Luft und dachte daran, wie es für ihre Mutter gewesen sein musste, dieses Kind zu verlieren, wie furchtbar traurig sie gewesen sein musste. Sie hoffte nur, dass ihr Instinkt richtig war. »Finde heraus, was dahintersteckt«, sagte sie.

Er schob seinen Teller zur Seite. »Von Angesicht zu Angesicht?«, fragte er. »Meinst du wirklich, dass es einen Versuch wert ist?«

»Von Angesicht zu Angesicht«, wiederholte Faye und dachte wieder an die Strickjacke. Nun verstand sie so manches. *Eine Schwester oder ein Bruder …* »Ja, das glaube ich.«

Nachdenklich sah er sie an, trank einen Schluck von seinem Prosecco und goss ihnen beiden nach. Faye wurde klar, dass sie ihn vermissen würde, dass ihr seine Gesellschaft hier fehlen würde. »Ich bin mir nicht sicher, Schatz«, sagte er. »Wenn deine Mum will, dass ich sie in Ruhe lasse …«

»Mum hat Angst«, erklärte Faye ihm.

»Angst?« Er sah aus, als wäre er noch nie auf die Idee gekommen. »Vor dem Reisen, meinst du? Davor, ihr Zuhause zu verlassen?«

»Nein.« Sie beugte sich zu ihm hinüber. »Ich glaube, sie fürchtet sich vor etwas anderem. Es ist etwas, das viel tiefer geht.« Faye beschloss, mit ihrer Meinung nicht mehr hinterm Berg zu halten. »Und meinst du nicht«, sagte sie, »dass es Zeit ist, die Vergangenheit hinter dir zu lassen und herauszufinden, was es ist?«

35

Ein paar Tage später stand Faye mit Skizzenblock, Laptop und Maßband im kleinen Theater. Wie durch ein Wunder war auch ein Handwerker aufgetaucht. Seit der Abreise ihres Vaters, seit dem Abend, an dem Alessandro mit diesem mysteriösen braunen Päckchen bei Marisa aufgetaucht war, hatten sich die Entwicklungen überschlagen. Fayes ganze Vorbereitungen in den vergangenen Wochen waren nicht vergeblich gewesen, und nun konnte sie ihre ganze Energie in ihre Ideen und Zeichnungen stecken.

Es war nicht so schwierig gewesen, weiter mit Alessandro zusammenzuarbeiten, wie sie erwartet hatte. Er war einigermaßen höflich und freundlich, wahrte aber Distanz und wickelte den Großteil der nötigen Kommunikation zwischen ihnen über Marisa ab. Ohnehin hatte Faye keine Zeit, darüber nachzudenken, was hätte sein können. Momentan hatte sie ein ganz anderes Problem: Sie hatte intensiv an den Plänen gearbeitet und sie doppelt und dreifach überprüft, aber irgendetwas stimmte nicht. Sie konnte nicht glauben, dass sie beim Ausmessen einen so grundlegenden Fehler begangen haben sollte, doch möglich war es, und heute wollte sie die Sache klären. Schließlich hatte sie keine nennenswerte praktische Erfahrung. Und sie trug eine große Verantwortung. Marisa und Alessandro verließen sich auf sie. Sie wusste, dass sie ihre Sache gut machen musste. Sie musste die Pläne, Schnitte und Ansichten vervollständigen und den Bauarbeitern ein Paket Zeichnungen vorlegen, an die sie sich in jedem Punkt halten konnten.

Sie ging über die Bühne und hielt einen Moment inne, um den bröckelnden Putz an der Decke des Zuschauerraums zu betrachten. Von dem alten Fresko war noch mehr rote Farbe abgeblättert, und seit ihrem letzten Besuch schienen die schwarzen Schimmelflecken noch größer geworden zu sein. *Das passiert, wenn der letzte Vorhang gefallen ist*, dachte sie. Und der Vorhang hatte sich in dem kleinen Theater schon vor langer Zeit gesenkt. An diesem Morgen überprüfte der Bauarbeiter die Balken unter den Bodendielen, um festzustellen, wie stark sie waren, und um sicherzugehen, dass keiner davon verrottet war und ersetzt werden musste. Wahrscheinlich war die Bausubstanz unter der Oberfläche genauso stark beeinträchtigt wie die sichtbaren Teile. Verfall und Vernachlässigung nagten schon seit Jahren an dem Theater – ganz zu schweigen von ein oder zwei Bränden, denen es ausgesetzt gewesen war. Und es gehörte zu ihrem Job, das alles zu berücksichtigen.

Als sie die Bühne verließ und die Seitenbühne betrat, stieß sie mit einem Mann zusammen.

»Oh!« Faye fuhr zusammen.

»Es tut mir schrecklich leid, Faye.« Pasquale nahm ihre Hände. »Ich wollte Ihnen keine Angst einjagen.«

»Pasquale …« *Was haben Sie denn hier zu suchen?*, wollte sie fragen, aber sie wusste es ja eigentlich ganz genau: Pasquale war fast jeden Tag hier; manchmal streifte er hinter der Bühne umher, und manchmal folgte er ihr durch das Theater wie ein verwundetes Tier. Natürlich tat er Faye leid; sie wusste, dass er seine Gründe dafür hatte. *Er läuft immer jemandem nach*, dachte sie, *zuerst seinem Vater, der hier Hausmeister war, dann Sofia, in die er sich verliebt hat und der er ins ferne England gefolgt ist, und jetzt mir.* Es war nicht verwunderlich, dass er Schauspieler geworden war. So konnte er – wenigstens für die Dauer einer Vorstellung – selbst die Aufmerksamkeit eines Publikums genießen.

»Es ist in Ordnung. Mir geht's gut. Sie haben mich bloß erschreckt, nichts weiter.« Faye versuchte, ihre Verärgerung zu unterdrücken. Der arme Mann konnte nicht anders. Er ertrug einfach den Gedanken nicht, dass sein kostbares Theater irgendwelchen Veränderungen ausgesetzt war. Er war in der Vergangenheit verwurzelt.

»Ich gestehe, dass ich mir Sorgen gemacht habe.« Er gab ihre Hände frei und sah sie aus betrübten braunen Augen an.

»Sorgen?« Faye versuchte, ihm gegenüber wie immer geduldig zu sein, doch sie hatte wirklich keine Zeit für so etwas. Und noch eine Sache brannte ihr unter den Nägeln: Ein Designbüro aus London hatte Kontakt zu ihr aufgenommen; sie sollte zu einem Vorstellungsgespräch kommen. Sie fragte sich, wie lange sie die Leute hinhalten konnte. Das Theaterprojekt würde bald ein Stadium erreichen, in dem sie nur noch Däumchen drehen und darauf warten konnte, dass die Bauarbeiter und Restauratoren ihre Arbeit taten. Das war der Punkt, an dem sie das Projekt an einen Bauleiter übergeben und einen neuen Job annehmen, ein neues Projekt starten sollte. Das würde auch bedeuten, nach Großbritannien zurückzukehren. Sie wusste, dass sie das tun musste, dass sie abreisen musste, aber im Moment wollte sie noch nicht daran denken.

»Ihr Handwerker …« Pasquale musterte sie anklagend. »Er macht Lärm und bewegt Dinge.« Er legte eine Hand an die Stirn. »Für mich ist es schmerzlich, das mitanzusehen.«

Dann schauen Sie nicht hin, war Fayes erster Gedanke. Sie holte tief Luft und versuchte es diplomatischer. »Vielleicht sollten Sie nicht so oft herkommen, Pasquale«, sagte sie.

Er wich vor ihr zurück, als hätte sie ihn geschlagen.

»Nur während der Renovierung«, meinte Faye begütigend.

»Bleiben Sie zu Hause bei Ihrer Mutter. Versuchen Sie, sich eine Zeit lang fernzuhalten.«

»Wie kann ich das?«, murrte er. »Wenn ich nicht weiß ...«

Faye legte ihm eine Hand auf den Arm. »Ich verstehe ja, dass das schwer für Sie ist.«

»Schlimmer wäre es, nicht hier zu sein.« Er sah sich um und betrachtete die Wände, an denen die Farbe abblätterte, die feuchten Flecken an der Decke, die gesprungenen Bodenfliesen. »Was ich mir dann alles vorstellen würde ...«

Faye seufzte. Eigentlich war es ihre Aufgabe, ihm zu sagen, dass er das Theater verlassen solle, aber er war ein Teil davon. Sie konnte sich das Theater nicht ohne ihn vorstellen. Und sie wusste, wie tief seine Gefühle gingen. »Dinge verändern sich, Pasquale«, erklärte sie. »Aber Veränderung bedeutet nicht immer, dass alles schlechter wird.«

Er musterte sie unsicher. »Klar, dass Sie das sagen.«

»Ja.« Veränderungen waren schließlich ihr Geschäft.

»Diese Veränderung erfolgt so gewaltsam. Die Arbeiter brechen die Bodendielen heraus, reißen Wände ein. Diese Entweihung ...«

Er war also in der Kostümkammer gewesen und hatte gesehen, was dort bereits geschehen war. Faye runzelte die Stirn. Pasquales Empfindungen für das Theater waren so stark, dass sie sich davon eingeengt fühlte. Hatte Sofia ähnlich empfunden? Faye hatte wirklich keine Ahnung, was sie mit ihm tun sollte.

Er fuchtelte aufgebracht mit den Armen. »Was kommt als Nächstes? Können Sie mir das sagen, ja?«

»Beruhigen Sie sich, Pasquale.« Faye sah ihn mit festem Blick an. Sie musste energisch sein. Wenn er so weitermachte, musste sie darauf bestehen, dass er das Theater verließ. Wenn die Bauarbeiten begannen, musste er sich ohnehin fernhalten, schon allein aus Gesundheits- und Sicherheitsgründen.

Seine Pupillen weiteten sich. »Wie soll ich ruhig bleiben,

wenn ich nicht einmal weiß, was aus meinem Theater wird? Wie es behandelt wird? Wie es geschändet wird?«

Faye fand, dass jetzt nicht der richtige Zeitpunkt war, um ihn darauf hinzuweisen, dass ihm das Theater nicht gehörte. Es spielte keine Rolle, ob er auf dieser Bühne aufgetreten war oder sein Vater hier als Hausmeister gearbeitet hatte – das Theater war nicht sein Eigentum. Und ob es nun richtig oder falsch war, er hatte nichts dabei mitzureden, was mit ihm geschehen würde. »Lassen Sie sich von mir zeigen, was wir tun«, sagte sie. Vielleicht war das die Lösung. Statt zu versuchen, ihn auszuschließen, würde sie ihn einbeziehen. So etwas war zwar nicht üblich, aber andererseits hatten sie sich bei diesem Projekt auch von Anfang an nicht an die übliche Vorgehensweise gehalten.

Sie führte ihn in die erste Garderobe, in der sie sich ein provisorisches Büro eingerichtet hatte, indem sie einen Tisch und ein paar Stühle hineingestellt hatte. Auch einige ihrer Pläne und Zeichnungen hingen hier, obwohl sie darauf achtete, sie jeden Abend mit nach Hause zu nehmen. Sie schaltete ihren Laptop ein. »Setzen Sie sich.«

Faye zeigte ihm die Pläne und ging mit ihm einige der Veränderungen durch – nicht in Einzelheiten, aber sie umriss sie zumindest grob, damit er begriff, was sie vorhatten. Wie sie erwartet hatte, interessierte er sich mehr für die bautechnischen Veränderungen, die das Wesen seines kostbaren kleinen Theaters verändern könnten, als für die kosmetischen Aspekte wie die Restauration der ursprünglichen Ausstattung des Theaters oder die neue Art der Nutzung, die das Theater zu einem eigenständigen Kultur- und Kunstzentrum machen würde.

»Sie müssen das akzeptieren, Pasquale«, erklärte sie, als sie fertig war. »Deriu wird von diesen Veränderungen profitieren, und das *Piccolo Teatro* wird als Teil der Gemeinschaft wieder zum Leben erwachen.«

Er nickte betrübt.

War sie endlich zu ihm durchgedrungen? Hatte er sie verstanden? Faye nahm seine Hände. »Es muss etwas passieren«, sagte sie. »Sie können nicht weiter in der Vergangenheit leben.« Das schien sie in letzter Zeit häufig zu sagen.

Ihre Gedanken wanderten wie so oft zu ihren Eltern in Großbritannien. Hatte ihr Vater schon mit ihrer Mutter gesprochen? Sie glaubte es nicht, denn sie hatte nichts von ihm gehört. War Faye zu ihm durchgedrungen? Das hoffte sie von ganzem Herzen. Aber vielleicht verzieh ihre Mutter ihm ja nicht, oder die beiden wollten es doch nicht noch einmal miteinander versuchen. Und selbst wenn sie es taten, vielleicht schafften sie es ja nicht. Faye wusste, es war viel verlangt, mit der Vergangenheit abzuschließen. Aber das Gespräch würde ihnen beiden guttun. Sie hatten beide so viel verloren. Sie dachte an die Fehlgeburt ihrer Mutter und hatte das Gefühl, dass noch mehr dahintersteckte.

»Was ist hier los?« Die Stimme, die von der offenen Tür kam, riss sie aus ihren Gedanken und ließ sie zusammenzucken. Sie hatte in einiger Entfernung Schritte und Stimmen gehört, aber angenommen, dass der Handwerker mit seinem jungen Lehrling sprach. Aber so war es nicht. Alessandro Rinaldi stand mit finsterem Blick im Türrahmen, und hinter ihm, fast nicht zu sehen, stand auch Marisa.

Pasquale stand auf. Verglichen mit Alessandro wirkte er sehr alt und gebrechlich.

Er erwiderte Alessandros wütenden Blick dennoch und hob die Fäuste, als müsse er sich verteidigen. Alessandro kniff die Augen zusammen.

»Hey.« Faye stand auf und stellte sich zwischen die beiden. War es nicht Zeit, die Feindseligkeiten zu beenden? Es war nicht Pasquales Schuld, dass er Sofia Rinaldi geliebt hatte – man hätte sogar einwenden können, dass er ältere Rechte hatte. Und er hatte das kleine Theater vor dem Feuer gerettet, bei dem es hätte niederbrennen können. »Nichts ist los. Ich habe Pasquale nur unsere Pläne gezeigt.« Das war ja wohl nicht verboten, oder? Sie waren alles andere als streng geheim.

»Darf ich fragen, warum?« Alessandros Stimme klang distanziert, doch sie spürte, dass er sich mühsam beherrschte.

Sie sah ihm fest in die dunkelblauen Augen. »Das Theater bedeutet Pasquale viel, wie Sie wissen«, erklärte sie.

»Das bedeutet nicht, dass er den Umbau genehmigen muss«, erwiderte Alessandro.

Das stimmte natürlich, klang aber ein wenig hart. Faye quittierte seinen Satz mit einem Nicken. »Es ging mehr darum, ihn zu beruhigen«, sagte sie. »Pasquale hat sich Sorgen wegen der vielen Veränderungen gemacht, die wir am Theater vornehmen.« Sah er denn nicht, wie aufgeregt Pasquale war? Wo blieb Alessandros Mitgefühl?

»Beruhigen?« Alessandro schüttelte den Kopf. Er wandte sich an Pasquale. »Sie sollten sich von hier fernhalten, alter Mann.«

»Er hat fast sein ganzes Leben hier verbracht, er gehört hierher«, sagte Faye mit sanfter Stimme. Sie mochte ja für die Rinaldis arbeiten, aber sie konnte nicht anders, als Pasquale beizustehen. Was für ein Problem hatte Alessandro mit ihm? Ihr fiel auf, dass Marisa kein Wort gesagt hatte. »Die Pläne werden sehr bald ohnehin öffentlich werden.« Und das war auch richtig so, wenn das kleine Theater ein Teil der Gemeinde von Deriu werden sollte.

Doch Alessandro sprach nur Pasquale an. »Es ist vorbei«, erklärte er. »Es passiert. Gewöhnen Sie sich an den Gedanken.« Wieder einmal hatte Faye das Gefühl, dass hier etwas vor sich ging, das sie nicht verstand.

»Alessandro …« Sie verstummte, als sie seine Miene sah. Plötzlich sah er nicht mehr zornig aus; jetzt waren in seinen Augen nur noch Traurigkeit und Bedauern zu sehen.

»Es gibt sehr vieles, was Sie über diese Stadt nicht wissen, Faye«, sagte er. Er trat einen Schritt auf sie zu, schien sich dann aber zusammenzunehmen und blieb stehen. »Es gibt sehr vieles, was Sie nicht verstehen.«

»Ja, das sagen mir alle«, gab Faye spitz zurück. Vom Zeitpunkt ihrer Ankunft an hatte man ihr das Gefühl vermittelt, nicht willkommen zu sein. Einige Leute wie Enrico Volti warfen ihr immer noch feindselige Blicke zu, und sie sah, dass manche flüsterten, wenn sie vorbeiging. Sie wusste, dass sie eine Außenseiterin war und – schlimmer noch – dass die meisten Bürger von Deriu sie als jemanden wahrnahmen, der gegen die Gemeinde arbeitete, obwohl sie ihr in Wahrheit doch helfen wollte. Der Einzige, der ihr bisher vollkommen aufrichtig begegnet war, war Pasquale de Montis.

Alessandro seufzte. »Ich muss zurück in die Werft«, erklärte er und warf Faye einen dieser Blicke zu, die besagten: *Warum können Sie mir nicht vertrauen?* Die Antwort darauf war einfach: weil er ihr nicht sagen wollte, was genau los war. Sie dachte an das in braunes Papier eingeschlagene Päckchen. Sie dachte an Jana.

Alessandro verließ den Raum, und Marisa folgte ihm. Faye ließ sich auf einen Stuhl sinken. Die beiden waren ihre Auftraggeber, aber es war verdammt schwierig, mit ihnen umzugehen.

»Tut mir leid«, sagte Pasquale. »Ich scheine ihn immer sehr zu verärgern.«

»Machen Sie sich wegen Alessandro keine Gedanken«, sagte sie, obwohl er als Miteigentümer des Theaters wahrscheinlich das Recht hatte, darüber zu entscheiden, wer Zutritt zu dem Gebäude hatte und wer nicht. Sie war sich ziemlich sicher, dass Alessandro nicht wiederkommen würde, aber an Pasquales Stelle hätte sie sich eine Weile rargemacht. »Vielleicht sollten Sie sich eine Zeit lang hier nicht sehen lassen.«

Er schnaubte verächtlich, und sie hatte das Gefühl, dass er genauso weitermachen würde wie bisher. »Jetzt haben Sie doch selbst gesehen, wie er ist«, brummte er.

Ja, allerdings, dachte sie. »Richtig.« Sie setzte sich auf und schloss die Dokumente auf ihrem Laptop. »Ich muss nachsehen, wie der Bauarbeiter weiterkommt.« Aus diesem Grund waren Alessandro und Marisa wahrscheinlich überhaupt hergekommen. Doch als sie gesehen hatten, dass Pasquale die Pläne betrachtete, waren sie nicht geblieben.

»Ist er immer noch in der Kostümkammer?« Pasquales Blick wanderte den Gang entlang.

»Ja. Er überprüft die Balken im Boden.« Faye klappte ihren Laptop zu und ging hinüber. Wieder spürte sie, dass Pasquale ihr folgte, aber sie hatte nicht das Herz, ihn wegzuschicken.

In der Kostümkammer waren mehrere Bodendielen aufgestemmt worden.

»Wie läuft es?«, fragte Faye. Einstweilen waren alle Kostüme mit einem Tuch abgedeckt, aber sie würden sie später sortieren müssen, um festzustellen, ob von dieser wunderbaren Sammlung aus Seide, Satin und Brokat noch etwas zu retten war. Pasquale drückte sich in der Tür herum.

»Die Balken und das Holz sind stabil«, erklärte ihr der Handwerker.

Faye warf einen Blick in den Hohlraum unter den Dielen. Offensichtlich waren die Balken alt, umso mehr freute sie der Bericht. »Das ist eine gute Nachricht.« Sie ging hinüber auf die andere Seite des Raums, wo der große Spiegel mit dem vergoldeten Rahmen hing, und nahm den Hohlraum von dort aus noch einmal in Augenschein.

Da unten glitzerte etwas. »Was ist denn das?« Sie bückte sich, um es besser erkennen zu können.

»Eine Münze vielleicht?« Der Bauarbeiter leuchtete mit seiner Taschenlampe in die Richtung, in die sie zeigte.

»Nein.« Sie griff hinein und hob den Gegenstand auf. »Es ist eine Halskette, ein Kruzifix.« Die Kette war aus Gold, das ein wenig angelaufen war. Faye legte sie in ihre Handfläche.

Pasquale schnappte nach Luft.

Faye warf ihm einen Blick zu. Sein Gesicht war kreidebleich. »Was ist los?« Sie betrachtete noch einmal das Kruzifix in ihrer Hand und hielt es dann in das Licht, das durch das kleine Fenster fiel. Es war einzigartig. Das Kreuz war aus feinem Golddraht gearbeitet, und die Christusfigur war aus purem Gold. Die Arme reichten fast bis zum Ende des Kreuzbalkens, der an den Spitzen mit Korallen besetzt war. Der Kopf war von einem wunderschönen goldenen Heiligenschein mit langen Strahlen umgeben.

»Erkennen Sie die Kette wieder, Pasquale?« Sie trat einen Schritt auf ihn zu. Wieder hielt sie das Kreuz in die Höhe und beobachtete dabei sein Gesicht. Seine Reaktion zeigte ganz deutlich, dass er es kannte.

Schweigend starrte er es an.

Plötzlich begriff Faye. »Hat es einmal Sofia gehört?«, flüsterte sie und legte ihm behutsam die Hand auf den Arm. *Armer Pasquale – noch eine Erinnerung an seine verlorene Vergangenheit, an die Frau, die er niemals haben konnte.* Natürlich hätte jeder der Schauspieler, die sich hier ständig umgezogen hatten, in der Kostümkammer ein Schmuckstück verlieren können. Es musste durch eine der Ritzen zwischen den Bodendielen gerutscht sein und seitdem in seinem staubigen Versteck gelegen haben.

»Ja.« Pasquale ließ den Kopf hängen.

»Es ist gut.« Faye nickte dem Handwerker zu und verließ als Erste den Raum.

»Darf ich es behalten? Als Andenken?« Pasquale sah sie an und streckte flehend die Hand aus. Davon abgesehen wirkte er jetzt wieder ruhiger, wie sie mit Erleichterung registrierte.

Faye zögerte. Sie war versucht, es ihm zu überlassen. »Das wäre nicht richtig«, erklärte sie nach kurzem Überlegen. »Ich finde, wir sollten es Marisa geben.«

Pasquale ließ die Schultern sinken.

»Schließlich hat es ihrer Mutter gehört.«

Pasquale sah aus, als wolle er Einwände erheben, doch dann hörten sie hinter sich Schritte. Faye zuckte zusammen und sah voller böser Vorahnungen auf. Alessandro konnte es eigentlich nicht sein. Er wäre niemals so schnell zurückgekommen.

Und sie hatte recht – es war Marisa. Sie wirkte zögerlich und rang nervös mit den Händen. »Ich bin nur kurz wiedergekommen, um mich für meinen Bruder zu entschuldigen«, erklärte sie. Sie warf Pasquale einen Seitenblick zu, aber er schien sich schon wieder zurückgezogen zu haben, um mit den Schatten zu verschmelzen.

Faye zuckte mit den Schultern. »Ist schon in Ordnung.«

»Er hat seine Gründe.« Marisa schien noch etwas sagen zu wollen. »Er versucht immer, alle und alles zu beschützen.«

»Sie auch?«

»Sì.« Sie sah zu Boden. »Und Deriu.«

Faye nickte.

»In den letzten Wochen und Monaten hatte er viele Probleme zu bewältigen.« Sie legte eine Hand auf die von Faye. »Bitte urteilen Sie nicht zu hart über ihn.«

»Ich werde es versuchen.« Faye lächelte. Marisa war eine so bezaubernde junge Frau. Sie konnte gut verstehen, warum Charlotte sich so gut mit ihr verstand und Alessandro sie anbetete.

»Und? Hat es neue Entwicklungen gegeben?« Marisa sah sich um.

Faye entschied, das Problem mit den Maßen nicht zu erwähnen. Das würde sie selbst in Ordnung bringen. »Die Balken sind stabil.« Sie wiederholte, was der Handwerker ihr mitgeteilt hatte. »Und ich habe das hier gefunden.« Sie reichte ihr das Kruzifix. »Pasquale sagt, es hätte Ihrer Mutter gehört.« Sie wollte sich zu ihm umblicken, damit er das bestätigte, doch er hatte sich inzwischen in Luft aufgelöst und war nirgendwo mehr zu sehen.

»Mama?« Marisa runzelte die Stirn. »Es kommt mir bekannt vor, aber …«

»Vielleicht hat sie es ja schon verloren, als Sie noch sehr klein waren«, meinte Faye. »Oder sogar vor Ihrer Geburt. Wir haben es in der Kostümkammer unter den Bodendielen gefunden.«

»Es ist wunderschön.« Marisa legte fest die Hand darum

und öffnete sie dann. Das Kruzifix hatte rote Spuren auf ihrer Haut hinterlassen, was sie nicht zu bemerken schien. Genau wie Faye eben hielt sie die Kette ins Licht. Sie drehte sie, und das Gold glitzerte in der Sonne. »Würden Sie sie mir umlegen?« Ihre samtbraunen Augen füllten sich mit Tränen. Sie hielt sich die Kette an den Hals, und Faye trat hinter sie, um den zarten Goldverschluss zuzumachen.

»Danke«, sagte sie, drehte sich um, reckte sich und küsste Faye auf die Wange.

Faye lächelte. Es musste sehr bewegend sein, so unerwartet mit einem Andenken aus der Vergangenheit konfrontiert zu werden. Wieder einmal spürte sie einen schmerzhaften Stich bei dem Gedanken, dass Marisa und Alessandro ihre Eltern schon so früh verloren hatten. Ihre eigenen mochten sich trennen, aber zumindest hatte sie sie noch. Die Woche, die sie mit ihrem Vater verbracht hatte, schien schon wieder so lange her zu sein, doch es war eine besondere Zeit gewesen.

»Ich werde es immer tragen«, sagte Marisa zu Faye. »Achten Sie gar nicht auf Alessandro. Er wollte nicht unhöflich sein. Ihm geht nur viel im Kopf herum.«

Faye nickte. »Wie gesagt, es ist schon in Ordnung«, erklärte sie. Trotz allem konnte sie jedoch nicht anders, als ihn zu beachten. Sie versuchte, es nicht zu tun, aber das funktionierte nicht, obwohl Faye selbst vieles im Kopf herumging.

36

Auf der Fahrt von Exeter nach Dorset dachte Ade darüber nach, was Faye bei seinem Besuch auf Sardinien zu ihm gesagt hatte. Er war auf der Topsham Road unterwegs, die parallel zum Fluss, dem Exe, verlief. Diese Route war ein wenig länger, aber landschaftlich schöner. Er würde auf die Rydon Lane abbiegen und dann auf der Honiton Road stadtauswärts fahren. Er kannte die Strecke gut, obwohl er sie schon eine Weile nicht mehr gefahren war. So viel war er gefahren, aber wie weit war er wirklich gekommen?

Faye hatte gesagt, ihre Mutter hätte Angst. Woher wusste sie das? Hatte Molly es ihr etwa erzählt? Ade trommelte mit den Fingern auf das Lenkrad und dachte an das Mädchen, das er damals vor all den Jahren im Electric Palace zum ersten Mal gesehen hatte: diese haselnussbraunen Augen, das glänzende dunkelbraune Haar und ihren üppigen, lächelnden, rot geschminkten Mund. Angst?

Es war ein herrlicher Vormittag mitten im Sommer. Die Hügel, Felder und Hecken in Devon waren nach einem feuchten Frühling und Frühsommer noch saftig grün. Der Himmel war klar und strahlend. Es war ein guter Tag, um hierherzukommen, ein Tag voller Hoffnung. Ade hatte beschlossen, dass es besser war, sein Kommen nicht telefonisch anzukündigen, sondern ganz beiläufig vorbeizuschauen. Er konnte behaupten, dass er zufällig vorbeigekommen sei oder – etwas glaubhafter – dass er ein paar Dinge abholen wolle. Schließlich war der Großteil seiner Besitztümer noch dort: seine DVD- und CD-Sammlung, seine Schallplatten und Bücher, seine Bilder und fast seine gesamte Kleidung. Dann waren da auch noch all die Dinge, die Molly und ihm gemeinsam gehörten. Es waren alles nur Gegenstände; es machte ihm nichts aus, sich davon zu verabschieden. Einiges hatten sie gemeinsam ausgesucht, aber das meiste waren Dinge, die sich eher Molly gewünscht hatte als er. Vielleicht war es ihm nicht wichtig genug gewesen, wie das Haus aussah, wie es dekoriert war oder welches Muster die Teller hatten, von denen sie aßen. Aber vielleicht war es auch so, dass eher die kleinen Details die Paare zusammenhielten und nicht die großen Themen.

Wie schön die Natur hier ist, dachte Ade, während er über die schmalen ländlichen Straßen fuhr. Es bedeutete ihm viel, draußen unterwegs zu sein. Die Hügel, die Klippen, das Meer, die Natur in ihrer ganzen Herrlichkeit. Vielleicht würde er ja tatsächlich nach einem Job suchen, bei dem er im Freien arbeiten konnte, wie er Faye erzählt hatte. Und wenn er nicht nach Dorset zurückkehren konnte, gab es noch andere schöne Gegenden. Devon, Cornwall? Er würde schon das Richtige finden, da war er sich sicher.

Merkwürdig, überlegte er, während des letzten Monats hatte er sich von vielem verabschiedet: von seinem Job, von seinen täglichen Autofahrten, von der Fantasievorstellung, dass Nina für das Leben stand, das er sich wünschte, und dass sie es ihm geben könnte. Mit Letzterem hatte er sich noch nicht ganz abgefunden, doch er wusste, dass es die Wahrheit war. Das waren eine ganze Menge Abschiede. Doch wollte er sich auch von seiner Frau verabschieden? Seiner Tochter hatte er gesagt, er vermisse Molly, und das stimmte. Ihm fehlten ihre Ordnungsliebe und die Art, wie sie seinem Leben immer einen Sinn gegeben hatte. Er vermisste es, wie ihr Haar mitschwang, wenn sie den Kopf drehte, und den Ausdruck, den er manchmal in ihren Augen sah, der aber jedes Mal schon wieder verschwunden war, ehe er auch nur blinzeln konnte. Dass er zudem gerade die Ordnung vermisste, die sie seinem Leben gegeben hatte, ergab für ihn einfach keinen Sinn; das war wirklich absurd.

Auf der A30 passierte er den Flughaften von Exeter und musste an Sardinien denken, obwohl er nicht von Exeter aus geflogen war, sondern von Bristol. Sardinien war schön, und es war gut gewesen, dort einige Zeit zu verbringen. Er war seiner Tochter wieder nähergekommen. Sie hatten immer ein enges Verhältnis gehabt, doch seit Faye von zu Hause ausgezogen war, hatten sie sich natürlich ein wenig voneinander entfernt. Er hatte versucht, sie davon abzulenken, was sie gerade durchmachte: Schwierigkeiten mit ihrem allerersten Designprojekt, Unsicherheit und das Gefühl, allein zu sein. Und er hatte versucht, sie aufzumuntern und die Probleme zu relativieren. Leider gehörte auch ihr Auftraggeber Alessandro Rinaldi dazu. Was für eine bittere Ironie, dass er der Sohn des Mannes war, der Molly anscheinend nahegekommen war, als er anlässlich von Charlottes und Fabios Hochzeit bei ihnen gewohnt hatte. Wie die Mutter, so die Tochter? Ade wusste es nicht. Aber er war zuversichtlich, dass Faye ihre Probleme lösen würde.

Genauso wichtig – jedenfalls für Ade – war es gewesen, dass es ihm endlich gelungen war, Faye die Dinge zu sagen, von denen er fand, dass sie sie wissen musste. Ade umfasste das Steuer fester. Die Straße war gut ausgebaut und breit, und er hatte den Blick auf die umgebenden grünen Felder, Hügel und Täler immer geliebt. Faye hatte ihn nicht angeschrien. Sie hatte nicht geweint und ihm nicht gesagt, wie sehr sie ihn hassen würde. Dafür war Ade sehr dankbar.

Vielleicht hätte es Molly zugestanden, ihrer Tochter von

dem Kind zu erzählen, das sie verloren hatten. Denn sie hatte es natürlich stärker getroffen, weil sie das Kind in ihrem Leib getragen hatte. Doch Ade glaubte nicht, dass es Molly etwas ausmachen würde, dass er Faye eingeweiht hatte, jetzt nicht mehr. Er fand, dass Faye ein Recht darauf hatte, die Vergangenheit ihrer Eltern zu kennen, zumindest das meiste davon. Er lächelte grimmig. Sie konnte damit umgehen. Seine Tochter hatte den richtigen Mann noch nicht gefunden. Wieder dachte er an Alessandro. Der Mistkerl sah gut aus, das musste er ihm zugestehen. Sein Vater war genauso gewesen. Ade seufzte. Faye führte ihr eigenes Leben; sie war jetzt erwachsen. In Zukunft musste er dafür sorgen, dass die Beziehung zwischen Faye und ihm etwas Besonderes blieb. Er musste für sie da sein, wann immer sie ihn brauchen würde.

Ade fuhr an dem reetgedeckten, weiß getünchten Hart Inn vorbei. Manchmal hatte er hier auf dem Heimweg auf ein kleines Bier angehalten. Er fühlte sich verlockt, seine Fahrt heute ebenfalls zu unterbrechen und sich ein wenig Mut anzutrinken. Aber wie würde es aussehen, wenn er nach Alkohol stinkend aufkreuzte? Nicht gut. Faye würde das auf keinen Fall gutheißen. Er dachte an Molly. Sie hatte sich nicht langsam von ihrem Vater lösen können wie Faye von ihm; sie hatte ihren Vater plötzlich verloren, als sie erst siebzehn Jahre alt war. Das musste schwer gewesen sein. Er fragte sich, ob er je Rücksicht auf ihren Verlust genommen hatte. Hatte er je darüber nachgedacht, wie das für sie gewesen sein musste? Wie viel sie durchgemacht hatte?

An dem Abend, an dem Faye sich mit den Rinaldis getroffen hatte, hatte er im Internet nach Wohnmobilen recherchiert. Er hatte sich auf eBay und in Foren für Camper umgetan und über unterschiedliche Aufteilungen nachgedacht: wo der Tisch stehen sollte oder ob ein festes Bett wirklich so notwendig war, wie manche Leute zu glauben schienen. Schließlich hatte er sich den Beifahrersitz angesehen und sich ihn leer vorgestellt. Molly würde nie dort sitzen und ganz sicher auch nicht Nina. War sein Traum vom Reisen genauso unwirklich – und sogar absurd – wie seine Fantasien über Nina? So langsam fragte er sich das. Er hatte es schon zu Faye gesagt: Das Reisen fühlte sich inzwischen eher an wie ein Weglaufen.

Als Ade die Abzweigung nach Axminster erreichte, hatte er das Gefühl, schon fast da zu sein. Das war immer schon so gewesen. Er befand sich noch in Devon, aber von diesem Punkt an schien sich die Landschaft zu verändern. Nur ein Stück weiter lag Monkton Wyld, wo er manchmal in den Wäldern spazieren ging, und Charmouth, wo sie mit Faye nach Fossilien gesucht hatten, als sie ein kleines Mädchen war.

Er ging das letzte Gespräch mit Molly in Gedanken noch einmal durch. Wo war er in die Irre gegangen? Wo waren sie beide auf Abwege geraten? Hatte es an seiner Affäre gelegen? Wahrscheinlich. Doch irgendetwas sagte ihm, dass mehr dahintersteckte. Faye vermutete das offensichtlich auch. Was hatte es mit Bruno Rinaldi zu tun? Molly hatte erklärt, sie hätte ihre Chance auf ein neues Leben ergreifen sollen. Was genau hatte sie damit gemeint? Hatte Rinaldi ihr ein neues Leben versprochen? Ade knirschte mit den Zähnen. War zwischen den beiden etwas gewesen? Er versuchte, ruhig zu bleiben, doch er spürte Wut in sich aufsteigen, obwohl er unbestreitbar genau das Gleiche getan hatte. Was hatte sie damit gemeint, als sie davon sprach, dass man jemandem so nahe sein kann, dass er einem ins Herz blicken kann? War sie jemandem so nahgekommen? Und wenn Molly Angst hatte: Wovor? Ade fragte sich, ob sie wirklich aufgehört hatte, ihn zu lieben, und konnte sich des Gefühls nicht erwehren, dass ihm irgendetwas entgangen war. Und genau deswegen fuhr er zurück – um zu versuchen, es herauszufinden. Er brauchte Antworten, und er hoffte, dass es dafür nicht schon zu spät war.

In Dorset fuhr Ade durch Morecombelake und Chideock und vorbei am Clock House Inn, einem reetgedeckten Gasthof, der letztes Jahr bei einem furchtbaren Feuer niedergebrannt war und jetzt wieder aufgebaut wurde. Dieser Straßenabschnitt war immer verstopft, und der heutige Tag bildete keine Ausnahme. Doch er kam schneller durch als sonst, und ehe er sichs versah, hatte er die Abzweigung nach Bridport hinter sich gelassen und bog nach rechts in den alten Hohlweg ein, der zu ihrem Haus führte – Mollys Haus, wie er es nun wahrscheinlich nennen sollte, da er offiziell nicht mehr dort wohnte.

Es sah genauso aus wie immer. Mollys dunkelblauer Renault parkte in der Einfahrt, also war sie zu Hause. Er blieb ein paar Minuten im Auto sitzen und betrachtete das Haus von außen, als sähe er es zum ersten Mal. Das freistehende Haus war lang gestreckt und weiß getüncht. Hohe Hecken und ein ordentlicher Vorgarten umgaben es. An den Fenstern hingen Gardinen, und auf dem Fensterbrett im Wohnzimmer stand eine Vase mit frischen Blumen. Das Haus wirkte gepflegt. Die Lage hatte ihm immer gefallen. Hinter dem Haus erstreckten sich Felder, auf denen Schafe grasten, und der sanft wogende grüne Hügel von Bothen Hill. *Es sieht wie ein Zuhause aus*, dachte er. Und es war ja auch jemandes Heim. Allerdings nicht seines. Nicht mehr.

Unter dem Vordach standen rote und weiße Geranien, und draußen hatte Molly einen Korb mit Petunien und anderen Blumen aufgehängt, deren Ranken dekorativ nach unten fielen. So mochte sie es gern, wie er wusste. Zumindest das wusste er über sie. Aber er hatte nicht geahnt, dass sie Angst hatte. Manchmal hatte Ade sie ausgelacht, weil immer alles genau so sein musste, wie sie es sich vorstellte, aber jetzt lachte er nicht mehr. Ihm fehlte diese Ordnung, diese Gewissheit in seinem Leben. Er hatte das Gefühl, ziellos dahinzutreiben.

Ade stieg aus dem Auto und ging zur Haustür. Obwohl er seine Schlüssel in der Tasche hatte, klingelte er. So unsensibel war er nicht; er respektierte Mollys Privatsphäre. Er hörte das melodische Läuten in der Diele und versuchte, sich vorzustellen, was sie anhaben würde, wenn sie an die Tür kam. Weil es warm war, trug sie vielleicht ein Sommerkleid, vielleicht das taillierte rot-weiße, das er so gern an ihr sah. Er stellte sich vor, was sie für ein Gesicht machen würde, wenn sie ihn erblickte. *»Ade!«* Sie würde erstaunt sein. Er lachte leise in sich hinein. Natürlich würde sie ihn auf einen Kaffee hereinbitten, dazu gingen sie noch freundschaftlich genug miteinander um. Dann würden sie auf den Korbstühlen im Wintergarten sitzen und plaudern. Über das Haus – vielleicht musste ja etwas repariert werden, das er erledigen konnte, während der Kaffee zog – und darüber, wie es Faye auf Sardinien erging. Möglich, dass er zum Mittagessen blieb und das Gespräch tiefschürfender würde. Er würde ihre Hand nehmen und … *Ja, was würdest du als Nächstes tun, Ade?*

Die Tür wurde geöffnet. Ein Mann stand vor ihm. Er kannte ihn, obwohl er im Moment nicht darauf kam, wer er war. Er war einfach nur erschrocken darüber, dass es ein Mann und nicht Molly war.

»Oh, hallo, Ade.« Der Mann, der keine Jacke trug und sich ziemlich zu Hause zu fühlen schien, wirkte nicht erfreut darüber, Ade zu sehen, sondern sah ihn finster an. »Was machst du denn hier?«

Jetzt fiel ihm der Name ein. »Doug. Hallo. Also ich …« Ade war immer ein entspannter Kerl mit guten Manieren gewesen; darauf war er stolz. Aber Moment mal! Doug war ihr Nachbar. Mollys Nachbar. Er wohnte nebenan. Was hatte er in diesem Haus zu suchen? Und warum zur Hölle fragte er Ade, was *er* hier mache?

Er ballte die Fäuste. »Das Gleiche könnte ich dich fragen.« Er hörte seine eigene Stimme, die gar nicht freundlich klang. Doug war Junggeselle und, um ehrlich zu sein, ein wenig lästig. Er war häufig vorbeigekommen, um sie darauf hinzuweisen, dass ihre Hecke geschnitten werden musste oder sie das Gartentor offen gelassen hatten. Und anscheinend hatte er nicht lange gebraucht, um endgültig einen Fuß in die Tür zu setzen.

Doug lachte. Seine Augen blitzten, als hätte Ade einen Witz

gemacht. Er drehte sich um und rief die Treppe hinauf. *Die Treppe hinauf?* »Molly, Schätzchen, dein Ex steht vor der Tür.«

Molly, Schätzchen? Dein Ex?

Doug grinste selbstgefällig und trat nicht einmal zur Seite, damit Ade sein eigenes verdammtes Haus betreten konnte. Ade sah rot. Und bevor er auch nur darüber nachdenken konnte, was er tat, hatte er ihm schon einen Kinnhaken versetzt.

37

»ADE!« MOLLY RIEF SEINEN NAMEN, aber nicht ganz so, wie er es sich ausgemalt hatte. Sie klang entsetzt. Sie kam die Treppe heruntergerannt, zu Doug, der auf dem Boden lag. »Ade! Was hast du getan?«

Ade war sich nicht ganz sicher. Er stand noch unter Schock. Er hatte noch nie jemanden geschlagen. Einmal, auf dem Spielplatz, hatte er einen Jungen geboxt, der es zu weit getrieben hatte. Der Junge hatte Ade eine Schwuchtel genannt, weil er bei einem Fußballspiel ein Eigentor geschossen hatte, durch das seine Mannschaft verloren hatte. Seine Knöchel taten weh, und er rieb vorsichtig darüber. »Ich habe ihn nicht verletzt«, erklärte er. Schließlich hatte er ihn nicht k. o. geschlagen.

Er blickte zu Doug, um sich davon zu überzeugen. Dougs Augen standen weit offen, und er sah zornig aus. Er schob sich in eine sitzende Haltung und starrte Ade mit offener Feindseligkeit an – was wenig verwunderlich war.

»Aber nicht, weil du es nicht versucht hättest«, fauchte Molly. »Warum in aller Welt hast du ihn geschlagen?« Auch sie funkelte ihn böse an. »Versuch gar nicht erst, darauf zu antworten.« Sie kniete sich auf den Teppich, sodass sie Ade den Rücken zuwandte. »Doug? Geht es dir gut?«

»Verdammter Irrer«, brummte Doug. »Kein Wunder, dass du ihn verlassen hast.«

Ade spürte, wie die Wut wieder in ihm aufstieg, und steckte sicherheitshalber die Hände in die Taschen.

Molly drehte sich um. »Hast du etwas zu sagen, Ade?«

Ade kam sich vor, als wäre er ungefähr zehn Jahre alt. »Ich hätte dich nicht schlagen sollen«, murmelte er.

»Ich finde, das reicht noch nicht.« Molly sah ihn noch immer finster an. Er hatte sie noch nie so wütend gesehen. Was hatte das zu bedeuten? Mochte sie Doug? Ihren – na schön, Mollys – kleinlichen, pedantischen Nachbarn?

»Schon gut, du hast recht, das war vollkommen unangemessen.«

Sie wandte den Blick nicht ab.

»Es tut mir leid, Doug.«

Daraufhin nickte sie und konzentrierte sich wieder auf ihren Patienten, der sich das Kinn rieb und die Aufmerksamkeit wahrscheinlich genoss, wie Ade unfairerweise überlegte.

»Alles in Ordnung«, erklärte Doug. »Er hat mich bloß überrumpelt, der verfluchte Wahnsinnige. Sonst wäre ich nicht gefallen.«

Ade ballte die Fäuste in den Taschen. *Ha, du bist umgekippt wie ein Sack Kartoffeln*, dachte er. Was war bloß mit ihm los? Schlummerte tief in ihm vielleicht ein gewalttätiges Gen, das plötzlich in Aktion getreten war? Oder hatte die Pensionierung bei ihm einen Testosteronschub ausgelöst? Mit einem Mal erschien ihm Doug wie der lästigste Typ auf der Welt.

»Also ist nichts gebrochen?« Mollys Stimme klang scharf. Sie stand auf.

»Ich könnte ihn trotzdem anzeigen.« Doug tat es ihr nach und erhob sich. Es war nicht zu übersehen, dass er sich dazu an dem hölzernen Treppengeländer festhalten musste. Doug war ein paar Jahre älter als Ade, aber er war genauso groß wie er, und während Ade eher dünn war, war Doug recht stämmig und ziemlich kräftig. Ade war verblüfft über seine eigene Kühnheit.

»Meinetwegen«, sagte er und wünschte sich beinahe, Doug würde es tun.

Wieder starrte Molly ihn aufgebracht an. Sie drehte sich wieder zu Doug um. »Bitte nicht, Dougie«, sagte sie.

Dougie?

»Nach allem, was in letzter Zeit passiert ist, könnte ich das nicht auch noch ertragen.«

Jesus. Sie klimperte ja fast mit den Wimpern. Ade hatte nicht geahnt, dass sie eine so gute Schauspielerin war – falls sie denn spielte. Und wenn nicht … *Ich hätte nicht herkommen sollen*, dachte er. Faye hatte sich geirrt. Molly schien vor gar nichts Angst zu haben.

Doug schien nachzudenken. »Nur deinetwegen, Molly«, knurrte er schließlich. »Ich werde vergessen, was passiert ist. Aber wenn er so etwas noch einmal …«

»Gebt euch die Hand«, befahl Molly.

Ade hatte sie noch nie so energisch erlebt. Er streckte die Hand aus. Doug machte ein finsteres Gesicht und drückte sie kurz. Befriedigt bemerkte Ade, dass sich an seinem Kiefer schon eine leichte Schwellung bildete.

»Soll ich ihn jetzt hinauswerfen, Molly?« Doug ließ Ade nicht aus den Augen. Vielleicht befürchtete er, dass er noch einmal zu einem Kinnhaken ausholen würde.

Ade hielt die Luft an. Versuchen konnte er es ja.

»Hört auf, euch so kindisch zu benehmen, alle beide. Ihr seid erwachsene Männer – angeblich.« Molly hatte die Hände in die Hüften gestemmt. Sie trug nicht das rot-weiße Kleid, das Ade sich vorgestellt hatte, sondern ein anderes, ein neues, hellblaues. Es war auf Figur geschnitten und ließ sie irgendwie beherrschter wirken. Ihm wurde klar, dass sie *tatsächlich* alles unter Kontrolle hatte. Er konnte es in ihren Augen erkennen. Ade war sich nicht sicher, wie er es fand, dass Molly, kurz nachdem ihr Mann sie verlassen hatte, losgegangen war, um sich ein neues Kleid zu kaufen. Sie sah absolut nicht mitgenommen aus und kam offenbar ausgezeichnet ohne ihn zurecht. Er kam sich ziemlich überflüssig vor. Sollte man nicht eine Art Trauerzeit einhalten? Mit ihren vor Zorn rosig angelaufenen Wangen sah sie sehr attraktiv aus. Und sie trug Lippenstift. Was hatte sie oben getan? Blinzelnd sah Ade sie an.

»Geh nach Hause, Doug«, fuhr sie fort. »Und du, Ade, kannst hereinkommen und mir erzählen, was du willst und warum du nicht angerufen hast, um mich vorzuwarnen.«

»Vorzuwarnen?«

»Dass du kommst.«

»Bis später dann, Molly.« Doug warf Ade einen letzten zweifelnden Blick zu und stapfte aus der Tür.

Ade machte einen weiteren Schritt ins Haus hinein. Es war lächerlich, aber er hatte das Gefühl, einen Sieg errungen zu haben.

Molly schloss die Tür und ging gleich auf ihn los. »Was hast du dir bloß dabei gedacht?«, schimpfte sie.

»Ich habe überhaupt nichts gedacht.« Ein einziges Mal in seinem Leben hatte er einfach reagiert.

»Er ist unser Nachbar«, zischte Molly. »Mein Nachbar.«

»Und was hatte er hier zu suchen? Was habt ihr gemacht? Oben?«

Molly kniff die Augen zusammen. »Es geht dich zwar nichts an, Ade – nicht mehr –, aber Doug war so freundlich, sich den Heißwassertank anzusehen.«

»Den Heißwassertank?« *Mist.*

»Ja. Und ich glaube, er hat ihn repariert. Er hat mir erzählt, dass er in seinem Haus alle Leitungen selbst verlegt hat.«

»Da bin ich mir verdammt sicher.« Jetzt hasste Ade ihn noch mehr.

Molly ignorierte seine Bemerkung. »Den Boiler habe ich selbst wieder in Gang gebracht – ich musste nur die Einstellungen ein wenig verändern …«

Die Einstellungen verändern? Ade sah sie mit großen Augen an. War das die gleiche Frau, die sonst nicht den Unterschied zwischen einer Zange und einem Schraubenzieher kannte?

»Bei dem Heißwassertank war es nicht ganz so einfach«, fuhr Molly fort. »Ich habe mit dem Thermostat experimentiert und alle Leitungsrohre überprüft, aber …« Sie verstummte – wahrscheinlich weil sie Ades geschockten Gesichtsausdruck sah. »Jedenfalls hat Doug das erledigt. Er war gerade fertig, und ich habe gerade die Handtücher zurück in den Trockenschrank geräumt, als du gekommen bist.« Sie sah ihn an.

Ade zuckte mit den Schultern. »Das konnte ich doch nicht wissen.« Er kam sich plötzlich ziemlich blöd vor.

»Du hast nicht gefragt«, erwiderte sie.

»Es war die Art, wie er mit dir geredet hat«, sagte er. »Wie er aussah. Dass …« *Er angedeutet hat, ihr wäret euch nähergekommen*, wollte er sagen, doch vielleicht war es besser, wenn er das nicht tat.

Molly schüttelte den Kopf. »Oh, Ade«, sagte sie.

»Tut mir leid, Schatz.«

Sie warf ihm einen scharfen Blick zu. Ja und? Er konnte nichts dafür, wenn ihm immer noch die alten Kosenamen entschlüpften. Und hatte Doug sie nicht auch so genannt: *Molly, Schätzchen?*

Ade sah sich um. Alles wirkte vertraut und war doch nicht mehr dasselbe. »Offensichtlich kommst du ohne mich ziemlich gut zurecht«, sagte er. Er hatte es als Kompliment gemeint, doch er sah, dass sie gereizt reagierte. »Was großartig ist«, fügte er lahm hinzu. »Wirklich prima.«

»Was hast du denn erwartet?« Sie stemmte die Hände in die Hüften. »Dass ich daran zerbreche?«

»Nein, natürlich nicht.« Er hatte damit gerechnet, dass sie

ihn ab und zu anrufen und um Rat fragen würde. Ihm wurde klar, dass das ziemlich arrogant von ihm gewesen war. Molly war offensichtlich sehr gut in der Lage, für sich selbst zu sorgen. Sie kam nicht nur – mit ein wenig Hilfe von Doug – allein klar, sondern schien das auch zu genießen.

»Was machst du überhaupt hier?« Geschäftig eilte sie an ihm vorbei in Richtung Küche. »Ich koche Kaffee. Wahrscheinlich können wir beide einen gebrauchen.« Diese Einladung war so ungefähr das Einzige seit seiner Ankunft, womit er auch gerechnet hatte.

Ade zögerte. Er dachte an alles, was er ihr hatte erzählen wollen, an seine Ausreden dafür, hier zu sein. Doch etwas sagte ihm, dass das falsch wäre und er jetzt ehrlich sein musste. »Ich wollte dich sehen, Molly«, erklärte er. Er folgte ihr in die Küche. »Ich bin hergekommen, um zu reden.« Ade versuchte, sich daran zu erinnern, wann sie sich zuletzt zusammengesetzt und miteinander gesprochen hatten.

»Um zu reden?« Sie drehte sich zu ihm um. Da stand tatsächlich etwas in ihren Augen, das Angst hätte sein können. »Ist es dazu nicht ein wenig zu spät …?«

Ade nahm ihre Hand. »Ich möchte, dass wir ehrlich zueinander sind, Molly«, sagte er. »Ich möchte, dass wir überlegen, ob wir vielleicht …«

»Ob wir vielleicht was?«

Er musste es aussprechen. Er wollte es sagen. Tief in seinem Herzen hatte er es immer gewusst, und dadurch, dass er Molly und Dorset verlassen hatte, war es an die Oberfläche gekommen. Seine Reise nach Sardinien und das Gespräch mit Faye hatten seine letzten Zweifel zerstreut. »Ob wir es vielleicht noch einmal miteinander versuchen können«, sagte er. Denn das wünschte er sich. Es ging nicht nur um Antworten und um dieses undefinierbare Etwas, das sich ihm immer wieder entzog. Er wollte es noch einmal versuchen.

Ade lud Molly zum Mittagessen ins Strandcafé in Burton ein, das einer seiner Lieblingsplätze war. Es lag am Hang, sodass man einen freien Blick auf das Meer hatte. Der herrliche, golden schimmernde Chesil Beach schien sich bis ins Unendliche fortzusetzen.

»Reden können wir später«, sagte er. Zuerst wollte er, dass sie einfach nur zusammen waren, zusammensaßen, aßen und die Wellen betrachteten. Der Rest hatte Zeit. Sie hatten sich schon so lange nicht mehr zusammengesetzt und geredet, dass es auf ein paar Stunden nicht ankam.

Während sie Fischsuppe und knuspriges braunes Brot aßen und kühle Ingwerlimonade tranken, erzählte er ihr von Faye und von Sardinien. »Unser Mädchen schlägt sich gut«, erklärte er. Er hatte ihre Zeichnungen und Pläne gesehen, und sie hatte ihm erzählt, was sie vorhatte. Ade war beeindruckt gewesen. Sie war gut.

»Hast du auch Alessandro Rinaldi kennengelernt?«, fragte Molly. Sie hatte den Blick abgewandt und blickte auf das grau schimmernde Meer hinaus. In der Ferne waren zwei Ruderboote zu sehen, die um die Landspitze kamen.

Ein schöner Tag, um hinauszufahren, dachte er unwillkürlich.

Er nickte. »Kurz.«

»Und wie war dein Eindruck?«

»Da ist schon eine Anziehung zwischen den beiden«, gab er zu und musste an Alessandros Vater denken. Er schob den Gedanken beiseite. Dafür war jetzt noch nicht der richtige Zeitpunkt.

»Nur eine Anziehung?«

Er wusste, was sie meinte, aber er wusste nicht, was er darauf antworten sollte. Noch einmal nahm er Mollys Hand. »Lass uns ein Stück gehen.«

Sie verließen das Café und gingen in Richtung Cogden am Strand entlang. Es wehte eine steife Brise, und Molly zog den Reißverschluss ihrer Fleecejacke bis zum Hals hoch. Seite an Seite stapften sie über die kleinen rotgolden schimmernden Kiesel von Chesil Beach und sahen zu, wie die dicken grauen Wellen heranrollten, auf das Ufer trafen und ihre schaumigen halbmondförmigen Spuren hinterließen.

»Ich habe dir Furchtbares angetan, als ich anfing, mich mit Nina zu treffen«, begann Ade. Er musste es aussprechen. »Ich habe damals versucht, es vor mir selbst zu rechtfertigen. Aber wenn ich heute zurückblicke …« Und das hatte er getan, er hatte weiß Gott zurückgeblickt.

»Womit hast du es gerechtfertigt?«

Ade versuchte, es ihr zu erklären. Er erzählte ihr von dem Gefühl, jung zu sein und in der Falle zu sitzen, und von der Last der Verantwortung, die die Vaterschaft bedeutet hatte. »Das sind jetzt keine Ausreden«, sagte er. »Ich wusste, dass es falsch war. Ich war ein Idiot. Ich habe eigentlich nie darüber nachgedacht, was ich dir damit vielleicht antun würde.« Er sah sie an. »Ich hatte nie die Absicht, dir wehzutun, Molly. Ich weiß, das sagt jeder, der eine Affäre hat, aber es ist die Wahrheit.«

Molly richtete ihren Blick auf den blassblauen Horizont. Über ihnen hatten sich ein paar unerwartete Wolken gebildet. Ein Schauer überlief sie. »Was war es, was du bei mir nicht gefunden hast, Ade?«

Aus dieser Perspektive hatte Ade das noch nie betrachtet. »Du warst mit Faye beschäftigt«, sagte er. »Du warst Mutter. Du hast nichts falsch gemacht, Molly.«

»Ich war auch jung«, erinnerte sie ihn. »Ich habe nicht vom Reisen geträumt, sondern davon, zu heiraten, ein Baby zu bekommen und mein eigenes Heim zu haben.« Sie lächelte wehmütig, als sei von dem Mädchen, das diese Träume gehabt hatte, heute nicht mehr viel übrig. »Ich habe dich dazu gedrängt, mich zu heiraten, Ade. Ich trage auch einen Teil der Verantwortung für das, was passiert ist.«

»Wohl kaum.« Er ergriff ihre Hand und legte sie in seine Armbeuge. »Du warst schwanger. Das war nicht deine Schuld.

Wenn ich dich nicht geheiratet hätte, wäre ich ein absoluter Bastard gewesen.«

Sie sah ihn an. »Vollkommene Ehrlichkeit?«

Er runzelte die Stirn. »Ja.«

»Ich bin absichtlich schwanger geworden.« Sie blieb stehen. Der Wind schien ihre Worte zu ergreifen, sie in die Höhe zu tragen und über dem Meer und den Klippen freizugeben, wo sie sich auflösten.

»Wirklich?« Ade starrte sie an. Damit hatte er nicht gerechnet. »Warum?« Sie hatte doch gewusst, dass sie sich noch kein Kind leisten konnten. Ihr war klar gewesen, dass Ade andere Pläne hatte. Reisen zum Beispiel. Oder …

»Ich wusste, dass du mich irgendwann verlassen würdest«, sagte sie. Sie wandte sich ihm zu, und einen Moment lang sah es so aus, als würde sie gleich in Tränen ausbrechen. Doch stattdessen fing sie an zu lachen. »Ich habe doch recht, oder? Denk daran, vollkommene Ehrlichkeit. Wenn ich damals nicht schwanger geworden wäre, dann wärst du gegangen.«

»Verdammt«, sagte Ade.

»Bist du mir böse?«

Ade dachte an Faye. Wie konnte er da böse sein? »Nein, natürlich nicht.«

»Und hatte ich recht?«

Er nickte. »Du hattest recht.« Er hätte sie verlassen; er hatte schon die Vorboten gespürt – das Bedürfnis, sich zu distanzieren, die Sehnsucht danach, wieder ein freier Mann zu sein, alleinstehend und sorglos. Und weil er ein Idiot war, hätte er vermutlich nie versucht, wieder zu ihr zurückzukehren. Sie ging weiter, und Ade betrachtete ihr Profil, ihr dunkles Haar, das ihr der Wind aus dem Gesicht wehte und platt drückte, ihre rosigen Wangen. Inzwischen war von ihrem Lippenstift kaum noch etwas zu sehen, und ihre Fleecejacke hatte die Wirkung des neuen Kleids vollkommen verdorben. Doch für Ade war sie schön. »Ich war ein verdammter Idiot«, sagte er.

Sie sah ihn an. »Du warst jung. Wir haben uns verliebt. Aber du wolltest dich nicht festlegen.«

Und so bin ich in die Falle gelockt worden, dachte Ade, während sie weitergingen. Die Kiesel knirschten unter ihren Füßen, und neben ihnen lief der Schaum der Brandung aus. Hoch über ihnen kreischte eine Möwe, und der Wind toste in ihren Ohren. Er hatte das Gefühl gehabt, in der Falle zu sitzen, und er war wirklich hineingelockt worden. Doch irgendwie schien das plötzlich nicht mehr so wichtig zu sein.

»Das macht es aber nicht richtig – das, was ich getan habe«, sagte er nach einer kurzen Weile.

»Nein«, pflichtete sie ihm bei, »das macht es nicht.«

»Wenn du über Nina Bescheid wusstest, warum hast du dann damals nichts gesagt?«, fragte er. »Warum hast du nicht geschrien und geschimpft und mir gesagt, was für ein Bastard ich bin?«

Sie verlangsamte ihren Schritt. »Ich wollte dich nicht vor eine Entscheidung stellen«, sagte sie. Sie sprach so leise, dass er sich anstrengen musste, um sie zu verstehen. »Ich hatte Angst, Ade.«

Davor, dass er dann gehen würde. Auch darüber dachte er nach. So ergab das alles auch viel mehr Sinn. Er stellte sich vor, wie Molly sich gefühlt haben musste. Sie hatte ihren Vater verloren und sich dann verliebt. Und doch hatte sie gespürt, dass ihr alles entglitt – schon wieder. »Das mit Nina hast du mir nie verziehen.« Bei diesen Worten löste er sich von ihr, damit sie ihm ins Gesicht sehen konnte. Es war keine Frage. »Du hast mir nie vergeben.« Verübeln konnte er ihr das nicht.

»Ich konnte nicht.« Molly erwiderte seinen Blick. »Ich habe mir Mühe gegeben, damit es funktionierte, aber sie hat immer zwischen uns gestanden. Ich konnte sie spüren. Und …«

Er sah, dass ihre Wangen feucht wurden, und wusste, dass sie an ihr totes Kind dachte, an ihr gemeinsames Baby, das gestorben war. Als Molly die Sache mit Ade und Nina herausgefunden hatte, war sie schwanger gewesen, und dann hatte sie das Kind verloren. »Denk jetzt nicht daran«, sagte er. Er zog sie an sich, drückte ihren dunklen Kopf an seine Brust und spürte, wie sie von Schluchzern geschüttelt wurde. Wahrscheinlich hatte er sie noch nie so fest in den Armen gehalten.

»Bitte nicht, Molly.« *War das meine Schuld?*, hätte er am liebsten gefragt. *War das auch meine Schuld?*

Sie schüttelte den Kopf, obwohl er es nicht laut ausgesprochen hatte.

»Glaubst du, du könntest mir heute verzeihen, Molly?« Er trat einen Schritt zurück und hob ihr Kinn an. »Kannst du mir verzeihen, dass ich dich so schlecht behandelt habe? Alles?« Molly hatte all diese Jahre mit dem Wissen gelebt, dass Ade sie mit Nina betrogen hatte. Aber natürlich war da noch mehr gewesen, viel mehr. All die Gelegenheiten, bei denen er nicht zugehört hatte, alles, was er nicht ausgesprochen hatte, und die vielen Arten, auf die er seine Gleichgültigkeit ausgedrückt hatte.

»Kannst du mir vergeben?«, flüsterte sie.

»Dass du mit Absicht schwanger geworden bist?«

Sie nickte. »Und alles andere, was ich dir nicht erzählt habe.«

»Was denn anderes, Molly?« Wieder dachte Ade an Bruno Rinaldi. Er konnte es ertragen. Er wollte nur die Wahrheit wissen. Er begriff, dass Molly völlig anders war, als er sie immer gesehen hatte, und fühlte sich wie vor den Kopf geschlagen. Er hatte so lange mit ihr zusammengelebt und sie doch nie richtig gesehen, nie richtig kennengelernt. Er hatte in beiden Frauen, die er geliebt hatte – Molly und Nina –, etwas gesehen, das nur mit seinem eigenen Leben in Verbindung stand und nicht mit den beiden selbst. Molly war die Ehefrau gewesen, die ihn in einem Leben gefangen hielt, das er nicht wollte, und Nina die Frau, die ihm einen Ausweg aufzeigte und die Freiheit symbolisierte, nach der er sich sehnte. Wie egoistisch er gewesen war. Nina hatte recht gehabt: Es drehte sich nicht alles um ihn. Es ging auch um die beiden. Er hatte vollkommen aus dem Blick verloren gehabt, wer sie wirklich waren.

»Ich habe dir noch nie von meinem Vater erzählt«, sagte Molly.

»Von deinem Vater?« Damit hatte Ade nicht gerechnet. War dies das unbekannte Etwas, das ihm entgangen war? Ade versuchte, es in ihren Augen zu lesen, doch er konnte nichts erkennen.

»Ich habe noch nie jemandem von ihm erzählt«, sagte Molly. »Das heißt, bis auf Bruno Rinaldi.«

38

Es war um die Mittagszeit, und Faye ging gerade ihre Pläne durch, als sie eine Textnachricht von Alessandro erhielt.

Ich bin noch nicht wieder bei der Arbeit. Können wir uns treffen?

Sie las sie zweimal und schrieb zurück: »Ja, okay. Ich bin noch im Theater.«

Was jetzt? Während sie auf ihn wartete, wurde sie unruhig. Sie ließ die Pläne liegen, stand auf, lief durch die Räume und dachte nach. Sie hatte die Außenmaße überprüft, und sie waren korrekt. Hinter der Bühne lagen die Hinterbühne, der Gang, die Garderoben und die Kostümkammer. Sie runzelte die Stirn. Trotzdem passte es nicht. Irgendetwas stimmte hier nicht.

Alessandro traf sie in der Kostümkammer an, wo sie das Fenster anstarrte. »Was ist los?«, fragte er.

»Ach, nichts.« Darum würde sie sich später kümmern. Sie drehte sich zu ihm um, und ihr wurde klar, dass sie sich freute, ihn zu sehen. Bei Alessandro Rinaldi war nur eines sicher – er war unberechenbar. Sie wusste nie, was bei ihm als Nächstes kam. Langweilig würde es mit ihm niemals sein.

»Gehen wir nach draußen und setzen uns«, sagte er. »Ich muss mit Ihnen reden, Faye.«

»Okay.« Sie folgte ihm den Gang entlang. *Was jetzt?*, dachte sie unwillkürlich. Glücklicherweise war Pasquale schon lange gegangen, und die Bauarbeiter waren momentan in den Garderoben beschäftigt.

»Manchmal finde ich es hier regelrecht unheimlich.« Ein leiser Schauder überlief Alessandro.

Faye war erstaunt. »Ich dachte, Sie lieben das Theater.«

»Ich liebe die Erinnerungen.« Er warf ihr einen Blick zu. »Aber inzwischen … sind meine Gefühle gemischt.« Über die Treppe, die seitlich an der Bühne hinunterführte, gingen sie in den Zuschauerraum.

Gemischte Gefühle. Damit konnte Faye sich identifizieren. Sie folgte ihm über den zerschlissenen roten Läufer, der zum Foyer führte. Sie hatte so viele gemischte Gefühle, dass sie kaum wusste, wohin damit – und die meisten betrafen ihn.

»Würden Sie hier warten?«, fragte er, als sie draußen standen. »Ich bin in fünf Minuten wieder da.«

»Ja, gut.« Warum nicht? Faye setzte sich auf die Treppe und sah seiner hochgewachsenen, feingliedrigen Gestalt nach. Er strebte mit großen Schritten die Straße entlang – ein Mann auf einer Mission. Sie hatte keine Ahnung, wohin er wollte, aber auch keine Einwände gegen eine Pause. Er hatte recht: Im Theater konnte man manchmal Platzangst bekommen; da war es gut, mal an die frische Luft zu kommen. Die Sonne schien heute heiß, und jetzt, zur Mittagszeit, waren die Straßen und die *piazze* verlassen. Die schwüle Hitze stand in den Gassen. Die Palmen bewegte kein Lüftchen, und sogar die Vögel hatten aufgehört zu zwitschern. Faye legte den Kopf in den Nacken, schloss die Augen und spürte die warme Sonne auf dem Gesicht.

»Hier. *Ecco*.«

Sie öffnete die Augen. Alessandro stand vor ihr und nahm ihr die Sonne. Er lächelte und hielt zwei Becher geeisten Kaffee in der Hand.

»Hmm. Genau das habe ich gebraucht.« Sie schnupperte genießerisch und nahm den Becher, den er ihr reichte. »Der beste geeiste Kaffee von Deriu?«, fragte sie mit einem Augenzwinkern. Sie nippte daran. Wie zu erwarten, war er stark, kühl und köstlich. »Danke«, sagte sie.

»Prego.« Bitte. Alessandro setzte sich neben sie auf die Treppe und streckte die langen Beine aus. Trotz der Hitze trug er Jeans und dazu Flipflops. Seine Füße waren genauso gebräunt wie seine Hände. Sein hellgrünes T-Shirt verriet, dass er am Morgen in der Bootswerft gearbeitet hatte, bevor er ins Theater gekommen war – es war mit Holzlack- und Ölflecken übersät.

»Haben Sie als Kind hier gesessen?«, fragte Faye. Sie konnte es vor sich sehen. Seine Mutter stand auf der Bühne und probte ein Stück, sein Vater war bei der Arbeit im Hotel, und Alessandro und Marisa spielten hier draußen im Schatten des Myrtenbaums am Brunnen. Auch heute lag der schwache, an Orangenblüten erinnernde Duft in der Luft; er mischte sich mit dem Duft des frischen Kaffees.

»Si.« Aus ernsten blauen Augen sah er sie über den Rand des Styroporbechers an. »Damals war der Myrtenbaum noch jung, und wir sind auf dem Rand des Brunnens balanciert und dann hineingesprungen.«

Faye lächelte, obwohl sein intensiver Blick sie ein wenig verunsicherte. »Manchen Menschen fällt es schwer, sich mit Veränderungen abzufinden«, sagte sie.

»Sie denken an Pasquale de Montis.« Er presste die Lippen zusammen.

»Nicht nur an Pasquale, nein.«

»An wen denn?«

Sie zuckte mit den Schultern. »An die meisten Bürger von Deriu eigentlich. Niemand sieht mich gern hier. Alle scheinen sich zu wünschen, dass das kleine Theater nicht angetastet wird.«

»Stimmt.«

Faye hoffte, sie mit der Zeit davon überzeugen zu können, dass dieses Projekt nicht nur Horden von Touristen in ihre kleine Stadt locken würde, sondern auch die Gemeinschaft davon profitieren konnte.

»Sie sind nicht in der Lage, in die Zukunft zu sehen«, sagte er. »Aber Sie, Faye, sind die Designerin. Sie sehen in die Zukunft. Sie haben eine Vision, *no*?«

Faye dachte darüber nach. »Gewissermaßen schon.« Es war ihr Job, nach vorn zu sehen, ihre Fantasie einzusetzen, zu planen.

»Eine Vision …« Er lehnte sich zurück und betrachtete sie auf seine eindringliche Art. »Ich glaube, für Sie ist das nur ein Job. In den nächsten Wochen oder Monaten werden Sie andere Visionen entwickeln und neue Projekte planen.«

»Ja, wahrscheinlich.« Faye mochte nicht daran denken, Deriu zu verlassen, aber natürlich musste sie es tun. Sie hatte ein Vorstellungsgespräch und musste an ihre Karriere denken. Sie hatte sogar eine Fortbildung zu Theaterrestauration und -design gefunden, die sie sehr interessierte. Dies hier war ihr erstes Projekt gewesen, und es war etwas ganz Besonderes, bald würde sie dennoch Abschied nehmen müssen.

»Und dann werden Sie uns vergessen.«

»Das glaube ich kaum.« Faye grinste. Er war nicht gerade ein Mann, den man leicht vergaß.

Er lächelte zurück. »Dieser Ort – ein wenig ist er Ihnen doch ans Herz gewachsen, nicht?«

»Nur ein wenig«, räumte sie ein. Das kleine Theater und die wunderschöne Landschaft, in der es stand, selbst dieser Mann, der sie auf die Palme brachte, die feindseligen Städter – alles war ihr unter die Haut gegangen und hatte ihr Herz berührt.

Er erhob sich gemächlich und ging die Treppe hinunter zum Brunnen. Sie sah zu, wie er einen kleinen Zweig von dem Myrtenbaum abbrach. Damit kam er zurück und reichte ihn ihr. »Das ist Sardinien«, sagte er.

Sie atmete den zarten, aber berauschenden Duft ein – der Zweig schien wirklich die Hitze und den Geruch Sardiniens in seinen winzigen weißen Blüten zu bergen.

»Die Myrte braucht heiße Sommer, um ihre Blüten und Früchte hervorzubringen«, erklärte er im Plauderton.

Die Sommer auf Sardinien waren allerdings heiß. Dieser hier brannte geradezu.

»Die Myrte ist ein alter Baum«, fuhr er fort, »so uralt und symbolträchtig wie die Olive. In der griechischen Mythologie wird sie häufig erwähnt.« Er zog eine Sonnenbrille aus seiner hinteren Jeanstasche, setzte sie auf und ließ sich wieder nieder.

»Ach ja?« Unwillkürlich richtete sich Fayes Aufmerksamkeit auf seine Lippen.

»Ja.« Er lächelte. »Sie ist ein Symbol für Liebe und Unsterblichkeit, und aus diesem Grund findet man in Brautsträußen häufig einen Myrtenzweig.«

Faye spürte die Hitze immer stärker. Ihre Sonnenbrille steckte in ihrer Tasche in der Theatergarderobe. Sie riss den Blick von Alessandro los und widmete sich der weniger aufwühlenden Aussicht auf die schmalen Häuser auf der anderen Straßenseite, an denen die Farbe bis auf den nackten Stein abblätterte. Sie musste wieder an Pasquale denken. Hoffentlich würde er mit den Veränderungen fertigwerden, die das Theater über die Sommermonate und noch länger erfahren würde. Er konnte nicht mehr hineingehen und seine Erinnerungen aufleben lassen, wann immer er wollte; er würde die Restauration von der anderen Seite des Platzes aus miterleben müssen. Doch hoffentlich würde er das Endergebnis zu schätzen wissen und das neue *Piccolo Teatro* genauso lieben können wie das alte.

»Also, worüber wollten Sie mit mir reden?«, fragte Faye. So nett es auch war, auf der Treppe vor dem Theater zu sitzen und mit ihm zu plaudern, während ihr der Myrtenduft in die Nase stieg und die Sonne auf sie herunterschien, sie musste weiterkommen.

Nachdenklich nahm er einen Schluck von seinem geeisten Kaffee. »Ich wollte mich entschuldigen«, erklärte er. »Noch einmal.« Er zog eine Augenbraue hoch. »Und ich wollte Ihnen erklären, warum ich Ihnen unmöglich alles erzählen kann.«

Der Mann steckte voller Rätsel. »Wirklich, Alessandro …«

»Diese ganze Sache«, sagte er. »Das Problem, mit dem ich mich auseinandersetzen musste, der Grund, aus dem es mir schwerfiel, zu einer Entscheidung zu kommen, die Hürde für das Projekt.«

»Ja.«

»Sie betraf meine Schwester Marisa.«

So wie er diesen Umschlag in Marisas Wohnung hingeworfen und wie er seine Schwester an jenem Abend in den Armen gehalten hatte, hatte sie das schon vermutet. »Schützen Sie sie vor etwas?«

»Ja.«

»Also ist sie diejenige, die Drohungen erhält?«

»Ja.«

»Von wem?«

Er schüttelte den Kopf. »Sie hat sonst niemanden, der sich um sie kümmert, Faye«, sagte er. »Ich bin ihr Bruder. Sie braucht mich.«

Faye dachte darüber nach. Warum brannte Marisa so darauf, Sardinien zu verlassen und nach Rom zu ziehen? Leo lebte dort, natürlich, aber steckte noch mehr dahinter? Gab es vielleicht etwas, wovor Marisa fliehen wollte, etwas, das sich hier in Deriu befand? Das würde auch bedeuten, dass sie ihren Bruder verlassen musste …

Faye sah Alessandro an, seine finstere Miene. Sie hatte Verständnis für seinen Wunsch, sie zu beschützen. Marisa war seine Schwester, und seit dem Tod ihres Vaters hatten die beiden nur noch einander gehabt. Leo war in Rom, und Jana … Nun ja, an Jana wollte Faye nicht denken. Auf jeden Fall klang das alles ziemlich mysteriös. »Können Sie nicht einfach die Polizei einschalten?«, fragte sie. »Wäre das nicht das Beste, wenn die Sache so ernst ist, wie Sie zu glauben scheinen?«

»Das ist unmöglich.« Er kippte den Rest seines Kaffees hinunter und zerdrückte den Becher in der Hand. Sie hörte das Eis knirschen.

»Alessandro, schwebt Marisa in Gefahr?« Hier, auf dieser sonnenbeschienenen Treppe, kam ihr die Frage falsch und absurd vor. Doch obwohl Deriu ein warmer und freundlicher Ort war, obwohl das *centro storico* pittoresk und die Landschaft überwältigend war, war Faye schon nach der kurzen Zeit, die sie hier verbracht hatte, klar, dass dieses Städtchen nicht so friedvoll war, wie es schien. Der Ort und die Menschen hier hatten auch eine dunkle Seite.

»Nicht mehr, *no.* Ich glaube, jetzt ist sie sicher.«

»Das ist gut.« Faye drehte den Kaffeebecher in ihren Händen. Er hatte ihr nicht wirklich etwas Neues verraten, und dennoch fühlte sie sich besser. Eines jedoch war wie zuvor: Alessandro vertraute ihr nicht genug, um ihr die ganze Geschichte zu erzählen. Und auch an dem Umstand, dass er sich an sie herangemacht hatte, während er ganz offensichtlich anderweitig gebunden war, hatte sich nichts geändert.

»Das von heute Morgen tut mir leid«, sagte er.

Sie sah ihn an. Er wirkte zerknirscht. »Ist schon in Ordnung«, sagte sie.

»Ich habe überreagiert.«

»Ja.« Faye dachte an Pasquale, den armen Mann. »In einem hatten Sie nicht ganz unrecht«, räumte sie ein. »Ich hätte niemand anderem die Pläne zeigen dürfen. Noch nicht.«

»Waffenstillstand?«

»Waffenstillstand«, sagte sie zustimmend. Es war einfacher, freundlich mit diesem Mann umzugehen, als sich über ihn zu ärgern, besonders an einem Tag wie diesem.

Er seufzte. »Es ist sehr schwer, Faye, wenn man jemandem ein Versprechen gibt und durch dieses Versprechen ein Problem mit einer anderen Person entsteht.«

»Ja, das kann ich mir vorstellen.« Faye hatte keine Ahnung, wovon er redete. Hatte er Pasquale etwas versprochen? Oder Marisa? Sie wollte nicht darüber nachdenken. Es war viel zu angenehm, auf der Treppe neben ihm zu sitzen, sich seiner Nähe bewusst zu sein, die Wärme der Sonne zu spüren und köstlichen geeisten Kaffee zu trinken. Sie fühlte sich wunderbar träge und wollte nicht, dass dieser Moment zu Ende ging.

»Sind Sie glücklich, Faye?«

Sein Tonfall ließ sie aufblicken. Was für eine merkwürdige Frage. Doch er sah aus, als wäre ihm die Antwort wichtig. »Glücklich mit dem Projekt, meinen Sie?«, fragte sie vorsichtig.

Sein Gesichtsausdruck veränderte sich schlagartig. »Selbstverständlich.«

Sie fragte sich, ob sie ihm von der Diskrepanz in ihren Zeichnungen erzählen sollte, die sie beunruhigte. Einerseits könnte er ihr vielleicht helfen; andererseits wollte sie nicht, dass er sie für unfähig hielt. Sie beschloss, zu schweigen und das Problem selbst zu lösen. »Alles wunderbar«, erklärte sie – und beantwortete damit eigentlich nicht seine Frage. Aber diese Frage war zu persönlich, und sie hatte Angst, sich zu verraten. Denn dieser Mann kannte sich viel zu gut in persönlichen Dingen aus.

»Und Ihre Eltern? Wie geht es ihnen?« Seine besorgte Stimme empfand sie beinahe wie ein Streicheln. Vielleicht hatte sie aber auch einfach nur einen Sonnenstich?

Faye überlegte. Ihr Vater hatte ihr vorhin eine Textnachricht geschickt, dass er auf dem Weg nach Dorset sei. *Viel Glück!*, hatte sie zurückgeschrieben und sich gefragt, wie das Gespräch wohl verlaufen würde? Bis jetzt hatte sie noch keiner der beiden angerufen. Sie war sich nicht sicher, ob das ein gutes oder ein schlechtes Zeichen war. Aber zumindest wies es darauf hin, dass sie miteinander kommunizierten und dass sie zusammen waren – jedenfalls im Moment.

»Sie reden miteinander«, erklärte sie ihm.

Er lächelte. »Das klingt vielversprechend. Reden ist immer gut.«

»Ich hoffe es.«

»Und Sie, Faye?«

»Ich?« Faye stellte ihren Kaffeebecher neben sich auf die Treppe.

»Wann werden Sie uns verlassen?«

Blinzelnd sah Faye ihn an. »In ein oder zwei Wochen.« Daran wollte sie jetzt allerdings nicht denken.

»So bald?« Er rückte ein wenig von ihr ab. Durch die dunkle Sonnenbrille konnte sie den Ausdruck in seinen Augen nicht erkennen.

»Zuerst erledige ich hier meinen Job«, erwiderte sie beschwichtigend. Sie würde die beiden nicht im Stich lassen. »Ich bringe das Projekt bis zu einem guten Ausgangspunkt, und dann …«

»Dann gehen Sie«, versetzte er knapp.

»Ich kann nicht während der gesamten Arbeiten hierbleiben«, argumentierte sie – ganz vernünftig, wie sie fand. »Ich muss mir einen neuen Job suchen.«

»In Großbritannien?«

Was genau wollte er von ihr wissen? Was erwartete er? »Ich werde meine Aufgaben weiterhin erfüllen, so wie wir es besprochen haben«, sagte sie. »Ich werde trotzdem noch an Bord sein.«

»Aus der Ferne.«

»Aus der Ferne«, pflichtete sie ihm bei.

»Schließlich ist es, wie Sie sagen, nur ein Job.«

Faye streckte die Hand aus und legte sie auf seine, die warm und gebräunt war. »Es ist nicht nur ein Job, Alessandro«, sagte sie. »Aber ich muss arbeiten. Von irgendetwas muss ich leben.«

»Ich weiß.« Er nahm ihre Hand und strich mit dem Daumen

sanft über ihren Handballen. »Aber es ist ein Jammer. Wir werden Sie vermissen.«

Fasziniert sah sie zu. Es war eine so intime Geste. Sie würde Alessandro und Marisa auch vermissen. Und Deriu. Faye schloss die Augen. Seine Berührung löste in ihrem Körper alle möglichen warmen Empfindungen aus. Sie hatte nicht einmal mehr Lust zu reden. Sie wollte nur hier sitzen und es spüren. Aber … Plötzlich fiel ihr Jana ein. Sie zog ihre Hand abrupt zurück und schlug die Augen auf. »Ich habe ein Vorstellungsgespräch«, erklärte sie. Eigentlich hatte sie ihm das nicht sagen wollen – und bestimmt nicht so unverblümt.

Er schwieg einige Sekunden lang und verdaute diese Information. »Ich frage mich, Faye …«

»Was, Alessandro?« In der flirrenden, heißen Luft des Nachmittags hatte sie fast den Eindruck, sich in einem Traum zu befinden.

»Was Sie sich von mir wünschen?«

Mit dieser Frage hatte Faye nicht gerechnet. Sie blinzelte in die Sonne. Er betrachtete sie aufmerksam. Würde es etwas nutzen, ihn zu fragen, warum er mit ihren Gefühlen spielte, obwohl er doch mit einer anderen Frau zusammen war, und das schon seit Jahren? Einer Frau, die wahrscheinlich hoffte, er werde eines Tages aufhören, sich herumzutreiben, und sie heiraten? Manche Männer konnten einfach nicht anders. Sein Vater war anscheinend so ein Mann gewesen. Es war sinnlos. Und jedes Mal, wenn Faye auf ihn reagierte, fütterte sie sein Ego. Sie schüttelte den Kopf.

Ein Schweigen senkte sich über sie, das mit jeder Sekunde drückender wurde. Faye meinte auf der anderen Seite des Platzes jemanden vor der Haustür der de Montis stehen zu sehen. Pasquale? Sie war sich nicht sicher. Sie blinzelte, und er war verschwunden.

Alessandro streckte seine langen Beine aus und stand auf. Er seufzte laut und sagte: »Ich sollte zurück zur Werft gehen.«

Faye nickte. Sie musste sich auch wieder an ihre Zeichnungen machen.

Alessandro streckte eine Hand aus und half ihr beim Aufstehen. »Wir sehen uns sehr bald wieder.« So wie er es sagte, klang es wie ein Versprechen.

Faye sah zu, wie er langsam die Treppe hinunterstieg und davonging, und spürte Bedauern. Er hatte sie gefragt, was sie sich von ihm wünsche. Doch das, was sie von ihm wollte, stand ihr nicht zu. »Auf Wiedersehen, Alessandro«, sagte sie.

39

Sie waren immer noch am Cogden Beach unterwegs, als der Wolkenbruch einsetzte. Molly sah einem Golden Retriever nach, der auf der Jagd nach einem Ball über die Kiesel sprang. *Er ist so aufgeregt*, dachte sie, *so glücklich im Augenblick.* Das war ein Zustand, nach dem sie wahrscheinlich alle streben sollten … Doch im nächsten Moment hatte sich der Himmel verfinstert, und es goss wie aus Kübeln.

Ade fluchte laut. Er sah sich um, doch es gab weit und breit nichts zum Unterstellen. Cogden war ein Naturschutzgebiet, und ein abgelegenes noch dazu. Hier gab es nur das Meer, einen breiten Kieselstrand, in Stufen ansteigendes Gelände und dahinter eine schroffe Landschaft. Im Frühling war die Gegend ein bunter Garten aus weiß blühendem Meerkohl, Lichtnelken und violetten Sandglöckchen, doch inzwischen waren die meisten Blumen verblüht. »Wie weit sind wir gegangen?«, fragte Ade und blickte zurück in Richtung Hive Beach.

»Ein paar Meilen waren es schon.« Molly hatte ihre Kapuze aufgesetzt, aber ihre Fleecejacke war dieser Art von Regen nicht gewachsen und innerhalb von Sekunden durchweicht. Sie begann zu lachen.

»Was zum …?« Er sah sie verwirrt an, dann musste auch er lachen.

»Das ist alles so wunderbar.« Molly konnte vor Lachen kaum sprechen. Sie konnte sich nicht erinnern, wann sie zuletzt so gelacht hatte. Wahrscheinlich wurde sie hysterisch.

»Was ist los?«, fragte Ade, grinste dabei aber so breit, wie er es früher immer getan hatte. Regentropfen hingen an seinen hellen Wimpern, seine Wangen waren nass, und das blonde Haar klebte ihm schon auf der Kopfhaut, genau wie seine Shorts an seinen Beinen.

»Du und ich. Dieses Gespräch. Der Regen.« Sie kicherte erneut los. Es musste daran liegen, dass alles so plötzlich gekommen war. Es war, als wäre man unvermittelt in eine Monsterwelle geraten. Die wenigen anderen Menschen am Strand stoben davon und rannten hinauf zum Parkplatz des Naturschutzgebiets. Ades Auto stand weit weg am Strandcafé von Hive Beach. Molly war das gleichgültig. Der Regen prasselte auf das Meer hinunter wie Pfeile. Wasser, überall Wasser. Sie liebte es.

Ade zu gestehen, dass sie absichtlich schwanger geworden war, war solch eine Erleichterung gewesen. Das war alles lange her, doch Molly spürte, dass ihr eine Last von den Schultern genommen war. Sie hatte diese Bürde viel zu lange getragen. Sie erinnerte sich noch ganz genau daran. Es war beinahe unabsichtlich geschehen – beinahe, aber nicht ganz. Damals waren Ade und sie schon ein paar Jahre zusammen. Sie war noch jung; es war kurz vor ihrem zweiundzwanzigsten Geburtstag gewesen. Eines Tages hatte sie festgestellt, dass sie ihre Pille zweimal hintereinander vergessen hatte. Sie war in Panik geraten und wollte schon zwei auf einmal schlucken, da war plötzlich von irgendwoher der Gedanke gekommen: *Wäre es denn so schrecklich?* Würde das nicht vielleicht die Beziehung zwischen Ade und ihr festigen? Würde ihn das endlich dazu bringen, sich festzulegen? Damals wollte sie es sich zwar noch nicht eingestehen, aber schon damals hatte sie die Unruhe in seinen blaugrauen Augen gesehen; so oft war er schon anderswo und tanzte ohne sie an einem fernen Ort.

Sie hatte diese Pille nicht geschluckt und die nächste auch nicht. Dann war sie wieder zur Vernunft gekommen und hatte die Pille wieder genommen – nur, dass es da schon zu spät war.

Molly hielt ihr Gesicht in den Regen. Ade lachte sie an. Sommerregen war etwas ganz anderes als Regen im Winter; er peitschte nicht auf einen ein und kühlte einen nicht bis auf die Knochen aus. *Er ist beinahe erfrischend, eine Erlösung*, dachte sie.

»Komm schon, Molly.« Ades Stimme klang liebevoll. Er nahm ihren Arm. »Gehen wir zurück.«

»Okay.« Sie mochte diesen neuen, warmherzigen Ade, der sie mit anderen Augen zu betrachten schien. *Die Liebe wächst mit der Entfernung*. War das der Grund? Und, wenn ja, würde es anhalten? Oder würde seine Ruhelosigkeit eines Tages zurückkehren?

Sie stapften am Strand entlang zurück. Mit ihren nassen Schuhen fiel ihnen das Gehen auf den glitschigen Kieseln schwer. Doch nach einer Weile ließ der Regen nach. Die feuchten Kiesel glänzten wie sonst nur nach der Flut. *Wird Ade noch so liebevoll sein, wenn ich ihm den Rest der Geschichte erzähle?*, fragte sich Molly.

»Was war das denn nun mit deinem Vater?« Noch klang Ades Stimme zärtlich.

Molly blickte hinaus auf die glatte graublaue Fläche des sommerlichen Meeres und ließ zu, dass die Erinnerungen in ihr aufstiegen.

»Es war, als er zum letzten Mal aus dem Krankenhaus kam«, erklärte sie Ade. »Ich glaube, er hat es gewusst, und er hatte schon beschlossen …«

»Du bist tapfer, Molly, mein Schätzchen«, hatte ihr Vater zu ihr gesagt. Er lag in seinem Krankenbett zu Hause und war bereits gespenstisch blass. »Wirst du deinem alten Dad helfen?«

»Du weißt doch, dass ich alles tun würde, um dir zu helfen, Dad.« Molly hatte die Vorhänge zugezogen, um seine Augen zu schonen. *Ich will keine Sonne sehen*, hatte er gesagt. *Für mich gibt es keine Sonne mehr, nie mehr.* Sie hatte ihm Wasser gegeben, das er mit einem Strohhalm trinken konnte, weil sein Mund so trocken war. Sie hatte seine Kissen aufgeschüttelt, damit er es bequemer hatte, und ihm seinen Morgenmantel um die Schultern gelegt, damit er nicht fror. Sie war froh, dass er sie für tapfer hielt. Aber sie fühlte sich nicht so.

Im Halbdunkel setzte sie sich neben ihn und hielt seine Hand. Sie fühlte sich an wie ein Säckchen mit losen Knochen. Die Haut war bereits völlig ausgetrocknet, es war kein Leben mehr darin. Der Geruch von Medikamenten lag metallisch und widerwärtig süß in der Luft. Molly hasste ihn. Die Stirn ihres Vaters glänzte vor Schweiß, und sie streckte die Hand aus und strich ihm das Haar aus der Stirn. Er hatte kein einziges graues Haar. Er war zu jung, um zu sterben. Aber es war kaum noch etwas von ihm übrig. Er war immer ein großer, starker Mann gewesen; doch jetzt war er völlig ausgemergelt. Seine Wangen und seine Augen waren eingesunken, und die Knochen standen scharf hervor.

»Alles?«, flüsterte er.

»Natürlich.« Molly beugte sich über ihn. Sie war erst siebzehn. Andere Mädchen in ihrem Alter gingen aus, hatten Spaß, atmeten frische Luft, tanzten und tranken mit ihren Freunden und ließen es sich gut gehen. Sie führten ein normales Leben. Molly pflegte ihren Vater. Ihr machte das nichts aus. Es war besser, als ihrer Mutter dabei zuzusehen, wie sie ihn pflegte, denn ihre Mutter konnte ihre Verbitterung und ihre Tränen nicht zurückhalten. Sie schien Mollys Vater die Schuld dafür zu geben, dass er krank war, dass er nicht aus dem Bett springen konnte, um die Waschmaschine zu reparieren oder ein Regal aufzubauen. Sie behandelte ihn, als hätte er eine Abmachung gebrochen, als hätte er sie im Stich gelassen. Molly wusste, es war die Art ihrer Mutter, damit umzugehen. Aber es war nicht hilfreich, auch nicht für ihren Vater.

»Ich habe genug«, murmelte ihr Vater.

»Natürlich hast du das.« Molly konnte sich nicht vorstellen, wie es war, fit und gesund zu sein und am nächsten Tag zu hören, dass man noch weniger als ein Jahr zu leben hatte. Sich von Woche zu Woche schlechter zu fühlen und durch die Krankheit und die Medikamente so geschwächt zu werden, dass man zu einem Schatten jenes Mannes wurde, der man einmal gewesen war. Sie sah ihren Vater an und spürte, wie ihr die Tränen in die Augen traten. Doch sie hielt sie wie immer zurück. Das war das Mindeste, was sie für ihn tun konnte.

»Deine Mutter kann ich nicht fragen.« Aus seinen wässrigen braunen Augen sah er sie an.

Molly verstand nicht, was er meinte. »Was kannst du sie nicht fragen?«

»Ich kann sie nicht bitten, mir zu helfen.«

»Wobei helfen, Dad?« Sie hatte gesagt, sie würde alles tun. Doch jetzt stieg ein unbehagliches Gefühl in ihr auf. Es lag daran, wie er sie ansah. Ernst. Flehend. Als ging es um eine große Sache. »Was?«, fragte sie noch einmal. Sie spürte einen Kloß in ihrer Magengrube und hatte den Drang davonzulaufen.

»Mir zu helfen, ein Ende zu machen, Schätzchen«, flüsterte er. Jedes Wort schien ihm Mühe zu bereiten.

Molly schwieg. Sie rannte nicht davon. Erstaunlich fest umklammerte er ihre Hand. Jetzt wusste sie, was er meinte, was er von ihr verlangte. *Darum kannst du mich nicht bitten.* Doch das sagte sie nicht, denn es stimmte ja nicht. Er konnte es, und er tat es auch.

»Dad …« *Bitte, nein.*

Sein Atem ging flach. »Du bist die Einzige, die dazu in der Lage ist.«

Sie blieben stehen. »Herrgott, Molly.« Ade schlang die Arme um sie, und sie fühlte sich geborgen. Einen Moment lang hatte Molly das Gefühl, das sei alles, was sie sich wünschte.

»Ich weiß.« Sein Mantel dämpfte ihre Stimme. Sie zitterte.

»Und wie …?«, fragte Ade. Er streichelte ihr Haar.

»Er hatte Morphium.« Er hatte ihr bei jedem Schritt Anweisungen erteilt, sie weitergedrängt, wenn sie zögerte. Sein Körper hatte sich an die kleine Dosis eines auf Morphium basierenden Medikaments gewöhnt, das seine Schmerzen dämpfte. Er schien zu wissen, wie viel er brauchte.

»Ich kann das nicht, Dad«, hatte sie im letzten Moment gesagt, als sie der Mut verließ. Sie wusste, dass er Schmerzen hatte; sie wusste, dass er aufgegeben hatte und ihn nur noch mehr Schmerzen, mehr Medikamente und der sichere Tod erwarteten. Wofür sollte er noch weiterleben? Sein Leben war zu einer ungeheuerlichen Belastung für seine Frau und seine Töchter geworden. Sie alle litten – wozu? Um ihm noch ein paar Monate beim Sterben zuzusehen?

»Für mich, Schätzchen«, sagte er. »Für mich kannst du das tun.«

Und so hatte sie es getan. Am Ende war es ein vollkommen selbstloser Akt. Ihr Vater hatte entschieden. Sie hatte alles aus ihrem Kopf verbannt bis auf die Notwendigkeit, ihren Vater von seinen Schmerzen zu erlösen. Nach der Überdosis hatte er regelmäßig weitergeatmet, doch sehr bald war sein Atem langsamer und schwächer geworden. Er war verstummt, und nach einer Weile hatte er nicht mehr reagiert. Sie war bis zum Ende bei ihm geblieben.

»In einem Punkt hatte er recht«, sagte Ade. »Du warst sehr tapfer. Ich habe nie geahnt, dass du so mutig bist.«

Da brach Molly in Tränen aus. Sie schluchzte an Ades Schulter, als hätte sie nie zuvor um ihren Vater geweint – obwohl sie das hatte, oft. Doch dieses Mal war es anders. Dieses Mal weinte sie um die siebzehnjährige Molly, die nie ganz darüber hinweggekommen war, was sie dem Mann angetan hatte, den sie auf der Welt am meisten liebte.

»Er hätte das nie von dir verlangen dürfen«, murmelte Ade in ihr Haar hinein, als ihre Tränen versiegten.

Hinter ihnen konnte sie im Osten den Umriss der Isle of Portland erkennen. Anscheinend waren sie die Einzigen am Strand. Der starke Wind und die salzige Gischt zerrten an ihrer Haut und ihrem Haar, und sie schmiegten sich enger aneinander als jemals zuvor. Ade wiegte sie sanft hin und her wie ein Kind. Sie spürte, wie ihr das Trost schenkte.

»Nein, das hätte er nicht«, sagte Molly, obwohl sie ihm keine Schuld gab. Nicht dafür, und auch sonst für nichts.

Ade rückte ein wenig von ihr ab und sah ihr ins Gesicht. »Hat deine Mutter das gewusst?«

Molly schüttelte den Kopf. Heute war ihre Mutter viel stärker als damals. Sie hatte gelernt, ihr eigenes Leben zu führen, war unabhängig geworden. Doch zu jener Zeit wäre sie nicht damit fertiggeworden. »Ich glaube, unser Hausarzt hatte einen Verdacht«, sagte sie. »Aber Dad ist an Herzversagen gestorben, und unser Arzt hat den Totenschein unterschrieben. Er war ein sehr verständnisvoller Mann.«

Einen Moment lang schwiegen sie beide und dachten daran, welche Konsequenzen das hätte haben können.

»Und du hast niemandem davon erzählt?«

Wieder schüttelte sie den Kopf.

»Du hast das ganz allein mit dir ausgemacht?« Er hielt sie an den Schultern fest und küsste sie sanft auf die Stirn. Ein feuchter Kuss mit regennassen Lippen. »Mit siebzehn?«

»Ja.« Sie sah zu ihm auf, und er wischte ihr eine Träne von der Wange. Wem hätte sie das auch erzählen können? Sie hatte niemanden gehabt.

»Ach, Molly, ich wünschte …«

»Was wünschst du dir?« Er legte seinen Arm um ihre Schultern, genau wie in alten Zeiten, und sie gingen weiter. Vor ihnen erstreckte sich Cogden Beach als weite Fläche aus Sand, Kies und Meer. Der Kieselstrand traf mit dem Weg zusammen, der am Hive Beach von den hohen Klippen herabführte, und erweiterte sich zu einem flachen Küstenstreifen, auf dem hier und da

Ginster, Meerkohl und gelegentlich ein Busch leuchtend gelber Mohnblumen wuchsen. Von hier aus konnte man bis nach Golden Cap im Westen schauen.

»Ich wünschte, ich wäre deines Vertrauens würdig gewesen«, sagte er.

Molly sah ihn an. »Und ich wünschte, ich wäre dir gegenüber von Anfang an ehrlich gewesen«, sagte sie. Das Problem war, dass sie Ade nie erlaubt hatte, sie zu sehen, wie sie wirklich war. Sie war ihm gegenüber nie ganz aufrichtig gewesen. Dazu war sie viel zu beschäftigt damit gewesen, die perfekte Freundin und später die vollkommene Ehefrau zu sein. Sie hatte ihm immer etwas vorgespielt. *Wenn ich ihm vertraut und ihm die Wahrheit gesagt hätte*, dachte sie, *wäre er vielleicht nicht fremdgegangen. Wenn ich ehrlich gewesen wäre, wenn ich ich selbst gewesen wäre, dann wäre vielleicht alles anders gelaufen.* Hätte sie sich damals an ihn gewandt statt an Bruno, hätten sie sich möglicherweise nicht so weit voneinander entfernt.

»Obwohl wir es vielleicht auch nicht geschafft hätten, wenn du mir damals alles erzählt hättest«, meinte Ade.

Darüber dachte Molly nach. Zwischen den Wolken war ein Sonnenstrahl zu sehen. Es wirkte beruhigend zuzuschauen, wie die Wellen an das Ufer rollten und sich dann über die Kiesel wieder zurückzogen. Das Strömen des Wassers, der Rhythmus der bewegten Wellen und das tiefe, leise Donnern des Ozeans, das aus den Tiefen des Meeresgrundes zu kommen schien, wirkten beinahe hypnotisch. Sie hatte mit Faye über ein Muster der Unaufrichtigkeit gesprochen, das einen daran hindern konnte, eine ehrliche, echte Beziehung zu führen. Aber Ade hatte vielleicht nicht ganz unrecht: Meist war man ja überhaupt erst unehrlich, weil man etwas retten wollte, weil man Angst hatte. Sie hatte ihre Ehe mit Ade retten wollen. Sie hatte nicht das Risiko eingehen wollen, ihn zu verlieren. Und jetzt? Verstohlen warf sie ihm einen Blick zu. Was immer als Nächstes zwischen ihnen passierte, es fühlte sich gut an, ihm die Wahrheit zu sagen.

Ade alles zu beichten, ihm zu vertrauen – das fühlte sich an wie ein weiterer Schritt auf dem Weg, ihre Gefühle und Verluste zu verarbeiten. Sie erinnerte sich daran, was er zu ihr gesagt hatte. *Auch ich habe unser Baby verloren …*

Molly holte tief Luft. »In letzter Zeit habe ich darüber geschrieben.«

»Über deinen Vater?«

»Und über uns. Über das Kind, das wir verloren haben.« Zuerst hatte sie sich dagegen gewehrt; sie hielt nichts von »Therapie« und hatte ganz gewiss nicht die Absicht, ihre Erlebnisse mit einer Schreibgruppe zu teilen. Aber darum ging es auch nicht, hatte Jo ihr erklärt. Es war ihre Geschichte. Sie würde sie für sich selbst niederschreiben. Und nach und nach war es passiert. Sie hatte den Kurs begonnen, weil sich ihr Leben leer anfühlte. Doch dann hatte er ihr Stoff zum Nachdenken geliefert. Ihr wurde klar, dass sie Aufrichtigkeit zugelassen hatte, und sie begann, sich zu akzeptieren. Dabei hatte sie vielleicht zum allerersten Mal das Gefühl gehabt, ihr Leben unter Kontrolle zu haben. Sie war, wer sie war. Sie fühlte sich stark.

»Und ihm hast du alles erzählt?«

Sie wusste, dass er an Bruno Rinaldi dachte. »Bruno war kein glücklicher Mann.« Molly erinnerte sich an seinen schönen Mund und die Trauer, die ihm daran abzulesen war. »Und er hat gesehen, dass ich ebenfalls unglücklich war.«

»Und da hast du mit ihm geredet?« Ade blickte sie an und sah dann weg. Molly wusste, dass das schwer für ihn war.

»Ja«, erklärte sie. »Ich habe es ihm erzählt, Ade. Alles, was ich dir hätte anvertrauen sollen. Über meinen Vater und das, was ich getan hatte. Wie ich schwanger geworden war, von dir und Nina, von der Fehlgeburt …« Sie seufzte. Da war so viel gewesen. Bruno hatte zugehört und genickt und sie verstanden. Er hatte nicht über sie geurteilt. Er hatte ihr einen Drink eingeschenkt, sie in die Arme genommen und ihr dann sein Geheimnis erzählt.

»Und was ist dann passiert?«, fragte Ade. »Du kannst es mir ruhig erzählen, Molly.« Sie spürte seine Anspannung, doch er hatte den Arm, der um ihre Schultern lag, nicht weggenommen. Er hielt sie fest, als mache er sich Sorgen, jemand könne sie ihm entreißen und mit ihr ins Meer flüchten. *Es ist wichtig*, dachte Molly, *dass er seinen Arm nicht weggenommen hat.*

»Nichts«, erklärte sie.

Sie spürte seine Verblüffung. »Ich würde es dir nicht übelnehmen, wenn ...«

»Ich weiß.« Ja, Bruno Rinaldi war ein attraktiver Mann gewesen. Und ja, sie beide hatten sich einander anvertraut. Ein Teil von ihr war in Versuchung gewesen, mehr zu wollen – sie war schließlich nur ein Mensch. Gelegenheit hätten sie gehabt; sie waren allein im Haus, und ihr Mann – der ihr untreu gewesen war – war noch unterwegs und amüsierte sich beim Hochzeitsempfang. »Er hat mich geküsst«, sagte sie. »Nichts weiter.« Sie konnte diesen Kuss in ihrer Erinnerung noch spüren. Er war zärtlich und verzeihend gewesen, und es wäre so einfach gewesen weiterzugehen. Aber sie hatte es nicht getan. *Mit Bruno Rinaldi ist es nicht darum gegangen*, dachte Molly. Die Verbindung zwischen ihnen war vollkommen anderer Art gewesen. Und das an sich war schon eine Art Untreue gewesen. Sie hatte das Gefühl, dass Ade darüber nachgedacht hatte und das jetzt auch verstand.

»Und was ist mit uns, Molly?«, fragte Ade. Auch er sah aufs Meer hinaus. »Ich würde mir wünschen, dass wir es noch einmal versuchen. Glaubst du, das ist möglich? Und willst du es auch?« Er sah sie wieder an.

Molly suchte nach der Rastlosigkeit in seinen Augen, aber sie sah nur Verletzlichkeit. Das war etwas, was sie noch nie bei Ade gesehen hatte. Als er sie verlassen hatte, da war ihre größte Angst wahr geworden. Es war schmerzhaft gewesen, aber auch eine Erleichterung: Das Schlimmste war passiert, und sie hatte es überlebt. »Ach, Ade«, sagte sie. »Ich weiß es nicht – noch nicht.«

In freundschaftlichem Schweigen gingen sie zum Wagen zurück. Molly wusste, dass sie Ade noch mehr Stoff zum Grübeln geliefert hatte. Aber auch sie hatte über vieles nachzudenken.

Sie fuhren zurück zum Haus.

»Lass uns Tee trinken«, schlug Molly vor.

Ade zog die Augenbrauen hoch. »Und was ist mit Doug?«, fragte er. »Was, wenn er uns hinter seinen Gardinen beobachtet?«

Molly prustete vor Lachen. Sie wusste, sie hätte es nicht komisch finden dürfen, als Ade ihn so einfach niedergeschlagen hatte. Doug hatte nur versucht, ihr zu helfen, und Ade hätte ihn verletzen können. Trotzdem …

»Ich erwarte natürlich nicht von dir, dass du dich sofort entscheidest«, sagte Ade. »Wir müssen auch nicht zusammen wegfahren. Es war egoistisch von mir zu glauben, dass du dir das wünschst, nur weil ich es tue.«

Molly füllte den Wasserkocher. »Darüber habe ich nachgedacht«, erklärte sie. »Wenn es Mum recht ist, würde ich tatsächlich gern eine Weile irgendwo hinfahren.«

»Mit mir?« Seine Augen weiteten sich.

Molly hatte ihrem Vater versprochen, sich um ihre Mutter zu kümmern. *Lass sie nicht allein wie ich*, hatte er gesagt. *Tu dein Bestes für sie, Schätzchen.* Aber wie viel konnte man von einem anderen Menschen verlangen? Ihrer Mutter ging es gut, ihre Schwester Kathryn lebte nicht weit entfernt, und war es nicht wirklich an der Zeit, dass Molly sich weniger verantwortlich für alle anderen fühlte und etwas tat, das sie sich wünschte?

Sie lächelte Ade zu und nahm seine Hand. Wegen des Wohnmobils, von dem er immer geredet hatte, war sie sich nicht sicher – darüber musste sie noch einmal nachdenken –, aber eines wusste sie genau. »Ja«, sagte sie. »Mit dir.«

40

Als Faye am Abend wieder in der Wohnung war und sich etwas zum Abendessen kochte, klingelte ihr Handy. Es waren weder ihre Eltern, womit sie gerechnet hatte, noch Alessandro, worauf sie gehofft hatte, sondern Charlotte.

»Hey! Wie läuft es?«, fragte Faye ihre Freundin. Es schien so lange her zu sein, seit Charlotte und Fabio aufgebrochen waren. Manchmal hatte Faye das Gefühl, schon seit Jahren in ihrer Wohnung in Deriu zu leben. Sie warf einen Blick zum Aquarium, um sich davon zu überzeugen, dass alles in Ordnung war. Sie hatte sich daran gewöhnt, die Fische zu beobachten, wenn die hinter den rosa Korallen hervorspähten, und genoss es, sich davon hypnotisieren zu lassen, wie sie mühelos und elegant durch das Wasser glitten. Das wirkte so therapeutisch wie Meditation.

»Großartig, danke, Liebes. Fabio hat seine Rundreise fast abgeschlossen, und um die Wahrheit zu sagen, bin ich wirklich so weit, dass ich nach Hause will.« Charlotte stieß hörbar den Atem aus.

»Hast du Heimweh, Süße?«

»Ein bisschen. Man kann sich nur eine gewisse Anzahl italienischer Städte ansehen, bevor sie anfangen, ineinander zu verschwimmen. Schöne Kirchen, hübsche *piazze*, türkisblaue Buchten. Eigentlich ist es immer das Gleiche.«

Für Faye klang das ziemlich gut. Sie war so gern in Neapel gewesen, dass es kaum überraschend war, dass sie nun auch Sardinien so liebte. Vielleicht würde sie eines Tages auch den Rest von Italien erkunden können. Sie hoffte es. Ihr Italienisch hatte rasante Fortschritte gemacht, seit sie hier war. Es gab einfach keinen Ersatz dafür, im Land selbst zu leben, um die Sprache und die Kultur kennenzulernen – und auch die Menschen.

»Keine Stadt, die wir besucht haben, kann es mit Deriu aufnehmen«, fügte Charlotte hinzu.

Faye lächelte. »Ich weiß, was du meinst.«

»Deswegen rufe ich auch an, Liebes, um dich vorzuwarnen, dass wir Ende der Woche wiederkommen.«

Faye dachte kurz nach. Sie hatte noch keine Antwort von dem Designbüro in London, aber sie vermutete, dass sie noch mindestens eine Woche brauchen würde, bis hier alles so weit war, dass sie abreisen konnte. Alternativ könnte sie kurz nach Großbritannien zurückfliegen, um das Vorstellungsgespräch zu absolvieren und ihre Eltern zu besuchen, und dann nach Deriu zurückkommen, bis sie wusste, ob sie den Job bekommen hatte. Die Zeit konnte sie sicher nutzen; hier gab es genug zu tun. Und sie musste Charlotte beipflichten: Trotz aller Frustrationen und dunklen Machenschaften war Deriu reizvoller als London mitten in einem herrlichen Sommer.

Sie erklärte Charlotte, was sie vorhatte. »Ich könnte mir hier ein Apartment mieten, bis ich den richtigen Job finde«, schlug sie vor.

»Unsinn. Wir beide haben uns noch nicht annähernd lange genug gesehen«, erwiderte Charlotte. »Du kannst sehr gern bei uns wohnen, so lange du willst.«

Faye nahm erfreut an. Sie freute sich auf Charlottes und Fabios Rückkehr. Sie hatte sich nicht einsam gefühlt, aber Fische waren eben nur Fische, und es wäre schön, eine Freundin hier zu haben.

»Und wie verstehst du dich mit Marisa und Alessandro?«, fragte Charlotte. »Ich freue mich so, dass du den Auftrag übernommen hast. Wie kommt das Projekt voran?«

Wo sollte sie anfangen? »Wir hatten schon ein paar Probleme«, räumte sie ein. Sollte sie Charlotte erzählen, dass Marisa Alessandros Meinung nach in Gefahr geschwebt hatte? Sie entschied sich dagegen. Charlotte würde sich nur Sorgen machen. »Aber im Moment arbeiten wir mit Volldampf daran.«

»Marisa hat da etwas erwähnt …« Charlotte senkte die Stimme. »Nichts Ernstes, oder?«

»Ich bin mir nicht sicher.«

»Und Alessandro?« Charlottes Tonfall verriet nichts.

»Was ist mit ihm?« Hätte Faye ihrer Freundin direkt gegenübergestanden, hätte sie ihr wahrscheinlich nichts vormachen können, aber so …

»Wie kommt ihr beide miteinander aus?«

»Ach, gar nicht so schlecht.« Faye überkreuzte die Finger.

»Er sieht umwerfend aus, findest du nicht?«

»Ähm, ja, wahrscheinlich.«

»Seit wann fällt dir ein attraktiver Mann nicht auf?« Charlotte lachte. »Er ist heiß.«

»Aber vergeben.«

»Ah, die glamouröse Jana …«

Genau. Die glamouröse Jana.

»Sie hat dir nicht die Krallen gezeigt, oder?«

Faye musste lachen. »Nein. Sie hat mich dafür mit Blicken durchbohrt.«

»Was für ein Jammer.« Charlotte kicherte. »Dabei ist Alessandro so ein Lieber.«

Das wäre jetzt nicht unbedingt das erste Wort gewesen, das Faye eingefallen wäre, um ihn zu beschreiben. Offensichtlich hatte Charlotte noch keine Bekanntschaft mit seinem aufbrausenden Temperament gemacht. »Vielleicht treibt er sie ja dazu?«, meinte sie. »Kann ja sein, dass er mit vielen Frauen flirtet.«

»Alessandro?« Charlotte wirkte verblüfft. »Nein, dazu ist er nicht der Typ.«

»Findest du nicht?« Der Rest der Stadt schien jedenfalls etwas anderes zu glauben. *Wie der Vater, so der Sohn* – hatten sie das nicht alle gesagt?

»Ich *finde* nicht – ich weiß es.« Charlotte schien sehr überzeugt zu sein. »Versteh mich nicht falsch, die Frauen laufen unserem Alessandro immer nach, und ich kann es Jana nicht verübeln, wenn sie ab und zu beleidigt ist. Aber er ist ein treuer Mann. Und die Leute reden immer, nicht wahr?«

»Das stimmt allerdings.« Besonders in Deriu.

»Hör mal, Faye, ich muss leider Schluss machen«, sagte Charlotte. »Aber wir sehen uns bald, okay?«

»Okay.« Faye verabschiedete sich und beendete das Gespräch. Sie war nachdenklich geworden. Charlotte war ziemlich scharfsinnig. Normalerweise hätte Faye ihrem Urteil vertraut. Aber in diesem Fall … Alessandro Rinaldi war eindeutig nicht treu. Ein treuer Mann hätte nie eine andere Frau ermuntert, sie geküsst und sie auf die Idee gebracht … Energisch schüttelte Faye den Kopf. Sogar Charlotte schien seinem Charme auf den Leim gegangen zu sein.

Nachdem sie gegessen hatte, beschloss Faye, an ihren Zeichnungen zu arbeiten. Sie wollte ihren Laptop holen, doch dann wurde ihr klar, dass sie ihn – und damit auch ihre Laptoptasche mit dem größten Teil ihrer Pläne und Zeichnungen – im kleinen Theater vergessen hatte. »Verdammt.« Sie würde ihn holen gehen; sie ließ nicht gern alles über Nacht dort, besonders nicht seit dem Brand. Zum Glück war es nicht weit, und es war ein schöner Abend. Ein Spaziergang würde ihr einen klaren Kopf verschaffen und guttun.

Sie verließ die Wohnung und ging über den von Palmen gesäumten Weg zur Brücke. Wie immer schaukelten die am Ufer liegenden Boote sanft auf den Wellen. Von einem Vergnügungsboot, das den Fluss entlangtuckerte, schallte Tanzmusik herüber. Der Himmel nahm in der Abenddämmerung immer dunklere Rosa- und Gelbtöne an, und auch der Fluss wirkte dunkler, als wüsste er, dass es bald Nacht werden würde. An den Tischen vor dem Restaurant am Fluss saßen einige Leute und aßen zu Abend. Faye ging an ihnen vorbei und lief über die Brücke. Sie dachte kurz an Alessandro Rinaldi und daran, wie sie hier auf der Brücke neben ihm gestanden und zugesehen hatte, wie sich der Fluss in Richtung Meer schlängelte.

Auf der anderen Seite des Flusses bog sie in eine Nebenstraße ein und befand sich sofort im *centro storico* von Deriu. Es war wie eine Zeitreise. Die alten Steinhäuser standen dicht gedrängt beieinander. Das bröckelnde Mauerwerk und die abblätternde Farbe erzählten von vergangenen Zeiten und vergangenen Generationen, die aus diesen vergitterten Fenstern und von den schmiedeeisernen Balkonen geschaut hatten, die Bougainvillea an Säulen und über Türen hochgezogen hatten, sodass sie über einem Bogengang oder hoch an einer Mauer in einem Farbenrausch explodierten.

Faye nickte denen zu, die sie beim Plaudern in offenen Türen oder beim Gießen ihrer Geranien oder Oleander antraf, oder grüßte sie mit einem *»Buona sera«*. Sie hätte es nicht beschwören können, aber sie hatte den Eindruck, dass die Menschen ihr gegenüber immer freundlicher wurden. Entweder hatten sie sich an den Gedanken gewöhnt, dass die Rinaldis das kleine Theater renovierten, oder die Gemeinschaft akzeptierte sie endlich. Sie roch das Essen, das in Häusern und Restaurants vorbereitet und gekocht wurde: das süßliche Aroma der am selben Tag gefangenen Fische und Meeresfrüchte, die üppigen Saucen aus Tomaten und Basilikum und den vielschichtigeren, fettigeren Duft von *porceddu*, am Spieß gebratenem Spanferkel, einer sardischen Spezialität.

Faye war nur eine Straße entfernt von der *Piazza del Teatro*, als sie in den Straßen weiter unten laute Stimmen hörte. Sie erreichte einen Aussichtspunkt mit einem verwitterten grünen Geländer und blickte nach unten. Es erstaunte sie nicht, Marisa und Alessandro Rinaldi zu sehen, die heftig mit Enrico und Carmela Volti stritten. Enrico stand in seiner üblichen aggressiven, leicht nach vorne gebeugten Haltung da und hatte die Hände zu Fäusten geballt, und Carmela war in Tränen aufgelöst. Alessandro hatte einen Arm um seine Schwester gelegt, die ebenfalls sehr aufgeregt wirkte und ihre Hände schützend auf ihr Dekolleté presste. Alle vier redeten gleichzeitig, eine sardische Gepflogenheit, die Faye seit ihrer Ankunft in Deriu schon oft aufgefallen war.

Faye betrachtete die lebhafte Szene. Worüber stritten sie sich denn jetzt schon wieder? Wahrscheinlich über das kleine Theater. Sie zögerte und fragte sich, ob sie hinuntergehen sollte. Aber sie wollte sich nicht einmischen. Sie wäre nicht in der Lage, etwas zur Diskussion beizutragen, und vielleicht würde ihre Anwesenheit alles noch schlimmer machen. Sie würde noch früh genug erfahren, worum es hier gegangen war – es sei denn, Marisa und Alessandro beschlossen, ihr nichts davon zu erzählen.

Entschlossen drehte sie sich um und ging die Straße hoch zur *Piazza del Teatro*. Das kleine Theater lag verlassen da. Der Handwerker musste inzwischen Feierabend gemacht haben, und auch in Pasquale de Montis' Haus auf der anderen Seite des Platzes schien alles ruhig zu sein. Stirnrunzelnd dachte Faye an das Problem, das sie beschäftigt hatte. Statt oben auf der Treppe nach dem Schlüssel zu suchen, ging sie zunächst um das Gebäude herum, blieb vor der hinteren Wand stehen und sah zu den Fenstern hoch. Sie war sich sicher gewesen, dass sie dieses Bauwerk inzwischen sehr gut kannte. Sie zählte, rekonstruierte, welches Fenster zu welchem Raum gehören musste, kam bis zur Kostümkammer und stutzte. Ihr war nicht klar gewesen, wie weit das Fenster von der Außenwand entfernt lag. Sie dachte an ihre Pläne. War das die Stelle, an der sie einen Fehler gemacht hatte?

Faye kehrte zur Vorderseite des Gebäudes zurück und holte den Schlüssel unter der Steinvase hervor. In der Nacht des Brandes war sie umgefallen, doch sardische Steinvasen waren für die Ewigkeit gemacht, und diese hatte nun lediglich ein paar Risse mehr als vorher. Sie wollte nur kurz ihren Laptop holen, doch vorher würde sie noch eine Sache überprüfen. Als sie den Schlüssel ins Schloss steckte, schlug die Kirchenglocke. Es war lächerlich, aber es kam ihr wie eine Warnung vor. Sie betrat das Theater.

Faye durchquerte den Zuschauerraum und überprüfte kurz, ob ihr Laptop noch in der Garderobe lag, die sie als Büro nutzte. Er war noch da. Sie stellte ihn in den Gang, damit sie ihn dieses Mal nicht vergaß, wenn sie ging, und lief weiter bis zum letzten Raum. Der Grundriss der langen, schmalen Kostümkammer war genau so, wie sie ihn in Erinnerung hatte, und exakt so hatte sie ihn auch gezeichnet. Aber … Faye trat ans Fenster. Jetzt verstand sie, was nicht stimmte: Von außen gesehen lag das Fenster fünf Meter von der Ecke des Gebäudes entfernt; von innen wirkte es, als liege dasselbe Fenster viel näher an der Außenwand. Das bedeutete, dass sie entweder ihr räumliches Vorstellungsvermögen im Stich ließ, oder … Sie drehte sich um und betrachtete die Wand. Das war keine Außenmauer.

Warum sollte hier jemand eine Trennwand eingezogen haben? Sie sah sich in der Kostümkammer um. In der Ecke stand neben der Nähmaschine und dem Schemel der mit Bettlaken abgedeckte Kleiderständer mit den Kostümen. Wie die meisten Räume im kleinen Theater hatte auch die Kostümkammer viele Jahre lang ein Dasein in Vergessenheit geführt. Alles war verstaubt und von den Spuren des Verfalls gezeichnet. Spinnweben hingen an der Decke, eine Staubschicht überzog den Boden, und ein muffiger Geruch lag schwer in der Luft. Hatte man vielleicht *deswegen* eine Trennwand errichtet? Als zusätzlichen

Schutz vor Feuchtigkeit? Diese Wand musste über die gesamte Länge der Kostümkammer verlaufen, und der Abstand zur Außenwand konnte nicht nur ein paar Zentimeter betragen. Dazwischen mussten mindestens eineinhalb Meter liegen. Warum sollte der Hohlraum so groß sein?

Faye blickte in den langen Spiegel an der Wand. Eine verwirrte Frau erwiderte ihren Blick. Sie spürte, wie sie ein Schauer überlief. Aus irgendeinem Grund dachte sie an Alessandros Worte, dass es ihm im Theater manchmal ziemlich unheimlich sei. *Ich habe keine Angst*, versicherte sie sich energisch. Und doch – hier ging etwas Eigenartiges vor. Sie stellte ihre Handtasche auf den alten Brokatsessel und tippte vorsichtig gegen den Spiegel. Sie betrachtete den Haken, an dem er hing. Es war nur ein gewöhnlicher Spiegel, der an einer Kette befestigt war. Aber was lag dahinter? Sie packte den Rahmen mit beiden Händen und hob ihn an. Er musste seit Jahrzehnten hier hängen. Zuerst widersetzte er sich, doch dann löste sich die Kette vom Haken, und die Wand gab den Spiegel in einer Staubwolke frei. Unter seinem Gewicht stolperte Faye nach hinten.

Sie stellte den Spiegel an die andere Wand und untersuchte ihn von vorn und hinten, entdeckte aber nichts Ungewöhnliches. Wo er gehangen hatte, war nun eine helle, ovale Fläche an der mit den Jahren dunkler gewordenen Wand zu sehen. Sie berührte das Mauerwerk und konnte auch hier nichts Außergewöhnliches feststellen. Es war einfach nur eine Wand.

Aber was für eine? Faye klopfte dagegen, und ja, es klang hohl und nicht wie das dumpfe Geräusch, das man bei einer Außenwand aus Stein erwartet hätte. Sie klopfte rechts und links, oben und unten. Überall klang es hohl. Sie stand vor einer Trennwand. Dahinter lag also ein Hohlraum, und zwar ein ziemlich großer. Aufregung ergriff sie. War das eine Art Lagerraum, der abgetrennt worden war? Aber warum? Und wenn es kein Lagerraum war, was könnte es sonst darstellen? Wieso baute man einen Raum, wenn dann aber keiner hineinkonnte?

Sie runzelte die Stirn. Sie verstand es einfach nicht. Dann fiel ihr wieder ein, was Alessandro ihr über die Familie erzählt hatte, die Pasquales Vater vor den Faschisten versteckt hatte. War das möglich? Konnte das hier eine Art geheimes Versteck sein?

Wenn es so war, musste es eine Öffnung geben. Man musste hineingelangen können – und auch wieder heraus. Mit den Handflächen drückte sie gegen die Wand und suchte nach einer Stelle, die nachgab, oder etwas, das nicht ganz richtig oder ursprünglich aussah – einer Markierung, einem Haarriss. Sie wusste nicht genau, wonach sie Ausschau hielt, aber wenn ihre Ahnung sie nicht trog, musste es einen Zugang geben. Sie stand vor der Wand und dachte nach. Dann inspizierte sie die Mauer noch einmal. Nichts. Kein Zeichen einer Vorrichtung oder eines Mechanismus, keine Spur von irgendeiner Öffnung oder gar Tür. Die Wand sah vollkommen gewöhnlich aus. Sie besaß Zierleisten an den Ecken und der Decke und war, abgesehen von den zwei alten Kerzenleuchtern rechts und links, die aussahen, als hingen sie schon Ewigkeiten hier, vollkommen kahl. Sie wandte den Blick ab und sah dann erneut hin. Vielleicht sollten sie auch aussehen, als hätten sie schon immer hier gehangen?

Faye packte den linken und versuchte, ihn zu drehen, zu bewegen. Er war fest in der Wand verankert und rührte sich nicht. Sie ging zu dem zweiten Kerzenleuchter. Dieser schien lockerer zu sitzen. Sie ruckelte an ihm und fühlte, dass er nachgab. Dann drehte sie ihn um volle fünfundvierzig Grad. Sie hielt die Luft an und konnte die Spannung kaum ertragen. Sie drehte noch einmal. Etwas klickte. Faye lauschte angestrengt, ob sich noch etwas tat. Sie hörte auf zu drehen und drückte auf der rechten Seite vorsichtig gegen die Wand. Nichts. Aber … Noch einmal lehnte sie sich dagegen, dieses Mal fester.

Sie bewegte sich. Die rechte Seite der Wand wich mit einem leisen Schleifgeräusch langsam zurück, nur ein paar Zentimeter. Und gleichzeitig kam wie zur Antwort die linke Seite der Wand nach vorn. Sie drückte noch einmal, und beide Seiten bewegten sich erneut. Offensichtlich war die Tür seit längerer Zeit nicht mehr geöffnet worden – die Tür kratzte über die Bodendielen und schob den Staub vor sich her wie ein uralter Teppichkehrer. Die Wand drehte sich, als säße sie mittig auf einer in der Wand verborgenen Achse. Als sie den Kerzenleuchter gedreht hatte, war ein Arretierungsstift gezogen worden, sodass sich die Wand schwenken ließ. Eine Seite bewegte sich vorwärts, die andere zurück. Der Spalt an den Seiten musste durch die Zierleisten verborgen worden sein. Die unbekannten Schöpfer des Verstecks hatten an alles gedacht. Die gesamte Wand stellte die Tür dar.

Einen Moment starrte sie staunend hinein. Kein Hohlraum, kein kleines Versteck tat sich vor ihr auf, sondern ein ganzer Raum – lang und schmal wie die Kostümkammer, die wahrscheinlich genau deswegen ausgewählt worden war. Solange niemand so genau hinsah wie Faye und alles exakt ausmaß, würde das Missverhältnis weder von innen noch von außen auffallen.

Die Erregung angesichts ihrer Entdeckung verursachte Faye Gänsehaut. Sie betrat den dunklen Raum. Hier musste Pasquales Vater die Wertsachen der Stadtbewohner aufbewahrt haben, und ganz bestimmt hatte er hier die Familie des Widerstandskämpfers versteckt, als die Faschisten nach ihnen suchten. An der gegenüberliegenden Wand befanden sich zwei Etagenbetten, und auf dem Boden lag eine alte Matratze. In der Ecke standen ein kleiner Tisch, vier Stühle und ein hoher Schrank. Über dem Holzboden war ein zerschlissener Teppich ausgelegt. Ein Fenster besaß der Raum natürlich nicht, doch Faye konnte einen gelochten Ziegel erkennen, der von außen völlig unauffällig aussah und als Belüftung gedient haben musste, wenn der Raum geschlossen war.

Wenn sich die Familie hinter der Bühne oder in einer der Garderoben versteckt hätte, wäre sie bald entdeckt worden. Also hatte Pasquales Vater die Kostümkammer geteilt und diesen Raum geschaffen, indem er die Trennwand errichtet hatte. Zumindest nahm sie an, dass er es gewesen war. Denn sie erinnerte sich daran, wie Pasquale erzählt hatte, wie klug er gewesen war und wie geschickt darin, alles Mögliche zu bauen. Genial. Und niemand sonst hatte davon gewusst.

Und jetzt? Faye schwirrte der Kopf angesichts der Möglichkeiten, die sich eröffneten. Dieser Raum stellte ein kostbares Stück Geschichte dar. Mit seiner Hilfe war eine Familie aus Deriu vor dem sicheren Tod gerettet worden. Das kleine Theater war historisch noch bedeutsamer, als ihr klar gewesen war. Wie konnte man ihre Entdeckung für das neue Image des Theaters nutzbar machen? Faye ging zu dem Schrank und öffnete ihn. Darin lagen ein Stapel Kleidung und eine dünne, abgewetzte Decke. Sie rieb sich über die Arme. In dem Raum war es kalt und feucht, und es herrschte eine eigenartige, bedrückende Atmosphäre. Das gefiel ihr nicht; plötzlich wollte sie nur noch hinaus.

Auf dem Weg zur Tür hörte sie Schritte und erstarrte. Sie kamen näher. Instinktiv hätte sie am liebsten die Wand geschlossen und sich in diesem Zimmer versteckt, genau wie diese Familie vor vielen Jahren. Ihre zweite Reaktion war, von hier zu verschwinden.

Doch es war zu spät – für beides. Gerade als sie durch die Öffnung schlüpfen wollte, betrat jemand die Kostümkammer. Faye hielt die Luft an. Jede Sekunde schien ein ganzes Leben zu dauern. Sie verharrte reglos und wartete.

41

Faye stiess einen solchen Seufzer der Erleichterung aus, dass sämtliche Luft aus ihrem Körper zu entweichen schien. Es war nur Pasquale.

»Faye? Was ist hier los …?«

»Ach, Pasquale.« Sie hätte ihn umarmen können. »Als ich Ihre Schritte gehört habe, hatte ich solche Angst. Ich wusste nicht, wer da kommt.«

»Ich habe das Licht von der anderen Seite des Platzes aus gesehen«, erklärte er. »Dabei war ich mir sicher, es ausgeschaltet zu haben.« Er wirkte verwirrt. Er kratzte sich am Kopf und blickte sich nervös in dem Raum um, in dem sie stand.

»Sehen Sie doch, was ich entdeckt habe.« Sie deutete auf den Raum hinter ihr. »Ist das nicht erstaunlich? Ein ganzer Raum, von dessen Existenz wir keine Ahnung hatten.«

Pasquale trat in die Öffnung und blieb stehen. »Erstaunlich«, wiederholte er.

»Glauben Sie, hier hat Ihr Vater die Bertelli-Familie vor den …« Als sie seine Miene sah, verstummte sie. »Sie wussten von dem Raum.«

»Ja, natürlich.« Er zuckte mit den Schultern. »Ich wusste alles. Ich war den ganzen Tag mit meinem Vater zusammen, immer, jeden Tag, fast bis zu seinem Tod.«

»Hat Ihr Vater den Raum selbst gebaut?«

»*Sì*. Vielleicht hat er gesehen, wie sich alles entwickelte«, sagte Pasquale. »Das war nicht unser Krieg, und trotzdem wurden wir hineingezogen. Ist es nicht so? Ich weiß es nicht, ich war damals noch klein. Aber ich kann es mir vorstellen.«

»Aber warum haben Sie mir nicht von dem Raum erzählt?«, fragte Faye. Während der letzten vierundzwanzig Stunden hatte sie vor einem Rätsel gestanden, weil die Außenmaße nicht mit den Abmessungen im Inneren übereinstimmten. Pasquale hätte ihr eine Menge Arbeit und eine große Sorge ersparen können.

Er legte einen knochigen Finger an seine Lippen. »Weil er geheim ist.«

»Jetzt nicht mehr.« Faye drehte sich um und musterte noch einmal das einfache Mobiliar. Es war ausreichend. Mit Hilfe von außen – jemandem, der Essen und Wasser brachte und sich um andere Grundbedürfnisse kümmerte – hätte eine Familie hier monatelang überleben können. Sie drehte sich wieder zu Pasquale um. Er stand immer noch unsicher in der Tür und sah aus, als wollte er nicht weiter hereinkommen. »Hat Sofia von dem Raum gewusst?«, fragte sie ihn.

Er schüttelte den Kopf. »Das war vor ihrer Zeit.«

»Und Bruno?«

»Das bezweifle ich.« Sein Blick wanderte langsam durch den Raum.

Faye hatte den Eindruck, dass er schon sehr lange nicht mehr hier gewesen war. Vielleicht hatte er das geheime Versteck selbst fast vergessen – oder versuchte es. Es musste ihn daran erinnern, wie und warum sein Vater gestorben war, der dadurch zum Helden von Deriu geworden war.

»Nach dem Krieg ist das Theater verfallen«, erklärte er. »Es wurde mehr oder weniger aufgegeben, bis die Rinaldis es in den 1960er-Jahren restaurieren ließen. Ich kann mir nicht vorstellen, dass sie den Raum entdeckt haben.« Seinem Gesichtsausdruck nach zu urteilen, war er der Meinung, dass sie zu dumm dazu gewesen waren.

»Also weiß Alessandro auch nichts davon?«, fragte sie.

»No.«

Faye war aufgefallen, dass er die Stirn gerunzelt hatte, als Alessandros Name fiel. »Warum haben Sie eine solche Abneigung gegen ihn, Pasquale?«, fragte sie. »Einfach nur, weil er Bruno Rinaldis Sohn ist? Was ist mit Marisa? Denken Sie doch daran, dass die beiden die Kinder Ihrer Sofia sind.«

»Wie könnte ich das vergessen?« Er ballte die Fäuste, und ein Schauer schien durch seinen ganzen Körper zu gehen.

»Aber Marisa ...«

»Ich habe versucht, Marisa zu helfen«, sagte er. »Ich habe sie nie abgelehnt. Sie tat mir leid.«

»Warum?«

Betrübt schüttelte er den Kopf. »Ihre Eltern – sie haben sie nicht verstanden. Sie wollten sie ändern. Sie haben die Wahrheit nicht gesehen.«

»Und was war die Wahrheit?« Faye war fasziniert. Ihr wurde klar, dass sie Marisa Rinaldi immer noch nicht besonders gut kannte, obwohl sie ziemlich viel Zeit mit ihr verbracht hatte. Sie wusste, dass sie manchmal das Wochenende bei ihrem Freund in Rom verbrachte und dass sie darauf brannte, Deriu zu verlassen, und sie wusste auch, dass Alessandro sie vor etwas beschützt hatte. Außerdem hatte sie von ihr erfahren, dass sie einst auf der Bühne hatte stehen wollen wie ihre Mutter. Spielte Pasquale darauf an?

»Dass sie wie Sofia war«, flüsterte Pasquale. »So sehr wie meine Sofia.«

Faye begann, sich ein wenig unbehaglich zu fühlen. Pasquale war immer noch nicht darüber hinweg, die Liebe seines Lebens verloren zu haben, so viel war klar. »In welcher Weise?«, fragte sie. »In welcher Hinsicht war sie wie Sofia? Äußerlich, meinen Sie?«

»Ja, sie war ihr ähnlich, aber das meine ich nicht.« Pasquale sah zur Decke auf und schlug sich plötzlich mit der Faust an die Brust. Ein komischer Anblick, aber auch irgendwie traurig. »Sie war dazu geboren, Schauspielerin zu werden«, erklärte er.

»Aha.« Faye erinnerte sich an den Tag im Theater, als Marisa ihr von ihrem Traum erzählt hatte. Das war an dem Tag gewesen, an dem sie auf Alessandro gewartet hatten und er später das Theater so überstürzt verlassen hatte. *Als ob jemand hinter ihm her gewesen wäre*, dachte Faye jetzt.

»Aber ihre Mutter wollte dieses Leben nicht für sie«, rief sie Pasquale sanft ins Gedächtnis.

Er schnaubte verächtlich, obwohl Faye bezweifelte, dass er Sofia meinte. War er der Ansicht, dass Bruno dahintergesteckt hatte?

»Nichts hat Marisa Rinaldi sich mehr gewünscht«, sagte Pasquale. Seine Stimme hatte einen ganz verträumten Ton angenommen, als durchlebe er in der Erinnerung alles noch einmal.

Oder als schauspielere er, dachte Faye unwillkürlich.

»Und ich hätte ihr helfen können.« Wieder wandte er sich Faye zu. »Ich«, erklärte er. »Der alte Pasquale, der bei keiner Produktion mehr die Hauptrolle spielen durfte. Ja! Ich hätte ihr helfen können.«

»Aber sie wollte Ihre Hilfe nicht?« Faye begriff nicht, worauf er hinauswollte. Sie verstand, dass er Marisa bei ihrer Berufswahl ermuntert hatte, in Erinnerung an die Zeit, in der er mit Sofia aufgetreten war – wenn nicht gar aus anderen Gründen. Bestimmt waren Bruno und Sofia nicht damit einverstanden gewesen, dass er sich einmischte.

»Nein, so war es nicht«, sagte Pasquale. Schließlich machte er einen Schritt in den Raum hinein. »Sie ist zu mir gekommen.« Er lächelte. »Zu mir.«

Faye konnte sich vorstellen, wie das seinem Ego geschmeichelt hatte. Sofia wollte ihn nicht, Bruno und die Regisseure hier am kleinen Theater übergingen ihn, aber Marisa hatte ihn trotzdem für jemanden gehalten, der vielleicht Einfluss hatte. »Was wollte sie?«, fragte sie.

Er warf sich in die Brust. »Sich meiner Kontakte bedienen, natürlich. Glauben Sie nur nicht, ich hätte keine gehabt.«

»Oh, da bin ich mir ganz sicher.« Faye lächelte in sich hinein. Pasquale hatte vielleicht keine Hauptrollen mehr gespielt, aber er hatte bestimmt immer noch die richtigen Leute gekannt. In den Augen eines jungen Mädchens, das Schauspielerin werden wollte, eines Mädchens, dessen Eltern strikt gegen diese Entscheidung waren, mochte er sehr wohl als zweitbeste Option erschienen sein. »Und haben Sie wegen Marisa mit jemandem gesprochen?«

»Ich wollte«, sagte er. Wieder klang er ganz verträumt. »Ich dachte an einen speziellen, berühmten Regisseur. Wenn er sie nur sehen könnte, habe ich überlegt. Sie sah Sofia so ähnlich. Deshalb habe ich zu ihr gesagt: ›Ich könnte einfach ein paar Fotos von dir machen, damit er dich sieht.‹«

»War Marisa damit einverstanden?«, fragte sie. Wieder spürte sie dieses leise ungute Gefühl.

»Selbstverständlich.« Er hob die Hände. »Wer wäre das nicht gewesen? Jedes Mädchen wäre froh gewesen über diese Gelegenheit.«

»Dann haben Sie ein paar Fotos von ihr gemacht, um sie Ihrem Freund, dem Regisseur, zu zeigen?« Faye versuchte, ganz sachlich zu klingen. Da war eine Verbindung, eine Bedeutung, die ihr entging und die sie im Moment auch nicht fassen konnte.

»Ach, sie war so entzückend.« Pasquale war wieder in seiner kleinen Welt aus Erinnerungen versunken. »So unglaublich liebreizend.«

Faye schwieg. Es gefiel ihr nicht, wie sich dieses Gespräch entwickelte. Marisa war damals ein Mädchen von, Moment mal, höchstens fünfzehn gewesen und Pasquale ein Mann von über fünfzig. War noch jemand bei dieser Fotositzung dabei gewesen? »Was ist passiert, Pasquale?«, fragte sie schließlich.

Furcht stand in seinen Augen, als er sie jetzt ansah. Es schien fast, als hätte er vergessen, dass sie sich ebenfalls im Raum befand. »Ich hatte nicht die Absicht …« Er brach ab. »Ich wollte nicht …«

»Was ist passiert?«, fragte Faye noch einmal.

Flehend streckte er die Hände aus. »Sie war wunderschön«, sagte er. »Und Sofia so ähnlich. Wenn ich ihr in die Augen sah, war es fast, als wäre sie Sofia. Einen Moment lang habe ich sogar gedacht …«

»Oh, Pasquale.« Faye hatte gespürt, dass diese Geschichte kein gutes Ende nehmen würde. »Was haben Sie getan?«

»Gar nichts.« Er hob die Hände und trat einen Schritt zurück. »Nichts. Natürlich nicht. Ich habe sie nicht angerührt, falls Sie das meinen.«

»Aber Sie haben Fotos gemacht.« Fayes Stimme klang leise. Vor ihrem inneren Auge sah sie das in braunes Papier eingewickelte Päckchen, das Alessandro in Marisas Wohnung auf den Sekretär geworfen hatte, und sie erinnerte sich, wie Alessandro seine Schwester getröstet hatte. »Was für Fotos haben Sie gemacht, Pasquale?«

Er wich zurück, als hätte sie ihn geschlagen. »Geschmackvolle Fotos«, erklärte er. Er befeuchtete seine trockenen Lippen. »Wofür halten Sie mich?«

»Aber Sie dachten, sie wäre Sofia?«, hakte Faye nach. »Haben Sie das nicht gesagt?«

Er nickte. »Damals hat sie sich für nichts geschämt«, brummte er. »Sie hatte einen wunderbaren Körper. Sie …«

»Sie waren der Erwachsene«, versetzte Faye scharf. »Was haben Sie sich dabei gedacht, sie ohne die Zustimmung ihrer Eltern zu fotografieren?« Ein Schauer überlief Faye. »Um Gottes willen, Pasquale. Sie war ja fast noch ein Kind.«

Er ließ den Kopf hängen. »Sie haben recht«, sagte er. »Natürlich haben Sie recht. Ich wollte nicht … Alles ist aus dem Ruder gelaufen …«

Wieder dachte Faye an das geheimnisvolle Päckchen, das Alessandro an jenem Abend mit in Marisas Wohnung gebracht hatte. »Sie wollten nicht, dass sich am Theater etwas verändert«, flüsterte sie. Aber sie konnte kaum glauben, was sie vermutete. War er so verzweifelt bemüht gewesen, Veränderungen zu verhindern, dass er … War das möglich? Pasquale wirkte so sanft, so rücksichtsvoll. Ja, er war arrogant, aber nicht auf eine bedrohliche Art.

Sie holte tief Luft. »Haben Sie versucht, Alessandro zu erpressen?« Kein Wunder, dass Alessandro und Marisa ihn nicht mochten. Kein Wunder, dass Alessandro nicht wollte, dass er über ihre Pläne für das Theater Bescheid wusste. Kein Wunder, dass Marisa Deriu verlassen wollte. Sie war um ihres Vaters willen geblieben, aber nachdem er jetzt nicht mehr lebte … Wie hatte Faye all das nur entgehen können?

»Nein.«

»Nicht?« Faye war sicher, dass sie recht hatte.

»Ich würde es nicht Erpressung nennen.«

Ungläubig starrte Faye ihn an. »Wie würden Sie denn dazu sagen, Pasquale?« Und sie hatte ihm vertraut.

»Ich habe Rinaldi die Fotos gezeigt, ja. Ich dachte, dann würde er sich die Pläne für das Theater noch einmal überlegen. Ich gebe es zu. Aber …«

»Das ist Erpressung, Pasquale.« Alessandro hatte sich ihm entgegengestellt. An die Behörden konnte er sich nicht wenden – das Glück und der Ruf seiner Schwester standen auf dem Spiel. Abgesehen von allem anderen war sie Lehrerin an der hiesigen Schule. Doch nachdem Faye ihn auf der Bootswerft aufgesucht hatte, hatte Alessandro Pasquale die Stirn geboten und sich geweigert, seine Forderungen zu erfüllen.

»Er hat mich bedroht, dieser Rinaldi-Bastard.«

Ihr wurde klar, dass Pasquale jetzt die Rolle eines Mannes spielte, dem Unrecht widerfahren war, und das sehr überzeugend.

»Er hat mich geschlagen.«

Faye erinnerte sich daran, in welchem Zustand Alessandro in Marisas Wohnung aufgetaucht war. Es war offensichtlich gewesen, dass er sich geprügelt hatte. Und nun wusste Faye auch, warum. Er hatte seine Schwester vor diesem Mann beschützt, genau wie er es ihr erklärt hatte.

»Sie sind doch alle gleich.« Pasquale wirkte jetzt verbittert. Sein Mund war nur noch eine schmale Linie in seinem faltigen Gesicht.

»Sie?« Faye hatte genug. Sie hatte Pasquale de Montis für einen netten, harmlosen Mann gehalten, und jetzt das. Er hatte nicht nur ein junges Mädchen auf eine Art ausgenutzt, die man nur als Missbrauch bezeichnen konnte, sondern auch versucht, dessen Familie zu erpressen. Und als wäre das nicht genug, schien er sich auch noch keiner Schuld bewusst zu sein. Er verspürte keinerlei Reue und konnte an nichts anderes denken als an Sofia, das kleine Theater und die Familie Rinaldi, von der er geradezu besessen war.

»Sie wissen schon, wen ich meine«, knurrte er. »Die Rinaldis. Sie glauben, ihnen gehört diese Stadt. Sie denken, sie können jeden haben, wenn sie wollen.« Er musterte sie von oben bis unten. »Sogar Sie«, sagte er.

»Das reicht jetzt.« Sie wandte sich zum Gehen.

»Faye, bitte! Versuchen Sie, mich zu verstehen.« Pasquale packte sie am Arm, und Faye versuchte, ihn abzuschütteln. Sie machte einen Schritt zurück, geriet aus dem Gleichgewicht und stolperte fast über den Teppich. Mit einem Mal hatte sie Angst. Sie wollte nur noch von hier verschwinden.

Doch Pasquale hatte ihren Arm fest im Griff. »Frauen«, knurrte er. »Sie führen einen Mann an der Nase herum, aber sie wollen immer etwas anderes – jemand anderen.« Er schaute auf den Boden hinunter.

Instinktiv folgte Faye seinem Blick. Die Holzdielen unter dem Teppich waren verkratzt. Es sah so aus, als hätte jemand hier den Dielenboden geöffnet und dann den Teppich darübergelegt, um das zu verbergen.

»Sie wollen, dass man ihnen hilft«, sagte Pasquale halb zu sich selbst. »Aber wenn man es dann versucht …«

Fayes Gedanken überschlugen sich. »Sie«, hatte Pasquale gesagt. Wem hatte er sonst noch zu helfen versucht? Redete er von Sofia? Oder gab es noch jemanden, der sein Hilfsangebot und seine Avancen zurückgewiesen hatte?

In diesem Moment hörte sie ein lautes Krachen, gefolgt von Stimmen und Schritten. Sie sah Pasquale an. Er erwiderte ihren Blick, und in seinen durchdringenden dunklen Augen lag ein harter Ausdruck. Viel zu spät wurde Faye klar, dass sie mehr Angst vor diesem Mann hätte haben sollen. »Wir können das alles in Ordnung bringen«, sagte sie zu ihm. »Wir können …«

»Faye!« Sie hörte jemanden rufen. Alessandro?

Sie öffnete den Mund, um zu antworten, doch Pasquale hatte ihr blitzschnell den Arm hinter dem Rücken verdreht und hielt ihr den Mund zu. »Seien Sie still, sonst breche ich Ihnen den Arm.«

Faye zappelte, aber er war drahtig und stärker, als er aussah, und ihr Arm tat bei jeder Bewegung weh. Im nächsten Moment zückte er ein Messer mit einer Klinge aus blitzendem Stahl und hielt es ihr an die Kehle. Sie erstarrte. *Oh mein Gott*, dachte sie. Wie war es bloß so weit gekommen? Wie hatte sie nur so dumm sein können?

Sie hörte, wie Alessandro die hinteren Räume des Theaters durchsuchte. *Komm in die Kostümkammer*, dachte sie. *Komm in die Kostümkammer*.

Mit dem Fuß stieß Pasquale die Tür zu. Sie schloss sich mit einem Klicken. Faye sank in sich zusammen. Das war es. Jetzt würde Alessandro sie nie finden. Er würde nach ihr suchen, vermuten, dass sie nach Hause gegangen war, und das Gebäude verlassen. Sie war Pasquale de Montis ausgeliefert. Was sollte sie sagen? Sie hatte ein Messer am Hals. Wie konnte sie ihn beruhigen? Wie sollte sie hier herauskommen?

Sie versuchte nachzudenken und zwang sich, ruhig und gefasst zu bleiben. »Bis jetzt ist es nur Erpressung, Pasquale«, flüsterte sie. Sie konnte ihn riechen, den alten Schweiß und den schlechten Atem, und musste einen Schauer des Ekels unterdrücken. Hatte Sofia sich so gefühlt? Und Marisa? Hatten sie sich von diesem Mann mit seiner Bedürftigkeit und unterschwelligen Arroganz abgestoßen gefühlt? »Lassen Sie mich gehen, dann passiert Ihnen nichts.« Ihr Blick wanderte unwillkürlich wieder zu den Bodendielen. Sie sah, dass er es bemerkt hatte. Was war dort unten versteckt?

»Wenn sie mich nur geliebt hätte«, murmelte Pasquale jetzt. »Wenn sie nur weiter meine Freundin geblieben wäre …«

Schon wieder Sofia. Faye hörte Alessandro im Raum nebenan. Hörte, wie er fluchte und davonging. Er hatte aufgegeben. Ihre Augen füllten sich mit Tränen. Wie konnte sie ihn jetzt wissen lassen, wo sie war? Was würde nun aus ihr werden?

»Haben Sie dieses Messer bei Marisa benutzt, Pasquale?«, zwang Faye sich zu fragen. Jetzt wollte sie alles wissen.

Er hielt sie so dicht an seinen Körper gedrückt, dass sie spüren konnte, wie er den Kopf schüttelte. »Ich habe Marisa Rinaldi nichts getan, das habe ich Ihnen doch gesagt. Ich habe sie nicht angerührt. Nur die Fotos. Sie sah ihrer Mutter so ähnlich …«

Faye biss sich auf die Lippen. »Und bei jemand anderem?« Vorsichtig drehte sie den Kopf, damit sie ihn sehen konnte. Dabei war sie sich der Klinge an ihrem Hals bewusst.

Seine Augen wurden feucht. »Sie hat mich ausgelacht«, flüsterte er. »Sie hat gesagt, ich sei ein alter Mann, der keine Ahnung hätte und nichts wüsste. Sie sagte, dass Bruno Rinaldi mehr Talent im kleinen Finger hätte als ich im ganzen Körper.«

»Wer, Pasquale? Wer hat das gesagt?« Doch Faye glaubte es zu wissen.

»Es war kurz nach Sofias Tod. Ich habe Ihnen ja gesagt, dass ich damals ein wenig durcheinander war …«

Mit einem lauten Knirschen schwang die Tür auf. In dem Sekundenbruchteil, in dem Pasquale abgelenkt war, packte Faye sein Handgelenk, zog es sich an den Mund und biss fest hinein. Er kreischte wie ein verwundetes Tier, ließ das Messer fallen und rannte davon. Dann lag sie in Alessandros Armen.

»Ich dachte, du wärest gegangen«, schluchzte sie.

»Ich bin hier«, flüsterte er. »Und ich gehe nirgendwohin.«

Pasquale hingegen war verschwunden. Wie ein Hase hatte er sich durch den Türspalt davongemacht. Alessandro versuchte nicht einmal, ihm zu folgen. Er hielt sie einfach fest, und Faye hatte sich noch nie in ihrem Leben so beschützt gefühlt.

42

»Sollten wir ihm nicht nachgehen?«, fragte Faye Alessandro. Am liebsten hätte sie es nicht getan; sie stand noch unter Schock. »Wir dürfen ihn nicht entkommen lassen.« Sie hatte das Gesicht immer noch an seiner warmen Brust vergraben.

»Still.« Seine Hand lag auf ihrem Kopf. »Keine Sorge. Er geht nirgendwohin. Da draußen sind zu viele Menschen, die ihn aufhalten werden.«

Zu viele Menschen? Faye verstand nicht, was er meinte, aber sie beschloss, sich keine Gedanken darüber zu machen – nicht jetzt.

»Woher wusstest du, dass ich hier bin?«, fragte sie schließlich, als sie sich in der Lage fühlte, sich aus seinen starken Armen und der Wärme seiner Umarmung zu lösen. »Woher wusstest du von diesem Raum?« Sie standen immer noch in dem langen schmalen Zimmer, das eine ganze Familie vor dem Tod bewahrt hatte.

»Sicher war ich mir nicht.« Er sah sich um, und sie wusste, dass er ebenfalls an die Familie Bertelli dachte. »Aber ich hatte ein paar Hinweise«, fügte er bescheiden hinzu. Er streichelte ihr Haar und schaute sie an, als hätte er sie noch nie gesehen. Das gefiel Faye. Sie versuchte, einstweilen alle negativen Gedanken aus ihrem Kopf zu verbannen.

»Ich komme mir so schrecklich dumm vor«, sagte sie. »Ich habe Pasquale immer für einen netten Mann gehalten.« Wie sehr sie sich doch geirrt hatte. »Ein wenig exzentrisch vielleicht … Aber kein schlechter Mensch. Er hat mir sogar leidgetan.« Sie dachte an all die Geschichten, die Pasquale ihr über das kleine Theater erzählt hatte, an den Stolz in seinem Blick und daran, wie er ihr erzählt hatte, dass er die Bühne vermissen würde, das Rampenlicht. Er war ein Selbstdarsteller – und noch Schlimmeres. Sie hätte es ahnen müssen. Von Anfang an hatte sie gewusst, dass er nicht wollte, dass das Theater restauriert wurde; er hatte sich deutlich genug ausgedrückt. Der Mann hatte immer eine Maske getragen, und sie war nicht scharfsinnig genug gewesen, um dahinterzublicken.

»Das ist alles meine Schuld.« Alessandro fuhr mit den Fingern durch sein dunkles lockiges Haar. »Ich hätte dir erzählen sollen, was er war.«

Was er war … Faye schlang die Arme um ihren Körper. Sie war allein mit ihm in diesem Raum gewesen, hatte ihm vertraut.

»Aber er hat Mama immer so leidgetan; sie hat ihm fast alles verziehen.«

Seltsam, dachte Faye, *wie unterschiedlich dieselben Tatsachen wirken können, wenn man sie aus einem anderen Blickwinkel betrachtet oder jemand anderes sie einem schildert.* Nach allem, was sie zuvor gehört hatte, hatte sie Sofia nicht besonders sympathisch gefunden. Aber jetzt sah sie die Dinge in einem anderen Licht. Vor ihrem inneren Auge sah sie Pasquale, der Sofia nachlief wie ein liebeskranker Welpe. Zu Beginn musste Sofia wegen seiner Erfahrung im Theatergeschäft zu ihm aufgesehen haben, und vielleicht hatte seine Aufmerksamkeit ihr sogar geschmeichelt. Doch im Lauf der Zeit hatten sich ihre Gefühle vermutlich gewandelt. Sie war nicht grausam zu ihm gewesen; sie hatte ihn toleriert und bedauert. Manchmal jedoch war das schlimmer.

»Ich glaube, sie hatte ein schlechtes Gewissen«, sagte Alessandro. »Er hatte sie all diese Jahre geliebt, und sie hatte seine Gefühle nie erwidert. Dann begegnete sie meinem Vater und …«

»Die beiden haben sich verliebt«, sagte Faye. Sie dachte daran, was ihre Mutter ihr erzählt hatte: dass Schuldgefühle sehr mächtig sein konnten. »Aber hat sie denn nie erfahren, was Pasquale mit Marisa gemacht hat? Wusste sie nichts von den Fotos, die er gemacht hatte?«

»Dann weißt du also von den Fotos?« Er seufzte. »Ich wollte es dir sagen, Faye. Aber es …«

»Es stand dir nicht zu, das Geheimnis zu verraten. Ich weiß.« Jetzt verstand sie. Es war nie die Frage gewesen, ob Alessandro ihr genug vertraute; es war ihm darum gegangen, Marisas Geheimnis zu wahren.

»Mama hat nie von den Fotos erfahren. Und ich wusste auch nichts davon, bis er kürzlich auf mich zukam und mich zu erpressen versuchte, der miese kleine Bastard.« Er schüttelte den dunklen Kopf. »Das hätte ihm nicht einmal Mama verziehen.«

»Er war äußerst entschlossen, die Renovierung des Theaters zu verhindern«, murmelte Faye. Sie blickte sich um. »Aber warum?«

»Das war er allerdings.« Alessandro machte ein finsteres Gesicht. »Zweifellos hat er Enrico Volti, der ohnehin gegen uns war, angestachelt, die Besitzrechte an dem kleinen Theater anzufechten, und gehofft, uns auf diese Weise aufzuhalten. Als das nicht funktionierte und es aussah, als würde unser Projekt Wirklichkeit werden, hat er sich auf eine andere Taktik verlegt.«

»Ja«, sagte Faye. Bei dem Gedanken überlief es sie kalt. Hatte er diese Fotos etwa all die Jahre für so eine Gelegenheit aufbewahrt? Oder hatte er sie behalten, weil sie ihn an Sofia erinnerten? Es spielte jetzt keine Rolle mehr. »Du hast sie zurückgeholt«, flüsterte sie.

»Ich habe sie zurückgeholt.« Er verlagerte sein Gewicht und löste sich dabei weiter von Faye. »Als er mir die Fotos zurückgab, als ich ihn dazu gezwungen habe ...« Er verzog das Gesicht. »Da hat er geweint und mich angefleht, ihm noch eine Chance zu geben. Ich habe dem kleinen Betrüger versprochen, um Marisas willen nicht der ganzen Welt zu erzählen, was er getan hatte und was für ein Mensch er ist.«

Faye nickte.

»Wenn es nur nach mir gegangen wäre, wäre ich sofort zur Polizei gegangen.« Er sprach lauter und richtete sich auf. »Aber Marisa wollte das nicht. Sie wollte nicht, dass die Sache an die Öffentlichkeit kam. Ich konnte ihr das nicht verübeln. Sie hatte das alles schon lange hinter sich gelassen. Ich wollte nicht, dass sie daran erinnert wurde.«

»Das kann ich verstehen.« Marisa hatte vor, weit weg von hier ein neues Leben anzufangen; sie wollte die Dinge vergessen, die vor all den Jahren in dem kleinen Theater passiert waren. Wieder sah Faye sich im Geheimversteck um. Es war kaum zu glauben, was sich in diesem Raum alles zugetragen hatte. Sie hatte gewusst, dass ihre Maße nicht ganz übereinstimmten, aber sie wäre nie darauf gekommen, dass es einen solchen Raum gab und welche Geheimisse er barg. Wahrscheinlich hatte Pasquale die Fotos von Marisa in der Kostümkammer aufgenommen. Das wäre jedenfalls der beste Ort dafür gewesen, denn dort gab es gutes Licht, und es standen jede Menge fantastischer Kostüme zur Auswahl. Faye schauerte. Sie mochte nicht daran denken.

»Woher wusstest du, dass ich hier drinnen war, zusammen mit Pasquale?«, fragte sie Alessandro. »Wieso bist du heute Abend noch einmal ins Theater gekommen?«

Alessandro ging zu dem kleinen Tisch, und sie nahmen auf denselben Stühlen Platz, auf denen jene arme Familie jeden Abend gesessen haben musste, bis Pasquales Vater dafür gesorgt hatte, dass sie in die Berge gebracht wurde. *Was hätte Luigi de Montis wohl von den Taten gehalten, die sein Sohn so viele Jahre später begangen hat?*, überlegte Faye. Sie dachte an das, was Dorotea de Montis gesagt hatte: dass Pasquale seinem Vater nicht das Wasser reichen konnte. Sie hatte recht gehabt. Und das war die Last gewesen, die Pasquale zu tragen hatte.

»Es war das Kruzifix«, erklärte Alessandro. »Das kleine Kreuz, das du Marisa gegeben hast.«

»Das Kruzifix?« Faye runzelte die Stirn. Natürlich, sie hatte es in der Nähe des Eingangs zu diesem Raum gefunden, unter den Dielen vor dem Spiegel.

»Marisa und ich haben vorhin Enrico und Carmela Volti getroffen«, sagte er.

Faye setzte sich auf. »Ich habe sie gesehen. Ich habe euch alle gesehen.«

»Du hast gesehen, wie wir uns gestritten haben?«

»Ja.« *Das Kruzifix* … Sie erinnerte sich daran, wie sie es gefunden hatte. Und jetzt begriff Faye.

Alessandro stützte die Ellbogen auf den Tisch und beugte sich vor. »Wir gingen an ihrem Haus vorbei. Enrico kam heraus und sprach uns an, und dann …«

Faye verstand.

»Er hat das Kruzifix an Marisas Hals gesehen.« Alessandro lehnte sich zurück. »Da ist er explodiert. Er hat gesagt, dass …«

»… das Kruzifix Giorgia gehört hat?«

Alessandro starrte sie an. »Das hast du gewusst?«

»Es ist mir in diesem Moment klar geworden.« Langsam passte alles zusammen. »Es war etwas, das Pasquale gesagt hat. Mir ging auf, dass er nicht nur von Marisa Fotos gemacht und ihr alles Mögliche versprochen hatte. Immer wieder sprach er von mehr als einer Person, die zu ihm gekommen sei und ihn um Hilfe gebeten habe. Da fiel mir ein, wie Carmela Volti mir erzählt hatte, dass auch Giorgia sich danach gesehnt hätte, Schauspielerin zu werden. Und da …«

»Da hast du angefangen, darüber zu spekulieren, ob Pasquale auch etwas mit Giorgias Verschwinden zu tun haben könnte«, sagte Alessandro leise.

Faye hatte das nicht gewollt, aber … »Ja.« Als sie in diesem Raum gefangen war, als Pasquale ihr das Messer an die Kehle gehalten und ihr den Arm hinter dem Rücken verdreht hatte, da hatte sie über vieles nachgedacht. Sie bewegte die Schultern, um die Spannung darin zu lösen.

Alessandro beugte sich vor und nahm ihre Hände. Er wirkte erschöpft. »Es ist ja jetzt vorbei, Faye.«

»Ich weiß.« Sie sah auf ihre Hände hinunter, die in seinen lagen. Wahrscheinlich wollte er sie nur trösten. Dafür war sie ihm dankbar.

»Deswegen bin ich zurück ins Theater gekommen«, erklärte er. »Als uns klar wurde, dass das Kruzifix Giorgia gehört hatte, und Marisa sagte, du hättest es gefunden, aber Pasquale hätte erklärt, es habe Mama gehört … Da wussten wir, dass er gelogen haben musste.«

Faye erinnerte sich. »Es war sein Gesichtsausdruck, als er es gesehen hat«, sagte sie. »Er ist totenbleich geworden, als wäre ihm ein Geist erschienen.« Sie sahen sich an, und Fayes Blick wanderte unwillkürlich zu den zerkratzten Bodendielen. Sie fragte sich, was dort versteckt sein könnte? Doch wohl nicht …?

Alessandro nickte. »Er hat das überspielt und behauptet, es sei Mamas Kruzifix«, sagte er. »Und du hast ihm geglaubt, weil …«

»Weil er besessen von deiner Mutter war. Genau.«

Alessandro ließ ihre Hände los und stand auf. Er ging auf die andere Seite des schmalen Raums. »Ich bin natürlich nicht gleich hergekommen«, erklärte er. »Zuerst bin ich zu seinem Haus gelaufen, um ihn damit zu konfrontieren. Enrico, Carmela und Marisa waren dicht hinter mir. Aber er war nicht zu Hause. Es gab nur einen anderen Ort, wo er sein konnte.«

»Also bist du hergekommen.« *Gott sei Dank*, dachte sie.

Er nickte. »Im Zuschauerraum brannte Licht. Die Voltis und Marisa haben draußen gewartet, während ich ihn suchen ging. Ich habe sofort gesehen, dass du hier bist. Dein Laptop lehnte am Türrahmen in der Garderobe, und ich wusste, dass du ihn immer mit nach Hause nimmst.«

Nicht heute Abend, dachte Faye betreten.

»Und …« Er brach ab und schien zu zögern. Er kam wieder zum Tisch.

»Und?«

»Dein Parfüm«, erklärte er. »Es ist unverwechselbar.« Er sah sie gefühlt eine ganze Minute lang an, bis Faye schließlich die Augen niederschlug.

»Also hast du nach mir gerufen«, sagte sie.

Er nickte. »Aber du hast nicht geantwortet. Was mir eigenartig vorkam.«

Er hatte gewusst, dass sie hier war. Faye war sehr froh darüber, dass Alessandro so ein starrköpfiger Mann war, jemand, der nicht aufgab.

»Als ich hier hereinkam, habe ich gesehen, dass jemand den Spiegel abgenommen hatte. Das kam mir ebenfalls merkwürdig vor, obwohl das auch der Handwerker gewesen sein konnte. Aber dann sah ich deine Handtasche auf dem Stuhl neben der Nähmaschine.« Er zeigte auf die Tasche, die immer noch dort stand.

»Da wusstest du, dass ich in der Nähe war.«

»Genau.« Er schüttelte den Kopf. »Ich konnte es mir nicht erklären. Es war, als hättest du dich in Luft aufgelöst.« Er hielt inne. »Dann habe ich die Schleifspuren im Staub gesehen, die von der Wand ausgingen.«

»Von der Drehtür.« Faye stand auf, um es sich anzusehen. Sie hatte diese Spuren natürlich selbst geschaffen, als sie den Kerzenhalter gedreht und damit die Tür geöffnet hatte. Sie musste mit ihrer ursprünglichen Annahme recht gehabt haben: Pasquale hatte diesen Raum seit Jahren nicht betreten. Zweifellos barg er zu viele schlechte Erinnerungen. *Gott sei Dank*, dachte sie. *Sonst hätte da kein Staub gelegen, in dem die Tür hätte Spuren hinterlassen können.*

»Ich hatte so eine Ahnung. Also tat ich, als ginge ich hinaus. Und dann habe ich gewartet und gelauscht und eure Stimmen auf der anderen Seite der Wand gehört.«

In dem geheimen Raum. Sie schwiegen beide einen Moment lang. Faye dachte darüber nach, wie es für Pasquale gewesen sein musste, so jung mit dem Tod des Mannes fertigzuwerden, dem er als kleiner Junge überallhin gefolgt war, zu dem er aufgesehen und den er verehrt hatte. Sie dachte darüber nach, wie Dorotea de Montis versucht haben musste, ihn in die Rolle zu pressen, die sie von ihm erwartete, nachdem ihr Mann nicht mehr lebte. Sie hatte ihn nie vergessen lassen, dass sein Vater ein Held gewesen war und er ihm nicht das Wasser reichen konnte, nicht wahr? Die Schauspielerei hatte Pasquale aus diesem Leben befreit und ihm etwas anderes geschenkt, wofür er leben konnte, und eine Frau, die er anbetete, eine Frau allerdings, die ihn nicht wollte und ihn verließ wie sein Vater vor ihr. Sie schüttelte den Kopf. Das alles war keine Entschuldigung. Aber Pasquale de Montis' Leben war nicht einfach gewesen.

»Du musst doch ziemlich überrascht gewesen sein«, sagte Faye.

»Ja und nein. Vollkommen überrascht war ich nicht«, gestand Alessandro. »Mein Vater hatte einmal einen geheimen Raum erwähnt, aber ich dachte, das wäre nur eine alte Familienlegende. Doch dann habe ich zwei und zwei zusammengezählt, die Spuren und die Stimmen, und ich habe die Kerzenleuchter entdeckt …«

»Und dann bist du hineingestürmt. Mein Held«, neckte sie ihn. Obwohl er das war.

Alessandro grinste, als gefalle ihm diese Rolle. »Es war das Mindeste, was ich tun konnte«, sagte er.

»Was ist mit Pasquale?«

Sein Blick wurde ernst. »Enrico hat am Theatereingang gewartet. Er wird verhindern, dass er irgendwohin geht.« Wieder wechselten sie einen Blick. »Und Volti ist aus demselben Stein gemacht wie die *nuraghi*«, fügte Alessandro hinzu.

Faye verstand, was er meinte. »Ich hoffe, Enrico tut nichts Unüberlegtes«, sagte sie, obwohl sie es ihm nicht übel genommen hätte. Das Gesetz würde allerdings weniger nachsichtig sein. Ihr wurde klar, dass sie sich in Enrico geirrt hatte. *Schon wieder*, dachte sie betreten. Sie hatte an den freundlichen, leutseligen Pasquale de Montis geglaubt. Doch er war Schauspieler – ein Meister der Verstellung. Enrico Volti war da ganz anders. Genau wie Alessandro hatte er eine harte Schale, und er Mann trauerte immer noch um seine Tochter, deren Verschwinden bis heute nicht aufgeklärt war.

»Marisa und Carmela sind ebenfalls da und inzwischen wahrscheinlich die halbe Stadt«, sagte Alessandro finster. »Wir sollten hinausgehen und nachsehen, was passiert ist. Sie werden sich schon fragen, wo wir bleiben. Und Pasquale hat noch viel zu erklären.«

Ja, das sollten sie wohl, auch wenn Faye merkwürdigerweise keinerlei Lust verspürte, irgendwohin zu gehen. Sie sah sich in dem Raum um. Wie traurig, dass dieses Zimmer zu einem so guten Zweck geschaffen worden war und am Ende dann einen so schlimmen erfüllt hatte … Ihr fiel etwas ein. »Die Dielen«, flüsterte sie.

»Die Dielen?« Alessandro sah nach unten. »Was ist damit?«

»Es sieht aus, als hätte sie jemand aufgestemmt. Siehst du? Genau hier?« Sie zeigte auf die Spuren im Holz.

Alessandro ging hinüber, um es sich anzusehen. Er versuchte, ein Brett zu lösen, ließ es dann aber sein. Mit ernster Miene drehte er sich zu Faye um. »Darum soll sich die Polizei kümmern.«

»Sollten wir nicht nachschauen, was sich darunter befindet?« Faye wurde klar, dass er wieder jemanden beschützte, und zwar dieses Mal sie. Er wusste, was sie durchgemacht hatte, und er wollte nicht, dass sie sah, was vielleicht dort lag. Was sie erraten ließ, was er dort vermutete. »Oh, mein Gott«, sagte sie. »Alessandro, glaubst du wirklich, es könnte …« Sie vermochte es es nicht auszusprechen, nicht einmal zu denken.

»Vielleicht Besitztümer der Bertellis«, unterbrach er sie. »Oder Wertgegenstände aus Deriu, die vor den Faschisten versteckt wurden. Komm, Faye.« Er schlang einen Arm um ihre Schultern. »Für heute Abend haben wir genug gesehen.«

Gemeinsam verließen sie das Versteck. Auf dem Weg nach draußen holten sie Fayes Tasche und ihren Laptop und durchquerten den Zuschauerraum. Faye war immer noch benommen, deshalb hielt sie es zunächst für ein Trugbild, als sie auf der Bühne den Schatten einer menschlichen Gestalt entdeckte. Doch der Schatten war da. Sie schrie auf und griff nach Alessandros Arm.

Pasquale de Montis würde nichts mehr erklären. Sein Körper hing leblos an einem Seil, das um einen Balken über der Bühne geschlungen war. Im Tod wirkte er genauso mager und unbeholfen wie oft in seinem Leben – das hieß, abgesehen von den Gelegenheiten, wenn die Persönlichkeit einer Bühnenfigur ihm vorübergehend erlaubt hatte, seine eigene zu vergessen …

43

12 Monate später

Faye hatte einen Fensterplatz und reckte den Hals, um einen ersten Blick auf die Insel zu erhaschen, die sie letzten Sommer so lieben gelernt hatte. Auf den Plätzen neben ihr saßen ihre Eltern. Sie waren zu dritt unterwegs zur großen Neueröffnung des kleinen Theaters in seiner neuen Funktion als »Kommunales Kunstzentrum der Stadt Deriu«. Die Einladung stammte von Marisa Rinaldi. *Du musst kommen*, hatte sie geschrieben:

> *Du hast einen großen Beitrag dazu geleistet. Es tut mir leid, dass während Deines Aufenthalts hier Schlimmes passiert ist. Aber Du hast die Idee Wirklichkeit werden lassen, Faye, und dafür danken wir Dir.*

Faye war sich nicht sicher, ob sie dafür verantwortlich war. Natürlich war sie zu Beginn dabei gewesen und hatte auch den größten Teil des Dramas miterlebt, das sich rund um die Renovierung des Theaters abgespielt hatte, aber nach Pasquale de

Montis' Tod und der Entdeckung von Giorgia Voltis Überresten unter den Bodendielen war sie nicht mehr lange auf der Insel geblieben. Marisa hatte recht. So viel Schlimmes war passiert. *Zu viel*, dachte sie. Es war eine Erleichterung gewesen, Sardinien zu verlassen und zu einem relativ normalen Leben in London zurückzukehren, in dem Faye begonnen hatte, freiberuflich für ein Designbüro zu arbeiten, und eine Teilzeit-Fortbildung in Theater- und Eventdesign absolviert hatte, um ihr Profil zu erweitern. Sie hatte den Kurs im Mai abgeschlossen. Ihr Vertrag als Freiberuflerin war vor weniger als einer Woche ausgelaufen.

Nachdem Alessandro und sie Pasquale damals erhängt gefunden hatten, war die Polizei gerufen worden, und man hatte ihn von seiner makabren Position vorn auf der Bühne heruntergeschnitten. Es hatte ausgesehen, als hätte ein Teil von ihm sich immer noch nach dem Rampenlicht gesehnt und wäre entschlossen gewesen, sich nicht hinter die Kulissen verbannen zu lassen. Faye hatte am ganzen Körper gezittert und gar nicht mehr aufhören können, so furchtbar war es gewesen. Pasquales Mutter war völlig außer sich gewesen. Sie war ins Theater gehumpelt, hatte geweint und geschrien und mit den Fäusten auf die hölzernen Bretter eingeschlagen, die ihr den Sohn so oft weggenommen hatten. *»No, no! Per l'amor di Dio, no!«*, hatte sie mit ihrer heiseren Stimme geschrien. »Ich habe immer versucht, ihn zu behüten. Aber davor konnte nicht einmal ich ihn beschützen.«

Faye hatte es nicht ertragen und sich abgewandt; sie konnte die Trauer der alten Frau nicht mitansehen. Sie war nicht im Geringsten überrascht gewesen, als sie drei Monate später von Marisa erfahren hatte, dass Dorotea de Montis gestorben war. Sie war sehr alt gewesen, und als Pasquale Selbstmord beging, hatte seine Mutter wohl ihren Lebenswillen verloren; ohne ihre beiden Männer wollte sie nicht mehr weitermachen. Dorotea hatte gewusst, wie mutig ihr Mann gewesen war und wie schwach ihr Sohn. Doch sie hatte sie beide geliebt.

Endlich kam der nördliche Teil der Insel ins Blickfeld, und Faye erkannte die ersten blaugrünen Schatten im kristallklaren Wasser, von denen sie wusste, dass es sich um die malerischen Buchten der Costa Smeralda handelte. Sie lehnte sich zurück, damit ihre Mutter auch hinaussehen konnte, und drückte ihren Arm. »Es wird dir gefallen, Mum«, sagte sie. Dessen war Faye sich sicher. Sie selbst kehrte mit einem beklommenen Gefühl hierher zurück, obwohl sie es auch kaum abwarten konnte, zu sehen, was aus dem kleinen Theater geworden war, und ihren Eltern das Ergebnis ihrer Entwürfe zu zeigen. Sie freute sich ebenfalls darauf, Charlotte und die anderen Freunde wiederzusehen, die sie hier gefunden hatte. Ganz zu schweigen von Alessandro Rinaldi. Obwohl ein Jahr vergangen war, fuhren ihre Gefühle immer noch Achterbahn, wenn sie an ihn dachte.

»Also das ist Sardinien. Es sieht wunderschön aus, Liebes.« Ihre Mutter sah sie an und lächelte.

Faye war nicht dabei gewesen, als man die Bodendielen entfernt und Giorgia Voltis sterbliche Überreste entdeckt hatte. Schon bevor Faye die Insel verließ, waren die Spekulationen darüber hochgekocht, was am Tag von Giorgias Verschwinden geschehen war. Wahrscheinlich hatte das junge Mädchen Pasquale um Hilfe bei ihrer Schauspielkarriere gebeten, genau wie Marisa Rinaldi vor ihr. Anscheinend hatte er auch ihr angeboten, Fotos von ihr zu machen. Da diese jedoch nie gefunden wurden, hatte er in diesem Fall wohl die Beweise vernichtet. Vermutlich hatte er – auch wenn Faye sich das nicht einmal vorstellen mochte – Giorgia Avancen gemacht, die sie dazu gebracht hatten, ihn auszulachen. Faye erinnerte sich an Pasquales verwirrtes Gerede darüber, verspottet worden zu sein. Allem Anschein nach war Giorgia ein Mädchen mit einer extrovertierten Persönlichkeit gewesen. Dass Pasquale versuchte, seine Stellung auszunutzen, hätte sie sicher nicht einfach hingenommen. Und er hätte alles andere als freundlich darauf reagiert, ausgelacht zu werden.

Vor ihrer Abreise hatte Faye Carmela und Enrico Volti aufgesucht, um ihnen ihr Beileid auszusprechen. Enrico hatte darauf nur mit einem widerwilligen Nicken reagiert, doch Carmela hatte ihr überschwänglich gedankt und ihr ein Bild ihrer dunkeläugigen, lachenden Tochter gezeigt. »Wir hatten immer Angst um sie«, gestand sie. »Sie war kein schlechtes Mädchen …«

»Natürlich nicht«, beeilte sich Faye zu sagen.

»Aber sie war wagemutig, und sie war vorlaut. Ihr Vater hat immer von ihr verlangt, älteren Personen gegenüber mehr Respekt zu zeigen.« Sie warf Faye einen betrübten, aber wissenden Blick zu. »Unsere Giorgia hat sich nie davor gefürchtet, den Mund aufzumachen, und sie hatte keine Angst vor den Folgen.«

Faye verstand. Pasquales Ego und der Umstand, dass Giorgia ihm nicht den Respekt entgegenbrachte, von dem er fand, dass er ihn verdiente, hatten ihr Schicksal besiegelt. Natürlich hatte sie nicht wie Sofia ausgesehen und auch nicht so wie Marisa. Doch Faye vermutete, dass sich Pasquales psychische Verfassung – die wahrscheinlich nie besonders gut gewesen war – zwischen Sofias Tod und dem Zeitpunkt, zu dem es ihm gelungen war, ein weiteres junges Mädchen in die Kostümkammer zu locken, noch verschlechtert hatte. Faye erinnerte sich daran, was Pasquale über seine Begegnung mit Giorgia erzählt hatte, als sie allein in dem Geheimversteck waren. »Das war nicht lange nach Sofias Tod«, hatte er gesagt und davon gesprochen, dass er damals ein bisschen durcheinander gewesen war. Wer wusste schon, was er ursprünglich vorgehabt hatte? Sie hätte gern geglaubt, dass Pasquale de Montis Giorgia Volti eigentlich nichts hatte tun wollen. Faye dachte an seine Nostalgie und an seine Trauer um sein Leben und um Sofia. Sie hoffte, dass er seine Tat bereut hatte. Gleichzeitig wusste sie jetzt natürlich auch, was seine wahren Gründe gewesen waren, sich so verzweifelt gegen die Restaurierung des Theaters zu wehren. Er musste furchtbare Angst davor gehabt haben, dass sein dunkelstes Geheimnis enthüllt werden könnte.

Die Maschine war in den Sinkflug gegangen, die Stewardessen überprüften die Gurte und vergewisserten sich, dass die Taschen richtig unter den Sitzen verstaut waren. Faye spürte, wie sich ihr Magen zusammenzog. Sie hatte keine Flugangst – im Gegenteil, das Gefühl, in der Luft zu sein und in rasender Geschwindigkeit zu einem neuen Bestimmungsort katapultiert zu werden, gab ihr immer einen Kick. Doch heute kehrte sie an einen Ort zurück, der ihr vor nur einem Jahr so viel bedeutet hatte, zu einem Ort und einem Mann, vor denen sie damals praktisch geflüchtet war, und sie war sich nicht ganz sicher, wie sie sich angesichts dieser Rückkehr fühlte.

Als Charlotte und Fabio nach Deriu zurückgekehrt waren, hatte Charlotte sich auf sie gestürzt und darauf bestanden, sie in ihrer Wohnung zu umsorgen. Wenn Faye ausging, begleitete sie sie. Sie fühle sich schrecklich bei dem Gedanken, erklärte Charlotte, dass Faye so viele Tragödien erlebt habe und in Bedrängnis geraten sei. Das sei alles ihre Schuld. Sie hatte Faye überhaupt erst hergeholt, sie hatte sie Marisa und Alessandro vorgestellt, und dann war sie auf Reisen gegangen und nicht da gewesen, um Faye beizustehen.

»Mir ist doch nichts passiert. Mir geht es wirklich gut«, hatte Faye halb lachend protestiert. Aber sie genoss es auch ein wenig, dass ihre Freundin sich so um sie kümmerte.

Sie hatte sich tatsächlich gut genug gefühlt, um noch die letzten offenen Fragen bezüglich der Zeichnungen und Pläne zu klären und sich zu vergewissern, dass die Bauarbeiter und die anderen Mitglieder des Teams wussten, was sie taten, bevor sie nach Großbritannien zurückflog. Sie hatte sich gefreut, ihre Eltern wiederzusehen. Sie wusste, dass die beiden sich Sorgen um sie machten. Außerdem wollte Faye sich ihr eigenes Bild davon machen, wie es wirklich zwischen den beiden aussah. Sie hatte die Zeichnungen fertiggestellt und das Projekt in diesem Stadium an einen Bauleiter übergeben, Raffaele Calia. Sie war jedoch auch zurückgeflogen, weil die Ereignisse sie zutiefst erschüttert hatten. Deriu, das so voller Sonnenschein und Wärme war, hatte sich für sie zu einem Ort voller dunkler Schatten entwickelt. Und was Alessandro anging …

Nachdem sie Pasquale gefunden hatten, war Alessandro Rinaldi auf Distanz gegangen. Sie hatte damit gerechnet, dass er Kontakt zu ihr aufnehmen würde, aber sie hörte nichts mehr von ihm – kein Anruf, keine SMS, keine E-Mail. Es war, als ob nie etwas zwischen ihnen gewesen wäre, als ob er sie niemals in den Armen gehalten und geküsst hätte. Alessandro hatte sie vor Pasquale de Montis gerettet, aber das hätte er für jede andere Frau in einer so gefährlichen Lage ebenso getan. Er war ein attraktiver, netter Mann. Nur, dass er nicht ihr attraktiver, netter Mann war. Er hatte auch keinen Versuch unternommen, Einfluss auf ihre Entscheidung zu nehmen, die Insel zu verlassen. Warum auch? Er hatte Faye vielleicht das Leben gerettet, aber er war nicht frei und konnte deshalb nie etwas anderes sein als ihr Klient. Angesichts ihrer Gefühle war Faye jedoch klar, dass er niemals nur ein Freund sein konnte. Vielleicht hatte Alessandro das ebenfalls erkannt.

Die Maschine landete mit dröhnenden Motoren, und es dauerte nicht lange, bis alle ihre Sicherheitsgurte lösten, aufstanden und in den Gepäckfächern nach ihren Taschen suchten. Faye blieb noch einen Moment sitzen und sah aus dem Fenster. Sie waren in Olbia gelandet. Ihr Vater hatte einen Mietwagen bestellt, genau wie beim letzten Mal, als er die Insel besucht hatte, und sie würden direkt nach Deriu fahren. Dort hatten sie Zimmer in Fabios Hotel reserviert, dem *Azzurro*, das einst Bruno Rinaldi gehört hatte, bevor er es nach Sofias Tod verkauft hatte. Faye kam es vor, als hätte alles in der kleinen Stadt Deriu irgendwie mit den Rinaldis zu tun.

Nach ihrer Abreise hatte sie sich große Mühe gegeben, Marisa und Alessandro auch während des Fortgangs der Arbeiten nicht im Stich zu lassen. Sie stand in enger Verbindung zu Marisa, kümmerte sich um die Auswahl und Bestellung der Materialien und hielt den Kontakt zu Raffaele, der sehr fähig war und als Bauleiter die Bauarbeiter und Restauratoren beaufsichtigte. Alessandro war es gelungen, bei den entsprechenden Stellen beträchtliche Fördergelder für ihr Projekt lockerzumachen, und sie hatten ihren Etat ordentlich aufstocken können, sodass nun alle Verbesserungen auch umgesetzt werden konnten. Marisa und Charlotte hatten im Lauf der letzten Monate versucht, Faye dazu zu bewegen, nach Deriu zu kommen; aber sie hatte immer einen Grund gefunden, nicht zu fliegen. Sie hatte zu viel zu tun, war zu müde, konnte sich auf der Arbeit nicht freinehmen. Sie wusste, das war unprofessionell, aber ihr Auftrag im Rahmen des Projekts war so gut wie erfüllt. Außerdem wollte sie Alessandro nicht sehen. Es fiel ihr auch so schon schwer genug, ihn zu vergessen.

44

Sie richteten sich im Hotel ein und machten sich dann auf den Weg in die Altstadt von Deriu. Ade warf seiner Tochter einen Blick zu und lächelte. *Nur Mut*, hätte er ihr am liebsten zugerufen. *Alles wird gut.*

»Also, was ist passiert, Dad?«, hatte Faye Ade damals gefragt, als sie zurückgekehrt war und sich noch von den dramatischen Ereignissen im kleinen Theater von Deriu erholte. »Was ist passiert, als du zu Mum gefahren bist?«

Ade war gerührt gewesen, weil sie sich Sorgen um ihn gemacht hatte, obwohl sie mit einem Irren, der ihr ein Messer an den Hals gehalten hatte, in diesem grausigen Loch eingesperrt gewesen war. Bei dem bloßen Gedanken überlief ihn ein Schauder, und er ballte die Fäuste. Sein kleines Mädchen … Er konnte nicht daran denken, ohne dass glühender Zorn auf den Mann in ihm aufstieg, der es gewagt hatte, Faye anzufassen, und gedroht hatte, sie zu verletzen.

Als Molly und er den ersten Anruf von ihrer Tochter bekommen hatten und sie ihnen unter Tränen erzählt hatte, was passiert war, mussten sie sich beide zurückhalten, um nicht darauf zu bestehen, dass sie den nächsten Flug nach Hause nahm. Zu seiner Überraschung war Molly die Tapfere von ihnen gewesen. »Lass sie bleiben, Ade«, sagte sie, nachdem sie Fayes Geschichte gehört hatten. »Jetzt ist sie in Sicherheit. Sie kommt ja bald wieder.«

»Aber …«

»So ist es besser.«

Blinzelnd sah Ade sie an. Diese neue, entscheidungsfreudige Molly, die zu wissen schien, was sie wollte, hatte ihn schon mehr als einmal verblüfft. Doch sie war auch verletzlich, und das zu wissen, war noch wichtiger. Was Faye anging, so hatte er keine Kontrolle darüber, was ihr zustieß, so viel war Ade klar. Seine Tochter war eine erwachsene Frau. Aber diese ganzen logischen Argumente zählten nicht; er wollte sie einfach dort wissen, wo er sie sehen konnte.

»Sie muss zuerst noch einiges regeln«, sagte Molly. »Sie kommt dann, wenn sie das erledigt hat. Okay?«

Er nickte. »Okay.« Vermutlich ging es um Dinge, die mit ihrer Arbeit zu tun hatten. Vielleicht ging es aber auch um Alessandro Rinaldi. Faye und Alessandro hatten vielleicht einen schlechten Start gehabt, aber Ade musste zugeben, dass dieser Mann seiner Tochter zu Hilfe gekommen war, als es darauf ankam. Langsam erkannte er, dass Molly in solchen Dingen klüger war. Das war eine der vielen neuen Eigenschaften, die er an ihr entdeckte, wenn er recht darüber nachdachte.

»Wir haben geredet«, erklärte er Faye. »Wir wollen eine Weile zusammen wegfahren.«

»Zusammen!« Er hörte die Überraschung und Freude in ihrer Stimme. Genauso erstaunt war er selbst gewesen, als Molly sich einverstanden erklärt hatte.

»Wir werden sehen, wie es läuft«, sagte Ade zu Faye. Er wollte nicht, dass sie sich zu viele Hoffnungen machte und dann doch nichts daraus wurde. Trotzdem ahnte er schon damals, dass es gut ausgehen würde. War er vor vielen Jahren wirklich in die Falle gegangen, als er Molly geheiratet hatte? Oder hatte er einfach Glück gehabt, von einem Mädchen akzeptiert zu werden, das ihm alles geben konnte, was er sich jemals wünschen oder brauchen würde?

Sie waren am frühen Morgen nach Olbia geflogen, da die Eröffnungsfeierlichkeiten bereits am Nachmittag begannen. Als sie durch die Stadt gefahren waren, hatte Ade schon die bunten Wimpelketten gesehen, die Musiker und die Menschenmengen in den Straßen. Galt das alles dem kleinen Theater? Faye hatte ihnen erzählt, dass im großen Zuschauersaal eine Kunstausstellung und ein Empfang stattfinden würden, bevor die Theater-AG einer örtlichen Schule Tanz und Gesang darbieten würde. Am Abend sollte im Theater ein Essen für ausgewählte Gäste stattfinden; das Catering dafür hatte ein nahe gelegenes Restaurant übernommen. Und schließlich würde am Hafen ein Feuerwerk gezündet, das man von der Treppe auf der *Piazza del Teatro* aus sehen konnte. Die Rinaldis machten eben keine halben Sachen, wie Faye trocken angemerkt hatte.

Ade tauschte ein Lächeln mit Molly. Wie würde Faye reagieren, wenn sie das Endergebnis ihres ersten Auftrags sah? Er war sich nicht sicher, aber er war froh, dass sie beide als moralische Unterstützung hier waren. Sie hatte eine schwere Zeit hinter sich und sollte sich dieser speziellen Rückkehr nicht allein stellen müssen.

In den letzten sechs Monaten waren Molly und er nach Australien und Singapur gereist. Es war überwältigend gewesen. Dieses Jahr wollten sie sich auf Europa konzentrieren. Für Ade war die Reise eine Offenbarung gewesen. Zu reisen, eine andere Kultur zu erkunden, neue Menschen kennenzulernen und andere Landschaften zu sehen war genau so gewesen, wie er es sich immer erhofft hatte, wenn nicht noch schöner. Doch noch etwas anderes war komisch: Wenn der richtige Mensch auf dem Platz neben einem saß, hatte Reisen nichts mit Weglaufen zu tun. Zu Anfang hatte er nicht damit gerechnet, dass Molly Freude daran finden würde, aber sie hatte offensichtlich jeden

Moment genossen, als fühle sie sich jetzt frei, vielleicht zum ersten Mal in ihrem Leben. War sie immer noch das Mädchen mit den Träumen, dem er vor vielen Jahren im Electric Palace begegnet war? Wahrscheinlich schon. Und wenn Molly noch Träume hatte, dann wollte Ade sich das Privileg verdienen, dass sie ihm von ihnen erzählte. Man wusste nie, vielleicht konnte er ja dazu beitragen, dass ein paar davon wahr wurden.

Faye strahlte. »Eine *festa*«, erklärte sie. »Auf Sardinien nutzt man jede Gelegenheit dazu. Religiöse Feiertage, den Wechsel der Jahreszeiten …« Sie wedelte mit der Hand. »Immer gibt es etwas zu feiern.«

»Das klingt für mich nach einer ausgezeichneten Idee«, sagte Ade. Als sie sich dem *centro storico* näherten, sah er sich um. Dieses farbenprächtige Schauspiel musste tief in der sardischen Kultur verwurzelt sein. Maskierte Tänzer und Frauen in traditioneller Tracht – lange, mit Pelz gefütterte Kleider mit breiten roten Schärpen und einem spitzenbesetzten Kopfputz – drängten sich auf dem zentralen Platz. Straßenmusiker spielten fröhliche sardische Volkslieder. Absätze klapperten auf dem Kopfsteinpflaster, und Frauen drehten sich im Kreis, dass ihre langen Röcke nur so flogen. Es war ein temporeiches, farbenprächtiges Gewimmel.

Ein Mann mit rotem Kopftuch und gelber Weste verbeugte sich vor ihnen und reichte Molly einen Myrtenzweig. Sie nahm ihn mit einem strahlenden Lächeln entgegen und drehte sich mit leuchtenden Augen zu Ade um.

»Lass mich das machen.« Er steckte ihn in den Verschluss der Silberbrosche, die sie trug.

»Danke, Ade.«

Einen Moment lang ließ er die Hände auf ihren Schultern liegen. Wie würde es jetzt weitergehen? Er wohnte wieder in Dorset, aber nichts war wie vorher. Natürlich war nicht alles eitel Sonnenschein, sondern das richtige Leben. Endlich erkannte er, dass sie nie gemeinsam um ihr verlorenes Kind getrauert hatten. Merkwürdigerweise war es nicht zu spät. Er war nicht für Molly da gewesen – damals nicht und später ebenso wenig. Aber jetzt würde er es sein, so lange, wie sie ihn wollte. Molly brauchte keine Angst mehr zu haben. Hatte sie ihm endlich ihr Herz geöffnet? Ade hoffte es. Wenn nicht, dann würde er es weiter versuchen.

Der maskierte Sarde wandte Faye seine Aufmerksamkeit zu. Auch sie nahm den Myrtenzweig lächelnd an, doch Ade meinte auch etwas Trauriges in ihren Augen zu entdecken.

»Grazie, Signore«, sagte sie.

Ade und Molly hakten ihre Tochter auf beiden Seiten unter und gingen mit ihr in Richtung *Piazza del Teatro*.

45

Sie schlenderten über die *piazze*, vorbei an Essensständen, an denen Köstlichkeiten aus der Region angeboten wurden, und blieben immer wieder stehen, um Kostproben zu nehmen. Mit einem Mal fasste einer der kapuzentragenden, maskierten Tänzer Fayes Hand und zog sie unvermittelt in die Mitte des Platzes. Sie versuchte zu protestieren, doch er wollte nichts davon hören. Zu den Klängen einer Fiedel wirbelte er sie herum, stampfte mit den Füßen, klatschte in die Hände und ließ Kuhglocken läuten, bis Faye lachte und mitmachte. Als die Musik verklang, verbeugte er sich tief. *»Grazie, Signorina«*, sagte er. »Ich kann Ihnen nicht genug danken.«

Dann ließ er sie stehen und zog mit seiner fröhlichen Truppe durch die Straßen davon. Einer der Musiker, die ihn begleiteten, spielte ein ungewöhnlich aussehendes Holzblasinstrument mit drei Pfeifen, ein anderer eine kleine Trommel, die um seinen Hals hing, und ein weiterer ein altmodisches Akkordeon. Doch wer war der Tänzer gewesen? Die ziemlich grässliche dunkelbraune Maske hatte nichts verraten. Dennoch meinte Faye, ihn an seiner Statur und Stimme erkannt zu haben. Enrico Volti hatte ihr soeben dafür gedankt, dass sie dazu beigetragen hatte, das Schicksal seiner geliebten Tochter aufzuklären.

Deriu hat sich nicht verändert, dachte sie, während sie weiterging. Jeder Bogengang war mit Palmwedeln geschmückt, an jeder Ecke standen neue Altare und Aufbauten mit Blumengirlanden, Heiligenbildern und Unmengen weißem Tüll. *Ballo sardo*, dachte Faye. Es war solch ein lebhaftes Schauspiel. Doch wenn man sich die *festa* und das Fahnenschwenken wegdachte, überspannte der strahlend blaue Himmel immer noch die Berge und das Meer, die Boote wiegten sich im Sommersonnenschein weiter sanft an ihren Anlegestellen, und die alten Häuser beugten sich gefährlich schief über enge, kopfsteingepflasterte Straßen. Nur an ihren bunten Fassaden waren vielleicht ein, zwei Quadratzentimeter mehr Farbe abgeblättert, die schmiedeeisernen Balkone waren ein wenig verbogener und zerkratzter und ihre Steinstufen eine Spur ausgetretener. Wie immer plauderten Frauen vor ihren Häusern, und Kinder spielten auf der Straße. Das *centro storico* duftete immer noch nach dieser wunderbaren sardischen Kombination aus blühendem Jasmin, Tomate und Basilikum, altem Stein und abblätternder Farbe. Der Geruch war einzigartig. Faye ließ sich Zeit und atmete ihn tief ein.

Doch irgendwie fühlte sich dieses Mal alles anders an. Faye war immer noch eine Fremde, aber sie kam sich nicht so vor. Frauen, die ihr früher böse Blicke zugeworfen hatten, strahlten sie jetzt an und grüßten sie freundlich, Männer lächelten und nickten, wenn sie zu Faye *Buon giorno* sagten. In den Blicken und Grüßen lag keine Feindseligkeit mehr. Alles an diesem Ort und den Menschen war ihr vertraut. Faye hatte das unverkennbare Gefühl, nach Hause gekommen zu sein.

Als sie die *Piazza del Teatro* betraten, schnappte Faye nach Luft. Das Theater stand auf seinem erhöhten Platz und schaute stolz auf sie herunter. Vom Charakter und Stil her war es immer noch das kleine Theater, und doch sah sie gleich, dass es durch die Renovierung zu einem ganz anderen Geschöpf geworden war als das Gebäude, das sie so gut gekannt hatte. Das kleine Theater hatte seine Würde zurückgewonnen.

»Das ist es also.« Ihre Mutter hakte sich bei Faye unter. »Es ist fantastisch, Faye.«

Das war es. Das Äußere des kleinen Theaters war originalgetreu restauriert worden. Die alte Tür aus Eichenholz war noch da – abgeschliffen, ausgebessert und neu lackiert. Das Mauerwerk, das sie umgab, war erneuert worden, nachdem das Gebäude viele Jahre lang der salzigen Luft, den wechselnden Wetterbedingungen und der Zeit ausgesetzt gewesen war. Die Fassade war frisch gestrichen, und zwar in exakt demselben Farbton, den sie ausgewählt hatte, nachdem sie die alten Farbschichten studiert hatte. Die Fenster blitzten, besonders die Fensterrose in der Mitte. Das kleine Theater war nun auch nicht mehr klein, denn es war an der Seite und nach hinten hinaus um einen stilvollen Anbau aus Naturstein erweitert worden, der mit seinen großen Fenstern und seinem Glasdach Alt und Neu genauso verband, wie Faye es sich erhofft hatte.

Sie bemerkte den behindertengerechten Zugang über eine Rampe, die zur Rechten der alten Treppe angelegt worden war. Für die heutige Feier hatte sich das Theater besonders herausgeputzt. Die Tür war weit geöffnet, und bunte Wimpelketten waren um das ganze Gebäude gespannt und flatterten fröhlich in offenen Fenstern. Die Musik, die aus dem Inneren drang, klang weniger nach sardischer Volksmusik als nach einem Triumphmarsch. Faye grinste. Es war perfekt.

Fayes Vater nahm ihren anderen Arm. »Worauf warten wir noch?«, fragte er. »Lasst uns hineingehen.«

Allerdings, worauf warteten sie? Faye holte tief Luft, und sie stiegen die steinerne Treppe hinauf.

Drinnen angekommen fand sie das Foyer heller und luftiger vor, und es war so umgestaltet worden, dass es größer wirkte. Helle Sonnenstrahlen fielen durch die Fensterrose, und an den Wänden hingen große bebilderte Tafeln, die die Geschichte des

Theaters erzählten. So wie Faye es vor über einem Jahr mit Alessandro und Marisa besprochen hatte, wurden verblasste Fotos von Aufführungen aus alter Zeit, alte Programme und Poster mit den Stars des Theaters gezeigt. Im Mittelpunkt stand die große, glamouröse Sofia Rinaldi. Faye hielt inne. »Alessandros Mutter«, sagte sie leise.

»Aha.« Zu Fayes Verblüffung füllten sich die Augen ihrer Mutter mit Tränen. »Es war so traurig«, sagte sie. »So furchtbar traurig.«

Daneben hing ein weiteres Foto. Es zeigte Bruno und Sofia, das Traumpaar.

»Und Bruno …« Mit einem leisen Lächeln auf den Lippen streckte ihre Mutter die Hand nach dem Bild aus.

Faye sah sich um, doch ihr Vater war ein paar Schritte entfernt stehen geblieben und sah sich interessiert um. Er betrachtete die Fotos und las die Tafeln mit einer kurz gefassten Chronik des Gebäudes, die es auf Italienisch, Deutsch und Englisch gab. »Ich habe mich immer gefragt, ob etwas zwischen dir und Bruno war, Mum«, sagte Faye. Inzwischen war es eigentlich nicht mehr von Bedeutung, aber sie hätte es trotzdem gern gewusst.

»Er war ein guter Mensch.« Das war keine Antwort auf ihre Frage, aber nach ihrem Blick zu urteilen, hatte er ihr mehr als das bedeutet.

»Als ich seinen Namen erwähnt habe, da hast du …« Faye zögerte. Wie sollte sie es ausdrücken? »… bestürzt gewirkt.«

»Das war ich auch.« Ihre Mutter nickte. »Du hast recht: Zwischen uns hätte etwas sein können.« Sie machte eine kurze Pause. »Aber Bruno Rinaldi hat mir etwas Wichtigeres geschenkt.«

»Was denn?« Ihre Mutter und Bruno Rinaldi … Faye und Alessandro … Eine interessante Parallele. Faye überlegte, dass ihre Eltern auseinandergedriftet waren, während sie Alessandro näherkam. Und als sie Deriu und Alessandro verlassen hatte, waren ihre Eltern sich wieder nähergekommen. Sie schienen sich alle zu bewegen wie die bunten Ponys auf einem Karussell.

»Er hat mir zugehört, Faye.« Ihre Mutter lächelte. »Er hat sich angehört, was ich ihm erzählt habe, und versucht, mir ein besseres Gefühl zu vermitteln – ein weniger schlechtes Gewissen, wenn du so willst. Wir haben nämlich alle Gründe, uns schuldig zu fühlen, weißt du. Dieser Fremde ist unerwartet in mein Leben getreten, und er hat mir etwas Besonderes geschenkt.«

Faye legte ihrer Mutter einen Arm um die Schulter und drückte sie. Sie konnte sich nicht vorstellen, weswegen ihre Mutter ein schlechtes Gewissen gehabt haben sollte. »Wir alle brauchen von Zeit zu Zeit einen solchen Menschen«, sagte Faye. Hatte Alessandro nicht etwas ganz Ähnliches für sie getan?

»Trotzdem hat es für mich immer nur einen Mann gegeben.« Ihre Mutter sah zu Fayes Vater hinüber, der seine Lesebrille aufgesetzt hatte und die Fotos betrachtete.

Faye lächelte. Das war schön. Diese neue Nähe zwischen ihren Eltern vermittelte Faye ein warmes Gefühl. »Und wie war es für Bruno?« Sie dachte an all die Geschichten, die sie in Deriu über Bruno Rinaldi gehört hatte. Genau wie sein Sohn war er ein charmanter Mann gewesen, doch wie viele charmante Männer hatte er seinen Charme anscheinend vor allem auf die weibliche Bevölkerung verwendet.

»Für ihn gab es nur eine einzige Frau«, sagte ihre Mutter. »Deswegen …« Sie verstummte.

»Deswegen was?«, fragte Faye. Doch ihre Mutter schüttelte den Kopf, als hätte sie schon zu viel gesagt.

»Wir dürfen die Geheimnisse anderer Menschen nicht verraten.«

Faye erinnerte sich daran, dass Alessandro etwas Ähnliches gesagt hatte. Und er hatte natürlich recht gehabt.

»Wer auch immer dir gesagt hat, Bruno Rinaldi sei ein Schürzenjäger gewesen«, fuhr ihre Mutter fort, »hatte vielleicht seine eigenen Beweggründe, mein Schatz. Du weißt genauso gut wie ich, dass man nicht alles glauben darf, was die Leute einem erzählen.«

Darüber dachte Faye nach. Es stimmte natürlich. Vieles von dem, was sie gehört hatte, war von Pasquale de Montis gekommen, dessen Fehlen in dieser Ruhmeshalle offensichtlich war und der ganz sicher seine eigenen Gründe gehabt hatte, Gerüchte über Bruno Rinaldi zu verbreiten. Enrico und Carmela hatten ihr dieselbe Geschichte erzählt, aber wer wusste schon, woher ihre Informationen stammten. Vielleicht von Pasquale? In einer Stadt wie Deriu musste es ein Leichtes sein, Gerüchte über jemanden in die Welt zu setzen.

»Woher soll man wissen, wer die Wahrheit sagt?«, murmelte Faye mehr an sich selbst gerichtet. Sie warf einen Blick durch die Fensterrose. Sie bot nun eine freie Aussicht auf den Himmel und das blaue Meer darunter, das in der Sonne glitzerte. Es war überwältigend.

Ihre Mutter drückte ihr den Arm. »Du wirst die Wahrheit schon herausfinden, Schatz«, sagte sie. »Folge einfach deinem Herzen.«

Die Bildtafeln im hinteren Bereich des Foyers dokumentierten die aktuellen Renovierungsarbeiten und die Neuerfindung des Theaters. Faye betrachtete die Vorher-nachher-Bilder. Bei einigen Fotos erinnerte sie sich daran, wie sie gemacht worden waren – meist von Marisa. Vor einem blieb sie länger stehen. Es hatte Faye und Alessandro bei einer Diskussion über eine ihrer Zeichnungen eingefangen und zeigte, wie sich ein blonder und ein dunkler Kopf zusammen über den Tisch beugten. Faye stockte der Atem. Sie hatte nicht einmal mitbekommen, dass Marisa es aufgenommen hatte.

»Das ist also dein Alessandro«, sagte ihre Mutter.

»Er ist nicht mein …« Faye drehte sich um, und da stand er.

»Alessandro.« Sie räusperte sich. Verdammt.

»*Buon giorno*, Faye.« Er beugte sich vor und küsste sie auf die

Wangen. Er war ihr so nahe. Faye nahm seinen Geruch wahr, und plötzlich war alles wieder da – die warme Sonne und die atemberaubenden Sandstrände, das Schwimmen in türkisblauem Wasser, der Streit über das Schicksal des kleinen Theaters und dann der schreckliche Abend in dem geheimen Raum hinter der Kostümkammer, als er sie in den Armen gehalten und zärtlich ihr Haar gestreichelt hatte, bis sie endlich zu zittern aufgehört hatte.

Er musterte sie aus seinen dunkelblauen Augen. »Du siehst gut aus.«

»Du auch.« Er trug einen eleganten italienischen Anzug in einem so dunklen Indigoblau, dass es fast schwarz wirkte. Sein lockiges Haar war kürzer geschnitten als vorher und reichte nicht ganz bis an den Kragen seines taubenblauen Hemds, das – typisch für Alessandro – am Kragen offen stand. »Ich freue mich, dich zu sehen«, sagte er. Er schien noch mehr sagen zu wollen, doch dann bemerkte er Fayes Mutter, die geduldig darauf wartete, ihm vorgestellt zu werden.

»Das ist meine Mutter, Molly Forrester«, erklärte Faye. »Mein Vater ist ebenfalls hier.« Sie deutete mit dem Kopf in seine Richtung. »Aber ihr beiden kennt euch ja schon.«

»Selbstverständlich.« Er lächelte höflich. »Ich freue mich sehr, Sie kennenzulernen, *Signora*.«

»Schön, auch Sie kennenzulernen, Alessandro«, sagte Fayes Mutter sanft. »Ich bin Ihrem Vater begegnet, als er zu Charlottes und Fabios Hochzeit nach Dorset gekommen war. Er hat sogar bei Ade und mir gewohnt.«

»Ah ja.« Alessandro lächelte. »Er hat von Ihnen erzählt.«

»Hoffentlich nur Gutes«, sagte Fayes Mutter leichthin. Faye sah ihr an, wie es sie freute, endlich Bruno Rinaldis Sohn kennenzulernen.

»Nur Gutes, ja.« Doch er wirkte nachdenklich.

Fayes Vater trat zu ihnen. Er schüttelte Alessandro kräftig die Hand. »Das Theater sieht großartig aus«, sagte er. »Am Ende war es die ganze Mühe wert, oder? Meinen Glückwunsch.«

»Ja, so ist es.« Alessandro lächelte dankbar, doch er sah wieder Faye an. »Und alles verdanken wir Ihrer Tochter«, setzte er hinzu. »Ohne sie hätten wir das nicht geschafft.« Er tat einen Schritt auf Faye zu. »Würdest du gern …?«

Sie sollten nie herausfinden, was er sagen wollte, denn in diesem Moment traten Charlotte und Marisa aus dem Zuschauerraum und quietschten vor Freude, als sie Faye entdeckten. Sie wurde in eine Gruppenumarmung gezogen und dann in Richtung Saal geschoben. Sie hatte nicht einmal eine Chance, sich zu Alessandro umzudrehen.

»Ich freue mich so, dass du hier bist«, flüsterte Marisa. »Ich muss später mit dir reden. Aber jetzt komm erst einmal mit und staune.«

Und Faye staunte. Der Zuschauerraum war völlig verwandelt. Die alten, muffigen, fadenscheinigen Sitze und der Teppich waren verschwunden, und man hatte den alten Marmorboden gereinigt und restauriert, sodass er nun in neuem Glanz erstrahlte. Ein großer Teil des Raums war immer noch bestuhlt, aber Faye hatte eine mobile Variante gewählt, damit die Stühle flexibler eingesetzt werden konnten. Es funktionierte. Der Zuschauersaal wirkte deutlich größer als zuvor. Und es war auch gut, dass es so viel Platz gab, denn der Raum füllte sich mit Gästen aus der ganzen Stadt und der Umgebung.

Kürzlich hatte sie in einem Online-Magazin einen Artikel gelesen, in dem ein Schweizer Architekt mit der Aussage zitiert wurde, man könne den Erfolg eines Gebäudes daran ablesen, ob es voller Menschen sei. Wenn das so war, dann schlug sich ihres bis jetzt ganz gut. Offenbar hatten Faye, Alessandro und Marisa eine gute Chance, ihr ursprüngliches Ziel für das Theater zu erreichen. Es war ihnen nie ausschließlich um die Restauration und die Renovierung eines historischen Gebäudes gegangen. Sie hatten auch immer an die Bürger von Deriu gedacht, an das, was sie wollten, was sie brauchten und was ihren Ort bereichern würde.

Faye sah zur Bühne. Das Bühnenportal war eine der größten Herausforderungen für sie gewesen, doch in den letzten Monaten war es in mühevoller Kleinarbeit repariert und frisch bemalt worden, und der Stuck erstrahlte wieder in seiner früheren Pracht. Auch der staubige lila Vorhang war verschwunden und einem aus kräftig rotem Brokat gewichen, der, wie Faye entdeckt hatte, dem ursprünglichen Vorhang viel näher kam. Die Beleuchtung war erneuert worden, der Orchestergraben erweitert und seine hölzerne Brüstung repariert. Sie sah zur Decke und zu dem Stuck und den Gemälden. Alles war makellos restauriert. Die Wände waren in einem klaren Weiß gestrichen, das sich perfekt als Hintergrund für die Kunstausstellung eignete, aber auch die lebhaften Farben der Deckengemälde, des Vorhangs und der Ränge über ihnen hervorhob. Die ursprünglichen Charakteristika des Theaters waren durch die Gestaltung noch betont worden, wie Faye es sich erhofft hatte.

»Die Handwerker haben großartige Arbeit geleistet«, flüsterte sie Marisa und Charlotte zu. Ihr erster Eindruck war richtig gewesen. Alles war perfekt.

»Wir haben es geschafft, die Akustik erheblich zu verbessern«, erklärte Marisa ihr. »Dass wir den alten Teppich entfernt haben, war sicherlich hilfreich. Und der Akustikberater, an den du uns verwiesen hast, hatte ein paar wirklich gute Ideen, zum Beispiel auf der Rückseite der Bühne ein schwarzes schallschluckendes Material einzusetzen. Widerhall, Flatterecho … Akustik ist heutzutage wohl eine echte Wissenschaft.«

Faye lachte. Das hatte sie bei ihren ersten Recherchen auch festgestellt. Bei ihrer Fortbildung kürzlich hatte sie noch mehr darüber gelernt. Theaterausstattung und -gestaltung war ein komplexes Gebiet, und vielleicht war es gut, dass sie nicht mehr gewusst hatte. Sonst wäre sie vielleicht zu eingeschüchtert gewesen, um dieses Projekt zu übernehmen.

»Du wirst sehen, dass wir auch die Bühne so rekonstruiert haben, wie wir es besprochen hatten.«

Die Bühne … Im Moment war sie noch hinter dem Vorhang verborgen, aber Faye hatte noch immer den grausigen Anblick von Pasquales Körper vor Augen, wie er an dem Seil gehangen hatte. »Wie sieht es mit dem Bereich hinter der Bühne aus?«, fragte sie mit schwacher Stimme.

»Oh, ganz wunderbar.« Marisa war in ihrer Begeisterung kaum zu bremsen; das war schön zu sehen. »Wir haben einige technische Verbesserungen vorgenommen. Alles ist so viel geräumiger und besser organisiert. Wir können mehr Szenenaufbauten lagern und sind dadurch bei unseren Produktionen flexibel.«

Faye nickte. Marisa klang weit engagierter, als Faye es von ihr erwartet hatte. Alles war so, wie Faye es geplant hatte, und doch war die Realität etwas ganz anderes, als Zeichnungen und Pläne anzusehen. Das hier war ihr erster Job gewesen, und einmal mehr überwältigten sie seine Dimensionen. Nachdem sie inzwischen mehr Erfahrungen mit architektonischer Gestaltung gesammelt hatte, wusste sie noch weniger, wieso in aller Welt sie geglaubt hatte, für ein solches Projekt qualifiziert zu sein. Und doch … alles hatte sich zusammengefunden. Alles war liebevoll restauriert worden. Das Ergebnis war genau die Mischung aus Tradition und Moderne, die sie sich vorgestellt hatte. »Es ist großartig«, erklärte sie Marisa und Charlotte. Und das war es auch.

Während des Champagnerempfangs sahen sich Faye und ihre Eltern in der Ausstellung um, die Werke örtlicher Künstler zeigte. Es freute Faye zu sehen, dass der Gemeinschaftsgeist von Anfang an regierte. Und die Aufführung bestätigte diesen Eindruck noch – eine Gesangs- und Tanzproduktion junger Leute aus dem Ort, die von jetzt an ein Zuhause für ihre Theatergruppe und eine Bühne für ihre Auftritte haben würden. Während Faye darauf wartete, dass sich der Vorhang hob, spürte sie es genauso wie als Kind im Theatre Royal: diese Aufregung, als die Lichter verloschen, und die Anspannung und Vorfreude, als der Vorhang hochgezogen wurde.

»Wir werden eine schöne Auswahl professioneller Auftritte sehen«, versicherte ihr Marisa, die neben Faye saß. »Nachher zeige ich dir unser Programm.«

Faye war verblüfft. Marisa klang, als wäre sie maßgeblich an der Zukunftsplanung des Theaters beteiligt. »Dann bleibst du also? Was ist mit Rom?«, fragte sie. »Und mit Leo?« Als sie Marisa zum letzten Mal gesehen hatte, hatte sie es kaum abwarten können, Deriu zu verlassen.

Marisa strahlte jemanden an, der direkt hinter Faye saß. »Das ist Leo.«

Ein Bär von einem Mann nahm ihre Hand, drückte sie und sagte mit blitzenden Augen und einem breiten Lächeln: »Ich freue mich außerordentlich, Sie kennenzulernen, *Signorina.*«

»Ebenfalls.« Faye blickte zwischen den beiden hin und her. »Und …?«

»Leo ist nach Deriu gezogen«, erklärte Marisa. »Er arbeitet bei einer Bank, und da war es einfach, sich versetzen zu lassen.«

»Das sind großartige Nachrichten.«

Marisa beugte sich zu ihr herüber. »Ich habe die Vergangenheit auf andere Art hinter mir gelassen«, sagte sie. »Weißt du, ich habe das kleine Theater und Deriu immer geliebt. Er hat mir das genommen, und jetzt habe ich es mir zurückgeholt.«

Faye nickte. Sie glaubte, sie zu verstehen. Solange Pasquale de Montis lebte, war das für Marisa anders gewesen. Doch sein Tod hatte ihr die Freiheit geschenkt, an dem Ort zu bleiben, den sie am meisten liebte. »Wirst du denn am Theater arbeiten?«, fragte Faye. Marisa klang, als hätte sie die Verantwortung für das Ganze übernommen. »Ich staune darüber, wie du die Zeit für das alles findest.«

»Ich bin sowohl die Tochter meines Vaters als auch die meiner Mutter«, gab Marisa zurück. »Ich habe eine Amateur-Schauspielgruppe gegründet, und wir werden vielleicht gelegentlich auftreten.«

»Das ist wunderbar.« Lächelnd erinnerte sich Faye daran,

wie Marisa einmal auf die Bühne geklettert war und für Faye als einzige Zuschauerin einen kleinen Tanz hingelegt hatte. Sie war froh darüber, dass es Marisa gelungen war, über ihr schreckliches Erlebnis hinwegzukommen, und dass sie endlich ihre Ambitionen ausleben konnte. »Aber in welcher Hinsicht bist du die Tochter deines Vaters?«

»Ich werde das Theater auch leiten«, erklärte Marisa. »Ich habe einen Geschäftsführer eingesetzt, und natürlich stelle ich noch weiteres Personal ein, aber ich möchte wie mein Vater am Tagesgeschäft beteiligt sein. Er hat damals gleichzeitig sein Hotel geführt. Er war gut im Jonglieren«, fügte sie hinzu.

»Und deine Stelle in der Schule?«

»Ich habe vor ein paar Monaten auf Teilzeit reduziert«, gestand Marisa. »Ich liebe das Unterrichten zu sehr, um es ganz aufzugeben. Aber selbst ich schaffe nicht alles auf einmal.«

Faye lachte. »Glaubst du eigentlich, dass Deriu euch endlich verziehen hat, dass Alessandro und du die Regie über das Theater übernommen habt?«, fragte sie. »Mit dem Endergebnis sind die Leute ja zufrieden, oder?«

»Das sollten sie auch sein«, sagte Marisa fröhlich. »Weil wir ihnen nämlich das Theater zurückgegeben haben.«

»Ja. Sie werden es mit Freuden nutzen«, pflichtete Faye ihr bei.

»Und es wird ihnen auch gehören«, erklärte Marisa. »Es ist nun offiziell: Wir betreiben es, aber es ist Eigentum der Kommune.«

»Wirklich?« Vor Freude klatschte Faye in die Hände. »Oh, Marisa! Das war sehr großzügig von euch.«

»Alessandro und ich haben darüber diskutiert. Das Theater war ursprünglich ein Gemeinschaftsprojekt. Es hat im Grunde immer Deriu gehört.«

Faye erinnerte sich daran, was Alessandro ihr bei ihrer ersten Begegnung über die Geschichte des Theaters erzählt hatte. Es war von einem Konsortium ansässiger Familien als Tribut an die Künste und zum Wohle der Stadt errichtet worden. Und diese Rolle spielte es immer noch. *In Deriu wird es ab sofort keine Streitigkeiten mehr über Besitzrechte geben*, dachte Faye. *Zumindest nicht, was das kleine Theater betrifft.* Das Theater gehörte wieder den Menschen, die es liebten.

»Und was ist mit Alessandro?«, fragte sie schließlich. Die Frage lag ihr schon den ganzen Nachmittag auf der Zunge. Seit ihrem Zusammentreffen im Foyer hatte sie nicht mehr mit ihm gesprochen, aber sie war sich seiner Anwesenheit die ganze Zeit bewusst gewesen. Sie hatte immer genau gewusst, wo er stand und mit wem er sprach. Auch Jana hatte sie gesehen; sie trug ein weißes Kleid und war mit Goldschmuck behängt. Einmal hatte sie neben ihm gestanden, und einmal hatte sie auf der anderen Seite des Zuschauerraums mit einem ruhig wirkenden Mann gesprochen, der einen dunkelgrauen Anzug und eine rote Krawatte trug.

Marisa warf ihr einen merkwürdigen Blick zu. »Bei meinem Bruder ist das etwas anderes«, antwortete sie. »Er wollte das Theater zum Gedenken an Mama wiedereröffnen, aber nachdem das alles passiert ist …« Sie senkte die Stimme. »Ich glaube, trotz allem, was wir hier erreicht haben, hat er den Antrieb verloren.«

Faye blickte hinüber zu Alessandro, der zusammen mit Fabio und Charlotte auf der anderen Seite des Zuschauerraums saß. *Auch du*, dachte sie. *Auch du.*

Es kam ihr beinahe wie eine Verschwörung vor. Faye hatte eigentlich nicht in Alessandro Rinaldis Nähe kommen wollen, und jetzt sah es aus, als wäre ihr Wunsch Wirklichkeit geworden. Jedes Mal, wenn sie dachte, er würde näher kommen, jedes Mal, wenn sie ihn in ihre Richtung schauen sah, tauchte jemand anders auf, dem Marisa oder Charlotte sie unbedingt vorstellen mussten.

Gerade hatte Marisa sie am Arm gefasst. »Ich muss dir noch

etwas anderes zeigen«, erklärte sie. Sie zog Faye über die Treppe auf die Bühne. Faye zögerte, aber Marisa hielt ihren Arm fest. »Es ist vorbei, Faye«, sagte sie. »Es ist Geschichte.«

Faye wusste, dass sie recht hatte, aber trotzdem zögerte sie. Natürlich wollte sie den Bereich hinter der Bühne sehen, die neuen Toiletten mit dem Behindertenzugang und die neuen Garderoben, alle neuen Umbauten. Kurz bevor sie die Kostümkammer erreichten, wurde sie langsamer.

»Du musst es dir ansehen«, erklärte Marisa streng.

Natürlich hatte Marisa recht. Außerdem hatte sie viel mehr gelitten als Faye. Wenn Marisa sich dem stellen konnte, dann war auch sie dazu in der Lage.

Dort war es. Die Tür zum geheimen Raum stand weit offen, und alles sah genauso aus wie an dem Abend, an dem sie ihn entdeckt hatte. Automatisch sah Faye zu der Stelle, an der offensichtlich die Bodendielen aufgestemmt worden waren, doch ein Teppich lag darauf – derselbe Teppich, der vorher hier gelegen hatte. »Oh, Marisa«, sagte sie.

»Sieh einmal.« Marisa lenkte ihre Aufmerksamkeit auf eine Informationstafel an der Wand. Faye las. Die Gemeinde Deriu erinnerte an die Taten Luigi de Montis'. Es wurde erzählt, wie er den Bertellis das Leben gerettet hatte, indem er sie hier versteckt und ihnen geholfen hatte, in die Berge zu fliehen. Er hatte sein Leben verloren, als er später von den Faschisten verhaftet wurde, doch selbst unter der Folter hatte er weder den Aufenthaltsort der Familie preisgegeben noch enthüllt, wo er sie versteckt hatte.

Faye nickte. »Eine sehr schöne Idee.«

»Es ist gut, das Andenken zu bewahren«, meinte Marisa. »Denn wir müssen uns erinnern.«

»Wirklich?«, fragte Faye sie. Sie bewunderte Marisas Tapferkeit und wusste auch, dass dieser Raum einmal zu einem guten Zweck genutzt worden war. Aber was war mit dem anderen, dem Bösen?

»Ja«, sagte Marisa. »Das Gute wiegt schwerer als das Böse, Faye. Dieser Raum wurde als Versteck ersonnen und benutzt, um den Verfolgten zu helfen; er stand jedem zur Verfügung, der ihn vielleicht brauchte. Doch als Pasquale de Montis Giorgias Leiche unter diesen Dielen versteckte …« Sie zeigte darauf, und Faye zuckte zusammen. »… da hatte er die böse Tat schon begangen. Er hätte sie überall verstecken können.« Sie machte eine weit ausladende Geste. »Der Raum hat keine Schuld, verstehst du?«

Faye musste zugeben, dass sie recht hatte. Trotzdem … »Hattest du je einen Verdacht wegen Giorgia und Pasquale?«, fragte sie Marisa. Giorgia war weniger als ein Jahr nach Marisas schlimmem Erlebnis verschwunden. Hätte sie da nicht zwei und zwei zusammenzählen müssen?

»Nein.« Marisa schüttelte den dunklen Kopf. »Bei mir hat er weder Gewalt noch Zwang angewendet.« Sie schlug die Augen nieder. »Es war auch meine Schuld. Ich habe mitgespielt. Ständig habe ich ihm in den Ohren gelegen, mir zu helfen. Ich war jung und dumm.« Sie seufzte.

»Er war erwachsen«, gab Faye energisch zurück. »Er hat dich ausgenutzt.«

»Ja, das sagt Alessandro auch.« Sie blickte auf. »Und ich weiß, dass es stimmt. Aber ich habe ihm nie den Tod gewünscht. Obwohl jetzt, nachdem er tot ist und ich über Giorgia Bescheid weiß … Er tut mir nicht leid.«

Faye legte ihren Arm um Marisas Schultern und drückte sie. »Komm.« Sie war froh, die Kostümkammer zu verlassen und in den Zuschauerraum zurückzukehren.

Marisa richtete sich auf und holte tief Luft. »Es gibt noch jemanden, mit dem ich dich bekannt machen möchte, Faye«, erklärte sie. »Er wird beim Essen neben dir sitzen.«

Faye war neugierig. »Warum soll ich ihn kennenlernen?«, fragte sie. »Wer ist er?«

»Es handelt sich um den Vorsitzenden eines Komitees aus einer Stadt im Landesinneren«, erklärte sie. »Er ist ein reicher und mächtiger Mann und hat hier auf Sardinien sehr viel Einfluss.«

»Und was ist das für ein Komitee?«

»Es wurde zum Zweck einer Restaurierung gegründet.«

Faye starrte sie an. »Und was soll restauriert werden?«

»Na, ein Theater natürlich.« Marisa lachte. »In letzter Zeit sind viele Leute gekommen, um sich anzusehen, was wir hier erreicht haben«, sagte sie. »Was *du* getan hast, Faye. Bereite dich besser darauf vor.«

Worauf?, fragte sich Faye.

»Du wirst sehr gefragt sein.«

46

Das Essen verlief angenehm. Faye fand, dass Jagu Timpone ein interessanter Tischnachbar war, und zu ihrer Rechten saß Fabio für den Fall, dass sie Unterstützung brauchte. Links von Jagu saß Jana, ihr gegenüber der Mann mit der roten Krawatte und ein weiterer junger Mann links von ihr; anscheinend genoss sie reichlich Aufmerksamkeit. Weiter unten am Tisch sah Faye ihre Mutter neben Alessandro und neben diesem Charlotte. In diesem Sommer wirkte Charlotte verändert. Sie kam ihr ruhiger und irgendwie zufriedener vor. Nachdenklich betrachtete Faye ihre Freundin. Würde sich Charlottes und Fabios Leben verändern? War es möglich, dass sie …?

In diesem Moment fing Charlotte ihren Blick auf. Sie lächelte voller Wärme und legte einen Finger an die Lippen. Faye lächelte. Sie hatte es doch gewusst. Deriu würde Zuwachs bekommen.

Sie konzentrierte sich wieder auf den Mann neben ihr. »Wie sieht denn Ihr Theater aus? Wie alt ist es?«, fragte sie Jagu. Als sie damals hergekommen war, hatte sie nicht viel über sardische Theater gewusst. Sie hatte so viel lernen müssen, und das sehr schnell. Sie hatten gerade ihren ersten Gang beendet: *calamari ripieni*– gut gewürzter, gefüllter Tintenfisch auf frischem Basilikum. Der Tintenfisch war pikant und köstlich. Faye wurde klar, wie sehr sie die sardische Küche vermisst hatte.

»In einigen Punkten ähnelt es diesem Theater«, erklärte er. »Es ist noch manches Schöne erhalten, aber es ist durch einen Brand beschädigt worden. Es ist viel größer und auch älter.« Er zog sein Handy aus der Tasche und zeigte ihr einige Fotos.

Faye beugte sich zu ihm herüber, um besser zu sehen. Das Theater musste zu seiner Zeit äußerst prachtvoll gewesen sein; im Inneren war es reich mit Stuck verziert. Allerdings war es durch das Feuer stark beschädigt worden. Faye sah verkohltes Mobiliar und verrußte Wände. Die Bühne schien vollkommen zerstört zu sein, aber die Außenseite des Gebäudes wirkte intakt.

»Unser Theater steht teilweise unter Denkmalschutz«, fuhr Jagu fort. »Doch wenn wir daraus ein Kunstzentrum machen wie Sie hier, können wir uns vielleicht um eine Förderung bewerben.« Er betrachtete die Bühne und ließ seinen Blick durch den Zuschauerraum wandern, der jetzt festlich erleuchtet war. Faye hatte auch die Lampen ausgesucht und das multifunktionale Beleuchtungssystem konzipiert. Sie verspürte einen Anflug von Stolz. »Wenn wir nur einen Bruchteil dessen erreichen können, was Sie hier geschaffen haben, sind wir glücklich«, erklärte er.

Sie unterbrachen ihr Gespräch, als die Kellnerin den nächsten Gang brachte: ein Zitronenrisotto mit gebratenen Garnelen. Faye ließ es sich schmecken.

»Es ist sehr freundlich von Ihnen, das zu sagen«, sagte sie nach ihrem ersten köstlichen Bissen. »Aber das ist zu viel der Ehre. Wir hatten hier ein exzellentes Team aus Handwerkern und Restauratoren, von denen jeder seinen besonderen Beitrag geleistet hat.«

Er zog eine Augenbraue hoch. »Das hat Marisa Rinaldi mir schon erzählt.«

»Wir könnten Ihnen sicherlich einige Namen nennen …«

Nachdenklich wandte er sich ihr zu. »Es muss sehr befriedigend sein, wenn man sieht, dass die Menschen den Raum nutzen, den man geschaffen hat.«

»Oh, das ist es.« Faye dachte daran, wie schwer sie gearbeitet hatte, ihre eigene Interpretation der Bestimmung dieses Gebäudes zu finden und etwas daraus zu machen, das sowohl Alessandro und Marisa zufriedenstellte als auch den Bürgern von Deriu von Nutzen war. Nicht nur die Form des Gebäudes war wichtig, sondern auch die Art, wie die Menschen es nutzten, heute und in Zukunft.

Jagu beugte sich weiter zu ihr herüber und nahm ihre Hand. »Marisa hat mir erzählt, wie engagiert und fantasievoll Sie arbeiten, meine Liebe. Sie sagte, dass Sie etwas Besonderes sind.«

»Wirklich?« Faye wusste nicht, was sie sagen sollte.

»Sie hat mir auch erklärt, dass Sie sich seither weiter mit dem Thema Theater beschäftigt haben.«

»Ja, das stimmt.«

»Und daher ist der Name, der mich am stärksten interessiert, Ihrer, *Signora*.«

»Oh.« Faye sah sich um und stellte fest, dass Alessandro in ihre Richtung schaute. Er sah sicher, dass sie in ein angeregtes Gespräch versunken war, und bemerkte, das Jagu Timpone ihre Hand genommen hatte. Sie wandte den Blick ab. Das war nun wirklich nicht ihre Schuld; sie hatte die Sitzordnung nicht festgelegt.

Schließlich ging das Essen auf sardische Art zu Ende: mit einem Teller Mandelmakronen mit Zitronenschale – *amarettus* – und frischem Kaffee. Anschließend gingen sie nach draußen, um sich das Feuerwerk anzusehen. Faye hatte vieles, über das sie nachdenken musste. Sie sah, wie ihre Mutter draußen wieder die Nähe ihres Vaters suchte, und beobachtete, wie sie einander im Mondschein anlächelten. Sie seufzte zufrieden.

»*Una bella coppia*, finde ich.« Die Stimme erklang direkt

hinter ihr und ließ sie zusammenfahren. *Ein schönes Paar.* Alessandro.

»Ja«, sagte sie und sah immer noch ihre Eltern an. »Das sind sie.«

»Also hat es funktioniert.« Er nickte. »Das freut mich.«

»Danke.« Faye war sich nicht sicher, was sie zu ihm sagen sollte. »Und wie geht es Jana?«, fragte sie. »Gut, hoffe ich doch?«

»Jana?« Er zog eine dunkle Augenbraue hoch.

»Ich habe sie natürlich beim Essen gesehen«, erklärte Faye. »Aber ich hatte keine Gelegenheit …«

Sie war verblüfft, als er ihren Arm fasste. »Du weißt von Jana?«, fragte er.

»Ja.« Sie blickte auf ihren Arm hinunter, bis er ihn freigab. »Natürlich.«

Langsam nickte er. »Wir haben ein Feuerwerk vorbereitet.«

Faye erinnerte sich daran, dass er immer in Rätseln sprach. »Das habe ich gehört.«

Er nahm ihren Arm und zog sie von der Menschenmenge weg. »Von der Burg aus könnte man es bestimmt noch viel besser sehen.«

»Aber …«

»Und was glaubst du zu wissen?«, fragte er. »Über Jana?«

Sie sah ihn nicht an. »Dass ihr seit Ewigkeiten ein Paar seid und wahrscheinlich irgendwann heiraten werdet.«

»Faye, ich habe *dich* geküsst«, sagte er. »Ich habe dich in meinen Armen gehalten und geküsst.«

Glaubte er, dass sie sich nicht erinnerte? »Das weiß ich.«

Er nahm ihren Arm, behutsamer dieses Mal. »Faye, als ich dich geküsst habe, war ich nicht mehr mit Jana zusammen. Ich hatte die Beziehung schon beendet, bevor du nach Deriu gekommen bist. Sie war mir viel zu impulsiv, zu empfindlich. Ich empfand nicht mehr dasselbe für sie. Als wir zusammenkamen, waren wir noch so jung; und mit den Jahren haben wir uns auseinanderentwickelt. So etwas kommt vor. Aber wie sollte ich mich aus der Beziehung lösen? Es erschien unmöglich. Sie wurde zornig, besitzergreifend …«

Bemüh dich nicht, dachte Faye. Sie hatte die beiden mit eigenen Augen gesehen. »Es spielt keine Rolle mehr«, sagte sie.

Aber er redete weiter. »Sie hat uns an jenem Tag am Hafen zusammen gesehen«, erklärte er. »Sie kam zu mir nach Hause. Sie war wütend, sie hat geweint.« Er seufzte. »Sie hat sogar gedroht, sich etwas anzutun.«

»Wie hast du reagiert?«, fragte Faye mit leiser Stimme.

»Ich habe versucht, sie zu beruhigen, ihr vor Augen zu führen, dass wir zwar sehr lange zusammen waren, dass es aber nicht mehr funktioniert, dass sie sich jemanden suchen solle, der ihr mehr geben könnte, der viel besser für sie ist als ich.«

»Und das hat sie dir abgenommen?«

»Damals nicht. Aber es war nur eine Frage der Zeit. Und natürlich habe ich mich um ihr Wohlergehen und ihre Sicherheit gesorgt, obwohl ich nicht mehr so für sie empfunden habe, wie sie das wollte.«

Endlich wagte Faye, ihn anzusehen. Er hatte sie gebeten, ihm zu vertrauen, doch das hatte sie bisher nicht getan. Jetzt aber wirkte er aufrichtig. Und was er sagte, machte sie nachdenklich. Was hatte sie an jenem Tag auf der Werft wirklich gesehen? Jana hatte die Arme um ihn geschlungen, schon, aber hatte er wie ein Mann reagiert, der liebte? Oder hatte er sie in Wahrheit getröstet und versucht, sie zu beruhigen?

»Ich habe versucht, mich von dir fernzuhalten«, sagte er. »Ich wollte sie nicht noch weiter verletzen.«

»Und jetzt?«, flüsterte Faye. Waren Jana und Alessandro wieder ein Paar?

Er schüttelte den dunklen Kopf. »Jana hat jemanden gefunden. Und ich könnte nicht glücklicher für sie sein.«

Der Mann mit der roten Krawatte. Äußerlich wirkte Jana kämpferisch, aber sie war verletzlich und genoss männliche Aufmerksamkeit, und offensichtlich hatte sie jemanden gefunden, der sie ihr gern schenkte.

Die Menschen um sie herum, die immer zahlreicher geworden waren, seit sie das Theater verlassen hatten, schubsten und drückten. Es waren einfach zu viele Leute auf der Treppe. Alle wollten das Feuerwerk sehen. Faye lächelte. »Von oben sieht man immer klarer«, sagte sie.

»Also? Sollen wir?« Er bot ihr seinen Arm.

Faye nahm ihn. Es war ein wunderschöner Abend. Der klare Himmel war tintenschwarz und der Mond rund und voll. Die Sterne leuchteten hell und klar, die Nacht war warm und mild, und es wehte kein Lüftchen. Warum fühlte Faye sich dann innerlich so aufgewühlt? Das hatte vermutlich verschiedene Ursachen: die Rückkehr nach Deriu, das Gespräch beim Essen, der Mann an ihrer Seite.

»Wir haben den ganzen Abend kaum miteinander gesprochen«, sagte Alessandro. Er legte die Hand auf ihre, nur einen Moment lang.

Das war Faye auch aufgefallen. Langsam liefen sie über das Kopfsteinpflaster der kurvenreichen Straßen des *centro storico* nach oben. Die Aussicht am Abend war eine vollkommen andere als die am Tag, die Faye vom letzten Sommer kannte. Auch die Atmosphäre war anders; von unten hörte sie die Stimmen von der Treppe auf der *Piazza del Teatro* und Musik, die vom zentralen Platz der Stadt heraufklang. Ob die maskierten Männer und die Frauen noch tanzten? Obwohl heute Abend *festa* war und die Feierlichkeiten noch weitergingen, lag eine Stille in der Luft, die immer größer wurde und die sie kaum brechen mochte. »Was für eine fantastische Resonanz«, sagte sie. »Das ist wirklich wunderbar – für das Theater und für Deriu.«

»Und für dich?«

Sie hatten die breiten Stufen erreicht, die durch den Hain aus Feigenkakteen und knorrigen, uralten Olivenbäumen zur

Burg hinaufführten. »Für mich auch«, erklärte sie. »Ich habe euch alle so lange nicht gesehen.«

Er sah sie lange an. Sie gingen weiter nach oben. Alles war verlassen und still. Sogar die Stimmen von der *Piazza del Teatro* und die Musik und die Festlichkeiten auf dem Platz waren nicht mehr zu hören. »Es gibt noch andere Menschen, die nach deiner Aufmerksamkeit verlangen«, sagte er. Er sah sie an. »Ich glaube, du hast dir auf Sardinien einen Namen gemacht.«

»Du meinst Jagu Timpone?« War es möglich, dass er eifersüchtig war?

»Genau den.«

Faye nickte. »Er hat versucht, mich auf Ideen für sein eigenes Theaterprojekt abzuklopfen.« Sie hatte sich geschmeichelt gefühlt, aber man konnte wohl kaum behaupten, dass sie sich einen Namen gemacht hätte.

»Und jetzt ...« Sie hatten die Burgmauern und damit den Gipfel des Hügels erreicht. Er zog sie unter das Blätterdach eines Myrtenbaums. »Endlich habe ich dich für mich.«

Faye zitterte. Sie lachte unsicher, aber Alessandro wirkte sehr ernst. Er legte die Hand in ihren Nacken und strich mit den Fingern an ihrem Hals hinunter und weiter zu ihren Schultern. Eindringlich sah er sie aus seinen dunkelblauen Augen an, die im Mondschein beinahe schwarz wirkten. *»Mi sei mancata«*, murmelte er. »Du hast mir gefehlt, Faye.«

»Du mir auch«, flüsterte sie. *Also rede mit mir*, dachte sie. *Sag mir, was du empfindest.*

»Ich habe versucht, dir zu widerstehen«, erklärte er. »Die Anziehung habe ich von dem Moment an gespürt, an dem wir uns zum ersten Mal begegnet sind. Aber ich habe mir gesagt, dass du keine von uns bist, dass du eine Fremde bist und keinen Platz hier in Deriu hast.«

Faye senkte den Kopf.

»Und da war noch Jana.«

Sie blickte wieder auf, streckte die Hand aus und berührte

seine Wange. Heute Abend war er glatt rasiert, und doch spürte sie die Bartstoppeln unter den Fingerspitzen.

»Dann habe ich gesehen, wie du zu einem Teil der Stadt wurdest, genauso, wie mein Vater es bei meiner Mutter miterlebt haben muss.«

Das stimmt, dachte sie. So war es gekommen. Deriu hatte sie überrascht. Ganz langsam hatte es sie in seine Arme genommen und sie mit seiner Wärme umhüllt, aber auch mit seinen Schatten.

»Ich wollte dich, Faye«, sagte er. »Nach dem, was mit Jana passiert war, wollte ich nichts überstürzen. Aber ich wollte dich.«

Sie stellte fest, dass sie seinen Mund, seine Lippen betrachtete. »Ich wollte dich auch, Alessandro«, sagte sie.

Einen Moment lang schwieg er. Sie dachte, dass er sie küssen würde, doch er hielt sich zurück. Offensichtlich hatte er noch mehr zu sagen. Sie war gespannt.

»Und als du mir nicht vertrauen wolltest …«

»Du hast mir nicht vertraut.«

Sie sahen einander fest in die Augen. *Unentschieden*, dachte Faye. Sie waren einander zu ähnlich. Vielleicht waren sie deswegen nicht zusammengekommen.

»Manchmal«, fügte sie leise hinzu, »ist es schwer zu wissen, wem man trauen kann.« Sie dachte an Pasquale. Ihm hatte sie vertraut, ohne seine Beweggründe infrage zu stellen. Doch Alessandro war ihr ein Rätsel gewesen. Bei vielen Gelegenheiten hätte er auf sie zukommen und alles richtigstellen können. Sogar am Ende, nachdem er sie gerettet hatte. Aber er hatte immer Abstand gewahrt, war nie zu ihr gekommen, hatte nie die Initiative ergriffen. Und sie hatte geglaubt, den Grund zu kennen.

Er nickte. »Ich habe an meinen Vater geglaubt«, sagte er. »Mein ganzes Leben lang habe ich ihm vertraut. Und dann, ganz kurz vor seinem Tod, hat er mir gestanden …« Er verstummte.

Faye fiel wieder ein, dass er das schon einmal gesagt hatte, an dem Tag, an dem er mit ihr zum Strand gefahren war. Sie erinnerte sich daran, wie ihre Mutter davon gesprochen hatte, dass Bruno Rinaldi ein Geheimnis gehabt hätte.

»Was hat er dir erzählt?«, fragte sie.

»Er hat mir gesagt, dass in der Nacht des Unfalls, in der Nacht, in der meine Mutter gestorben ist …« Er ballte die Faust und presste die Lippen zusammen. Mit einem Mal schien er ganz weit weg zu sein.

»Was, Alessandro?« Sie berührte seinen Arm.

»Sie haben sich furchtbar gestritten«, erklärte er. »Es ging um ihn – Pasquale. Mein Vater wollte ihn aus dem Theater verbannen, und meine Mutter wollte nichts davon hören. Papa hat mir gestanden, dass er wütend war und ihr in dieser Nacht auf der *Via della Morte* einen Schrecken einjagen wollte. Er ist zu schnell gefahren, viel zu schnell, und hat die Kontrolle über das Auto verloren. Den anderen Wagen gab es nicht; die Geschichte hat er erfunden, damit niemand ihm die Schuld gab. Aber es war allein seine Schuld. Er hat sie umgebracht.«

Faye war schockiert. »Der arme Mann«, sagte sie, fast ohne nachzudenken. Kein Wunder, dass er so getrauert hatte und nicht zu trösten gewesen war. Seine Schuldgefühle mussten ihn für den Rest seines Lebens gequält haben. Ihr wurde klar, dass Alessandro sie aufgebracht anstarrte. »Und meine Mutter?«, fragte er. »Was ist mit meiner Mutter?«

»Ach, Alessandro.« Wieder streckte Faye die Hand nach ihm aus. »Es war eine Tragödie – für sie beide. Meinst du nicht, dass dein Vater genug gelitten hat, als er ohne sie weiterleben musste?«

Sie sah, dass er über ihre Worte nachdachte, und sie wusste, dass er auch früher schon darüber nachgedacht hatte.

»Wir machen alle Fehler«, sagte sie. »Und der Fehler deines Vaters war ein ganz schwerer. Aber weißt du, es war sehr mutig von ihm, dir vor seinem Tod die Wahrheit zu sagen.«

»Du hast recht.« Er wandte sich von ihr ab und sah in der Dunkelheit über die Stadt hinaus. Hell erleuchtete Fenster funkelten, Bars und Restaurants waren noch geöffnet, und die Straßenlaternen verbreiteten einen weichen, orangefarbenen Schein.

Faye hörte das Knallen von Feuerwerkskörpern, die in den Straßen unter ihnen gezündet wurden. Noch kam die Stadt nicht zur Ruhe, noch zogen Menschen durch die Straßen und feierten.

»Ich weiß ja, dass du recht hast. Marisa sagt das Gleiche. Außerdem findet sie, dass ich eine starke Frau brauche, die mir die Stirn bietet und mir die Meinung sagt.« Wieder sah er sie lange an. »Es fällt mir schwer, ihm zu verzeihen, Faye.«

»Aber du musst«, sagte sie behutsam. Sie dachte daran, wie Alessandro ihr geholfen hatte, damit umzugehen, dass ihre Eltern sich trennen würden. Schließlich war es doch nicht so weit gekommen, aber wenn es anders gewesen wäre, dann hätte sie es akzeptiert. Es kam darauf an, dass sie glücklich waren, ob zusammen oder jeder für sich. »Hätte deine Mutter ihm denn vergeben?«, fragte sie.

»Selbstverständlich.« Er wirkte überrascht. »Er hat ihr alles bedeutet.«

»Sie ihm umgekehrt auch.«

Er drehte sich wieder zu ihr um. »Sie ihm auch«, pflichtete er ihr bei. »Weißt du, Faye, mein Vater war ein erfolgreicher Geschäftsmann. Doch er hätte mehr für Deriu tun können. Kein Wunder, dass viele etwas gegen unsere Familie hatten.«

»Wir sind alle nur Menschen, Alessandro«, sagte sie.

»Ja, wir sind alle Menschen«, erwiderte er, und seine Stirn glättete sich. Er würde seinem Vater nicht über Nacht verzeihen können, das war ihr klar. Aber sie hatte das Gefühl, dass es mit der Zeit doch geschehen würde.

»Es ist eine ziemliche Verantwortung, wenn von einem erwartet wird, für eine ganze Stadt zu sorgen«, sagte sie und berührte seinen Arm. »Aber Marisa und du, ihr habt getan, wozu euer Vater nicht in der Lage war.« Sie dachte an Sofia. *Wenn Sofia nicht gewesen wäre …* »Ihr habt den Menschen das Theater zurückgegeben.« Marisa und er hatten den Graben geschlossen, der die Bevölkerung getrennt hatte, und das konnte nur gut sein.

Er bedankte sich für ihr Lob, indem er den Kopf huldvoll neigte. »Wenn man sich verliebt«, sagte er und klang jetzt ernster, »trägt man ebenfalls eine Verantwortung.«

»Auch das ist richtig«, musste sie einräumen.

»Als mein Vater sich verliebte, hatte er nichts anderes mehr im Kopf. Aber bei mir…«

»Bei dir?« Sie konnte kaum sprechen.

»Du hast so distanziert gewirkt«, sagte er. »Jedes Mal, wenn ich versucht habe, dir näherzukommen, war es, als hättest du beschlossen, auf Distanz zu mir zu gehen.«

Faye starrte ihn an. Hatte sie so gewirkt? »Ich hatte nie den Eindruck, du wärest frei.«

»*No? Veramente no?* Du hast geglaubt, ich wäre mit einer Frau zusammen und würde gleichzeitig einer andern nachlaufen, ja?«

»Nein – also, ja. Wahrscheinlich habe ich das gedacht. Die Leute haben Dinge erzählt …«

Er erstarrte. »Leute? Du meinst Pasquale de Montis?«

Sie nickte.

»Und als ich dich gefunden habe – zusammen mit ihm in diesem Versteck …«

Ein Schauer überlief Faye. Daran mochte sie gar nicht denken.

»Ich habe mir solche Sorgen um dich gemacht. Ich konnte den Gedanken nicht ertragen, dass dir etwas zustößt. Da habe ich erkannt, wie stark meine Gefühle sind. Und ich habe zu hoffen begonnen, dass wir von vorn anfangen könnten, nachdem wir frei von Pasquale waren, frei von allem, was zwischen uns stand.« Er sah in die Nacht hinaus. »Aber da hast du schon deine Abreise aus Deriu geplant.«

»Ja.« Es war aus vielen Gründen nicht der richtige Zeitpunkt gewesen. Wenn Faye beschlossen hätte, in Deriu zu bleiben, wenn Alessandro auch nur ein Mal zu ihr gekommen wäre und ihr seine Gefühle gestanden hätte, wenn sie gewusst hätte, dass seine Beziehung zu Jana lange vorbei war – dann wäre es vielleicht anders gekommen. Doch jetzt erkannte sie, dass er ihrer genauso wenig sicher gewesen war. Jana war nicht das Einzige gewesen, was sie bewogen hatte, Distanz zu wahren. Vielleicht hatten sie ja beide gewusst, was auf dem Spiel stand. Nach allem, was ihre Eltern durchgemacht hatten, waren sie wahrscheinlich beide davor zurückgeschreckt, eine solche Bindung einzugehen. »Ich dachte, es wäre richtig, wenn ich fortgehe.« Sie sah zu ihm auf. Jetzt war es Zeit für die Wahrheit, Zeit, ehrlich zueinander zu sein. »Ich wusste nicht, wie du empfindest, und deswegen konnte ich nicht hierbleiben. Das erschien mir alles zu schwierig und zu unsicher. Es drohte, zu schmerzhaft zu werden.«

»Und so bist du abgereist«, erklärte er. »Du hast ja kaum *a si biri* gesagt, auf Wiedersehen.«

»Es tut mir leid«, flüsterte sie.

Faye merkte, dass sie weinte. Tränen liefen ihr über die Wangen. Worum trauerte sie? Um ihr Leben hier in Deriu? Um eine Beziehung, die nicht zustande gekommen war? Oder um die Menschen in dieser Stadt, die gelitten hatten – Carmela und Enrico Volti, Marisa und Alessandro, Bruno und Sofia und Pasquale de Montis?

Als Alessandro sie küsste, löste die Berührung seiner Lippen ein weiches, warmes Gefühl in ihr aus. Gleichzeitig lief eine Welle puren Begehrens durch ihren ganzen Körper, bis in ihre Fingerspitzen und Zehen hinein. Sie schlang die Arme um ihn und erwiderte seinen Kuss. Feuerwerk explodierte. In ihrem Bauch versprühte ein römisches Licht etwas Helles, Leuchtendes und Wunderbares; ein Feuerrad drehte sich, sodass sie die Kontrolle über ihre Sinne verlor, und eine Rakete schoss in den Himmel hinauf.

Sie lösten sich voneinander. »Mmm«, sagte sie. *Wow.*

Er lachte. »Sieh doch.«

Das Feuerwerk war echt. Faye lachte ebenfalls, als sie zuschaute, wie es den Nachthimmel aufleuchten ließ.

»Komm.« Sie rannten die Stufen hoch, die auf die Burgmauer führten. Als sie oben waren, legte Alessandro den Arm um ihre Schultern, und sie betrachteten die Kaskaden aus Licht, die explodierenden Farben, hörten das Knallen der Böller und das Pfeifen, mit dem die Raketen aufstiegen. Faye war noch nie in ihrem Leben so glücklich gewesen.

Er zog sie an sich, sodass sie ihn ansehen musste. »Wie kann ich dich dazu überreden, in Deriu zu bleiben?«, fragte er. »Was muss ich dir bieten?«

Im Licht der unzähligen Raketen, die in den Himmel schossen und sich in tausend Lichtpunkten auflösten, lagen ganz Deriu und die Landschaft, die es umgab, vor ihr ausgebreitet – die Berge, der Fluss, das Meer.

»Das ist schon ziemlich gut«, sagte Faye. *Und dann noch dieser Mann …*

»Aber was ist mit deiner Arbeit? Ich weiß, wie wichtig sie dir ist.«

»Ich bin immer noch Freiberuflerin«, sagte Faye. »Theoretisch könnte ich also überall arbeiten.« Der Ausdruck in seinen Augen gefiel ihr. Am liebsten hätte sie ihn noch einmal geküsst.

»Du könntest hier auf Sardinien arbeiten?« Er umklammerte ihre Schultern, als sei es ihm sehr ernst. »Würdest du das tun? Würdest du nach Sardinien ziehen, um mit mir zusammen zu sein?«

Um mit ihm zusammen zu sein … »Man hat mir sogar schon einen Job angeboten«, erklärte sie. Sie hatte Jagu geantwortet, dass sie es sich überlegen würde. Gerade hatte sie sich entschieden. Kein Weglaufen mehr. Keine Spielchen. Sie würde nicht mehr verheimlichen, was sie wirklich dachte. Sie würde die Sonne und die Schatten akzeptieren. Als sie diesen Ort verlassen hatte, da hatte sie ein Stück ihrer selbst zurückgelassen. Also würde sie nach Deriu zurückkehren.

Faye streckte die Arme nach Alessandro aus. Sie würde zurückkommen, um mit diesem Mann zusammen zu sein. Sie würde ihrem Herzen folgen.

Wer kann da noch Nein sagen?

Sandra Grauer
SOMMERGLÜCK
AUF FEHMARN
Roman
320 Seiten
ISBN 978-3-404-17695-3

»Emily, glaub mir. Ich bilde mir das nicht ein: Das Hotel steckt in großen Schwierigkeiten.« Der unerwartete Hilferuf ihrer Mutter und die Bitte, rasch nach Hause zu kommen, bringen Emily völlig aus dem Konzept. Zwar hat sie Fehmarn vor Jahren den Rücken gekehrt, das kleine Familienhotel am Strand liegt ihr aber noch immer am Herzen. So aufgeregt ist Emily, dass ihr erst viel später auffällt, dass ihr Freund ihr gerade einen Antrag machen wollte. Nicht das beste Vorzeichen für ihren Plan, die »Strandperle« in ein Romantikhotel umzuwandeln und Verliebten bei der Organisation des perfekten Heiratsantrags zu helfen …

Bastei Lübbe